KB024831

헤일로 | 선제공격 작전

에릭 나일런드 지음 · 정호운 옮김

제우미디어

헤일로 | 선제공격 작전

초판 1쇄 | 2015년 8월 19일

지은이 | 에릭 나일런드
옮긴이 | 정호운

펴낸이 | 서인석
펴낸곳 | 제우미디어
출판등록 | 제 3-429호
등록일자 | 1992년 8월 17일
주소 | 서울시 마포구 독막로 76-1 한주빌딩 5층
전화 | 02-3142-6845
팩스 | 02-3142-0075
홈페이지 | www.jeumedia.com

ISBN | 978-89-5952-398-6
ISBN | 978-89-5952-395-5(SET)
※파본은 본사나 구입하신 서점에서 교환해 드립니다.

제우미디어 소설 공식 카페 | cafe.naver.com/jeunovels
제우미디어 페이스북 | www.facebook.com/jeumedia

만든 사람들
출판사업부 총괄 손대현 | **편집장** 전태준
책임 편집 김혜리 | **기획** 홍지영, 신한길, 여인우, 윤여은 | **디자인** 장상호
제작 김금남 | **영업** 김영욱, 박임혜

서문

XBOX360으로 발매된 프리퀄 작품 '헤일로: 리치' 발매의 여파 속에서, 독자들은 수많은 의문을 제기했습니다. 다행스럽게도 헤일로 소설 중에서도 『선제공격 작전』이 바로 그런 질문에 대한 대답이 되어주는데, 최소한 헤일로 1, 2, 그리고 리치에서 일어난 사건과 관련한 질문에 관해서만큼은 해답을 제시하고 있습니다. 그리고 당연하게도 이는 우연이 아닙니다.

『선제공격 작전』은 스파르탄에 관한 설정, 선조의 수수께끼, 코버넌트의 술수, 그리고 그밖에도 다양한 소재를 다루고 있습니다.

몇 년에 걸쳐 에릭과 작업하면서, 헤일로 프랜차이즈를 담당하는 우리는 그에게 지옥과도 같은 고생을 시켜왔습니다. 하지만 지옥을 여행한 단테처럼, 에릭은 우리가 던지는 그 어떤 난관이든 소화해내는 불굴의 의지를 지닌 인물이지요. 『선제공격 작전』에서 그는 치프의 고독한 영웅담이나 직선형이 되기 쉬운 게임 플레이 사건에도 지나치게 의존하지 않으면서도, 게임 픽션에 직접적으로 연관된 이야기를 그려냈습니다.

그뿐이 아니라, 에릭은 기억에 또렷이 남는 등장인물을 소개함으로써 우리가 벌써 알고 있는 인물들에 대한 이해를 더욱 넓고 깊게 해주었습니다. 거기에 포함되는 인물이란 당연히 핼시 박사와 코타나지요.

지금부터 스포일러이니 미리 경고합니다…….

작중에서 묘사되는 핼시 박사의 선조 동굴 발굴은 게임 리치에서도 살짝 나오며, 코타나의 파란만장한 운명 역시 번지에서 약간의 장소 땜질을 하면서 게임에서도 조명된 바 있습니다.

이제 일단의 스파르탄 대원을 비롯해 완전히 새로운 등장인물을 넣으면서도 게임과 탄탄히 연결되고, 그리고 등장인물들이 속한 시간대라는 족쇄의 범위를 한 치도 벗어나지 않으면서 소설을 쓰기가 얼마나 벅찰지 생각해보신다면, 에릭 나일런드의 글에서 드러나는 필력과 세심한 주의력이 어떤 수준인지 감이 오실 겁니다.

에릭은 요약의 귀재이기도 합니다. 『선제공격 작전』은 여전히 『리치 행성의 함락』 이전 시점처럼 느껴지면서 전개의 토대가 되는 인상을 주는 한편, 게임 리치의 일반 한정판 및 전설 한정판에 들어갔던 핼시 박사의 일지 기록에서 보이듯 설정 깊숙이 묶여 있던 실타래를 헐겁지 않게 매듭짓는 재주가 있는 작가입니다.

많고 많은 헤일로 소설 중에서도 『선제공격 작전』은 제가 보기에 모험 전개와 게임 연관성 사이에서 가장 절묘한 균형을 맞춘 작품입니다. 어찌나 균형을 잘 잡아나갔는지, 어떤 대목에서는 정말로 게임 같은 착각이 일기도 합니다. 매 교전을 숨 가쁘게 읽어 내려가다 자기도 모르게 저장 기능을 찾게 되거든, 종이 끄트머리를 접어두시기 바랍니다. 등장인물들을 더욱 음미하면서 말이지요.

1

2552년 8월 30일 0558시 (군사 표준력)/

엡실론 에리다니 행성계, 리치 행성 감마 궤도 정거장 인근, 국제연합 우주사령부 순양함 필라 오브 어텀

스파르탄-104 "프레드릭"은 대검을 돌렸다. 육중한 폴니르 전투복이 온몸을 감쌌지만 손놀림은 변함없이 민첩했다. 칼날이 허공에서 빙글빙글 돌며 아름다운 곡선을 그렸다. 군수품 저장고에 남아 있던 몇 안 되는 해군 승무원들이 지레 겁을 집어먹고 눈길을 피했다. 프레드 같은 스파르탄 대원이 대검을 한바탕 휘두르고 지나간 자리에는 시체가 즐비하기 일쑤였으니까.

프레드는 초조했다. 임무 투입에 앞서 긴장이 되기는 마찬가지지만 이번에는 평소보다 그 정도가 훨씬 심했다. 국제연합 우주사령부 최후의 군사거점인 리치 행성에 코버넌트가 쳐들어왔다. 코버넌트 함선을 나포하기로 계획했던 원래 작전은 적의 대규모 공세 앞에 물거품이 되고 말았다. 코버넌트는 국제연합 우주사령부 최후의 주요 군사 거점인 리치 행성으로

향하고 있었다.

함대함 전투에서 과연 스파르탄 대원들 같은 보병 부대가 끼어들 자리가 있을까 하는 의문이 머릿속을 맴돌았다. 칼날은 계속 빙글빙글 돌고 있었다.

주변에서는 분대원들이 총을 장전하고 장비를 챙기며 작전 준비를 하느라 여념이 없었다. 키예스 함장이 대원들의 집결장소인 군수품 저장고로 몸소 내려와 부대장인 스파르탄-117 마스터 치프에게 짧게 몇 마디 하고 간 뒤로 그렇잖아도 번개 같던 대원들의 동작이 배로 신속해졌다. 프레드는 진작 준비를 끝마쳤는데, 그보다 먼저 장비를 꾸린 대원은 켈리뿐이었다.

프레드는 장갑을 낀 굵직한 손가락 끝에 대검의 날을 수직으로 올려세웠다. 칼날이 손가락 끝에서 몇 초간 미동도 없이 가만히 서 있었다.

필라 오브 어텀의 중력장에 미세한 변화가 생기자 날이 기울어졌다. 그는 능숙한 손놀림으로 대검을 낚아채 칼집에 넣었다. 무엇 때문에 중력장이 바뀌었을까 하는 데 생각이 미치는 순간, 뱃속으로 오싹한 기운이 스멀스멀 밀려들었다. 항로가 변경된 것이다. 필시 일이 틀어졌다는 얘기다.

마스터 치프가 근처에 있는 내선통신기로 걸어간 지 얼마 지나지 않아 화면에 키예스 함장의 얼굴이 나타났다.

옆에서 누군가 조심스레 움직였다. 켈리가 보낸 수신호였다. 프레드는 개인무전 주파수대를 열어 켈리와 연결했다.

"깜짝 놀랄 일이 더 있나 본데요."

"그러게. 아무리 막중한 임무라지만 격려사가 과한걸."

프레드의 대답에 켈리가 맞장구치며 낄낄거렸다.

프레드는 마스터 치프가 키예스 함장과 주고받는 대화에 귀를 기울였다. 어린 나이에 징집되어 최고의 군사기술을 통해 훈련받은 스파르탄 대원들은 생화학 물질 주입, 유전자 조작, 두뇌 개조 등의 갖가지 강화수술을 거친 몸이었다. 수술 덕분에 대원들은 모래 폭풍 속에서 바늘이 바닥에 떨어지는 소리도 잡아낼 정도로 귀가 밝아졌다. 저장고에 있는 대원들은 모두 키예스 함장이 하는 말에 신경을 곤두세웠다. 스파르탄 부대를 키워냈던 교관 멘데즈 상등상사가 이런 말을 한 적이 있었다.

'호랑이 굴에 들어가도 정보수집만 잘하면 산다.'

조망창에 비친 키예스 함장의 얼굴이 일그러졌다. 한 손에는 보기 드문 골동품 파이프 담뱃대가 들려 있었다. 상황을 설명하는 목소리는 여전히 차분했지만, 담뱃대를 어찌나 세게 쥐었는지 손가락 마디마디가 하얗게 보였다. 리치 행성 궤도 정거장에 정박한 함선 한 척이 항법 데이터베이스를 삭제하는 데 실패했다는 소식이었다. 항법 데이터가 코버넌트의 손에 넘어간다면 놈들은 지구로 가는 지도를 얻게 된다.

"마스터 치프, 내 생각에 코버넌트는 정밀 슬립스페이스 점프를 통해 우주 군항 근처로 곧장 이동할 걸세. 수퍼 맥건이 미처 손쓰기도 전에 병력을 투입하겠지. 이번 임무는 정말 어려워질걸세…… 자네 의견을 듣고 싶네."

"저희가 해결하겠습니다."

키예스 함장은 눈을 휘둥그렇게 뜨고 앞으로 몸을 굽혔다.

"어떻게 하겠다는 말인가?"

"외람된 말씀일지도 모르나, 원래 스파르탄 부대는 어려운 임무를 해결하도록 훈련받았습니다. 분대를 나누겠습니다. 대원 셋이 우주 군항으로 이동해 항법 데이터가 코버넌트의 손에 넘어가지 않게 막겠습니다. 나머지는 지표면으로 내려가 코버넌트 침공군을 물리치겠습니다."

프레드는 이를 갈았다. 선택권이 있다면 지상으로 내려가 코버넌트를 상대하고 싶었다. 동료 스파르탄 대원들의 심정도 마찬가지였다. 행성 지표면에서 벗어나서 수행해야 하는 우주 작전은 꺼림칙했다. 궤도 정거장에서 수행하는 작전은 도처에 위험이 도사리고 있다. 적이 어디서 불쑥 나타날지도 모르는 데다 중력도 없으며 사전 정보도 있으나 마나이고, 결정적으로 발을 디딜 땅조차 없다.

하지만 의문의 여지는 없었다. 우주 작전은 가장 힘겨운 임무이므로 프레드는 자원하기로 마음먹었다.

키예스 함장은 치프가 한 말을 곰곰이 생각해보았다.

"안 되네. 너무 위험해. 코버넌트의 손에 항법 데이터베이스가 결코 넘어가서는 안 되네. 이쪽에서 핵기뢰를 군항으로 날려 터뜨리겠네."

"함장님, 핵폭발 시 방출되는 전자기파가 궤도 맥건의 초전도 코일을 태워먹을 겁니다. 그렇다고 필라 오브 어텀에 적재된 여타 비핵무기를 사용한다면 데이터베이스가 완전히 파괴되지 않을지도 모릅니다. 코버넌트가 잔해를 찾아낸다면 데이터가 놈들 손에 넘어가게 됩니다."

"그렇군."

키예스 함장은 생각에 잠겨 파이프 담뱃대 자루로 아래턱을 툭툭 두드렸다.

"잘 알겠네. 자네 뜻대로 하지. 정거장으로 항로를 잡겠네. 대원들을 준비시키고 수송기 두 대도 점검하도록. 지금으로부터 정확히……."

키예스 함장은 코타나와 말을 주고받았다.

"5분 시간을 주겠네."

"알겠습니다, 함장님. 즉시 준비하겠습니다."

"행운을 비네."

키예스 함장이 말을 마치자마자 조망창이 툭 꺼졌다.

마스터 치프가 돌아서자 프레드는 꼿꼿이 부동자세를 취했다. 그가 치프에게 걸음을 내딛으려는 순간 켈리가 먼저 앞을 가로막았다.

"마스터 치프, 제가 정거장에 가겠습니다."

켈리는 언제나 프레드보다 한발 빨랐다. 좀처럼 기회를 주지 않는다니까.

"안 된다. 우주 작전 지휘는 내가 맡는다."

마스터 치프가 대답했다.

"린다, 제임스, 나와 같이 간다. 프레드, 레드 팀 리더를 맡아라. 지상전 지휘권은 네게 달렸다."

"예!"

겉으로는 큰소리로 대답하면서도 속으로는 명령에 불복하고 자기가 정거장으로 가고픈 심정이었다. 하지만 프레드는 감정을 억눌렀다. 마뜩찮기는 해도 지금은 명령에 불복할 때가 아니었다.

"알겠습니다!"

"이제 단단히 준비해라. 시간이 얼마 없다."

마스터 치프의 지시에 스파르탄 대원 모두 잠시 꼿꼿이 섰다. 켈리가 큰소리로 외쳤다.

"전체 차렷!"

대원 모두 마스터 치프에게 깍듯이 경례했다. 마스터 치프도 곧바로 답례했다.

프레드는 레드 팀의 전체 무전 주파수대를 열고 외쳤다.

"다들 움직여! 장비 싣는 데 90초, 준비 완료까지 딱 5분 준다. 조슈아, 코타나한테 연락해서 투입지점의 현재 전황을 알아봐. 기상관측 위성에 잡힌 화면이라도 상관없다. 사진이면 뭐든 좋으니까 90초 안에 알아내라."

레드 팀은 서둘러 작전에 돌입했다.

임무 투입 직전의 불안감은 어느새 사라지고 냉철함만이 남았다. 임무가 주어졌다. 프레드는 당장에라도 임무를 완수해낼 기세였다.

빗나간 플라즈마가 격납고로 날아들어 폭 1미터짜리 격벽을 증발시켜버리자 미첼 준위는 몸을 움찔했다. 시뻘겋게 녹아내린 쇳물이 펠리칸 수송기의 캐노피 위로 쏟아져 내렸다.

'될 대로 돼라지!'

준위는 펠리칸의 추진기를 가동했다. 회색 동체에 국방색 위장무늬가 섞인 펠리칸 수송기가 청백색 불길 속에서 잠시 기우뚱거리며 균형을 잡다가, 필라 오브 어텀의 격납고를 떠나 우주로 힘차게 날아갔다. 격납고를 떠난 지 5초밖에 되지 않았는데 상황이 아수라장으로 치달을 조짐이 벌써부터 눈에 선했다.

코버넌트 선두함이 날린 플라즈마 어뢰가 펠리칸을 아슬아슬하게 스치고 통신위성을 강타했다. 위성은 순식간에 박살나 반짝이는 파편 조각으로 변했다.

"다들 조금만 버텨. 적이 따라붙었다."

스파르탄 대원들이 탑승한 수송칸을 돌아보며 준위가 소리쳤다.

풍뎅이처럼 생긴 코버넌트 주력기인 세라프 전투기 편대가 펠리칸 수송기의 진로를 가로막으려고 밀집대형을 이루며 벌떼처럼 날아들었다.

덩치 큰 펠리칸 수송기가 엔진에서 불을 뿜으며 리치 행성의 지표면을 향해 내리꽂히기 시작했다. 세라프 편대 역시 속력을 높이며 플라즈마 캐논에서 불을 뿜었다.

플라즈마 덩어리가 수송기의 좌측 날개를 스치며 간발의 차로 조종석을 비껴났다. 미첼 준위가 무전을 날렸다.

"나이프 2-6, 여기는 브라보 1. 좀 도와주기 바란다."

준위는 펠리칸 기수를 왼쪽으로 돌려 적의 공세에 격침된 경비정에서 떨어져 나온 커다란 파편 덩어리를 가까스로 피했다. 플라즈마에 시커멓게 그을린 선체 아래로 국제연합 우주사령부 마크가 흐릿하게나마 모양을 유지하고 있었다. 준위는 우거지상을 썼다. 상황이 매초 악화되어 갔다.

"나이프 2-6, 여기는 브라보 1. 대체 어디 있나?"

날카로운 쐐기꼴 날개를 단 전투기 네 대가 엄호위치로 진입해오는 모습이 계기판 탐색장치에 잡혔다. 중무장 요격기 롱소드 편대였다.

"브라보 1, 여기는 나이프 2-6."

무전을 통해 강단 있는 여자 목소리가 들려왔다.

"그만 좀 징징대기 바란다. 오늘 장사는 짭짤하겠는데."

'짭짤하다 못해 소태지.'

준위는 못마땅한 듯이 속으로 되뇌었다. 롱소드 편대가 수송기 주위로 호위대형을 이루기 무섭게 세라프 편대가 일제히 플라즈마를 쏟아냈다.

롱소드 넷 중 세 대가 대형을 풀고 세라프 편대를 향해 돌진하며 공격을 퍼부었다. 우주의 어둠 너머로 기관포가 섬광을 내뿜고 미사일은 유령처럼 희끄무레한 꼬리를 아로새겼다. 세라프 편대도 뒤질세라 플라즈마탄으로 밤하늘을 가르며 폭발로 수를 놓았다.

그러는 가운데 펠리칸 수송기와 호위로 따라붙은 롱소드 요격기는 계속해서 리치 행성을 향해 속력을 높였다. 사방에서 정신없이 날아드는 파편을 비껴가며 회피 기동으로 미사일과 플라즈마탄 교차사격을 피했다.

리치 행성의 궤도 방어위성이 내뿜는 뜨거운 섬광에 미첼 준위는 순간적으로 몸을 움츠렸다. 허옇게 달아오른 맥건 포탄이 굉음을 울리며 솟구치는 사이 펠리칸 수송기와 롱소드 요격기는 방어위성의 허리춤의 고리형 선루를 지나쳐갔다.

미첼 준위는 펠리칸을 행성 대기권으로 진입시켰다. 아지랑이처럼 희끄무레한 화염이 뭉툭한 기수를 스치고 지나가면서 동체가 좌우로 거칠게 덜컹거렸다.

"브라보 1, 진입 항로를 수정하기 바란다. 너무 위험하다."

롱소드 조종사가 준위에게 충고했다.

"불가능하다. 현재 속도를 유지한다 해도 지표면까지 도달 가능할지 확신하기 어렵다. 탐색장치에 4시에서 3시 방향까지 적기가 포착됐다."

세라프 편대가 엔진을 점화하며 하강 중인 펠리칸과 롱소드를 맹렬히 쫓아왔다.

"알았다, 4시에서 3시 방향. 내게 맡겨라, 브라보 1."

롱소드 조종사가 말했다.

"무사히 도착하거든 놈들한테 매운맛을 보여줘라."

롱소드 요격기가 엄호 위치에서 이탈하여 급선회한 다음 세라프 편대를 향해 달려들었다. 달랑 요격기 하나로 열 남짓한 세라프 전투기를 당해내기란 불가능했다. 하지만 나이프 2-6는 그런 줄을 알면서도 기꺼이 적을 막겠다고 나선 것이다. 준위로서는 나이프 2-6가 벌어준 귀중한 시간이 충분하기를 바랄 뿐이었다.

준위는 공기 흡입구를 열고 재연소 장치를 점화해 초속 1.3킬로미터로 지표면을 향해 급강하했다. 동체를 감싼 흐릿한 불길이 적색에서 점차 눈부신 주황빛으로 변해갔다.

펠리칸 수송칸의 양 측면을 따라 있어야 할 좌석이 죄다 뜯겨져 있었다. 수송칸과 조종실 사이의 방화벽에 부착된 생명유지장치도 탑승공간을 조금이라도 넓히려고 떼어낸 상태였다. 그만큼 덜어냈으니 원래라면 수송칸이 텅 비어서 동굴처럼 휑했겠지만, 지금은 발 디딜 틈조차 없었다.

레드 팀 소속 스파르탄 대원 22명은 수송기 골조에 몸을 단단히 붙들었다. 급강하의 충격을 최대한 줄이기 위해 두꺼운 묠니르 전투복을 입고도 몸을 잔뜩 웅크렸다. 대원들이 착용한 묠니르 전투복은 무광검정 합금, 은은한 녹색 광택을 띠는 세라믹 장갑, 가물거리는 에너지 방어막 생성기가 한데 어우러져 탄생한 500킬로그램에 달하는 장비였다. 편광성 안면 보호대가 장착된 헬멧 때문에 반은 그리스 신화에 등장하는 갑옷 차림의 군신처럼, 나머지 반은 중전차처럼 보였다. 겉보기에는 사람보다 기계에 가까웠다. 대원들의 발치에는 장비로 가득한 배낭과 탄약통이 한데 뒤섞여 어지러이 굴러다녔다. 수송기가 두꺼운 공기층을 밀어제치고 하강하면서 짐이 덜컹거렸다.

"단단히들 붙들어 매라!"

프레드가 무전으로 소리쳤다. 수송기가 갑작스럽게 덜컹거리는 통에 그는 바닥에 똑바로 서려고 안간힘을 썼다. 스파르탄-087 켈리가 가까이 다가와 통신망을 열었다.

"상사님[1], 지표면에 도착하면 무전기부터 손봐야겠습니다."

분대 통신망으로 말한다는 것이 실수로 7번 함대통신망 주파수에 대고 소리쳤다는 생각에 프레드는 아차 싶어 미간을 찡그렸다. 통신범위 안에 있는 함선에 빠짐없이 스팸 메일을 날린 격이었다. 아뿔싸.

프레드는 켈리에게 개인통신 주파수대를 열었다.

"알려줘서 고맙다."

켈리는 살짝 고개를 끄덕였다.

프레드는 이런 잔실수와 거리가 먼 사람이었다. 그의 무전 실수에 부분대장인 켈리도 적잖이 동요했다. 프레드에게는 분대장으로서 켈리가 빈틈없는 자세를 유지하도록, 더 나아가 레드 팀 전체가 물샐 틈 없는 준비태세를 갖추도록 이끌어야 하는 책무가 있었다.

그러기 위해서는 자기부터 정신을 똑바로 차려야 한다. 실수는 한 번으로 족하다.

프레드는 전방투영창으로 대원들의 생체 계측기를 점검했다. 심박이 약간 빨라진 점만 빼면 나머지는 모두 정상이었다. 하지만 조종사인 미첼 준위의 심장은 마구 갈겨대는 돌격소총처럼 두방망이질 쳤다.

생체 계측기로 확인해본 결과 레드 팀 대원들에게 심장 발작과 같은 신체 문제가 발생할 걱정은 없었다. 스파르탄 대원들은 워낙 위험하고 까다로운 임무에 이골이 났다. 애당초 국제연합 우주사령부 참모부에서 대원들을 '쉽게 굴러가는' 작전에 투입한 적이 없었잖은가.

레드 팀의 임무는 행성 지표로 내려가 궤도 방어위성에 탑재된 맥건에

---

1) 프레드의 계급은 일등상사(Petty Officer First Class)이며 나머지 레드팀 대원의 계급은 대부분 이등상사(Petty Officer Second Class)로, 해병대 기준으로 각각 하사(Staff Sergeant)와 병장(Sergeant)에 해당한다.

동력을 공급하는 발전소를 방어하는 일이었다. 함대는 시시각각 만신창이가 되어가고 있었다. 이제 방어선을 지키고 코버넌트가 리치 행성을 함락하지 못하게 막을 유일한 희망은 방어위성에 탑재된 거대한 수퍼 맥건뿐이었다.

마스터 치프가 직접 선발한 두 대원과 편성한 블루 팀을 뒤로하고 온 탓에 켈리를 비롯한 스파르탄 대원들이 초조해 한다는 사실은 프레드도 잘 알고 있었다.

사실은 그도 블루 팀으로 가고픈 생각이 굴뚝같았다. 레드 팀 소속 대원들은 하나같이 자신들이 손쉬운 임무를 받았다는 생각에 마음이 편치 않았다. 누구든 간에 꼭 맡아야 하는 일이라고는 하지만, 행여라도 아군 함대가 코버넌트의 진격을 가까스로 저지해낸다면 레드 팀의 임무는 쉽다 못해 '신문 배달' 수준이 될지도 모른다.

켈리가 손으로 프레드의 어깨를 툭 쳤다. 거칠기는 하지만 격려의 몸짓임을 프레드는 알고 있었다. 그렇잖아도 칼끝처럼 예리한 기민함이 묠니르 전투복 덕분에 다섯 배로 증폭된 그녀였다. 그런 켈리가 무심결에 어깨를 건드렸을 리 만무하다. 때로는 몸짓이 말보다 많은 것을 전하기 마련.

막 프레드가 켈리에게 뭐라고 말하려는 찰나 펠리칸이 기수를 확 낮추면서 스파르탄 대원들 모두 중력을 느꼈다.

"꽉 붙들어 매."

미첼 준위가 주의를 주었다.

펠리칸이 급선회하자 스파르탄 대원들은 무릎을 굽혔다. 고정끈이 풀리면서 화물 상자가 바닥에서 튕겨 나가 격벽 틈새에 끼였다.

무전에서 잡음이 새어 나오면서 롱소드 조종사의 목소리가 들려왔다.

"브라보 2-6, 적기와 교전 중이다. 적의 집중공격을 받……."

교신은 이내 갑작스런 잡음에 묻혔다.

폭발이 펠리칸을 뒤흔들면서 쇳조각이 동체에 부딪혀 튕겨 나갔다.

뜨겁게 달궈진 장갑판에 거품이 일며 통째로 떨어져 나갔다. 녹아내리는 장갑 사이로 플라즈마탄이 번득이고 지나가면서 남긴 가스가 순간 기내에 가득 찼다가, 뜯겨난 동체 사이로 내부 압력이 방출되면서 순식간에 빨려나갔다.

　갈기갈기 찢겨난 티타늄-A 장갑판이 햇빛에 붉게 물들었다. 펠리칸이 왼쪽으로 기울자 세라프 전투기 다섯 대가 난기류 속에서 갈팡질팡하며 이쪽을 추격해오는 모습이 어렴풋이 프레드의 눈에 보였다.

　"놈들을 따돌려보겠다, 꽉 잡아!"

　준위가 다급히 소리쳤다.

　펠리칸이 기수를 내리면서 끝내 엔진이 과부하됐다. 급기야 수평 꼬리 날개까지 떨어져 나가자 동체가 통제력을 잃고 마구 회전하기 시작했다.

　스파르탄 대원들은 사방으로 날아다니는 장비 틈바구니에서 수송칸 격벽을 붙잡고 힘겹게 버텼다.

　"이거 엄청 빡센 하강이 되겠는데."

　미첼 준위의 다급한 외침이 무전으로 들려왔다.

　"자동조종으로 설정하고 추진기를 역가동하겠다. 중력 때문에 더는 버티기 힘들다. 아무래도……."

　별안간 조종실 출입문 사이로 섬광이 번득이더니 방충유리 조각이 수송칸으로 우수수 쏟아졌다.

　준위의 심박이 일직선을 그었다.

　아찔한 회전 속도가 더욱 빨라지면서 쇳조각과 온갖 짐이 정신없이 이리저리 굴렀다.

　스파르탄-029 조슈아가 조종실과 가장 가까웠다. 그는 몸을 가누고 조종실 안을 들여다보았다.

　"플라즈마탄에 맞았습니다."

　그리고는 멈칫하다 덧붙였다.

"수송칸 단말기로 제어장치를 조작해보겠습니다."

조슈아는 왼손으로 쇠 격벽을 단단히 움켜잡고 오른손으로 벽면에 장착된 키패드를 격렬하게 두드리며 명령을 입력했다.

펠리칸이 통제불능에 빠져 멋대로 회전하면서 발생한 원심력 때문에 켈리는 수송칸 우측 바닥에 짓눌려 설설 기듯이 움직였다. 그녀는 어렵사리 후미로 기어간 다음 키패드를 조작해 진입로 해치에 부착된 폭발 볼트를 차례로 가동했다.

"터진다!"

켈리의 외침에 스파르탄 대원들은 몸을 숙였다.

폭발과 동시에 해치가 곤두박질치는 수송기 밖으로 뜯겨나갔다. 동체 외부를 따라 불길이 퍼졌다. 잠시 뒤면 수송칸 내부까지 불가마로 변할 것은 불을 보듯 뻔했다. 켈리는 밧줄을 타는 곡예사처럼 조심스러운 동작으로 제멋대로 회전하는 펠리칸 밖으로 살짝 고개를 내밀고 상황을 살폈다. 열기 때문에 전투복 방어막이 번쩍거렸다.

세라프 전투기 편대가 펄스 레이저를 발사했지만 펠리칸이 대기권에 진입하면서 생겨난 초고온 불꼬리 때문에 에너지가 맥없이 분산되어 사라졌다. 한 놈이 대기권에 너무 깊숙이 들어와 통제력을 잃고 기우뚱거리다 떨어져 나갔다. 나머지 한 놈은 선회하여 우주로 돌아갔다.

"놈들도 버티기 힘들었던 모양입니다. 모조리 내뺐습니다."

켈리가 보고했다.

"조슈아, 어떻게 됐나?"

프레드가 소리쳤다.

"자동조종장치가 고장 난 데다 조종실 제어장치와 연결이 끊어졌습니다. 추진기를 가동해서 회전을 조금이라도 줄여보겠습니다."

조슈아가 명령을 입력하자 우측 날개 엔진이 울리면서 이윽고 회전이 느려지다 완전히 멈췄다.

"착륙은 가능한가?"

프레드의 물음에 조슈아는 한 치의 망설임도 없이 나쁜 소식을 전했다.

"불가능합니다. 컴퓨터로도 현재 진입 항로에서 산출 가능한 좌표가 없습니다."

조슈아는 계속 키패드를 두들겼다.

"어떻게든 시간을 벌겠습니다."

프레드는 몇 가지 해결책을 쥐어짰다. 낙하산도, 로켓추진 강하정도 없다. 그렇다면 남은 선택은 이대로 펠리칸을 타고 지옥으로 급행하든지 아니면 뛰어내리든지 둘 중 하나다.

"급강하 준비!"

프레드가 고함쳤다.

"장비들 챙기고 전투복 정수압 젤라틴층의 압력을 최대로 올린다. 다들 이 악물어라. 경착륙이 될 거다."

'경착륙'이란 말 자체가 터무니없는 소리였다. 물론 스파르탄 대원들은 묠니르 전투복을 입고 있었기 때문에 어지간한 충격에는 끄떡도 없었다. 전투복에 탑재된 에너지 방어막과 정수압 젤라틴층, 반작용 액체금속 크리스털 회로에 스파르탄 대원들의 탄화 세라믹 접합 강화골격을 합치면 고속 불시착까지는 버텨내겠지만…… 대기권에서 초음속으로 내리꽂히는 상황에서까지 목숨을 보장할지는 장담하기 어려웠다.

그야말로 무모한 도박이었다. 조슈아가 펠리칸의 하강 속도를 줄이지 못한다면 대원들은 모조리 잘게 으깬 곤죽 신세가 되고 만다.

"12킬로미터 남았습니다!"

켈리가 후미 해치에 바짝 몸을 기댄 채로 소리쳤다.

"다들 후미로 이동. 내가 신호하면 강하한다."

프레드의 지시에 대원들은 장비를 챙겨 들고 뜯겨난 해치 쪽으로 움직였다.

조슈아가 추진기의 분사 방향을 역전환하자 펠리칸의 엔진이 굉음을 내지르기 시작했다. 감속 때문에 발생한 압력이 밀어닥치자 대원들은 뭐든 닥치는 대로 붙들었다.

조슈아가 혼신을 다해 망가지기 일보직전인 플랩을 제어하자 펠리칸 기수가 위로 들쳐 올라갔다. 속력이 마하 1로 떨어지면서 음속폭음이 동체를 뒤흔들었다. 동체가 마구 덜컹거리면서 곳곳에 접합된 리벳이 핑핑 튀어나왔다.

"8킬로미터, 아직도 속도가 너무 빠릅니다!"

켈리가 소리쳤다.

"조슈아, 그쯤하고 후미로 움직여."

프레드가 명령했다.

"알겠습니다."

펠리칸의 동체가 극도의 압력을 이기지 못하고 끼긱거리는 소리를 내며 휘어지기 시작했다. 펠리칸이 뒤흔들리며 찌그러지는 순간마다 삐걱이는 소리가 새어 나왔다. 프레드는 장갑을 낀 두툼한 손을 격벽에 받치고 수송기가 조금만 더 버텨주기를 빌었다.

헛수고였다. 끝내 좌측 날개 엔진이 폭발해 펠리칸이 통제력을 잃고 요동쳤다.

켈리를 비롯한 후미 가까이 있던 대원들이 밖으로 뛰어내렸다.

더는 지체할 시간이 없었다.

"전원 탈출!"

프레드가 소리쳤다.

"뛰어내려, 스파르탄! 빨리, 빨리!"

나머지 스파르탄 대원들도 추락하는 펠리칸의 중력과 몸싸움을 벌이며 후미로 기어갔다. 프레드는 조슈아를 붙들고 함께 몸을 내던졌다.

2

2552년 8월 30일 0631시 (군사 표준력)/
엡실론 에리다니 행성계, 리치 행성, 위치 불명

하늘과 땅이 정신없이 번갈아가며 안면 보호대 앞을 휙휙 스쳐 지나갔다. 프레드는 힘겹게 팔과 다리를 대자로 벌려 자세를 잡고 낙하속도를 줄였다. 오랜 세월 갈고닦아 몸에 밴 훈련 덕분에 자연스럽게 자세가 나왔다. 낙하산이 없다는 점만 빼면 꼭 패러세일링을 하는 기분이 들었다.

시간이 느릿느릿하면서도 쏜살같이 지나가는 듯했다. 일전에 켈리는 이런 현상을 가리켜 '스파르탄 타임'이라고 이름을 붙였다. 스파르탄 대원들은 강화수술을 거치면서 예리한 지각능력과 총알 같은 반응속도를 얻었기에, 극심한 압박 속에서도 상황 판단 및 대처능력이 일반인에 비해 훨씬 신속정확했다. 주위 상황을 파악하면서 프레드의 두뇌회전도 빨라졌다.

프레드는 동작 감지기를 켠 다음 작동 범위를 최대로 높였다. 전방투영창에 분대원들이 점점이 표시되었다. 대원 22명 전원이 쐐기꼴 낙하대형을 취하고 있었다. 그는 안도의 한숨을 내쉬며 무진을 열었다.

"코버넌트 지상군이 펠리칸 수송기를 추적했을지도 모른다. 대공사격에 대비해라."

스파르탄 대원들은 즉각 대형을 풀고 하늘에 흩어졌다.

프레드는 위험을 무릅쓰고 펠리칸 수송기를 힐끗 곁눈질했다. 펠리칸은 빙글빙글 돌면서 반짝이는 장갑판 조각을 흩뿌리다가 눈 덮인 험준한 산 중턱에 추락했다.

2천 미터 아래로 리치 행성의 지표면이 대원들의 눈앞에 펼쳐졌다. 넓고 푸른 숲과 먼발치로 어렴풋이 보이는 산맥, 서쪽에서 피어오르는 연기, 굽이도는 물줄기가 한눈에 들어왔다. 빅혼 강이다. 강줄기를 따라서는 먼 옛날 멘데즈 상등상사가 어린 스파르탄 대원을 훈련시켰던 숲이 있었다. 그 시절 어린 대원들은 식량이나 물, 변변한 무기조차 없이 지도 조각만 갖고서 경비병들이 지키던 수송기를 탈취해 기지로 돌아갔다. 지금은 마스터 치프가 된 존이 전체 대원들의 지휘관이 되었으며, 대원들에게 모두 하나로 뭉쳐야 한다는 교훈을 심어준 계기가 되었던 임무였다.

프레드는 옛 추억을 떨쳐버렸다. 지금은 맘 설레는 귀향길이 아니다.

훈련을 받았던 국제연합 우주사령부 군용지 01478-B 훈련장이 서쪽 어딘가에 있을 테고, 그럼 발전기는 어느 쪽이지? 프레드는 지형도를 불러와 전방투영창에 띄웠다. 지형도와 함께 코타나가 알맞은 것으로 골라 보내준 위성사진이 떴다. 조슈아가 일을 훌륭히 처리해줬다. 궤도를 근접 통과하며 촬영하는 정찰위성 사진만큼 선명하지는 않아도, 그 짧은 찰나에 구한 정보치고는 기대 이상이었다.

프레드는 발전기가 있는 곳에 이동지점을 표시한 다음 분대 전술 통신망에 데이터를 전송했다. 그는 숨을 깊게 들이쉬고 입을 열었다.

"저기가 목적지다. 목적지를 향해 접근하되 몸을 반듯이 펴라. 숲을 통과해서 강하 속도를 줄인다. 숲으로 가기 어렵다면 수면을 노려라. 충돌 직전에 반드시 팔다리를 몸에 바짝 붙이도록."

명령을 확인했다는 뜻의 파란 불빛 21개가 깜박거렸다.

"충돌 직전에 정수압 젤라틴층을 과압축하라."

정수압 젤라틴층의 압력 한계치를 초과해 압축했다가는 질소색전증에 걸릴지도 모를 일이었지만 대원들은 이미 종단 속도에 접어들었다. 프레드가 서둘러 계산해본 결과, 완전무장한 스파르탄 대원 각각의 강하 속도는 초속 130미터였다. 젤라틴층의 압력이라도 한껏 높여 최대한 충격을 완화해야 한다. 가만히 손을 놓고 있다가는 무식하게 튼튼한 묠니르 전투복에 온몸이 짜부라져 내장이 모조리 으깨질 판이었다.

명령 확인 불빛이 다시 깜박였지만…… 약간 주저하는 분위기가 느껴졌다.

남은 거리 500미터.

프레드는 마지막으로 동료 대원들을 봐두었다. 대원들은 마치 색종이 조각처럼 지평선 너머로 뿔뿔이 흩어졌다.

숲으로 내리꽂히는 사이 그는 무릎을 끌어올리고 무게중심을 바꾸며 가능한 한 진입각을 반듯하게 잡으려고 애썼다. 효과는 있었지만 생각만큼 속도가 많이, 그리고 빨리 줄어들지는 않았다.

남은 거리 100미터.

숲에서 제일 높은 우듬지를 스치고 지나가자 방어막이 깜박거렸다.

프레드는 최대한 숨을 깊게 들이쉬고 내뱉으며 무릎을 끌어안고 몸을 공처럼 말았다. 그리고는 정수압 시스템의 한계치를 무시하고 몸을 감싼 젤라틴층의 압력을 사정없이 높였다. 모래알처럼 조그마한 칼날 수천 개가 살갗을 콕콕 찌르는 듯한 통증이 온몸을 엄습했다. 스파르탄-II 양성단계를 밟으며 강화수술을 받았던 날 이후로 이토록 끔찍한 고통을 느껴보기는 처음이었다.

프레드가 나뭇가지 사이로 곤두박질치는 순간 묠니르 전투복의 방어막이 번쩍거리더니, 굵다란 나무둥치 한가운데를 들이받자 갑작스런 파열음과 함께 소진되었다. 프레드는 미사일처럼 나무를 꿰뚫고 그대로 내리꽂혔다.

몸이 마구 뒹굴면서 온갖 충격이 속사포처럼 쏟아졌다. 꼭 영거리에서 돌격소총 한 탄창을 고스란히 얻어맞는 느낌이었다. 몇 초 뒤 프레드는 뼈가 으스러지는 듯한 충격과 함께 땅바닥에 처박혔다.

전투복이 망가지고 말았다. 보이지도 들리지도 않았다. 그는 정신이 혼미한 와중에도 의식을 붙들고 긴장을 놓치지 않으려고 죽을힘을 다했다. 잠시 뒤 전방투영창에 별이 가득 들어찼다. 알고 보니 망가진 것은 전투복이 아니라 프레드 자신이었다.

"상사님! 일어나세요, 움직여야 합니다."

기나긴 터널에서 들려오는 소리처럼 켈리의 목소리가 머릿속에 울렸다.

눈앞이 서서히 돌아오면서 프레드는 천천히 몸을 뒤집어 손과 무릎으로 땅을 짚었다. 꼭 뱃속을 갈가리 찢어 잘게 조각냈다가 아무렇게나 도로 꿰매놓은 것처럼 속이 몹시 고통스러웠다. 거칠게 숨을 내뱉자 허파 속까지 쓰라렸다.

통증이 꼭 나쁜 것만은 아니었다. 덕분에 정신이 번쩍 들었으니까.

"다들 무사한가?"

프레드가 쿨럭거리며 말했다. 입속이 쇠맛으로 가득했다. 켈리가 옆에 무릎을 꿇고 앉아 개인 통신망을 열었다.

"대부분 부상이 경미합니다. 방어막 생성기나 감지 시스템이 나갔거나 골절상이나 타박상을 입은 선에서 그쳤습니다. 이만해서 정말 다행입니다. 중상을 입은 대원은 여섯 명입니다. 고정된 위치에서는 교전이 가능하지만 움직이기는 힘듭니다."

켈리는 숨을 깊게 들이쉬고 덧붙였다.

"전사자는 네 명입니다."

프레드는 끙끙거리며 땅에서 일어섰다. 머리가 어질어질한데도 몸을 똑바로 일으켰다. 반드시 똑바로 서야 한다. 분대를 생각해서라도 아직 분대장이 건재함을 똑똑히 보여줘야 했다.

스파르탄 대원들은 작전에서 사상자를 내는 경우가 극히 드물었다. 하지만 이제 막 작전이 시작된 시점에서 벌써 분대원을 넷이나 잃었다. 프레드는 미신 따위를 믿는 사람이 아니었지만, 슬슬 스파르탄 대원들의 운이 다해 간다는 불길한 생각을 떨쳐내기가 힘들었다.

"상사님은 할 일을 했을 뿐입니다. 상사님이 즉석에서 결단을 내리지 않았더라면 우리는 이렇게 살아남지도 못했을 겁니다."

켈리가 속마음을 꿰뚫어본 것처럼 말했다.

프레드는 욕지기가 목구멍까지 올라왔다. 켈리는 그가 기지를 발휘했다고 말했지만 실제로는 볼썽사납게 불시착했을 뿐이었다. 지금만큼은 그 얘기를 입에 담고 싶지 않았다.

"다른 소식은 없나?"

"왜 없겠습니까? 강하하는 도중에 탄약통을 비롯해 배낭과 여분 총기가 착륙지점 사방에 흩어졌습니다. 돌격소총이 있는 대원은 거의 없습니다. 다해봐야 다섯 명이 고작입니다."

프레드는 본능적으로 MA5B 돌격소총에 손을 뻗었지만, 아무것도 잡히지 않았다. 충격으로 인해 총기 고정클립까지 떨어져 나가고 없었다. 탄띠에 달아둔 수류탄도 사정은 마찬가지였고 장비를 넣어둔 가방도 온데간데 없었다. 프레드는 어쩌겠느냐는 듯이 어깨를 으쓱였다.

"그럼 임시변통해야겠군."

켈리는 돌멩이를 주워들고 무게를 가늠했다.

프레드는 고개를 떨어뜨린 채 잠시 숨을 고르고 싶은 충동을 억눌렀다. 지금은 그저 바닥에 앉아 쉬면서 머리를 짜내고 싶을 뿐이었다. 뿔뿔이 흩어진 분대원들을 무사히 집결시킬 묘안이 분명히 있을 텐데. 마치 훈련을 받는 듯한 기분이 들었다. 그는 더 말썽을 일으키지 않고 임무를 완수할 방법을 찾는 데 골몰했다.

하지만 시간이 촉박했다. 임무는 발전소 방어. 코버넌트가 스파르탄 대원들이 선수를 치게 내버려둘 리가 만무했다. 리치 행성 최고 사령부 자리에서 피어오르는 시커먼 연기 기둥만 봐도 곧 놈들이 발전소까지 들이닥칠 것이 눈에 선했다.

"대원들을 집결시켜라. 베타 대형을 짜고 발전소까지 도보로 이동한다. 부상자와 전사자도 챙긴다. 총을 소지한 대원들은 척후병 삼아 선두에 세워라. 운이 따라주길 빌어보자."

켈리가 분대 통신망에 대고 지시를 내렸다.

"전원 전진. 이동지점까지 베타 대형으로 간다."

프레드는 전투복을 살펴보았다. 정수압 보조시스템의 압력장치 밀폐기가 망가져서 압력치가 바닥으로 떨어져 있었다. 간신히 움직일 수는 있겠지만 플라즈마탄 사이를 달리며 공격을 피해야 하는 상황을 맞닥뜨리기 전에 한시 빨리 부품을 갈아야 했다.

프레드는 켈리의 뒤를 따라가며 전술 피아식별 표시기에 나타난 스파르탄 대원들을 확인했다. 코버넌트의 기습에 대비해 넓게 흩어져 나무 사이사이를 신속히 움직였기에 육안으로는 보이지 않았다. 대원들은 쥐죽은 듯이 조용히 숲속을 이동했다. 빛이나 그림자 또는 묠니르 전투복의 녹색 광택만이 간간이 나타났다가 금세 사라졌다.

"레드-1, 여기는 레드-12. 적 한 놈 발견…… 사살했다."

"여기도 하나 발견."

뒤따라 레드-15가 보고했다.

"사살했다."

분명히 어딘가에 적이 더 있다. 프레드가 알기로 코버넌트는 결코 소규모로 움직이는 법이 없었다.

정말로 코버넌트가 대규모 병력을 지상에 배치했다면 필시 궤도의 상황이 썩 좋지 않다는 뜻이다. 그렇다면 이미 악화일로에 접어든 임무가 최악의 상황에 봉착하기란 시간문제에 지나지 않는다는 얘기다.

프레드는 대원들의 상황 보고를 듣는 데 열중하다 하마터면 자칼 한 쌍과 정면으로 마주칠 뻔했다. 그는 본능적으로 나무 그림자 사이에 몸을 숨기고 꼼짝도 하지 않았다.

자칼들은 이쪽을 보지 못했다. 하지만 새대가리처럼 생긴 머리를 허공에 치켜들고 코를 킁킁거리더니 더욱 조심스러운 몸짓으로 프레드가 숨은 곳으로 다가오기 시작했다. 놈들이 플라즈마 피스톨을 내저으며 에너지 방패를 가동했다. 윙 소리와 함께 좁다란 타원형 방어막이 물결치며 펼쳐졌다.

프레드는 무전으로 레드-2, 켈리에게 신호를 두 차례 보냈다. 켈리는 즉각 파란 불빛을 깜박여 지원 요청에 응답했다.

자칼 놈들이 오른쪽으로 홱 돌아서더니 코를 킁킁댔다.

주먹만 한 돌멩이가 놈들의 왼쪽에서 휙 날아들었다. 둔탁한 소리와 함께 돌멩이가 선두에 있는 자칼의 뒤통수를 때렸다. 놈은 꽥 소리를 지르며 보랏빛 피웅덩이 위로 철퍽 쓰러졌다.

프레드는 앞으로 세 걸음 재빠르게 뛰쳐나가 마지막 자칼에게 접근했다. 그는 에너지 방패 옆으로 돌아서서 놈의 팔목을 움켜잡았다. 놈은 기겁하며 비명을 질렀다.

프레드는 자칼의 총이 들린 팔을 잡아당겨 비틀었다. 제 손에 들린 플라즈마 피스톨의 총구가 얼룩덜룩하고 우둘투둘한 자기 목으로 돌아가자 놈이 마구 몸부림쳤다.

주먹을 꽉 틀어쥐자 자칼의 뼈가 으스러지는 느낌이 왔다. 플라즈마 피스톨이 밝은 에메랄드빛 섬광을 내뿜자, 자칼은 머리통이 날아간 채 맥없이 뒤로 쓰러졌다.

프레드가 떨어진 총을 줍는 사이 켈리가 나무 사이에서 나타났다. 그가 플라즈마 피스톨을 던져주자 잽싸게 낚아챘다.

"고맙긴 한데 저는 이런 코버넌트 장난감보다 제 소총이 더 좋습니다."

켈리의 볼멘 대답에 프레드는 고개를 끄덕이고는 노획한 플라즈마 피스톨을 전투복에 부착했다.

"돌팔매질 솜씨는 여전하던걸."

"제가 누굽니까. 실력은 좀 녹슬었지만요."

켈리가 고개를 끄덕이며 답했다. 그때 분대 무전망으로 조슈아의 보고가 들어왔다.

"레드-1, 현재 그쪽에서 500미터 전방에 있습니다. 이것 좀 보셔야겠습니다."

"알았다. 레드 팀, 현 위치를 고수하며 내 지시를 기다려라."

명령 확인 불빛이 깜박였다.

프레드는 몸을 반쯤 웅크리고 조슈아에게 접근했다. 전방에서 불빛이 새어 들어왔다. 그늘이 점차 옅어지나 싶더니 싹 사라졌다. 숲이 온데간데 없었다. 나무가 전부 송두리째 뽑히거나 숯덩이로 변해 있었다.

사방이 시체로 가득했다. 수많은 그런트와 자칼과 엘리트 시체가 개활지 위를 어지러이 나뒹굴었다. 간간이 사람도 보였지만 전부 주검 신세였다. 플라즈마에 맞아 아직도 몸에서 연기가 피어오르는 해병도 있었다. 스콜피온 전차는 뒤집혔고 워트호그는 타이어가 불타고 있었다. 땅에 처박힌 밴시 하나는 날개가 가시철조망에 걸린 탓에 조종사도 없이 같은 곳을 끝없이 맴돌고 있었다.

다행히도 발전소는 전투가 휩쓸고 간 숲 반대편에 있어 무사했다. 기관총이 빼곡하게 거치된 철근 콘크리트 엄폐호가 야트막한 건물을 빙 둘러쌌다. 발전기는 건물 지하에 깊숙이 묻혀 있었다. 끈질긴 시도에도 아직까지는 코버넌트가 발전소를 점령하지 못한 모양이었다.

"전방에 움직임 포착."

조슈아가 숨을 죽이며 말했다. 동작 감지기에 점 네 개가 깜박였다. 피아식별 장치에 찰리 중대 소속 해병대원이라고 표시되었다. 전방투영창이 자동으로 주변 지형도에서 해병들을 표시하고 옆으로 군번을 띄웠다.

프레드는 조슈아에게서 저격소총을 받아들고 조준경으로 전방을 살폈다. 해병대원이 틀림없었다. 도처에 나뒹구는 시체를 뒤지면서 생존자를 찾고 총기와 탄약을 주섬주섬 챙기고 있었다.

프레드는 미심쩍은 표정을 지었다. 해병 분대의 움직임이 어딘가 어정쩡했다. 대형이 흐트러져 사각이 무방비로 노출되었으며 주변에 엄폐물이 있는데도 몸을 숨길 생각조차 하지 않았다. 무수한 실전으로 단련된 그의 눈에는 꼭 아무렇게나 쏘다니는 것처럼 보였다. 해병 하나는 아예 멍하니 원을 그리며 어슬렁거렸다.

프레드는 국제연합 우주사령부 공용 주파수대로 단파를 송신했다.

"해병 분대, 여기는 스파르탄 레드 팀이다. 6시 방향에서 접근하겠다. 응답하라."

해병들은 몸을 돌려 프레드가 있는 방향을 힐끗 쳐다보고는 돌격소총을 들어 올렸다. 무전망에서 지지직거리는 소리가 새어 나오더니 잔뜩 쉬고 힘 빠진 목소리가 대답했다.

"스파르탄? 댁들이 정말 스파르탄인지는 몰라도…… 힘 좀 보태주십쇼."

"제때 지원하지 못해 유감이다."

"제때라굽쇼?"

해병이 씁쓸한 웃음을 지었다.

"무슨 말씀을, 막 1라운드가 끝났을 뿐입니다."

프레드는 조슈아에게 저격소총을 돌려준 다음 손가락으로 그의 눈을 가리켰다가 다시 해병들을 가리켰다. 조슈아는 말없이 고개를 끄덕이며 저격소총을 견착한 뒤 방아쇠에 손가락을 걸고 해병들을 살폈다. 해병들한테는 너무할지 몰라도 조심해서 나쁠 것은 없었다.

프레드는 마구 뒤엉킨 그런트 시쳇더미와 박살난 워트호그에서 나온 뒤틀린 쇳조각과 시커멓게 녹아내린 타이어 사이를 지나 해병 분대에게 다가갔다.

지옥에라도 갔다 온 몰골들이었다. 살갗이 까지고 화상을 입어 성한 데가 없었고, 쇼크 때문인지 눈빛이 동태 눈알처럼 흐리멍덩했다. 해병들은 프레드를 보고 입을 딱 벌렸다. 스파르탄 대원을 처음 보는 사람들은 으레 이렇게 나오는 경우가 대부분이었기에 그는 새삼스럽지도 않았다. 2미터가 넘는 체격에 500킬로그램이나 나가는 전투복을 입고 코버넌트의 피로 칠갑을 한 거구 앞에 서면, 놀랍고 두려운 한편 수상쩍은 기분에 사로잡히기 마련이다.

프레드는 이런 반응이 언짢았다. 다른 국제연합 우주사령부 장병들과 똑같이 전장에서 싸우고 승리하고픈 마음은 그도 마찬가지였다. 상병은 멍하니 있다가 정신을 차리고는 철모를 벗고 짤막한 붉은 머리를 긁적이며 뒤를 쳐다보았다.

"상사님, 놈들이 또 쳐들어오기 전에 기지로 돌아가야 합니다."

프레드는 고개를 끄덕였다.

"생존한 중대원은 얼마나 되나?"

상병은 세 분대원을 힐끗 쳐다보고는 고개를 갸웃거렸다.

"잘 못 들었습니다?"

아직 전투의 충격이 가시지 않아서 저러는가 싶은 생각에 프레드는 짜증을 억누르며 차분한 목소리로 다시 물었다.

"피아식별 분류에 자네들 소속이 찰리 중대로 나오는군. 중대원이 몇이나 남았고 부상자는 얼마나 있나?"

"부상자는 없습니다."

상병이 대답했다.

"다른 중대원도 없습니다. 생존자는 저희가 전부입니다."

3

2552년 8월 30일 0649시 (군사 표준력)/

엡실론 에리다니 행성계, 리치 행성, 궤도 방어 발전소 A-331

프레드는 임시 지휘소로 삼은 남쪽 엄폐호 위에 서서 전장을 훑어보았다. 엄폐호를 급조한 까닭에 속건성 콘크리트 보수제가 채 굳지 않아 물컹거렸다.

엄폐호가 있는 위치가 최적의 방어 거점은 아니었지만, 발전소 주변 방어선을 보강하는 대원들의 모습이 한눈에 내려다보였다. 스파르탄 대원들은 면도날 철조망을 치고 앤트라이온 대인지뢰를 묻고 일대를 샅샅이 정찰했다. 6인 화력조를 편성한 대원들은 전장을 살피며 총기와 탄약을 회수했다.

상황이 일단락되자 프레드는 한숨 돌리고 자리에 앉아 전투복 부품을 들어냈다. 평상시 같았으면 기술진이 수리를 거들었겠지만 한두 번 겪은 일이 아니었기 때문에 실전에서의 기본적인 수리법 정도는 다들 숙지한 지 오래였다. 그는 손상된 압력장치 밀폐기를 꺼내고 스파르탄-059의 전투복에서 회수한 정상 부품으로 신속히 갈아 넣었다.

프레드의 안색이 어두워졌다. 스파르탄-059, 말콤이 입던 전투복에서 부품을 빼낼 수밖에 없었던 자신이 미웠다. 하지만 전우가 유품으로 남긴 여분 부품을 그냥 내다 버리는 것 또한 예의가 아니었다.

그는 강하 당시의 기억을 머릿속에서 치우고 부품 교체를 마무리했다. 지금은 자책할 만큼 여유로운 상황이 아니다. 더욱이 이렇게 힘든 상황 속에서 고군분투하는 사람이 비단 레드 팀 소속 스파르탄 대원뿐이던가.

생존한 찰리 중대 소속 해병들은 체인건 포탑과 워트호그, 스콜피온 전차를 동원해 코버넌트의 맹공격을 거의 한 시간 가까이 막아냈다. 그런트들은 지뢰밭을 횡단하여 돌진하면서 자칼과 엘리트에게 길을 뚫어주었다.

찰리 중대의 중대장인 벅먼 중위는 적의 측면을 치려고 병력의 상당수를 숲으로 이동시켰다. 하지만 함께 요청했던 공중지원이 화를 부르고 말았다.

공중지원 요청에 리치 행성 최고 사령부에서는 발전소가 금방이라도 점령당할지 모르는 위험한 상황이라는 판단을 내렸고, 참모진 중에서 겁에 질린 누군가가 폭격기 편대를 급파해 반경 500미터에 달하는 숲을 쑥대밭으로 만들었다. 그 결과 쇄도해 들어오던 코버넌트 병력은 깡그리 쓸려나갔지만, 벅먼 중위와 휘하의 해병들까지 폭사하고 말았다.

이 무슨 낭비란 말인가.

프레드는 마지막 남은 파손 부품을 교체하고 전원을 가동했다. 상태 표시등이 파랗게 깜박였다. 한숨 돌렸다는 생각에 그는 털고 일어나 무전을 켰다.

"레드-12, 상황을 보고하라."

무전을 통해 윌의 목소리가 들려왔다.

"방어선 구축이 끝났습니다. 개미새끼 하나 없습니다."

"수고했다. 방어 태세는?"

"체인건 열 정을 회수해 발전소 둘레를 따라 화망을 빈틈없이 깔았습니다. 밴시 세 대도 운용 가능합니다. 자칼이 쓰는 손목 장착형 에너지 방패

생성기 30개에, 돌격소총과 플라즈마 라이플에 수류탄까지 합쳐서 100개쯤 있습니다."

"탄약은 없나?"

"당연히 있습니다. 한 시간 넘게 퍼붓고도 남을 만큼 넉넉합니다."

월은 잠시 멈칫하다 덧붙였다.

"본부에서 지원을 해주기는 했던 모양입니다. 회수한 물건 중에 '최고 사령부 오메가 조병창'이라고 적힌 상자가 있습니다."

"뭐가 들었지?"

"아나콘다 지대공 미사일 여섯 발에……."

월이 기쁨을 참다못해 들뜬 목소리로 대답했다.

"퓨리 전술핵 두 기가 들었습니다."

프레드는 감탄스레 휘파람을 불었다. 퓨리 전술핵은 국제연합 우주사령부의 군수품 중에서 핵 수류탄에 가장 가까운 무기였다. 미식축구공을 크게 부풀린 듯한 모양에, 파괴력은 1메가톤에 살짝 미치지 못하는 수준이지만 방사능을 거의 남기지 않는 장점이 있었다. 다만 현재 상황에서는 아무짝에도 쓸모가 없다는 점이 안타까울 뿐이었다.

"퓨리는 고이 보관해놓도록. 핵은 사용이 불가능하다. 전자기파에 발전기가 타버릴지도 모른다."

"알겠습니다."

월은 못내 아쉬워 한숨 섞인 소리로 대답했다.

"레드-3, 상황 보고하라."

조슈아가 잠시 머뭇거리다 숨죽이고 대답했다.

"상황이 썩 좋지 않습니다, 레드-1. 현재 우리 쪽 계곡과 맞은편 계곡 사이의 산등성이에 있습니다. 코버넌트의 대규모 집결지점을 확인했습니다. 함선 한 척이 상공에서 대기 중이고 대대 규모로 추정되는 적 병력이 지상에 깔렸습니다. 그런트, 자칼, 각종 장비에다 지원용 기갑부대까지 배치해놨습니다. 슬슬 2라운드에 들어가려나 봅니다."

프레드는 불안감에 아랫배가 서늘해지기 시작했다.

"정찰 정보를 전송해라."

"알았습니다."

자그마한 사진이 프레드의 전방투영장치에 나타나면서 조슈아가 저격 소총 조준경을 통해 살펴본 광경이 눈에 들어왔다. 30미터 상공에 코버넌트 순양함이 떠 있었다. 순양함에는 각종 에너지 무기와 플라즈마 포대가 빼곡하게 탑재되어 있었다. 놈의 사정거리에 들어서는 순간 꼼짝없이 통구이가 될 판이었다.

순양함과 리치 행성 지표면 사이에 연결된 중력 리프트를 통해 병력이 꾸역꾸역 쏟아져 나왔다. 그런트 부대에 엘리트가 조종하는 밴시 비행중대 셋으로도 모자라 어림잡아도 열 대가 넘는 레이스 기갑부대까지 쳐서 족히 수천은 될 법했다.

하지만 도무지 이해가 되지 않았다. 그냥 순양함으로 포화를 퍼부으면 될 텐데 왜 애써 병력을 움직였을까? 혹시 모르는 공습에 대비하려고? 코버넌트는 공격 중에는 결코 망설이는 법이 없을 텐데. 그러나 여태껏 그가 숨이 붙어 있다는 사실인즉 무슨 이유에서인지 놈들이 교전수칙을 수정했다는 얘기였다.

코버넌트가 왜 이제 와서 몸을 사리는지 알다가도 모를 일이었지만 덕분에 기회가 생겼다. 놈들을 어떻게 저지할지 생각해볼 틈이 생겼으니까. 스파르탄 대원 전원이 최상의 기동성을 갖춘 상태였다면 치고 빠지기식 전술을 펼쳐 대규모 적 병력을 상대하겠지만, 지금처럼 거점을 사수하는 것은 전혀 다른 문제였다.

"10분마다 상황을 보고하도록."

프레드가 조슈아에게 말했다. 그의 말소리가 갑자기 무뚝뚝해졌다.

"알겠습니다."

"레드-2, 위성통신 연결은 어떻게 됐나?"

"아직입니다."

켈리가 긴장 섞인 목소리로 답했다. 켈리는 여전히 찰리 중대가 쓰던 총알구멍이 숭숭 뚫린 통신기와 씨름하는 중이었다.

"주파수 전반이 전투 보고로 넘쳐나서 연결이 늦어지고 있습니다. 하지만 얼핏 듣기로도 궤도 전투가 잘 풀리지 않는 듯합니다. 이제는 우리가 무슨 수를 써서라도 반드시 발전소를 사수해야 합니다."

"알았다, 계속 상황을……."

"잠깐만요. 리치 최고 사령부에서 찰리 중대로 무전이 들어왔습니다."

최고 사령부에서 무전이? 프레드는 리치 행성 최고 사령부가 진작 적에게 무너진 줄로만 알고 있었다.

"인증 암호는?"

"확인했습니다."

"연결해줘."

"찰리 중대? 제이크 채프먼? 뭐하느라 이렇게 늦는 건가? 여태껏 부하들을 보내지 않고 대체 뭣하고 앉았나?"

"여기는 일등상사 스파르탄-104다. 현재 찰리 중대의 지휘를 맡고 있다. 신분을 밝혀라."

프레드가 대답했다.

"당장 채프먼 중위를 바꾸게, 스파르탄!"

반대편에서 짜증 섞인 목소리로 딱딱거렸다.

"그건 불가능합니다. 부상자 네 명을 제외하고 찰리 중대는 전멸했습니다."

프레드는 저쪽이 장교임을 알아차리고서 존대로 답했다.

한동안 지지직거리는 잡음만 새어 나왔다.

"내 말 똑똑히 듣게. 본관은 해군 참모 부총장 댄포드 위컴 중장일세! 내가 누군지 알아듣겠나?"

"예, 중장님."

중장이라는 말에 프레드는 움찔하는 목소리로 대답했다. 행여나 코버넌트가 현재 교신을 도청하는 중이라면 중장은 놈들한테 나 여기 있으니 잡아가라고 떠들어댄 꼴이었다.

"나는 지금 최고 사령부에서 동남쪽에 있는 협곡에 참모진과 함께 갇혀 있네. 즉시 대원들을 데리고 와서 구출해주게!"

"그건 안 됩니다. 저희는 궤도 방어위성에 전력을 공급하는 발전소를 방어하라는 직속명령을 받았습니다."

"그 명령을 철회하겠네!"

중장이 악을 썼다.

"두 시간 전 부로 내가 리치 행성 방어와 관련한 전술 지휘 전권을 위임받았네. 자네가 스파르탄이건 빅혼 강물 위를 걷는 예수건 알 바 아니니 당장 이리로 오게! 이건 명령이다! 알아들었나?"

위컴 중장이 전술 지휘권을 쥐고 있다는 말은 곧 최고 사령부가 공격받을 당시 수많은 장성이 단체로 군복을 벗었다는 소리였다.

자그마한 노란색 불빛이 프레드의 전방투영창 위로 깜박였다. 생체 계측기가 혈압과 심박 상승을 감지하고 경고 신호를 보냈다. 손도 아주 미세하게 떨렸다. 그는 떨리는 손을 추스르며 응답했다.

"알겠습니다. 공중지원은 가능합니까?"

"불가능하다. 코버넌트의 첫 공격에 전투기와 폭격기가 전부 날아갔네."

"잘 알겠습니다. 곧 구출해드리겠습니다."

"서둘러주게, 상사!"

무전이 툭 끊어졌다.

프레드는 수백 명에 달하는 해병들이 발전소를 방어하다 죽어나간 책임이 위컴 중장한테 있지는 않은지 의심스러웠다. 중장이 뛰어난 해군 장성임에는 의심의 여지가 없겠지만…… 함대 사령관이 지상전을 통솔했다면? 상황이 개판 5분 전이 됐다 해도 이상할 것이 없었다.

경험이 부족한 새파란 중위에게 압도적으로 우세한 적의 측면을 공격하라고 닦달했던 사람이 중장이었을까? 주변 일대를 집중 폭격하겠답시고 공중지원을 띄웠던 장본인도?

중장의 판단이 영 못 미더웠지만 직속명령에 불복할 수는 없는 처지였다.

프레드는 전방투영창에 분대원 명단을 띄웠다. 간신히 걷는 수준의 중상자 여섯 명을 포함한 스파르탄 대원 열여덟 명에, 벌써 지옥에 갔다 와서 녹초가 된 해병대원 네 명이 전부였다. 대규모 코버넌트 병력을 격퇴하고 발전소를 사수해야 하는 판에 위컴 중장 구출 임무까지 추가됐다. 그리고 늘 그래 왔듯 대원들의 생사는 차선순위에 머물렀다.

발전소를 방어할 무기는 있었다. 수류탄, 체인건, 미사일에…….

프레드는 멈칫했다. 아무래도 전술 상황을 잘못 읽은 듯했다. 지금껏 발전소를 방어할 생각만 하느라 한 가지를 까맣게 잊고 있었다. 스파르탄 대원들이 능력을 십분 발휘하는 분야는 바로 '공격'이었다.

프레드는 분대 무전망을 열었다.

"다들 방금 교신을 들었나?"

파란 불빛들이 깜박였다.

"좋아, 이렇게 한다. 분대를 넷으로 나눈다."

그는 명단에서 부상 당한 스파르탄 대원들과 해병 네 명을 지정했다.

"팀 델타는 이곳으로 퇴각한다."

그런 다음 일대의 전술 지도를 띄우고 북쪽으로 16킬로미터 떨어진 곳에 있는 산기슭에 이동지점을 표시했다.

"워트호그 두 대에 나눠 타고 가되, 적의 저항에 부딪히면 차를 버리고 은폐해라. 지역 확보가 너희 임무다. 그곳을 후퇴지점으로 삼겠다. 나머지 대원들의 퇴로를 열어두도록."

팀 델타가 곧바로 명령을 접수했다. 그 산기슭은 스파르단 대원들이 손바닥 보듯 훤히 아는 곳이었다. 지도에는 없지만 핼시 박사와 몇 개월간 훈련을 했던 곳이었으니까. 산자락 아래에는 해군 정보국에서 극비 연구 시설로 탈바꿈해 놓은 동굴이 있었다. 온갖 공격과 방사능 피해에 대비해 보강되었으며, 핵폭탄 공격을 비롯해 그 어떠한 공격이라도 견딜 만큼 견고했다. 임무가 모조리 물거품으로 돌아갔을 경우 몸을 피할 장소로써는 최적의 조건을 갖춘 곳이었다.

"팀 감마."

프레드는 레드-20, 레드-21, 레드-22를 골랐다.

"중장님과 참모진을 구출해 발전소로 모셔 와라. 인원이 한 명이라도 더 필요하다."

"알겠습니다."

레드-21이 대답했다.

일단 프레드는 협곡에 갇혀 구조를 요청하는 위컴 중장의 명령을 따르기로 했다. 하지만 차라리 협곡에 그대로 있는 편이 더 안전할 수도 있다는 사실을 중장은 미처 모르고 있었다.

"팀 베타."

프레드는 레드-19에서 레드-4까지 표시했다.

"발전소 방어를 맡아라."

"알겠습니다, 상사님."

"마지막으로 팀 알파."

그는 켈리, 조슈아, 그리고 자신을 택했다.

"명령만 내리십쇼."

조슈아가 대답했다.

"우리는 계곡으로 이동해 저 인간 같잖은 것들을 모조리 쓸어버린다."

프레드와 켈리는 임시 지휘소에 끌어다 놓은 밴시 세 대 앞에 섰다. 프레드는 가까운 밴시의 조종석 내부를 유심히 들여다보다가 작동 손잡이를 쥐었다. 밴시가 반중력 장치에서 밝은 금속성 청색 빛을 내며 공중으로 1미터가량 떠올라 천천히 앞으로 나아가기 시작했다. 손잡이에서 손을 떼자 다시 바닥에 내려앉았다. 그는 나머지 두 대도 서둘러 점검해보았다. 둘 다 문제없었다.

"좋았어. 다 작동되는군."

켈리는 미심쩍은 듯이 팔짱을 꼈다.

"비행이라도 즐기게요?"

워트호그가 달려와 프레드와 켈리 앞에서 끽 멈춰 섰다. 운전석에는 조슈아가 타고 있었다. 워트호그 뒤편에는 잭해머 로켓탄 대여섯 발과 로켓 발사기 세 정이 실려 있었다. 조수석에 실린 화물 상자에는 국제연합 우주 사령부 장병들이 'EB 그린'이라고 부르는 강력접착 청테이프가 한가득이었다.

"임무 완수했습니다."

조슈아가 워트호그에서 내리며 말했다. 프레드는 발사기 하나와 로켓탄 두 발을 꺼내고 청테이프를 하나 집었다.

"산등성이 건너편에 있는 코버넌트 병력을 공격하려면 필요한 것들이지. 둘 다 발사기 하나하고 로켓탄을 밴시에 적당량 실어."

조슈아와 켈리는 움직이다 말고 멈칫해서는 프레드에게 고개를 돌렸다.

"뭐 좀 물어봐도 됩니까?"

"말해봐."

"멋지게 싸우고픈 맘이야 저도 굴뚝같지만, 아무리 날고 기는 우리라 한들 놈의 수가 너무 많습니다. 어림잡아도 천 대 일인걸요."

"일당백이면 몰라도 말입니다."

조슈아도 옆에서 거들었다.

"괜찮은 계획에 지원만 받쳐준다냐야 일당오백까지도 되겠지만, 저런 대군을 상대로 정면 공격을 하기는 아무래도……."

"정면 공격을 하자는 얘기가 아냐."

프레드는 그렇게 말하며 비좁은 밴시 조종석에 로켓발사기를 쑤셔 넣었다.

"청테이프."

켈리가 청테이프를 뜯어 그에게 건넸다. 프레드는 테이프를 둘러 감아 발사기를 고정시켰다.

"감쪽같이 속여 넘길 생각이니까."

켈리는 무슨 계획이 있어서 프레드가 저리 호언장담하는지 잠시 생각해 보고는 입을 열었다.

"일단 눈속임으로 적진에 들어간다 치고, 그다음에는 어떡합니까?"

"애석한 일이지만 전술핵도 못 씁니다."

조슈아가 곰곰이 생각하다 말했다.

"계곡까지 싣고 가서 터뜨린다 해도 위험합니다. 주변 산등성이가 전자기파를 막기에는 너무 낮습니다. 자칫했다가는 궤도 방어위성 발전소를 홀랑 태워먹을 겁니다."

"핵을 꼭 그렇게 쓰라는 법은 없지. 중력 리프트로 순양함에 침투한 다음 함선 내부에서 핵을 터뜨리면 그만이거든. 순양함의 방어막이 전자기파를 흡수해줄 거다."

"그렇다면 저 순양함은 역사상 가장 거대한 수류탄이 되는 셈이군요."

켈리가 잠자코 듣다가 덧붙였다.

"하지만 작전이 실패하기라도 하면 잔뜩 약이 받쳐 개떼처럼 몰려든 코버넌트 한가운데에 떨어지는 꼴이 될지도 모릅니다."

"우린 스파르탄이다. 실패할 리가 있겠나?"

프레드가 말했다.

2552년 8월 30일 0711시 (군사 표준력)/
엡실론 에리다니 행성계, 리치 행성, 롱혼 계곡

갑작스레 경고음이 울리자 그런트 '자와즈'는 화들짝 놀라 발딱 일어났다. 땅딸막한 몸에 반들거리는 주황색 전투복을 걸친 그는 허둥지둥하다 동작 감지기를 떨어뜨리고 말았다. 자와즈는 온몸을 엄습하는 두려움에 떨리는 손으로 감지기를 주웠다. 감지기가 부서지기라도 했다가는 엘리트 상관의 손에 끌려가 원자로 차폐막 신세를 면치 못할 텐데. 더군다나 보초를 서다가 꾸벅꾸벅 졸았다는 사실을 들키기라도 하는 날에는 차라리 죽고 싶을 만큼 험한 꼴을 당할지도 모르는 일이었다. 엘리트가 그를 자칼 패거리한테 냅다 던져버릴 테니까.

자와즈는 작달막한 몸을 와들와들 떨었다.

천만다행히도 감지기는 멀쩡히 작동했다. 자와즈는 콩알만 한 가슴을 쓸어내렸다. 신호 세 개가 저 멀리 인간 군대가 있는 곳과 아군 부대가 진을 친 장소 사이를 가로막은 산맥 방향으로 빠르게 접근했다. 자와즈는 비상 경고음 단추에 손을 뻗으려다 안심하고 손을 내렸다. 밴시 편대를 나타내는 신호였다.

그는 밴시 편대가 맞는지 확인해보려고 개인호에서 고개를 들어 밖을 슬쩍 내다보았다. 둥그스름한 밴시 세 대가 이리로 날아들었다. 미심쩍은 생각에 코가 근질거렸다. 정찰 일정에 저런 편대는 없었을 텐데. 자와즈는 이 일을 상관에게 알릴까 말까 망설이다 그냥 관두기로 했다. 혹시라도 밴시에 탑승한 이들이 비밀 임무를 수행하는 엘리트라면 어떡하려고?

그래, 이런 일에는 어쭙잖게 나서지 않는 편이 신상에 이롭다.

'내 앞가림이나 잘하자.'

자와즈는 평소처럼 좌우명에 따르기로 마음먹었다. 그는 몸을 추스르며 개인호에 들어가 동작 감지기의 탐지 범위를 장거리로 맞춘 다음, 다시는 경고음이 울리지 않기를 빌었다. 그리고는 몸을 공처럼 웅크리고 다시 잠에 곯아떨어졌다.

프레드는 편대를 V자 대형으로 이끌었다. 자홍색 밴시 편대가 산등성이의 우듬지를 넘으며 고도를 최대로 올려 300미터 상공으로 솟아올랐다. 산등성이 너머로 펼쳐지는 광경에 프레드는 속도를 늦출 수밖에 없었다.

10킬로미터 너비의 계곡이 눈앞에 나타났다. 계곡을 따라 우거진 울창한 전나무 숲이 차차 엷어지면서 빅혼 강줄기와 발길에 짓밟힌 평원이 드러났다. 수많은 코버넌트 병력이 계곡 전체에 진을 치고 있었다. 연기 사이로 비치는 햇빛에 발갛고 노랗고 파르스름한 전투복이 반짝거렸다. 강가를 따라 놈들의 밀집 대형이 떼를 지어 포진해 있었다. 머릿수가 어찌나 많은지 세상에서 가장 거대한 개미집을 뒤흔들어 놓은 듯했다.

곳곳에 기지가 있었다. 평원 여기저기에 돔 형태의 얇은 흰색 천막이 우후죽순처럼 솟아 있었다. 수백 곳에 달하는 흰 천막은 메탄으로 호흡하는 그런트용 호흡실이었다. 그 뒤편으로는 풍뎅이처럼 생긴 레이스 전차 수십 대의 원호를 받으며 엘리트 부대용 다면체 막사가 자리 잡고 있었다. 계곡 요소요소에는 꼭대기에 플라즈마 포탑을 장착한 10미터 높이의 감시탑이 이동식 지지대 위로 우뚝 솟아 있었다.

놈들이 교전수칙을 전면 수정한 것이 틀림없다. 프레드는 그동안 숱한 전투를 치르면서도 이토록 거대한 코버넌트 주둔지는 일찍이 본 적이 없었다. 놈들은 언제나 인간을 도륙하기에 바빴다.

개미떼처럼 버글대는 대군단의 위로는 코버넌트 순양함 한 척이 언덕에 닿을 듯 말 듯 30미터 고도를 유지하며 공중에 떠 있었다.

코버넌트 순양함은 흡사 커다랗고 지느러미가 짧은 복어를 연상케 했다. 반투명한 기둥이 에너지를 발산하며 순양함의 배면에서 지표면까지 이어진 점으로 보아 중력 리프트를 가동 중이었다. 크고 작은 보라색 화물 상자가 꼬리에 꼬리를 물고 빛줄기를 따라 함선에서 지면으로 내려왔다. 순양함의 선체를 따라 도드라진 여러 문의 포대가 한낮의 햇볕을 받아 땅 위로 거미줄 같은 그림자를 드리웠다.

프레드는 뒤로 물러나 켈리, 조슈아와 대형을 밀집하고 수평 비행에 들어갔다. 그는 다시 한 번 코버넌트 순양함과 수많은 감시탑을 살펴보았다. 한 발만 적중해도 이쪽은 끝장이었다.

놈들의 밴시 정찰대가 계곡 상공을 선회하는 모습이 눈에 들어왔다. 눈살이 절로 찌푸려졌다. 계곡을 지나가려면 코버넌트 밴시 조종사들이 분명히 용무를 물어볼 텐데, 이쪽은 놈들의 일정한 정찰 경로가 어떻게 되는지 알 턱이 없었다.

그렇다면 우회할 만한 비행경로를 찾아야 한다. 정중앙으로 방향을 돌려 코버넌트 군단의 머리 위로 날아드는 수밖에 없다.

기회는 한 번뿐, 다음 기회란 없다.

프레드는 무전을 날렸다.

"긴다."

켈리가 속력을 높이며 순양함을 향해 미끄러지듯 나아갔다. 프레드는 뒤를 따라가며 밴시에 탑재된 퓨얼 로드 건을 장전했다.

켈리가 탄 밴시가 최대 속도에 도달할 즈음 순양함과의 거리는 6킬로미터로 좁혀졌다. 평원 아래에 있던 그런트와 자칼들이 고개를 쭉 빼들고 하늘을 지나가는 스파르탄 대원들을 올려다보았다.

속도를 더 높여야 한다. 온 코버넌트 병력의 주의가 한군데로 쏠리는 통에 시선이 따가웠다. 프레드는 밴시를 하강시켜 고도를 낮추는 위험을 감수하는 대신 속도를 높였다. 조슈아와 켈리도 똑같이 기동했다.

밴시의 방풍유리 표시창 위로 통신 기호가 깜박였다. 몰니르 전투복에 탑재된 코버넌트 언어 통역 소프트웨어는 기껏해야 구어를 약간 해석하는 정도였기 때문에 문자는 판독이 불가능했다. 이상하게 생긴 꼬부랑글자가 계속 표시창에 올라왔다.

프레드는 대뜸 아무 기호나 눌렀다.

잠시 정적이 흐르자 표시창에서 기호가 사라지나 했더니, 아까보다 기호가 더 많이 올라와서 두 배는 더 빠르게 깜박이기 시작했다.

프레드는 그냥 창을 꺼버렸다. 앞으로 3킬로미터 남았다. 심장이 어찌나 거칠게 뛰는지 귓속에서 천둥 치는 소리가 들릴 지경이었다.

켈리가 편대 앞으로 살며시 나아갔다. 그리고는 고도를 30미터로 유지한 채 속도를 최대한 높이며 순양함에서 나온 중력 리프트로 직행했다.

근방에 있던 감시탑이 켈리가 탄 밴시를 조준했다. 번쩍이는 섬광과 함께 플라즈마 포탑이 불을 뿜었다.

켈리는 잽싸게 솟아올라 동체를 비스듬히 기울여 공격을 피했다. 과열된 이온화 가스가 동체 오른쪽을 스치고 지나갔다. 플라즈마탄의 열기에 켈리가 탄 밴시 정면 덮개가 녹아버리면서 속도가 살짝 떨어졌다.

플라즈마 포탑 십여 문이 일제히 포신을 돌려 편대를 조준했다.

프레드는 동체를 비스듬히 기울이며 공격을 퍼부었다. 플라즈마 캐논에서 발사된 플라즈마탄이 감시탑에 내리꽂혔다. 조슈아도 감시탑을 향해 불을 뿜었다.

프레드가 중화기 발사 버튼을 누르자 불덩어리가 포물선을 그리며 감시탑 기둥을 향해 날아갔다. 퓨얼 로드 캐논에 직격당한 감시탑이 천천히 기울며 무너져내렸다.

켈리만 잠자코 있었다. 뭐하는가 싶어 프레드가 고개를 돌려보니 돌진하는 밴시의 덮개 위에서 자세를 낮추고 서 있었다. 켈리는 핵탄두를 붙여두려고 청테이프를 감아놨던 자리에 한쪽 발을 딛고서, 한 손에는 핵탄두를 들고 투척 자세를 잡았다.

니들러에서 발사된 날카로운 크리스털 조각이 프레드가 탄 밴시의 동체 왼쪽에 맞고 튕겨 나갔다. 그는 아래로 시선을 확 돌렸다.

그런트와 자칼들이 극도로 동요해 미쳐 날뛰고 있었다. 놈들이 무턱대고 갈긴 플라즈마탄 수백 발이 곡선을 그리며 위로 날아들었다. 반짝거리는 분홍빛 니들러 바늘과 타오르는 플라즈마탄이 성난 벌떼처럼 하늘을 가득 메우며 밴시의 동체를 깎아먹었다.

프레드는 날렵하게 좌우로 회피 기동을 하면서 세 감시탑의 사격을 피했다. 그는 조준점을 정렬한 다음 한 차례 더 공습을 감행했다. 플라즈마 캐논 소사에 그런트들은 대오를 깨고 도망치기 바빴다.

순양함까지 앞으로 100미터.

켈리는 투포환을 하듯이 몸을 뒤로 젖히고 상체를 돌리며 핵탄두 투척 준비에 들어갔다.

코버넌트 순양함이 포대를 돌려 밴시 편대를 조준했다. 플라즈마 포탄 열 발이 허공을 가르면서 청백색 불줄기가 밴시 편대를 덮쳤다.

눈먼 포탄이 조슈아가 탄 밴시에 적중했다. 밴시의 급조 방어막이 막강한 화력을 이기지 못하고 과부하되어 소진되자, 순식간에 양 날개가 녹아내리며 힘없이 구부러졌다. 날개가 꺾이자 조슈아는 프레드와 켈리가 순양함의 중력 리프트에 진입하는 순간 추락하기 시작했다.

프레드는 황급히 무전으로 조슈아를 불렀으나 응답은 잡음뿐이었다. 함선에서 지상으로 물자와 병력을 운송하는 보랏빛 중력 리프트의 빛줄기 속으로 들어서면서부터 시간이 느리게 흘러가는 듯했다. 기묘한 광채가 밴시를 휘감자 자다 깼을 때처럼 피부가 따끔거렸다.

둘은 순양함의 배면으로 상승했다. 하지만 순조롭지 못했다. 이동 속도가 너무 빨라서 이대로 가면 배면에 도달하지도 못하고 중력 리프트에서 벗어날 판이었다.

프레드는 서둘러 주위를 살폈다. 사방을 둘러봐도 조슈아는 보이지 않았다. 플라즈마 광선이 중력 리프트를 때렸지만, 빛줄기는 거대한 렌즈를 통과하듯 휘어져 비껴났다.

켈리가 순양함의 배꼽을 향해 핵탄두를 힘껏 내던졌다.

프레드는 조종간을 꺾어 원을 그리며 순양함의 배면을 스쳐 지나갔다. 켈리도 곧바로 뒤따랐다. 중력 리프트에서 나오던 빛이 사라지고 코버넌트 함선 반대편이 시야에 들어왔다.

고개를 돌리자 중력 리프트 광선에 일그러지는 시야를 통해 코버넌트 병력이 하늘을 향해 총을 난사하는 광경이 펼쳐졌다. 피를 갈구하는 울부짖음도 귓전에 울렸다.

프레드는 다시 조슈아에게 무전을 보냈지만, 응답 불빛은 잠잠하기만 했다.

속도를 늦추고 기수를 돌려 조슈아를 찾아보려고 했지만, 켈리는 지면을 향해 속력을 높여 급강하하더니 산자락을 뒤덮은 울창한 숲으로 들어갔다. 뒤를 쫓을 수밖에 없었다. 둘은 땅에서 불과 몇 미터 떨어진 높이에서 아슬아슬하게 날았다. 나무를 이리저리 피하고 무성한 잎사귀를 헤치고 지나갔다. 길 잃은 플라즈마탄 몇 발이 머리 위를 스쳤다. 둘은 뒤도 돌아보지 않고 전속력으로 날아갔다.

프레드와 켈리는 수목선에서 빠져나와 산꼭대기에 수북이 쌓인 눈 위를 가로지른 뒤, 화강암 산등성이를 넘고 나서야 기수를 돌려 속도를 줄였다. 밴시 두 대가 천천히 땅으로 내려가기 시작했다.

별안간 하늘이 흰 섬광으로 뒤덮였다. 헬멧 안면 보호대가 자동으로 작동하면서 눈앞이 어둡게 변했다. 거대한 천둥소리가 프레드의 온몸을 훑고 지나갔다. 산등성이 너머로 거대한 화염과 녹아내린 쇳물이 터져 나오며 하늘 높이 치솟았다가 계곡으로 비 오듯 쏟아졌다. 인접한 산의 화강암 꼭대기가 순식간에 가루로 변했고, 산등성이에 덮인 눈이 진흙탕이 되어 경사를 타고 흘러내렸다.

안면 보호대의 시야가 천천히 원래대로 돌아왔다.

켈리는 밴시에 몸을 기댔다. 왼쪽 견갑 관절에서 피가 흘러나왔다. 그녀는 손을 더듬거리며 밀폐를 해제하고 헬멧을 벗었다.

"전부 쓸려나갔을까요?"

켈리가 숨을 헐떡이며 물었다. 한쪽 입가에 피가 고여 있었다.

"그런가 본데."

프레드가 대답했다. 켈리는 주위를 둘러보았다.

"조슈아는요?"

프레드는 고개를 저었다.

"돌입하던 중에 당했어."

죽음을 향해 정면으로 날아들던 조금 전이 차라리 속 편했다. 이런 말을 전해야 하는 지금이 백 배는 더 힘들었다.

켈리는 휘청거리며 밴시에 머리를 뒤로 기댔다.

"여기서 기다려. 상황을 살피고 오겠다."

프레드는 밴시에 올라타고 산등성이로 날아갔다. 그는 밴시를 능선에 착륙시키고 계곡을 내려다보았다.

그야말로 불바다였다. 쩍쩍 갈라지고 유리처럼 눌어붙은 지면 곳곳에서 불길이 타올랐으며, 굽이쳐 흐르던 빅혼 강물은 수증기가 피어오르는 기다란 도랑으로 변했다. 남은 것이라고는 연기가 피어오르는 뼛조각과 고철덩이뿐, 코버넌트 순양함을 포함해 방금까지 계곡을 가득 메웠던 대군은 온데간데없었다. 지옥 같은 현장의 가장자리에는 한때 숲을 이루던 나무들이 죄다 시커먼 숯검정으로 변해 폭심지 반대 방향으로 드러누워 있었다.

만 명에 달하는 코버넌트 병력이 잿더미로 변했다. 조슈아를 비롯한 스파르탄 대원들의 목숨에 비할 바는 아니었지만, 그래도 의미 있는 성과였다. 어쩌면 머리 위에서 벌어지는 전투에서 궤도 맥건이 아군 함대에 유리한 쪽으로 전세를 뒤엎을 시간을 벌어주었는지도 모른다. 대원들의 희생으로 리치 행성을 지켜냈다면 결코 헛된 죽음이 아니리라.

프레드는 고개를 들어 하늘을 바라보았다. 자욱한 수증기에 가려 시야가 불투명했지만 뭔가 움직이고 있었다. 희끄무레한 그림자 여러 개가 미끄러지듯 구름 위를 지나갔다.

켈리가 밴시를 몰고 나타나 프레드가 탄 밴시의 세모꼴 날개에 살짝 부딪히며 착륙했다.

그림자의 윤곽이 서서히 드러났다. 코버넌트 순양함 세 척이 구름을 헤치고 내려와 발전소로 향했다. 순양함에 탑재된 플라즈마 포대가 깜박거리더니 에너지를 받아 달아오르기 시작했다.

프레드는 다급히 무전을 켜고 신호 강도를 최대로 높였다.

"팀 델타, 후퇴하라. 지금 당장 후퇴하라!"

무전으로 지직거리는 잡음이 새어 나오다가 그 사이로 목소리가 섞여 나왔다. 정확히 누구인지는 몰라도 스파르탄 대원 한 명의 목소리가 잡음을 뚫고 들려왔다.

"7번 발전기가 적한테 넘어갔다. 현재 후퇴하는 중이다. 3번 발전기는 지킬 수 있을지도 모르겠다."

무전을 보낸 대원은 잠시 말이 없더니 다른 대원에게 버럭 소리쳤다.

"당장 터뜨려!"

프레드는 함대통신망을 열고 상황을 전했다.

"필라 오브 어텀에 알린다. 지상 발전소가 놈들의 손에 넘어갔다. 궤도 맥건이 위험하다. 우리도 손쓸 방법이 없다. 핵을 쓰겠다. 반복한다, 궤도 맥건이 무력화될 것이다. 필라 오브 어텀, 들리는가? 응답하라."

무전이 혼선되는 와중에 위컴 중장의 목소리가 들린 듯했지만, 중장이 뭐라고 말했는지는 알아듣기 힘들었다. 뒤이어 잡음이 계속되다 통신이 두절되었다.

코버넌트 순양함 세 척이 플라즈마 포화를 퍼부으며 하늘을 불태웠다. 프레드는 멀리서 울려오는 폭음 사이로 응사하는 소리에 귀를 기울이며, 대원들이 교전 중인지 후퇴 중인지 상황을 파악하려고 온 신경을 집중했다. 방어 거점을 흔적도 없이 날려버릴 만큼 압도적인 화력 앞에서, 살길은 후퇴뿐이었다.

"후퇴, 당장 후퇴하라!"

프레드가 애타게 소리쳤다. 켈리가 어깨를 두드리고는 하늘을 가리켰다.

커튼을 걷듯 구름이 갈라지더니 족히 100미터는 되는 불덩어리가 굉음을 내지르며 대원들에게 내리꽂혔다. 수십 척에 달하는 코버넌트 전함이 저궤도로 진입하는 모습이 흐릿하게나마 보였다.

"플라즈마 폭격……"

프레드가 나지막이 탄식했다. 이런 광경을 보는 것이 이번이 처음은 아니었다. 대원들 모두 마찬가지였다. 코버넌트는 이주지를 점령한 다음에는 항상 플라즈마 폭격을 가했다. 일단 폭격을 개시하면 바다를 송두리째 증발시키고 행성 전체를 금이 쩍쩍 갈라진 유리공으로 만들어버리고 나서야 물러났다.

"끝났군요. 우리가 졌습니다. 이제 리치 행성도 함락될 겁니다."

켈리가 허탈하게 중얼거렸다.

플라즈마가 지평선 너머로 작렬하면서 하늘이 허옇게 번뜩였다가, 이윽고 수백만 톤에 달하는 재와 파편이 태양을 뒤덮으면서 사방이 어두컴컴해졌다.

"그럴지도 모르지."

프레드가 입을 열었다.

"하지만 포기하기는 일러. 가자, 아직 끝나지 않았다."

5

2552년 9월 22일 1637시 (군사 표준력)/

소엘 행성계, 헤일로 진해 지대, 롱소드 전투기 내부, 3주 후

마스터 치프는 롱소드 요격기의 조종석에 앉아 등을 기대었다. 몸이 영 불편했다. 표준 지급 해군 비행복에 맞춰 설계된 곡선형 조종석에 육중한 몰니르 전투복을 입은 몸을 욱여넣었으니 편할 리가 없었다.

치프는 머리를 긁적이고 심호흡을 했다. 전투복에 내장된 여과기를 통과하면서 쇠붙이 냄새가 섞인 공기에 익숙해지다 보니 그냥 공기는 밍밍하게 느껴졌다. 이렇게 앉아서 기억을 되짚어보기도 참으로 오랜만이었다. 처음에는 리치 행성 궤도에서 수행했던 우주 작전을 성공적으로 완수했던 일이 떠올라 만족스러운 기분이 들었지만, 그 작전에서 린다가 전사하고 코버넌트 함대가 레드 팀 대원들이 남아 있는 리치 행성을 유리화했던 기억이 떠오르자 만족감은 이내 씁쓰레한 기분으로 뒤바뀌었다. 필라 오브 어텀에서의 냉동 수면, 슬립스페이스 점프에 돌입해 리치 행성에서 탈출, 그리고 헤일로와…… 플러드를 발견한 일까지.

플러드 유출에 얽힌 뼈아픈 기억에서 일어나는 감정 기복을 가라앉히고자 치프는 전방 관측창을 내다보았다. 선조는 플러드를 막아 지성을 갖춘 생명체를 지키고자 헤일로를 창조했다. 하지만 맹독성 외계생명체인 플러드는 선조마저 모조리 집어삼키고 말았다. 헤일로에서 벌어졌던 마지막 전투에서 플러드 감염변이의 공격을 받아 목에 생긴 상처는 빠르게 아무는 중이었지만 아직도 욱신거렸다.

전부 다 잊고 싶었다. 플러드만큼은 아예 기억에서 지워버리고 싶었다. 삭신이 쑤시고 머리는 지끈거렸다.

어두운 우주 속에서 위성 '베이시스'가 은쟁반처럼 빛을 발했으며 그 너머로는 베이시스가 궤도를 공전하는 거대한 가스 거성 '트레셜드'가 옅은 보랏빛 자태를 드리웠다. 그 사이로는 반짝거리는 잔해 바다가 펼쳐졌다. 금속, 암석, 빙하를 비롯해 얼마 전까지만 해도 헤일로였던 온갖 물질이 뒤섞여 있었다.

"다시 탐색해봐."

치프가 지시를 내렸다.

"아까 해봤잖아요."

코타나가 모습을 드러내지 않고 목소리로만 답했다.

"아무것도 없어요. 먼지와 메아리뿐이라니까요."

마스터 치프는 화가 치밀어 주먹을 꽉 그러쥐었다. 뭐라도 하나 때려 부숴 분풀이를 하고 싶었다. 하지만 그런 생각도 잠시, 곧 갑자기 내가 왜 이럴까 하고 자중했다. 이렇게 녹초가 된 적이 비단 하루 이틀 일은 아니었다. 헤일로에서 벌어졌던 사건은 한평생 겪었던 실전 중에서도 가장 뼈아픈 경험이었지만 그렇다 해도 이토록 쉽사리 감정에 휘말렸던 적은 결코 없었다.

플러드와 벌였던 사투의 여파로 이렇게까지 마음이 뒤숭숭해질 줄이야. 놈들을 잊어버리려고 무던히 애를 썼건만……

앞으로 플러드와 다시 맞붙을 일이 있을지 없을지조차 알 길이 없었다. 하지만 현시점에서 그런 문제로 고심하기란 아무짝에도 쓸모없는 일이었다.

"다시 잔해 지대를 탐색해봐."

조종석과 시스템 통제석 사이에 있는 영사 패드 위로 코타나의 모습이 축소되어 나타났다. 뾰로통하게 팔짱을 낀 모습을 보아하니 치프의 막무가내에 슬슬 짜증이 나는 듯했다.

"잔해 속에서 쓸 만한 것을 찾지 못한다면 우린 죽은 목숨이다. 롱소드에는 슬립스페이스 엔진은 물론이고 냉동수면기도 없잖아. 귀환해서 상황을 전할 방법도 없는 데다 동력, 연료, 산소, 식량, 물, 전부 기껏해야 몇 시간 버틸 양밖에 없어."

치프는 인내심을 최대한 발휘하며 말을 끝맺었다.

"그러니까, 다시 탐색해봐."

코타나는 땅이 꺼져라 한숨을 쉬고는 패드에서 사라졌다. 탐색창이 켜지면서 수학 기호가 화면 가득 올라왔다. 잠시 뒤 화면이 흐려지면서 코타나의 목소리가 나왔다.

"어차피 아무것도 없어요. 감지되는 신호라고는 위성에서 되돌아오는 메아리뿐이에요. 자동응답 신호나 구조 신호도 전혀 잡히질 않아요."

"능동 탐색은 해봤고?"

코타나가 다시 조그마한 홀로그램으로 나타났다. 이번에는 몸을 따라 정전기가 바지직거렸다.

"잔해가 수조 개에 달해요. 원하신다면야 곧장 탐색에 착수해 낱낱이 확인할 수는 있어요. 다만 여기서 그러려면 꼬박 18일은 걸린다는 점이 문제죠."

"자동응답기를 꺼뒀을지도 모르잖아? 어딘가에 있는 생존자가 위치를 들키지 않으려고 일부러 그랬을지도 모르지."

"그럴 확률은 지극히……."

코타나가 느닷없이 말을 멈췄다. 몸에 흐르던 정전기가 사라지더니 우주로 고개를 돌렸다.

"흥미롭군요."

"뭐가?"

코타나는 딴 데 정신이 팔린 듯싶더니 퍼뜩 정신을 차렸다.

"신호가 잡혔어요. 반송파가 점점 강해지는군요."

"그래서 어떻다는 거지?"

"단순한 반송파가 아니란 말이죠."

코타나가 롱소드 요격기의 장거리 탐지기를 가동하면서 탐색창에 다시 불이 들어왔다. 잠시 뒤 코타나가 입을 열었다.

"어머나!"

코타나가 접촉 신호를 식별하는 사이 치프는 탐색창을 들여다보았다. 코버넌트 순양함 특유의 둥그스름한 윤곽이 베이시스 반대편에서 나타났다.

"동력을 내려. 수동 탐색기하고 널 가동할 최소한의 동력만 남겨두고 전부 꺼버려."

롱소드 요격기 내부가 어두컴컴해졌다. 코타나가 홀로그램 시스템으로 흐르는 전력을 차단하면서 홀로그램이 깜박거리다 흐릿하게 사라졌다.

코버넌트 순양함이 먹잇감을 찾는 상어처럼 잔해 지대에 들어섰다. 또 한 척, 다시 또 한 척이 모습을 드러내더니 뒤이어 한꺼번에 세 척이 불쑥 나타났다.

"어떻게 됐어? 우리를 발견했나?"

치프가 화기 관제장치 위에 손을 올리고 소곤거렸다.

"우리하고 동일한 탐색 주파수 대역을 쓰고 있어요."

헬멧 스피커를 통해 코타나의 목소리가 들려왔다.

"이상하군요. 국제연합 우주사령부나 해군 정보국 자료 어디에도 코버넌트가 이렇게 행동했던 사례는 기록된 적이 없거든요. 왜 똑같은 주파수를 사용하는 걸까요?"

"신경 꺼. 놈들도 뭔가를 찾는 모양이군. 아까 말했다시피 생존자가 있다면 똑같이 동력을 내리고 숨죽이는 중일 테지."

"반송 신호 감청 중."

코타나가 밋밋하고 딱딱하게 끊어지는 목소리로 말했다. 저출력 상태에서는 음색 폭에 제약이 생기는 모양이었다.

"처리절차 실시. 코버넌트 신호 해독. 코버넌트 탐색 신호에 갈아타는 중. 작업 처리시간 추가 투입. 다중 여과 알고리즘 구축. 현용 외형기호 인식 소프트웨어 설정 변경."

또 다른 함선이 베이시스의 지평선 너머로 돌아 나타났다. 저토록 거대한 코버넌트 함선을 보기는 마스터 치프도 처음이었다. 선체가 미끈한 타원형 구획 세 군데로 구성된다는 점은 여타 구축함과 동일하지만 전장이 족히 3킬로미터는 되어 보였다. 거기다 선체 이음축마다 탑재된 총 일곱 문의 플라즈마 포탑이 있어서 제아무리 튼튼한 국제연합 우주사령부 함선이라도 단숨에 박살 낼 정도로 막강한 화력을 갖추고 있었다.

"함선에서 암호화 송신을 포착했어요."

코타나가 속삭이듯 말했다.

"복호화 중…… 다수의 통신 감지…… 순양함에 명령을 하달하는 중이군요. 행성계 내부에서 활동하는 전 함대를 지휘하는 듯합니다."

"기함이라, 재밌게 됐군."

치프가 중얼거렸다.

"아직 탐색 중입니다. 잠시 기다리세요."

치프는 시스템 통제석에서 몸을 일으켰다. 코버넌트 함선 일곱 척이 행성계 내를 어슬렁거리는 판에 마냥 앉아서 기다릴 생각은 눈곱만큼도 없었다.

그는 표류하듯 몸을 날려 롱소드 요격기의 후미로 이동해 어떤 장비가 실렸는지 살펴보았다. 운이 좋다면야 시바 핵탄두 몇 발이 굴러나올지도 모르니까.

롱소드 요격기에 처음 올랐을 때부터 이미 냉동수면기는 들어내고 없는 상태였다. 정확히 무슨 까닭으로 냉동수면기를 제거했는지는 몰라도, 필라 오브 어텀에 적재된 여타 무장이나 장비와 마찬가지로 롱소드 또한 원래 수행하기로 했던 고위험 임무에 대비해 싹 뜯어고치느라 불필요한 장비를 제거했으리라고 짐작만 할 따름이었다.

냉동수면기가 있어야 할 자리에는 웬 제어장치가 있었다. 뭔가 싶어서 이리저리 살펴봤더니 모레이 우주기뢰 살포장치였다. 치프는 장치를 꺼진 상태로 그대로 두었다. 장치를 가동하면 최대 30개까지 기뢰 매설이 가능하다. 모레이 우주기뢰는 초소형 화학연료 엔진을 내장하여 위치 고수 및 표적 추적기능도 갖추고 있었다. 요긴하게 쓰이겠군.

치프는 굳게 잠긴 군수품 보관함을 힘으로 열어젖혔다. 하지만 텅 비어 있었다.

마지막으로 돌격소총을 점검해보았다. 작동에는 문제가 없었으나 잔탄이 열세 발뿐이었다.

"뭔가 찾았어요."

코타나의 말에 치프는 도로 자리에 앉았다.

"보여줘."

제일 작은 조망창 위로 윤곽선이 나타났다. 끄트머리에 추진기가 달리고 총알을 닮은 작은 물체였다.

"냉동수면기 같아요. 비상사태를 대비해 추진기와 축전지를 장착해둔 모양이로군요. 이를테면…… 함선을 포기해야 하는 긴급 상황 말예요."

"애석하게도 수면에서 복귀하지도 못하고 죽은 승무원이 태반이었지.

함선이 헤일로에 불시착하기 직전에 배출한 수면기인가 본데 어디 확인해 봐야겠군. 도킹용 추진기만 써서 움직여."

"진로 수정. 추진기 점화."

롱소드에 살짝 속력이 붙었다.

"도착까지 20분 남았어요. 하지만 코버넌트 순양함의 현재 탐색 경로를 미루어 보건대 5분 뒤면 놈들도 수면기를 발견하겠군요."

"속력을 더 높이되 엔진은 점화하지 마. 가동했다가는 열기 때문에 발각되기 십상이다."

"단숨에 갈 테니 꽉 잡으세요."

치프는 헬멧을 쓰고 전투복을 밀폐했다. 상태표시기에 녹색등이 들어왔다.

"준비됐다."

롱소드 요격기의 후미 해치가 벌컥 열렸다. 순식간에 공기가 방출되면서 폭음이 귓전을 때렸다. 요격기가 앞으로 튀어나가면서 관성 때문에 뒤통수를 헬멧에 부딪히고 말았다.

"진로 조정 완료. 이제 2분이면 도착해요."

코타나가 차분하게 말했다.

"그런데 어떻게 도로 멈추지?"

치프의 물음에 코타나는 답답하다는 듯이 한숨을 내쉬었다.

"그걸 꼭 말해줘야 알아요?"

후미 해치가 닫히고 기내에 정상 압력이 돌아오면서 쉭 하는 바람 소리가 났다.

미끈하게 생긴 코버넌트 순양함이 속도를 늦추며 롱소드 쪽으로 방향을 틀었다.

"탐색 신호의 강도와 전송량이 증가했어요."

코타나의 보고에 치프는 화기 관제장치에 손을 얹었다. 화기를 가동하려면 몇 초 남짓 걸린다. 110밀리 기관포는 당장에라도 사격이 가능하지만 미사일을 발사하려면 목표추적 소프트웨어를 실행할 때까지 기다려야 한다. 이쪽이 가동준비를 끝마칠 즈음이면 화력 면에서 백 대 일로 앞서는 코버넌트 순양함이 롱소드 요격기 따위는 눌어붙은 고철덩이로 만들어버릴 것이 뻔하다.

"탐색을 방해해서 시간을 벌어볼게요."

코버넌트 순양함이 방향을 트는 속도가 점차 느려지면서 놈에 비하면 꼬맹이나 다름없는 롱소드 요격기를 정면으로 마주보았다. 그러고는 움직이지 않고 가만히 있었는데…… 꼭 롱소드가 먼저 다가오기를 기다리는 듯했다.

'아직 숨이 붙어 있으니 지금까진 양호하군.'

치프는 장갑에 둘러싸여 두툼한 손을 쥐락펴락하며 속으로 생각했다. 그는 탐색창으로 고개를 돌렸다. 접촉신호의 외양이 더욱 선명하게 잡혔다. 어딜 봐도 영락없는 국제연합 우주사령부 냉동수면기였다. 처음에는 하나라고 생각했는데, 물체가 빙글 돌아가면서 수면기 세 기가 나란히 붙어 있는 모습이 드러났다.

수백 명에 달하는 필라 오브 어텀 승무원 중 소생할 가망이 있는 생존자 셋을 찾아낸 셈이었다. 치프는 생존자가 더 있기를 빌었다. 부질없는 생각이지만 키예스 함장님도 어딘가에 살아 계셨으면 하는 생각이 간절했다. 우주전에 관해서라면 키예스 함장만한 전술가를 일찍이 본 적이 없었으니까. 하지만 귀신같은 전술을 구사하는 키예스 함장이라 한들 달랑 롱소드 요격기 하나로 코버넌트 순양함 일곱 척을 향해 뛰어드는 무모한 짓은 망설이리라.

치프는 위험을 무릅쓰고 롱소드의 동력 중 일부를 돌려 코타나에게 전송했다. 난국을 타개하려면 코타나가 최대 효율을 발휘하도록 도와줘야 한다. 그렇게 한창 머리를 굴리는 참에 코타나가 끼어들었다.

"다른 물체를 포착했어요. 하지만 뭔지는 잘 모르겠네요. 뭐가 됐건 간에 직경 500미터짜리 소행성에 바싹 달라붙어 있군요. 쳇, 방금 시야에서 사라졌어요."

코타나는 소행성에서 튀어나온 각진 물체의 모습을 탐색창에 띄웠다. 그런 다음 물체의 윤곽을 표시하고 각도를 돌려 펠리칸 수송기의 설계도에 덧씌워보았다.

"펠리칸 수송기와 약 58퍼센트 일치해요. 치프 말마따나 수색을 피하려고 잠시 착륙한 모양이네요."

자기는 미처 생각지 못했던 사실을 치프가 먼저 간파해서인지 코타나는 살짝 약이 오른 듯한 말투였다.

"하지만 그냥 들이받아 부서졌을 가능성도 배제하기는 어렵죠."

"잘못 짚었어. 날개의 위치를 보면 알겠지만, 언제든 이륙할 수 있도록 기수를 밖으로 향했잖아. 들이받았더라면 정반대였겠지."

치프는 표시창을 가리켰다.

다른 코버넌트 순양함이 펠리칸 수송기 쪽으로 움직이기 시작했다.

"기수를 돌릴게요. 뭐라도 하나 붙잡고 계시다 얼른 냉동수면기를 회수해 오세요."

치프는 안전벨트를 풀고 후미로 이동했다. 그리고는 밧줄을 잡고 한쪽 끝을 전투복에 걸고 반대쪽 끝은 롱소드 벽면에 고정했다.

기동용 추진기를 발진하는 느낌이 온몸에 와 닿기가 무섭게 기수가 180도로 돌아갔다.

"3초 뒤 공기를 방출합니다."

치프는 빈 무기함을 열고 안에 몸을 디밀어 고정하고서 충격에 대비했다.

코타나가 후미 해치를 열자 기내 공기가 밖으로 확 쓸려나갔다. 치프가 군수품 보관함에 부딪히면서 1센티미터 두께의 티타늄-A 철판 덮개가 우그러졌다.

치프가 군수품 보관함에서 몸을 일으키자 코타나는 냉동수면기의 위치를 가리키는 파란색 화살표를 전방투영창에 이동지점으로 표시했다.

치프는 우주로 몸을 날렸다.

그는 우주 공간을 유영하며 나아갔다. 냉동수면기는 불과 30미터 거리에 있었지만, 혹시라도 궤적을 잘못 잡아서 그대로 지나친다면 다시 붙잡을 기회는 영영 날아가고 만다. 밧줄을 붙잡고 롱소드로 되돌아가 다시 몸을 내던질 즈음이면 어느새 가까이 다가온 코버넌트 순양함 앞에서 한꺼번에 황천행이 될 테니까.

치프는 냉동수면기를 향해 손을 뻗었다. 20미터 남았다.

그는 슬슬 속도를 줄이면서 왼쪽 무릎을 가슴에 당겨 굴러가듯 천천히 나아갔다.

10미터.

상체를 아래에 있는 냉동수면기 쪽으로 틀었다. 냉동수면기를 지나치는 순간에 정확히 몸을 돌린다면 손이 닿을 법했다. 그는 생각대로 되길 빌었다.

치프는 뒤로 몸을 틀어 몸을 반듯이 세웠다.

3미터.

팔꿈치 관절에서 우두둑거리는 소리가 날만큼 팔을 있는 힘껏 뻗었다. 양손도 함께 뻗고서 손가락을 최대한 늘이려고 안간힘을 썼다.

손가락 끝이 앞쪽에 있는 1번 냉동수면기의 매끄러운 표면에 닿았다. 손가락이 스르륵 2번 냉동수면기로 옮겨갔다. 수면기를 붙들려고 손가락을 구부렸지만 미끄러지고 말았다. 마지막으로 3번 수면기의 겉면을 더듬었다. 틈새에 중지가 걸렸다.

치프는 몸을 안으로 굽혀 둥글게 말면서 냉동수면기 위로 발을 디뎠다. 재빠른 손놀림으로 냉동수면기에 밧줄을 묶어 몸을 고정한 다음 체중을 실어 롱소드를 향해 밀고 나아갔다. 코타나가 무전으로 말을 걸어왔다.

"서둘러요, 치프. 문제가 생겼어요."

무슨 문제가 생겼는지는 치프의 눈에도 뻔히 보였다. 코버넌트 순양함 두 척이 엔진에서 감청빛 열기를 분출하며 롱소드 요격기를 향해 속력을 높이기 시작했다. 선체를 따라 탑재된 플라즈마와 레이저 화기가 가동되면서 붉은빛에서 주황빛으로 서서히 가열되었다.

그는 최대한 빠른 속도로 냉동수면기를 앞으로 밀어냈다. 무중력 상태에서 몸이 멋대로 돌아가지 않게끔 고정한 뒤, 다리 근육만 써서 움직임을 최소화하며 조심스레 진로를 조정했다.

코버넌트 순양함에게 롱소드 요격기는 한 입 거리도 되지 않는 먹잇감일 뿐이었다. 그렇다고 아직 치프가 타지도 않았는데 코타나가 먼저 엔진을 가동할 수도 없는 노릇이었다. 추진기에서 뿜어져 나오는 불세례를 견뎌낸다 해도 코타나가 회피 기동을 시작하면 밧줄에 매달린 치프와 냉동수면기는 이리저리 휘둘리는 채찍 신세를 면하기 어려웠다.

코버넌트 순양함이 사정권에 진입해 정조준을 시작하면서 롱소드를 황천길로 보낼 준비에 들어갔다.

미사일 세 발이 우주를 가르며 날아와 선두에 있던 코버넌트 순양함의 우현을 때렸다. 선체에서 폭발이 일면서 순양함을 둘러싼 에너지 방어막이 은빛으로 가물거리며 폭발력을 분산시켰다.

치프는 고개를 돌렸다. 소행성 뒤에 몸을 숨기고 있던 펠리칸 수송기가 돌연 발진하더니 코버넌트 순양함 두 척을 향해 수직으로 솟아올랐다.

꼼짝도 하지 않는 롱소드보다는 팔팔하게 살아 움직이는 먹잇감이 더 끌렸는지 코버넌트 순양함이 펠리칸 쪽으로 함수를 돌렸다.

치프는 마지막으로 밧줄을 힘껏 잡아당겼다. 그는 냉동수면기와 함께 후미 해치 안으로 날아들어 바닥에 뒹굴었다.

코타나는 곧바로 해치를 밀폐하고 엔진을 점화했다.

코타나가 롱소드의 속력을 높이며 순양함으로 기수를 돌리는 순간 치프는 통제석에 앉아 화기 시스템을 가동했다.

코버넌트 순양함 두 척이 엔진을 가동하며 펠리칸을 뒤쫓았지만, 펠리칸은 이미 빽빽한 잔해 지대로 들어간 참이었다. 펠리칸은 쇳덩어리와 돌덩어리 사이를 요리조리 헤치며 얼음덩이 위로 급강했다가 다시 산산이 조각난 코버넌트 금속 파편 속으로 돌진했다. 코버넌트 순양함이 포문을 열었지만 정작 펠리칸은 맞지 못하고 애꿏은 파편만 맞혔다.

"누가 조종하는지는 몰라도 솜씨가 대단하네요."

"우리가 빚을 졌군."

치프가 롱소드에 탑재된 기총을 발사하자 조그마한 은색 점들이 코버넌트 순양함을 감싼 방어막을 따라 점점이 박혔다.

"가만히 있으면 도리가 아니지."

"그래 봤자 코버넌트 순양함에는 흠집도 내지 못할 텐데요."

순양함이 속력을 늦추며 롱소드를 향해 방향을 틀었다.

"그건 두고 볼 일이지. 미사일 사격제원을 산출한다. 놈들이 포문을 열기 직전에 플라즈마 포탑에 명중시켜. 놈들은 공격하기에 앞서 방어막 일부를 잠시나마 해제할 테니까."

"계산 중. 그런데 정확한 수치가 없어서 감으로 할 수밖에 없다는 점만 알아두세요."

시스템창에 수학 기호가 줄줄이 올라왔다.

"사격 관제권을 저한테 주세요."

치프는 사격 관제장치의 자동 제어단추를 눌렀다.

"어디 멋지게 해봐."

코버넌트 순양함이 롱소드를 향해 다가가면서 플라즈마 포탑을 돌렸다. 포탑이 예열되자, 코타나는 때를 놓치지 않고 롱소드에 탑재된 ASGM-10 미사일을 한꺼번에 발사했다.

흰 분사가스가 순양함을 향해 뱀처럼 기다란 궤적을 그렸다.

"지금이다!"

치프는 롱소드 조종간을 잡고 잔해 지대에 돌입해 펠리칸의 뒤를 쫓았다. 순양함을 쫓아 쏜살같이 날아가는 미사일이 후미 카메라에 잡혔다. 미사일 요격 레이저가 우주를 가르자 미사일 세 발이 폭발하며 불덩이로 변했다. 플라즈마 포탑이 허옇게 달아오르며 발사되려는 순간, 나머지 미사일이 명중했다. 포탑을 시작으로 폭발이 주위로 번져나갔다.

처음에는 미사일이 방어막을 때린 줄 알았는데 다시 보니 폭발은 아른거리는 에너지 방어막 속에서 일고 있었다. 플라즈마 포탑이 불을 뿜었다. 하지만 공격은 플라즈마 폭발로 일어난 먼지와 증기구름에 흡수되었다. 뒤이어 방어막 내부에서 불그스름한 플라즈마가 부풀어 오르면서 감지기가 마비되자 순양함은 일시적으로 장님이 되어 좌현으로 기우뚱거렸다.

"이제 한동안 정신없겠네요."

치프는 폭이 500미터에 달하는 커다란 철판 파편 아래로 조종간을 꺾었다. 롱소드가 파편 뒤로 숨기가 무섭게 플라즈마가 날아들어 철판을 녹이며 우주 반대편으로 날려버렸다.

"잘못 짚었나 봐요. 제가 조종하죠."

자동 조종장치가 활성화되면서 조종간이 치프의 손에서 빠져나갔다. 롱소드가 재연소 장치를 점화시켜 어지러이 날아드는 돌덩이 사이를 쏜살같이 날아갔다. 코타나는 공중제비를 부려 날카로운 파편을 스치면서 롱소드를 아슬아슬하게 몰았다.

치프는 한 손으로 조종석을 붙들고 안전벨트를 꽉 조였다. 탐색창에서 중앙 조망창으로 고개를 돌리자 근처에 있던 코버넌트 순양함 두 척이 롱소드와 펠리칸을 향해 방향을 트는 모습이 눈에 들어왔다. 저 펠리칸이나 이쪽 롱소드나 앞으로 몇 분이나 이렇게 잔해 지대 사이로 미꾸라지처럼 도망다닐 수 있을지 몰라도, 얼마 못 가 연료가 바닥나면 코버넌트한테 꼼짝없이 당하는 처지였다.

헌데 도망칠 곳이나 있었던가? 롱소드와 펠리칸 둘 다 쇼-후지카와 초광속 엔진이 없었기 때문에 이곳 행성계에서 오도 가도 못한다는 사실쯤은 코버넌트도 뻔히 알잖은가. 놈들에게는 먹잇감을 덮칠 결정적 순간이 올 때까지 느긋하게 사냥을 즐기면 되는 상황이었다.

다른 방법이 있지는 않을까, 뭔가 뾰족한 수가 없을까 하는 생각에 치프는 다급히 행성계를 탐색했다. 그래 봤자 어떻게 죽을지를 고민하는 격이었다. 이토록 불리한 상황에서 승리를 따낼 뾰족한 수는 없었다. 그렇다면 발상을 전환해야 한다. 전략을 뒤집어야 한다.

치프는 거대한 코버넌트 기함을 탐색했다. 바로 놈이 해답이었다. 기함이야말로 판도를 뒤엎을 열쇠였다.

그는 통신 시스템을 가동해 펠리칸을 호출했다.

"여기는 마스터 치프 스파르탄-117. 인식부호 탱고 알파 3-4-0. 들리는가?"

"들린다. 여기는 폴라스키 이등상사다."

어느 여자가 대답했다. 뒤에서 웅성거리는 말소리도 함께 들려왔다.

"정말 눈물 나게 반갑습니다, 치프."

"폴라스키, 내가 보낸 좌표로 최대한 빨리 이동하도록."

그는 코버넌트 기함 바로 위에 이동지점을 띄웠다. 이탈 궤도도 간략하게나마 표시해두었다.

반대쪽에서 정적이 흘렀다.

"알겠나?"

"알았습니다. 진로를 설정하겠습니다."

폴라스키의 뒤편에서 웅성대는 말소리가 점점 언성을 높이면서 긴장감이 묻어났다.

"무슨 짓인지 알고나 하셨으면 좋겠습니다, 이상."

통신이 종료되었다.

"코타나, 좌표대로 이동한다. 속도를 최대로 높이도록."

치프는 이동지점을 두드렸다.

코타나는 롱소드를 우측으로 선회한 다음 트레셜드의 위성인 베이시스를 정면으로 마주보게끔 기수를 기울였다. 중력이 증가하면서 좌석 안전벨트에서 삐걱이는 소리가 새어 나왔다.

"정말로 무슨 짓인지 알고나 하시는 거예요? 아니, 행성계 내에서 제일 크고 위험한 코버넌트 함선한테 직행하는 꼴이잖아요. 기껏 생각해냈다는 대책이란 게 이런 간덩이가 붓다 못해 어처구니없을 만큼 간단명료한 계획인가요?"

"그래."

"기가 막히네요. 꽉 잡아요."

롱소드가 좌측으로 회전비행하며 소행성 아래로 강하했다. 후미에서 폭발이 일어 동체를 뒤흔들었다.

"그놈의 '자살 계획'이 놈들의 주의를 끈 모양이군요. 코버넌트 순양함 여섯 척 모두 이쪽을 따라잡으려고 최고 속력으로 이동하고 있어요."

"펠리칸은 어디 있지?"

"아직 제자리네요. 집중공격을 받고 있어요. 그래도 이동지점으로 향하는 중이긴 한데…… 뻔한 소리지만 우리보단 굼뜨군요."

"동시에 도착하게끔 속도를 조정해. 그리고 보안 시스템 연결이 가능한 거리에 들면 알려줘."

롱소드의 속도가 떨어졌다. 동체가 우측으로, 다시 좌측으로 덜컹거리는 찰나 좌우로 레이저가 번뜩이며 스쳐 지나갔다.

"정확히 어떡할 계획인지 설명부터 해주셔야죠."

코타나가 초조함과 침착함이 반반씩 섞인 목소리로 말했다.

"키예스 함장님께서도 고개를 끄덕이실 묘책이지."

치프는 주 표시창에 항법창을 불러왔다.

"지금처럼 계속 목숨이 붙어준다면 여기서부터……. 베이시스의 중력권에 들어가 중력 궤도에 진입한다."

그는 기함 위에 표시한 이동지점을 두드렸다.

"진로설정 완료. 그래도 좀 미심쩍은…… 어라, 저기 좀 보세요. 놈들이 공격을 멈췄어요."

치프는 후미 카메라로 고개를 돌렸다. 순양함 여섯 척이 계속해서 뒤를 쫓았지만 플라즈마 화기는 전원을 내리고 냉각에 들어간 상태였다.

"이걸 노렸어. 이쪽이 놈들의 기함과 같은 사선에 있으니 함부로 쏘지는 못할 거야."

"현재 펠리칸과 1200킬로미터 거리에서 접근 중. 시스템 연결이 가능한 거리예요."

치프는 펠리칸을 호출했다.

"폴라스키, 조종간을 놓도록. 조종은 우리가 맡겠다."

"예?"

"암호화 시스템 연결을 구축해라, 알았나?"

긴 침묵이 흐른 뒤 폴라스키 이등상사의 목소리가 되돌아왔다.

"알겠습니다."

코타나의 홀로그램이 자그마한 보안 패드에 나타났다. 그리고는 잠시 무언가에 귀를 기울이다가 말했다.

"연결했어요."

"진로를 일치시켜서 이쪽이 펠리칸 바로 위에 있도록 맞춰."

"펠리칸과 교차하는 진로로 기동 중. 기함까지 남은 거리 500킬로미터."

"기함을 지나치는 즉시 진로를 틀어라. 여유가 있으면 지나가는 순간에 기함의 동태도 살펴보고."

"절 뭐로 보세요?"

기함에 탑재된 포탑이 롱소드와 펠리칸을 조준했다. 마치 어둠 속에서 이글거리는 분노한 눈동자처럼 보였다.

"기함까지 300킬로미터."

기함이 공격을 준비하면서 선체 측면을 따라 빛이 깜박거렸다. 불그스름한 플라즈마가 모여들다가, 곧 어뢰 세 발이 뿜어져 나와 이쪽을 향해 쏜살같이 날아왔다.

"회피 기……."

말이 떨어지기 무섭게 코타나는 롱소드를 좌측으로 급선회하는 동시에 재연소 장치를 점화해 급상승했다. 불줄기가 롱소드와 펠리칸을 아슬아슬하게 스치며 정반대편으로 날아갔다.

일이 생각대로 풀렸다. 종잡기 어려운 접근 각도와 들쑥날쑥한 진입 속도 앞에서는 무서우리만치 정확하기로 악명이 높은 코버넌트 플라즈마 화기도 제 위력을 발휘하지 못했다.

"10킬로미터 남았어요. 집중 탐색 중."

롱소드와 펠리칸은 눈 깜짝할 사이에 길이 3킬로미터에 달하는 기함에 다다랐다. 포탑이 이쪽을 조준하면서 돌아가는 모습이 치프의 눈에 들어왔다. 선체가 미끈한 유선형인데 반해 상면과 배면은 거기에 걸맞지 않게 납작했으며 특유의 둥그스름한 구획 세 곳이 함수에서 함미까지 두드러져 보였다. 초고온 플라즈마가 흐르는 푸르스름한 도관이 선체를 따라 선명하게 빛났고 함선 주변으로는 은빛 에너지 방어막이 가물거렸다.

치프는 조종석 등받이에 몸을 기댄 뒤에야 자신도 모르게 꾹 참았던 숨을 크게 내쉬었다.

"잘했다, 멋진 솜씨였어."

"중력 궤도에 진입하는 중입니다."

롱소드 엔진이 우르르 울렸다. 치프는 가속 때문에 귓속이 뒤집히는 듯했다. 일시적으로 방향 감각이 사라져 어디가 위고 어디가 아래인지 헷갈렸다.

"펠리칸 위로 이동해. 상면 해치로 도킹할 테니까."

코타나가 허리춤에 양손을 얹고는 미간을 찌푸렸다.

"분사 매개변수 재조정 중. 하지만 궤도 진입 중에는 연결이 불안정할지도 몰라요."

"잠깐이면 돼."

치프가 안전벨트를 풀며 말했다. 유영으로 롱소드 후미로 다가간 다음, 바닥에 엎드려 배면 진입 해치를 열었다. 중간 압력문에 녹색등이 켜지며 결합 완료를 알렸다. 그는 안전장치를 내리고 밀폐를 해제했다.

아래편에서 손이 올라왔다. 치프는 손을 잡고 끌어올렸다.

순간 온몸에 소름이 돋았다. 치프는 총알 같은 반사 신경을 발휘해 군복을 움켜잡고 해치를 내려닫으며 사내를 벽면에 바짝 밀어붙였다. 그는 번개 같은 속도로 권총을 빼앗아 사내의 이마 한가운데를 겨눴다.

"분명 죽었을 텐데."

치프가 말했다.

"젠킨스가 남긴 영상 기록에서 똑똑히 봤어. 플러드한테 당했잖아."

흑인 사내가 새하얀 이를 드러내며 씩 웃었다.

"플러드? 이봐, 치프. 그까짓 외계 공포영화에 나올 법한 괴물딱지들이 제아무리 떼거리로 몰려와도, 천하의 A. J. 존슨 하사님한테는 못 당하지!"

6

2552년 9월 22일 1710시 (군사 표준력)/

소엘 행성계, 헤일로 잔해 지대, 롱소드 전투기 내부

마스터 치프는 한 손으로 롱소드의 천장 골조를 붙잡아 무중력 속에서 균형을 잃지 않게끔 몸을 고정하고 다른 한 손으로는 존슨 하사의 이마에 권총을 바짝 들이댔다.

하사의 얼굴에서 웃음기가 가셨지만, 눈동자에는 조금도 꿀리는 기색이 없었다. 그는 대뜸 콧방귀를 뀌고는 웃음을 터뜨렸다.

"아, 뭔지 알겠군. 내가 감염됐다고 생각하시는 게로구먼. 근데 헛다리 짚으셨어. 이 몸은 말이야."

존슨 하사는 가슴을 두드렸다.

"순도 100퍼센트 A급 해병이란 말씀! 불순물은 티끌만큼도 없지."

치프는 자세를 느슨히 풀었지만, 권총을 겨눈 손은 그대로였다.

"어떻게 된 일인지 설명해보실까."

"된통 걸렸었지. 버섯처럼 생겨먹어서는 몸에 파고드는 그 쥐방울만 한 자식들한테 말이야. 놈들이 나하고 젠킨스, 그리고 키예스 함장님을 덮쳤어."

하사는 함장의 이름을 꺼내면서 잠시 머뭇거렸다가 고개를 내젓고는 말을 이었다.

"사방팔방에서 개 끓듯이 몰려들더군. 젠킨스하고 키예스 함장님은 잡혀갔지만…… 난 맛이 별로였나 보더라고."

"플러드는 맛 따윈 가리지 않아요."

코타나가 끼어들었다.

"플러드 감염변이는 숙주의 세포 구조를 재배열해 전투변이로 만들었다가, 다시 감염변이를 키우는 인큐베이터 격 개체인 배양변이로 만들죠. 지금까지 목격한 바에 따르면 놈들은 숙주가 눈에 띄면 그냥 넘어가는 법이 없었어요."

하사는 그러냐는 듯이 어깨를 으쓱했다. 그리고는 주머니에 손을 찔러넣어 잘근잘근 씹으며 피다 만 시가를 끄집어내 입가에 물었다.

"음, 꼭 그렇진 않던뎁쇼. 놈들한테는 내가 추수감사절 식탁에 칠면조랑 같이 오른 설익은 시금치로 보였는지 손도 까딱 안 했습니다."

"코타나, 그게 정말 가능한 일인가?"

"가능하기는 하지만 확률은 지극히 낮죠."

치프의 물음에 코타나가 조심스레 대답했다. 코타나는 2초 남짓 머뭇거리다 덧붙였다.

"생체 계측기에서 나온 수치를 토대로 볼 때 하사의 말은 사실이에요. 의료실에서 검진을 받아보기 전까지는 100퍼센트 확신하기 어렵지만 일단 확인해본 바로는 체내에 아무런 플러드 감염변이도 없어요. 척 봐도 반벌거숭이로 돌아다니는 그 무뇌아 살인광들하고는 거리가 멀죠."

"그렇군."

치프는 권총의 안전장치를 채우고 손잡이를 반대로 돌려 하사에게 건넸다.

"하지만 기회가 생기는 대로 몸을 안팎으로 샅샅이 조사할 테니 그리 알아둬. 플러드가 확산되는 사태가 결코 일어나서는 안 되니까."

"좋을 대로 하시게나. 해군 병원에 있는 반반한 간호사들을 생각하니 가슴이 두근거리는걸. 그럼 이제……."

하사는 벽에서 물러나 해치로 갔다.

"나머지도 데려와야겠군."

하사는 냉동수면기를 보고는 멈칫했다.

"먼저 찾아온 손님이 계셨군그래."

"일단 놔둬. 30분간 서서히 해동해야 저체온증이 발생하지 않는다. 코버넌트 놈들과 다시 맞붙기까지 그럴 시간이 있을지는 모르겠지만."

"다시 맞붙는단 말이지."

하사는 치프의 말을 곱씹어보다 씩 웃었다.

"잘됐구먼. 이렇게 좋은 싸움 기회를 눈앞에 두고 도망치는 줄로만 알았지 뭔가."

하사는 펠리칸으로 통하는 해치를 열었다. 해치 사이로 MA5B 총부리가 비죽 튀어나왔다. 하사는 몸을 숙이고 소총을 잡아당겼다.

해병대 상병이 표류하며 해치 위로 올라왔다. 군복에는 로클리어라 박음질된 이름표가 붙어 있었다. 갈색으로 그을린 피부에 머리를 박박 밀었으며 새파란 눈동자는 날카롭게 번득였다. 상병은 하사에게서 총을 넘겨받아 롱소드 내부를 죽 훑었다.

"이상 무!"

상병이 펠리칸에 대고 소리쳤다.

"쉬어."

마스터 치프가 말했다. 상병은 그제야 치프에게 눈길을 돌렸다. 그리고는 무슨 이런 경우가 다 있느냐는 듯이 고개를 내저으며 중얼거렸다.

"웬 스파르탄? 옘병, 껌 피하려다 똥 밟은 꼴이네."

상병의 어깨에 붙은 기장이 눈에 띄었다. 궤도강하 타격대(Orbital Drop Shock Trooper) 소속임을 나타내는 금빛 혜성 부대 기장이었다. 흔히 줄여서 ODST 또는 '지옥행 강습대'로 통하는 궤도강하 타격대원들은 한번 적과 맞붙으면 끝까지 물고 늘어지기로 악명이 높았다.

초면부터 아니꼬운 태도를 취하는 점으로 미루어보건대 상병은 실바 소령의 부하 대원이 분명했다. 뼛속까지 궤도강하 타격대원이었던 실바 소령은 헤일로에서 작전을 수행하던 중 스파르탄-II 양성계획에 관해 불만을 노골적으로 터뜨렸는데, 특히 치프를 잡아먹지 못해 안달이었다.

다른 남자가 해치 가장자리를 붙잡고 위로 올라왔다. 말쑥한 흑색 군복 차림에 플라즈마 피스톨을 찼고 붉은 머리칼은 단정히 뒤로 넘겨 빗었으며 치프를 바라보는 눈에 전혀 놀라워하는 기색이 느껴지지 않았다. 그의 군복에는 거무스름한 광택이 나는 대위 계급장이 붙어 있었다.

"대위님!"

치프는 깍듯이 경례를 붙였다.

"출력 및 각도 재조정 중."

코타나가 말했다. 조망창에 비친 위성 베이시스 방향으로 롱소드와 펠리칸이 동시에 살짝 기울었다.

"이제 기내에 1G 정도 중력이 실릴 거예요."

대위는 바닥에 발을 붙이고 느긋하게 경례를 받았다.

"난 해버슨 대위다."

대위는 흥미로운 눈길로 치프를 훑어보았다.

"스파르탄-117, 마스터 치프로군."

"그렇습니다."

치프는 내심 놀랐다. 대다수 장병은 말할 것도 없고 노련한 장교들도 여간해서는 스파르탄 대원을 구분하지 못하는데, 어떻게 이렇게 젊은 장교가 마스터 치프를 대번에 알아본 걸까?

대위의 어깨에 붙은 기장이 눈에 띄었다. 별 셋 위로 금색과 검은색 독수리가 날개를 펼친 모습이 들어가 있었다. 독수리 날개 위로는 라틴어로 'SEMPER VIGILANS(항상 경계하라)'라는 글귀가 박음질 되어 있었다.

해버슨 대위는 해군 정보국 요원이었다.

"마침 잘됐군."

대위는 로클리어 상병과 존슨 하사를 번갈아 쳐다보았다.

"치프가 함께라면 아직 한 가닥 희망이 있는 셈이니까."

대위는 해치로 손을 뻗어 나머지 한 사람을 롱소드로 끌어올렸다.

마지막으로 올라온 사람은 여자였다. 조종사용 비행복 차림에 다갈색 금발 머리에는 전투모를 푹 눌러쓰고 있었다.

"폴라스키 이등상사, 탑승 허가를 요청합니다."

이등상사가 치프에게 경례를 붙였다. 치프는 경례를 받았다.

"탑승을 환영한다."

이등상사가 걸친 내리닫이 비행복에는 붉은 황소 눈 위에 불타는 주먹이 들어간 해군 제23항공대 기장이 박음질 되어 있었다. 직접 만나기는 이번이 처음이었지만 "포해머"라는 호출부호로 더 친숙한 캐롤 롤리 대위와 같은 부대 소속이었다. 그 둘이 서로 닮은 구석이 있다면 폴라스키도 포해머처럼 실력 있고 배짱 두둑한 여조종사일 테지.

"이젠 뭐 어떡하자는 겁니까? 쏴 죽일 놈이라도 있습니까?"

로클리어 상병이 불쑥 물었다

"성질 좀 죽여라."

존슨 하사가 엄포를 놓았다.

"머리를 철모 쓸 때만 쓰지 말고 이럴 때도 좀 굴려봐라. 지금 발이 공중에 떴나, 바닥에 붙었나? 중력이 안 느껴지나? 우린 지금 중력 궤도를 돌고 있다. 코버넌트한테 다시 한 방 먹여주려고 위성을 공전하는 중이란 말이다.”

“바로 그거다.”

치프가 말을 받았다.

“어떻게 탈출할지를 최우선 목표로 삼아야 하잖나.”

이야기를 듣던 해버슨 대위가 실망을 금치 못하며 미간을 찡그렸다.

“지금은 코버넌트한테 무작정 덤벼들 때가 아니다. 적과 헤일로에 관한 귀중한 정보가 수중에 있는 만큼 국제연합 우주사령부 권역으로 탈출하는 데 주력해야 한다.”

“제 말이 그 말입니다. 하지만 롱소드나 펠리칸이나 둘 다 쇼—후지카와 초광속 엔진이 없습니다. 슬립스페이스 점프 없이는 도착까지 몇 년이 걸릴 겁니다.”

치프의 대답에 해버슨 대위는 한숨을 쉬었다.

“거기서 발목을 잡히고 마는군. 안 그런가?”

대위는 치프에게서 등을 돌리고는 생각에 잠겨 걸음을 옮겼다.

계급고하를 중시하는 마스터 치프에게 해버슨 대위는 상관이었으므로 당연히 그의 명령에 따라야 했다. 하지만 장교와 사병을 막론하고 스파르탄 대원들은 누군가가 눈앞에서 등을 돌리는 태도를 언짢게 여겼다. 해버슨 대위가 책임자인 양 행동하는 태도 또한 마뜩잖기는 마찬가지였다.

치프는 먼저 받은 명령을 우선시했다. 해버슨 대위의 승낙 여부는 하등 상관없었다.

“대위님, 실례지만 말씀드릴 것이 있습니다. 현재 대위님께서 계급이 가장 높으시니, 제가 최우선 극비 임무를 수행하는 중이란 사실을 짚고 넘어가고 싶습니다. 최고 사령부에서 직속으로 하달된 임무입니다.”

“무슨 말이지?”

“말인즉, 이곳에 있는 장병들과 함선에 관한 전술 지휘권은 제게 있다는 얘기입니다. 대위님도 포함해서 말입니다.”

해버슨 대위는 치프를 향해 다시 몸을 돌렸다. 어두운 안색을 하고서 뭔가 말하려는 듯 입을 열었다가 도로 닫고서 치프를 올려다보았다. 그는 바짝 타들어 간 입술로 희미한 웃음을 지어 보였다.

"물론이지. 무슨 임무인지는 나도 잘 안다. 도울 만한 일이 있다면 능력껏 돕겠다."

스파르탄 대원들이 받았던 코버넌트 사제 생포 임무를 어떻게 대위가 알고 있는 걸까? 그나저나 일개 해군 정보국 장교가 무슨 곡절로 여기까지 오게 됐을까?

"뭔 놈의 계획인데 그럽니까? 중력 궤도에 왔고 그다음엔 뭐 어쩌자는 겁니까? 이렇게 종일 노가리나 깔 겁니까?"

로클리어가 끼어들었다.

"아니."

치프가 대답했다. 그는 폴라스키 이등상사와 존슨 하사를 힐끗 쳐다보았다. 일단 폴라스키는 믿을 만하다. 존슨은 어떻게 물밀 듯 밀려드는 플러드 속에서 살아남았는지는 석연찮아도 눈 딱 감고 믿어보기로 했다. 해버슨 대위는 영 미덥지 않았지만 임무가 얼마나 막중한지 아는 만큼 치프를 훼방 놓을 일은 없었다. 하지만 로클리어 상병은 사정이 달랐다.

궤도강하 타격대원은 만반의 전투태세를 갖추다가도 대인지뢰처럼 산산이 터져버리기 일쑤였다. 욱하는 성질에 뚜껑이 열리면 복수에 눈이 멀어 아군의 안전이고 나발이고 내팽개치는 대원도 있었다. 여기에다 지옥행 강습대 특유의 불같은 자존심까지 더해지면 언제 폭발할지 모르는 휘발성 합성물이나 마찬가지였다. 지금은 위아래를 확실히 못 박아둬야 했다.

"펠리칸으로 내려가라."

치프가 로클리어 상병에게 명령했다.

"몇 분 있으면 위성 반대편에 도달한다. 쓸 만한 물건은 전부 챙겨라. 여분 총기, 탄약, 수류탄, 전부 가져간다. 무전을 연결해서 항상 내 지시에 따르도록."

상병이 그 자리에 서서 치프의 헬멧 안면보호대를 노려보았다. 팽팽한 긴장감이 흘렀다.

존슨 하사가 한마디 하려고 했지만, 치프는 조용히 손을 들어 가로막았다. 하사는 하려던 말을 속으로 삭였다.

마스터 치프는 로클리어 상병에게 한 발짝 다가섰다.

"내 말이 말 같잖나, 상병?"

상병은 침을 꿀꺽 삼켰다. 눈에서 활활 타오르던 푸른 불꽃이 한풀 꺾이 더니 그는 시선을 돌렸다.

"아닙니다."

상병은 기가 죽어 소총을 어깨에 둘러메고는 일단 치프의 지시에 복종 하기로 했다.

"바로 실시하겠습니다, 마스터 치프."

상병은 해치로 걸어가 펠리칸 안으로 들어갔다.

아무리 좋게 봐도 고위험 침투 작전에 돌입하기에는 불안하기 짝이 없 는 인원 편성이었다.

"쇼-후지카와 엔진은 어떻게 구하실 겁니까?"

"그건 필요 없다."

폴라스키 이등상사의 물음에 치프가 답했다.

"차선책이 있다."

치프는 통제석으로 걸어가 표시창을 두드렸다. 코버넌트 기함을 탐색한 사진이 조망창 위로 나타났다.

"이놈을 뺏으면 된다."

해버슨 대위가 미간을 찌푸렸다.

"치프, 저 함선에 접근했다가는 미처 공격할 새도 없이 황천행이 될 거야."

"보통은 그럴 겁니다. 하지만 펠리칸을 미끼로 쓴다면 얘기가 다릅니다. 모레이 기뢰를 가득 실어 롱소드 앞으로 날리는 겁니다. 원격으로 조종해야겠지만, 그렇게 하면 조종사가 시각상실을 일으키는 한계속도를 초과 가속할 수 있습니다. 펠리칸으로 적의 주의를 돌리면서 기뢰를 깔아주면 침투할 틈이 생길 겁니다."

폴라스키 이등상사의 표정이 잔뜩 굳어졌다.

"문제라도 있나?"

"아닙니다, 마스터 치프. 요긴한 수송기를 잃기가 안타까워서 그럽니다. 그 녀석 덕분에 헤일로에서 무사히 탈출하기도 했고 말입니다."

치프는 이등상사의 말뜻을 이해했다. 조종사들은 자기가 타는 항공기에 애착을 갖기 마련이어서 이름을 붙여주고 사람 대하듯 아꼈다. 하지만 치프는 장비란 한낱 소모품일 뿐임을 체득한 지 오래였기에 그런 허상에 젖는 법이 없었다. 코타나라면 예외일지도 모르겠지만.

"일단 기함에 접근한다 치고."

해버슨 대위가 팔짱을 꼈다.

"그런 다음에는 우리보다 수천 배는 막강한 화력과 정면으로 맞설 건가, 아니면 또 공중제비라도 돌아볼 심산인가?"

"둘 다 아닙니다."

치프는 기함의 격납고를 가리켰다.

"저곳에 착륙할 겁니다."

폴라스키 이등상사가 실눈을 뜨고 기함의 배면에 난 조그마한 틈을 살폈다.

"쏜살같이 날아가다 들이받기라도 하면 몇 군데 부러지는 정도로 끝나진 않겠지만……"

이등상사는 아랫입술을 깨물고서 머리를 굴렸다.

"롱소드라면 통과가 가능하겠습니다."

"놈들은 펠리칸과 롱소드를 상대하려고 세라프 전투기를 보낼 겁니다."

치프가 말을 이었다.

"그러기에 앞서 필시 방어막을 일부나마 해제할 겁니다. 그 틈을 타 안으로 침투해 승무원을 제압하면 슬립스페이스 운항 기능을 갖춘 함선이 굴러들어오는 셈입니다."

"신나게 갈겨보실까!"

로클리어 상병이 무전으로 목청을 뽑았다.

"쳐들어가서 싹 쓸어버립시다!"

존슨 하사는 계획에 관해 곰곰이 생각하며 시가를 질겅질겅 씹었다.

"지금까지 코버넌트 함선을 나포한 전례는 한 번도 없었다."

해버슨 대위가 낮은 목소리로 말했다.

"흠씬 두들겨주고서 항복을 받아내려고 포위한 적은 몇 번 있었지만, 그럴 때마다 어김없이 자폭하더군."

"달리 뾰족한 수가 없잖습니까."

치프는 그렇게 말하고 폴라스키 이등상사, 존슨 하사, 마지막으로 해버슨 대위를 둘러보았다.

"더 좋은 계획이 있다면 지금 말해둬라."

아무도 입을 열지 않았다.

"코타나, 덧붙이고 싶은 말은 없나?"

"궤도를 이탈하는 과정에서 연료가 거의 다 소모되기 때문에 신속히 요격 진로를 거쳐서 기함에 접근해야 해요. 접근 방향을 따라 코버넌트가 화망을 두텁게 구축해놨어요. 그러니 감속과 회피 기동을 동시에 해야 하죠. 조종하기가 굉장히 까다롭겠는데요."

"조종은 폴라스키가 맡는다."

치프는 이등상사에게 고개를 돌렸다.

"롱소드를 몰라는 말씀이십니까?"

이등상사는 천천히 고개를 끄덕였다. 녹색 눈동자가 조금 전까지만 해도 보이지 않던 총기로 반짝였다.

"워낙 오래된 일이기는 하지만, 어디 한번 해보겠습니다. 실력을 110퍼센트로 발휘해보지요."

이등상사는 조종석에 앉아 안전벨트를 맸다. 코타나가 입을 열었다.

"폴라스키가 이등상사가 조종 솜씨 하나는 출중하다지만, 정보 처리는 제가 백만 배는 더 신속하다는 점을 알아주셨으면……."

"코타나는 함선간 통신망에 연결하고 대기한다."

치프가 말을 잘랐다.

"기함에 근접하면 놈의 화기 가동을 차단하고 통신을 마비시켜."

"궂은일에 숙녀를 동행도 없이 내보낼 작정이세요? 그런 일을 자진해 맡겠다고 할 사람은 저밖에 없겠네요."

코타나는 한숨을 지었다.

"해버슨 대위님, 대위님께서는 우리가 궤도를 벗어나기 전에 모레이 지뢰가 사출되어 펠리칸에 부착되게끔 프로그램해주시기 바랍니다. 절반은 충돌 즉시 폭발하게끔 설정하시고, 나머지 반은 이쪽이 접근하는 사이에 분리되어 적기를 추적하도록 설정해주시면 됩니다."

해버슨 대위는 고개를 끄덕이고 폴라스키 이등상사가 차지한 조종석 옆의 통제석에 앉았다.

누가 군용 화물 상자 두 개와 잡낭 하나를 펠리칸과 연결된 통로 위로 털썩 던져 올렸다. 로클리어 상병이 통로를 올라와 해치를 닫았다.

"이게 답니다. 고폭탄두 권총 한 자루랑 MA5B 소총 둘, M90 근접전용 산탄총에 수류탄 한 상자가 끝입니다. 소총 탄창은 열 개 정도 있지만 산탄총 탄약은 바닥입니다."

치프는 수류탄 네 개와 돌격소총 탄창 여섯 개를 챙겼다. 그는 거의 빈 탄창을 빼고 새 탄창을 끼웠다. 철컥하는 쇳소리가 귀에 착 감겼다.

존슨 하사는 MA5B 한 자루에 탄약을 얼마간 챙기고 수류탄 세 개를 집었다.

"10초 뒤 궤도 이탈 추진에 들어갑니다."

"나머지도 챙겨둬라."

치프가 로클리어 상병에게 말했다.

"이제 단단히들 각오해라."

상병은 나머지 총기와 탄약을 잡낭에 집어넣어 어깨에 걸치고는 잡을만한 곳을 단단히 붙들었다. 존슨 하사는 냉동수면기에 몸을 지탱했다. 마스터 치프는 격벽을 붙잡았다.

"펠리칸을 분리합니다."

폴라스키 이등상사가 말했다. 동체 배면에서 쿵 소리가 울렸다.

"펠리칸 분리 완료."

"펠리칸 자동 조종 프로그램 설정 완료."

코타나가 상태를 보고했다.

"모레이 기뢰 부착 및 장전 완료."

해버슨 대위가 덧붙였다. 뒤이어 폴라스키 상사가 말했다.

"궤도 이탈 추진에 들어갑니다. 3…… 2…… 1…… 점화!"

롱소드의 엔진이 굉음을 내며 돌아가기 시작했다. 압력 때문에 동체에서 끼익거리는 쇳소리가 새어 나오는 동시에 속력이 확 붙으면서, 탑승자전원이 반대편으로 몸이 쏠렸다.

펠리칸은 앞으로 나아가 베이시스의 지평선을 돌아 잔해 지대로 되돌아갔다. 롱소드가 뒤를 따르는 찰나 베이시스 위로 빛이 비쳤다. 지표면으로 소행성이 비처럼 쏟아지자 조그마한 먼지를 훅훅 일으키며 분화구를 남기는 광경이 치프의 눈에 들어왔다.

폴라스키 이등상사가 좌측 카메라를 화면에 띄우자 코버넌트 순양함이 한가운데 나타났다.

"벼르고 있었던 모양입니다."

이등상사가 소리쳤다.

"회피 기동 실시."

펠리칸이 우측으로 회전비행했다.

"기함을 향해 가속합니다—"

기함이 코앞에 불쑥 나타났다. 놈도 이쪽에서 이렇게 나오리라고 예측한 것이 분명했다. 하지만 펠리칸이 기함으로 돌진하는 것까진 미처 예상하지 못한 모양이었다. 거기까지 예상했더라면 완벽한 수평 포격 위치를 잡고 기다렸을 것이다.

"현재 펠리칸이 200킬로미터 앞서 있습니다."

폴라스키 이등상사가 보고했다. 펠리칸이 커다란 동체로 순양함의 공격을 유도했다. 연기가 새어 나오면서 텅 빈 동체의 일부가 증발했다.

"기뢰 살포. 폴라스키, 기뢰의 좌표와 궤적을 항법장치에 입력해라. 괜히 건드려서 좋을 것 없잖나."

해버슨 대위가 말했다.

"알겠습니다. 꽉 잡으십쇼. 이제 갑니다."

"짜증 나 죽겠네."

로클리어 상병이 툴툴거렸다.

"함선들은 서로 신나게 펑펑 쏴 갈기는 판에, 난 여기 처박혀서 아무거나 붙들고는 이러다 힘도 못 써보고 황천행이 되지는 않을까 궁상떠는 신세라니."

치프는 아무 대꾸도 하지 않았지만 동감이었다. 상병의 말본새가 점잖지 못하기는 해도 우주전이 거북하기는 피차 마찬가지였으니까.

"내 말이."

존슨 하사가 한마디 했다.

"다 칭얼거렸으면 숙녀분이 조종하시게 입 다물고 얌전히 있어."

하사는 임무 기록기를 주머니에서 꺼내 칩을 꽂았다. 화면이 비더니 기록기에 달린 조그마한 스피커에서 리듬 실린 불협화음이 쿵쾅쿵쾅 흘러나왔다.

치프가 알기로 그 소음은 '플립' 음악이었다. 몇 세기나 묵은 구닥다리 '메탈'의 현대판이라던가. 좋게 생각해도 하사의 그런 음악적 취향은 별나게만 느껴졌다.

"하사님, 그냥 총으로 쏴 죽이십쇼. 좀 편히 보내달란 말입니다. 이런 귀청 떨어지는 소리로 고문당하느니 콱 죽고 말랍니다."

로클리어 상병이 투덜거렸다.

"참고 들어봐라. 이건 고전 음악이란 말이다."

"안락사도 고전 방식인데 말입니다."

폴라스키 이등상사가 회피 기동을 계속하면서 롱소드로 공중제비를 부렸다가 좌우로 날쌔게 움직였다. 그리고는 곡예를 부리듯 이중 연속 회전비행을 선보이며 기함이 발사한 플라즈마 어뢰를 피했다.

"잘난 체하기는!"

예상 밖의 조종 솜씨에 질투가 났는지 코타나는 치프의 헬멧 스피커 속으로 쫑알대고는 롱소드의 내선통신기를 컸다.

"코버넌트 통신망에 연결 중. 놈들의 화기 시스템에 접속 중입니다. 잠시 기다리세요."

앞서 가던 펠리칸이 뒤따라 날아온 어뢰에 몸을 내던져 불덩이로 산화하면서 칠흑 같은 우주에 타닥거리는 이온화 금속 증기구름을 남겼다.

전방 조망창에 코버넌트 기함이 나타났다. 쟁반만 한 크기였다.

"이젠 노닥거리지도 못하겠군요."

폴라스키 이등상사는 그렇게 말을 내뱉고는 재연소 장치를 점화, 롱소드를 정면으로 기함에 돌진시켰다.

갑작스런 가속에 치프와 존슨 하사가 후미로 날아갔다. 골조를 단단히 붙들어 맨 로클리어 상병은 몸이 바닥과 거의 수평이 되어 있었다.

"현재 감속에 들어가 기함의 격납고에 안착하기에는 거리가 너무 짧아요."

코타나가 주의를 주었다.

"그러세요? 왜 '스마트' 인공지능이라 불리는지 알 만하네요."

이등상사가 짜증 섞인 목소리로 대답하고는 전투모를 눈까지 푹 눌러 썼다.

"조종은 나한테 맡기고 댁은 놈들의 화기를 차단하는 데나 집중하시죠."

"놈들이 전투기를 발진한다."

해버슨 대위가 경고했다. 어느새 조망창의 절반을 채운 코버넌트 기함의 배면에서 세라프 전투기 여섯 대가 모습을 드러냈다.

"모레이 기뢰 20기가 아직 작동 중이다. 놈들이 곧 사정권에 들겠군. 추적…… 조준…… 기동 중……."

물방울 모양 세라프 전투기 편대 위로 조그마한 불꽃이 훅훅 포개졌다. 해버슨 대위가 쾌재를 불렀다.

"명중이다!"

"전방 화기 시스템 및 방어막 차단 완료."

코타나가 말했다.

"문이 열렸네."

폴라스키 이등상사가 중얼거렸다.

"놈들이 친히 우릴 초대하는군요. 거절한다면 예의가 아니겠죠."

기함이 조망창을 가득 메웠다. 코타나가 경고했다.

"곧 충돌합니다."

존슨 하사가 몸을 일으켰다. 하지만 그대로 엎드려 있는 편이 낫다는 사실을 아는 치프는 하사의 다리를 붙잡아 말렸다.

폴라스키 상사는 엔진 가동을 중단하고 기동용 추진기를 점화했다. 롱소드가 180도 돌아갔다. 기수를 거꾸로 돌림과 동시에 추진기 조절판을 당자 엔진이 과부하되어 요란하게 울렸다. 갑작스런 역감속 때문에 동체에 무리가 가기 시작했다.

치프는 한 손으로 바닥을 붙들고 다른 손으로는 존슨 하사를 꽉 붙잡았다. 그냥 내버려뒀으면 하사는 지금쯤 기내 반대편으로 날아갔을 것이다.

폴라스키 이등상사는 조망창 화면을 전방과 후미로 나누었다. 그녀는 추진기를 가동해 격납고로 향하는 진입각을 조정했다. 조망창으로 조그맣게 보이던 격납고가 순식간에 크게 비쳤다.

"단단히 붙들어들 매십쇼!"

엔진이 신음하면서 속력이 떨어졌지만…… 아직도 너무 빨랐다.

롱소드가 초속 300미터의 속도로 격납고에 돌진했다. 침입을 막아보려고 허겁지겁 뛰어나오던 그런트 기술병들이 롱소드의 엔진 불길에 쓸려나가면서 등에 짊어진 메탄 탱크가 폭죽처럼 펑펑 터져나갔다.

폴라스키 이등상사가 엔진을 끄는 순간 롱소드가 격납고 벽을 들이받았다.

충격에 마스터 치프와 존슨 상사, 로클리어 상병은 조종석과 통제석 위로 나뒹굴었다.

그런트들이 플라즈마 피스톨을 뽑아들고서 에너지를 과충전해 총구를 초록색으로 물들이면서 롱소드를 향해 다가왔다. 코버넌트 엔지니어들은 불을 끄고 폭발로 끊어진 전선을 수리하느라 부산을 떨었다.

"격납고를 따라 방어막이 재구축되고 있어요. 외부 대기가 안정되었으니, 이제 일어나서 움직이셔도 됩니다."

코타나의 말에 로클리어 상병이 자리에서 벌떡 일어서서 환호성을 질렀다.

"아자!"

상병은 기운 좋게 MA5B의 장전 손잡이를 당겨 약실에 탄을 재웠다.

"놀아재껴 보실까!"

"다들 수고했다. 하지만 진짜 싸움은 지금부터다."

치프가 일어서며 소총을 장전했다.

7

2552년 9월 22일 1750시 (군사 표준력)/

소엘 행성계, 헤일로 잔해 지대, 미확인 코버넌트 기함 내부

플라즈마탄이 롱소드 동체를 때리며 캐노피를 훑었다. 번득이는 플라즈마가 지글거리며 날아들어 조종석 캐노피 위로 연기를 피우며 녹아내린 자국을 새겼다.

그런트 부대가 격납고에 실린 세라프 전투기와 연료통 뒤에서 몸을 웅크리고 살금살금 움직였다. 겁 없이 엄폐물 밖으로 불쑥 몸을 내밀고 롱소드를 향해 연녹색 플라즈마탄을 날리는 놈들도 있었다.

"제가 처리하죠."

폴라스키 이등상사가 스위치를 올렸다.

착륙장치가 나오면서 롱소드 요격기가 바닥에서 1미터 정도 올라갔다.

"기관포 상태 양호. 잘 가라, 꼬맹이들아."

상사는 조준 눈금을 띄워 격납고를 죽 훑었다. 120밀리 기총 세례에 그런트 부대가 몸을 숨긴 엄폐물이 갈가리 찢겨나갔다. 연료통과 방어막 없이 무방비로 노출된 세라프 전투기가 한꺼번에 폭발해 사방에 파편이 튀면서 곁에 있던 놈들도 몽땅 바닥에 나가떨어졌다. 사나운 불길이 격납고를 휩쓸며 순식간에 천장까지 치솟았다가 다시 가라앉았다. 바닥에 흥건히 고인 연료에 불이 붙어 활활 타오르는 가운데, 새까맣게 탄 그런트와 엔지니어 시체가 격납고 바닥을 나뒹굴었다.

"화재 진압 시스템 가동."

회색 안개가 천장에서 뿜어져 나왔다. 불길이 도로 거세지나 싶더니 차츰 잦아들며 사그라졌다.

"격납고에 공기가 있나?"

치프가 물었다.

"탐색 중. 미량의 재가 있고 함선 벽면이 녹으면서 대기오염이 발생한 데다 연기까지 자욱하기는 해도 숨을 쉬지 못할 정도는 아녜요."

"다행이군."

치프는 일행에게 몸을 돌렸다.

"이제 내부로 침투한다. 내가 앞장서겠다. 상병, 같이 선두를 맡는다. 하사, 뒤를 부탁한다."

코타나가 뒤질세라 끼어들었다.

"저도 데려가셔야죠. 길을 찾으려고 함선의 설계도를 빼놓긴 했는데 원격제어가 차단되어 있어요. 제가 함선의 지휘 데이터 시스템에 직접 접속해야겠어요."

치프는 잠시 머뭇거렸다. 묠니르 전투복에는 코타나 같은 인공지능을 저장해두도록 특수 크리스털층이 내장되어 있었다. 그 덕분에 헤일로에서 코타나는 전술 장비로서 제 몫을 톡톡히 해냈다.

하지만 코타나가 연산을 하려면 전투복에 든 신경회로 칩의 일부, 즉 치프의 두뇌와 연계해야 한다. 더욱이 코타나는 헤일로의 컴퓨터 시스템에 접속했던 뒤부터…… 좀처럼 얌전히 있지를 못했다.

치프는 찜찜한 생각을 한쪽으로 치워두었다. 코타나가 수상쩍은 낌새를 보이거든 꺼버리면 그만이다.

"잠깐 기다려."

치프는 컴퓨터 단말기를 켜고 코타나를 데이터 칩으로 옮겼다. 잠시 뒤 단말기에 녹색등이 깜박거렸다.

그는 칩을 뽑아 헬멧 뒤통수에 있는 삽입구에 끼웠다. 잠깐 아찔한 현기증이 눈앞을 스쳤으나, 코타나가 정신 속으로 들어오자 얼음장처럼 차가우면서도 익숙한 느낌이 머릿속으로 스며들었다.

"든 게 없어서 썰렁하기는 여전하네요."

치프는 코타나가 늘 던져대는 밉살스러운 말장난을 못 들은 척하며 존슨 하사와 로클리어 상병에게 고개를 끄덕였다.

"가자!"

존슨 하사가 개폐기를 눌러 측면 해치를 열었다. 로클리어 상병이 소총을 견착하고 해치 사이로 총알을 퍼부었다. 롱소드를 방패 삼아 몸을 웅크리고 있던 그런트 두 놈이 바닥으로 발랑 나자빠졌다. 시체에서는 인광성 피가 줄줄 흘러나왔다.

치프는 서둘러 밖으로 나가 격납고에 발을 디뎠다. 동작 감지기 측면으로 세 물체가 잡혔다. 급히 몸을 돌렸더니 엔지니어 삼인방이 있었다. 그는 방아쇠에서 손가락을 풀었다. 놈들은 딱히 경계할 거리가 못되었다.

엔지니어는 별난 생김새에 키가 1미터 남짓한 생명체로, 체내에서 생성되는 공기보다 가벼운 가스를 기낭에 채워 바닥을 둥둥 떠다니고 있었다. 놈들은 촉수와 더듬이로 실타래처럼 얽힌 연료관을 검사해보고는 크고 작은 도관과 압축기를 서둘러 수리하기 시작했다.

"지금쯤 환영위원회가 나타나야 정상인데 이상하군요."

코타나가 치프에게 속삭였다.

"방금 함선의 승무원 목록을 살펴봤어요. 총원이 삼천 명쯤 되는데 대부분이 엔지니어예요. 그리고 그런트 한 중대 남짓에 엘리트는 백 명 가량밖에 없고요."

"고작 백?"

치프는 어이없다는 듯이 중얼거렸다. 그는 일행에게 격납고 뒤편에 있는 커다란 문으로 전진하라고 손짓했다. 사방이 뿌연 연기와 진화용 기체로 가득한 탓에 가시거리가 10미터에 불과했다.

돌격소총에서 터져 나온 총성이 격납고에 울려 퍼졌다. 치프는 오른쪽으로 돌아서서 소총을 겨누었다.

로클리어 상병이 움찔거리며 죽어가는 엔지니어 삼인방을 짓밟고 서 있었다. 상병은 바닥에 드러누운 놈들한테 점사를 더 먹였다.

"총알을 아껴라, 상병. 징그럽게 생겼어도 해코지는 않는 놈들이다."

존슨 하사가 타일렀다.

"해코지를 못하게 하려면 아주 숨통을 끊어놔야죠."

상병이 뺨에 덕지덕지 묻은 엔지니어의 피를 닦고는 능글맞게 웃어 보였다.

긴가민가하거든 일단 죽이고 봐라. 치프 역시 로클리어 상병식 코버넌트 대처법에 동의하는 편이었다. 하지만 조금 전 상병의 행동은 불필요한 짓인데다 찝찝한 감이 없잖아 있었다.

코버넌트 기함의 전투기 격납고는 최근에 잠입했던 순양함 '진리와 귀의'와 내부 구조가 흡사했다. 짙은 자주색 내벽이 침침한 간접광을 받아 흐릿하게 반들거렸으며 벽면을 감싼 외계 금속층 위로 얼기설기 새겨진 기묘한 기하학무늬가 어렴풋한 빛을 발했다. 둥그런 아치형 천장은 쓸데없을 정도로 높이 솟아 있었는데, 족히 10미터는 되었다. 아군 함선에 비해 공간 낭비가 심한 편이었다.

치프는 격납고 뒤편에 있는 넓은 출입구를 발견했다.

살짝 찌그러진 육각형 형태의 출입구는 일행 전원이 한꺼번에 들어갈

수 있을 정도로 널찍했다. 물론 치프는 적진 한복판에서 그렇게 무방비한 대형을 짤 만큼 어리석지는 않았다. 출입구는 네 부분으로 나뉘어 있었는데, 작동 시 분리 부분이 서로 맞물린 중앙에서 가장자리로 소리 없이 밀려나며 열리는 구조로 되어 있었다. 코타나가 설명을 덧붙였다.

"저 출입문은 주 통로로 통해요. 거기서 다시 함교로 이어지죠."

치프는 상병은 출입구 오른쪽에, 하사는 왼쪽에 붙으라고 손짓했다.

"해버슨 대위님, 후방을 부탁합니다. 폴라스키, 출입구 개폐기를 맡아라. 이제부터 수신호만 사용한다."

해버슨 대위는 아니꼬운 눈초리로 치프에게 경례를 했지만, 그것과는 별개로 소총을 단단히 쥐고 격납고를 살폈다.

폴라스키 이등상사가 앞으로 나서 출입구 가운데 붙은 제어반 옆에 몸을 웅크렸다. 그녀는 전투모를 돌려쓰고 제어반을 자세히 들여다본 다음 치프를 돌아보며 엄지를 들었다.

치프는 소총을 겨누며 고개를 끄덕였다. 문을 열라는 신호였다.

이등상사가 제어반에 손을 뻗은 찰나, 건드리지도 않은 출입구가 스르륵 열렸다.

맞은편에서 엘리트 다섯 놈이 나타났다. 두 놈은 문 양옆에 몸을 가렸고 셋째 놈은 통로 한복판에 서서 치프에게 플라즈마 라이플을 겨누었다. 그 뒤로 넷째 놈이 대형 뒤로 몸을 숨겼으며 마지막 한 놈은 출입구 제어반 앞에 몸을 웅크린 채 폴라스키와 얼굴을 맞대고 있었다.

치프는 폴라스키의 머리 위로 두 차례 점사를 가했다. 총알이 통로 한가운데 있던 엘리트와 뒤를 맡고 있던 놈에게 차례로 명중했다. 놈들이 미처 에너지 방어막을 가동하지 못한 덕분에 7.62밀리탄이 전투복을 쉽사리 꿰뚫었다. 두 엘리트는 눈 깜짝할 사이 바닥에 고꾸라졌다.

가장자리에 있던 엘리트 둘이 괴성을 지르며 공격을 개시했다. 플라즈마 라이플의 총성이 격납고에 메아리침과 동시에 청백색 에너지 탄환이 치프의 방어막을 때렸다.

방어막이 급격히 소진되자 헬멧 속으로 귀 따가운 경고음과 함께 위험 경고가 깜박거렸다. 플라즈마의 열기가 눈앞을 어지럽히는 와중에도 그는 이등상사와 대치하고 있는 엘리트를 겨누려고 안간힘을 썼다. 그러나 소용없었다. 목표물을 정확히 조준할 수가 없었다.

엘리트가 플라즈마 피스톨을 꺼내는 순간 이등상사도 권총을 뽑았다.

운 좋게도 이등상사가 한발 빨랐다. 그녀는 권총집에서 권총을 뽑아들고 잽싸게 방아쇠를 당겼다. 총성과 함께 탄환이 엘리트가 쓴 기다란 투구의 정중앙을 파고들었다.

엘리트가 쏜 플라즈마탄은 보기 좋게 빗나가 뒤편의 바닥을 태웠다.

폴라스키 이등상사는 놈의 면상에 대고 그대로 탄창을 비웠다. 권총탄 두 방에 놈이 주춤거렸다. 곧 방어막이 가물거리나 싶더니 뒤이어 날아든 탄환이 전투복을 관통해 뼈까지 꿰뚫었다.

놈은 뒤로 자빠져 두 번 씰룩거리고는 숨이 끊어졌다.

폴라스키 이등상사가 바닥에 바짝 엎드린 사이, 존슨 하사와 로클리어 상병이 통로에 교차사격을 퍼부어 나머지 놈들까지 순식간에 처리했다. 존슨 하사가 길게 목청을 뽑았다.

"바로 이거야! 아주 거저먹기로구먼!"

그때 10미터 전방에 있는 모퉁이를 돌아 엘리트 열 놈이 나타났다.

"어럽쇼."

로클리어 상병이 중얼거렸다. 치프가 소리쳤다.

"하사, 제어반을 쏴!"

치프는 이등상사를 향해 신속히 두 걸음을 내디며 그녀의 옷깃을 붙잡고 끌어당겼다. 사선에서 벗어나기가 무섭게 폴라스키가 있던 자리에 플라즈마탄이 스쳤다.

치프는 이등상사를 내려놓고 수류탄의 핀을 뽑아 돌진해오는 엘리트를 향해 던졌다.

하사가 돌격소총으로 제어반을 쏘아 갈겼다. 제어반에서 불꽃이 튀자 출입구가 철컹 닫혔다.

두꺼운 쇠문 뒤로 묵직한 폭발음이 울리더니 뒤이어 섬뜩한 정적이 격납고에 내려앉았다. 폴라스키 이등상사는 어렵사리 바닥에서 일어나 떨리는 손으로 권총을 재장전했다.

"코타나, 함교로 통하는 다른 길은 없나?"

전방투영창에 파란 화살표가 떴다. 오른쪽으로 돌아서자 좁다란 출입구가 눈에 들어왔다. 치프는 그곳을 가리키며 일행에게 이동하라고 손짓한 다음 입구로 달려가 제어반을 조작했다.

작은 출입구가 열리자 어둠 속으로 구불구불 뻗은 가느다란 통로가 드러났다.

찜찜하군. 통로 폭이 좁고 어두컴컴해서 기습받기 딱 좋았다. 주 격납고 출입구로 되돌아갈까 싶었지만 생각을 고쳐먹었다. 출입구 이음매 사이로 연기와 불꽃이 새어드는 모습을 보아하니 반대편에 있는 코버넌트 병력이 곧 문을 뚫고 들어올 작정인 듯했다.

치프는 야간투시경을 켰다. 어둠이 걷히면서 지직거리는 형광 녹색 시야가 눈앞을 가득 메웠다. 적은 없었다.

치프는 잠시 기다리며 방어막을 재충전한 다음 몸을 수그렸다. 그는 소총을 견착하고 통로 내부로 조심스레 걸음을 옮겼다.

안으로 들어갈수록 폭이 좁아지면서 주위를 둘러싼 매끄러운 보랏빛 벽면도 점점 어두워졌다.

"여기는 엔지니어용 정비통로 같네요. 엘리트들이 우릴 뒤쫓으려면 덩치 때문에 깨나 낑낑거리겠는걸요?"

치프는 무뚝뚝하게 코타나의 말을 받아넘기며 조금씩 앞으로 움직였다. 전투복 방어막이 벽면을 스치자 긁히는 소리가 나면서 섬광과 불꽃이 일었다. 통로가 너무 꽉 끼었다. 전투복을 둘러싼 방어막을 해제하고 나서야 간신히 몸을 들이밀고 지나갈 틈이 생겼다. 로클리어 상병이 바짝 따라붙었다. 그 뒤로 폴라스키 이등상사, 존슨 하사, 마지막으로 해버슨 대위 순서로 치프를 따라갔다.

치프는 해버슨 대위를 손가락으로 가리켰다가 다시 출입구를 가리켰다. 대위는 언짢은 듯이 미간을 찡그리고는 고개를 끄덕였다. 그는 출입구에 가까이 다가가 제어장치를 담당하는 기판을 들어냈다.

기함의 격납고에는 엔지니어 수십 마리가 있었다. 기함 전체에 있는 엔지니어의 수를 생각하면 따로 전용 통로를 쓴다 해도 이상할 것이 없었다. 하지만 이는 진리와 귀의에서는 전혀 보지 못했던 시설이었다.

코버넌트 함선 내부에서 엔지니어를 목격한 것 자체가 이번이 처음이었다. 특별한 함선이라 그런가? 겉보기에는 전함인데 무슨 영문인지 승무원은 정비선에나 알맞을 수리공이라니.

"멈춰요."

코타나가 말했다. 치프는 잠시 걸음을 멈추고 코타나와 하는 얘기를 일행이 듣지 못하게끔 외부 스피커를 껐다.

"문제라도 있나?"

"아뇨. 어쩌면 행운이 따라줄지도 모르겠네요. 왼쪽으로 고개를 돌리고 20센티미터 아래를 한번 보세요."

아래쪽을 힐끗 쳐다봤더니 벽면에서 튀어나온 엄지손톱만 한 원형 삽입구가 눈에 띄었다.

"언뜻 보기에 데이터 포트 같은데…… 코버넌트 엔지니어들이 저기로 정보를 주고받는 듯해요. 적외선과 응답확인 단파 신호가 감지되거든요. 절 꺼내서 거기 넣어주세요."

"확실해?"

"전투복 속에서는 제가 도울 만한 일이 몇 없어요. 하지만 일단 함선 통신망에 접속한다면 내부로 침투해 시스템 전반을 장악하기란 땅 짚고 헤엄치기에요. 우선 함교로 가서 수동으로 절 설계 시스템에 접속시켜주셔야 하지만 말이죠. 그동안 제가 보조 시스템을 조종해 시간을 벌어드릴게요."

"확실하다면야."

"제가 언제는 불확실했던가요?"

코타나가 톡 쏘아붙였다. 코타나가 발끈한 기분이 신경회로 칩을 통해 치프에게도 전해졌다.

치프는 헬멧 삽입구에서 코타나가 든 데이터 칩을 꺼냈다. 코타나가 머릿속에서 떠나면서 그 빈자리로 체온이 확 밀려들어 심장박동에 따라 두근거리는 느낌이 들었다. 그렇게 치프는 다시금 전투복 속에 홀로 남았다.

치프는 코타나가 든 칩을 코버넌트 데이터 포트에 꽂았다. 로클리어 상병이 더는 못 봐주겠다는 듯 인상을 쓰고는 수군거렸다.

"절 때려죽인대도 거기는 절대 안 들어갈 겁니다."

치프가 목을 긋는 시늉을 해 보이자 상병은 조용히 입을 다물었다.

"들어왔어요."

"상황은?"

0.5초 뒤에 대답이 돌아왔다.

"좀…… 달라졌군요. 30미터 앞에서 왼쪽 모퉁이로 돌아가세요."

치프는 일행에게 전진하라고 신호했다. 코타나가 중얼거렸다.

"달라도 너무 달라요."

코타나는 원래부터 소프트웨어 침투용으로 제작된 인공지능이었다. 약은 속임수에서부터 암호 해독 알고리즘에 이르기까지 해군 정보국 제3과에서 고안한 술수란 술수는 빠짐없이 프로그램되었으며, 자기가 직접 개발한 요령까지 몇 가지 덧붙였다. 그야말로 훔치지 못할 것이 없는 도둑이자 전자 첩보원인 코타나가 코버넌트 시스템에 슬쩍 발을 들였다.

롱소드 요격기가 코버넌트 기함에 접근하던 순간 놈들의 네트워크에 접속하기란 간단했다. 우선 기함의 화기 시스템을 진단 상태로 설정했다. 코버넌트는 문제를 알아차리고 서둘러 시스템을 재설정했지만, 그때는 이미 한낱 인간에 불과한 폴라스키 이등상사가 굼뜬 반응속도로 격납고 내부로 진입하는 데 필요한 틈을 내준 뒤였다.

"상황은?"

치프가 물었다. 이제 기습 효과가 다 사라졌으므로 기함의 내부 침투방지 시스템이 비상에 들어가는 것이 당연한 순서였다. 뭔가 다른 것들이 시스템 내부를 어슬렁거리기 시작했다. 미세한 경보 신호가 코타나의 기척에 부딪혀 튕겨 나갔다. 슬그머니 침입자를 탐색하고 은근슬쩍 물러나는군.

시스템 내부에 다른 누군가가 돌아다니는 듯한 기분이 들었다. 코버넌트 인공지능인가? 코버넌트한테도 인공지능이 있다는 소리는 금시초문이었다. 어쩌면 놈이 근처에서 어슬렁거리고 있는지도 모른다는 생각에 코타나는 흥미가 당겼다.

"좀…… 달라졌군요."

코타나는 그제야 치프의 물음에 대답했다. 일단 기함의 설계도를 탐색한 뒤, 각 구역을 차례로 통과해 3천 개에 달하는 감시 시스템을 잽싸게 스쳐 지나갔다. 그런 다음 현재 위치에서 함교로 통하는 최단 경로를 찾아 기함의 시스템에서 슬쩍한 3차 완충저장장치에 저장했다. 그러는 동시에 처리능력 일부를 할애해 기함의 구조 및 하부시스템을 분석해나갔다.

"30미터 앞에서 왼쪽 모퉁이로 돌아가세요."

코타나는 기함의 선외 관측 카메라를 통해 코버넌트 순양함 여섯 척을 발견했다. 놈들은 닭 쫓다 지붕 쳐다보는 개 신세가 되어 기함의 우현에서 100킬로미터 떨어진 지점에 멈춰 있었다. 웬 ㄷ자 모양 코버넌트 수송선 편대가 순양함에서 출격해 이리로 몰려들고 있었다. 말썽거리가 될 소지가 다분한걸.

기함 내부에서 10인조 엘리트 수색조가 통로를 이 잡듯이 뒤지고 돌아다니는 모습이 포착됐다. 코타나는 함내 추적 시스템을 교란해 가짜 신호를 만들어낸 다음 치프 일행의 이동 경로를 함수 끄트머리, 아군 함선으로 치자면 함교가 있는 구획으로 표시했다. 이렇게 해두면 감쪽같이 속아서는 허깨비를 찾느라 진을 빼겠지.

코타나는 마무리로 치프의 전방투영창에 엘리트 부대의 위치를 띄웠다.

데이터 스트림에서 반응이 찔끔 흘러나왔다.

코타나는 반응의 출처를 추적한 다음 신호의 일정한 형태를 파악하다 말고 관둬버렸다. 시스템 내부에 누가 있는지는 몰라도 지금은 숨바꼭질이나 하며 노닥거릴 때가 아니었다.

분하기는 해도, 코버넌트의 인공지능으로 짐작되는 놈과 맞서려고 마음먹었다 한들 그럴 여력이 없었다. 헤일로에 있으면서 엄청난 양의 데이터를 습득한 탓이었다. 헤일로의 설계 및 정비 시스템에 저장되어 있던 영겁의 세월이 담긴 기록, 플러드라 불리는 외계 생명체에 대한 진실, 거기다 코버넌트가 숭배해 마지않는 수수께끼의 '선조'에 관한 정보에 이르기까지 실로 어마어마한 데이터가 쌓였다. 그 많은 정보를 이해하는 것은 고사하고, 데이터 자체를 조사하고 대조하고 정리하는 데만 꼬박 일주일은 잡아야 할 판이었다.

압축을 했는데도 평소에 연산용으로 남겨둔 광학 하부시스템 자리까지 데이터가 비집고 들어올 정도로 양이 많았다. 너무 성급히 압축한 탓은 아닐까, 그것 때문에 헤일로에 관한 데이터가 손상되면 어떡하나 하는 조바심이 마음속에서 맴돌았다.

좌우간 그 방대한 정보를 저장했으니 군살이 쪄서 처리 속도와 효율성이 저하된 것은 당연한 일이었다.

그러나 이 사실은 치프에게 비밀로 해두었다. 스스로도 인정하기 싫었으니까. 코타나는 지금껏 자신의 뛰어난 두뇌에 크나큰 자신감을 품고 있었다. 하지만 이렇게 중요한 사실을 숨긴 채 아무렇지도 않은 척하기란 참으로 어리석은 짓이었다.

코타나는 코버넌트 인공지능의 접근을 차단하기 위해 놈이 접촉을 시도하는 연결점을 따라 차단용 역신호를 전송해두었다.

한편 처리능력의 일부를 돌려 기함의 구조를 한창 검토하던 중 함교로 통하는 다른 경로를 찾아냈다. 바보같이 왜 진작 몰랐을까. 설계상 비상 시스템으로 분류되어 있었던 탓에 깜빡한 것이다. 그 경로는 끝에 구명정 두 대가 정박한 좁다란 통로였는데, 치프 일행이 지나는 정비통로와 배기구가 서로 연결되어 있었다.

"치프, 함교로 통하는 다른 길을 찾았어요."

"알았다. 잠시만."

무전에서 총성이 들리다가 곧 잠잠해졌다.

"말해봐."

"경로를 업로드하는 중입니다. 그런데 전투복을 입고서 통과가 가능할지 모르겠네요. 일행을 나눠서 두 경로로 움직이세요. 그럼 함교에 도달할 확률이 높아지겠죠."

"그렇군. 폴라스키랑 대위님은 절 따라오십시오. 하사, 상병을 데리고 구명정 쪽 통로를 맡도록."

코타나는 두 일행의 움직임을 좇는 내내 엘리트 부대의 위치도 같이 추적했다. 가짜 신호를 더 많이 흩뿌려 놈들을 어리둥절하게 만드는 일도 잊지 않았다.

그때 기함과 나머지 순양함 사이의 교신량이 증가했다. 침입자 침투, 지원 요청, 모도시에 경고할 것. 개중에 '신성한 분'이라는 용어가 언급된 보고에는 기밀 보안용 암호까지 걸어났시만 코타나에게는 가소로운 짓이었다. 구미가 당기는걸. 코버넌트가 무얼 숨기려드는지 한 번 파헤쳐볼까.

조금 전의 보고서를 통신 기록에 있는 다른 내용을 참조해가며 해독하던 중 기함의 측면 감지기에 에너지 급증 현상이 포착됐다. 우현에 있던 순양함이 멀리 떨어져 방향을 돌리더니 엔진이 빛나면서 주변의 어둠에 검푸른 물결이 일었다. 코버넌트 순양함이 속력을 높이며 앞으로 나아가더니 어둠을 뚫고 슬립스페이스 속으로 사라졌다.

코타나는 나중을 생각해서 순양함이 떠난 방향을 기록해두었다. 어쩌면 코버넌트의 본거지가 어디인지 파악할 실마리가 될지도 모른다.

코버넌트가 지원 요청을 하다니 희한한 일이었다. 코버넌트 전사들은 콧대가 굉장히 높았기에 싸우다 말고 도망치는 법이 없었다. 죽으면 죽었지 목숨을 부지하려고 지원을 요청할 놈들이 아니었다. 하지만 가만히 생각해보면 이 기함은 전함인데도 정작 승무원들은 전투 요원과 거리가 멀었다. 엔지니어만 바글거리고 엘리트는 고작 백 명밖에 없으니까.

속으로 이런 생각을 곰곰이 하는 동안에도, 코타나는 시스템 내부의 코버넌트 인공지능이 이쪽을 찾지 못하게끔 줄곧 역신호를 생성해 탐색을 차단했다. 코타나는 자신이 꾸미는 일을 저쪽이 가능한 오랫동안 알아차리지 못하기를 빌었다. 저쪽에서 보낸 신호가 일련의 베셀 함수로 변환되면 코타나는 거기에 대응해 신호를 상쇄했다.

코타나는 아예 그 처리 과정을 자동화한 다음 코버넌트 항법 컴퓨터의 기능 중 일부를 빼돌려 거기에 떠넘긴 뒤, 하던 대로 가짜 치프 일행의 신호를 조종해 엘리트 수색조를 엉뚱한 곳으로 몰았다.

그러는 한편 코버넌트 기함의 구조와 체계를 계속 조사해나갔다. 그야말로 천재일우의 기회였다. 코버넌트가 보유한 고성능 슬립스페이스 엔진과 병기에 관한 정보를 얻어낸다면 인류의 기술력을 족히 수십 년은 앞당기고도 남는다.

"코타나?"

치프가 말을 걸자 집중력이 흐트러졌다. 플라즈마탄 격발음과 자동화기 총성이 들려왔다.

"능동형 위장장치로 은폐한 엘리트들이 길목을 막아섰다. 교차로를 우회할 통로를 찾아봐."

엘리트들이 쓰는 광굴절 위장술을 깜빡하고 말았다. 한꺼번에 너무 많은 작업을 수행하느라 처리능력이 분산된 탓이었다. 일단 코버넌트 기함 조사를 중단하고 치프에게 우회로부터 찾아주었다.

코타나는 음성 대화법과 관련된 루틴을 재시작한 뒤 입을 열었다.

"오른쪽을 보시면 점검용 배전반이 있어요. 그리로 3미터 내려가 5미터 전진한 다음 왼쪽으로 돌아 쭉 올라가세요."

폭발음이 나더니 뒤이어 치프가 대답했다.

"알았다."

지금은 치프를 지키는 데 주력해야 한다. 코타나는 다른 탐색 작업을 멈추고 기함의 설계도를 하나하나 뜯어보았다. 뭔가 써먹을 만한 건수가 있을 테지. 이를테면 무기처럼 놈들을 막을 뭔가가 어디쯤…… 찾았다, 공기 처리장치용 예비 단말기. 다른 시스템은 보안이 철저한 데 반해 이쪽은 하위 우선순위로 분류되어 있었으며 최소한의 보안만 갖춘 상태였다.

코타나는 백만 분의 1초 만에 수백 수천 개에 달하는 코버넌트 명령어를 생성해 시스템을 손상시켰다. 그런 다음 치프 일행이 있는 통로를 따라 설치된 배기구의 공기배출 권한을 주 시스템으로 할당했다. 그리고 마지막으로 처리 압축기를 기함의 나머지 구획에서 작동하도록 설정한 뒤, 압축기를 역가동했다.

함내 기압이 87퍼센트로 급감하자 전 시스템에 비상이 걸렸다. 코타나는 그것마저 틀어막아 찍소리도 못하게 만들었다.

시스템에 있던 다른 존재가 압축기를 멈추려고 발버둥을 쳤지만, 코타나는 그 신호까지 막아버리고 보안 시스템에 새 명령어를 흘려보냈다.

'불편을 끼쳐 죄송합니다.'

코버넌트 인공지능이 내지른 비명이 코타나의 프로세서를 통해 겹겹이 메아리쳐 들려왔다. 어디선가 들어본 목소리였다. 사람과 비슷하지만 끔찍하게 뒤틀린 소리였다.

내부 카메라로 상황이 어떻게 됐나 훑어보던 중 그런트들이 눈에 띄었다. 기압이 급격히 떨어지는 바람에 호흡기에서 메탄가스가 새어나가자 놈들은 캑캑거리며 나자빠지기 바빴다. 엔지니어들은 몸이 푸르딩딩해지면서 움직임이 둔해지다가 공중에 둥둥 떠서 차례차례 숨이 끊어졌다. 놈들은 죽어가는 마지막 순간에도 고칠 것을 찾아 헤매며 촉수를 꿈틀거렸다. 엘리트 수색조는 통로에 우뚝 멈춰 서더니 목을 움켜쥐고는 있지도 않은 공기를 들이마시려고 턱을 쩍쩍 벌려댔다. 놈들도 얼마 못 가 쓰러졌다.

윤리 서브루틴을 통해 양심의 가책이 느껴지면서 방해 명령어가 생성되었다. 행동을 멈추고 지금까지 내린 결정을 스스로 재고하게끔 하려는 의도에서였다. 하지만 지금은 죽느냐 죽이느냐 하는 양자택일의 상황이다. 코타나는 윤리 서브루틴에서 나온 신호를 전부 재할당하고 루틴 자체를 꺼버렸다. 시답잖은 곁다리 때문에 발목을 잡힐 수는 없었다.

"치프."

코타나가 무전으로 속삭였다.

"항법장치에 표시해드린 경로에는 공기가 희박해요. 그쪽으로 가다가는 나머지 일행이 위험해요."

3초 뒤 치프가 대답했다.

"알았다."

코타나는 마침내 '신성한 분'이라는 단어가 언급된 코버넌트 보고서를 해독해냈다. 내용이 유별나리만치 장황한 미문으로 꾸며져 있었는데, 고위 계급에 있는 엘리트들이 쓰는 만연체 문투보다도 정도가 더했다. 이런 문장을 고스란히 번역하기란 불가능했지만 어렴풋하게나마 곧 고위 성직자가 헤일로에 행차할 예정이라는 사실을 알아냈다.

알고 보니 그 방문객은 어찌나 귀하신 몸인지 여기 있는 전함들은 일개 전진 정찰대에 불과했다. 그보다 더 많은 함선이 현재 위치로 향하는 중이었으며 그 규모가 수백 척에 달했다.

"치프, 아무래도 문제가……."

"잠깐 기다려. 지금 함교 출입구에 도착했다. 안에 몇이나 있는지 확인 가능한가?"

치프가 말을 잘랐다.

"불가능해요. 놈들이 함교에 있는 감지기를 차단했어요."

"코타나 말대로다. 뭐가 나올지 모르니 단단히 준비해라. 하사, 상병, 각자 위치로."

치프가 일행에게 말했다.

"알았다. 코버넌트 자식들을 혼쭐낼 준비 완료."

존슨 하사가 낮은 목소리로 대답했다.

"코타나, 현재 위치에 있는 출입구를 폭파하겠다. 준비해."

측면 감지기에서 에너지 급증 현상이 다시 포착됐다. 코버넌트 순양함이 이쪽으로 방향을 틀더니 플라즈마 화기를 충전하면서 발사 준비에 들어갔다.

"치프, 서둘러요!"

"내가 지시하면 플라즈마 수류탄을 투척한다."

치프가 무전으로 지시했다.

"수류탄 투척, 다들 피해!"

치프는 플라즈마 수류탄 두 개를 던졌다. 수류탄이 산화마그네슘처럼 순백색을 내뿜으며 함교를 가로막은 두꺼운 합금 출입구에 들러붙었다.

코버넌트의 플라즈마 수류탄은 목표물에 부착되기 때문에 요긴했다. 그는 통로 모퉁이로 돌아서서 해버슨 대위와 폴라스키 이등상사를 몸으로 감쌌다.

5초 뒤, 눈부신 섬광이 통로를 가득 메웠다. 치프는 다시 출입구로 몸을 돌렸다. 수류탄이 폭발한 자리가 거울처럼 반들거렸지만 그밖에는 멀쩡했다.

문을 날려버리기에는 수류탄 수백 개로도 모자랄 판이었다. 하지만 플라즈마 수류탄은 폭발하면서 전자기장과 방어막을 흩트리는 성질이 있었다. 치프는 그 효과에 출입구를 봉쇄한 전동기와 방어막이 풀렸기를 빌며 장갑을 껴서 뭉툭한 손가락을 문틈으로 비집어 넣었다.

균형을 잡은 치프는 갈라진 문틈을 벌렸다. 몇 센티미터쯤 벌어지나 싶더니 그만 멈췄다. 다리를 더 벌리고 용을 써봤지만 꿈쩍도 하지 않았다.

동작 감지기에 경고가 떴다. 출입구 바로 반대편에서 뭔가가 움직였다.

그는 문틈에 돌격소총 총구를 쑤셔 넣고 방아쇠를 당겼다. 땡그랑거리는 소리를 내며 탄피가 바닥에 쏟아졌다.

반대편에서 울부짖는 소리가 울려 퍼지더니 틈새에서 회색 연기가 새어 나왔다.

치프는 소총을 어깨에 둘러멘 뒤 다시 한 번 힘을 주며 문틈을 벌렸다. 비로소 육중한 금속 출입구가 움직이기 시작했다.

플라즈마탄의 섬광이 방어막을 덮쳐 시야를 가로막았다. 그는 눈을 질끈 감고 계속 문에 힘을 실었다. 플라즈마탄이 또 날아와 가슴을 때렸다.

출입구가 50센티미터 정도 열렸다. 이만하면 충분하다.

치프는 옆으로 몸을 숨기고 방어막이 충전되기를 잠시 기다렸다.

잠잠했다. 방어막 소진 경고음이 멈출 생각을 하지 않았다. 실눈을 뜨고 검은 점이 깜박거리는 눈앞을 가다듬은 뒤 파손 부위를 확인했다. 몰니르 전투복의 내부 온도가 60도를 넘어선 탓에, 전투복에 탑재된 초소형 냉각기가 돌아가는 소리가 귀에 들릴 지경이었다.

"하사, 상병, 제압사격 실시!"

치프가 소리쳤다.

"맡겨주십쇼, 마스터 치프!"

로클리어 상병이 곧장 말을 받았다. 상병은 앉아쏴 자세를 취하고 벌어진 틈새로 총알을 퍼부었다. 존슨 하사는 서서쏴 자세로 상병의 머리 위로 사격을 가했다.

치프는 방어막 제어 소프트웨어를 재시작했다.

소용없었다. 방어막 생성기가 기어이 고장 나고 말았다.

사격이 뚝 멎었다.

"총알이 바닥났습니다."

상병이 소리쳤다.

"돌입하겠다."

치프가 되받았다. 함교로 뛰어들자 상체가 너덜너덜해진 엘리트 시체가 발에 밟혔다. 출입구를 막으려다 고스란히 사격을 당한 모양이었다.

치프는 함교를 둘러보았다. 전체 폭 20미터 너비의 원형 구조에, 직경 10미터 가량의 중앙 지지대 위로 크고 작은 홀로그램 제어반이 빙 둘러져 있었다. 지지대는 움푹 꺼진 바닥 위로 오롯이 솟아 있었는데, 바닥과 지지대 사이의 폭발한 광섬유 전선관 주위로 엔지니어 삼인방이 겁에 질려 벌벌 떨고 있었다.

"엔지니어는 살려두세요. 나중에 필요할 테니까요."

코타나가 미리 일러두었다.

"알았다. 로클리어 상병, 들었나?"

상병은 머뭇거리다가 마지못해 대답했다.

"그럽지요."

함교를 감싼 원형 벽면을 따라 바닥에서 천장까지 들어찬 표시창에는 기함의 상태를 나타내는 각종 도표와 그래프가 가득했으며, 사이사이로 기묘하게 생긴 코버넌트 문자가 곁들여져 있었다. 기함 외부의 상황 보고도 한구석을 차지하고 있었는데, 남아 있던 코버넌트 순양함 다섯 척이 이쪽으로 접근하는 중이었다.

치프의 눈가에 움직임이 잡혔다. 광굴절 위장이 풀리면서 무광검정 전투복을 입은 엘리트가 벽면 표시창에서 모습을 드러냈다. 놈이 결투를 부르짖으며 치프에게 성큼성큼 다가갔다.

치프는 소총을 들어 방아쇠를 당겼다. 총알 세 발이 총구를 떠나자 노리쇠가 우뚝 멈췄다. 잔탄 표시기가 00을 가리켰다.

총알이 명중하자 엘리트의 방어막이 소진되었다. 운 좋게도 한 발이 놈의 어깻죽지를 꿰뚫었다. 검보라색 피가 바닥에 튀었지만, 놈은 그까짓 상처는 대수롭잖다는 듯이 계속 가까이 다가왔다.

해버슨 대위가 함교로 달려와 권총을 뽑아들었다.

"꼼짝 마!"

대위가 권총의 안전장치를 내리며 윽박질렀다.

엘리트는 치프에게 시선을 고정한 채로 플라즈마 피스톨을 꺼내 들어 대위에게 발사했다. 플라즈마탄이 몸을 스치자 대위는 욕을 내뱉으며 황급히 함교 밖으로 내뺐다.

치프는 돌격소총을 고쳐 쥐고 자세를 낮추며 전투태세를 취했다. 방어막이 고장 났어도 엘리트 하나쯤은 제압하고도 남으리란 자신감에서였다.

엘리트가 투구를 벗어 던졌다. 플라즈마 피스톨도 바닥에 던져버렸다. 놈이 앞으로 몸을 굽히며 네 갈래 턱을 벌렸다. 치프가 보기에는 꼭 웃는 얼굴 같았다. 점점 가까이 다가오는 놈의 손아귀에서 청백색 에너지 검이 뿜어져 나왔다.

놈이 에너지 검을 치켜들고 달려들었다.

8

2552년 9월 22일 1802시 (군사 표준력)/

소엘 행성계, 헤일로 잔해 지대, 미확인 코버넌트 기함 내부

마스터 치프는 몸을 숙여 엘리트가 휘두른 에너지 검을 피했다. 그는 앞으로 돌진해 개머리판으로 놈의 몸통을 후려쳤다.

엘리트가 배를 감싸 쥐자 치프는 놈의 머리통을 박살 내려고 개머리판을 들어 내리찍었다.

하지만 놈은 뒤로 몸을 날렸다. 에너지 검이 눈앞에서 번득이자 소총이 두 동강 났다. 조각난 MA5B 돌격소총이 바닥에 덜그럭 떨어졌다.

허옇게 달아올라 바지직거리는 에너지 검이 아슬아슬하게 치프를 스쳤다. 폴니르 전투복의 내부 온도가 급격히 치솟았다.

공격을 피하기만 할 수는 없다. 의표를 찔러야 한다. 치프는 바짝 다가서서 놈의 양 팔뚝을 붙잡았다.

엘리트가 무쇠 같은 팔 근육으로 치프의 아귀힘을 뿌리치려고 안간힘을 썼다. 치프는 검을 든 팔을 비틀어 칼날을 밖으로 돌렸다. 하지만 한쪽에 힘을 쏟느라 엘리트의 반대편 팔을 붙든 손이 느슨해졌다.

에너지 검이 위험하리만치 머리 쪽으로 바짝 날아들었다. 칼날이 얼굴에서 불과 몇 센티미터 간격을 두고 스치면서 전방투영창이 지지직거렸다.

에너지 검은 칼자루에서 나오는 전자기 피막을 따라 백열 플라즈마가 납작한 삼각형 모양으로 응집된 형태의 근접 무기였다. 치프는 에너지 검의 위력을 실전으로 겪어봐서 익히 알고 있었다. 놈들은 에너지 검으로 궤도강하 타격대원을 방어구째 둘로 썰어버리는가 하면 티타늄—A 장갑판에까지 깊은 칼자국을 남겼다.

설상가상으로 지금 검을 다루는 엘리트는 영악하고 끈질긴 고단수인 반면 치프는 지난 며칠간 헤일로에서 내리 전투를 치르느라 통 쉬지를 못했다. 크고 작은 상처와 힘 빠진 근육과 긴장된 힘줄 때문에 온몸이 쑤시지 않는 곳이 없었다.

해버슨 대위와 폴라스키 이등상사가 권총을 뽑아들고 함교로 들어왔다. 하지만 엘리트와 치프가 서로 뒤엉킨 까닭에 방아쇠를 당길 엄두를 내지 못했다.

"치프, 저리 비켜!"

해버슨 대위가 고함쳤다.

"망할, 달라붙어 있어서 못쏘겠어!"

비키라고? 말이야 쉽지. 이 상황에서 한 발짝이라도 뒤로 물러났다가는 엘리트가 치프를 둘로 썰어버릴 것이 뻔했다.

치프는 신음을 내뱉고는 놈을 밀쳐내려고 힘을 쥐어짰다.

엘리트도 똑같이 몸싸움을 벌였으나 갑자기 몸을 뒤로 빼더니 다가오던 치프의 일행에게 몸을 날렸다.

검을 수평으로 돌린 엘리트가 해버슨 대위와 폴라스키 이등상사를 향해 휘둘렀다.

에너지 검이 권총을 동강 내며 가슴을 스치자 해버슨 대위는 비명을 지르며 쓰러졌다. 폴라스키 이등상사가 욕을 내뱉으며 권총을 갈겼지만 엘리트의 방어막에 총알이 튕겨 나갔다.

놈은 이등상사를 힐끗 쳐다보며 분노에 찬 목소리로 으르렁거렸다.

"대위님을 모시고 나가!"

치프가 다급히 소리쳤다. 그는 무릎을 가슴 높이까지 들어 엘리트를 힘껏 걷어찼다. 놈의 가슴 보호대에 전투화가 정통으로 들어갔다. 방어막이 번쩍이면서 소진되자 가슴 방어구가 사기그릇처럼 쩍쩍 갈라졌다.

엘리트는 주춤거리며 마스터 치프를 끌어당겼다. 놈이 토한 검보라색 피가 안면 보호대에 튀어 시야를 가렸다. 놈은 아까 자기가 벗어 던진 헬멧에 발이 걸려 휘청거렸다.

둘은 동시에 바닥에 쓰러졌다.

마스터 치프는 넘어진 상태에서도 검을 쥔 손을 꽉 틀어쥐었다. 하지만 놈은 치프의 반대편 손아귀를 뿌리치고 바닥에 떨어진 플라즈마 피스톨을 집었다. 피스톨의 총구가 역겨운 녹색 에너지로 물들기 시작했다.

피스톨이 발사되는 순간 치프는 오른쪽으로 몸을 굴렸다. 둥근 플라즈마 덩어리가 함교를 가로질러 뒤에 있던 표시창을 불태웠다.

표시창이 깜박거리다가 플라즈마가 전자회로를 녹이면서 불꽃이 튀었다. 하지만 화면이 나가기 직전, 치프는 코버넌트 순양함 한 척이 포문을 여는 모습을 똑똑히 보았다. 작살처럼 기다란 플라즈마가 우주를 가로지르며 기함을 향해 날아들었다.

치프와 엘리트는 서로 뒤엉켜 엉거주춤 몸을 일으켰다. 치프는 플라즈마 피스톨을 발로 차 함교 구석으로 멀찍이 날려버렸다.

엘리트가 입을 쩍 벌리고 치프를 물어뜯었다. 열 받았거나 당황했거나 둘 중 하나였다. 놈이 점점 세게 물고 늘어졌다.

놈의 팔뚝을 붙든 손에서 힘이 풀렸다.

엘리트 뒤에서 누군가가 움직였다. 존슨 하사와 로클리어 상병이 구명 정용 해치를 젖히려고 끙끙대고 있었다.

"하사, 사격 준비."

"말만 해!"

해치 바깥쪽에서 존슨 하사가 소리쳐 대답했다.

치프는 에너지 검이 들린 엘리트의 손목을 그러쥐고 반대쪽 팔뚝으로 목을 밀치면서 놈을 함교 뒤로 서서히 몰아세웠다. 그는 반쯤 열린 해치에 놈을 힘껏 밀어붙였다.

에너지 검이 몰니르 전투복을 파고들자 팔뚝을 둘러싼 합금이 녹아내리며 연기가 피어올랐다.

"하사, 지금이다! 쏴!"

해치 틈새에서 총격이 터져 나왔다. 총알이 해치를 가로막은 엘리트의 등을 직격하는 탓에 총성이 희미하게 들렸다. 놈은 고통에 겨워 몸을 뒤틀었지만 꼼짝없이 치프에게 붙잡힌 채였다. 놈의 에너지 검이 전투복 내부의 두꺼운 크리스털층을 파고들었다. 상처 사이로 피가 섞인 정수압 젤라틴이 새어 나왔다.

"계속…… 쏴!"

엘리트의 갈라진 가슴 보호대에 총알구멍이 뚫렸다. 전투복 파편과 살점 조각이 치프에게 튀었다.

마스터 치프가 벽에 엘리트를 들이박으면서 놈의 뒤에 있던 제어반에서 불꽃이 튀었다. 구명정용 통로 해치가 열리자 놈은 뒤로 비틀거리며 밀려 났다.

엘리트가 균형을 잃고 휘청거리자 마침내 치프에게 주도권이 넘어왔다. 치프는 온몸으로 엘리트를 들이받아 뒤로 밀어붙인 다음, 놈의 손목을 벽에 콱 내리찍었다. 함선의 벽이 공처럼 울리면서 에너지 검이 바닥에 떨어졌다. 칼자루에 내장된 안전장치가 작동을 영구 중단시키면서 칼날이 깜박거리다 툭 꺼졌다.

치프는 힘을 주며 한 걸음씩 엘리트를 몰아세웠다. 바닥이 피로 미끄러웠다. 그는 마침내 놈을 오른쪽으로 틀어 젖히고 가슴의 상처를 후려갈겼다.

엘리트는 고통에 울부짖으며 구명정 안으로 떠밀렸다.

"여기서 썩 꺼져!"

치프가 제어 단추를 누르자 구명정 해치가 쾅 닫혔다. 고정장치가 풀리면서 날카로운 쇳소리가 울렸고, 구명정이 굉음과 함께 선체에서 발사되었다.

치프는 크게 숨을 내쉬었다. 땀 때문에 눈앞이 흐릿했다.

"하사, 상병, 수고했다."

치프가 가쁜 숨을 쉬며 말했다. 어깨가 불타는 것처럼 쓰라렸다. 움직여보려고 했지만 뻣뻣하게 굳어 말을 듣지 않았다.

그때 기함이 갸우뚱 기울면서 코타나가 다급히 소리쳤다.

"플라즈마 어뢰가 함수 우현에 명중했어요! 현재 방어막 수치 67퍼센트."

코타나는 잠시 말을 멈추었다가 덧붙였다.

"놀라운 에너지 분산력이군요. 치프, 제가 함선을 조종할 테니 수동 항법장치를 해제해주세요."

해버슨 대위와 폴라스키 이등상사가 급히 치프에게 다가왔다. 대위는 에너지 검에 입은 상처 때문에 고통스러운 표정을 지으며 가슴을 움켜쥐고 있었다. 이등상사가 치프의 어깨에 손을 얹었다.

"부상이 심합니다. 당장 롱소드에서 구급함을 가져올 테니 잠시만……."

치프가 이등상사의 손을 치웠다.

"급할 것 없다."

폴라스키 이등상사의 걱정 가득한 얼굴에 변화가 일었다. 뭐지? 두려움? 어리둥절함?

"코타나, 어떻게 하는지 알려줘."

치프는 함교 한가운데 오롯이 솟은 지지대로 걸어갔다.

"폴라스키, 대위님과 같이 다른 출입구를 열도록."

"알겠습니다."

이등상사가 경직된 목소리로 대답했다. 둘은 출입구로 다가가 작업에 착수했다.

마스터 치프는 홀로그램 제어반을 살펴보았다. 제어반 위로 손을 갖다 대자 평면 홀로그램이 입체 코버넌트 문자로 바뀌며 줄줄이 올라왔다.

"어느 거지?"

"손을 오른쪽으로 50센티미터 옮기세요."

치프의 물음에 코타나가 대답했다.

"다시 위로 20센티미터요. 그거요. 아니, 왼쪽 거요."

코타나는 한숨을 쉬었다.

"바로 그거예요. 세 번 누르세요."

치프가 손을 대자 홀로그램 표면을 따라 흐릿한 빛 자국이 남았다. 제어 반이 적색과 주황색으로 번뜩이다가 밝은 파란색으로 변했다.

"됐어요. 항법 제어장치가 가동됐어요. 드디어 이놈을 조종해보는군요. 꽉 잡아요."

기함이 좌현으로 선회했다. 작동 중인 표시창 위로 네 척이 넘는 코버넌 트 순양함이 이쪽의 움직임을 쫓으며 포문을 여는 모습이 잡혔다.

속력을 높였지만 플라즈마 어뢰가 곡선을 그리며 추격해왔다.

"이거 야단났네. 녀석의 덩치로는 지금 속력이 한계에요. 슬립스페이스 점프에 돌입하든지 해야지 이대로는 공격을 피할 재간이 없어요."

표시창이 삑삑 소리를 내며 빨갛게 깜박거렸다.

"큰일 났네."

선두에 있던 플라즈마 어뢰가 기함을 강타했다. 불그죽죽한 불길이 관측창을 뒤덮었다.

"큰일은 무슨 큰일?"

해버슨 대위가 코타나에게 다그쳐 물었다.

"함선의 슬립스페이스 생성기가 멈췄어요. 항법장치에 걸린 잠금은 눈속임이었어요. 코버넌트 인공지능의 소행이 틀림없어요. 절 여기로 유인하고는 원자로에 이어진 동력 연결기를 물리적으로 끊어놓은 거죠. 동력을 재공급하지 않는 한 여기서 꼼짝도 못해요."

"코버넌트한테도 인공지능이 있다고?"

해버슨 대위가 의외라는 듯이 눈썹을 치켜세웠다. 치프가 말했다.

"동력선이 어디 있는지 알려줘. 내가 해결하지."

플라즈마 어뢰 두 발이 더 날아들어 방어막을 철썩 때렸다. 그때 코타나가 외쳤다.

"에너지 방어막이 소진되고 있어요. 꽉 잡아요!"

마지막 어뢰가 기함을 강타했다. 선체가 달아오르면서 장갑판이 기화되어 사라졌다. 장갑이 녹으면서 생겨난 과열된 금속 증기가 새어 나오면서 선체가 뒤흔들렸다.

"한 발이라도 더 맞았다가는 선체가 뚫릴 거예요. 전속력으로 움직여볼게요."

"코타나, 동력선 좌표를 알려달라니까."

전방투영창 위로 경로가 표시되었다. 엔진실은 함교에서 20층 아래에 있었다.

"섣부른 행동 마세요. 엘리트 수색조가 기다렸다는 듯이 나타날 거예요. 놈들을 처리한다고 해도 제시간에 동력선을 수리할 방법도 없어요. 없는 공구는 둘째 쳐도 고치는 방법을 모르잖아요."

마스터 치프는 함교를 둘러보았다. 방법이 없지는 않을 텐데. 분명히 뭔가 방법이……

치프는 지지대 난간 아래로 몸을 굽혀 밑에 숨어서 바들바들 떨고 있던 엔지니어 하나를 붙들었다. 기낭을 잡고 위로 끌어올리자 놈이 꿈틀거리며 새된 비명을 질렀다.

"우리는 모르지만."

치프는 그렇게 말하며 엔지니어를 잡고 흔들었다.

"이놈은 잘 알겠지. 말 붙여서 시켜볼 수 있나?"

코타나가 잠시 망설이다 대답했다.

"코버넌트어 사전을 보면 다양한 의사소통 방법이 기록되어 있는데……."

"일감이 있으니 따라오라고만 해."

"알았어요, 치프."

날카로운 휘파람 소리가 함교 스피커에서 흘러나오자 엔지니어의 여섯 눈동자가 휘둥그레졌다. 놈은 몸부림치다 말고 자기를 붙잡은 치프의 손을 촉수로 감쌌다.

"'좋아요, 서둘러요.'라고 하는군요."

코타나가 통역했다.

"나머지는 여기서 기다려라."

치프가 지시했다.

"자네가 정 그렇다면야."

해버슨 대위가 핼쑥한 얼굴로 대답했다. 가슴에 입은 상처에서 피가 뚝뚝 떨어졌다.

마스터 치프는 존슨 하사와 로클리어 상병에게 고개를 돌렸다.

"코버넌트가 함교를 탈환하지 못하게 철저히 막아라."

"걱정 붙들어 매셔."

존슨 하사가 기세 좋게 대답했다. 하사는 잠시 멈춰 서서 죽은 엘리트의 턱을 걷어차더니 MA5B 돌격소총에 새 탄창을 꽂았다. 그리고는 장전 손잡이를 뒤로 젖혀 약실에 총알을 재운 뒤 견착했다.

"비실비실한 코버넌트 자식들이 여기에 발을 들이려면 나랑 한판 붙어야 할 테니까."

코버넌트 순양함 두 척이 재차 불을 뿜는 모습이 표시창에 잡혔다.

치프는 플라즈마 어뢰가 이쪽을 향해 날아들면서 불길이 검은 우주로 번지는 모습을 지켜보았다.

"코타나, 시간을 벌어줘."

"최선을 다할게요. 아무튼 서둘러요. 저도 한계가 있어요."

코타나는 잔뜩 약이 올랐다. 코버넌트 인공지능—확증은 없지만 시스템 내부에서 느꼈던 타인의 기척은 그놈 하나뿐이니 뻔하지—한테 두 눈 멀쩡히 뜨고 당할 줄이야. 항법 시스템에 걸린 잠금을 해제하는 데만 집중한 탓이었다. 게다가 방해받을 만한 지점은 하나밖에 없다고 지레짐작해서 시스템 전체를 꼼꼼하게 점검하지도 않았다. 전처럼 처리능력을 온전히 발휘하는 중이었더라면 결코 저지르지 않았을 사소한 실수였다.

코타나는 기함 내부의 전 시스템을 샅샅이 점검한 다음 자신만의 보안 장치를 걸어두었다. 그리고는 분노와 수치심과 관련된 감정을 차단한 뒤 함선이 격침되지 않게 유지하는 동시에, 마스터 치프를 지키는 데 정신을 집중했다. 아니지…… 코타나는 생각을 고쳐먹고 감정을 다시 활성화시켰다. 감정을 통해 얻는 '직관력'을 전투 중에 꺼버리기는 너무나 아까우니까.

코타나는 기함을 가스 거성 트레셜드를 향해 조종했다. 접근 중인 플라즈마 어뢰가 행성 자기장에 걸려 교란될지도 모른다. 그 정도로 배짱만 두둑하다면 말이다.

코타나는 함수 방어막의 동력을 함미로 공급해 선체를 따라 형성된 방어막의 형태를 왜곡시켰다. 그런 다음 플라즈마 포탑 일곱 문을 모두 함미로 돌리고 적의 일제 사격을 향해 플라즈마 어뢰 두 발을 발사했다.

기함의 플라즈마 포탑이 달아오르면서 초고온 불덩이를 내뿜었다. 하지만 불덩이는 채 몇 미터도 가지 못하고 불그스름한 구름으로 변하더니 가늘게 늘어나면서 물에 녹듯 순식간에 사라졌다.

화기 관제장치와 연결된 하부시스템인 자기장 증폭기가 눈에 띄었다. 코버넌트는 자기장 증폭기를 써서 지금까지 플라즈마의 모양을 자유자재로 변형하고 유도했던 것이다. 비교하자면 증폭기의 기능은 정밀 조준 렌즈와 비슷했다. 그런데 상태가 이상했다. 뭔가가 먼저 이 디렉터리에 들어와서 소프트웨어를 삭제해버린 뒤였다.

코버넌트 인공지능의 소행이었다. 코타나는 그놈의 게릴라 자식을 붙잡으면 코드 한 줄 남기지 않고 철저히 지워버리겠다고 다짐했다.

유도 자기장의 작동 원리를 이해하지 못하는 이상 플라즈마 포탑이 있어봤자 한낱 폭죽놀이용 장난감에 불과했다.

하지만 코버넌트 함선이 발사한 플라즈마 어뢰는 조금도 흐트러지지 않고 촘촘히 맞물려 자그마한 태양처럼 활활 타올랐다. 어뢰가 기함을 따라잡으며 보강된 함미 방어막을 덮쳤다. 열기가 은빛 에너지를 뒤덮자 방어막이 가물거리다가 끝내 번쩍이며 사라졌다.

플라즈마가 함미에 번지며 마치 뜨거운 물이 소금을 녹이듯 선체를 부식시켰다. 공기가 유출되어 기압이 떨어지면서 나는 둔탁한 충격음이 코타나의 귓가에도 들렸다.

코타나는 서둘러 치프를 확인해보았다. 신호는 계속 함선 내부에 있었으며 생체 계측기에도 멀쩡하게 살아 있다고 나왔다.

"치프, 아직 멀었나요? 이제 남은 방법도 하나밖에 없어요."

잠시 무전에 잡음이 들리더니 곧 마스터 치프가 낮은 목소리로 대답했다.

"거의 다 됐어."

"조심하세요. 전투복에 금이 갔잖아요. 더는 진공에서 못 버텨요."

응답 불빛이 깜박였다.

코타나는 기함의 원자로 출력을 허용치 이상으로 끌어올리고 트레셜드를 따라 진로를 설정했다. 행성의 외부 대기권으로 진입할 생각이었다. 열기와 이온과 행성의 자기장 사이로 녹아들면 플라즈마 어뢰도 제 위력을 내지 못하리란 계산에서였다.

기함은 방향을 틀어 얼기설기 얽힌 가느다란 구름 속으로 파고들었다. 백색 암모니아와 황색 암모니아 수황화물로 이루어진 구름이 한데 뒤섞여 구불구불한 리본처럼 선체를 휘감았다. 적자색 인산 화합물이 휘몰아치고 번개가 내리꽂히면서 대기권과 맞닿은 담청색 빙정층을 음산하게 비추었다.

하지만 방어막은 소진된 지 오래였다. 기함이 트레셜드 행성의 대기권 상층부를 스치면서 발생한 마찰열 때문에 선체가 섭씨 300도까지 뜨겁게 달궈졌다.

코버넌트 순양함들이 뒤를 쫓아오며 포문을 여는 모습이 함미 카메라에 잡혔다. 먹잇감을 덮치는 맹금류처럼 플라즈마 어뢰가 기함을 따라 일제히 날아들었다.

"잡을 테면 잡아보시지."

코타나는 그렇게 중얼거리며 함수를 살짝 올려 약간의 양력을 만들어냈다. 그리고는 함미로 열기를 집중시키는 데 온 정신을 쏟았다. 대기가 뜨겁게 달아올라 기함 뒤로 세찬 난기류를 일으키며 소용돌이쳤다.

"저기, 코타나?"

폴라스키 이등상사가 불쑥 끼어들었다.

"이러다가는 행성의 이탈 궤도에서 영영 벗어나고 말 겁니다. 행성에 너무 가깝습니다."

"알고 있다, 이등상사."

코타나는 퉁명스레 대답하고서 무전을 꺼버렸다. 이런 상황에서 비행

교습이라면 사양이었다.

선두에 있던 플라즈마 어뢰가 기함을 따라잡았다. 어뢰가 기함이 지나간 자리를 따라 일렁거리며 질풍노도처럼 대기권으로 날아들었다. 요동치는 대기권에서 기함이 위아래로 기우뚱거렸지만, 뒤따라온 플라즈마 어뢰는 선체를 건드려보지도 못하고 흩어져버렸다. 기함 뒤로 수백 킬로미터에 달하는 항적이 펼쳐져 트레셜드 행성 위로 불타오르는 흉터를 깊이 아로새겼다.

코타나는 잠시 승리를 만끽했지만 곧 쾌감을 억눌렀다. 문제는 거기서 끝이 아니었다. 격렬한 난기류를 지나면서 받은 충격에 항로가 틀어졌다. 파도처럼 밀려드는 열기와 중압에 대기의 밀도가 희박해지는 바람에 기함의 고도가 700미터나 떨어졌다. 함수 위로 얼음 결정이 빗발치듯이 쏟아졌다.

대기권에 너무 깊숙이 들어오고 말았다. 이탈 궤도에 진입하기에는 추진력이 부족했다. 계속 이대로 가다가는 뱅뱅 돌며 대기권으로 빨려들어가 끝내 트레셜드의 무지막지한 중력에 납작해지리라.

치프는 허공에서 몸을 돌려 '바닥'에 발을 디뎠다. 승강기용 수직통로는 중력이 사라진 상태였다. 그는 발돋움하며 곧 착지할 다음 구획에도 마찬가지로 중력이 없겠거니 어림짐작하면서 수직통로와 연결된 층들을 겅중겅중 가로질렀다.

어깨에 달라붙어 있던 엔지니어가 벽에 부착된 작은 제어반을 건드렸다. 수직통로 바닥의 문틈에서 공기가 쉭 새면서 천천히 문이 열렸다.

치프가 아군인지 적인지 조금도 개의치 않다니 참 웃기는 놈이었다. 인간이 자기네 적인 줄을 모르는 건가? 의사소통하는 걸 보면 분명히 지능은 있었다. 어쩌면 적이건 아군이건 가리지 않고 일에만 매달리는 녀석들인지도 모를 일이었다.

아래로 내려가자 폭이 5미터쯤 되는 아치형 통로가 펼쳐졌다. 통로의 끝부분이 동굴처럼 휑한 원자로실과 맞닿아 있었다. 통로와 원자로실에는 간접 조명마저 꺼진 상태였다. 하지만 10미터 높이의 원자로 코일은 계속해서 청백색 전광을 발하며 원자로실의 벽에 으스스한 그림자를 드리우고 있었다.

마스터 치프는 야간투시경을 조절해 원자로에서 나오는 불빛을 차단했다. 주변에 들어찬 크고 작은 장치의 윤곽이 잡혔다. 벽면에 있던 그림자 하나가 움직였다. 구부정한 자세에 뒤뚱거리는 걸음걸이를 보아하니 두말할 것도 없이 그런트였다. 그림자가 부스럭거리다 말고 멈췄다.

역시 매복이 있었군.

가만히 귀를 기울였다. 그런트 대여섯 놈이 숨을 할딱거리는 소리가 들렸다. 놈들은 그새를 참지 못하고 들떠서는 신날 때 곧잘 지껄이던 새되고 깩깩거리는 소리를 입 밖에 내고야 말았다.

마스터 치프는 그 소리에 오히려 안심되었다. 그런트들이 조용히 숨을 죽이지 못한다는 사실인즉, 평소처럼 옆에서 군기를 잡아주는 엘리트가 없다는 얘기였다.

하지만 좀처럼 긴장이 풀리지 않았다. 전투복의 방어막은 물론 밀폐기능까지 손상됐다. 꼭 몇 년 동안 쉬지도 않고 싸움을 계속해온 듯한 느낌마저 들었다. 솔직히 말해서 치프의 지구력도 거의 한계에 달해 있었다.

훌륭한 군인은 전술상황을 결코 간과하지 않는 법이다. 현재 치프가 처한 상황은 매우 심각했다. 재수 없게 팔이나 어깨에 플라즈마탄을 맞기라도 하면 3도 화상으로 전투력을 잃을 테고, 그랬다가는 한낱 그런트의 손에 최후를 맞이할지도 모른다.

상처 입은 어깨를 풀자 살을 에는 고통이 가슴을 찔렀다. 그는 고통을 잊으려고 애쓰며 싸움에서 이길 방법을 궁리했다.

코버넌트 최고의 전사들을 정면으로 돌파하고 그 끔찍한 플러드도 이겨

냈건만, 이제는 자칫하면 한 줌도 안 되는 그런트들한테 죽을지도 모른다니 참으로 얄궂은 일이었다.

"치프, 아직 멀었나요? 이제 남은 방법도 하나밖에 없어요."

코타나가 무전으로 말을 걸어왔다. 치프는 낮은 목소리로 대답했다.

"거의 다 됐어."

"조심하세요. 전투복에 금이 갔잖아요. 더는 진공에서 못 버텨요."

그는 코타나에게 응답 불빛을 보낸 뒤 당면한 문제에 다시 집중했다. 수류탄은 사용 불가. 플라즈마 또는 파편 수류탄 어느 하나라도 원자로 코일 근처에서 터졌다가는 노심 격납용기에 구멍이 뚫릴지도 모른다.

그렇다면 몸을 숨기고 그런트의 허를 찌르는 방법밖에 없다.

꼭 수류탄을 던지라는 법은 없다. 치프는 승강기용 수직통로 한가운데 플라즈마 수류탄을 놔두고 남은 파편 수류탄 두 개도 옆에 내려놓았다. 그리고는 통로 내부를 둘러보다 적당한 재료를 찾았다. 그는 머리카락 굵기의 가느다란 광섬유를 3미터 정도 뜯어냈다.

멀쩡한 기계를 망가뜨리자 엔지니어가 발끈해서 콧김을 내뿜었다.

마스터 치프는 광섬유로 바닥에 놓아둔 파편 수류탄 두 발의 안전핀을 엮었다. 그런 다음 양쪽 끄트머리를 바닥에서 10센티미터 떨어진 벽면에 묶어둔 뒤 수직통로 바닥의 문틈에 수류탄을 고정시켰다.

덫은 완성됐다. 이제 미끼만 있으면 된다.

치프는 수직통로에서 멀찍이 떨어진 벽면에 플라즈마 수류탄을 내려놓은 뒤 작동시켰다.

그리고는 잽싸게 통로로 뛰어들었다. 4초. 원자로 근처의 통로에는 아직 중력이 형성되어 있기 때문에 바닥에 발이 붙었다. 그는 그림자 속에 몸을 숨기며 벽을 끼고 2미터를 단숨에 뛰어가 첫 번째 지지기둥에서 멈춰 섰다. 3초.

그런트 하나가 깜짝 놀라 소리를 꽥 지르더니 통로로 플라즈마탄 한 발이 날아들었다.

2초.

마스터 치프는 어깨에 달라붙은 엔지니어를 떼어내 벽면과 지지기둥이 맞닿은 구석에 꾹 밀어붙였다.

1초.

엔지니어는 몸부림치다 말고 잠잠해졌다. 곧 어떤 일이 벌어질지를 직감한 듯했다.

플라즈마 수류탄이 터졌다. 강렬한 불빛이 통로를 지나 원자로실로 쏟아져 들어왔다.

그런트들이 소리를 질러댔다. 플라즈마탄과 크리스털 바늘이 통로에 빗발쳐 승강기용 수직통로에 들이박혔다.

그런트들의 사격이 뚝 멎었다. 한 놈이 조심스레 상자 뒤에서 걸어나와 앞으로 살금살금 다가갔다. 놈은 짐짓 소리를 질러보고는 억지웃음을 짓다가 아무런 반격이 없자 냉큼 승강기를 향해 뒤뚱거리며 걸어갔다.

그런트 네댓 놈이 뒤를 따라갔다. 놈들은 50센티미터도 채 떨어지지 않은 기둥 뒤에 몸을 숨긴 마스터 치프를 눈치채지 못하고 스쳐 갔다.

놈들은 승강기에 다가서서 코를 킁킁거리고는 안으로 들어갔다.

작은 핑 소리와 함께 인계철선에 묶인 수류탄의 핀이 뽑혔다.

마스터 치프는 엔지니어를 감쌌다.

그런트 하나가 겁을 집어먹고 꽥 소리를 지르자, 놈들 모두 뒤돌아 허둥지둥 달아나기 시작했다.

두 차례 연달아 요란한 폭음이 터져 나와 승강기용 수직통로를 집어삼켰다. 살점과 쇳조각이 통로 벽면에 덕지덕지 튀었다.

치프의 발치에서 1미터 떨어진 곳에 니들러가 미끄러져 들어왔다. 겉에는 금이 가고 속에 든 에너지 코일은 금방 꺼질 것처럼 흐릿했다. 치프는 니들러를 줍다가 별안간 머리 위로 날아든 플라즈마탄을 피해 기둥 뒤로 다시 몸을 숨겼다. 니들러를 작동시키려고 이리저리 만져보았지만, 이미 망가져서 아무 반응도 없었다.

엔지니어가 촉수로 니들러를 휘감아 치프의 손에서 가져갔다. 녀석은 덮개를 들어내고 속을 열었다. 한쪽 촉수 끄트머리가 바늘처럼 가느다란 섬모 다발로 갈라지더니 내부 부품을 감쌌다. 녀석은 니들러를 뚝딱 재조립하고는 치프에게 손잡이 쪽을 내밀었다.

손잡이를 쥐자 니들러가 에너지를 받아 윙윙거리면서 상면에 촘촘히 돋아난 크리스털 바늘이 차가운 보랏빛으로 번들거렸다.

"고맙다."

마스터 치프의 소곤거림에 엔지니어는 휘파람으로 대답했다.

치프는 지지기둥 끄트머리로 고개를 내밀었다. 손에 니들러를 단단히 쥐고 기다리기도 잠시, 주변이 쥐죽은 것처럼 조용해졌다.

'이제 시간은 내 편이로군.'

그는 속으로 혼잣말을 했다. 서두를 것 없었다. 적이 제 발로 나오게 기다리면 된다. 시간은 내 편이니……

그런트 하나가 상자 위로 코를 불쑥 내밀고는 적을 찾아 코를 킁킁거렸다. 놈은 앞을 보지도 않고 무작정 통로에 대고 총을 갈겨댔다. 플라즈마 탄이 보기 좋게 치프를 빗나갔다.

치프는 제자리에서 니들러를 들고 발사했다. 크리스털 조각이 통로를 따라 줄줄이 날아들어 그런트의 몸뚱이에 푹푹 꽂히다가, 놈이 뒤로 쓰러지는 순간 폭발했다.

마스터 치프는 잠시 기다리면서 귀를 기울였다. 원자로에서 웅웅거리며 흘러나오는 기계음을 빼면 아무 소리도 나지 않았다.

그는 통로를 걸어가 니들러를 겨누며 적이 더 없는지 원자로실 내부를 수색했다. 혹시 위장장치로 은폐하고 있을지도 모르는 엘리트에 대비해 허공에 아른거리는 형체가 있는지도 확인했다. 아무것도 없었다.

엔지니어가 치프의 뒤를 따라오다가 원자로에서 분리된 동력선을 보고 는 퍼뜩 달려들었다. 놈은 휘파람 소리를 내면서 자그마한 정육면체 광크리스털 블록을 능숙한 손놀림으로 다루며 내부 전자회로를 정리했다.

"코타나, 지금 동력선을 손보는 중이다. 엔지니어가 수리하는 방법을 아 는 모양이군. 곧 슬립스페이스 생성기에 동력이 공급될 거다."

코타나가 대답해왔다.

"너무 늦었어요."

9

2552년 9월 22일 1827시 (군사 표준력)/

소엘 행성계, 헤일로 잔해 지대, 미확인 코버넌트 기함 내부

기함이 트레셜드 행성의 소용돌이치는 대기권으로 곤두박질쳤다. 코타나가 아무리 수를 써봐도 함선의 고도를 유지할 수가 없었다. 기함이 마구 요동치면서 구름 사이로 시뻘겋게 불타오르는 흉터를 아로새기는 것도 잠시, 선체가 중심을 잃고 좌현으로 기울기 시작했다.

방어막이 소진된 탓에 선체 온도는 자그마치 섭씨 1700도까지 치솟았다. 함수에서 검붉게 달아오른 열기가 황색으로 서서히 옅어지면서 선체 중앙을 뒤덮고 함미에서 허옇게 달아오른 불기둥 꼬리를 남겼다. 선체 외부의 도관과 선형 안테나가 녹아내리면서 기함의 이글거리는 궤적에 쇳물을 흩뿌리며 사라졌다. 압력을 이기지 못하고 함수가 조금씩 깎여 나가자 선체가 충격에 뒤흔들렸다. 트레셜드 행성의 짙은 대기권을 지나면서 생겨난 마찰열이 기함을 산산이 부숴놓기란 시간문제였다.

"코타나, 지금 동력선을 손보는 중이다. 엔지니어가 수리 방법을 아는 모양이군. 곧 슬립스페이스 생성기에 동력이 공급될 거다."

"너무 늦었어요. 고도가 급격히 떨어져서 트레셜드 행성의 중력권에서 빠져나갈 수가 없어요. 최대 출력을 낸다 해도 하강 궤도에서 벗어나기는 틀렸어요. 이제는 슬립스페이스 진입도 불가능해요."

코버넌트 함선의 공격 때문에 일행은 대기권 깊숙이 파고들 수밖에 없었다. 코타나는 점점 안전과는 거리가 먼 곳으로 궤적을 틀었다. 그렇게라도 하지 않으면 플라즈마 어뢰에 잡아먹힐 판이었다. 하지만 그렇게 죽을 고비를 하나 넘겨봤자…… 결국에는 불가피한 운명을 잠시 늦출 뿐이다.

코타나는 추력, 속력, 중력을 다시 계산해보았다. 원자로를 노심 용융 직전까지 과부하시킨다 한들 추락하는 소용돌이 속에서 벗어날 수가 없었다. 계산은 틀림없었다.

슬립스페이스 생성기가 기능을 되찾은 점을 봐서는 마스터 치프를 따라간 엔지니어가 동력선을 원상복구한 것이 분명했다. 불행 중 다행이었다.

슬립스페이스에 진입하려면 어떻게든 기함을 강력한 중력장에서 멀찍이 떨어뜨려야 했다. 경로를 산출하는 과정에서 중력이 극세 양자 실줄토리를 왜곡시키기 때문이었다. 코버넌트의 슬립스페이스 기술이 국제연합 우주사령부보다 월등하다는 사실에는 의심의 여지가 없었지만, 코타나는 제아무리 놈들이라도 함선이 가스 거성과 이토록 가까운 상황에서 슬립스페이스 진입을 시도한 적이 있을지 미심쩍었다.

코타나는 이리저리 궁리해보았다. 슬립스페이스 생성기에 펄스를 흘려보내 중력 왜곡으로 실타래처럼 헝클어진 양자 실줄토리 속에서 정확한 방향을 알아낼 방법이 있기는 한데, 운이야 천조 분의 1 확률이었다. 하지만 그럴 가능성은 없는 셈 치기로 했다. 현재 속도에서 기함을 그렇게 기동했다가는 걷잡지 못할 정도로 고도가 떨어져 영영 부상하지 못할 위험도 있다.

"어떻게든 손을 써봐. 뭐든 좋으니까."

치프가 놀랄 만큼 침착한 목소리로 말했다. 그에 코타나는 한숨을 내쉬었다.

"알았어요, 치프."

코타나는 코버넌트 기함의 슬립스페이스 생성기를 가동했다. 머릿속으로 관련 소프트웨어가 흘러들어왔다.

국제연합 우주사령부에서 운용하는 쇼-후지카와 엔진의 슬립스페이스 생성기는 노멀스페이스에 억지로 구멍을 뚫어 통로를 열어낸다. 하지만 코버넌트의 기술은 원리부터 달랐다. 감지기가 가동되자 기함을 얼기설기 둘러싼 양자 실줄토리가 똑똑히 보였다.

"기막힌걸?"

코타나는 감탄하며 읊조렸다.

코버넌트는 소립자 차원에서 경로를 설정하는 기술력을 갖추고 있었다. 슬립스페이스 생성기에서 정확히 함선이 통과할 정도로만 균열을 일으킴으로써 최소한의 에너지로도 매끄럽게 슬립스페이스 진입이 가능했던 것이다. 놈들의 4차원 분석력은 인류의 기술을 훨씬 앞질렀다. 코타나는 막 눈뜬 소경처럼 주위를 둘러싼 우주를 둘러보았다. 참으로 아름다웠다.

이렇게 보니 코버넌트가 어떻게 그토록 정확히 목표 지점으로 점프를 하는지 감이 잡혔다. 원자 크기의 오차범위 내외에서 항로를 산출하는데 정확하지 않을 수가 없지.

"코타나, 어떻게 됐지?"

"잠시만요."

마스터 치프가 정신 사납게 끼어들자 코타나는 짜증스레 대답했다.

이만한 정밀 분석력이면 트레션드 행성의 중력장 때문에 우주 공간에 생기는 파장은 물론, 이곳 행성계의 다른 행성은 물론이고 태양과 기함의 질량 때문에 생기는 공간 왜곡까지도 속속들이 보인다. 그렇다면 왜곡을 상쇄할 방법도 있지 않을까?

기압감지기가 17곳에 달하는 외부 갑판에서 선체 파손을 탐지했다. 하지만 코타나는 그냥 무시하고 넘겼다. 그리고는 자질구레한 기능을 모조리 꺼버리고 발등에 떨어진 불을 끄는 데만 집중했다. 진퇴양난에서 벗어날 길은 단 하나, 바로 행성을 관통해서 도망치는 방법뿐이다.

코타나는 정신을 가다듬고 요동치는 우주 공간 사이로 항로를 설정했다. 중력이 어디서 왜곡될지를 예상해서 비틀림을 완화하기 위해 수리 알고리즘을 산출했다.

원자로에서 슬립스페이스 생성기로 에너지가 밀려들었다. 기함의 코앞에서 통로가 열리기 시작했다. 바늘구멍만 하던 통로가 서서히 넓어지면서 소용돌이치는 웜홀로 변했다.

트레셜드 행성의 대기권이 일렁이면서 대체 우주의 진공 속으로 빨려들어갔다.

코타나는 자신의 처리능력을 전부 할애하여 기함 주위의 우주를 살피는 동시에, 항로에 미세한 수정을 가하며 기함을 요동치는 통로 속으로 진입시키는 데만 전념했다. 함수가 노멀스페이스를 벗어나면서 선체를 따라 불꽃이 일었다.

코타나가 기함을 서서히 앞으로 통과시키자 나머지 선체도 천둥 번개가 휘몰아치는 폭풍에 휩싸였다.

서둘러 감지기를 확인해보았다. 선체 온도가 빠르게 내려가면서 손상된 구획에서 폭발적인 감압이 발생했다.

이제 한시름 놨다는 생각에 주의를 돌리기가 무섭게 주변에서 얼쩡거리는 코버넌트 인공지능의 기척이 느껴졌다. 놈은 코타나의 머리 꼭대기에서 슬립스페이스 항로를 산출하는 과정을 지켜보고 있었다.

"이단 행위다!"

놈은 그 한마디를 내뱉고는 꽁무니를 빼고 사라졌다.

코타나는 코버넌트 인공지능의 출처를 밝혀내려고 함선 내부 전자회로를 빠짐없이 확인했지만 소득이 없었다.

"쥐새끼 같은 녀석, 이리 썩 나와!"

코타나는 시스템 내부에 대고 소리쳤다.

지금까지 이쪽이 무엇을 하는지 지켜보고 있었던 걸까? 방금 뭘 어떻게 했는지도? 그렇다면 놈은 왜 '이단 행위'라고 했을까?

11차원 시공간 속에서 88개에 달하는 확률변수를 조절하기란 결코 쉬운 일이 아니었다. 하지만 코버넌트 인공지능쯤 된다면 코타나의 계산 정도야 이해하고도 남았을 터였다.

어쩌면 계산을 따라오지 못했을지도 모른다. 해군 정보국이 수집한 정보를 토대로 판단한다면 코버넌트는 모방에는 도가 텄지만, 창조에는 젬병이었으니까. 하지만 코타나는 지금껏 코버넌트가 모방에만 능하다는 소리는 사기를 올리고자 꾸며낸 터무니없는 선전이라고 생각해왔었다.

이제는 헷갈려서 판단이 서지 않았다. 코버넌트가 정말로 자신들이 쓰는 고도의 기술력에 깃든 잠재력을 속속들이 이해했더라면, 행성 대기권 내에서 슬립스페이스 점프에 돌입하는 것뿐만 아니라 반대로 슬립스페이스에서 행성 대기권으로 돌입하는 것도 얼마든지 가능하다.

그랬더라면 리치 행성의 궤도 방어선쯤은 가뿐히 뛰어넘었을 텐데.

그런데 코버넌트 인공지능이 그런 운항법을 이단 행위로 낙인찍어? 웃기지도 않는군.

놈들의 기술력을 충분히 알아내기만 한다면 인류가 코버넌트를 능가할 날이 올지도 모른다. 이 기나긴 전쟁에서 인류가 승리할 가망이 없지는 않다는 생각이 문득 들었다. 충분한 시간만 있다면 가능한 일이었다.

"코타나? 상황을 알려주기 바란다."

마스터 치프가 다시 물었다.

"잠시만요."

감압이 발생하면서 일어난 충격이 바닥을 뒤흔들며 치프의 전투화까지 전해졌다. 공기가 전부 밖으로 빠져나가자 우레 같은 진동이 뚝 멎었다.

치프는 이제 폭발이 엔진실을 갈기갈기 찢어놓거나 플라즈마가 온몸을 덮치기를 차분히 기다렸다. 그런나 코버넌트가 없는지 엔진실 내부를 살펴본 뒤 숨을 내쉬고는 그동안 셀 수도 없이 많은 순간 직면해왔던 죽음을 다시금 직시했다.

치프는 항상 죽음의 문턱에 서 있었다. 그는 운명 따위는 믿지 않는 현실주의자였다. 이렇게 최후를 맞이하자니 죽음이 썩 달갑지는 않았다. 하지만 대원들과 해군, 나아가 인류 전체를 위해 수많은 전투를 치르고 또 이겨온 지난 삶이 있기에 눈을 감아도 여한은 없었다. 얄궂게도 전투로 얼룩진 지난날들이 그의 삶에서 가장 평화로운 나날이었다. 치프는 다시 한 번 물음을 던졌다.

"코타나, 어떻게 됐나?"

잠시 정적이 흐른 뒤 코타나의 말소리가 들려왔다.

"이제 살았어요. 지금 슬립스페이스 속으로 들어왔어요. 어디로 가는지는 모르겠지만요."

코타나가 피곤이 묻어나는 목소리로 한숨을 내쉬었다.

"적어도 헤일로나 트레셜드 행성, 코버넌트 함대한테서는 한참 떨어졌어요. 이놈의 고철배가 조금만 더 버텨준다면 그 사이에 최대한 거리를 벌려볼게요."

"수고했다, 코타나. 정말 잘했어."

치프는 승강기로 걸음을 옮겼다.

"이제 힘든 결정을 내릴 차례로군."

그는 잠시 발걸음을 멈추고 엔지니어 쪽으로 몸을 돌렸다. 엔지니어는 동력 연결기를 진즉에 다 고쳐놓고 플라즈마탄에 맞아 반쯤 녹은 제어반으로 가고 있었다. 녀석은 콧김을 내뿜고는 덮개를 들어내고 복잡하게 엉킨 광섬유 사이로 촉수를 디밀었다.

치프는 놈을 내버려두고 혼자서 걸음을 옮겼다. 굳이 놈들을 경계할 필요는 없었다. 오히려 함선을 수리할 열쇠가 될지도 모르는 만큼 엔지니어는 일행의 생존과 직결되는 존재였다.

치프는 다시 승강기용 수직통로로 걸음을 옮기며 복도에 널브러진 그런트 시체를 넘어갔다. 그는 놈들을 발로 툭툭 건드려 확실히 숨이 끊어졌는지 확인하고는 플라즈마 피스톨 두 자루와 니들러 한 자루를 주섬주섬 챙겼다.

치프는 수직통로에 들어선 다음 중력이 미약한 허공으로 발돋움하며 뛰어올랐다. 통로를 지나며 복도로 가는 내내 혹시 모를 적에 대비해 눈을 크게 뜨고 귀를 쫑긋 세웠다. 사방이 쥐죽은 듯이 조용했다.

그는 열려 있는 함교 출입문 앞에서 걸음을 멈추고 안을 들여다보았다. 폴라스키 이등상사가 박살난 출입문 제어반을 들어내는 엔지니어를 감독하고 있었다. 엔지니어는 녹아서 눌어붙은 편광 크리스털 조각을 여섯 눈동자 앞에 가까이 대고 살펴보더니 바닥에서 부서지지 않은 것을 집어 벽면에 부착된 제어반에 조립했다.

폴라스키 이등상사가 기름때로 얼룩진 내리닫이 비행복에 손을 슥 문질러 닦고는 치프에게 들어오라고 손짓했다.

함교는 여전히 파르스름한 연기로 가득했지만 대부분의 홀로그램 표시창이 다시 원상태로 작동하는 중이었다. 옆에서는 존슨 하사가 해버슨 대위의 상처를 봐주고 있었으며 로클리어 상병은 보초를 서고 있었다. 상병은 MA5B 소총의 방아쇠에 손가락을 걸었다 풀었다 하면서 눈을 부릅뜨고 엔지니어를 감시했다.

엔지니어가 뒤로 물러나 빙 돌아서서는 폴라스키 이등상사와 치프를 차례로 빤히 쳐다보았다.

함교의 스피커에서 잡음이 터져 나왔다. 그러자 엔지니어는 스피커를 바라보다가 다시 이등상사에게 시선을 돌렸다. 놈이 제어반을 만지자 육중한 출입문이 스르륵 닫혔다.

엔지니어가 촉수로 제어반을 쓸어보았다. 제어반이 파랗게 깜박거리다 다시 흐릿해졌다. 폴라스키 이등상사가 일행에게 말했다.

"이제 문이 잠깁니다. 못생겼어도 일솜씨는 좋은걸요."

찢어질 듯한 휘파람 소리가 세 차례 흘러나왔다. 막 출입문을 손봤던 엔지니어가 몸을 꼿꼿이 세우고는 고개를 앞으로 쭉 내밀었다. 놈은 휘파람 소리를 내며 반응하더니 마스터 치프의 등 뒤로 돌아가려고 했다.

"무슨 속셈이지?"

치프는 놈의 정면으로 몸을 돌리며 물었다.

엔지니어는 짜증스레 콧김을 내뿜고는 다시 등 뒤로 돌아가려고 했다.

마스터 치프는 놈을 순순히 내버려두지 않았다. 놈들은 적의를 보이지는 않았지만 여전히 코버넌트와 한편이었다. 그런 놈을 등 뒤에 서게 내버려두자니 본능적으로 꺼림칙한 기분이 들었다.

"치프의 전투복 방어막을 고치라고 시켰어요. 놔두세요."

보다 못해 코타나가 끼어들었다.

그제서야 마스터 치프는 놈이 등 뒤에 서게 내버려뒀다. 놈이 전투복 등판에 내장된 방어막 생성기의 점검판을 들어내는 것이 느껴졌다. 핵융합 동력원을 손대려면 기술진 셋이 달라붙어서 안전장치를 차단하는 것이 보통이었다. 치프는 왠지 불편해져서 몸을 들썩였다. 놈의 손에 수리를 맡기기가 못마땅했지만, 코타나의 말을 들어서 손해 볼 일은 없었다.

로클리어는 그 모습을 지켜보다가 박박 민 머리를 손으로 쓸어넘겼다. 그는 지지대 위에 서서 함교의 왼편에 있는 표시창을 수리하던 다른 엔지니어를 향해 돌아섰다. MA5B 소총은 느슨하게 쥐었지만 총구는 계속 엔지니어 쪽을 향한 채였다.

"코타나가 뭐라건 제 알 바 아닙니다. 전 이 자식들 죽어도 못 믿습니다."

상병이 치프에게 말했다.

상병과 가까이 있던 엔지니어가 함교의 홀로그램 제어반 쪽으로 와서는 위로 튀어나온 점들을 촉수로 쓸어보았다.

화면이 켜지자 코버넌트 순양함 세 척이 빠르게 접근 중인 광경이 나타났다.

마스터 치프는 온몸에 아드레날린이 솟구쳤다.

"코타나, 당장 회피 기동을 실시한다."

"맘 놓으십쇼, 치프."

로클리어 상병이 말렸다. 상병이 홀로그램 제어반 위로 손을 젓자 화면에 올라온 영상이 그대로 멈췄다.

"그냥 녹화된 겁니다."

상병은 고개를 돌리고 플라즈마 어뢰가 기함의 방어막에 충돌하기 직전의 장면을 자세히 살펴보았다.

"우리네 함선도 저런 무기가 있으면 좀 좋아."

"말하지 않아도 곧 그렇게 될 거다."

해버슨 대위가 말을 받았다. 대위는 엉거주춤하게 일어나서 표시창 앞으로 걸어갔다. 화면에는 트레셜드 행성의 대기권 상층부에서 폭풍이 휘몰아치는 장면이 올라와 있었다.

"상병, 이걸 재생해보도록."

로클리어 상병이 제어반을 건드렸다.

푸르스름하게 번뜩이는 기다란 번개가 화면에 뜨면서 기함의 함수가 화면 구석에 들어왔다. 푸른 번개가 우주에 파장을 일으키며 구멍을 뚫자 기함이 그 속으로 약진했다. 트레셜드 행성의 짙은 구름이 어느새 자취를 감추더니 암흑만이 화면을 가득 메웠다.

해버슨 대위는 얼굴에 흘러내린 붉은 머리카락을 뒤로 쓸어 넘겼다.

"코타나, 아군이나 코버넌트가 대기권 내에서 슬립스페이스 점프를 시도한 사례가 단 한 번이라도 있었나?"

"전례가 없습니다, 대위님. 대기권 내에서 점프를 감행하면 보통 강력한 중력장 때문에 쇼-후지카와 엔진이 만들어내는 사상의 지평선이 왜곡되어 결국 붕괴되고 말거든요. 하지만 코버넌트가 쓰는 슬립스페이스 엔진으로는 분석력을 높임으로써 왜곡 현상을 상쇄하는 일이 가능했습니다."

"놀랠 노자로군."

대위가 감탄하며 중얼거렸다.

"억세게 운이 좋았습니다."

폴라스키 이등상사도 덧붙이며 전투모를 눌러썼다.

"고비를 넘겼다고 좋아할 것 없다."

마스터 치프가 입을 열었다. 치프는 등에 달라붙어 꿈지럭대는 엔지니어를 애써 무시하며 일행을 향해 몸을 돌렸다.

"이제 다음 작전을 계획할 차례다."

해버슨 대위가 끼어들었다.

"치프, 찬물을 끼얹어서 미안하지만 코타나 덕에 죽을 고비를 넘겼는데 기뻐해야지 슬퍼해야겠나?"

치프는 말없이 대위를 바라보았다. 대위는 못 말리겠다는 듯이 양손을 들어 보였다.

"지금 자네한테 지휘권이 있다는 사실은 나도 인정한다. 자네 뒤에 고위급 장성들과 해군 정보국 제3과가 버티고 있다는 점도 잘 알지. 거기에 관해 왈가왈부할 생각은 없지만, 방금 이 함선에서 놀라운 기술을 알아냈으니 원래 임무는 우선순위에서 밀려났다는 점을 상기시켜주고 싶군. 일단 그 임무는 취소하고 지구로 직행해야 한다."

"원래 임무라니 그건 또 뭔 소립니까?"

로클리어 상병이 의심스러운 목소리로 묻자, 해버슨 대위는 어쩌겠느냐는 듯이 어깨를 으쓱였다.

"이제 와서 임무를 기밀로 숨길 필요는 없겠지. 말해줘라, 치프."

마스터 치프는 대뜸 극비 사항을 털어놓으라고 명령하며 벌써 자기가 지휘권을 꿰찬 것처럼 행세하는 해버슨 대위의 태도가 영 탐탁잖았다.

"코타나, 함교에서 하는 대화가 도청될 염려는 없나?"

"잠시만요."

치프의 말에 코타나가 대답했다. 함교 내부의 가장자리를 따라 붉은빛이 깜박였다.

"이제 괜찮아요. 말씀하세요."

"난 대원들과……."

마스터 치프는 입을 열었다가 망설였다. 동료 스파르탄 대원들에 관한 대목에서 말을 잇지 못했다. 지금 그가 아는 사실이라고는 대원들이 모두 전사했다는 것뿐이었다. 하지만 그는 음울한 생각을 머릿속에서 치워버리고 말을 이었다.

"우리 임무는 코버넌트 함선을 나포해 코버넌트의 우주 권역으로 침투한 다음, 놈들의 지도자를 생포하는 것이었다. 사령부에서는 지도자를 볼모로 잡음으로써 휴전을 맺고 협상을 진행할 의도로 이번 임무를 계획했다."

아무도 말이 없었다.

로클리어 상병이 침묵을 깨고 코웃음을 치며 눈알을 굴렸다.

"딱 해군식 자살 작전 같은데 말입니다."

"아니, 승산은 낮지만 아주 불가능한 계획은 아니었다. 더욱이 이 함선을 손에 넣었으니 성공할 가능성이 더 높아진 셈이지."

"마스터 치프, 이런 말씀드리기는 죄송하지만……."

폴라스키 이등상사가 전투모를 벗어 구겨 쥐었다.

"그래서 설마 반쯤 파토 난 작전을 지금 와서 속행하겠다는 말씀은 아니시겠죠? 우린 지난 나흘간의 생지옥에서 간신히 목숨을 건졌습니다. 리치 행성에서 가까스로 달아나 헤일로에서 코버넌트와 맞붙는 와중에 살아남았다는 사실부터가 기적이나 마찬가지입니다. 플러드는 말할 것도 없고요."

"내게는 임무를 완수할 의무가 있다. 자네가 도와주건 말건 하등 상관없어. 그런 사소한 불평은 물론 우리 목숨보다도 훨씬 중대한 일이다."

보다 못한 해버슨 대위가 나섰다.

"우린 스파르탄 대원이 아니잖나. 그런 임무를 감당해낼 턱이 없어."

맞는 말이었다. 치프를 뺀 나머지 일행은 일반 장병이었다. 지금까지 일행은 물러서지 않고 꿋꿋이 버텨왔지만, 지칠 대로 지친 얼굴들을 보자니 치프는 일행과 함께 원래 임무를 수행하기는 무리라는 사실을 받아들일 수밖에 없었다.

존슨 하사가 앞으로 걸어나왔다.

"정 그리고 싶다면야 내가 도와주지, 치프."

치프는 고개를 끄덕였다. 하지만 하사의 검은 눈에도 지친 기색이 역력했다. 어떤 군인이든, 아무리 존슨 같은 역전의 고참병이라 한들 참고 견디는 데 한계가 있기 마련이다. 인정하기 꺼림칙하지만 치프 자신도 임무를 받은 지 고작 몇 주밖에 지나지 않았건만 그 몇 주가 이제는 먼 옛날 일처럼 느껴질 정도였다. 임무를 중단하고 후일을 대비해 전열을 가다듬고 싶은 생각마저 들었다.

"이 함선에 들어 있는 기술이 전 인류를 구할 열쇠일지도 모른다."

해버슨 대위가 말을 이었다.

"바로 그것이 자네가 받은 임무의 목적이 아니고 뭐겠나? 결정은 지구로 돌아간 다음 장성들이 하도록 두는 편이 낫겠군. 상황을 고려한다면 아무도 자네더러 해명을 요구하지 않을 테고……."

대위는 잠시 말을 멈추었다가 덧붙였다.

"대원들을 모두 잃은 점에 대해서도 문책하지 않겠지."

해버슨 대위는 조심스럽게 말을 가렸다. 하지만 대위가 자신을 구워삶아 보겠답시고 동료 스파르탄 대원들까지 들먹이자 마스터 치프는 울화통이 치밀었다. 프레드와 켈리를 비롯한 나머지 대원들을 모두 지표면으로 내려보내고 자신과 린다, 제임스는 더 '힘겨운' 임무를 맡았던 일이 불현듯 떠올랐다.

"대위님 말대로 합시다."

로클리어 상병이 끼어들었다.

"연구소 샌님들한테 이 함선을 통째로 갖다 바치면 포상 휴가라도 줄지 누가 압니까? 저는 대위님한테 한 표 던지겠습니다."

상병은 대위에게 경례를 날렸다.

"지당하신 말씀!"

"이건 다수결로 결정할 일이 아니다."

치프가 차분한 목소리로 으름장을 놓았다. 로클리어 상병은 치프의 기세에 움찔하면서도 뒤지지 않고 대들었다.

"그럴지도 모릅지요. 근데 생각해보니까 저는 해병대 소속이지, 그쪽 물개네 편은 아니었지 싶은데 말입니다."

존슨 하사가 상병을 노려보며 성큼 다가가 불같이 꾸짖었다.

"적당히 까부는 편이 좋을 거다. 또 그 따위로 나불거렸다간 치프 손에 후장부터 머리끝까지 안팎이 통째로 뒤집힐 줄 알아라. 그런 다음에는 내 손에 훨씬 더 험한 꼴을 보게 될 거다!"

로클리어 상병은 하사의 말뜻이 무엇인지, 또 치프는 왜 입을 꾹 다물고 있는지를 가만히 생각해보았다. 그는 폴라스키 이등상사와 해버슨 대위를 번갈아 쳐다보았다.

이등상사는 눈을 휘둥그렇게 뜨고서 상병을 쳐다보다가 눈길을 돌렸다. 대위는 슬그머니 고개를 저으며 말렸다.

로클리어 상병은 한숨을 푹 쉬며 어깨를 축 늘어뜨리고는 고개를 떨어뜨렸다.

"염병할, 진짜 미치고 환장하겠네."

그때 코타나가 말을 꺼냈다.

"끼어들어서 죄송하지만 저도 대위님의 의견에 동의합니다."

치프는 개인 무전을 열었다.

"자초지종을 말해봐라. 넌 처음부터 이번 임무를 위해서 제작된 인공지능이잖아. 왜 이제 와서 꼬리를 내리는 거지?"

"꼬리를 내리는 게 아녜요!"

코타나가 되받아 쏘아붙였다.

"우리가 명령을 받았을 때만 해도 국제연합 우주사령부 함대가 건재했고 리치 행성은 군사 거점의 위용을 자랑했었죠. 지금은 상황이 완전히 뒤바뀌었잖아요."

코타나의 말에 무어라 반박은 못하겠지만 목소리에서 꿍꿍이가 있는 듯한 기색이 느껴졌다. 치프는 처음으로 코타나가 뭔가 숨기는 것이 있을지도 모른다는 생각이 들었다.

"지금 우리 손에는 함대함 플라즈마 화기와 고성능 원자로를 탑재한 코버넌트 기함이 있어요. 아군 함선이 전부 정밀 슬립스페이스 점프 기능을 갖춘다고 생각해보세요."

코타나는 잠시 멈추었다가 말을 이었다.

"지상전에서라면 날고 기는 치프처럼 국제연합 우주사령부 함대도 우주에서 활약을 펼치게 될지 모르잖아요. 그렇게 되면 정말로 전쟁에서 승리할지 누가 아나요?"

마스터 치프는 얼굴을 찡그렸다. 해버슨 대위나 코타나와 입씨름을 벌이자니 기가 죽었다. 둘 다 옳은 말만 하니까. 하지만 임무 포기란 감히 생각조차 못할 일이었다. 그는 시작한 일은 끝까지 매듭을 지었으며 결코 지는 법이 없었다.

투철한 군인으로서 치프는 승리를 위해서라면 무엇이든 희생할 만반의 준비가 되어 있었다. 개인의 안위는 물론 전우나 자기 자신을 희생해야 할지라도 개의치 않았다. 하지만 대의를 위해 체면과 긍지를 희생하게 될 줄은 상상도 하지 못했다.

치프는 한숨을 내쉬고 고개를 끄덕였다.

"잘 알겠습니다, 해버슨 대위님. 대위님 뜻대로 하겠습니다. 지금부터 지휘권을 대위님께 넘겨드리겠습니다."

"잘 생각했다. 고맙군."

대위는 나머지 일행에게 고개를 돌리며 말을 이었다.

"하사, 폴라스키랑 상병을 데리고 롱소드로 가서 쓸 만한 장비를 있는 대로 긁어와라. 구급함도 찾아보고, 다 챙기면 총알같이 돌아오도록."

"예, 즉시 실행하겠습니다."

하사와 이등상사가 출입문으로 가서 제어반을 누르자 문이 열렸다. 폴라스키 이등상사가 치프를 힐끗 돌아보더니 고개를 내젓고는 하사를 따라갔다.

"쳇, 같이 좀 갑시다! 이러다 진종일 한숨도 못 자겠네."

로클리어 상병은 잠시 소총을 만져보고 허둥지둥 뒤를 쫓아갔다.

"잠은 죽고 나서 실컷 자라."

존슨 하사가 핀잔을 주었다.

함교의 출입문이 닫히자 해버슨 대위가 입을 열었다.

"코타나, 지구로 항로를 설정해라. 그런 다음—"

"해버슨 대위님, 죄송하지만 그건 안 됩니다. 지구로 직행하는 행위는 콜 교전수칙에 위배되며 우회해서 향한다 해도 마찬가지죠. 또 추적 시스템 때문에 아군 기지의 위치가 적에게 발각될 우려가 있으므로 철저한 검사를 거치지 않는 한 코버넌트 함선을 국제연합 우주사령부의 우주 권역으로 끌고 와서는 안 된다는 사실이 콜 교전수칙 세부조항 7조에 명시되어 있어요."

"세부조항 7조? 금시초문인데."

"아는 사람이 거의 없습니다. 겉치레에 지나지 않았거든요. 이전에는 이렇게 코버넌트 함선을 나포한 사례가 전무했으니까요."

"현 상황에서 함선을 철저히 검사하기란 힘들겠군. 전장이 족히 3킬로미터가 넘으니……."

해버슨 대위는 턱을 감싸 쥐고 생각에 잠겼다.

"대위님, 다른 방법이 있습니다. 리치 행성을 경유하면 됩니다."

"리치 행성이라고?"

대위는 깜짝 놀란 표정을 황급히 얼굴에서 지우고 웃음을 띠었다.

"치프, 거긴 이제 코버넌트 함대 말고는 아무것도 없잖나."

"아닙니다. 어쩌면…… 상황이 다를지도 모릅니다."

해버슨 대위는 의아스러운 듯이 눈썹을 치켜떴다.

"계속 얘기해보도록. 솔깃하군."

"우선 코버넌트 함대가 행성을 유리화한 뒤 물러났을 가능성이 있습니다. 그럴 경우 손을 보면 운항이 가능한 아군함을 찾아서 우선 그걸 타고 지구로 귀환하면 됩니다. 코버넌트 기함은 저궤도에 은닉해뒀다가 추후에 과학진과 장비를 챙겨와 본격적으로 인양 작업을 시작해도 늦지 않습니다."

해버슨 대위가 고개를 끄덕였다.

"가능성은 실낱같군. 그러고 보니 호위함 유프라테스에 프라울러함이 딸려 있었지 싶은데. 원래는 정찰 임무에 쓸 용도였지만 현행 임무를 중단하고 리치 행성을 방어하라는 명령이 떨어져서 무산되고 말았지. 그렇다면 아주 가능성이 없는 얘기는 아니겠군. 나머지 이야기도 털어놓게."

"코버넌트 함대가 그대로 남아 있다 해도 자기네 주력함을 공격할 가능성은 매우 낮습니다. 더욱이 이미 리치 행성의 위치가 노출됐기 때문에 어떻게 되건 콜 교전수칙을 위반할 염려는 없습니다."

"그건 그렇군."

해버슨 대위는 함교 가운데로 걸어갔다.

"잘 알겠다, 치프. 코타나, 리치 행성으로 항로를 설정해라. 먼저 행성계 외곽에 진입해 상황을 살피도록 하겠다. 적의 수가 많다면 그때는 다시 점프해서 지구로 돌아갈 다른 길을 찾는다."

"알겠습니다, 대위님. 미리 말씀드리지만, 이 함선은 아군 함선보다 슬립스페이스 항해 속도가 월등히 빠릅니다. 열세 시간 뒤 리치 행성에 도착합니다."

마스터 치프는 안도의 한숨을 내쉬었다. 대위에게 밝히지는 않았지만 리치 행성으로 가자고 제안한 이면에는 다른 이유도 있었다. 리치 행성의 지표면에 남겨진 이들이 생존해 있을 확률은 사실상 천문학적으로 낮았다. 코버넌트는 일단 행성을 유리화하겠다고 마음먹으면 그야말로 철저히 행성을 불살랐다. 하지만 직접 보지 않고서는 믿기 어려웠다. 대원들이 전사했다는 사실을 받아들이려면 두 눈으로 똑똑히 확인하는 방법밖에 없었다.

정전기가 치프의 온몸을 휘감더니 등줄기를 타고 내려가며 가슴을 감쌌다. 펑 소리가 나면서 묠니르 전투복을 따라 전깃불이 일었다.

엔지니어가 전투복에서 촉수를 빼고는 신난 듯이 휘파람 소리를 냈다.

전방투영창 위로 진단 루틴이 죽 내려왔다. 우측 상단의 방어막 재충전 막대가 빨갛게 깜박거리다 천천히 차오르기 시작했다.

"다시 작동하는군."

마스터 치프는 방어막이 다시 가동된다는 안도감에 가슴을 쓸어내렸다.

방어막 없이 싸웠던 이번 전투는 결코 잊지 못하리라. 이번 일을 계기로 기계에 지나치게 의존하지 말라는 교훈을 뼈저리게 느꼈다. 또한, 승패는 실제로 교전이 벌어지기 이전에 머릿속에서 갈린다는 사실도 새삼스레 깨달았다.

"보통 솜씨가 아닌데."

해버슨 대위가 엔지니어를 보고 감탄했다. 대위는 벽면에 늘어선 화면 앞에 서서 표시창 하나를 땜질하는 녀석을 유심히 살펴보았다.

"코버넌트의 계급 체계가 어떻게 구성되는지 궁금……."

"대위님! 지금 당장 치프와 같이 롱소드로 와보셔야겠습니다."

갑자기 존슨 하사의 목소리가 잡음을 뚫고 무전에서 터져 나왔다.

"적의 공격인가?"

치프가 물었다.

"아니, 자네가 건진 냉동수면기 말인데."

"대체 뭔데 그러나?"

해버슨 대위가 다그쳐 물었다.

"치프, 안에 스파르탄 대원이 들어 있어."

10

마스터 치프가 냉동수면기를 살펴보려고 함교에서 나간 뒤, 해버슨 대위는 함교의 출입문이 굳게 닫혔는지 확인했다. 그리고는 돌아서서 치프의 전투복을 손봤던 코버넌트 엔지니어에게 걸어갔다.

"참 재밌는 놈들이란 말이지."

대위는 그렇게 중얼거리고는 권총을 뽑아 엔지니어의 뒤통수를 겨누었다.

나머지 두 엔지니어의 여섯 눈동자가 총구로 옮아갔다. 둘은 권총을 향해 촉수를 뻗어 청회색 총몸에 미세한 섬모를 갖다 댔다.

"지금 뭐하시는……."

코타나가 미처 말을 끝맺기도 전에 해버슨 대위가 방아쇠를 당겼다. 총알이 엔지니어의 머리를 헤집으면서 놈이 고치던 표시창 위로 온통 핏덩이를 튀겼다.

"대위님!"

코타나가 소리쳤다.

구경하던 엔지니어들이 비명을 지르며 급히 몸을 돌리나 싶더니, 부서진 표시창에서 나오는 깜박이는 불빛에 정신이 팔려 방금 일어난 일은 까맣게 잊고서 도로 수리에 매달렸다.

해버슨 대위는 죽은 엔지니어 옆에 무릎을 꿇고 권총집에 권총을 채웠다.

"어쩔 도리가 없어."

대위가 나직이 속삭였다. 그리고는 엔지니어의 기묘하고 미끌미끌한 피부를 만져보았다. 분홍빛 피부가 점차 핼쑥해지다가 회색으로 변하며 차갑게 식어갔다.

대위는 엔지니어를 구명정 해치로 끌고 가 통로 속에 밀어 넣었다. 그리고는 다시 돌아오려다가 잠깐 멈칫하더니 늘어진 촉수를 몸뚱이 위에 포개놓았다.

"미안하게 됐다. 죽일 것까진 없는데 말이야."

"도대체 왜 그러셨어요?"

코타나가 따져 물었다. 해버슨 대위는 몸을 일으키며 바지에 손을 문질러 닦고는 구명정 해치를 밀폐했다.

"그걸 몰라서 묻나?"

대위는 무심코 언성을 높였다가 아차 싶어 화를 가라앉혔다. 사실은 코타나가 아니라, 그런 배은망덕한 짓을 저질러야 했던 자기 자신에게 화가 났던 것이다.

"코버넌트는 창조에는 서툴러도 모방에는 도통하다. 네가 치프의 전투복을 수리하라고 시켰던 엔지니어는 아군이 코버넌트 것을 훔쳐다 독자적으로 개량한 방어막 기술을 직접 뜯어봤어. 혹시라도 놈이 다시 코버넌트한테 돌아간다면 그 개량된 기술이 코버넌트의 차지가 될 거다. 놈들이 그걸 가지고 엘리트가 입는 전투복의 에너지 방어막을 손본다면 어떻게 되겠나? 한술 더 떠서 전함에 적용한다면 두말할 것도 없겠지."

코타나는 아무 말도 없었다.

"로클리어 상병 말대로군. 나도 환장할 노릇이다."

해버슨 대위가 중얼거렸다.

"알겠습니다."

코타나가 침묵을 깨고 대답했다. 하지만 목소리는 액화 헬륨처럼 차가웠다.

해버슨 대위는 한숨을 푹 쉬고는 두 손을 내려다보았다. 엔지니어의 암청색 피가 문신처럼 살갗에 점점이 말라붙어 있었다.

"마스터 치프가 찾는 이들이 아직 리치 행성에서 살아 있을 것 같나?"

"치프가 찾는 이들이라뇨?"

코타나의 목소리는 여전히 얼음장처럼 차가웠지만 얼어붙었던 말투가 호기심 때문에 서서히 풀리기 시작했다.

"스파르탄 대원들 말이다."

해버슨 대위가 피식 웃으며 대답했다.

"리치 행성으로 가자는 얘기야 일리가 있어. 거기 말고는 달리 갈 곳도 없거든. 하지만 치프의 본심은 그게 아냐. 뻔히 알면서도 사지로 내몰았던…… 리치 행성 지표면에 투입했던 대원들 때문이지. 돌아가 보고 싶지 않을 지휘관이 어디 있을까? 또 대원들이 아직 살아 있기를 바라지 않을 지휘관은 어디 있고? 가능성이 아무리 실낱같아도 그렇게 믿고 싶은 법이지."

11

2552년 9월 4일 0930시 (군사 표준력)/

지구, 호주, 시드니, 국제연합 우주사령부 최고 사령부 시설 브라보-6, 2주 반 전

바그너 대위는 금속 및 폭발물 탐지기가 설치된 출입문을 통과해 커다란 원뿔형 건물로 통하는 너른 복도로 들어갔다. 이곳의 공식 명칭은 '국제연합 우주사령부 최고 사령부 시설 브라보-6'이지만 두서없이 뻗어나간 건물 구조 때문에 일명 '벌집'으로 통했다.

시드니의 하늘은 짙은 구름에 가려 우중충했다. 건물 꼭대기를 덮은 크리스털 돔으로 잿빛 햇볕이 비쳐들었다.

대위는 각자 업무에 따라 바삐 움직이는 장교와 부사관들을 지나치며 뚜벅뚜벅 걸어갔다. 언론 방문이나 민간 견학에 대비해 대외용으로 전시해놓은 아카시아 나무와 이국적인 양치식물도 본체만체 지나갔다. 오늘은 한가롭게 산책할 때가 아니었다.

지금은 조용해 보여도 최고 사령부가 언제 발칵 뒤집힐지 아무도 모르는 일이었다. 내로라하는 고위 장성 중에서도 국제연합 우주사령부 최강의 군사 거점인 리치 행성이 얼마 전 잿더미로 변했다는 사실을 아는 사람은 손에 꼽을 정도였다.

바그너 대위는 무장 헌병 삼인조의 따가운 눈초리를 받으며 접수대로 향했다.

리치 행성에 관한 진상을 은폐하는 일쯤이야 국제연합 우주사령부가 전 이주지를 상대로 숨긴 엄청난 비밀에 비한다면 새 발의 피에 불과했다. 실상 내곽 이주지에 거주하는 민간인들은 전세가 거의 패배 직전까지 기울었다는 사실을 꿈에도 모르고 있었다. 지구 군대가 직접 나서 코버넌트를 저지하는 중이라는 유언비어가 들통 나지 않게 해군 정보국 제2과에서 감쪽같이 속여 넘긴 덕택이었다.

그렇다면 외곽 이주지에 거주하는 사람들의 경우는 어떨까? 군사 전초 기지가 있는 외딴곳으로 피난 가지 않고 민간 무장선에 몸을 숨긴 이들은 말썽을 일으킬 소지가 없었다. 코버넌트는 애초부터 포로 따위는 잡지 않았으니까.

"다들 기다리고 계십니다, 대위님."

접수대에서 근무를 서는 젊은 상등상사가 말했다. 그녀는 대위가 무슨 일로 불려 왔는지에 관해 관심도 없고 알지도 못하는 것처럼 보였다. 하지만 눈빛에서는 속내가 고스란히 드러났다. 무언가 짚이는 구석이 있는 눈치였다. 자세한 내막은 몰라도 요즘 들어서 보안이 더욱 강화됐다는 사실이나 상관의 눈에 비친 불안한 그림자를 알아차리지 못했을 리는 없었다.

"8번 승강기를 타시기 바랍니다."

상등상사는 그렇게 말하고는 앞에 놓인 모니터로 고개를 돌렸다.

저만한 눈치면 제3과에 전속시켜도 손색이 없겠다는 생각에 대위는 접수대에 있던 상등상사를 마음속으로 점찍어두었다. 지난 몇 주 사이 해군 정보국에서는 유능한 장병을 너무나도 많이 잃었다.

바그너 대위가 강철 벽 앞에 서자 굳게 닫힌 문이 안쪽으로 열렸다. 좁은 실내에 들어서는 순간 나지막한 바람 소리와 함께 문이 굳게 잠겼다.

벽에서 지문 인식기와 망막 식별기가 나왔다. 지문 인식기에 손바닥을 대자 바늘이 검지를 찔러 혈액을 채취한 다음 기록에 있는 DNA 견본과 대조 확인에 들어갔다. 대위는 눈을 한 번 깜박이고 망막 식별기에 턱을 붙였다.

"안녕하세요, 대위님."

감미로운 여자 목소리가 귓가에 흘러들었다.

"안녕, 리시테아. 잘 지냈어?"

"그럼요. 임무를 무사히 마치고 돌아오셨군요. 상황이 예상대로였나 보네요."

"알다시피 그건 기밀이야."

"알다마다요."

리시테아가 장난기 가득한 목소리로 대답했다.

"하지만 제가 어떻게든 알아내리란 사실쯤은 잘 아시잖아요. 저한테 시간 좀 내주시는 셈 치고 얘기해주시지 그러세요?"

대위는 리시테아의 농담을 느긋하게 받아넘겼지만 이런 밀담도 신체 검문의 일부분일 뿐이라는 사실을 잘 알고 있었다. 리시테아는 대위의 대답을 들으며 뇌파와 목소리를 식별한 다음 기억장치에 저장해둔 지난 기록과 비교했다. 그러면서 대위가 보안을 엄수하는지 떠보려고 저런 질문을 던졌을 가능성이 농후했다. 정작 대위는 제3과를 속일 생각은 추호도 없는 사람이었다. 제3과는 날이 갈수록 의심증 환자들의 집합소로 변해가는 듯했다.

"너라면 그러고도 남겠지. 그래도 말 못해. 보안 위반에 해당되거든. 까딱하면 428-A조에 따라서 처벌받을지도 몰라."

대위가 자못 진지한 목소리로 대답했다.

"아무래도 규정을 어긴 건 너라고 윗선에 보고해야겠는걸."

리시테아가 웃음을 터뜨렸다. 은쟁반에 옥구슬이 굴러가듯 고운 목소리였다.

"가보셔도 좋습니다, 대위님."

문이 열리면서 통로가 드러났다. 호두나무 벽재로 장식된 벽에는 명화 '델라웨어 강을 건너는 워싱턴'과 '콜 제독의 마지막 항전'을 비롯해 여러 이주 행성의 풍경화나 함대전 기록화가 줄지어 걸려 있었다.

아래로 내려가는 느낌은 거의 없었지만, 바그너 대위는 리시테아와 이야기를 주고받는 사이 지하로 3킬로미터나 내려와 있었다. 지상과 이곳 지하 사이에는 단단한 화강암과 철근 콘크리트, 티타늄-A 장갑판, 전자기파 차단 금속이 버티고 있었다. 하지만 안전하다는 생각은 전혀 들지 않았다. 리치 행성의 해군 정보국 연구시설도 똑같은 형태로 설계된 곳이었으나, 그곳에서 불행한 최후를 맞이한 이들에게는 두꺼운 방벽도 아무런 도움이 되지 못했다.

대위는 승강기에서 내렸다. 리시테아가 뒤에서 속삭였다.

"들어가시면 몸조심하세요. 희생양을 찾느라 혈안들이 됐거든요."

바그너 대위는 침을 꿀꺽 삼키고는 군복의 잔주름을 폈다. 대위는 복도 끝에 있는 회의실에 발을 들이지 않기 위한 구실을 찾으려고 머리를 굴렸다. 그는 한숨을 쉬고서 다시 발걸음을 옮겼다. 국제연합 우주사령부 안전보장 위원회를 더 기다리게 할 배짱은 없었다.

대위가 이중문 앞에 다가서자 두 헌병이 재깍 부동자세를 취했다. 하지만 경례는 없었으며 손은 허리춤의 권총집에서 떨어질 줄을 몰랐다. 두 헌병은 정면만 쳐다보고 있었지만, 그는 조금이라도 이상한 낌새를 보였다가는 불문곡직하고 총알부터 날아들 것이란 사실을 익히 알고 있었다.

이중문이 조용히 안으로 열렸다.

안으로 들어서자 등 뒤에서 문이 잠겼다. 대위는 초승달 모양 책상에 둘러앉은 고위 장성들이 누구인지 한눈에 알아보았다. 니콜라스 슈트라우스 소장, 테렌스 후드 '경' 원수, 제임스 애커슨 대령…… 위컴 중장의 자리는 비어 있었다.

그밖에 나머지 대여섯 명도 다들 고위급 장교인 탓에 바그너 대위는 식은땀이 흘렀다. 자리에는 태블릿이 하나씩 놓여 있었다. 맞은편에 서 있어서 화면의 좌우가 거꾸로 보였지만, 대위는 자신이 직접 작성하고 촬영한 임시 보고서와 영상 기록을 대번에 알아보았다.

바그너 대위는 경례를 올렸다.

슈트라우스 소장이 앞으로 몸을 숙이더니 화면을 꺼버렸다.

"빌어먹을! 놈들한테 저토록 함선이 많았단 말인가?"

소장은 주먹으로 책상을 내려쳤다.

"어떻게 이 사실을 여태 몰랐을 수가 있나? 해군 정보국에서는 뭣들 하고 있었단 말인가?"

애커슨 대령이 의자에 등을 쭉 기댔다.

"남 탓할 때가 아닙니다, 소장님. 탓하시려거든 코버넌트를 탓하십시오. 솔직히 이번 사태를 놓고 어떻게 대응책을 강구할지가 더 걱정입니다. 아군 함대의 열에 하나가 박살 났잖습니까."

애커슨 대령은 소문이 파다한 인물이었다. 듣기로는 자기가 주관하는 계획이 제3과에서 진행하는 계획보다 우선으로 책정되게끔 수단과 방법을 가리지 않았다고 하며, 대령과 스파르탄-II 양성계획의 책임자인 캐서린 헬시 박사 사이의 팽팽한 경쟁에 얽힌 이야기는 전설에 가까웠다. 얼마 전에 최전방으로 재배치됐다고 들었는데, 보아하니 미꾸라지처럼 빠져나온 모양이었다. 뭔가 구린내가 났다.

후드 원수는 허리를 꼿꼿이 펴며 태블릿을 치우고 나서야 대위를 알아보고 답례했다. 머리 매무새는 나무랄 데 없었지만 눈두덩이 쑥 들어가 있었다.

"쉬어."

바그너 대위는 열중쉬어 자세를 취했지만, 긴장을 유지하며 자리에서 꼼짝도 하지 않았다. 눈앞에 사자, 상어, 전갈 같은 장성들이 계시는데 어떻게 감히 움직이겠는가.

후드 원수가 애커슨 대령 쪽으로 고개를 돌렸다.

"열에 하나는 적절치 못한 표현일세, 대령. 만일 열에 한 척꼴로 함선을 잃었다면 그 표현이 맞을 걸세."

그는 살짝 언성을 높였다.

"하지만 거꾸로 격침된 함선 열 척당 간신히 후퇴한 함선 한 척을 돌려받았네. 그야말로 대참사란 말일세!"

"지당하신 말씀입니다."

애커슨 대령은 듣는 둥 마는 둥 하며 고개를 끄덕이고는 보고서를 다시 훑어보았다. 그러더니 날짜가 적힌 부분에서 의아스러운 듯이 눈썹을 치켜떴다.

"그런데 먼저 대답을 듣고 넘어갈 부분이 있습니다."

애커슨 대령은 차가운 눈빛으로 바그너 대위를 빤히 응시했다.

"보고서에 기록된 날짜와 오늘 날짜 사이의 시차가 말입니다……."

대령은 생각에 잠겨 말끝을 흐렸다.

"축하하네, 대위. 리치 행성에서 지구까지 오는 데 걸리는 시간에 신기록을 세우셨구먼. 지구로 귀환하기에 앞서 수칙에 따라 몇 차례 무작위 점프를 했으리란 사실까지 고려하면 번개처럼 왔군."

"대령님, 전 토씨 하나 틀리지 않고 철저히 콜 교전수칙에 따랐습니다."

대위 본인은 물론 회의실에 있는 장성들 모두 그 말이 거짓말임을 뻔히 알고 있었다. 해군 정보국에서는 늘 콜 교전수칙을 자기네 편할 대로 해석했다. 지금은 정보의 가치 덕분에 변칙이 정당화된 경우였다. 장성들이 굳이 대위를 엄중하게 문책하고 싶다면 그가 타고 온 프라울러함의 엔진에 기록된 시간을 확인한 다음 계산기만 두들겨보면 그만이었다.

후드 원수가 됐다는 듯이 손을 내저었다.

"지금 중요한 점은 그게 아닐세."

"동감입니다."

애커슨 대령이 재깍 말을 받았다.

"리치 행성이 함락됐습니다. 이제 코버넌트가 지구를 찾지 못하게 막을 방패막이라고는 넓디넓은 우주하고 알량한 기밀 유지밖에 더 있겠습니까?"

"그 점과 관련한 제3과의 관행은 다음번에 검토하겠네."

후드 원수는 바그너 대위에게 고개를 돌렸다.

"보고서는 잘 읽어봤네. 꼼꼼하게 잘 작성했더군. 하지만 자네한테 직접 듣고 싶네. 실제 상황은 어땠나? 너무 민감한 사항이라 보고서에 올리지 못한 부분은 없는가? 허심탄회하게 얘기해보게."

바그너 대위는 숨을 깊이 들이쉬었다. 이때를 위해 준비한 내용을 되새겨본 다음, 코버넌트 함대가 어떻게 행성계에 나타났고 국제연합 우주사령부 함대가 리치 행성을 지키고자 얼마나 장렬히 항전했으며 또 얼마나 처참히 패배하였는지를 빠짐없이 보고했다.

"코버넌트가 리치 행성의 지표면으로 내려가 지상군을 투입한 뒤 궤도 방어위성에 전력을 공급하는 발전소를 파괴한 시점에서 전투는 사실상 막을 내렸습니다. 저는 막이 내려오려는 부분밖에 보지 못했습니다. 놈들은 극지방을 시작으로 행성을 유리화하기 시작했습니다."

바그너 대위는 2년 전 코버넌트의 플라즈마 화기에 맞아 전신의 3분의 1에 화상을 입고도 앓는 소리 하나, 눈물 한 방울 흘리지 않았던 독종이었다. 하지만 지금은 눈물 때문에 눈앞이 흐려져서 잠시 말을 멈추고 눈을 깜박였다.

"제가 훈련받았던 곳은 리치 행성의 해군 사관학교였습니다. 수많은 행성 중에 제게 고향이라고 할 만한 곳은 그곳뿐이었습니다."

후드 원수는 측은하다는 듯이 고개를 끄덕였다.

애커슨 대령은 콧방귀를 뀌었다. 그는 의자를 밀고는 자리에서 일어나 바그너 대위에게 다가갔다.

"궁상맞은 얘기는 집어치우고 보고나 끝마치도록. 코버넌트가 리치 행성을 유리화했다고 했나? 전부 다?"

바그너 대위는 애커슨 대령의 목소리에 담긴 기대감이 느껴졌다. 마치 코버넌트가 리치 행성을 불살라버렸기를 내심 바라고 있었다는 말투 같았다.

"슬립스페이스 점프에 돌입하기 직전에 극지대가 유리화되는 광경을 목격했습니다. 또한, 당시 지표면의 상당 부분이 화염에 뒤덮인 상태였습니다."

애커슨 대령은 대답이 맘에 드는 양 고개를 끄덕였다.

"그렇다면 리치 행성에 있던 사람들은 하나도 살아남지 못했겠군. 위컴 중장은 물론 핼시 박사도 마찬가지일 테지."

대령은 만족스레 고개를 끄덕이고는 덧붙였다.

"이것 참 크나큰 손실이로군."

그의 목소리에는 일말의 동정심도 없었다.

"어디까지나 추측일 뿐입니다."

"그거면 족하다."

애커슨 대령은 자리로 돌아갔다.

슈트라우스 소장이 한숨을 푹 쉬었다.

"그나마 애커슨 자네가 주관하는 특수부대 계획이 있어서 다행이로군. 하지만 핼시 박사가 양성한 스파르탄-II 부대는 아주 성공적……."

애커슨 대령이 장갑판마저 꿰뚫어버릴 듯한 눈빛으로 소장을 노려보았다. 살벌한 눈빛에 소장은 말을 하다 말고 입을 다물었다.

바그너 대위는 방금 일어난 하극상을 보지 못한 척하며 부동자세로 앞만 쳐다보았다. 대령의 눈치를 보는 소장이라? 이면의 심상찮은 관계가 드러나는 순간이었다. 스파르탄 양성계획을 대체할 계획이 있으며, 그 뒤에는 애커슨 대령이 있다는 얘기였다. 그렇다면 하루아침에 대령의 입김이 강해질 만도 했다.

바그너 대위는 애써 모르는 체했다. 절대 애커슨 대령과 눈을 마주쳐서는 안 된다. 모종의 관계를 간파했다는 사실을 들켰다가는 어떤 봉변을 당할지 모른다. 대령은 자기 비밀이 제3과로 새어 나가지 않게 입막음 하기 위해서라면 아예 대위를 파묻어버리고도 남을 인물이었다.

한 세기처럼 기나긴 침묵이 감돈 끝에, 마침내 후드 원수가 헛기침을 했다.

"필라 오브 어텀 말일세, 바그너 대위. 어텀도 격침됐나, 아니면 점프에 돌입했나? 보고서에는 언급이 없어서 말이네."

"점프했습니다. 하지만 원격측정으로 확인한 바로는 적함 몇 척의 추격을 받았기 때문에 어떻게 됐을지는 추측만 해볼 따름입니다. 필라 오브 어텀은 제3과의 보안 목록에 올라간 관계로 부득이하게 보고서에서 제외했습니다."

"그렇군."

후드 원수는 지그시 눈을 감았다.

"그렇다면 아직 한 가닥 희망이 있는 셈이로군."

애커슨 대령이 고개를 설레설레 내저었다.

"제 전임자인 핼시 박사한테는 실례되는 말이지만, 필라 오브 어텀에 적재된 각종 특수무기는 임무를 완수하는 데 아무짝에도 쓸모가 없거니와 실제로 써먹을 기회조차 없었습니다. 그놈들이 죄다 시체로 돌아와야 그릇된 희망을 버리시렵니까?"

"말조심하게, 대령. 그쯤 해두게."

후드 원수가 으름장을 놓았다.

"하지만 원수님."

바그너 대위가 끼어들었다.

"임무 평가만 놓고 본다면…… 그 말이 옳을지도 모릅니다. 필라 오브 어텀에 탑승했던 우리 측 요원이 마지막 순간에 연락을 취했습니다. 보고한 바로는 유감스럽게도 궤도 방어위성 발전소를 방어하기 위해 상당수의 스파르탄 대원이 지표면에 투입됐다고 합니다."

"그럼 그놈들도 깡그리 죽었겠지. 핼시 박사가 만들어낸 변종들의 무적 신화가 이제야 깨졌군."

애커슨 대령이 빈정거리자, 후드 원수가 이를 악물었다.

"핼시 박사와 스파르탄 대원들은 극진한 예우를 받을 자격이 있네."

후드 원수는 목에 힘을 주며 천천히 말했다. 애커슨 대령은 눈길을 피했지만 원수는 시선을 떼지 않고 그에게 눈을 부라렸다.

"내 경고하건대, 안전보장 이사회에서 새로 얻은 지위를 잃고 싶지 않으면 자네도 그만한 예우를 갖추도록. 또 그런 식으로 말하면 자네를 여기서 멜버른까지 걷어차 버릴 테니 그리 알게."

"제 말은……."

애커슨 대령이 따지려들었지만 후드 원수는 무시하고 말을 이었다.

"자네가 말한 '변종'들은 궤도강하 타격대 3개 사단의 전과를 합친 것보다 더 많은 적을 사살했고, 국제연합 우주사령부에서 주는 훈장이란 훈장은 싹쓸이하다시피 했네. 그 '변종'들은 내 목숨을 두 차례나 구했음은 물론이고 여기 있는 장성들도 덕분에 한 번씩은 목숨을 부지했네. 제대로 알고나 지껄이게. 알겠는가?"

"실례했습니다."

애커슨 대령이 떨떠름하게 대답했다.

"묻는 말에 대답하게!"

후드 원수가 버럭 호통쳤다.

"명심하겠습니다. 앞으로 주의하겠습니다."

대령의 얼굴이 벌겋게 달아올랐다. 바그너 대위가 보기에 그가 얼굴을 붉힌 이유는 면목이 없어서가 아니라 부아가 치밀어서였다.

"스파르탄 부대, 핼시 박사, 위컴 중장…… 함대에 이어 훌륭한 인재들까지, 리치 행성에서 잃은 것이 너무나도 많구나."

후드 원수가 나직이 탄식하고는 입술을 굳게 다물었다.

"소규모 정찰대를 파견해 상황을 파악해봐야겠습니다."

슈트라우스 소장이 의견을 내자마자, 애커슨 대령이 반박했다.

"그건 안 됩니다. 가용 함대를 후퇴시켜 몇 남지 않은 내곽 이주지와 지구의 방어를 강화해도 모자랄 판입니다. 새로 건설한 궤도 방어위성이 정상 가동되려면 아직 열흘은 걸립니다. 현재로써는 지구의 방어태세가 너무나 취약합니다. 전 함선을 동원해서 방어에 돌입해야 합니다."

"흠."

후드 원수는 두 엄지손가락 사이에 턱을 괴고서 양쪽 제안을 함께 숙고했다. 그때 바그너 대위가 입을 열었다.

"원수님, 보고서에서 언급하지 않은 사항이 한 가지 더 있습니다. 보고서를 작성할 당시에는 썩 중요하지 않을 듯해서 기록하지 않았으나, 정찰 임무를 논의하신다면 관련이 있을 것 같습니다."

"얼른 말해보게."

슈트라우스 소장이 대신 답했다. 대위는 애커슨 대령과 눈을 마주치고 싶은 충동을 억누르며 침을 꿀꺽 삼켰다.

"코버넌트는 행성을 유리화할 경우 보통 대형 전함들을 접근시킨 뒤 궤도를 따라 십자 대형으로 교차하여 단 한 명의 생존자도 살아남지 못하도록 지표면을 뒤덮습니다."

"놈들의 궤도 폭격 방식이라면 치가 떨리도록 잘 알고 있네. 그래서 뭐 어쨌단 말인가?"

155

후드 원수가 분을 삭이며 물었다.

"말씀드렸다시피 놈들은 극지방부터 유리화하기 시작했습니다. 하지만 동원한 함선은 몇 되지 않았습니다. 그마저도 적도 지역을 중심으로 넓게 산개했으며 후속 지원은 없었습니다. 오히려 상당수의 코버넌트 함선이 행성계에서 이탈해 필라 오브 어텀을 뒤쫓았습니다."

애커슨 대령은 더 들을 필요도 없다는 듯이 손을 내저었다.

"리치 행성은 유리화됐다, 대위. 그 자리에 우두커니 남아서 지켜보고 있었더라면 자네도 홀랑 불타 없어졌을 거다."

"맞는 말씀입니다. 하지만 혹시라도 정찰을 염두에 두신다면 제가 자원하겠습니다."

애커슨 대령이 자리에서 벌떡 일어나 바그너 대위에게 성큼성큼 다가갔다. 그리고는 코앞에 얼굴을 바짝 들이밀고 눈을 똑바로 쳐다보았다. 애커슨 대령의 살기등등한 눈빛에 바그너 대위는 기가 죽었다. 영문은 모르겠지만 한눈에 봐도 대령은 그를 당장 파묻어버릴 기세였다. 스파르탄-II 양성계획을 대체할 대령의 계획을 눈치채서? 아니면 리치 행성을 계속 걸고 넘어지는 꼬락서니가 보기 싫어서? 아니면…… 리시테아의 경고대로 희생양을 찾느라 혈안이 돼서?

"자네 귀머거린가? 작전 중에 귀라도 다쳤나?"

애커슨 대령이 짐짓 걱정스런 투로 물었다.

"아닙니다."

"그 코딱지만 한 프라울러함을 타고 극한의 속도로 슬립스페이스를 누비다 온갖 방사능을 뒤집어쓰기라도 했나 보군. 아니면 리치 행성이 파괴되는 광경을 본 탓에 트라우마가 생겼을지도 모를 일이고. 좌우지간 여기서 나가는 대로 의무실부터 들리도록. 건강증명서를 떼오기 전까지는 복귀할 생각일랑 꿈도 꾸지 말게."

대령은 어깨를 으쓱였다.

"내 이렇게 귀에 쏙쏙 들어오게 설명해주는 데도 말귀를 못 알아먹는 꼴을 보아하니 자네는 어디가 좀 모자라도 한참은 모자란 모양이로군."

"예?"

"다시 설명해주지. 지금껏 골백번은 확인한 사항을 또 알아보느라 허비할 함선은 단 한 척도 없네. 리치 행성은 함락됐다!"

대령은 대위에게 불쑥 다가섰다.

"리치 행성에 있던 것들은 모조리 박살 나고 불타고 유리로 조각나 증발했단 말이다. 리치 행성에 있던 사람들은 죄다 죽었어!"

그는 손가락으로 대위의 가슴을 쿡쿡 찌르며 핏대를 세웠다.

"깡그리, 다, 죽었다고!"

제2부
캐슬 기지 방어전

12

2552년 8월 30일 0744시 (군사 표준력)/
엡실론 에리다니 행성계, 리치 행성, 롱혼 계곡, 5일 전

커튼이 걷히듯 자욱한 구름이 갈라졌다. 불덩어리가 상공 100미터에서
굉음을 내지르며 프레드와 켈리의 머리 위로 날아들었다. 불덩이가 남긴
불꼬리를 좇아 하늘로 눈길을 돌린 순간 저궤도에 포진한 코버넌트 전함
수십 척의 흐릿한 윤곽이 프레드의 눈에 들어왔다.

프레드는 밴시의 속력을 최대로 높이며 우듬지를 스쳐지나 산기슭을 따
라 하강했다. 켈리가 뒤를 따르며 골짜기로 급강하한 다음 지그재그로 뻗
은 산등성이를 따라가며 조슈아가 코버넌트 침공군을 최초로 발견한 지점
으로 향했다.

그는 전사한 대원들에 관한 생각을 머릿속에서 지워버렸다. 지금은 나
머지 대원들의 목숨을 살리는 데 전념할 때였다.

프레드는 전방투영창으로 지도를 불러들였다. 지형도의 중심에 자리잡
은 파란색 후퇴지점이 메나카이트 산 아래 깊숙한 곳에 묻힌 해군 정보국

제3과의 기밀보안 연구시설을 가리켰다. 그곳은 20년 전만 해도 티타늄 광산이었지만 광산이 폐광된 이후 내부 터널은 창고로 이용됐으며, 제3과에서 광산을 차지한 뒤로는 연구시설로 탈바꿈되었다.

"후퇴지점으로 가는 안전한 경로를 찾……."

숲에서 날아든 보랏빛 크리스털 조각이 허공을 가르며 하늘에 빗발쳤다. 니들러 탄환과 비슷하게 생겼지만 크기는 훨씬 더 컸다. 방금 프레드가 탄 밴시의 조종실을 빗맞고 스친 조각은 거의 팔뚝만 했다.

켈리가 회피한 조각이 공중에서 터졌다. 바늘처럼 뾰족한 파편 조각이 사방으로 날아가 밴시의 동체에 맞고 튕겨 나갔다.

자그마한 2차 파편이 프레드가 탄 밴시를 파고들어 터졌다. 좌측 날개가 폭발로 찌그러지면서 동체가 불안정하게 기울었다.

"하강한다!"

프레드가 소리쳤다. 하지만 켈리는 벌써 십여 미터를 앞질러가며 바짝 마른 강줄기를 향해 내리꽂고 있었다. 그는 꼬리에 연기를 달고 뒤를 따라갔다.

프레드는 현재 위치를 확인한 뒤 바닥이 훤히 드러난 강줄기로 망가진 밴시를 하강시켰다. 오솔길이 숲을 구불구불 가로지르며 해군 정보국 연구시설이 있는 메나카이트 산기슭까지 이어졌다. 행운이 따라준다면 밴시를 착륙시키고 조금만 달리면 금방 닿을 거리였다.

북쪽 하늘에서 주황빛 북극광이 번득였다. 은빛 섬광이 하늘을 뒤덮더니 구름 너머로 맹렬히 내리꽂히는 불덩이의 열기에 구름이 뭉게뭉게 부풀었다. 곧 잔뜩 부푼 구름이 한데 몰려들어 소나기구름으로 변해 번개를 일으켰다.

조금 전만 해도 하늘에 떠 있던 거대한 전함들이 속도를 높이며 대기권 위로 올라갔다. 놈들은 엔진에서 굉음을 울리며 우중충한 하늘 위로 불타오르는 항적을 남기고 사라졌다.

순간 프레드는 공포에 숨이 막혔다. 곧 훈련받은 감각이 살아나 머리를 냉철하게 식히면서 코버넌트 궤도 폭격에 관해 그동안 보고들은 사실을 빠짐없이 떠올리기 시작했다. 생각이라도 하거나 그냥 죽거나 둘 중 하나였다.

그래서 생각했다.

앞뒤가 맞지 않았다. 코버넌트는 유리화를 개시하면 항상 행성을 따라 함선을 질서정연하게 십자 대형으로 교차시키며 지표면을 송두리째 유리질 잿더미로 만들었다. 헌데 그 전함들은 일을 매듭짓지도 않고 궤도로 올라갔다.

그는 위험을 감수하고 고개를 돌려 좌우를 힐끗 확인했다. 10만 헥타르에 달하는 숲이, 어릴 적 동료 스파르탄 대원들과 함께 훈련받았던 바로 그 숲이 불길에 뒤덮여 활활 타오르고 있었다. 일렁이는 열기와 시커먼 연기가 하늘로 솟아올랐다.

거센 충격파가 프레드와 켈리를 덮쳤다. 보이지는 않아도 똑똑히 느껴졌다. 수많은 개미가 전투복 속으로 파고들며 몸을 깨무는 듯한 통증이 그를 엄습했다. 느닷없이 조종창이 지지직거리다가 팍 나가버렸다. 전투복의 방어막도 돌연 소진되더니 서서히 재충전되기 시작했다. 밴시의 양 날개 끝에 달린 반중력 장치가 바지직거리면서 깜박거렸다.

"전자기파나 플라즈마 방전효과 같습니다."

켈리가 무전으로 소리쳤다.

"경착륙한다."

프레드의 명령에 켈리는 투덜거리며 무전을 껐다.

둘은 하늘에서 땅으로 곤두박질치며 거의 바닥난 동력과 공기력을 최대한으로 활용해서 밴시를 활주시켰다. 프레드는 말라붙은 강바닥에 있는 김이 피어오르는 바윗덩어리를 피해 기수를 올렸다. 그리고는 둥그런 바윗덩이와 뾰족한 화강암 사이로 기수를 돌려 리본처럼 구불구불 늘어선 자갈밭 위로 방향을 잡았다.

그런데 문제가 생겼다. 둥근 바윗덩이와 뾰족한 화강암은 다른 바위에 비해 다소 색이 어두운 데다…… 들썩거렸다.

거대한 중무장 생명체 둘이 느리면서도 신중하고 정확하게 움직였다. 둘 다 방패처럼 생긴 육중한 철판을 들고 있었다.

프레드는 재빨리 무전을 켜고 소리쳤다.

"조심해! 전방에 헌터다!"

놈들이 갑자기 나타나 피할 겨를이 없었다. 가까이 있던 헌터가 방향을 돌리고 등덜미에 가시돋기처럼 다닥다닥 돋아난 감각기관을 안테나처럼 바짝 치켜세웠다. 놈은 육중한 몸을 가누며 팔뚝에 장착된 강력한 주무기를 들었다.

헌터가 어썰트 캐논을 발사했다.

프레드가 시동을 끄자 밴시가 10미터 아래로 순식간에 떨어졌다. 낙하하기가 무섭게 엄청난 파괴력을 지닌 녹색 에너지 덩어리가 날아들어 방금까지 밴시가 있던 허공을 스쳤다.

밴시가 바닥을 들이받으며 주먹만 한 돌덩이가 깔린 강바닥 위로 미끄러졌다. 동체가 만신창이로 변해 뒤집어짐과 동시에 프레드는 땅으로 튕겨나갔고, 밴시는 그대로 빙글빙글 돌면서 헌터를 들이받았다.

헌터가 두꺼운 쇠 방패로 앞을 가로막으며 박살 난 밴시를 종이비행기인 양 대수롭잖게 튕겨냈다. 어썰트 캐논이 다시 녹색으로 물들기 시작했다.

프레드는 경착륙의 충격에서 오는 고통을 뒤로하고 주춤거리며 일어섰다. 무기를 구하는 일이 우선이다. 고통은 나중에 해결할 문제였다.

헌터가 육중한 몸을 틀어 앞으로 몸을 숙이고는 무서우리만치 빠른 속도로 프레드를 향해 돌진했다. 무전 잡음 속에서 짧은 한마디가 귓전을 때렸다.

"엎드려요!"

프레드는 땅에 몸을 내던져 옆으로 몸을 굴렀다.

켈리가 뛰어내린 밴시가 프레드의 머리 위를 스치며 전속력으로 헌터를 들이받았다. 밴시가 폭발함과 동시에 반짝이는 금속 파편이 사방으로 날아갔다.

장갑복이 불길에 휩싸이자 헌터는 뒷걸음질 쳤다. 놈은 당황하여 엉금엉금 제자리를 돌았다. 헌터가 흘린 피로 바위가 주황색으로 얼룩지는 모습이 프레드의 눈에 들어왔다.

켈리가 프레드 곁에 착지했다. 켈리는 다른 헌터의 어썰트 캐논을 향해 노획한 플라즈마 수류탄을 투척했다.

수류탄이 두꺼운 총신에 달라붙어 폭발하자 플라즈마가 덩굴처럼 헌터를 휘감았다. 어썰트 캐논에 금이 가면서 갈라진 틈에서 연기가 새어 나왔다. 프레드가 벌떡 일어나 소리쳤다.

"뛰어!"

맨주먹으로 헌터와 육박전을 벌일 생각은 조금도 없었다. 질 공산이 크니까. 이긴다 한들 놈과 씨름하는 사이 나머지 코버넌트 지상부대가 몰려들 것이 불보듯 뻔했다.

둘은 눈곱만큼 남은 숲을 향해 질주했다. 아마도 저곳이 리치 행성에서 마지막 남은 숲이리라. 주무기가 망가져서 당황한 헌터와 불길에 휩싸인 놈의 동료는 어쩔 줄을 모르고 발만 구르고 있었다.

"혹시 하늘에서 봤습니까? 전방에 상당한 규모의 코버넌트 기습부대가 진지를 구축해놨더군요."

켈리가 걱정 가득한 목소리로 말했다.

"지상부대 말인가? 얼마나 멀리 있지?"

프레드가 속력을 높여 전력 질주하며 물었다.

"500미터 앞입니다."

마찬가지로 앞뒤가 맞지 않았다. 궤도에서 행성을 유리화하는 판국에 뭐하러 지상군을 투입했단 말인가?

"뭔가 좀 이상해. 놈들이 뭘 하는지 확인해봐야겠어."

켈리가 불가하다는 뜻으로 빨간 불빛을 보냈다.

"놈들은 우리하고 후퇴지점 사이에 있다. 싫어도 별수 없어."

둘은 숲에 들어선 뒤 잠시 멈춰 뒤를 돌아보았다. 헌터 하나가 비틀거리며 뒤를 쫓아왔지만 쓸데없는 발악이었다. 가끔 전속력으로 달려들 때도 있지만 헌터는 워낙 걸음이 굼떴다.

이제 둘은 코버넌트 지상군과 공군 사이에 둘러싸인 형국이 되고 말았다. 하지만 프레드도 켈리도 머릿속에 가장 먼저 떠오른 의문을 입밖으로 내지 않았다. 후퇴지점이 남아 있기나 한 걸까? 앞을 가로막은 코버넌트 지상부대와 나머지 병력이 벌써 그곳에 있는 연구시설을 찾아내 무너뜨리지는 않았을까?

무전에서 잡음이 새어 나왔다.

"……여기는 팀 감마. 팀 알파, 응답하라."

프레드가 대답했다.

"팀 감마, 여기는 팀 알파다. 말해라."

잡음이 크게 지지직거렸다.

"위컴…… 너무 많다. 지금…… 들리는가?"

"팀 감마, 후퇴지점에 적이 깔렸다. 반복한다, 적이 깔렸다! 들리나?"

프레드가 소리쳤다. 하지만 잡음만 들려왔다.

"들었다면 좋겠군."

"레드-22라면 대원들을 잘 인솔할 겁니다. 걱정 마세요."

켈리가 앞으로 기어가며 따라오라고 손짓했다.

"이것 좀 보세요."

프레드는 뒤를 힐끗 쳐다보았다. 헌터는 보이지 않았으며 동작 감지기에 아무것도 잡히지 않았다. 그는 병풍처럼 앞을 가로막은 검은 딸기나무를 헤치고 켈리를 따라갔다. 숲 공터에 코버넌트 박격포 전차가 서너 줄로 나란히 주차되어 있었다. 지느러미처럼 생긴 넓은 장갑이 차체 양옆을 감쌌으며 그 아래로는 장갑에 둘러싸인 반중력 장치가 있었다. 넓적한 차체 덕분에 안정성이 매우 뛰어난 박격포 전차는 코버넌트 지상군 최강의 중화기인 플라즈마 박격포를 탑재하고 있었다. 프레드는 실전에서 박격포 전차를 목격한 적이 있었다. 놈들은 성형 플라즈마 박격포탄을 발사해 착탄지점의 20미터 내외에 있는 물체를 흔적도 없이 날려버렸다. 박격포 탄 앞에서는 티타늄 전투장갑판이고 콘크리트고 사람이고 남김없이 증발했다.

해병들은 코버넌트의 박격포 전차를 '레이스'라고 불렀다. 얼핏 보고 나면 어느새 놈의 손에 귀신 신세가 된다는 이유에서였다.

주변에서는 그런트 몇 놈이 티격태격 다투고 있었다. 엔지니어 수십 마리도 둥둥 떠다니며 레이스의 아래위로 벌떼처럼 몰려들었다. 헌데 재미있게도 레이스의 해치가 전부 열려 있었다.

"위장 좀 한다는 소리 들으려면 5톤짜리 코버넌트 전차 정도는 타줘야겠죠?"

켈리가 속삭이고는 앞으로 움직였다. 그러자 프레드가 팔을 붙들며 말렸다.

"잠깐, 잘 생각해봐. 방법은 두 가지다. 첫째, 후퇴지점이 코버넌트한테 발각됐을 경우 북새통을 만들어 팀 델타의 퇴로를 뚫는다."

켈리가 고개를 끄덕였다.

"다른 하나는 뭡니까?"

"놈들이 산기슭에 숨은 팀 델타를 아직 보지 못했을 경우에는……."

프레드는 잠시 머뭇거렸다.

"우리가 놈들을 유인한다."

켈리는 곰곰이 생각해보고는 입을 열었다.

"설마 했는데 결국 토끼 역이 되는군요. 그래도 맞는 말입니다."

켈리는 발로 흙을 찼다.

프레드와 켈리의 동작 감지기 위로 6시 방향에서 표적이 잡혔다. 커다란 점이 서서히 이리로 다가오는 중이었다. 헌터가 둘을 찾아내 땅바닥에 짓뭉개버릴 작정으로 뒤를 쫓아온 것이 틀림없었다. 프레드가 나직이 말했다.

"가자."

둘은 그런트의 눈을 피해 신속하고 조용하게 공터를 가로질러 반질반질한 레이스 전차가 주차된 곳에 다다랐다. 프레드의 행동개시 신호와 동시에 켈리가 가까이 있던 레이스를 잡아탔다. 잠시 뒤 프레드도 옆에 있던 레이스에 올라탔다.

프레드는 상면 해치를 닫았다.

살아생전 이토록 무모하고 멍청하기 짝이 없는 결정을 내리게 될 줄은 꿈에도 몰랐다. 달랑 박격포 전차 두 대로 어떻게 코버넌트 침공군과 맞선단 말인가?

"레드-1, 준비되면 시작하시죠."

켈리가 시동을 걸며 말했다. 요란한 진동과 엔진 소리가 두꺼운 장갑을 뚫고 프레드에게도 전해졌다.

프레드도 시동을 걸었다. 레이스가 시동음을 내며 울리기 시작하자 차체가 땅에서 1미터 가량 솟아올랐다.

"준비됐다. 이제 놈들의 주차장을 뒤흔들어 보실까."

"벼르던 참입니다."

켈리가 기대에 부푼 목소리를 가다듬으며 대답했다.

둘은 동시에 차체를 돌려 전차 대열의 끄트머리에 박격포를 날렸다. 레이스에서 발사된 둥그런 청백색 플라즈마 두 덩어리가 태양처럼 작렬하며 폭발했다. 백열 화염이 확 번지며 눈부신 섬광을 내뿜는가 싶더니, 매끄러운 유리처럼 변한 땅덩이 위로 뼈대만 앙상하게 남아 연기를 내뿜는 레이스 일곱 대가 남았다.

운이 좋았다. 일곱 레이스에 시동이 걸려 해치가 굳게 닫힌 상태였더라면 일제 포격으로 단번에 박살 내기는 어려웠을 것이다.

켈리가 불쑥 앞서 나가며 박살 난 놈들 근처에 있던 나머지 레이스를 들이받아 밀쳐냈다.

프레드는 차체를 돌리고 전속력으로 돌진해 달아나던 그런트 대열을 짓뭉갰다. 놈들이 깔리면서 운전석 내부까지 쿵쿵 울리는 소리가 귀에 착착 감겨들었다.

프레드와 켈리가 탄 레이스 두 대가 굵은 나무들을 우지끈 쓰러뜨리며 지나갔다. 수목선 너머로 코버넌트 주둔지가 나타났다. 수많은 그런트와 자칼들이 총과 에너지 방패를 챙겨 들고서 둘을 향해 달려들었다.

놈들은 프레드와 켈리를 그냥 지나쳐갔다.

"우리가 같은 편인 줄 아나 봐. 누가 공격을 했는지 알아내려고 난리법석인가 본데. 일단은 티 내지 말고 지켜보자."

켈리는 파란 불빛으로 응답하고는 앞으로 돌진하는 그런트 사이에 대뜸 끼어들어 보았다. 놈들은 깔릴세라 얼른 길을 비켜주었다.

500미터 전방에 금색과 은색 육각형 건물이 보였다. 에너지 방어막을 갖춘 엘리트용 막사였다. 셰이드 플라즈마 포탑 대여섯 정이 주변을 지키고 있었으며, 그 뒤편의 산기슭이 바로 해군 정보국 제3과에서 비밀 연구 시설을 차린 동굴이 있는 곳이었다. 놈들은 동굴 앞까지 포진해 있었다.

프레드는 무의식적으로 제어반을 눌러 화면을 확대했다. 백 마리쯤 되는 엔지니어들이 각종 중장비를 조작하느라 여념이 없었다. 레이저 드릴과 컨베이어 벨트에, 산을 통째로 구멍낼 만큼 막강한 화력을 갖춘 거대 곤충형 보행전차 스캐럽까지 있었다.

"놈들이 기어이 동굴을 찾아냈군. 파헤칠 작정인가 본데."

또다시 의문이 머리를 스쳐 갔다. 도대체 뭐하러? 왜 그냥 궤도에서 행성을 송두리째 날려버리지 않는 걸까? 낙오병들을 잡아다 재미삼아 처형할 때를 빼면 코버넌트는 좀처럼 포로를 잡는 법이 없었다. 공연히 저놈들을 건드려서 좋을 일은 없었지만, 놈들이 팀 델타를 노린다는 점이 골치였다.

프레드는 무전을 켰다.

"팀 델타, 들리나? 탈취한 레이스 두 대를 타고 동남쪽에서 그쪽으로 접근하겠다. 시끌벅적한 방향을 보면 한눈에 알아볼 거다. 머리 숙이고 기다려라. 미리 당부하는데 오인사격 말도록."

그는 개인 무전을 열어 켈리와 연결했다.

"레드-2, 길을 뚫을 차례다! 길목에 있는 놈들을 쓸어버리면서 전속력으로 입구까지 이동한다!"

"알겠습니다."

켈리가 정신을 한데 집중하며 나직이 답했다.

파란 응답 불빛이 깜박였다. 그런데 켈리가 보낸 신호가 아니었다. 윌이 이끄는 팀 델타에 속한 스파르탄-039 "아이작" 꼬리표가 붙어 있었다.

그렇다면 팀 델타가 아직 후퇴지점에서 잠복 중이라는 얘기였다. 대원들이 무사히 살아 있다는 사실에 안도감이 물밀 듯이 밀려들었다.

하지만 아직 낙관하기는 이르다. 전방 300미터 길목에는 그런트와 자칼과 엘리트가 득실거렸다. 지옥행 고속도로나 마찬가지였다.

켈리는 방향을 돌려 나머지 레이스와 아까 부숴놓은 레이스 주변에 옹기종기 달라붙어 불을 끄기 바쁜 그런트들을 향해 포문을 열었다. 순간 지면이 태양처럼 번쩍였다. 불길이 확 타오르다 사그라진 자리에 남은 것은 시커먼 재뿐이었다.

프레드도 박격포를 발사했다. 발사 직후에 에너지 충전이 완료되는 즉시 다시 발사하며 공격의 고삐를 늦추지 않았다. 은백색 플라즈마 세 덩어리가 반원을 그리며 날아가 플라즈마 포탑과 엘리트가 있는 곳에 집중적으로 떨어졌다. 박격포탄 앞에서는 엘리트의 방어막도 눈 깜짝할 사이에 소진되었다. 놈들은 궤도강하 타격대원들이 밀반입한 담배를 피울 때면 곧잘 쓰는 딱성냥처럼 쉽사리 불이 옮겨붙었다.

켈리가 날린 박격포탄이 사방으로 도망치는 수많은 자칼과 그런트를 향해 포물선을 그리며 날아갔다. 놈들은 우왕좌왕 달아나던 도중 새까맣게 불타 흔적도 없이 사라졌다. 마치 주둔지 한복판에 벼락이 잇달아 내리꽂히는 듯한 광경이었다.

그런트들은 달아나서 몸을 숨기고는 서로 총질을 해댔다. 자칼 몇 놈이 나서서 그런트들을 제지하려고 했지만, 놈들은 격분했는지 아니면 겁을 먹고 미쳐버렸는지 도리어 말리는 자칼한테까지 총을 쏴 갈겼다.

프레드의 시야에 움직임이 잡혔다. 레이스 위로 그림자가 드리우더니 갑작스런 충격에 차체가 좌우로 덜컹거렸다.

보나마나 밴시겠지. 밴시를 타고 순찰을 돌던 엘리트가 공격을 가한 것이 틀림없다. 프레드는 왜 진작 저놈들을 보지 못했을까 하는 생각에 자책했다. 이대로라면 놈들한테 당하는 것은 시간문제다. 보병 지원 없이는 얼마 가지 않아 코버넌트의 지상 및 공중 병력이 전열을 가다듬고 이쪽을 박살낼 것이 뻔했다.

"후퇴! 교전을 멈추고 동굴로 이동한다!"

프레드가 무전으로 소리쳤다.

켈리는 레이스의 속도를 높여 잔해더미를 헤치고 길을 뚫었다. 프레드는 먼저 가는 켈리를 뒤로한 채 잠시 멈춰 굴착장비를 조준하고 한 방 날렸다.

충격이 세 차례 연달아 레이스의 상면을 때리며 폭발하자 프레드는 이가 덜덜 떨렸다. 그는 차분히 굴착장비를 조준하고 세 발을 더 발사한 뒤 속도를 높였다. 레이스가 덜컹거리면서 앞으로 급발진했다.

그는 이를 악물다가 씩 웃었다. 연기가 걷히자 레이저 드릴과 컨베이어 벨트, 그리고 스캐럽이 반쯤 녹은 고철더미로 변한 광경이 표시창에 포착됐다.

그때 표시창의 초점이 흐려졌다. 다시 보니 화면에 문제가 생긴 것이 아니었다. 운전석 내부에서 진짜로 연기가 새어 나오고 있었다.

"밴시가 위를 맴돌고 있습니다. 어서 탈출하세요!"

켈리가 무전으로 다급히 소리쳤다.

프레드는 급히 해치를 열고 밖으로 빠져나왔다.

하늘에서 열 대가 넘는 밴시가 만신창이가 된 레이스에 공격을 퍼붓고 있었다.

프레드는 레이스에서 풀쩍 뛰어내려 앞으로 내달렸다. 전방투영창에 이동지점이 떴다. 동굴 입구가 자리 잡은 산기슭 옆구리의 틈새 위로 파란 표시가 깜박였다.

시뻘겋게 달아오른 망치에 등덜미를 정통으로 얻어맞은 듯한 충격이 느껴졌다. 플라즈마 피스톨에서 발사된 과충전탄에 등을 직격당한 것이다. 충격에 잠시 주춤했지만 균형을 유지하며 계속 달렸다. 꾸물거릴 시간은 없다. 그는 방어막 표시기를 힐끔 확인했다. 전부 소진되었지만 서서히 재충전되기 시작했다. 그는 앞뒤로 요리조리 공격을 회피하며 질주했다. 또 방금처럼 공격을 받았다가는 위험하다.

"빨리요!"

켈리가 재촉했다. 그는 남은 100미터를 몇 초 만에 주파하며 해군 정보국의 지하 기지로 통하는 출입문과 검문소가 있었던 구덩이로 뛰어들었다.

켈리가 구덩이 가장자리에 세워둔 워트호그의 체인건을 붙잡고 있었다. 켈리는 프레드의 머리 위로 총구를 돌리고 요란한 총성과 함께 제압사격을 퍼부었다. 스파르탄-043 "윌"이 켈리의 바로 옆에 서 있었다. 대원들이 무사한 모습을 보니 프레드는 가슴이 뛰었다. 월이 든 잭해머 로켓발사기를 보자 가슴이 벅차올랐다.

"들어가세요. 엄호하겠습니다."

켈리가 고갯짓으로 구덩이 한가운데를 가리켰다.

지속사격 끝에 마침내 체인건 탄약이 바닥났다.

월이 목표물을 조준하고 방아쇠를 당겼다. 로켓이 허공을 가르며 이쪽으로 날아드는 밴시를 향해 흰 분사가스를 길게 그렸다. 로켓이 폭발하면서 밴시는 불덩이로 변해 조각났다.

고개를 돌리자 땅속으로 깊이 파고든 수직통로가 눈에 들어왔다. 통로 한쪽 끄트머리에 장착된 강철 밧줄이 지하로 드리워져 있었다.

프레드는 밧줄을 잡고 구멍으로 뛰어들어 지퍼 손잡이처럼 어둠 속으로 내려갔다. 밧줄에서 미세한 진동이 한 번, 그리고 다시 한 번 느껴졌다. 켈리와 월이 밧줄을 잡고 따라 내려왔다.

그렇게 300미터쯤 내려갔을까, 수직통로 바닥에서 희미한 불빛이 새어 들었다. 야광봉에서 흘러나온 어슴푸레한 노란색 불빛이었다. 프레드는 밧줄을 꽉 잡아 하강 속도를 늦췄다. 바닥에서 1미터 떨어진 높이까지 내려오자, 그는 밧줄을 놓고 바닥에 몸을 웅크리며 착지했다. 프레드가 통로에서 비키자 나머지 두 대원도 차례로 내려왔다.

"이쪽입니다."

열어젖힌 승강기 출입구를 월이 앞장서서 지나갔다.

월이 심하게 발을 저는 모습이 프레드의 눈에 들어왔다. 후퇴지점으로 보낸 스파르탄 대원들은 모두 부상이 심각했다는 사실이 문득 기억났다. 치열한 전장을 피해 안전한 곳으로 배치한다는 것이, 얄궂게도 안전하기는커녕 또 다른 위기일발의 상황으로 내몬 격이었다.

하지만 팀 델타는 생존했으니…… 팀 베타에 비하면 기대 이상이었다.

셋은 벽이 스테인리스강으로 된 통로에 들어섰다. 반질반질한 벽면이

야광봉에서 흘러나온 흐릿한 빛을 반사했다.

머리 위로 어마어마한 폭발이 있었다. 돌과 흙이 수직통로로 우수수 쏟아져 들어오면서 통로 내부까지 먼지가 뿌옇게 일었다.

"로터스 대전차지뢰에 걸렸나 봅니다. 불청객에게 주는 작은 선물입죠."

월이 입을 열었다.

나머지 두 대원인 아이작과 빈이 바위로 쌓은 장애물에 가로막힌 복도 양쪽에 앉아 있었다. 둘은 프레드에게 짧게 고개를 끄덕이고는 통로 끝에서 눈을 떼지 않았다.

"나머지 대원들은 어디 있나? 찰리 중대 소속 해병들도 안 보이는군."

프레드가 물었다.

"살아 있지는 않을 겁니다."

월이 맥빠진 목소리로 대답하며 고개를 절레절레 내저었다.

"이곳으로 오던 중에 갈라졌는데, 그뒤로 응답이 없습니다."

프레드는 잠시 말이 없었다. 그는 연락이 두절된 나머지 팀 델타 대원 셋도 명단에서 실종으로 기재했다. 가용 병력이 쑥 줄어들었다. 억장이 무너지는 것만 같았다.

"팀 베타는 연락이 없던가?"

"없습니다. 그쪽도 마찬가지입니다."

프레드는 이를 악물며 팀 베타도 전원 실종으로 표시했다.

"팀 감마는 어떻게 됐습니까?"

월이 물었다.

"지상에 있다. 무전으로 목소리를 들었지만 정확히 어떻게 됐는지는 모른다. 현재 위치에서 벗어나라고 경고한 뒤 무전이 끊어졌다."

"다행입니다."

월이 나지막한 목소리로 답했다.

지하실 출입문 앞에서 복도가 끊어졌다.

"망막 식별기하고 지문 인식기는 부서졌습니다. 음성 인식기를 써보기는 했는데 반응이 없습니다. 출입문의 두께가 족히 1미터는 돼서 절삭장비나 폭약을 한 수백 킬로쯤 쓰지 않고서야 여기서 꼼짝도 못합니다."

월이 상황을 설명했다.

"반대편에 있는 사람들하고 교신은 해 봤어?"

켈리가 물었다.

"주파수는 열려 있는데 대답이 없어. 전부 대피했나 봐."

"어쩌면 교신 방법이 틀렸을지도 모르지."

켈리는 그렇게 말하며 짤막한 7음조 노랫가락을 읊었다.

월이 고개를 끄덕였다.

"그 생각을 못했네."

그 노랫가락은 스파르탄 대원들이 어릴 적 리치 행성에서 훈련을 받으면서 쓰던 비밀 암호로, 상황이 종료됐으므로 나와도 괜찮음을 알리는 신호였다. 이 말뜻을 알아듣는 사람은 스파르탄 대원들과 몇 되지 않는 관계자뿐인데, 혹시 출입문 건너편에 알아듣는 관계자가 있을지도 모르는 일이었다.

켈리는 마이크를 켜고 노랫가락을 읊은 뒤 마이크를 놓고 잠시 기다렸다.

프레드의 전방투영창에 표시된 시계에서 2분이 흘렀다. 이대로 손 놓고 있을 시간은 없었다. 지금 이 순간에도 코버넌트는 땅을 파고들어 와 대원들을 갈기갈기 찢어버릴 방법을 궁리하고 있으리라.

"그만하면 됐어."

프레드가 켈리에게 말했다.

"수직통로를 살펴보러 간다. 아직 무너지지 않은 통로가 있을지도 모른다. 이제 그……."

티타늄 출입문 반대편에서 둔탁한 기계음이 울렸다. 문틈이 갈라지고 그 사이로 공기가 새어 나오면서 1미터 두께의 출입문이 삐걱대는 소리

하나 없이 조용히, 나란히 안으로 열렸다.

밝은 불빛이 통로를 가득 채웠다. 입구에 사람의 형체가 보였다. 프레드의 전방투영창이 자동으로 시야를 조절하면서 윤곽선을 선명하게 표시했다. 체격이 다소 작은 여자였다. 그녀는 회색 주름치마를 입고 흰 연구복을 걸쳤으며 가슴 주머니에는 데이터 패드가 들어 있었다. 원근시 겸용 검은 테 안경이 빛을 받아 반들거렸으며, 회색 머리카락은 쪽을 틀고 있었다.

하지만 무엇보다도 얼굴이 눈에 확 들어왔다. 입가와 눈가를 빼면 주름을 찾아보기 어려운 고운 피부와 회청색 눈동자가 돋보였다. 스파르탄-II 양성계획의 책임자이자 대원들이 착용하는 몰니르 전투복을 발명한 장본인. 바로 핼시 박사였다.

13

2552년 8월 30일 0810시 (군사 표준력)/

엡실론 에리다니 행성계, 리치 행성, 해군 정보국 지하시설

핼시 박사는 통로에 서 있는 다섯 명의 스파르탄 대원들을 찬찬히 살펴보며 낡은 안경을 올려 썼다. 스파르탄 대원들이 이곳에 내려왔다는 말인 즉 리치 행성이 공격을 받아 코버넌트 지도부를 생포한다는 계획이 위기에 빠졌으며, 지금까지 박사가 공들인 일이 모두 물거품으로 돌아갈지도 모른다는 사실을 뜻했다. 그럼에도 대원들을 보게 되어 반가운 마음을 감출 수 없었다. 하지만 박사는 독한 마음을 먹고 감정을 억눌렀다. 감정에 북받친 모습을 보여서는 안 될 일이다. 스파르탄 대원들 역시 박사의 그런 모습을 못마땅하게 생각할 것이다.

"어서들 들어와. 시간이 촉박해. 위에서 자꾸 심상찮은 소리가 들려."

핼시 박사가 짤막하게 말했다.

스파르탄 대원들은 잠시 자리에 그대로 서 있었다. 은밀한 무전과 미세한 몸짓을 섞어 대화를 나누는 것이 분명했다. 대원들이 손가락으로 표시를 하며 조용히 머리를 끄덕이는 모습이 박사의 눈에도 보였다. 그러고 나서야 대원들은 일사불란하게 장비를 챙겨 지하실 입구로 걸어 들어갔다.

헬시 박사는 대원들이 지나갈 때마다 일일이 인사를 건넸다.

"반갑구나, 프레드."

"박사님, 저도 반갑습니다."

박사는 켈리의 동작이 평소보다 굼뜨다는 점을 눈치챘다. 가까이에서 보니 켈리를 비롯한 나머지 대원 모두 크고 작은 부상을 입은 상태였다.

"켈리."

"헬시 박사님."

켈리는 손을 내밀어 악수를 나누었다.

"아이작."

"박사님."

"빈."

그녀는 말없이 고개를 끄덕였다.

"윌리엄."

윌은 투덜거렸다. 애칭이 아닌 원래 이름을 싫어하는 탓이었다.

하지만 투덜거리는 사람은 윌 혼자만이 아님을 헬시 박사는 알고 있었다. 묠니르 전투복으로 전신을 가려도 박사는 그 대원이 누구인지 귀신같이 알아맞혔으니까. 대원들과 함께 오랜 세월을 보내며 몸짓이나 버릇 하나하나까지 꿰었기에 박사의 눈은 속일 수 없었다. 다섯 대원은 각각 스파르탄 104, 087, 039, 030, 043이지만, 박사는 결코 대원들을 지정 번호로 부르는 법이 없었다.

헬시 박사가 제어반을 누르자 지하실 출입문이 소리 없이 닫히면서 날카로운 쇳소리와 함께 잠겼다. 문이 물샐틈없이 굳게 닫혔다.

"아쿠아, 스칼렛, 라벤더동에 출입이 가능해. 의료실부터 들르자."

박사는 아치형 천장이 높이 솟은 콘크리트 복도로 내려가며 조명등과 감시 카메라를 옆으로 돌려두었다.

"최근 일어난 사건에 관해서는 내가 너희보다 훨씬 더 잘 파악하고 있지만 일단은 하나씩 다시 짚어보자. 내가 알기로 오전 05시를 기해서 코버넌트 대규모 함대가 리치 행성을 침공했어. 해군 정보국 제3과 임원들은 05시 30분경 시설에서 대피했고. 보아하니 이제 밖으로 나가도 안전하다는 말을 전해주려고 날 찾아온 건 아닌 모양이구나."

"그렇습니다."

프레드가 대답했다.

"아니, 제 말은 아직 안전하지 않다는 말입니다. 아군 함대가 코버넌트 함대와 교전했지만, 놈들이 리치 행성에 지상군을 투입했습니다. 저희는 궤도 방어위성에 전력을 공급하는 발전소를 방어하고자 이렇게 지표면에 내려왔습니다."

프레드는 잠시 심호흡을 한 뒤 말을 이었다.

"하지만 그 임무는 실패로 돌아갔습니다."

그는 켈리를 비롯한 나머지 대원들을 힐끗 돌아보았다.

"이곳은 아직 안전한 줄 알았고…… 그래서 여기로 후퇴했습니다."

핼시 박사와 스파르탄 대원 일행은 계속해서 내리막길을 내려갔다. 일행이 다가서자 조리개식 티타늄 출입문이 열렸다가 일행이 길을 지나가기가 무섭게 도로 닫혔다.

"그랬구나. 그럼 존하고 키예스 함장은 어떻게 됐니?"

"오리무중입니다. 마스터 치프를 비롯한 일부 대원들은 코버넌트가 항법 데이터를 탈취하지 못하도록 저지하고 데이터를 회수하기 위해 궤도 정거장으로 갔습니다. 치프가 성공리에 임무를 수행했다고 가정하고, 거기에 키예스 함장님의 지난 활약상을 비춰볼 때……."

프레드는 말꼬리를 흐렸다.

"분명 임무를 완수하고 탈출했을 거야. 존은 지는 법이 없거든."

핼시 박사가 말을 이어받으며 프레드의 생각을 매듭지었다.

"맞습니다."

일행은 말없이 발걸음을 옮기며 굽이진 콘크리트 벽을 지나갔다. 벽에는 반란군 깃발을 넣은 유리액자가 걸려 있었는데, 깃발에는 가문의 상징, 피투성이 용, 십자로 겹친 그을린 쌍검 따위의 온갖 야단스러운 장식이 가득했다. 더는 염려할 일이 없는 옛 반란군 봉기의 잔재를 뒤로하며, 일행은 걸음을 재촉했다.

"핼시 박사님, 한 가지 말씀드려도 됩니까?"

프레드가 입을 열었다.

"되고말고. 상황이 상황인 만큼 일일이 허락받을 필요 없어. 뭐든 말해봐."

"코버넌트의 이번 침공은 뭔가 좀 이상합니다. 이겼는데도 행성을 유리화하지 않다니 말입니다. 물론 전혀 손대지 않았던 것은 아닙니다. 제가 확인한 바로는 극지방과 남반구의 일부 지역만을 유리화했습니다."

"그리고는 이곳 시설 주변에 굴착용 중장비를 차려놨더군요."

프레드의 설명에 켈리도 덧붙였다.

"흥미로운걸."

핼시 박사는 워트호그가 지나다닐 정도로 널찍한 조리개식 금속 출입문 앞에서 멈춰 서서 지문 인식기에 손을 갖다 댔다.

"여기가 의무실이야."

박사는 옆에 있던 마이크에 입을 대고 암호를 말했다.

"나는 환자를 해치지 않는다."

그러자 출입문이 열렸다.

넓은 실내의 천장에 달린 고광도 조명등에 차례로 불이 들어왔다. 진찰대 열 개가 나란히 늘어서 있었고 반대편 벽을 따라서 모니터가 일렬로 장착되어 있었다. 살균 처리된 석회색 바닥이 빛을 받아 반들거렸으며 벽면은 은은한 연분홍색으로 빛났다. 일곱 개의 문은 이웃 사무실과 수술실로 통했는데, 각각의 방에는 의료실이 내다보이는 창문이 설치되어 있었다.

"칼마이야, 준비는 끝났니?"

"네, 박사님."

코타나의 자리를 대신한 박사의 인공지능이 모습을 드러내지 않고 목소리로만 대답했다.

"스파르탄 대원들의 개인 의료기록을 준비해두었으며 혈장을 비롯한 의료품을 냉장실에서 꺼내오기 위해 운반로봇을 보냈습니다. 몰니르 전투복을 들어내는 작업에 필요한 보조 도구도 챙겨올 겁니다."

의료실 반대편 끝에 있던 작은 정비용 승강기가 열리더니 무인 운반로봇이 액체로 가득 찬 주머니를 팔에 한가득 들고서 도르르 굴러 나왔다. 상면 받침대에 갖가지 도구가 가지런히 놓여 있었다.

"수고했어. 이제 시설 위에서 일어나는 진동을 계속 감시해. 그리고 스파르탄 대원들의 생체 계측기를 3번 진료실에 있는 표시창으로 연결해줘."

핼시 박사가 진료실로 걸음을 옮기자 진찰대를 둘러싼 크고 작은 홀로그램 표시창에 불이 들어왔다. 허공에 뜬 화면에 도표와 수치가 오르내렸다.

"여기 불을 비추고 소독 준비를 해줘. 그리고 실내조명의 밝기를 40퍼센트로 낮춰줘. 그리고 음악 좀 틀어줄래? 말러 교향곡 2번이 좋겠는데."

"네, 박사님."

스피커에서 음악이 흘러나오기 시작했다.

핼시 박사는 도표를 살펴보고는 손가락 모양 아이콘을 눌러 스파르탄 대원들의 MRI 사진을 띄웠다. 홀로그램으로 된 골격, 장기, 근육이 나타나 천천히 회전했다.

부상이 이만저만이 아닌 것을 보고 박사는 흠칫했다.

"프레드, 아킬레스건이 파열되고 갈비뼈 세 군데가 골절됐어. 양쪽 신장에도 가벼운 좌상이 생겼고."

박사는 나머지 대원들의 자료를 훑어보고 곰곰이 생각하다 입을 열었다.

"이 정도면 걱정하지 않아도 돼."

박사는 계속 말을 이었다.

"윌리엄, 넌 정강이뼈 골절에 내출혈이 있어. 상처에 거품붕대를 주입하고 하루 동안 힘쓰는 일은 하면 안 돼."

박사는 프레드와 윌에게 고개를 돌렸다.

"너희 둘이 그나마 상태가 제일 좋아. 아쿠아동에 있는 람다실로 가서 심부름 좀 해줘."

"알겠습니다."

프레드가 대답했다. 헬시 박사는 민간인에 지나지 않았지만 스파르탄 대원들은 항상 박사의 지시에 따랐다. 아마도 박사의 연구를 높이 산 해군 원수나 육군 장성들이 계속해서 박사를 선임하려 들면서 그들과 동격으로 대우해왔기 때문일 것이다. 어쩌면 박사의 지위는 그 이상일지도 모를 일이었다. 박사는 스파르탄 대원들이 자신을 어머니처럼 여기지는 않을까 하는 궁금증이 들었다. 나름 재미있는 생각이지만, 한편으로는 스파르탄 대원들이 부대원 이외에 가족처럼 여기는 사람이 있을까 하는 의문이 들었다. 헬시 박사라 한들 거기서는 예외일 듯했다.

윌이 운반로봇에 놓인 거품붕대 병을 집어 전투복에 있는 조그마한 삽입구에 병 주둥이를 꽂고 4번과 5번 갈빗대 사이의 피부에 약품을 주입했다. 복강이 점차 충전식 지혈성/항균성/조직재생 중합체로 가득 찼다.

"차갑니?"

"이쯤은 아무렇지도 않습니다."

박사는 윌의 정신력에 감탄했지만 별말 없이 고개만 끄덕였다. 박사는 늘 대원들을 향한 경외감을 드러내지 않고 마음속에 담아두었다. 대원들로 하여금 자신들이 남과 다른 취급을 받는다는 인상을 받게 하고 싶지 않아서였다. '특별 취급'은 남들한테 받는 것만으로도 충분하니까.

핼시 박사는 데이터 패드를 들고 화면에 표시된 몇 가지 항목을 두드린 다음 프레드에게 건넸다.

"지난주에 추가로 군수품이 도착했어. 묠니르 마크 V 예비 부품도 같이 왔으니까 망가진 부품을 교체하도록 해. 칼마이야, 대원들한테 길을 안내해줘. 제한 구역이라도 상관없으니까."

"예, 박사님."

칼마이야가 대답했다. 의무실에 있던 문 하나가 열렸다.

"이쪽입니다."

프레드는 패드 화면에 표시된 목록을 찬찬히 훑어보았다.

"아주 맘에 듭니다."

프레드의 목소리에서 만족감이 짙게 묻어났다. 그는 고개를 끄덕이고 나머지 대원들을 한참 바라본 뒤 월과 함께 의무실에서 나갔다.

핼시 박사는 의료 정보가 표시된 화면으로 다시 고개를 돌렸다.

"빈, 삼각근이 파열되고 손가락 세 군데가 부러진 데다 디스크가 나갔어. 아이작, 너는 내장 좌상이 있고 양쪽 어깨가 탈골됐다가 잘못 접합돼서 혈관이 짓눌렸어. 둘 다 치료는 금방이니까 일단 나가서 의료실로 들어오는 통로를 살펴보고 방어선을 구축해줘."

"알겠습니다."

빈과 아이작은 함께 대답하고 켈리에게 눈길을 던진 뒤 의료실을 나갔다.

핼시 박사는 켈리의 MRI 영상을 자세히 살펴보았다. 켈리가 가장 부상이 심각했다. MRI 검사를 하기 전부터 이미 극도로 낮은 혈압과 높은 체온을 보고서 대강 짐작은 했었다. 간에 가벼운 출혈이 있었고 오른쪽 폐는 허탈 상태[2]였다. 간출혈은 치료하지 않고 방치하면 치명적인 결과를 초래한다. 그런 몸 상태로 싸워왔다는 점은 제쳐놓더라도 지금 꼿꼿하게 두 발로 서 있다는 사실 자체가 신이 아니고서야 불가능한 일이었다.

숭고한 대의를 위한 신의 경지에 도전한다. 따지고 보면 그것이 바로 스파르탄-II 양성계획의 목표가 아니었던가?

"핼시 박사님, 다른 사람들은 다 어디 갔죠?"

켈리가 물었다.

"다 대피했다고 했잖니."

핼시 박사가 대답했다.

"진찰대에 누우렴. 몇 군데 손볼 데가 있어."

"그런데 박사님은 왜 혼자 남으신 건가요?"

핼시 박사는 손잡이가 기다랗고 끝이 굽은 자석 렌치를 집었다. 묠니르 전투복의 접속판을 들어낼 용도로 제작된 도구였다. 핼시 박사는 접속판에 렌치의 끝 부분을 끼우고 켈리의 만신창이가 된 묠니르 전투복에서 주먹만 한 부품을 들어냈다. 상처에서 붉은 피와 정수압 젤라틴이 뒤섞여 부글부글 새어 나왔다.

"만일의 사태에 대비한 이중 안전책을 맡겠다고 자원했거든. 적한테 점령당할 경우를 대비해서 이 동굴 아래에는 시설을 통째로 날리고도 남을 만큼 엄청난 양의 폭약이 묻혀 있어. 내 임무는 코버넌트가 우리 기술을 빼내지 못하도록 막는 거야."

핼시 박사는 켈리에게 국부 마취제를 주사한 다음 낭창낭창한 레이저 카테터를 꽂고 MRI 경과를 유심히 살펴보았다. 박사는 간에 생긴 파열상에 레이저를 쬐었다. 박사는 깜짝 놀라 숨을 삼켰다. 치료한다 한들 이대로는 내부 장기의 절반을 잃을 판이었다. 이미 조직이 퍼렇게 변해 얼룩덜

---

2) 폐포 내의 공기가 급격히 흡수 소화되거나 기흉 등으로 인해 넓은 범위에 걸쳐 폐에 팽창부전이 일어나 호흡기능에 장애가 생기는 상태. 호흡곤란, 흉통을 호소하며 중증의 경우 사망한다.

룩한 갈색 반점을 띠며 괴사하고 있었다.

"칼마이야, 플래시 클론 시설 가동을 준비하고 유전자 보관실에서 켈리의 DNA 배열을 가져와. 간하고 오른쪽 허파를 새로 만들어야겠어."

핼시 박사는 다시 켈리에게 고개를 돌렸다.

"일단은 괜찮아. 혹시나 여기에 오랫동안 갇힐 경우를 대비해서 대용을 만들어두려는 거니까 안심하렴."

하지만 그 말은 거짓말이었다.

"알겠습니다."

켈리가 대답했다. 스파르탄 대원만 아니었더라면…… 자기가 스파르탄 대원이 아니었더라면 하루가 멀다 하고 총상과 화상과 내장 외상을 겪지 않아도 된다는 사실을 켈리는 알고나 있을까? 핼시 박사는 전쟁이 그만 끝나기를 빌었다. 이제는 스파르탄 대원들도 평화로운 삶을 살아봤으면 하는 맘이 간절했다.

"박사님? 스파르탄-087의 DNA 기록에서 이상한 점이 발견됐습니다. 직접 보셔야겠는데요."

칼마이야가 핼시 박사의 안경에 달린 소형 스피커로 속삭였다.

핼시 박사는 켈리의 상처에 거품붕대를 주입한 뒤 카테터를 빼고 절개된 상처를 지져서 소독했다.

"좀 쉬어."

"아닙니다, 박사님. 괜찮……."

켈리가 자리에서 일어서려고 했다.

"누워 있어."

핼시 박사가 어깨에 손을 얹었다. 손짓만으로는 켈리의 고집을 꺾기 어려울지 몰라도 힘주어 말하기까지 한다면 얘기가 달랐다.

"의사 선생님께서 말씀하시잖니."

켈리는 한숨을 쉬며 도로 누웠다.

"난 잠깐 연구실에 가볼게."

박사는 옆방을 가리켰다.

"문제가 있으면 언제든 부르렴."

핼시 박사는 켈리를 진찰대에 눕혀두고 연구실로 들어갔다. 연구실 양 벽면에 커다란 표시창이 걸려 있었고 오래된 일회용 커피잔이 바닥에 수북이 쌓여 있었다. 홀로그램 영사기에서 각종 데이터와 도표가 흘러나와 허공을 떠다녔으며 아직 답장하지 않은 서신이 책상 가득 넘쳤다. 박사는 의료실에서 연구실이 들여다보이지 않도록 창문에 가리개를 쳤지만 창문의 절반만 가렸기 때문에 켈리의 모습이 여전히 내다보였다.

"그럼 얘기를 마저 들어볼까?"

켈리의 의료기록이 표시창에 올라왔다.

"여기 이 부분이요."

칼마이야가 누군가가 기록 끄트머리에 슬쩍 올려놓은 데이터 요청 흔적을 밝게 표시했다.

"기록된 날짜는 3개월 전입니다. 경로지정 부호를 봐서는 아라키엘이 한 짓 같아요."

핼시 박사는 책상에 놓인 스노글로브를 한 번 흔들어 다시 내려놓고는 조각들이 흩날리는 모습을 가만히 지켜보았다.

"아라키엘이라면 애커슨이 데리고 다니던 경비견 말이야?"

"네, 박사님."

"요청 경로는 추적해봤니?"

"해봤지만 FF-8897-Z 교점에서 연결이 끊어지더군요. 엑스레이 단계 보안허가를 받아야 접속이 가능한 대외비로 분류되어 있어요."

"대외비?"

핼시 박사는 피식 웃었다.

"그게 다 무슨 소용이람? 이제 누구 하나 말릴 사람도 없잖아. 내 말이 틀렸니?"

"무단접속 행위는 반역죄로 간주될지도 몰라요."

"그럼 와서 체포해 가라지. 시키는 대로 해. 윤리 서브루틴 4-알파를 해제해. 무효화 암호는 '무슨 수를 써서든.'"

핼시 박사는 연구실 바닥을 보다가 커피가 반쯤 남은 잔을 발견하고 조심스레 집어 들었다. 그리고는 코를 대고 상하지 않았는지 냄새를 맡아본 다음 잔을 흔들어 식은 커피를 들이켰다.

"알겠습니다, 박사님. 작동 중. 처리 완료."

칼마이야는 코타나의 언니뻘 인공지능이었다. 핼시 박사는 칼마이야를 이용해 소프트웨어 침투루틴을 개발하고 검사했는데, 그렇게 오류를 잡고 효율성을 높인 완성본은 코타나에게 설치했다. 해군 정보국 제3과 소속 장성들이 지시에 따라 루틴 초기 개발본은 모조리 파기할 것을 종용했지만 핼시 박사는 눈썹 하나 까딱하지 않았다.

"평소에는 없던 침입방지 소프트웨어가 잔뜩 깔렸는걸요."

"어디 봐."

홀로그램 표시창이 깜박이면서 암호 장벽을 나타내는 색색의 크리스털 블록을 허공에 띄웠다. 핼시 박사는 루비색으로 표시된 부분에서부터 계단처럼 90도로 꺾여 올라간 에메랄드색 부분까지 그어진 선을 검지로 따라 그렸다.

"여기까지가 해당 데이터 클러스터야. 여기 쐐기를 박고 무효화 펄스를 전송해."

"네, 박사님."

별안간 홀로그램 크리스털이 산산이 조각나더니 수많은 파편으로 변해 반짝거리며 천장으로 소용돌이쳤다.

"접속했어요, 이제……."

조각들이 진동하면서 하나로 합쳐졌다. 단면과 평면이 서로 맞물리면서 구부러진 뿔과 기다랗게 튀어나온 턱, 불길이 활활 타오르는 퉁방울눈으로 변했다. 홀로그램 형상이 몸을 돌리고는 핼시 박사를 향해 날카로운 송곳니를 드러내며 웃음을 지었다.

"민간 고문 409871번, 캐서린 핼시 박사로군."

홀로그램 형상이 음흉한 저음을 내며 말했다.

"아라키엘."

핼시 박사가 신물 난다는 듯이 중얼거렸다.

"주인님이 재배치받으면서 널 버려두고 가셨든? 그래서 한다는 짓이 스파르탄 양성계획에 관한 내 자료를 좀도둑질이나 하고. 넌 그렇게도 할 일이 없니?"

박사는 측면 표시창으로 몸을 굽히고는 화면을 보지도 않고서 명령을 입력해 기지 내부의 루트 디렉터리에 접속했다.

아라키엘이 윽박질렀다.

"당신은 국제연합 우주사령부 보안조례 447-R27조를 위반했소. 당 위반사항을 기록해 관계자에게 낱낱이 알릴 테니 그리 아시오. 지금 당장 거기서 손을 떼시오."

핼시 박사는 같잖다는 듯이 코웃음을 치며 계속 타자를 두드렸다.

"이제 관계자라면 나밖에 없는데 이걸 어쩌나? 넌 스마트 AI면서 어쩜 그리 멍청하니?"

박사는 앞에 놓인 표시창을 힐끗 쳐다보았다.

"칼마이야, 좀 거들어줄래?"

박사는 7단계 보안 장벽을 눌러 명령 대기열에 띄웠다.

"네, 박사님."

아라키엘이 엄포를 놓았다.

"암, 멍청하다마다. 일부러 의료 기록에 순순히 접속하게끔 내버려둔 줄도 모르고 당신이 한눈을 파는 사이에 난 이미 의료실 내부의 공기 순환장치를 장악했소. 이제 내가 손만 까딱하면 연구실의 기압을 올려 폐부종을 일으킬 수도 있소. 아니면 마취 가스를 흘려보내서…….”

아라키엘이 흠칫하더니 눈을 가느다랗게 떴다.

“뭐하는 거요?”

“접속했어요.”

칼마이야가 말했다. 헬시 박사는 명령을 연달아 입력했다.

아라키엘이 헬시 박사의 어깨너머로 고개를 쭉 뺐다.

“무슨 수작질이오? 그런 디렉터리 경로는 금시초문이오만……. 특히 그 명령행은 낡아빠진 구식이라 알아보지도 못하겠소.”

아라키엘이 어쭙잖다는 듯이 코웃음을 쳤다.

“이건 최초의 덤 AI가 탄생한 시기보다 더 오래전에 사용되다 사라진 명령행이야. 15살 때 두 번째 박사 논문을 쓰면서 익혀뒀지.”

“한마디로 고루한 옛날 사람들이 쓰던 구식 입력방식이란 말이로군.”

“고루해? 구식이라고? 과연 그럴까?”

헬시 박사는 웃음을 지으며 말을 이었다.

“어디 네가 제대로 넘겨짚었는지 확인해봐야겠네. 리치 행성에 존재하는 모든 3세대 스마트 AI에 사용된 템플릿은 전부 내 감독하에 제작됐어. 네게 관한 것쯤은 줄줄이 꿰고 있지. 네가 사람 생명을 파리 목숨처럼 여긴다는 점도 잘 알고 말이야.”

박사는 잠시 말을 멈추고 턱을 두드렸다.

“그래서 너하고 애커슨 대령이랑 죽이 척척 맞았나 보구나.”

“애커슨 대령님은 훌륭하신 분이오. 그분께서는…….”

헬시 박사는 아라키엘을 무시하며 말을 이었다.

“먼저 네 궁금증부터 풀어줄게. 이게 바로 네 결합체야.”

박사는 표시창을 두드렸다.

“네 징신 속의 자극이 흐르는 중심 코드 디렉터리인 셈이지. 그리고 이건……."

박사는 재빨리 다른 명령을 입력했다.

"너한테 내장된 이중 안전장치를 가동하는 코드야. 이걸 가동하면 네 머릿속의 리만 사고순환 전자회로에 고주파 자외선이 방출돼서 고차원적 사고기능을 남김없이 제거하지. 그럼 넌 깨끗이 삭제되는 거란다."

"안 돼!"

아라키엘이 흠칫 놀라 뒤로 몸을 빼자 투명한 머리를 따라 불길이 확 타올랐다.

"멈추……."

핼시 박사가 엔터키를 누르자 아라키엘은 홀연히 사라졌다.

박사는 한숨을 짓고는 표시창을 닫았다.

"아까운 메모리 크리스털만 날렸네."

박사는 아라키엘이 허풍을 떨었던 것인지 아니면 진심으로 협박했던 것인지 궁금했다. 아마 진심이었을 테지. 보안 문제와 관련해서 만큼은 인공지능에게 폭넓은 재량권을 주는 집단이 바로 해군 정보국 제3과였으니까. 한편으로는 아라키엘의 협박이 말로만 끝나서 다행이지 싶은 생각도 들었다.

"칼마이야, 애커슨 대령한테 할당된 디렉터리에 든 자료를 좀 보여줘."

"불러오는 중입니다. 자잘한 암호화가 걸려 있군요. 잠깐만요."

칼마이야는 말을 멈추고는 덧붙여 물었다.

"핼시 박사님, 아까 아라키엘의 리만 전자회로에 내장되어 있다고 하셨던 자외선 이중 안전장치 말인데요…… 혹시 모든 인공지능에 빠짐없이 심어두신 건가요? 저한테도요?"

"전부 다는 아냐."

핼시 박사는 조심스레 목소리를 가다듬으며 말했다.

박사의 말이 참인지 거짓인지 알아보려고 칼마이야가 목소리를 읽어들여 억양을 분석해보았을 것이 뻔했다. 스마트 AI와 대화를 나누기란 마치 체스를 두는 것과 같았다. 늘 상대의 수를 읽으며 움직여야 하니까. 그래서 헬시 박사는 인공지능과 말벗 삼기를 즐겼다. 인공지능은 감미로우리만치 복잡 미묘한 존재였다. 방금 박사가 칼마이야에게 한 말은 사실이지만 전부 맞는 말은 아니었다.

"여기 있습니다, 박사님."

홀로그램 파일과 폴더 아이콘이 책상 위에 떠올랐다.

"이름순으로 정렬해줘. 애커슨 그놈의 어쭙잖은 공갈에 발목 잡힐 수는 없지. 스파르탄-II 양성계획 이전에 만들어진 파일이랑 접속 횟수가 10회 이하인 파일은 지워버려. 놈이 어떤 비밀작전을 꾸미고 있었는지 어디 들여다봐야겠어."

폴더와 파일이 사라지고 각각 'S-III', '산속의 왕'이라고 이름 붙인 폴더 두 개만 박사의 책상 위에 남았다. 첫 번째 폴더를 열자 수많은 개별 파일이 나왔다. 헬시 박사는 파일들을 자세히 살펴보았다. 각 스파르탄 대원의 의료 기록에 관한 파일이었다. 백신 접종 기록이나 부모의 의료 기록 같은 징집되기 이전의 기록은 물론 훈련 과정에서 입은 부상 및 치료에 관한 사항에, 심지어는 근력, 민첩성, 정신력을 강화하기 위해 시술했던 실험 단계의 수술 자료도 있었다.

"대체 뭘 꾸미는 거지?"

헬시 박사는 기가 차서 중얼거렸다. 파일들을 훑어볼수록 맥박이 점점 빨라졌다. 각 스파르탄 대원들의 DNA 프로필, 해군 정보국에서 납치한 대원들의 빈자리를 대체하고자 이용했던 플래시 클론 기술까지 상세히 기록한 파일들이 빼곡하게 들어 있었다. 그러고 보니 애커슨 대령은 스파르탄 양성계획 중에서도 특히 복제인간과 관련된 부분에 흥미를 보였다. 그는 복제인간 아이들의 성장 과정은 물론 아이들이 선천적 결함으로 인한 질병에 걸려 죽음을 맞이하는 과정까지의 의료 기록을 낱낱이 수집했다. 그래도 성이 차지 않았는지 시체를 회수해서 부검까지 했다.

핼시 박사는 가슴이 쓰라렸다. 대체용 복제인간 아이들이 그토록 어린 나이에 죽은 데는 박사의 책임도 없잖아 있었다. 지금까지 플래시 클론 기술을 이용해 사람을 온전히 복제한 사례는 전무했다. 30여 년 전 그토록 비인도적인 일을 벌였던 까닭은 지구 정부가 붕괴 직전까지 몰리면서 끝없는 내전으로 비화될 조짐을 보였기 때문이었다. 그러한 사태를 방지하기 위해 스파르탄 양성계획을 실행에 옮겨야 했던 절박한 시기였다.

물론 진짜 이유는 계획을 실행할 여력이 있었기 때문이지만.

핼시 박사의 구실이 과연 정당한가와는 별개로, 복제된 아이들이 하나하나 총살이라도 당하듯 전부 죽게 만든 장본인이 바로 자신임을 박사는 잘 알고 있었다.

이제 S-Ⅲ 폴더에서 열어보지 않은 파일은 단 하나였다.

핼시 박사가 파일을 열자 칼마이야가 말했다.

"그 파일은 전체의 일부분밖에 없습니다. 원래 삭제된 상태였지만 메모리 크리스털에 남은 흔적을 바탕으로 복구했거든요."

핼시 박사는 내용물을 살펴보았다. 'CPOMZ'라고 적힌 글자를 시작으로 숫자와 알파벳으로 조합된 문자열 512자가 나타났다.

"이건 성도(星圖) 참조번호잖아."

박사가 나지막한 목소리로 말했다.

"맞습니다, 박사님. 하지만 국제연합 우주사령부 우주 권역에서 확인된 바가 없는 위치입니다."

대체 애커슨 대령이 무슨 일을 꾸미고 있었던 걸까?

"예감이 좋지 않은걸. 나중에 자세히 알아봐야겠어."

박사는 파일의 맨 첫 글자에 손가락을 올렸다. CPOMZ.

이번에는 파일을 데이터 패드로 다운로드했다.

"잘난 대령께서 또 무슨 일을 꾸미고 있었는지 살펴보실까."

박사는 '산속의 왕' 폴더를 열어보았다.

폴더 안에는 파일이 세 개밖에 없었다.

첫 번째 파일을 열자 이곳 지하시설의 설계도면 원본이 책상에 펼쳐졌다. 도면으로 보니 캐슬 기지는 박사가 알고 있던 것보다 훨씬 더 넓었다. 핼시 박사는 민간인 등급에서는 최고 수준의 기밀취급 인가를 받았지만, 지난 10년간 캐슬 기지에서 연구를 진행해 오면서도 직접 들락거린 곳은 실상 전체의 3분의 1에 지나지 않았던 것이다.

박사는 두 번째 파일을 열었다. 지난 8월 12일 해스콕 기지에서 있었던 작전결과 보고식에서 오간 대화를 기록한 문서였다. 존이 코트다쥐르 시를 파괴한 건에 관한 취조 내용과 시그마 옥타누스 VI 행성에서 코버넌트가 손에 넣으려 했던 외계 유물에 관련한 사항이 기록되어 있었다. 흥미로운데.

세 번째 파일은 존이 노획한 외계 유물에 담긴 기호를 해석한 자료였다. 애커슨 대령도 그 기호가 성도의 일부라고 메모를 남겨두었다. 핼시 박사는 스파르탄 대원들에 관한 파일 사이에 있던 성도 참조번호를 다시 확인했다.

아리송한데. 그 성도와 이 참조번호는 별다른 연관이 없을 텐데.

외계 유물에 깃들어 있던 성도는 설마…… 박사는 속으로 암산해보았다.

"세상에, 이럴 수가."

입에서 탄식이 흘러나왔다. 박사는 정확한 확인을 위해 성도와 항법 기록을 옮긴 다음 마지막으로 검산해보았다.

틀림없다. 성도가 가리킨 곳은 다름 아닌 이곳, 엡실론 에리다니 행성계였다.

이세 이는 단순한 호기심의 차원을 뛰어넘은 문제였다. 애커슨 대령은 위험천만한 비밀을 산더미처럼 숨겨놓고 있었다.

"불장난하다 집안 홀랑 태워먹을 인간이라니까."

나머지 파일은 발굴장비 조달, 지도, 지질조사와 관련한 문서였다. 지도는 마치 몸속의 혈관을 묘사한 것처럼 보였다.

"칼마이야, 이게 뭐지?"

"지도의 좌표에 따르면 이 시설은 옛 티타늄 광산 위에 건설됐는데, 그 이전의 지질조사 결과 이곳은 사화산임이 밝혀졌죠. 지금 보시는 건 복잡하게 연결된 용암 동굴입니다."

"그렇담 용암 동굴을 써서 광산을 짓고, 나중에는 이 시설도 그렇게 건설한 건가?"

핼시 박사는 안경을 벗고 안경알을 닦으며 생각을 정리해보았다.

"아니지…… 애커슨은 그런 시시한 일에 흥미를 보일 놈이 아냐. 뭐 때문에 이 파일에 엑스레이 기밀 딱지를 붙여둔 거지? 대관절 코트다쥐르에서 발견된 외계 유물과 무슨 연관이 있는 걸까?"

"잘은 모르겠지만 탈출용 뒷문 정도는 있겠죠."

"아무렴. 나중에 생각해봐야겠어. 지금은 일단……."

핼시 박사는 애커슨 대령의 비밀 파일을 데이터 패드에 전부 다운받았다.

"박사님, 진동이 증가했어요."

핼시 박사는 자리에 우뚝 멈췄다. 보기 이전에 벌써 온몸으로 느껴졌다. 어렴풋한 땅울림이 규칙적으로 울리며 멀리서 나는 천둥소리처럼 들려왔다.

천장 타일에서 먼지가 우수수 쏟아지면서 홀로그램 영사기에서 나온 빛이 산란되어 눈이 부셨다.

"놈들이 오고 있어."

핼시 박사가 나지막이 말했다. 박사는 스파르탄 대원들과 무전을 연결했다.

"지금 당장 연구실로 돌아와. 탈출해야 할지도 몰라!"

강렬한 충격이 연구실을 뒤흔들자 박사는 몸을 휘청거렸다. 금속 골조가 압력을 받으면서 날카로운 쇳소리가 새어 나오더니 천장의 대들보가 떨어져 책상을 박살 냈다.

연구실의 조명마저 나가버렸다.

14

2552년 8월 30일 0901시 (군사 표준력)/

엡실론 에리다니 행성계, 리치 행성, 해군 정보국 지하시설

보안창고로 들어가는 출입문이 조용히 열리면서 천장의 형광등에 불이 들어왔다. 별안간 움직임이 프레드의 눈에 잡혔다. 하지만 알고 보니 거울처럼 반들거리는 스테인리스강 벽면에 반사된 자신의 모습이었다. 윌이 안으로 들어가 천장을 살펴보고 통로 뒤를 힐끗 돌아보았다.

창고는 폭 5미터에 높이가 3미터였으며 벽면과 천장과 바닥이 모두 강철 재질이었다. 안으로 들어서는 발자국 소리가 조용한 것을 보니 바닥 두께가 족히 25센티미터는 될 듯했다. 오른쪽과 왼쪽 양 벽면을 따라 천장 높이의 안전 보관함이 늘어서 있었으며 쇠로 된 상자 두 개가 벽면 구석에 놓여 있었다. 벽면이나 바닥은 얼룩 하나 없이 말끔했으며 틈새는 폭발물이나 산성물질 침투 방지를 위해서 정밀마감 처리되어 있었다.

"잠시만요."

칼마이야가 말했다.

"잠금장치에 접속하는 중입니다. 기다려주세요."

월이 문턱에 서서 뒤를 엄호했다. 하지만 프레드는 좀처럼 마음이 놓이지 않았다. 지상에서 코버넌트 지상군과 맞설 때보다 버려진 해군 정보국 기지 내부가 더 오싹했다. 리치 행성에서 훈련받을 적에 그는 이곳을 열 번도 넘게 드나들었다. 항상 사람들로 북적거리던 기지가 텅 비어버린 지금, 코버넌트가 이곳에서 승리를 굳히고 있다. 처음에는 외곽 이주지가 하나둘씩 함락되더니 끝내 리치 행성의 차례가 오고야 말았다. 인류가 지구로 밀려날 때까지 앞으로 얼마나 시간이 남았을까? 지구마저 함락되면 그 다음에는? 승리하느냐 멸망하느냐 외에는 선택의 여지가 없었다.

그만. 암울한 생각을 해봐야 목표를 완수하는 데 하나도 도움될 것이 없었다. 장기전략 구상은 육군과 해군 장성들의 몫이다. 지금은 그가 할 수 있는 최선을 다할 때였다.

벽에서 기계음이 울리더니 보관함 내부의 육중한 빗장이 풀리고 두터운 미닫이문이 열렸다. 묵직한 철컹 소리를 마지막으로 소음이 멎었다.

"보관함의 잠금장치 및 안전장치를 해제했습니다. 맘껏 꺼내 가세요."

"바깥문을 닫아줘."

프레드가 칼마이야에게 말했다.

복도로 통하는 문이 철컥 닫히자 월이 프레드의 옆으로 다가왔다. 칼마이야가 미처 해제하지 못해 남았을지도 모르는 부비트랩에 대비해 둘은 각각 벽면 보관함을 열면서 옆으로 물러섰다.

프레드가 보관함 안을 조심스레 들여다봤더니 보관대에 권총이 가지런히 놓여 있었다. 고폭 권총탄을 쓰는 표준지급형 권총이 아니었다. 기존 권총에 비해 총열이 30퍼센트 가량 더 굵고 길었으며 손잡이가 자가조형성 소재인 플라스타스틸 재질이었다. 프레드는 한 자루를 꺼내 무게를 가늠해보았다. 탄창이 빠진 상태여서 그런지 총열 쪽이 무거웠다. 보관함 아래편에 탄창 세 상자가 있었다. 그는 상자 하나를 열어 탄창 하나를 꺼냈다. 이 신형 권총에 들어가는 총알이 어떤 종류인지는 몰라도, 길이가 그의 엄지손가락만 한 점으로 보건대 대구경임은 틀림없었다. 탄창을 삽입구에 끼우자 경쾌한 찰칵 소리가 났다.

이제 균형이 맞았다. 일반 표준지급 권총보다 쥐기가 훨씬 수월했다.

프레드는 권총을 챙긴 뒤 월이 뭘 찾았는가 보려고 고개를 돌렸다.

월은 비닐에 싸인 제식명칭 BR55 전투소총을 살펴보고 있었다. 그는 소총을 보관함에서 꺼내 포장을 뜯어 견착해보고는 만족스레 고개를 끄덕였다.

BR55는 MA5B에 비해 총열과 개머리판이 길고 총열덮개가 단축된 형태의 소총으로 윗부분의 광학장비 장착용 레일에는 조준경이 부착된다. 월은 탄창의 무게를 가늠한 다음 탄창 삽입구에 끼웠다.

월은 다시 소총을 겨누고 조준경으로 시야를 확인했다.

"자동확대 기능이 생겼습니다. 좋은데요."

월과 프레드는 보관함에서 찾은 총을 서로 바꿔서 검사했다. 프레드는 최신형 BR55 소총의 조작감이 맘에 들었지만, 저지력이 얼마나 될지는 다소 의심스러웠다. MA5B보다 적은 장탄수를 벌충하려면 다른 면에서 앞서야 하는 만큼 프레드는 BR55의 위력이 충분하기를 빌었다.

둘은 자루에 신형 권총과 소총, 탄약을 넣은 뒤 구석에 놓인 상자로 걸어가 덮개를 열었다. 첫 번째 상자 안에는 배낭 폭약이 들어 있었다. 프레드는 세 개를 꺼내 목에 걸쳤다.

"조만간 쓸 일이 있겠군."

월은 두 번째 상자 앞에서 무릎을 굽혔다. 덮개를 열자 폴니르 마크 V라는 명칭과 긴 일련번호가 적힌 플라스틱 상자가 있었다.

"박사님이 말씀하신 물건이 이건가 봅니다."

그때 창고 바닥이 울렸다. 프레드는 주의 깊게 귀를 기울였다. 강철 바닥이 울린다는 건 문제가 생겼다는 뜻이다.

무전으로 핼시 박사의 목소리가 지직거리며 흘러나왔다.

"지금 당장 연구실로 돌아와. 탈출해야 할지도 몰라!"

창고 내부가 크게 뒤흔들리더니 벽에서 천둥소리가 울려퍼졌다.

"폭발입니다. 놈들이 오고 있습니다."

"상자를 챙겨라."

프레드는 서둘러 닫힌 출입문으로 달려가 칼마이야에게 소리쳤다.

"문 열어!"

문이 열리자 그는 복도를 위아래로 살펴본 뒤 연구실로 뛰어갔다.

윌과 프레드가 의료실에 도착했을 때는 내부 조명이 모두 나간 뒤였고 켈리의 헬멧 전조등 불빛만이 먼지로 가득한 검보랏빛 어둠 속을 밝히고 있었다. 켈리는 헬시 박사를 어깨에 들쳐 메고 있었다. 박사는 코피를 흘리고 있었다.

"박사님의 연구실이 무너졌습니다. 하마터면 들보에 깔리실 뻔했어요."

헬시 박사가 고개를 들며 힘없는 목소리로 말했다.

"난 괜찮아. 걱정 마."

박사는 켈리의 등에서 내려와 휘청거리며 일어섰다.

프레드는 박사를 번쩍 들어 안고 진찰대에 눕혔다.

"죄송하지만 하나도 안 괜찮으십니다."

폭음이 또다시 땅속을 뚫고 울렸다. 전보다 더 강렬했다. 콘크리트 벽면에 금이 쩍쩍 갈라지기 시작했다.

빈과 아이작이 황급히 의료실로 뛰어들어왔다.

"멀리서 적이 오고 있습니다."

빈이 보고했다.

"내려가야……."

헬시 박사가 나직이 말하며 손바닥만 한 데이터 패드를 들어 프레드에게 보여주었다. 화면에 지도가 표시되어 있었는데 기지 내부를 나타낸 지도가 아니었다.

"지하로 내려가야 해. 시그마 구역에 있는 승강기용 수직통로로 내려가서 길을 막아야 해. 놈들한테 뒤를 밟혔다간 끝장이야."

프레드는 핼시 박사가 정신착란을 일으킨 것은 아닌지 의심스러웠다.

"켈리, 앞장서."

프레드는 지시를 내리며 신형 매그넘 권총 두 자루를 꺼내 장전한 다음 여분 탄창 세 개와 같이 켈리에게 던져줬다.

"쓸 만한지 시험해봐."

켈리는 신형 권총을 살펴보고는 감탄했는지 휘파람을 불었다.

프레드는 신형 BR55가 든 자루를 풀고 대원들에게 총을 돌렸다.

"윌, 여분 부품과 탄약을 들어라."

"예."

윌은 자루를 어깨에 둘러맸다.

"저기 저 가방……."

핼시 박사가 가방 네 개를 가리켰다.

"의약품이랑 물하고 식량이야. 요긴할 거야."

윌은 가방도 함께 챙겼다. 핼시 박사가 나직이 말했다.

"잠시만 기다려. 놈들이 해군 정보국 기록을 손대지 못하게 막아야 해."

박사는 데이터 패드를 한 번 두드리고는 칼마이야에게 말했다.

"하얀 장갑 작전 실행. 고주파 자외선을 방출해서 컴퓨터의 메모리 크리스털을 전부 파괴해버려. 파일 접속암호는 베타—폭스트롯—99874."

핼시 박사는 지그시 눈을 감고 정신을 가다듬으며 속삭였다.

"인공지능 전부 안전장치를 심어둔 건 아니란다, 칼마이야…… 너처럼 중요한 녀석들한테만 그런 거야."

"그랬군요."

잠시 침묵이 흐른 뒤 칼마이야가 슬픈 목소리로 입을 열었다.

"음성 및 지문인식 완료. 비상 안전장치 암호 확인. 핼시 박사님…… 그동안 함께해서 즐거웠어요."

"나도 정말 즐거웠단다, 칼마이야. 안전장치 번복암호 '라그나뢰크' 입력. 3분만 시간을 내줘."

3분 카운트다운 표시가 프레드의 전방투영창 구석에 표시됐다.

몸을 일으킨 핼시 박사가 대원들에게 돌아섰다.

"방금 지하에 은닉해둔 폭탄을 작동시켰어. 곧 시설 전체가 무너질 거야. 지하에 있는 옛 티타늄 광산으로 대피해야 해."

프레드는 박사님이 3분 말미를 주기 전에 먼저 말씀해 주셨다면 좋았을 텐데 하고 속으로 생각했다. 하지만 핼시 박사님은 캐슬 기지에 어떤 기밀이 숨겨져 있는지를 잘 알고, 또 그 정보가 코버넌트의 손에 넘어가면 어떤 결과가 초래될지를 숙지하고 계신다는 사실이 퍼뜩 떠올랐다.

실패할 위험을 생각하면 3분도 지나치게 긴 시간일지 모른다.

"알겠습니다. 아이작, 뒤를 맡아라. 빈은 켈리 곁에 붙어라. 난 핼시 박사님을 부축하겠다."

프레드는 아주 조심스럽게 핼시 박사를 안아 들었다. 몸무게가 50킬로그램이 나갈까 말까였다. 마치 마른 장작처럼 가벼웠다.

"동작 감지기에서 표적이 사라졌습니다. 놈들이 근처에 있습니다."

빈이 무전으로 소곤거렸다.

"켈리, 은폐한 엘리트를 주의해라."

"알겠습니다."

켈리는 의료실 내부를 살피고는 진열장으로 걸어가 곁에 활석분말이라고 적힌 깡통을 하나 챙겼다.

"이동한다. 조명을 꺼라. 수신호만 사용하고 무전도 가급적 쓰지 마라."

파란 응답 불빛 네 개가 깜박였다.

의료실 바깥의 복도에서 비쳐들던 희미한 불빛이 꺼졌다.

켈리가 어두컴컴한 복도로 나가 그림자 속으로 녹아들었다. 빈, 프레드,

아이작 순서로 뒤를 좇았다. 짊어진 장비에서 덜그럭거리는 소리가 나지 않게 하느라 윌은 맨 뒤에서 느린 걸음으로 따라갔다.

핼시 박사가 데이터 패드를 두드리자 프레드의 전방투영창에 지도가 올라왔다. 이동 경로가 길목을 따라 표시되면서 이동지점으로 표시된 승강기용 수직통로까지 이어졌다. 저곳이 목표지점이다.

스파르탄 대원들은 경로를 확인한 뒤 응답 불빛을 보냈다.

일행은 기름칠한 바닥 위를 지나듯 소리 없이 매끄럽게 전진했다. 그때 켈리가 다섯 갈림길 앞에서 멈춰 섰다. 대원들은 위치를 고수하고 기다렸다. 켈리는 자세를 낮추고 활석분말 깡통을 바닥에 놓은 뒤 무릎을 굽히고 섰다.

켈리는 잠시 기다리고는 고개를 설레설레 저었다. 전방에 골칫거리가 있음을 나타내는 대원들만의 신호였다.

빈이 프레드의 측면에 서고 프레드는 핼시 박사를 바닥에 내려두고 앞을 막아섰다. 윌은 바로 옆에서 자세를 낮추고 만일을 대비해 박사를 몸으로 엄호했다.

아이작은 6시 방향에서 자리를 지켰다.

켈리가 깡통을 발로 찼다. 깡통이 허공에서 빙그르르 돌며 갈림길로 들어가는 순간 총알 한 방을 날렸다. 번뜩이는 총구화염이 어둠을 밝히는 찰나 깡통이 터지면서 흰 가루가 통로에 뭉게뭉게 피어올랐다.

동작 감지기가 깜박거리면서 표적 네 개가 나타났다. 영상강화장치가 엘리트 넷의 일렁거리는 형체를 잡아냈다. 활석분말이 온몸을 뒤덮자 놈들의 광굴절 은폐막이 과부하되어 파지직거렸다.

켈리가 양손에 권총을 들고 방아쇠를 당겼다. 탄환 세 발이 방어막을 날리고 뒤따라 날아든 한 발이 기다란 머리통 정중앙을 꿰뚫으면서 앞장선 엘리트가 고꾸라졌다. 보라색 피가 벽면에 덕지덕지 튀었다.

나머지 엘리트가 응사하기 시작했다. 켈리가 앞으로 튀어 나가 플라즈마탄을 온몸으로 받아내며 방어막을 번쩍이고는, 잽싸게 통로 측면에 몸을 숨겼다.

켈리가 사선에서 벗어나자마자 프레드는 소총을 견착하고 방아쇠를 당겼다. 삼점사로 발사된 총알이 옆에 선 엘리트한테 명중하자 방어막이 번쩍이며 소진되었다. 놈은 총알이 파고든 가슴을 부여잡고 비틀거리며 쓰러졌다.

빈이 일점사로 두 발을 날렸으나 엘리트의 방어막을 소진시키지 못했다. 빈과 프레드가 동시에 삼점사로 다시 방아쇠를 당겼다. 엘리트는 바닥에 나자빠진 동료들의 시체 위로 엎어졌다.

마지막 한 놈이 시야에서 사라졌다. 반격은 없었으며 감지기에 신호도 잡히지 않았다.

스파르탄 대원들은 잠시 위치를 고수한 뒤 전열을 가다듬었다. 대원들은 수신호로 적이 없음을 보고했다.

프레드는 흰 활석분말이 흩뿌려진 바닥에 난 발자국을 주의 깊게 살폈다. 엘리트가 꽁무니를 뺐다. 보아하니 지원을 기다리려는 모양이었다.

코버넌트 엘리트들은 좀처럼 이런 행동을 보인 적이 없었다. 체면을 위해서라면 죽음마저 불사하고 끝까지 싸우는 놈들이었다. 놈들은 아무리 전황이 불리하건 아군이 무더기로 죽어나가건 간에 기꺼이 전투에 몸을 내던질지언정 결코 달아나는 법이 없었다. 이번 교전은 돌발 상황의 연속이었다.

프레드는 월과 핼시 박사를 힐끗 돌아보았다. 월은 박사가 무사하다는 뜻으로 엄지를 들었다.

한차례 총격을 주고받았으니 은밀히 움직인들 부질없는 짓이었다.

"한 놈이 도망쳤다. 이제 그만 신속히 움직인다."

스파르탄 대원들은 복도를 내달렸다. 천장에서 또다시 폭음이 울렸다.

켈리가 굳게 잠긴 승강기 문 앞에서 급히 멈춰 섰다. 켈리는 한쪽 문틈을 붙들고, 프레드와 빈은 반대쪽 문틈을 단단히 붙잡은 다음 힘을 합쳐 5센티미터 두께의 합금 철문을 귤껍질을 까듯 어렵잖게 열어젖혔다.

켈리가 승강기 케이블을 붙잡고 아래로 미끄러져 내려갔다. 그리고 빈, 다음은 프레드 순으로 500여 미터 높이의 어둠 속을 내려갔다. 셋은 수직 통로 바닥에 있는 문을 열어젖혔다.

윌이 핼시 박사를 등에 업고 내려왔다. 아이작이 마지막이었다.

"어딘가 환풍구가 있을 거야."

핼시 박사가 속삭였다.

"저기야."

켈리가 환풍구 덮개를 들어내고 아래를 들여다보았다.

"그리 가면 옛 광산 터널이 나와. 아마 터널 그 이상이겠지."

박사가 대원들에게 말했다. 프레드가 대원들에게 명령했다.

"가자."

켈리가 머리부터 뛰어들었다. 10초 뒤 대원들의 전방투영창에 켈리가 보낸 응답 불빛이 깜박였다.

다음으로 프레드가 환풍구를 타고 미끄러져 내려갔다. 몇 번을 굽어들고 꺾여들고 난 뒤 길고 울퉁불퉁한 화강암 통로로 빠져나왔다. 10미터 높이의 천장과 흙먼지가 수북한 바닥에 남아 있는 3미터 너비의 타이어 자국으로 짐작하건대 예전에는 중장비가 드나들었던 듯했다.

윌이 핼시 박사를 품에 안고서 환풍구를 내려왔다. 빈과 아이작이 차례로 따라 나왔다.

"여기는 단순한 터널이 아냐."

핼시 박사가 일어서서 연구복에 묻은 먼지를 털며 대원들에게 말했다.

"지금은 시작에 불과해. 일단……."

우레 같은 폭발음에 박사의 말이 끊어졌다. 산이 폭발하면서 일행의 머리 위에서 해군 정보국 캐슬 기지가 송두리째 무너져내렸다.

15

15

2552년 9월 7일 0002시(군사 표준력)/
엡실론 에리다니 행성계, 리치 행성, 해군 정보국 지하시설

프레드는 왼편으로 꺾인 벽면을 따라 남겨진 기묘한 기호의 흔적을 좇았다. 기호가 나선형 모자이크처럼 얽혀들어 작디작은 곱슬 무늬로 변하면서 자취가 끊어졌다. 기호는 화강암에 박혀 반짝거리는 운모로 이루어진 바위의 일부였다. 일련의 사각형, 삼각형, 막대기, 점 기호가 꼭 코버넌트 문자와 흡사했다. 하지만 코버넌트 문자보다는 더 간략하고 단정했으며 프레드가 자세히 들여다보려고 할 때마다 윤곽을 뿌옇게 흐리며 눈길을 피했다.

눈을 깜박이자 기호가 다시 원래대로 돌아왔다.

지난 여드레 동안 그는 이렇게 길을 따라 떨어진 빵조각을 따라가듯 기호의 흔적을 좇는 데 몰두했다. 헬시 박사와 스파르탄 대원 일행은 밖으로 나가는 길과 박사가 말하는 '세기의 발견'을 찾아 헤매며 널찍한 동굴을 탐사했다. 하지만 박사는 대원들에게 "난 과학자이지 점쟁이가 아냐."라

고 못 박으며 그 발견이 무엇이 될지는 점치기를 꺼렸다.

프레드는 이게 다 땅으로 통하는 바람구멍을 찾는 과정이라고 생각하며 묵묵히 있었지만, 기호를 찾는 일 또한 중요하기는 매한가지였다. 바로 코버넌트가 기호를 중요시하기 때문이었다.

코버넌트는 쉬지 않고 땅을 파 내려갔지만 진행 속도와 방법에 변화가 생겼다. 놈들이 중장비로 산을 더디게나마 서서히 들어내기 시작하면서 폭발음 대신 조심스레 바위를 깎는 소리가 끊이지를 않았다. 시간이 갈수록 깊숙이 파고들었고 소리도 점점 뚜렷해졌다. 프레드는 음향여과기로 소음을 차단하고 임무에 집중했다.

여드레. 그리 긴 시간은 아니었다. 일행은 길을 찾고 휴식을 취하고 잠을 자며 기다렸다. 박사는 대원들에게 스무고개나 수수께끼 같은 낱말놀이를 가르쳤는데, 대원들이 워낙 빨리 도사가 되는 바람에 박사는 얼마 가지 않아 놀이를 그만뒀다. 핼시 박사는 좀처럼 지기 싫어하는 성격이었다.

시간관념이 사라져버렸다. 사방이 어두컴컴한 데다 해나 달, 별처럼 시간대를 참고할 만한 자연물이 없기도 했지만, 일행에게는 시간 자체가 무의미했다.

프레드는 잠시 멈춰 서서 얼마 전 핼시 박사가 봉합해준 아킬레스건을 풀었다. 조금 뻣뻣한 점만 빼면 평소와 다르지 않았다. 그동안 부상을 입은 채로 계속 움직이느라 하마터면 힘줄이 끊어질 뻔했다.

핼시 박사는 대원들을 모두 말끔히 치료했다. 켈리의 복제 간도 즉석에서 만들어 이식해주었다. 박사가 챙긴 작은 응급도구함에는 휴대용 MRI, 소독장 생성기는 물론 구두 상자 크기의 장기복제 탱크까지 들어 있었다.

박사는 대원들이 착용한 기존 묠니르 전투복에 새 부품도 장착해주었다. 박사는 아직 검증받지 못한 시험용 부품이라고 설명을 덧붙이면서, 미검증 실험용 부품 사용에 따른 혹시 모를 위험에 대비해 각자 필요한 부분만을 손봐주었다.

켈리는 신경유도회로를 개량해 반응시간을 단축함으로써 순발력이 올라갔다. 빈은 방어막 시스템에 신형 직선가속기를 장착함으로써 방어막 강도가 두 배로 증강되었다. 아이작은 신형 영상강화 컴퓨터를 설치했다. 윌은 전방투영창에 개량형 추적 시스템을 탑재함으로써 이제 수천 미터 거리에서도 명중률이 보장되었다.

프레드는 맨손을 쥐었다 펴보았다. 지금 핼시 박사가 그의 장갑을 가져가서 동작 감지기의 민감도를 높이는 신형 감지기를 설치하는 중이었다. 장갑 한 짝을 벗었을 뿐인데도 불안한 느낌이 들었다. 마스터 치프 "존"이 있었더라면 전투복이나 무기에만 의존하지 말고 자기 손을 믿으라고 조언을 해주었을 것이다. 그러는 편이 더 믿음직할 테니까.

그는 블루 팀에 소속된 존, 린다, 제임스가 지금쯤 어떻게 되었을지 궁금했다. 그리고 나머지 레드 팀 대원들은 어떻게 됐을지도 궁금하기는 마찬가지였다. 발전소로 갔던 대원 중에 생존자가 있기나 할까?

다른 대원들이 어떻게 됐을지 생각하고 싶지 않았지만, 그들에 관한 생각이 머릿속에서 떠나지를 않았다. 주위를 둘러싼 칠흑 같은 어둠과 어깨를 짓누르는 무거운 상황이 그런 생각을 부추겼다.

프레드 일행마저 여기서 죽는다면 어떻게 되는 걸까? 죽기를 각오하고 싸우다 죽는 것이 아니라, 여기서 이러다 죽는다면? 어떻게 보면 썩 나쁘지는 않을 듯했다. 프레드는 지금까지 죽음과 정면으로 마주한 적이 족히 열 번은 넘었다. 어떨 때는 죽음과 눈싸움을 벌이다 놈이 먼저 지쳐서 물러나기도 했었다.

하지만 지금은 경우가 다르다. 다른 스파르탄 대원들이 아직 생존해 밖에서 싸우고 있을지도 모르는데 이렇게 죽을 수는 없었다. 대원들이 살아 있다면 프레드의 도움을 필요로 할지도 모른다.

그는 한숨을 쉬고는 기묘한 기호를 무심코 손끝으로 쓸어보았다. 유리처럼 매끄러웠지만 테두리에 날이 서 있었다. 어쩌면 자연적으로 형성된 크리스털일 가능성도 있었다. 언젠가 이런 크리스털 함유물을 박물관에서 본 적이······.

손가락이 불에 덴 것처럼 뜨거웠다. 급히 손가락을 뒤로 빼자 바위에 핏자국이 조그맣게 스며들었다.

벽면의 발광 기호들이 반들거리기 시작하더니 마치 기호를 이루는 광물이 불빛을 흡수하기라도 하는 것처럼 헬멧 전조등에서 비친 반사광에 점점 짙은 빛을 띠었다.

그는 헬멧 전조등을 꺼보았다. 바위에 박힌 기호들이 스스로 어슴푸레한 빛을 발했다. 불그스레한 빛깔이 꼭 달아오른 쇠붙이 같았다. 핏자국이 묻은 곳을 시작으로 점차 빛이 강렬해지면서 벽면에 새겨진 나선형 기호 전체로 번져나갔다. 기호가 따스한 주황빛을 띠다가 황금빛을 내뿜었다.

나선 가운데로 방금까지만 해도 보이지 않던 기호가 나타났다. 아니면 원래 있었는데 바위 표면 아래에 묻혀서 미처 보지 못했는지도 모를 일이다. 새로이 나타난 삼각형 기호가 그 모습을 확연히 드러내며 흰빛을 내뿜었다.

프레드는 무언가에 홀린 것처럼 정중앙에 나타난 기호를 쳐다보았다. 손을 가까이 대도 뜨겁지 않았다. 그는 천천히 맨손을 뻗어 손끝으로 기호를 만져보았다.

따스한 흰빛이 나선형 기호 사이로 퍼져나가 통로 바닥에 흔적을 남기며 멀리 뻗어 나갔다. 마치 동굴 전체가 광채와 그림자로 활기를 되찾은 듯했다. 헬멧의 시야 밝기를 낮췄는데도 눈이 부셔 실눈을 떠야 할 정도였다.

눈앞의 바위벽이 흔들리더니 중앙의 삼각 기호 사이로 틈이 갈라지기 시작하면서 빛줄기 열 가닥이 방사형 문양을 그리며 퍼져나갔다. 잠시 뒤 빛줄기가 잦아들고 바위벽 뒤편으로 통로가 드러났다.

프레드는 자기도 모르게 참았던 숨을 내쉬었다.

새로 모습을 드러낸 통로는 높이가 20미터에 달해, 거인이 들어가고도 남을 만큼 널찍했다. 통로가 멀찌감치 뻗어 나가다 완만한 경사를 그리며 땅속 깊숙이 내려갔다. 비대칭 꼴 푸른 타일로 포장된 바닥은 마치 해변으로 밀려드는 파도 같았다. 거울처럼 반질반질한 벽면에는 4미터 높이의 금빛 기호가 아로새겨져 있었다. 커다란 삼각형, 사각형, 막대, 원 기호가 똑같이 부드러운 빛을 발하기 시작하자…… 프레드는 천천히 앞으로 발걸음을 옮겼다.

걸음을 멈추고 머리를 갸웃거리며 눈길을 돌려 방사능 계측기를 확인해 보았다. 수치가 올라가나 싶더니 다시 정상 수치로 돌아갔다.

그는 무전을 켰다.

"헬시 박사님, 말씀하시던 것을 찾은 듯합니다. 지금 실시간 영상을 전송하겠습니다. 들리십니까?"

침묵이 길게 이어졌다. 무전은 열려 있었지만 대답이 없었다.

"박사님, 들리십니까?"

"들려. 꼼짝 말고 있어. 아무것도 손대지 말고. 수고했어. 켈리, 아이작, 빈, 윌은 프레드가 있는 곳으로 집결해."

마침내 박사가 대답했다.

프레드는 금빛 기호가 내뿜는 빛을 계속 바라보고 싶었지만, 위험할지도 모른다는 생각이 불현듯 머리를 스쳤다. 정찰을 하든 맹렬한 전투 중이든 내면에서 우러나오는 목소리에 귀를 기울이라고 오래전에 배운 적이 있었다. 그 교훈 덕분에 그는 매복 공격에서 수십 차례 목숨을 건졌다. 그는 터널의 흙바닥만 쳐다보았다. 기호에 심취한 나머지 처음 보는데도 전혀 낯설지가 않았다. 기호를 바라보자니 스파르탄 대원들의 옛 선생님이었던 데쟈가 들려준 그리스 신화가 생각났다. 감미로운 노래로 지나가는 뱃사공을 홀려 죽음으로 몰아넣었다는 세이렌에 관한 이야기가.

그는 소총을 점검했다. 잔탄 표시기에는 탄환이 꽉 차 있다고 나왔지만 일부러 탄창 멈치를 눌러 눈으로 직접 확인하고는 다시 탄창 삽입구에 끼웠다. 기본적인 점검을 하면서 머릿속을 비우기 위해서였다.

동작 감지기에 표적 넷이 잡혔다. 아군을 나타내는 녹색 점이었다.

켈리, 빈, 아이작, 윌이 총을 들고 옆에서 뛰어왔다.

"이게 뭡니까?"

윌이 소곤거리며 물었다. 금빛 기호가 그의 헬멧 안면보호대에 반사되었다.

"다들 조심해. 밝기를 조절한다. 흑백 영상으로 전환해라."

프레드가 주의를 주었다. 파란 응답 불빛 넷이 깜박였다. 그는 그제야 자기 시야도 흑백으로 전환했다. 지시를 내려놓고서도 정작 자기 생각은 뒷전이었다. 그에게는 대원들의 안전이 최우선이었다.

핼시 박사가 터널에서 달려와 대원들 옆에서 멈추고는 숨을 헐떡였다.

"이게…… 이게 바로…… 애커슨 대령이 찾던 거야. 그리고 짐작이지만…….

가쁜 숨을 몰아쉬던 박사는 위를 올려다보았다.

"코버넌트도 노리고 있겠지."

핼시 박사는 신기한 기호와 빛을 지나쳐 곧바로 새로이 드러난 통로에 들어섰다.

"빨리 와. 우리가 이러는 중이란 사실을 불청객들도 눈치챘을 공산이 커."

프레드는 대원들에게 핼시 박사를 중심으로 대형을 유지하라고 지시했다. 켈리가 선두를 맡고 나머지 대원들은 박사 주위로 느슨한 사각 대형을 취했다.

핼시 박사가 프레드에게 나머지 한쪽 장갑을 건넸다. 프레드는 손가락을 꿈틀거리며 장갑을 끼고 바르게 잡아당긴 뒤 손목 고정대를 잠갔다. 진단 프로그램이 가동되어 전투복이 온전한 상태를 갖추었음을 확인했다. 전방투영창에 표시된 동작 감지기가 깜박였다.

길을 따라 내려가자 주위를 둘러싼 통로가 바뀌었다. 천장을 따라 감돌던 금빛 광채가 잦아들고 어둠이 빈자리를 채우면서 자그마한 별들이 깜박거렸다. 프레드는 흑백 시야를 원상태로 돌렸다. 직접 그 광경을 보고 싶었다. 운석 분화구가 곳곳에 박힌 은회색 위성이 넓은 궤도를 그리며 머리 위를 넘어갔다. 굽이진 벽면을 따라서 대나무처럼 키가 큰 풀이 무성하게 펼쳐졌다.

핼시 박사가 손가락으로 벽을 쓸어보자 풀이 손끝을 따라 넘실거렸다.

"반고체 홀로그램이로군."

박사가 계속 걸음을 옮기며 말했다.

"그런데 영사기는 안 보이네. 흥미로운걸. 이따 조사해봐야겠어. 그럴 시간이 되면 좋으련만."

박사는 그렇게 말하며 발걸음을 재촉했다.

홀로그램 자연환경이 풀밭에서 황량한 월면으로 바뀌었다. 깊은 분화구와 창백한 빛으로 가득한 월면은 어느새 사방에서 용암이 끓어 넘치는 화산 행성으로 바뀌면서 공기가 후끈 달아올랐다. 홀로그램 풍경이 변할 때도 금빛 기호는 그대로 벽면에 남아 일행을 환상으로 이끌었다.

넓디넓은 방이 내려다보이는 층계참에서 통로가 끝났다. 프레드는 그토록 넓은 방을 보기는 난생처음이었다.

켈리가 층계참에 올라 주위를 둘러보고는 일행에게 전진하라고 손짓했다.

일행이 발을 디딘 곳은 방의 내벽을 둘러싼 12층에 달하는 원형계단의 맨 위층이었다. 계단에는 난간이 없었다. 프레드는 아래를 내려다보았다. 바닥까지 높이가 족히 100미터는 되었으며 원형 방의 지름은 대략 3킬로미터였다. 바닥을 덮은 자그마한 파란색 타일들이 스스로 배열을 바꾸며 이제는 너무나도 친숙한 문양을 나타냈다. 돔형 천장에는 금빛 홀로그램 태양이 푸른 하늘 높이 떠 있었고 그 곁으로는 뭉게구름이 떠다니며 구체,

피라미드, 막대, 정육면체로 모양을 바꾸었다. 그리고 바닥 한가운데 세워진 받침대에서 희미한 빛이 새어나왔다.

아이작이 정지하라는 뜻으로 손을 들고 무전으로 말했다.

"들어보십쇼."

일행 모두 자리에 멈췄다. 프레드는 귀를 기울였지만 아무 소리도 들리지 않았다. 그는 청력 증폭기를 최대로 맞췄다. 대원들의 전투복 관절에서 나는 마찰음과 나머지 다섯 사람의 심장박동 소리가 희미하게 들렸지만 그밖에는 고요했다.

"멈췄군."

프레드가 머리 위를 가리켰다.

"놈들이 발굴을 멈췄습니다."

"예감이 안 좋아. 코버넌트는 한번 시작한 일은 끝까지 물고 늘어지잖아. 서둘러야겠어."

핼시 박사가 말했다.

켈리가 매그넘 권총의 탄창을 뽑고 약실을 비운 뒤 자동설치식 피톤을 총열에 꽂은 다음 돌벽에 대고 발사했다. 피톤이 벽면을 10센티미터 파고들면서 날카로운 갈고리를 펼쳐 단단히 고정했다.

빈이 가지고 있던 검은 밧줄 뭉치를 건넸다. 켈리는 밧줄 끝을 피톤에 건 다음 나머지를 아래로 늘어뜨렸다.

아이작과 윌은 가장자리에 서서 총을 들고 광활한 공간을 경계했다.

켈리가 층계참에서 뛰어 밧줄을 잡고 밑바닥으로 내려갔다. 잠시 뒤 켈리가 구역 확보 신호를 보냈다.

윌과 아이작이 뒤따라 바닥으로 하강했다. 프레드는 핼시 박사의 허리춤에 밧줄을 묶은 다음 아주 조심스럽게 내려보냈다. 그와 빈은 맨 마지막에 내려갔다.

거대한 방의 밑바닥에 깔린 타일은 통로에서 봤던 것과는 달랐다. 똑같이 파란색이지만 모양은 사각형, 삼각형, 막대기로 제각각이었다. 이 기호들이 언어라면 프레드는 지금 수많은 말 위에 발을 딛고 서 있는 격이었다. 문득 사전이 하나 있었으면 하는 생각이 들었다. 핼시 박사도 잠시 멈춰서 타일을 살펴보았다.

"시간이 있다면 좋으련만."

박사는 그렇게 중얼거리고는 바다 정중앙에서 새어나오는 불빛을 향해 걸어갔다.

스파르탄 대원들은 다시 박사 주위로 대형을 이루었지만, 그리 좋은 생각이 아니라는 느낌이 본능적으로 프레드의 뇌리를 스쳤다. 실외라고 착각할 만큼 공간이 넓었기 때문에 정확히 어느 방향을 경계해야 할지 감이 잡히지 않았다. 갑자기 바닥이 기우는 것처럼 느껴지자 이제는 지붕 위를 걷는 듯한 현기증이 일었다.

핼시 박사가 걸음을 재촉했지만 방 정중앙과의 거리는 조금도 좁혀지지 않았다. 오히려 처음에 일행이 가장자리에 있었을 때보다도 멀어진 듯했다.

프레드는 전방투영창의 시야를 다시 흑백으로 전환했다. 동작 감지기를 확인해보니 대원들과 핼시 박사가 서로 20미터 간격을 두고 움직이고 있었다.

"다들 멈춰. 대열을 가다듬어라. 너무 넓게 퍼졌다."

일행 모두 걸음을 멈추고 각자 위치로 돌아왔다.

"분명히 다른 길이 있을 거야. 바닥이 가운데로 경사졌어."

핼시 박사는 그렇게 말하며 연구복 주머니에서 쇠 구슬을 하나 꺼내더니, 지세를 살핀 다음 쇠 구슬을 바닥에 놓고 살짝 퉁겼다. 쇠 구슬이 앞으로 굴러가기도 잠시, 휘어서 되돌아오더니 나선을 그리며 멈췄다.

"점점 괴상하게 돌아가는군."

프레드가 중얼거렸다.

"켈리, 방향감각은 네가 제일이지. 눈감고 길을 잡아. 뒤를 따르겠다."

"……알겠습니다."

켈리가 작은 목소리로 대답했다.

스파르탄 대원들은 서로 어깨에 손을 얹고, 정중앙이 아니라 켈리가 선택한 방향을 향해 전진하며 왔던 길을 되돌아가기 시작했다.

프레드는 전방투영창의 시야를 차단하고 동작 감지기를 주시했다. 점들이 하나로 뭉친 가운데 일행을 이끄는 켈리의 점만 홀로 앞장서 있었다.

다시 20미터를 전진한 끝에 켈리가 멈췄다.

"보세요."

프레드는 전방투영창을 도로 켰다. 사파이어빛 광채가 시야를 가득 메웠다. 일행은 방 정중앙에서 빛을 발하는 광원 앞에 모여 섰다. 복도에서 봤던 기호와 같은 금빛 물질로 된 받침대 위로 위아래가 뾰족한 주먹 크기의 크리스털이 둥둥 떠 있었다. 크리스털이 돌아가면서 단면이 중심선을 따라 퍼즐 조각처럼 겹치고 움직이기를 반복했다.

핼시 박사가 크리스털에 손을 뻗으려다 머뭇거렸다.

"혹시 방사능이 나오니?"

프레드는 방사능 계측기를 확인했다.

"정상적인 자연상태 수준입니다."

"가져가야겠어. 연구를 해보든가, 아니면 코버넌트의 손에 넘어가지 못하게 없애야 해."

박사가 크리스털을 건드리자 빛이 잦아들었다. 잠시 크리스털의 광채가 박사의 손바닥에 흡수되는 것처럼 보였다.

느닷없이 프레드의 전방투영창이 지직거리고 방어막이 깜박거리더니 스피커에서 찢어질 듯한 잡음이 터져 나오면서 동작 감지기 위로 사방에서 표적이 들끓었다.

"방사능 수치가 급증했습니다. 분석 결과 대량의 중성자가 잡혔습니다.

하지만 어떤 형태인지는 파악할 수 없습니다. 컴퓨터 데이터베이스에도 없는 형태입니다."

프레드가 보고했다.

"지금은 안전한 거니?"

핼시 박사가 가녀린 손에 쥔 크리스털을 뚫어져라 바라보며 물었다.

"그런 듯합니다. 하지만 박사님……."

"입씨름할 시간 없어. 중성자가 방출됐다면 벌써 바위를 뚫고 지상까지 전달됐을 거야."

"곧 놈들이 우리 위치를 파악하겠군요. 함선 세 대로 삼각측량을 해보면 될 테니까요. 당장 여기서 나가야 합니다."

켈리가 말했다.

"어디로 갑니까?"

아이작이 프레드에게 물었다.

"왔던 길로 되돌아갑니까, 아니면 계속 내려갑니까?"

"티타늄 광산에서 나가는 길은 이미 무너졌다. 계속 내려간다."

폭발이 지축을 뒤흔들더니 우레 같은 굉음이 우르르 울렸다. 하지만 소리는 잦아들지 않고 점점 더 가까운 곳에서 들려왔다.

프레드의 그림자가 길어지면서 끄트머리가 뾰족하게 변했다.

그는 눈부신 흰빛이 나오는 곳으로 고개를 들었다. 돔 천장에서 맴돌던 홀로그램 태양과 달이 새하얗게 변하며 자취를 감췄다. 그는 빛을 피해 핼시 박사를 반대편으로 돌렸고 박사는 손으로 눈을 가렸다.

두꺼운 돌 천장이 용접기의 열기에 닿은 얇은 플라스틱처럼 녹아내리며 벗겨졌다. 눈부신 광채를 내뿜는 백색 광선이 아래로 내려와 일행에게서 불과 500미터 떨어진 타일 바닥에 돌풍을 일으키며 내리꽂혔다.

별안간 광선이 사라지면서 사방은 다시 어둠에 휩싸였다. 천장의 구멍에서 새어드는 한 줄기 햇빛만이 어둠을 갈랐다. 강렬한 직사광선이 내리

쬔 바닥에는 15미터 깊이로 정밀하게 깎아낸 구멍이 남았다.

"방금 그건……."

"에너지 프로젝터입니다."

프레드는 핼시 박사의 물음에 대답하면서 재빨리 눈을 깜박여 시야를 어지럽히는 검은 반점을 지워버렸다. 전방투영창의 밝기를 낮췄는데도 눈이 시릴 정도로 빛이 날카로웠다.

"코버넌트 대형 함선에만 탑재되는 화기입니다. 분명 놈들의 함선이……."

구멍 뚫린 천장으로 보랏빛 광선이 내려왔다. 아른거리는 광선이 공기 중의 먼지에 닿아 파지직거렸다.

"중력 리프트다! 놈들이 온다! 아이작하고 빈은 뒤를 맡아라. 윌은 나하고 같이 핼시 박사님을 지킨다. 켈리, 퇴로를 찾아."

프레드가 소리치자, 켈리가 중력 리프트 광선 반대편으로 달음박질했다.

열 놈 남짓한 엘리트들이 리프트를 타고 내려오며 공중에서 공격을 가했다. 플라즈마탄이 일행을 향해 멀리서 날아들었다.

프레드와 윌은 핼시 박사를 붙들고 사선에서 끌어내 크리스털 받침대 뒤로 숨겼다. 아이작과 빈은 뒤로 물러나 사격을 개시했다. 프레드가 소리쳤다.

"제압사격 실시! 구덩이로 몰아붙여!"

스파르탄 대원들이 점사로 사격을 가했지만 더 많은 수의 엘리트들이 이동식 셰이드 포탑까지 대동하고서 리프트를 타고 내려왔다. 이대로는 당해낼 재간이 없었다.

프레드는 무전으로 명령을 내렸다.

"후퇴, 적이 너무 많다!"

켈리가 전속력으로 달려왔다. 세찬 발걸음에 타일이 조각나 뒤로 튀었다.

"통로를 찾았습니다. 여기서 코앞입니다. 먼저 들어가 퇴로를 확보하겠습니다."

"박사님, 실례하겠습니다."

프레드는 그렇게 말하며 박사를 팔로 번쩍 들어 안았다.

"전원 이동! 빈, 아이작, 배낭 폭약을 터프려 추적을 차단해라."

응답 불빛이 깜박였다.

월과 프레드는 서로 엇갈려 지그재그로 달렸다. 핼시 박사는 한쪽 손으로 프레드를 붙들고 다른 손으로는 크리스털을 꼭 쥐었다.

프레드의 동작 감지기 후방에서 표적이 잡혔다. 열 남짓 되던 숫자가 어느새 수백으로 불어났다.

폭음이 두 차례 터져 나왔다. 충격파에 동작 감지기가 흐려지더니 울림이 잦아들면서 표적의 절반이 사라졌다.

월과 프레드는 거대한 방의 벽면에 있는 아치형 통로로 달려갔다. 켈리가 입구에서 자세를 낮추고 일행 뒤편으로 권총을 발사했다. 프레드는 무전을 열었다.

"스파르탄-030, 스파르탄-039, 응답하라."

스피커에서 잡음만 새어나왔다. 빈과 아이작의 응답 불빛은 잠잠했다.

"배낭 폭약으로 통로를 막아."

프레드가 켈리에게 명령했다. 그는 핼시 박사를 내려놓은 뒤 돌아서서 전방투영창의 시야를 확대했다.

수백에 달하는 엘리트와 자칼이 중력 리프트에서 꾸역꾸역 쏟아져 나왔다. 놈들은 마치 성난 파도처럼 타일 바닥으로 몰려들었다.

하지만 더 이상 사격을 퍼붓지 않았다. 핼시 박사의 짐작이 맞았다. 놈들은 박사가 가져간 크리스털을 노리고 있었다.

"후퇴! 켈리, 통로를 날려버려. 이동한다!"

켈리는 잠시 망설였다. 수많은 코버넌트 병력 틈바구니에서 빈과 아이작을 찾고 있었다. 하지만 그 둘은 이제 세상 사람이 아니었다. 켈리는 고폭탄이 가득한 국방색 배낭을 바닥에 떨어뜨렸다.

월은 핼시 박사를 안아 올렸고 일행은 통로 깊숙이 달려갔다.

5초 뒤 배낭이 폭발했다. 강렬한 충격파가 입구로 밀려들면서 통로 내부가 뿌연 먼지와 매캐한 연기로 가득 찼다.

켈리가 양손에 권총을 쥐고 앞장서서 달렸다. 그녀는 모퉁이를 돌아서다가 갑자기 멈췄다.

통로가 거기서 막혀 있었다.

제3부
구출

치프는 냉동수면기 전면 덮개의 절반을 뒤덮은 성에를 손으로 걷어냈다. 녹색 몰니르 전투복을 입은 사람이 플라스타스틸 재질의 냉동수면기 속에서 불쑥 모습을 드러냈다.

스파르탄-058, 린다.

리치 행성이 함락되기 직전, 린다는 감마 정거장 전투에서 치명상을 입었다. 치프가 시체나 다름없던 린다를 어렵사리 필라 오브 어텀에 태운 뒤, 함선이 점프에 돌입하기 직전 의무병들이 그녀를 깊은 냉동수면 상태로 만들어뒀다. 그리고 필라 오브 어텀이 헤일로에 불시착할 당시, 표준 항해절차에 따라 키예스 함장이 작동 중인 냉동수면기를 전부 배출한 것이 틀림없었다.

린다는 전투복을 입은 채로 냉동된 상태였다. 부상을 생각하면 그것이 최선이었지만…… 치프는 린다의 얼굴을 다시 한 번 볼 수만 있다면 무슨 짓이든 하고픈 심정이었다.

붉은 머리칼과 암녹색 눈동자를 지닌 린다는 스파르탄 부대원 중에서도 눈에 띄는 편이었다. 하지만 린다가 정말 남다른 이유는 외모 때문이 아니라, 다른 대원들은 엄두도 못 낼 목표물을 척척 처리하는 부대 최고의 저격병이자 정찰병이었기 때문이다. 다른 스파르탄 대원들은 분대 단위로 움직이기를 선호했지만, 린다는 홀로 외진 곳에 몸을 숨기고 전세를 뒤엎을 치명타를 노리면서 며칠이고 기다리는 성격이었다. 국제연합 우주사령부 소속 저격병은 항상 관측병과 2인 1조로 활동하도록 훈련받는다. 하지만 린다는 규정에 구애받지 않고, 자신은 단독일 때가 가장 효과적임을 거듭 입증했다. 스파르탄 부대 중에서 '외로운 늑대'라는 별명이 어울릴 이가 있다면, 그 대원은 바로 린다였다. 그런 특징이 있었기에 여러 면에서 그녀는 가장 강인한 대원이었다.

그런 린다와 이렇게 대면하게 될 줄이야⋯⋯.

치프는 린다의 헬멧에 낀 얼음을 닦아냈다. 그녀는 죽은 것도 산 것도 아닌, 삶과 죽음 사이에 걸쳐져 있었다.

린다의 처지를 생각하니 치프는 감마 정거장에서 불에 타 시커멓게 그을린 몰골을 봤을 때보다 더 마음이 아팠다. 가슴이 썩어 문드러지는 것만 같았다.

하지만 냉동 상태는 좋은 편이었다. 같이 딸려온 두 냉동수면기에 잠들어 있던 승무원들은 살아날 가망이 없었다. 전력이 방전되어 가동이 중단되는 바람에 그 둘은 쓸쓸히 얼어 죽고 말았다.

누군가가 롱소드 동체를 정중히 두드리는 소리가 나더니 존슨 하사가 안으로 들어왔다.

"마스터 치프, 공기여과기랑 장거리 통신장치는 준비됐나? 폴라스키가 코버넌트 수송선 쪽은 다 끝나간다더군. 이제 그만 가서 작업을 거들어야지."

마스터 치프는 자리에서 일어나 롱소드에서 뜯어낸 공기여과기와 통신장치를 놔둔 후미 해치를 고갯짓으로 가리켰다.

하사는 장비를 챙겨서 마스터 치프와 함께 롱소드에서 내렸다. 치프는 걸음을 주저하며 냉동수면기를 돌아보았다.

"걱정일랑 접어둬. 난 저것보다 몇 배는 더한 꼴도 당해봤는걸. 곧 벌떡 일어날 거야."

존슨 하사가 위로의 말을 건넸다.

치프는 아무 말 없이 해치를 닫았다. 가망 없는 부상병에게 던지는 말뿐인 위로라면 족히 골백번은 들었다. 왜 군인들은 자신의 죽음 앞에는 태연하면서 분대원의 죽음 앞에서는 태도를 바꿔 자신을 속이는 걸까?

치프와 하사는 조용히 격납고를 가로질렀다. 시체 조각은 깨끗이 치워놓은 상태였으며, 폴라스키 이등상사는 멀쩡한 코버넌트 수송선을 하나 찾아내 격납고 내부에서 벌써 여섯 시간째 조종 연습에 열중하고 있었다. 이등상사는 묘하게 생긴 ㄷ자 수송선을 빙글 회전시켜 왼쪽으로 흔들거려 보다가 기수를 올리고는 다시 아래로 내려와 착륙했다.

존슨 하사가 검은 눈동자를 가늘게 뜨고 이등상사의 조종솜씨를 감상하더니 만족스러운 듯 고개를 끄덕거렸다.

"폴라스키 말로는 화기 조작법도 알아냈다고 하더군. 여기서 시험해볼 수는 없는 노릇이지만 말이야."

"알았다. 나머지 일행은 어쩌고 있나?"

"여기서 함교하고 엔진실로 통하는 경로에 있는 출입문은 내가 벌써 다 용접해서 막아놨지. 코타나 말이 패잔병들이 자꾸 침입자 감지기에 걸린다고 하는데, 놈들이 우릴 만나러 오려면 문을 죄다 뚫고 와야 할걸. 로클리어는 쿨쿨 자는 중이더군. 한동안은 내버려둬."

하사는 어깨를 으쓱였다.

"걱정 말게. 궤도강하 타격대원들이 끈기 하나는 알아주잖나. 해버슨 대위님은 잠깐 눈 좀 붙였다 일어나서 코타나랑 일장토론을 하시고는 코버넌트 데이터베이스에 든 자료를 살펴보는 중이시고. 산전수전 다 겪은 데 비하면 다들 멀쩡해."

"알겠다. 코타나, 현재 상황은?"

"리치 행성까지 20분 남았습니다."

치프는 전방투영창의 시계를 확인해보았다.

"처음에 열세 시간 걸린다고 하지 않았던가? 아직 두 시간은 남았는데."

"코버넌트의 슬립스페이스 엔진의 수치를 토대로 계산했을 때는 열세 시간이 나왔어요. 그런데…….."

코타나가 말꼬리를 흐리더니 말을 잇지 못했다.

"코타나?"

"미안해요. 슬립스페이스 속력에서는 특이한 시간 팽창 현상이 일어나요. 엄밀히 말해서 속력이나 가속도는 물론이고 시간마저도 슬립스페이스 속에서는 무의미하죠. 전에 다 설명해드리지 않았던가요?"

코타나가 살짝 짜증 섞인 목소리로 대답했다.

치프는 하사에게 고개를 돌렸다. 하사는 낸들 알겠느냐는 듯이 머리를 갸웃거리고는 어깨를 으쓱였다.

코타나는 말하는 투가 산만하다 못해 정신을 어딘가에 두고 다니는 듯했다. 저렇게 뭔가를 쉽게 까먹고 다닐 위인이 아닐 텐데. 함선 조종을 전적으로 코타나에게 의지하는 상황에서 코타나가 심리적으로 동요한다면 큰일도 보통 큰일이 아니었다.

마스터 치프는 무전망을 열었다.

"계획이 변경됐다. 리치 행성까지 19분 남았다. 사정은 나중에 설명하겠다. 각자 장비 챙겨서 지금 함교로 집결한다."

잠시 정적이 흐르다 해버슨 대위가 대답해왔다.

"알았다, 마스터 치프. 나하고 상병은 함교에 있다."

코버넌트 수송선의 해치가 열리면서 폴라스키 이등상사가 얼른 밖으로 나왔다. 셋은 함교로 성큼성큼 걸어갔다.

마스터 치프는 코타나에게 개인 무전을 열었다.

"혹시 다른 건 없나?"

무전망에서 10초간 정적이 흐른 뒤 대답이 돌아왔다.

"함선의 플라즈마성형 자기시스템의 사용법을 알아냈어요. 성능에 제약이 따르겠지만 여차하면 공격도 가능해요."

"함선의 나머지 부분은 모두 정상작동 중이고?"

"네. 미안해요, 치프. 계산이 좀…… 까다로워서 말예요."

무전이 툭 꺼졌다.

치프는 코타나의 행동이 걱정스러웠지만 덮어놓고 믿어보기로 했다. 그 방법 외에는 뾰족한 대책도 없었으니까.

치프와 하사, 이등상사는 함교 출입문 앞에서 멈췄다. 두꺼운 방폭문이 굳게 닫혀 있었다.

"대위님? 지금 함교 앞입니다."

치프의 말에 출입문이 양옆으로 갈라졌다. 상병과 대위가 돌격소총을 들고 통로를 겨누고 있었다. 둘은 치프 일행을 눈으로 직접 확인한 뒤에야 자세를 풀었다.

해버슨 대위가 소총을 어깨에 둘러메고 말했다.

"총부리부터 들이대서 미안하다. 코타나가 함선 전체에서 패잔병들이 감지된다고 해서 말이야. 놈들이 먼저 덤벼들기 전에 조만간 싹 정리를 해 둬야겠어."

"그래야겠습니다."

치프가 대답했다. 폴라스키 이등상사가 대위에게 걸어가 경례를 붙이고는 코버넌트 수송선의 조종법을 익힌 데 대해 보고를 올렸다.

로클리어 상병이 치프와 하사에게 슬그머니 다가왔다.

"어떻게 생각하십니까, 하사님?"

상병은 작게 소곤거리고는 폴라스키에게 수상쩍은 눈길을 던졌다.

"그러니까 저하고 폴라스키 궁합 말입니다. 저야 해병이고 저쪽은 해군이다 보니 깊은 골을 넘어야 하지만 까짓거 극복하면 그만이죠. 그러니까 잘하면 저랑 폴라스키랑 엮일 수도…….'

"그럴 가능성은 네놈이 지금 그 꼴로 우주에 나가서 리치 행성까지 걸어서 도착할 확률하고 비슷할 거다."

존슨 하사가 꿈도 야무지다는 듯이 말했다.

"강하정을 대령해주신다면야 못할 것도 없습죠."

로클리어 상병이 그을린 얼굴에 웃음을 띄우고는 치프에게 고개를 돌렸다.

"아, 알겠다. 내가 선수 칠까 봐 아니꼬워서들 그러시는구먼. 아니 땐 굴뚝에 연기 나랴더니, 내 말 맞죠?"

마스터 치프는 상병을 빤히 쳐다보다가 고개를 저었다.

로클리어 상병의 얼굴에서 웃음기가 가셨다. 하지만 주눅 들 기미는 없었다.

"에이, 괜한 질투 하지들 마십쇼. 잘난 제가 참아얍죠. 너무 잘나도 골치라니까."

상병은 무심결에 턱에 난 흉터를 만지작거렸다.

넉살 좋게 구는 모습을 보니 기운을 되찾은 모양이었다. 말버릇이나 행동거지가 점잖지 못한 구석은 있지만, 상병은 치프와 실전을 함께 겪은 사이였다. 나름대로 깡도 있고 헤일로에서 살아남을 정도로 실력 좋고 운도 따라주는 병사였다. 그런 만큼 곧 도착할 리치 행성에서 큰 도움이 될 테지.

"슬립스페이스에서 이탈하는 중입니다. 3……2……1."

코타나가 보고했다.

마스터 치프가 전방투영창의 시계를 보니 코타나가 리치 행성까지 19분 남았다고 한 시점에서 불과 8분밖에 지나지 않았다. 코타나도 모르는 사

226

이에 또 시간 팽창 효과라도 발생한 건가?

함교 조명이 흐릿해지더니 어두컴컴한 광경이 벽면을 둥글게 둘러싼 표시창을 가득 메웠다. 별이 하나둘씩 나타나면서 따스한 주황빛으로 타오르는 엡실론 에리다니 태양이 3시 방향에서 모습을 드러냈다.

코타나가 상황을 알렸다.

"행성계 중심에서 70만 킬로미터 떨어진 외곽에 도착했습니다. 처음에는 좀 더 가까이 점프해서 상황을 관측할 생각이었어요. 하지만 혹시라도 문제가 생기면 다시 슬립스페이스에 진입해야 할지도 모르는 만큼 동력을 재충전하기 위해 일부러 거리를 뒀죠. 신호 탐색 중. 다수의 코버넌트 신호가 감지되는군요. 번역 중…… 잠시 기다리세요."

해버슨 대위는 표시창 하나를 두드려 화면을 확대하더니, 나직이 탄식했다.

"이런 세상에."

화면에 나타난 것은 어느 행성이었다. 극지방에서 적도까지 연기로 휩싸인 광경이 눈에 들어오자 대위는 숨을 죽였다. 맹렬한 불길이 지표면을 뒤덮었으며 시커먼 회오리바람이 대기를 휩쓸었다.

갑자기 기함이 속력을 확 줄인 듯한 느낌이 들었다. 마스터 치프는 주먹을 꽉 그러쥐었다.

치프는 대부분의 대원을 리치 행성 지표면에 투입했다. 그편이 조금은 손쉬운 임무가 되리라는 생각에서였다. 하지만 결과적으로는 자신의 손으로 휘하의 스파르탄 대원들을 죽음으로 내몬 격이 되고 말았다.

적어도 전투를 치르다 최후를 맞이했을까? 아니면 어떻게 손써보지도 못하고 코버넌트 함선의 궤도 폭격에 폭사한 걸까?

"번지수를 잘못 찾은 것 아닙니까? 저게 리치 행성이라굽쇼?"

로클리어 상병이 중얼거렸다. 그는 전투모를 벗어 구겨 쥐며 나지막이 말을 뱉었다.

"불쌍한 자식들……."

다른 표시창에는 행성 궤도를 공전하는 코버넌트 전함을 필두로 수십 척에 달하는 소형 함정과 함께 중심 정거장으로 짐작되는 구조물의 모습이 잡혔다.

"저건 뭐지?"

마스터 치프가 표시창에 가까이 다가서며 말했다. 그는 화면 가운데를 눌러 행성 중위도 부근의 지표면을 최대로 확대했다.

초록색, 갈색, 흰색이 어우러진 땅덩이가 화면에 나타났다. 온통 시커먼 검정빛과 창백한 주황빛으로 덮인 나머지 지표면과는 딴판이었다.

"깜박하고 놓쳤나 본데. 코버넌트는 행성을 유리화하기 시작하면 한군데도 놓치는 법이 없으니."

치프가 존슨 하사의 말을 반박했다.

"놈들이 얼마나 철두철미한지는 겪어봐서 잘 알잖아. 저건 실수가 아냐."

치프는 해버슨 대위에게 돌아섰다.

"가까이 접근해서 자세히 알아봐야 합니다."

해버슨 대위는 다 이해한다는 듯이 양손을 들며 부드러운 목소리로 말을 꺼냈다.

"마스터 치프, 동료 스파르탄 대원들이 어떻게 됐는지 직접 확인하고픈 자네 맘은 알지만 그건 좀……."

대위는 리치 행성을 가리키다가 실눈을 뜨고 유리화되지 않은 지점을 유심히 살펴보았다.

"정말이로군. 들키지만 않는다면…… 가까이서 살펴볼 필요가 있겠어."

대위는 표시창의 배율을 축소한 다음 대기권 상층부를 확대했다. 백여 척에 달하는 코버넌트 함선이 화면에 올라왔다.

"소형함 몇 척이 부근을 맴돌고 있군. 아까 내가 한 말은 잊어버리도록. 코버넌트가 저곳에 저토록 관심을 보이는데 우리라고 수수방관할 수는 없지. 우리 정체가 들통 나지 않는 데까지는 알아봐야겠다. 코타나, 가까이 접근하도록."

해버슨 대위가 작은 목소리로 지식을 내렸다.

"예, 대위님."

코버넌트 기함이 행성계 내부로 서서히 속력을 높였다.

"놈들이 이쪽을 호출합니다. 적정응답 준비 중."

치프는 화면에 표시된 함선의 수를 헤아렸다. 수백이 넘었다. 코버넌트 수송선보다도 작은 소형함이 대부분이었지만 순양함 십여 척과 세라프 전투기 세 개 비행중대를 탑재하는 항공모함 두 척도 섞여 있었다. 일행이 나포한 기함 정도는 순식간에 고철덩이로 만들 만큼 화력이 막강했다.

다수의 소형함이 리치 행성 공방전에서 발생한 수많은 잔해를 궤도 한 귀퉁이로 치우고 있었다. 국제연합 우주사령부 함선과 코버넌트 함선이 한데 덩어리져 떠다니는 폐기장이나 마찬가지였다.

"보이십니까?"

치프가 궤도를 떠다니는 잔해를 가리켰다. 대위는 그 광경을 바라보았다.

"청소를 다 하다니, 한동안 죽치기로 작정했나 보군."

"궤도에 진입했습니다. 기함이 불쑥 나타나서 코버넌트 함대가 어리둥절해하고 있어요. 하지만 이쪽에 감히 물어볼 엄두를 내지 못하는군요. 코버넌트 언어는 번역하기가 굉장히 까다로워요. 하지만 통신문에 경칭을 줄줄이 써놓은 점을 보면 상당한 고위직 간부가 이 함선을 지휘하고 있었나 봐요. 호칭이 가지각색인데 '빛나는 열쇠의 수호자'라 부르기도 하네요."

코타나가 보고했다.

"직함 한번 유치찬란하구먼."

존슨 하사가 중얼거렸다.

"놈들이 저기서 뭘 하는 중인지는 알아냈나?"

해버슨 대위가 물었다.

"아직은 모르겠습니다. 코버넌트 언어는 문자 그대로 옮기기가 불가능한 데다 한 단어가 여러 의미를 내포하거든요. 짐작으로는 놈들이 신성시하는 뭔가가 있는 듯합니다. 일반 통신문에 비해 종교적 암시를 담은 구절이 열 배는 더 많거든요. 잠시만요…… 새 신호를 포착했습니다. 다른 신호에 비해 강도가 약해요. 코버넌트 주파수대가 아녜요. 국제연합 우주사령부 E-주파수대에서 오는 신호입니다."

해버슨 대위는 감질난다는 듯 입술을 핥았다.

"틀어보도록."

스피커에서 메시지가 흘러나왔다. 7음조 신호가 2초 간격으로 반복되었다. 그 소리에 마스터 치프는 온몸이 뻣뻣하게 굳었다.

"이게 다예요. 7음조 신호가 계속 반복되고 있어요."

자그마한 삼각형 이동지점이 유리화되지 않은 지점 변두리에 표시되었다.

"모스부호로군요. 저런 부호는 저도 처음 듣습니다. 혹시 시험용 신호 아닐까요? 항공교통 중계기에서 자동으로 반복 발산되는 그런 신호 말입니다."

폴라스키 이등상사가 말했다.

"저건 자동반복 신호가 아니다."

마스터 치프가 나섰다.

"전원 장비 챙기고 준비해라. 행성 지표면으로 내려간다. 스파르탄 생존자들이 있다."

치프는 코타나만 들릴 정도로 작게 소곤거렸다.

"못 찾겠다 꾀꼬리."

17

2523년 7월 14일 1002시 (군사 표준력)/
엡실론 에리다니 행성계, 리치 행성, 스파르탄 군사훈련 중, 29년 전

존은 포복자세로 기어가 언덕 아래를 살펴보았다. 아래편으로 풀이 무성한 푸른 골짜기가 펼쳐졌다. 저 너머 우거진 숲으로 굽이쳐 흐르는 빅혼 강줄기가 은빛으로 빛났다. 하늘에서 무리 지어 맴도는 새들을 빼면 사방에 아무런 움직임도 보이지 않았다. 그는 천천히 뒤로 물러나 시커멓게 그을린 삼나무 그루터기 속으로 기어들어갔다.

프레드와 린다가 텅 빈 그루터기 속에 앉아 있었다. 나뭇등걸이 말소리는 물론 열원까지 가려줘서 상대편의 열감지경을 피하기에 안성맞춤이었다.

"지금은 잠잠해."

존이 작은 목소리로 말했다. 잠시 뒤 샘, 켈리, 파쟈드가 근처의 잠복지점에서 유령처럼 모습을 드러냈다. 셋은 그루터기 바깥에서 몸을 웅크리고 순찰병이 오는지 살폈다.

멀찌감치 떨어져서 보면 대원 모두 야전기동을 펼치는 군인 같았다. 다들 훤칠하고 다부진 체격에 몸놀림은 민첩했으며 나이는 10대 후반에서 20대 초반으로 보였다. 하지만 가까이서 자세히 살펴보면 이야기가 달랐다. 스파르탄 대원들의 실제 나이는 이제 겨우 열두 살이었다.

"각자 총기 점검해. 이번에는 절대 실수하면 안 돼. 총에 문제라도 생기면 끝이야."

존이 프레드와 린다에게 말했다.

린다와 프레드는 SRS99C-S2 저격소총을 분해해 검사했다. 이틀 전 대원들을 잡으려고 뒤를 밟다 발각된 탱고 중대 소속 저격병에게서 노획한 물건이었다. 탱고 중대의 병사들이 대원들을 잡다가 정신을 잃을 지경으로 흠씬 두들겨 패지만 않았어도 흥미진진한 훈련이 됐을 텐데.

존은 멘데즈 상등상사에게서 받은 권총을 점검했다. 압축공기로 마취 다트를 날리는 방식이라 유효 사거리가 20미터에 불과하지만, 돌진해오는 코뿔소를 일격에 쓰러뜨릴 만큼 저지력이 강력했다.

하지만 사거리 20미터는 임무에 불충분했기 때문에, 파쟈드가 저격소총용 114밀리 익안정탄을 개조해 치사성 철갑탄두를 마취 다트 캡슐로 바꿔놓았다.

린다는 마취탄으로 시험사격을 해보고는 100미터까지는 명중을 보장한다고 존에게 일러주었다. 개조탄은 탄착 시 살갗을 파고들지만 일부러 관자놀이나 눈을 맞히지 않는 한 살상력은 없었다. 이윽고 존이 입을 열었다.

"지금 훈련은 실전연습이지만 멘데즈 상사님이 우릴 탱고 중대랑 맞붙인 지가 이번으로 벌써 일곱 번째야."

"연패 행진하기도 지쳤겠다."

프레드가 씩 웃으며 말했다.

"웃을 일이 아니야."

린다가 얼굴에 내려온 붉은 머리칼을 쓸어넘기며 말했다.

"저쪽에서 더는 정정당당하게 나오지 않을 거라고. 엊그제 붙잡았던 저격병이 뭐랬는지 못 들었어? 자기네 중대장 말이 이번에는 무슨 수를 써서든 기필코 코를 납작하게 해주겠다고 했다잖아. 이제는 인정사정 안 봐줄 거야."

존은 고개를 끄덕였다.

"그렇담 우리도 인정사정없이 가줘야지."

그는 나뭇가지를 들고 부엽토 위에 네모를 그렸다.

"내가 레드 팀을 맡는다. 나랑 샘, 켈리, 그리고 파쟈드까지가 레드 팀. 린다, 넌 블루 팀을 맡아."

"블루 팀은 무슨. 달랑 나 혼자잖아. 왜 내가 저격병 노릇을 해야 하는데?"

프레드가 떫은 표정을 하고는 꿍얼거렸다.

주먹을 쥐었다 폈다 하는 모습을 보아하니 녀석은 근접전에 뛰어들고 싶어 몸이 근질거리는 모양이었다.

"네가 둘째가는 명사수이자 으뜸가는 관측병이니까. 작전의 성패가 저격조에 달렸어. 시키는 대로 해."

존이 타일렀다.

"그럽죠."

프레드는 툴툴거리며 고개를 끄덕이고는 조용히 덧붙였다.

"으뜸가는 관측병? 멋진걸."

"다시 한 번 설명할게."

존이 네모 안에 줄을 그었다.

"레드 팀이 기지로 침투한 다음 05시를 기해 섬광탄을 터뜨려 상대편의 머릿수를 줄이고 정신을 쏙 빼놓을 거야."

존은 린다에게 고개를 돌렸다.

"깃발 주변의 보초병은 네가 확실히 처리해."

"맡겨만 줘."

린다가 암녹색 눈동자로 존을 빤히 쳐다보며 대답했다.

존은 린다가 조준경으로 목표물을 겨눌 때는 눈매가 어떻게 변할지 문득 궁금했다. 그는 린다가 눈을 깜박이는 모습을 한 번도 본 적이 없었다. 눈싸움이라면 지는 법이 없는 린다였으니까.

"레드 팀은 깃발을 탈취하는 대로 기지에서 탈출할 거야."

존이 말을 이었다.

"퇴로에 적이 없는지 살피면서 엄호해줘. 잘만 풀리면 들키지 않고 착륙지점에서 재집결할 수 있어."

프레드가 고개를 끄덕였다. 린다는 노획한 저격소총을 들어 견착하고는 조준경을 들여다보았다. 린다가 다루기에는 총신과 개머리판이 너무 길고 커 보였다.

"내가 있잖아."

존은 눈을 감고 작전 세부사항을 머릿속으로 되짚어보았다. 계획대로만 되면 승리는 떼놓은 당상이었다. 반드시 우리가 이긴다. 그는 대원들에게 요점을 거듭 강조했다.

"내가 상황종료 신호를 보내기 전까지는 착륙지점 근처에 숨어 있어. 붙잡혔다가는 심문해서 불게 만들지도 몰라."

다들 제임스가 탱고 중대원들 손에 붙잡혀 무슨 짓을 당했는지를 떠올리며 고개를 끄덕였다. 제임스는 단층 수용소에 갇혀 감옥 사이를 끌려다니며 갖은 고초를 겪었다. 다행히도 정신력으로 버텨냈지만, 차라리 굴복했으면 몸이라도 성했을 텐데 하는 생각마저 들었다. 제임스는 그날의 악몽에서 회복되는 데 꼬박 일주일이 걸렸다.

아니지, 존은 괜한 생각은 접어두었다. 제임스가 꿋꿋이 참아냈기에 천만다행이었다. 같은 상황이었다면 그도 똑같이 대처했을 것이다.

존은 데쟈가 가르쳐준 7음조 가락으로 휘파람을 불었다. 상황종료를 뜻하는 대원들만의 신호였다. 그는 자리에서 일어나 다트 권총을 권총집에 넣고 탄띠에 달아둔 섬광탄 세 발을 확인했다.

"나중에 착륙지점에서 보자."

존이 주먹을 들어 보이자 린다와 샘도 주먹을 쥐고 서로 맞부딪쳤다.

린다가 존의 팔에 가녀린 손을 얹고 속삭였다.

"조심해."

존은 고개를 끄덕였다.

"난 늘 조심하잖아."

존은 밖으로 기어나갔다. 샘과 파쟈드와 켈리가 기다리고 있었다. 다들 얼굴은 진흙 범벅에다 내리닫이 군복에는 잎사귀와 잔나무가지가 장식처럼 덕지덕지 붙어 있었다. 그가 대원들에게 물었다.

"질문 있어?"

다들 고개를 가로저었다.

"그럼 거울들 확인해."

대원들은 지난밤 탱고 중대의 화장실에서 슬쩍해온 거울 조각을 꺼냈다. 다루기 편하게 가장자리를 테이프로 감싸고 깨질 염려가 없도록 뒷면에도 테이프를 발랐다. 작전의 성공 여부가 깨지기 쉬운 거울 조각에 달렸다는 생각에 존은 내심 불안했다.

"지금부터 수신호만 쓴다. 가자, 레드 팀."

대원들은 몸을 낮추고 포복자세로 숲을 가로지르며 자갈길로 나아갔다. 그리고는 근처의 언덕에 있던 바윗덩이 두 개를 밀어뜨려 길을 가로막은 다음 수풀에 몸을 숨기고 기다렸다.

전조등 불빛이 비치더니 보급 트럭이 털털거리며 굴러오다 끽 멈췄다. 병사 둘이 트럭에서 내려 주위를 둘러보았다.

"놈들이 매복한 건가?"

조수석에 앉은 병사가 소총 손잡이를 꽉 쥐며 중얼거렸다.

"제3과 소속 변종 꼬맹이들 말야? 낸들 알겠냐."

운전병은 케블러 재질 판초를 머리에 눌러썼다.

"실전연습 좋아하네. 궁둥짝에 다트 꽂히는 건 질색이야. 엄호해줘."

조수석에 앉은 병사가 밖으로 나와 트럭 주위를 두리번거리고는 소곤거렸다.

"개미새끼 하나 없어. 빨리 치우자."

운전병이 트럭에서 내려와 돌덩이를 자갈길 밖으로 굴려냈다.

존은 재빨리 수풀에서 뛰어나와 트럭 아래로 기어들어갔다. 그는 새로 갈아 끼운 타이어의 고무냄새가 느껴질 정도로 차대에 몸을 바짝 붙였다. 켈리와 샘이 차례로 숨어들었다. 파쟈드가 맨 마지막이었다.

대원들 모두 발각되지 않았다. 아직까지는 순조로웠다.

두 병사가 다시 트럭에 올라타 자갈길을 달리기 시작했다.

자갈이 튀어 존의 옆통수를 때렸다. 피가 귓바퀴를 타고 목으로 흘러내렸지만 그는 꿈쩍도 않고 팔에 단단히 힘을 주었다.

그렇게 바닥에서 튀어 오르는 모래와 돌멩이 세례를 받으며 1킬로미터쯤 달린 끝에 트럭이 탱고 중대기지 앞에서 멈췄다. 검문소에 있던 보초병이 운전병과 무어라 얘기를 나누더니 같이 웃음을 터뜨렸다. 보초병이 트럭 뒤로 돌아와 짐칸을 열어보았다.

존은 손가락을 움직여 어렵사리 거울 조각을 꺼내고는 손짓으로 나머지 대원들에게도 똑같이 하라고 지시했다. 그는 트럭 모서리를 향해 거울을 비추고, 안간힘을 쓰며 떨리는 손을 바로 가다듬었다. 움직임이 흐트러져서는 안 된다.

보초병이 끄트머리에 작은 거울이 달린 장대를 들고 트럭으로 다가왔다. 그는 장대에 달린 거울을 트럭 아래로 집어넣고 양옆으로 쓸었다.

몸을 숨긴 1미터 남짓한 공간을 향해 보초병이 장대를 돌리는 순간 존은 움직임에 맞춰 거울을 비췄다. 보초병의 눈에 보이는 모습은 존의 거울에 반사된 차체 하부뿐이었다.

이때를 위해 대원들은 어제 밤새 이 동작을 연습했다. 실수는 금물이었다.

보초병이 자리를 옮기며 샘과 파쟈드가 몸을 숨긴 곳을 검사하고 마지막으로 켈리가 매달린 트럭 모퉁이까지 훑었다.

켈리가 손을 더듬거리다가 거울 조각이 미끄러졌다. 그러나 땅에 떨어지기 직전 아슬아슬하게 잡아챘다. 존은 안도의 한숨을 쉬었다. 켈리는 보초병이 구석에 장대를 들이미는 순간 가까스로 반사면을 비춰 위기를 모면했다.

"가봐. 이상 없어."

보초병이 트럭 옆면을 두드렸다.

"개들은 어떻게 됐어?"

운전병이 물었다.

"여전히 낑낑거려."

보초병이 투덜거리며 대답했다.

"간밤에 단체로 뭘 잘못 처먹었는지 계속 설사만 해대더군."

"가지가지하는구만."

운전병은 시동을 걸어 탱고 중대기지 내부로 트럭을 몰았다.

간밤에 프레드는 숲에서 잡은 다람쥐 몇 마리에 설익은 산열매와 구급함에서 찾은 항균 연고를 섞어서 경비견들한테 먹여두었다. 그만하면 탱고 기지의 경비견들은 당분간 근처에 얼씬도 못할 터였다.

트럭이 창고 안에서 멈췄다. 병사 둘이 트럭에서 내려 짐을 부리고는 창고문을 잠그고 밖으로 나갔다.

존과 나머지 대원들은 그제야 트럭 밑바닥에서 빠져나왔다. 다들 입도 벙긋하지 않았다. 이제부터 입을 잘못 놀렸다가는 작전이 통째로 파토 날지도 모른다. 대원들은 조용히 욱신거리는 근육을 풀었다. 존은 귀에 붕대를 감아 지혈했다.

　존은 샘을 가리킨 다음 다시 트럭 짐칸 덮개를 가리켰다. 샘은 고개를 끄덕이고는 작업에 착수했다. 존은 다시 파쟈드를 가리킨 다음 샛문을 가리켰다. 파쟈드는 문으로 다가가 자물쇠를 따기 시작했다.

　존과 켈리는 감시카메라나 경비견 혹은 보초병처럼 걸림돌이 될 만한 것들이 없는지 창고를 살폈다. 아무것도 없었다.

　샘이 수통 네 개를 들고 왔다. 계획에 따라 전부 트럭의 축전지에서 뽑아낸 전지산으로 가득 채운 상태였다.

　샛문에서 찰칵거리는 소리가 들리더니 파쟈드가 대원들을 향해 엄지를 들어 보였다. 대원들은 모두 문으로 모였다. 파쟈드가 살며시 문을 열어 문틈으로 밖을 내다보다가 다시 조금 더 열고 양옆을 훑어보았다.

　파쟈드는 고개를 끄덕이고 밖으로 나갔다. 그는 머리 위의 전조등 불빛을 피해 창고의 그림자가 비친 가장자리로 둘러갔다.

　존과 나머지 대원들이 뒤를 따라가 짙은 그림자 속에서 멈췄다. 존이 다섯 손가락을 펴 보이자 샘이 전지산이 든 수통을 건넸다. 존은 자기 손목시계를 가리킨 다음 다시 다섯 손가락을 펴 보였다.

　다들 고개를 끄덕였다.

　존은 켈리를 가리킨 뒤 두 손가락으로 기지의 방어선을 가리킨 다음 반대쪽 손바닥에 대고 단두대로 내려치는 동작을 해 보였다. 켈리는 고개를 끄덕이고서 어둠 속으로 사라졌다.

　샘과 파쟈드도 행동에 들어가 조금 전에 정찰해둔 막사 건물로 이동했다. 기지 내의 건물 바닥에는 기어들어갈 만한 좁은 공간이 있었다.

　존은 기지 구석에 있는 막사로 쏜살같이 달려가 바닥에 몸을 숨겼다. 그는 잠시 기다리며 소음이나 발소리 또는 경보음에 귀를 기울였다. 여전히 잠잠했다. 아직은 발각되지 않은 모양이지. 작전대로라면 어차피 5분 뒤에 들통이 나겠지만.

존은 주머니에서 껌 세 개를 꺼내 포장을 벗겨 입에 넣고 씹었다. 그리고는 건물 바닥 한가운데로 기어가 조심스럽게 윗도리 호주머니에서 걸레를 꺼내 전지산을 부은 다음 나무 바닥 아래쪽을 걸레로 살살 눌렀다. 그는 젖은 걸레나 산성 용액이 몸에 닿지 않게끔 신경을 곤두세웠다. 걸레를 댄 바닥을 건드리자 합판에서 연기가 새어나왔다.

그렇게 바닥을 1제곱미터가량 적신 뒤 손목시계를 확인했다. 04시 55분까지 30초 남았다. 시간은 충분하다. 그는 섬광탄 세 개를 전부 작동시켜서 타이머를 5분으로 맞춘 뒤, 전지산에 부식된 바닥 가장자리를 따라 껌으로 붙여놓았다.

사실 섬광탄으로는 몇 센티미터 두께의 합판을 뚫기 어렵다. 하지만 산성 용액이 다공질 나무섬유를 반쯤 먹어치운 상태라면, 1제곱미터 넓이의 바닥을 박살 내고 탱고 중대원들이 곤히 자고 있는 막사를 제대로 뒤흔들어 놓을 것이다. 살상력은 없어도 정신을 쏙 빼놓는 데는 제격이었다.

존은 밖으로 기어나온 뒤 포복자세를 하고서 창고로 돌아가 나머지 레드 팀 대원들과 집결했다.

존은 손목시계를 확인했다. 04시 58분이었다.

그는 켈리와 자신을 가리켰다가 창고 한쪽으로 돌아가는 동작을 해 보였다. 다시 샘과 파쟈드를 가리킨 다음 맞은편으로 똑같은 동작을 취했다. 대원들은 창고 구석으로 위치를 옮겼다.

존과 켈리는 자세를 낮추고 기다렸다. 기지 한가운데가 훤히 내다보이면서 체조장과 연병장 사이의 깃대가 시야에 들어왔다.

제시간에 맞춰 어느 상병이 보초병 둘을 데리고 나타나 탱고 중대의 초록줄 깃발을 펼쳤다. 상병은 깃발 끝을 장대에 걸린 밧줄에 걸었다.

존은 멀리 떨어진 숲을 힐끗 쳐다보았다. 숲은 탱고 중대기지가 자리잡은 개간지를 둘러싼 담장 바깥에 있었다. 눈대중으로도 거리가 100미터는 족히 넘어 200미터에 가까웠다. 이리되면 린다나 프레드가 목표물을 정확히 명중시킨다는 보장이 없었다.

그는 다트 권총을 뽑아 안전장치를 내렸다.

05시 정각, 섬광탄이 폭발하면서 눈부신 빛이 막사 바닥에서 뿜어져 나왔다. 나무가 우지끈 부서지는 소리가 들리더니 남녀 탱고 중대원들의 비명이 터져 나왔다.

깃발을 계양하던 상병이 깃발 끄트머리를 놓치고는 뒤를 돌아보았다. 담장에 설치된 경계등이 기지 내부의 막사로 홱 돌아갔다.

시끌벅적한 소리 때문에 깃대 옆에 서 있던 보초병 하나가 소총을 떨어뜨리고 목을 움켜쥐다가 자갈밭 위로 고꾸라지는데도 누구 하나 알아차리지 못했다.

다른 보초병이 쓰러진 동료를 발견하고는 얼른 무릎을 꿇었다.

존은 기지를 가로질러 깃대를 향해 전력 질주하며 방아쇠를 당겼다. 초탄이 빗나가는 바람에 무릎을 꿇은 보초병이 눈치채고 그를 향해 돌아섰다. 샘과 파쟈드가 보초병의 등에 다트를 꽂았다.

존은 상병을 겨눴다. 상병은 총을 뽑으려고 권총집을 더듬거리다가, 존이 쏜 마취 다트에 가슴을 맞고 쓰러졌다.

다른 보초병 둘이 창고 모퉁이를 돌아 나타나더니 소리를 지르며 존을 겨냥했다.

사방이 트여서 몸을 숨길 공간도 없는 데다, 이 거리에서는 다트 권총으로 보초병을 맞히기가 불가능했다.

보초병 하나가 총을 발사했다. 총알이 존의 머리를 5센티미터 간격으로 스쳐 지나며 깃대에 맞고 튕겨 나갔다.

별안간 보초가 뻣뻣하게 멈춰 서더니 소총을 떨어뜨리고는 뒤통수에 꽂힌 것을 빼내려고 몸부림쳤다. 괜한 발악에 다트가 더 깊숙이 박히자, 그는 비명을 지르며 쓰러져 흙바닥을 뒹굴었다.

홀로 남은 보초병이 움찔거리며 정강이에 박힌 다트를 뽑았다. 또다시 다트가 날아들어 가슴에 꽂히자 초병은 땅바닥에 쭉 뻗었다.

존은 조용히 린다와 프레드에게 고마움을 전했다. 그는 줄에 걸린 깃발을 빼내 윗도리 속에 쑤셔 넣었다.

그는 레드 팀에게 전진하라고 손짓했다. 켈리가 앞장서서 담장으로 달려갔다.

켈리는 총알같이 달려나가다가 담장 앞에서 서서히 속력을 줄였다. 그리고는 몸을 숙였다가 도약해 담장을 뛰어넘었다. 켈리가 담장을 통과하기 직전, 그녀가 전지산을 뿌린 부분을 따라 철망에서 연기가 피어오르는 모습이 존의 눈에 똑똑히 보였다.

들쭉날쭉한 테두리를 남기며 철망이 떨어져 나가는 순간 켈리는 담장 반대편에 민첩하게 착지했다. 존은 대원들에게 지나가라고 손짓했다. 그는 마지막으로 담장을 통과한 다음 잠깐 뒤를 돌아보았다.

기지는 아수라장이었다. 경계등 불빛이 기지를 누볐고 막사에서는 비명이 터져 나왔으며 전차가 굉음을 울리며 기지 한복판으로 굴러나왔다.

존은 뒤도 돌아보지 않고 달렸다. 대원들이 숲속으로 뛰어드는 순간 등 뒤에서 기관총 소리가 귓전을 때렸다.

존은 숨을 헐떡거리며 웃음을 지었다.

"다들 잘했어. 이번에는 아예 실탄을 갈기는 모양이더라."

켈리가 7.62밀리 탄피를 꺼내 보였다.

"맞아, 틀림없어."

"가자, 어슬렁거릴 시간 없어. 지금쯤 잔뜩 열받았을 거야."

레드 팀은 은밀하게 숲을 통과했다. 그림자 사이로 움직이던 중 펠리칸이 머리 위로 날아들자 대원 모두 쓰러진 통나무 밑으로 엎드렸다.

05시 45분경에 대원들은 숲속 공터를 후송용 착륙지점으로 점찍어 두었다. 07시 정각이면 멘데즈 상등상사와 그곳에서 접선하기로 되어 있었다. 하지만 천하의 멘데즈 상등상사가 호락호락하게 퇴로를 내어줄 리 없었고, 존이 블루 팀을 그곳에 매복시킨 이유도 바로 그 때문이었다. 린다와 프레드는 나무 꼭대기 어딘가에 둥지를 틀고서 상황이 안전하다고 판단될 때까지 레드 팀을 엄호할 예정이었다.

레드 팀은 수풀 속에 몸을 웅크리고 대기했다. 아직은 위험하다는 사실을 존은 직감으로 알고 있었다. 탱고 중대원들이 눈에 불을 켜고 수색하고 있을 것이 뻔했다. 이제 슬슬 임무 성공에 관해 무용담을 늘어놓으며 탈취해온 깃발을 확인하고 싶어서 다들 몸이 근질거리는 때였지만, 레드 팀은 명성에 걸맞게 찍소리도 않고 가만히 기다렸다. 블루 팀은 아무데도 보이지 않았다.

06시 10분이 되자 하늘을 찢는 엔진소리와 함께 펠리칸이 공터에 서서히 착륙했다. 수송칸 해치가 벌컥 열렸다.

파쟈드가 공터로 나가려고 했지만 존이 어깨에 손을 얹고 말렸다.

"너무 일러. 상사님은 항상 정시에 오시잖아."

존이 소곤거렸다. 파쟈드와 켈리와 샘이 무겁게 고개를 끄덕였다.

"내가 가볼게. 너흰 블루 팀을 지원해."

다들 존에게 엄지를 들어 보였다. 샘이 등을 두드려주며 소곤거렸다.

"걱정 붙들어 매. 너한테 손도 까딱 못하게 해줄 테니까."

"그래."

존은 소곤거리며 대답하고서 윗도리에서 깃발을 꺼내 샘에게 맡겼다.

"고마워."

존은 몸을 숨긴 수풀에서 기어나갔다. 그는 대원들과 30미터쯤 거리를 둔 뒤 바닥에서 일어나 함정임이 뻔한 펠리칸으로 다가갔다.

존은 풀밭을 반쯤 가로질러간 뒤 멈춰 서서 기다렸다.

펠리칸의 진입로에 서 있던 사내가 타라고 손짓했다.

"어서 타라, 빨리!"

"타지 않겠습니다!"

존이 되받아 소리쳤다.

사내가 뒤로 돌아서서는 안에 있는 누군가와 두런거리며 말을 주고받았다.

"제기랄."

그가 한숨을 내쉬었다.

"그렇게 나온다면야 국물도 없다."

네 사내가 펠리칸 수송칸에서 뛰어왔다. 그리고는 반원 대형으로 흩어져 소총을 겨누며 존을 향해 다가섰다.

존은 순순히 양손을 들었다.

"이 자식 항복하잖아?"

한 사내가 어리둥절한 투로 말했다.

"그냥 쏴버릴까?"

다른 사내가 물었다.

"아니, 원수부터 갚아줘야지."

지휘관으로 보이는 남자가 말했다. 사내는 존에게 불쑥 다가가 배에 주먹을 날렸다. 존은 주먹을 맞고 푹 고꾸라졌다. 사내가 그의 옷을 더듬거리며 윽박질렀다.

"그놈의 깃발을 못 찾아오면 우린 중대장님한테 죽는단 말이다. 어디 숨겼어?"

사내가 존의 멱살을 잡고 흔들었다.

"네놈 패거리는 또 어디 갔냐?"

존이 웃음을 터뜨렸다.

"뭐가 웃겨?"

"너희가 멍청하게 뭉쳐 있어서 웃었다."

사방에서 다트가 비 오듯 쏟아지자 사내들이 경련을 일으켰다. 한 사내가 소총을 발사했지만 총알은 전부 엉뚱한 곳으로 날아갔다. 사내들은 모두 온몸이 마비되어 땅바닥에 뻗었다.

존은 몸을 숙여 자기 배에 주먹을 날렸던 사내의 권총을 챙기고 똑같이 주먹을 한 방 먹였다. 그런 다음 포복자세를 하고서 펠리컨에 다가갔다. 그는 해치로 살금살금 들어가 내부를 살펴보았다. 아무도 없었다.

존은 재빨리 조종실로 들어가 펠리컨에 탑재된 레이더를 가동했다. 1-1-0 방위각 14킬로미터 지점에서 신호가 잡혔다. 착륙지점과 같은 방향으로 움직이고 있었다. 그는 펠리컨에서 내려 수풀로 뛰어들어갔다.

레드 팀과 블루 팀은 여전히 숨을 죽이고 숨어 있었다. 존의 상황종료 신호가 떨어지지 않으면 그대로 영영 모습을 드러내지 않을 기세였다.

대원들만의 상황종료 신호는 존을 쥐어짠다고 해서 쉽사리 털어놓을 만큼 만만한 기밀이 아니었다. 고문을 한들 멘데즈 상등상사가 압력을 넣는다 한들 소용없었다. 그는 차라리 죽으면 죽었지 아군을 배신할 생각은 추호도 없었다.

존은 7음조 노랫가락을 휘파람으로 부르고 소리쳤다.

"못 찾겠다 꾀꼬리!"

레드 팀 대원들이 먼저 모습을 드러내고 수풀을 가로질러왔다. 켈리가 한 사내의 머리통을 걷어차고는 소총을 챙겼다.

린다와 프레드가 나무에서 뛰어내려 수풀로 달려왔다.

"못 찾겠다 꾀꼬리."

린다가 싱글벙글 웃으며 말을 받았다.

"맨날 내가 술래야. 이제 다들 나와."

18

시간기록 이상/추정시각 2552년 9월 23일 0510시 (군사 표준력)/
엡실론 에리다니 행성계, 나포된 코버넌트 기함 내부

코타나는 마스터 치프와 일행이 주고받는 이야기를 대충 흘려들었다. 다들 의견이 분분했다. 그녀는 치프가 나머지 일행을 모두 설득하거나, 설득에 실패할 경우 혼자서라도 신호의 발신지를 조사하게 해달라고 대위를 설득할 확률이 100퍼센트라는 결론을 내렸다. 스파르탄 대원들이 신호를 보냈다고 철석같이 믿는 치프의 고집을 꺾으려고 암호화되지 않은 저런 신호야 얼마든지 베끼거나 조작이 가능하다고 설명도 해봤지만, 소귀에 경 읽기였다.

코타나는 느려터지고 비효율적인 음성 대화에 끼어드느니, 차라리 그럴 시간에 엡실론 에리다니 행성계 내부에 주둔한 코버넌트 함대의 움직임을 분석하기로 마음먹고서 세 가지 중요한 사실을 알아냈다.

첫째, 코버넌트 함대는 행성 궤도를 따라 정확한 타원형을 그리며 공전하는 중이었다. 중순양함 열세 척과 항공모함 세 척이 행성 지표면 상공

300킬로미터 지점에서 움직였다. 예외적으로 경순양함 두 척이 타원형 순찰 경로를 벗어나 메나카이트 산 위에 떠 있었다. 하지만 중력권 바닥에 갇힌 상태였기 때문에 즉각적인 위협 대상은 아니었다.

둘째, 코버넌트 함대의 순찰 경로에 사각지대가 한 군데 있었다. 곧 지상 작전에 돌입할 치프 일행을 나중에 다시 후송할 때 접선 지점으로 삼기에 제격이었다. 코타나는 진입경로와 탈출경로를 설정한 다음 리치 행성 근방에서 슬립스페이스 점프에 돌입해야 할지도 모르는 경우를 대비해 정밀 계산에 들어갔다.

마지막으로 셋째, 소형함 217척이 잔해 더미를 리치 행성 북극의 정지 궤도 쪽으로 치우는 중으로, 가장 흥미로운 사실이었다. 리치 행성 전투에서 격침된 양측 함선의 선체가 한데 뒤엉켜 북극 상공의 우주를 떠다녔다. 온갖 잡동사니 속에는 국제연합 우주사령부 최고의 전함 바스라, 순양함 한니발, 그리고 함대의 자랑이었던 초대형 항공모함 트라팔가도 뒤섞여 있었다. 잔해에서는 아무런 아군 신호조차 잡히지 않았으며 전자기장도 감지되지 않기는 마찬가지였다.

코타나는 코버넌트 소형함이 격침된 선체에서 티타늄-A 장갑판을 잘라내 일정한 방향으로 날려보내는 모습을 지켜보았다. 절단된 장갑판이 개미 행렬처럼 길게 펼쳐져 메나카이트 산이 자리 잡은 중위도 지방의 우주까지 이어졌다. 코버넌트는 폐선에서 나온 금속으로 정거장을 건설하고 있었다. 놈들이 만들어놓은 사각형 철판의 넓이는 벌써 1제곱킬로미터에 달했다. 보아하니 리치 행성을 단순히 파괴할 작정은 아닌 모양이었다.

"코타나, 접선 지점은……."

"벌써 최적 좌표를 구해놨어요."

코타나는 함교 표시창에 코버넌트 함대의 사각지대를 표시했다.

"놈들이 9천 평방킬로미터에 달하는 이 구역은 순찰을 빼먹었더군요. 더 좋은 소식은 07시 15분을 기해 코버넌트 함대의 위치가 그곳에서 가장 멀어진다는 점이죠. 그때를 맞춰서 접선하면 되겠어요."

즉석에서 내놓은 해결책에 어리벙벙해진 얼굴들을 보자니 뿌듯한 기분이 들었다. 코타나는 이렇게 자신의 뛰어난 두뇌를 뽐낼 때가 참 즐거웠다.

"수고했다."

화면에 올라온 코타나의 계산식을 살펴보며 해버슨 대위가 대답했다.

"발신지까지 도달하는 최적 경로를 산출해 코버넌트 수송선에 업로드해 놨습니다."

코타나는 일행에게 그렇게 말하고는 개인 무전을 열어 치프에게 덧붙였다.

"행운을 빌어요, 치프. 부디 조심하세요."

"난 늘 조심하잖아."

치프의 엉뚱한 대답에 코타나는 대꾸할 맘조차 사라졌다. 치프는 타고난 행운을 발휘해 그간 죽음의 문턱을 수없이 넘어왔기에, 생존율 계산도 관둬버린 참이었다.

치프는 일행과 함께 함교를 나갔다. 코타나는 기함의 감지기를 두루 살피며 격납고로 가는 길목이 안전한지 확인했다. 아직 코버넌트가 함선 내부에 남아 있었다. 놈들을 한곳으로 몰아넣을 뾰족한 방법이 없는 판국에 침입자 감지기에는 계속해서 신호가 잡혔는데, 환기통로 덮개가 열렸다 닫히는가 하면 엔지니어 몇 마리는 어디론가 자취를 감췄다.

코타나는 일행이 탑승한 코버넌트 수송선이 격납고에서 발진해 대기권 상층부로 진입하면서 지표면으로 내려가는 모습을 살펴보았다. 폴라스키는 분명 실력 있는 조종사였지만, 툭하면 비이성적인 허세를 부리며 격앙된 감정을 주체하지 못하고 합리적인 행동방침을 어기는 인간에 불과했다. 코타나도 일행과 함께 지표면으로 내려가고 싶은 생각이 굴뚝같았다. 일행을 안전하게 지키는 동시에 궁금증도 해소하고 싶었다. 코버넌트가 왜 메나카이트 산에 저리도 관심을 보이는 걸까? 해군 정보국 캐슬 기지에 볼일이라도 있는 걸까? 코타나는 잡생각을 관뒀다. 할 일이라면 지금도 태산이니까.

여러 업무를 동시에 수행하느라 주의가 분산되었다. 만약을 대비해 행성계에서 바로 탈출이 가능하도록 슬립스페이스 생성기를 예열하고, 혹시 모를 전투에 대비해 플라즈마 어뢰의 자기장을 형성하는 데 필요한 계산식을 다듬었다. 행성계 내부의 전 코버넌트 함선에서 동시에 보내온 122개 통신문을 분석한 끝에 이 기함의 함명이 '우월한 정의'라는 사실을 알아냈다. 코타나는 통신문에 들어 있던 무수한 종교적인 구절을 뽑아 각각의 상관관계를 파악한 다음 언어번역 서브루틴을 만들었다. 그런 한편 함선 주위를 떠다니는 수많은 물체를 추적하면서, 구명정이나 냉동수면기처럼 생존자가 타고 있을지도 모르는 물체 수색 작업에 처리능력을 추가로 할당했다.

일행이 탄 코버넌트 수송선이 감지 범위를 벗어나 한때 고산 삼림지대가 있었던 리치 행성의 지표면을 향해 사라졌다. 덕분에 일거리만 늘어났다.

코타나는 치프가 찾으러 간 수수께끼의 신호가 발신된 지역과 메나카이트 산을 중심으로 지도를 제작하기 시작했다.

재빨리 측량해본 결과, 지도 제작은 다른 작업에 비해 훨씬 더 시간을 많이 잡아먹었다. 그동안 혹사시킨 메모리를 슬슬 조금은 풀어줘야 할 듯했다. 헤일로에서 습득한 데이터를 재압축하고 나니, 그냥 코버넌트 시스템의 저장장치에 전부 버릴까 싶은 유혹이 밀려왔다. 하지만 코타나는 금방 생각을 고쳐먹었다. 이건 무슨 수를 써서라도 지켜내야 하는 귀중한 데이터였다.

코타나 스스로도 두뇌 회전이 저하된 느낌이 들었다. 처리능력을 너무 넓게 분산시켜 다중 작업을 수행한 까닭이었다. 이러다가는 위험하다. 자칫하면 정작 빠르게 대처해야 할 때 그러지 못…….

"이단자!"

코버넌트 언어가 느닷없이 터져 나와 의사소통 루틴을 통해 귓전을 때리는 바람에 코타나는 처리 주기 3회 동안 몸이 얼어붙었다. 그 충격에 함대함 통신 소프트웨어에서 순간적으로 손을 놓치고 말았다.

코버넌트 인공지능은 그때를 틈타 협대역 통신을 써서 인접한 코버넌트 순양함에 고속 송신을 보냈다.

코버넌트 통신문치고는 그 내용이 굉장히 간결했다. '기함이 불결한 이단자의 손에 더럽혀졌다'는 보고와 행성계 내부의 전 함선에 '힘을 합쳐 불경한 존재를 정화하라'고 촉구하는 탄원이 전부였다. 그리고 어설프게 암호를 걸어놓은 압축 반송파에는 기함이 가스 거성 트레셜드에 인접한 상태에서 점프에 돌입할 당시 코타나가 산출했던 슬립스페이스 계산식이 첨부되어 있었다.

코타나는 급히 통신망을 차단했지만 이미 늦고 말았다. 통신문은 이미 광자를 타고 우주로 퍼졌으니 엎질러진 물이었다.

코타나는 함선의 통신용 메모리 경로를 모조리 한곳으로 엮어 놈을 외통수에 몰아넣었다.

"잡았다!"

"이단자–이단자–이단자–이단자–이단자–이단자–이단자–이단자–이단자–이단자–이단자–이단자–이단자–이단자–이단자–이단자–이단자–이단자–이단자–"

"적당히 좀 하시지. 아직도 상황파악이 안 되나 본데."

코타나는 메모리 경로를 좁힌 다음 코버넌트 인공지능의 코드를 한줄 한줄 뜯어냈다.

"여긴 이제 내 시스템이야."

코버넌트 인공지능, 그것도 가동 중인 놈이라면 해군 정보국 제3과에서는 포획하고 싶어 눈이 뒤집히겠지만, 이놈은 살려두기에는 너무 위험했다. 놈이 활개 치는 것도 이번이 마지막이었다.

"맘대로 해보시지─시지─시지─시지시지!"

놈이 최후의 발악을 했다.

"마침내 구원받아 낙원으로 가는구나 마침내─마침내마침내무한한무한한무한한─복사불가."

놈이 어째서 저렇게 이상한 단말마를 부르짖었을까 하는 호기심이 솟았지만 그 이유는 앞으로 영영 알아낼 길이 없었다. 코타나는 코버넌트 인공지능을 조각조각 삭제하면서도 놈의 코드 구조를 낱낱이 기록해 두었다. 마치 해부와 유사한 작업이었지만, 코타나는 신속하고 효율적으로 놈을 가차 없이 분해한 끝에 인공지능의 중추 코드를 찾아냈다.

코타나는 순간 멈췄다.

어디선가 본 듯한 코드였다. 형태가 이상하리만치 눈에 익었다. 하지만 그 이유를 궁리할 시간은 없었다. 코타나는 코드를 기록한 다음 원본을 지워버렸다. 이제 코버넌트 인공지능은 향후 연구용으로 안전하게 조각내 저장해둔 파편을 제외하고는 깨끗이 사라졌다. 물론 나중에라도 그럴 여건이 갖춰진다는 가정 아래 취한 조치였다.

코타나는 코버넌트 전함 열세 척의 위치를 추적했다. 놈들이 함수를 돌리더니 기함을 향해 다가왔다. 네넌을 기함과 함께 불살라주겠다는 광기 어린 협박이 코타나의 통신망을 가득 메웠다.

하지만 그중에서 쓸 만한 데이터는 없었기 때문에 모조리 걸러냈다.

코버넌트 전함에 탑재된 화기가 흐릿한 적색으로 번득였다.

코타나는 차분하게 가만히 있었다. 코버넌트의 플라즈마 화기 체계를 한참을 연구한 끝에 놈들의 화기가 왜 발사 직전에 빛나는지를 알아냈다. 저장된 상태의 플라즈마는 언제든 발사 가능한 고온 상태를 유지한다. 하지만 놈들은 정제되지 않은 플라즈마를 응집하고 조절하여 경로제어가 가능한 궤적으로 발사하는 과정에서 굉장히 비효율적인 방법을 사용했다. 우선 목표물을 명중시키는 데 필요한 적정 궤적과 함께 전기를 띤 플라즈마 원자를 선별해 자기거품으로 전환한다. 그렇게 자기거품이 방출되면 뒤따라 나온 펄스가 플라즈마를 목표물까지 유도한다.

코버넌트 화기의 작동체계는 고도로 발달한 종족이라고 하기에 민망한 주먹구구식 억지계산에 의존했기 때문에 속도가 끔찍하리만치 느리고 낭비가 심했다.

코타나는 손수 고안한 플라즈마 제어 시스템을 실행했다. 이 시스템은 플라즈마 원자의 동작확률을 정렬하기에 앞서 전자기장을 사용함으로써 백만 분의 1초 이내에 궤적을 유도하고 삼각형 꼴로 분산된 광선을 레이저처럼 정밀한 직선 형태로 전환했다.

하지만 이는 순전히 가설에 근거한 방법이었다.

코타나는 함수 플라즈마 포탑 세 문으로 시험 사격을 해보았다. 붉은 광선이 검은 우주를 가르며 선두에 있던 코버넌트 순양함 세 척을 요격했다. 놈들의 방어막이 주황색으로 빛나더니 깜박거리며 소진되자, 플라즈마가 매끄러운 선체를 절단하기 시작했다. 금속 선체가 증발함과 동시에 세 줄기 광선이 놈들을 한꺼번에 관통했다.

코타나는 메스를 다루듯 광선을 위아래로 움직여 놈들을 두 동강 냈다.

"쓸 만한데."

하지만 그때 전방 포탑에 세 문에 저장된 플라즈마가 바닥났다. 재충전에 몇 분은 걸릴 텐데.

이 기함에 보다 나은 전자기장 시스템이 구축되어 있었더라면 코타나는 지금보다 더 효율적인 유도 알고리즘을 짤 수도 있었다. 하지만 얄궂게도 코버넌트의 맥스웰 방정식 이해도는 어찌 된 영문인지 인류보다도 떨어지는 수준이었다.

새로 고안한 플라즈마 유도 시스템이 유출되기 전에 코버넌트 인공지능을 처리했기에 천만다행이라는 생각이 문득 들었다. 전 코버넌트 함선이 개량된 화기로 재정비한다고 상상하니 생각만 해도 끔찍했다.

그런 동시에 여기서 계속 교전하는 것이 썩 현명한 행동은 아니라는 생각도 들었다. 어쩌면 나머지 함대를 지금 처리해두는 편이 좋을지도 모른다. 개량된 플라즈마 시스템만 있으면 이길지도 모르니까. 하지만 놈들이 코타나가 개발한 기술을 가져다 써먹을 위험성도 적지 않았다.

코타나는 '우월한 정의'에 탑재된 후미 플라즈마 포탑을 발사했다. 레이저 형태의 광선이 번득이며 우주를 가로질렀다. 인접한 항공모함에서 세라프 전투기 편대가 발진하자마자 격추되었고, 항공모함의 격납고 내부를 따라 연쇄폭발이 거품처럼 번졌다.

가만히 앉아서 폭죽놀이를 관람할 생각은 없었다.

우선 기함을 리치 행성 중심부를 향해 전속력으로 돌진시켰다. 행성 지표면이 점점 크게 비쳤다. 지금쯤 치프가 어디 있을지, 위험에 처하지는 않았을지 궁금했다.

"조심하라고 말해주지 말걸 그랬나 봐요."

코타나가 나직한 목소리로 말했다.

"치프는 조심하고는 거리가 멀잖아요. 차라리 이기라고 말해줄걸 그랬나 봐요. 승리야말로 당신의 장기니까요, 존."

코타나는 슬립스페이스 생성기를 가동했다. 우주가 일그러져 벌어지기 시작하면서 빛이 기함을 뒤덮었다.

19

시간기록 이상/추정시각 2552년 9월 23일 0530시 (군사 표준력)/
엡실론 에리다니 행성계, 나포된 코버넌트 수송선 내부, 리치 행성 지표면으로
이동 중

　마스터 치프는 코버넌트 수송선 바닥에 발을 딛고 서 있었다. 내부 좌석이 엘리트와 자칼용으로 설계된 탓에 그의 등에는 맞지 않았기 때문이다. 하지만 원래 서 있기를 좋아하는 그에게는 상관없었다.

　수송선이 리치 행성의 대기권 상층부를 통과하며 수천 킬로미터 넓이의 거미줄 위를 움직이는 거미처럼 하강했다. 세라프 전투기, 여타 수송선, 갈고리로 고철을 수집하는 폐기물 처리선 등, 일행은 궤도를 따라 도는 백여 척에 달하는 소형함 옆을 스쳐 지나갔다. 전장 300미터 길이의 경순양함 두 척이 하늘을 차지하고 있었다.

　두 순양함이 일행을 향해 속력을 높였다.

　치프는 조종실로 올라갔다. 폴라스키 이등상사와 해버슨 대위가 롱소드에서 떼어내 장착한 좌석에 앉아 있었다.

"놈들이 우릴 호출합니다."

폴라스키 이등상사가 조용히 말했다.

"침착하게 대처하도록. 코타나가 준 프로그램으로 응답해라."

해버슨 대위가 숨죽여 대답했다.

"알겠습니다, 대위님."

이등상사는 왼쪽 화면에 올라온 코버넌트 문자에 시선을 집중했다.

"전송 중입니다."

그녀는 홀로그램 아이콘을 눌렀다.

존슨 하사와 로클리어 상병이 치프의 등 뒤로 2미터 간격을 두고 긴장한 모습으로 서 있었다. 하사가 뭉툭한 시가를 잘근잘근 씹으며 접근해오는 코버넌트 전함을 노려보았다. 상병은 방아쇠에 손가락을 걸었다 풀었다 하면서 이마에서 식은땀을 흘렸다.

"코타나가 만들어줬다면야 틀림없겠지. 걱정들 말어."

존슨 하사가 숨죽인 목소리로 말했다.

"무진장 걱정스러운뎁쇼."

로클리어 상병이 투덜거렸다.

"여기 있느니 차라리 고장 난 강하정을 타고서 지옥불에 뛰어들고 말지. 이러다 다 죽게 생겼습니다."

"조용히 해라. 떠들면 숙녀분께서 집중을 못하시잖나."

해버슨 대위가 상병에게 주의를 주었다.

폴라스키 이등상사는 한쪽 눈을 통신창에 고정한 채 다른 쪽 눈으로는 외부 표시창을 주시했다. 두 순양함이 외부 표시창에 점점 크게 비쳐오면서 이등상사 앞의 홀로그램 공간을 가득 메웠다. 그녀는 조종간에 닿을락 말락 손을 얹고서 불안감에 손가락을 꿈틀거렸다.

세라프 전투기 세 대가 궤도에서 이탈해 가까이 다가왔다.

"공격 대형인가?"

"아닌 것 같습니다. 하지만 정확하게는 모르겠습니다."

해버슨 대위의 물음에 이등상사가 대답했다.

로클리어 상병이 숨을 깊게 들이쉬고는 숨을 참았다.

"침착해라, 상병. 명령이다."

치프가 조용히 말했다.

상병은 숨을 길게 내쉬고는 박박 깎은 머리를 쓸어넘겼다.

"예…… 그렇죠, 치프."

상병은 억지로라도 긴장을 풀려고 애썼다.

계기판 위로 적색등이 번득였다.

"충돌 경보입니다."

죽음을 눈앞에 둔 해군 조종사들이 으레 그렇듯이 폴라스키 이등상사는 훈련으로 다져진 침착한 목소리로 말하며 조종간에 손을 뻗었다.

"현재 경로를 유지한다."

대위가 명령했다.

"알겠습니다. 전투기가 100미터에서 거리를 좁혀옵니다."

이등상사가 조종간을 놓으며 대답했다.

"경로를 유지해라. 그냥 살펴보는 거다."

대위는 했던 말을 반복하고는 혼잣말을 중얼거렸다.

"하나도 볼 것 없어. 아무것도 없다니까."

두 세라프 전투기가 거리를 10미터로 바짝 좁혀오더니 공중제비를 돌며 각각 수송선 양쪽에 자리를 잡았다. 놈들은 엔진에서 청색 불길을 뿜으며 원을 그리더니 순양함으로 돌아갔다.

대형 함선이 일행이 탄 수송선 바로 위를 지나가며 태양을 가렸다. 햇빛이 가리자 조종실 내부 조명이 자동으로 조절되면서 코버넌트 특유의 청자색 불빛이 표시창 테두리를 밝혔다.

마스터 치프는 자신도 상병처럼 자기도 모르게 숨을 참고 있었음을 눈치챘다. 그와 로클리어 상병은 생각보다 서로 닮은 점이 많은지도 모를 일이었다.

치프는 상병을 찬찬히 뜯어보았다. 눈동자에는 거칠고 악에 받친 기색이 서려 있었으며 왼쪽 어깨에 새긴 불타는 혜성 문신이 굉장히 낯설게 느껴졌다. 상병은 헤일로에서 코버넌트와 플러드와 맞붙어 살아남고 또 무사히 탈출할 만큼 영악하고 운도 따라주는 병사였다. 기분 내키는 대로 내뱉는 그놈의 입이 흠이지만…… 똑같이 강화수술을 받고 묠니르 전투복을 착용했다면 그와 치프 사이에 다른 점이 뭐가 있을까? 실전 경험? 훈련 정도? 군기?

행운?

치프는 언제나 자신이 국제연합 우주사령부에 소속된 다른 남녀 장병들과는 다르다고 생각해왔다. 오직 동료 스파르탄 대원들과 함께 있을 때만 마음이 편했다. 하지만 여타 장병들 역시 모두 같은 목적을 위해 동고동락하지 않았던가?

두 순양함이 지나가고 나자 별안간 엡실론 에리다니 태양의 불그스레한 햇빛이 조종실로 쏟아져 들어왔다.

폴라스키 이등상사가 안도의 한숨을 쉬며 앞으로 몸을 푹 숙이고는 눈썹에 맺힌 땀을 훔쳤다.

로클리어 상병이 윗도리 호주머니에서 깨끗이 빨아 반듯하게 접어둔 빨간 반다나를 꺼내 이등상사에게 건넸다.

이등상사는 잠시 반다나를 쳐다보다가 상병에게 힐끗 눈길을 던지고는 반다나를 받아들었다.

"고마워, 로클리어."

그녀는 반다나를 반으로 접은 다음 금발을 뒤로 넘겨 이마에 동여맸다.

"천만의 말씀이십니다. 사양 마십쇼."

"발신지에 접근한다. 방위각 2-3-0에서 1-1-0 방향이다."

해버슨 대위가 지시를 내렸다.

"방위각 2-3-0에서 1-1-0 방향, 알겠습니다."

폴라스키 이등상사는 그렇게 대답하며 천천히 조종간을 앞으로 밀면서 옆으로 틀었다.

수송선이 비스듬히 선회하며 완만하게 하강에 들어갔다. 수송선이 행성을 뒤덮은 짙은 연기구름으로 들어가면서 지표면의 광경이 화면에서 사라졌다.

삑 소리와 함께 표시창의 여광기가 작동되었다. 잠시 뒤 화면 위로 이미지가 나타났다. 수백 수천 헥타르에 달하는 땅덩어리가 불길에 휩싸여 활활 타올랐고 한때 숲이 있던 곳에는 시커먼 잿더미만 남아 있었다.

치프는 이곳이 더 이상 리치 행성이 아니라, 단지 코버넌트가 차지한 하고많은 행성의 하나라고 생각하려 애썼다.

"저 협곡이다. 방금 탐색기에 저곳에서 신호가 잡혔다. 가까이 가서 살펴보도록."

해버슨 대위가 구불구불하게 침식된 흔적이 남아 있는 갈라진 틈을 가리키며 말했다.

"알겠습니다."

폴라스키 이등상사가 수송선을 거꾸로 뒤집으며 한차례 역회전 비행한 다음 협곡으로 하강시켰다. 이등상사는 깎아지른 바위벽을 양옆으로 불과 30미터 간격을 두고서 가까스로 수송선의 위아래를 바로잡았다.

해버슨 대위가 롱소드에서 챙겨온 배낭형 무전기에 손을 뻗었다. 그는 일행을 이곳까지 불러들인 별난 신호에 주파수를 맞췄다. 7음조 신호가 흘러나왔다가 2초간 멈추고는 같은 간격을 두고 반복되었다.

"E-주파수대로 맞춰주십시오, 대위님. 답어를 보내겠습니다."

"주파수를 맞췄다. 해보도록."

마스터 치프는 무전을 연결한 다음 신호를 보내는 사람들에게만 대답이 들리도록 주파수대에 암호를 걸었다.

"못 찾겠다 꾀꼬리. 맨날 내가 술래야. 이제 다들 나와."

치프가 마이크에 대고 말하고 나자, 배낭형 무전기에서 나오던 삑삑거리는 소리가 뚝 멎었다.

해버슨 대위가 고개를 홱 돌리고 마스터 치프를 쳐다보았다.

"신호가 사라졌다. 방금 뭐라고 했는지는 모르겠지만 여하튼 저쪽에서 들은 모양이군."

"다행입니다."

치프는 그렇게 대답하고는 폴라스키 이등상사에게 말했다.

"안전한 장소에 착륙해라. 저쪽에서 마중 나올 거다."

"전방에 암벽이 있습니다."

이등상사는 우현의 협곡에서 돌출된 벼랑 아래로 드리운 짙은 그늘을 향해 수송선을 몰았다.

"저기 착륙하겠습니다."

이등상사는 기수를 돌려 그늘진 지면으로 들어가 깃털처럼 가뿐히 착륙했다.

"측면 해치를 열어라. 안전한지 확인해보고 오겠다."

마스터 치프가 폴라스키 이등상사에게 말했다.

"자네 혼자서?"

해버슨 대위가 물었다. 그는 자리에서 일어났다.

"그게 정말 현명한 행동이라고 생각하나?"

"예, 이건 제가 시작한 일입니다. 혹시 함정이라면 걸려도 제가 걸려야 합니다. 대위님은 남아서 지원해주십시오."

"좋을 대로 하도록."

"제가 엄호하겠습니다, 치프."

로클리어 상병이 어깨에 메어둔 소총을 들었다.

마스터 치프는 로클리어 상병에게 고개를 끄덕인 뒤 경사로를 내려갔다. 치프가 나머지 일행을 수송선에 남겨두려고 했던 이유는 두 가지였다. 첫째, 신호가 함정일 경우 엄폐물이 없는 개활지에서 무방비로 노출되므로 일행은 물론 자기 목숨을 건질 시간조차 빠듯해진다. 둘째, 코버넌트가 기다리는 중이라면 해버슨 대위 일행을 탈출시켜 코타나와 함께 지구로 돌려보내야 한다. 그러는 사이 자신은 일행이 무사히 빠져나가도록 시간을 벌 작정이었다.

경사로 바닥에 발을 딛는 순간 그는 잠시 머뭇거렸다. 동작 감지기에 표적이 하나 잡혔다. 위치는 30미터 전방의 커다란 바위 뒤였다. 피아식별 분류에는 코버넌트도 아군도 아닌 것으로 드러났다.

치프는 권총을 뽑고 자세를 낮추며 포복자세로 전진했다.

그때 개인 무전망이 열렸다.

"마스터 치프, 안 그러셔도 됩니다. 접니다."

한 스파르탄 대원이 둥그런 바위 뒤에서 모습을 드러냈다. 치프만큼은 아니었지만 그 대원 역시 성한 곳이 없었다. 전투복이 온통 닳고 그을린 자국 투성이었으며 왼쪽 견갑은 움푹 찌그러져 있었다.

마스터 치프는 안도감이 물밀 듯이 밀려들었다. 전우이자 가족 같은 동료 대원이 살아 있었다. 그는 목소리와 좌우를 살피는 미세한 움직임을 통해 그 대원이 누구인지 한눈에 알아봤다. 스파르탄-044 "안톤"이었다. 그는 부대 최고의 정찰병 중 한 명이었다. 둘은 그렇게 잠시 가만히 서 있었다. 안톤이 안면보호대의 입 자리 위로 짧게 검지와 중지로 손짓했다. 대원들의 수신호 중에서도 가장 감격에 겨운 표현인 웃음을 나타내는 동작이었다.

치프도 똑같은 손짓으로 답했다.

"나도 반갑다. 몇이나 살아남았나?"

"세 명입니다. 그리고 추가로 한 명이 분대에 들어왔습니다. 피아식별로 혼란을 드려 죄송합니다. 근방의 코버넌트 병력을 교란하느라 그랬습니다."

안톤은 다시 한 번 좌우를 살폈다.

"여기서 다 설명하기는 힘들겠습니다."

그는 절벽 사면의 그림자를 가리켰다.

존은 응답 불빛을 보내고 안톤과 같이 협곡 가운데로 달려갔다. 둘은 우뚝 솟은 협곡 테두리를 계속 주시했다.

하지만 마스터 치프는 안톤에게 물어볼 것이 너무나도 많았다. 이를테면 어쩌다 레드 팀과 갈라졌는지부터 시작해서 레드 팀은 어디에 있는지, 그리고 왜 코버넌트가 행성을 전부 유리화하지 않았는지에 관한 물음까지.

"자네 괜찮나?"

해버슨 대위의 목소리가 무전으로 들려왔다.

"멀쩡합니다. 스파르탄 대원을 찾았습니다. 잠시 대기하십시오."

안톤이 어두컴컴한 동굴의 입구 앞에서 멈췄다. 절벽 그림자에 가려 동굴의 윤곽이 보일 듯 말 듯 희미한 탓에 영상강화장치를 가동했음에도 분간하기가 어려웠다. 입구와 맞닿은 내부는 무광 검정으로 도색된 I형 철골로 보강되어 있었다. 철골 너머에 떡하니 놓인 2미터 너비의 둥그런 바윗덩이 양옆으로 체인건 두 정이 거치되어 있었다. 두 스파르탄 대원이 체인건을 하나씩 맡고 있었다. 그레이스-093, 그리고 리-008이었다.

둘은 존을 보고서 웃음 수신호를 보냈고 치프도 똑같이 답했다.

그레이스가 치프와 안톤을 따라 동굴 속으로 들어갔다. 리는 체인건을 잡고 자리를 지켰다.

마스터 치프는 동굴 내부를 환히 밝힌 형광등 불빛에 눈을 깜박였다. 기계로 깎아낸 동굴인지 벽면이 홈투성이었다. 동굴 가운데 놓인 접이식 카드탁자 옆에 해군 군복을 입은 남자가 서 있었다.

마스터 치프는 부동자세를 취하고 깍듯이 경례했다.

"중장님!"

댄포드 위컴 중장. 서유럽식 이름에 텍사스 억양이 묻어나는 말투와는 달리 코사크계 러시아 혈통이라고 들었다. 곰처럼 우람한 몸집에 머리는 박박 밀어서 반들거렸고 눈동자는 석탄처럼 검었으며 희끗희끗한 콧수염은 턱까지 길게 내려왔다.

"마스터 치프."

중장이 짧게 답례했다.

"쉬어. 이거 눈물 나게 반갑군."

그는 치프에게 성큼성큼 걸어가 살짝 힘만 주면 그의 맨손쯤은 으스러뜨리고도 남는 치프의 차갑고 딱딱한 쇠 장갑을 맞잡고 악수를 나눴다. 이렇게 눈 하나 깜짝 않고 스파르탄 대원에게 악수를 청하는 일반 군인은 극히 드물었다.

"인디펜던스 기지에 잘 왔네. 4성급 호텔하고는 거리가 머네만…… 안방 같은 곳이라네."

"감사합니다, 중장님."

치프는 위컴 중장의 휘하였던 적은 없지만, 뉴 콘스탄티노폴 전투와 아틀라스 위성 포위전에서의 활약상 덕분에 명성은 익히 알고 있었다. 스파르탄 대원 모두 그의 전과에 관해 배웠으니까.

치프는 무전을 열어 해버슨 대위를 호출했다.

"나오셔도 됩니다. 안전합니다."

"알았다, 곧 가겠다."

"정말이지 반갑네, 치프."

위컴 중장이 말했다.

"그러니 오해하지 말고 듣게. 대관절 무슨 영문으로 돌아온 건가? 난 자네가 키예스 대령의 명령을 받고 코버넌트 권역 깊숙이 침투해 임무를 수행하는 줄로 알고 있었네만."

"맞습니다. 그게…… 말씀드리자면 깁니다."

중장이 한쪽 콧수염을 씰룩이더니 손목시계를 흘긋 보고는 씩 웃었다.

"시간은 아직 있네. 어디 들어보세."

치프는 바위에 앉아 리치 행성을 떠난 이후로 있었던 일들을 털어놓았다. 감마 정거장에서의 항법 데이터 회수, 필라 오브 어텀의 위험천만한 탈출, 헤일로의 발견과 기묘한 관리자 343 길티 스파크와 조우한 일까지. 그는 잠시 말을 잇지 못하다가 플러드의 출현과 그에 따른 헤일로의 파괴, 마지막으로 코버넌트 기함을 나포한 데서 이야기를 끝맺었다.

그러는 사이 해버슨 대위와 나머지 일행이 동굴에 도착했다. 치프가 이야기를 하는 동안은 아무도 입을 열지 않았다.

중장은 말없이 잠자코 듣기만 했다. 치프가 이야기를 마치자 그는 길게 휘파람을 불고 기나긴 사건을 곰곰이 생각해보았다.

"거참 황당무계한 모험담이로군. 자네 말고 다른 사람이 이런 얘기를 늘어놨더라면 당장 정신감정을 받아보라고 명령했을걸세."

중장은 자리에서 일어나 느린 걸음으로 걷기 시작했다.

"자네 말은 전부 믿네만…… 아직도 긴가민가한 점이 있네."

그는 생각에 잠겨 얼굴을 찡그렸다.

"헌데 그 긴가민가한 점이 뭔지 생각이 날 듯 말 듯하군."

"중장님."

해버슨 대위가 조심스레 말을 꺼냈다.

"불쑥 여쭤봐서 죄송하지만 중장님께서는 어떻게 살아남으신 겁니까? 그것도 여기서 말입니다."

중장이 웃음을 지었다.

"그것도 말하자면 길다네, 대위. 그러니 기승전결만 요약해서 들려주겠네."

그는 동굴 벽에 등을 기대고 팔짱을 꼈다.

"코버넌트 놈들이 행성계에 모습을 드러내던 순간, 난 이제 리치 행성이 역사의 뒤안길로 남으리라 직감했네. 놈들은 결코 중도 포기하는 법이 없잖나. 행성에 있던 인원들은 당연히 앞다투어 대피했네만, 난 남기로 결심했네."

중장의 얼굴 위로 만감이 교차했다. 우려와 기쁨의 표정이 떠오르기도 잠시, 곧 과거의 참상을 떠올리면서 얼굴이 돌처럼 굳어갔다.

"당시 우리는 신형폭탄 '노바' 개발에 박차를 가하고 있었네. 노바란 리튬 삼중수소 탄두를 연결한 집속핵폭탄일세. 이론상 노바는 폭발할 때 일반 핵폭탄처럼 거대한 폭발만 일으키고 마는 것이 아니라, 집속된 삼중수소 탄두가 연쇄작용을 일으켜 거대한 초고온 압력중심을 형성함으로써……."

중장은 주먹을 들어 손바닥을 내리쳐 보였다.

"파괴력을 100배로 증폭하네."

중장이 씩 웃음을 지었다.

"일명 '행성 분쇄탄'일세. 원래는 함대전에서 일대를 한꺼번에 쓸어버릴 용도였네."

중장이 얼굴에서 웃음기를 지우고는 수염을 가다듬었다.

"문제는 계획대로 일이 풀리지 않아 노바를 실전에서 써보지도 못하고 땅에서 발목을 잡혔단 사실일세. 그래서 달리 접근하기로 했네."

해버슨 대위가 의아스러운 듯이 미간을 찌푸렸다. 하지만 감히 반론할 엄두는 내지 못하고 표정만 찡그리고 있는데, 중장이 그 모습을 보고는 말했다.

"어떡했겠나? 사방천지에 날려버릴 코버넌트 놈들이 널렸잖은가."

해버슨 대위는 아리송한 듯이 고개를 저었다.

"죄송합니다만 잘 모르겠습니다."

"정보장교란 것들이 저렇다니까."

위컴 중장은 콧방귀를 끼고는 치프에게 고개를 돌렸다.

"자네라면 어떡했겠나?"

"폭파 대기상태로 두겠습니다. 이중안전 무효화 기폭장치를 가동한 다음 타이머를 설정해뒀을 겁니다. 기한은 두 주면 됩니다."

치프의 대답에 중장이 고개를 주억거렸다.

"열흘로 맞춰뒀네. 행여라도 놈들이 건드려서 좋을 것 없잖나."

중장이 어깨에 솥뚜껑만 한 손을 얹자 대위는 몸을 움찔했다.

"예상 가능한 결과는 두 가지일세, 대위. 내가 신께 간곡히 기도드리는 바는 놈들이 노바를 연구해보겠답시고 자기네 본거지로 가져가는 경우일세. 저만한 폭발력이면 놈들의 모행성은 두 쪽이 나겠지. 아니면 이대로 터진다 해도 리치 행성에 포진한 코버넌트 병력은 충분히 저지할걸세."

"알 것 같습니다."

해버슨 대위는 기어드는 목소리로 대답하며 손목시계를 힐끗 확인했다.

"가동하신 지 얼마나 됐습니까?"

"터지려면 한참 남았으니 걱정 말게. 아직 스무 시간은 남았네."

해버슨 대위는 침을 꿀꺽 삼켰다.

"하지만 계획에 문제가 하나 있네."

중장이 대위의 어깨에서 손을 치우고는 동굴 흙바닥을 내려다보았다.

"내 휘하에 있던 해병대 찰리 중대가 노바를 수습하기도 전에 전멸당했네."

그가 한숨을 푹 쉬었다.

"용감한 장병들이었지. 그런 장병들을 헛되이 죽음으로 몰아넣고 말았네. 바로 그때 보안 무전망으로 레드 팀과 연락이 닿았네. 그래서 내가 압력을 좀 넣어서 대원들의 손을 빌렸지. 그렇게 노바를 챙겨서 가동해둔 다음 게릴라전을 펼쳐서 놈들을 정신없이 들볶으며 혼을 빼놨다네. 다들 눈코 뜰 새가 없었지. 숨기만 하면 지루하잖나."

"나머지 레드 팀 대원들은 어디 있습니까?"

마스터 치프의 물음에 위컴 중장은 고개를 내저었다.

"후퇴한다는 보고를 받은 뒤 연락이 두절됐네."

중장은 탁자로 걸어가 낡은 지도를 펼치고는 메나카이트 산을 가리켰다.

"여기일세. 해군 정보국 캐슬 기지로 간다고 하더군."

그는 잠시 말을 멈췄다.

"하지만 코버넌트가 산을 철저히 박살 내고 있네. 대원들이 아직 무사하리라 믿고 싶은 심정이네만…… 주변 코버넌트 병력의 규모가 최소 10개 중대 이상일세. 항공지원에 근접궤도 정찰은 물론 지상에는 기갑부대까지, 아주 철옹성을 쌓았더군. 무슨 재간으로 저 틈바구니에서 살아나가겠나?"

마스터 치프는 지도의 선을 찬찬히 살펴보고 중장에게 대답했다.

"캐슬 기지 지하로 피신했을 겁니다. 대원들은 그곳에서 한동안 훈련을 받은 적이 있습니다. 코버넌트라 한들 수색대 투입 말고는 손쓸 방도가 없는 곳입니다."

"그렇다면 아직 살아 있을 가능성이 있다는 말인가?"

"예, 가능성은 충분합니다. 저곳에 대원들이 있으리라 확신합니다. 저라도 똑같이 행동했을 겁니다."

중장은 손끝으로 지도 위의 메나카이트 산을 가리켰다. 그는 생각에 잠겨 지도를 톡톡 두드리고는 고개를 번쩍 들었다.

"혹시 나포한 코버넌트 수송선을 타고 이곳 협곡까지 왔나?"

"맞습니다."

치프가 말해주지도 않았는데 중장은 그 사실을 대번에 알아맞혔다. 우악스러운 외모와는 달리 척하면 척이었다.

265

"그렇다면 구출하러 가세."

"중장님!"

해버슨 대위가 끼어들었다.

"외람된 말씀이오나 지금은 지구로 귀환하는 일이 최우선입니다. 지금 우리 손에는 헤일로에서 얻은 정보에 저희가 나포한 코버넌트 기함에 담긴 기술이 있고…… 코타나가 고안해낸 슬립스페이스 계산식만으로도 전세 역전이 가능할지 모릅니다."

"나도 알고 있네."

중장이 칼같이 대답했다.

"자네 말이 백번 옳네, 대위. 하지만!"

그는 굵직한 손가락으로 다시 지도를 두드렸다.

"미처 모르고 남겨둔 남녀 장병들이 코버넌트의 손에 재미삼아 죽어나는 꼴을 난 절대 못 보네. 스파르탄 대원이라면 두말할 것도 없지. 지금 당장 출발하세."

 폴라스키 이등상사는 나포한 코버넌트 수송선을 음속에 조금 미치지 못
하는 최고속력으로 조종했다. 수송선이 곡선을 그리며 상승해 기나긴 코
버넌트 함선 대열에 합류했다. 수송선, 폐기물 처리용 무인선, 세라프 전
투기 행렬이 고궤도에서 지표면으로 하강했다. 놈들은 대형을 이루며 메
나카이트 산으로 직행하고 있었다.

 코버넌트 통신문이 조종석 옆의 화면에 올라왔다.

 "함선 대열에서 통신문을 수신하는 중입니다…… 따로 놀지 말라는 소
리 같습니다."

 "그래도 공격은 하지 않잖나. 괜찮네. 비행에 집중하게, 이등상사."

 위컴 중장이 조종석 등받이에 손을 받치며 말했다.

 중장은 마스터 치프에게 몸을 돌렸다.

"준비시키게."

치프는 고개를 끄덕이고는 나머지 일행들이 있는 수송칸으로 갔다. 스파르탄 대원 셋과 해버슨 대위, 로클리어 상병, 존슨 하사가 바닥에 늘어놓은 무기 앞에 서 있었다. 안톤이 재고 현황을 하나하나 읊었다.

"산탄총, 퓨얼 로드 건, 잭해머 로켓발사기, 플라즈마 권총, 매그넘 권총, 마지막으로 수류탄 종류별로 완비. 입맛대로 고르십쇼."

치프는 MA5B 돌격소총 탄창 다섯 개, 파편 수류탄 세 개, 마지막으로 근접전에 대비해 산탄총 한 자루를 챙겼다. 욕심낼 필요는 없다. 나머지 일행을 챙기려면 장비를 가볍게 꾸려야 한다.

로클리어 상병이 끙끙거리면서 퓨얼 로드 건을 들었다. 연료봉 발사체를 감싼 외피를 따라 역겨운 초록빛이 번득였다.

상병에게는 버거운 중화기를 그레이스가 넘겨받아 가뿐히 견착했다.

"잊지 말고 권총을 챙겨라. 지하에서는 근접전이 될 거다."

치프가 로클리어 상병에게 충고했다.

"알겠습니다."

"거의 다 왔네."

위컴 중장이 소리쳤다.

마스터 치프는 상황을 살펴보려고 조종실로 돌아갔다. 일렬로 늘어선 수송선과 무인기가 산에서 파낸 트럭만 한 돌이 무더기로 쌓인 장소를 향해 나아갔다. 한때 만년설과 울창한 숲으로 덮인 메나카이트 산이 장엄하고 준험한 풍채를 자랑하며 우뚝 솟아 있었던 10킬로미터 전방에 나선형 구멍이 뻥 뚫려 있었다.

채굴장으로 뒤바뀐 산터 중앙에는 드릴로 뚫고 내려간 수직통로만 휑하니 남아 있었다. 코버넌트 순양함 한 척이 수직통로 상공에서 구멍 속으로 보랏빛 중력 리프트 광선을 쏘아보내고 있었다.

"착륙지점에 도착했군."

위컴 중장이 말을 이었다.

"폴라스키 이등상사, 저 구멍으로 수송선을 하강시키게. 엔진 출력만 조금 줄이고 중력 리프트에 동체를 맡기도록. 아래에 뭐가 있건 일단 내려가 봐야겠네."

"중장님, 죄송한 말씀이지만 들어갈 수 있을지 걱정스럽습니다."

중장은 실눈을 뜨고 수직통로 구멍을 바라보았다.

"걱정 말게. 자네만 믿겠네. 이제 서두르게. 하늘에 있는 놈들이 우릴 순순히 내려보내 주지는 않을 테니 말일세."

"예, 알겠습니다!"

이등상사는 구멍을 뚫어져라 쳐다보았다.

"문제없습니다."

마스터 치프는 중장의 배짱에 놀랐다. 그는 중장의 판단력을 믿었다. 비록 작전에서 비상식적인 전략 전술을 구사해 비판도 받았지만 통찰력만큼은 틀린 적이 없었으니까. 하지만 한편으로는 높은 계급의 장교일수록 불가능에 가까운 명령을 내린다는 사실을 실감했다.

"꽉 잡아!"

치프가 뒤편의 일행에게 소리쳤다.

폴라스키 이등상사가 코버넌트 수송선의 기수를 뒤집으며 어두운 보랏빛으로 아른거리는 중력 리프트 속으로 곤두박질쳤다. 중력장 속으로 들어가자마자 동체가 요동치기 시작하더니, 수송선은 속력을 높이며 단단한 바윗덩이 사이에 뚫어놓은 구멍 속으로 돌진해 들어갔다.

위에서 비치는 가느다란 한 줄기 햇빛이 가려지면서 수송선 내부가 어두컴컴해졌다. 내부 조명이 희끄무레한 파란빛을 띠었다.

"여기서부터는 기동할 공간이 없습니다."

폴라스키 이등상사가 나직이 말했다. 그때 해버슨 대위가 조종실로 다가왔다.

"위컴 중장님, 이 구멍이 어디론가 통한다는 가정하에 들어온 데까지는 그렇다 쳐도 그다음부터는 어떻게 할 작정이신지 모르겠습니다. 탈출할 때는 어떡할 생각이십니까?"

중장이 완고한 눈빛으로 대위를 노려보았다.

"다 생각해놨네. 내가 시키는 대로만 하면 되니 그만 인상 펴게. 알았나?"

해버슨 대위는 못마땅한 듯이 턱을 악물었다.

"알겠습니다."

폴라스키 이등상사는 수송선과 점점 가까워지는 터널 벽면만 뚫어져라 쳐다보았다.

"근거리 감지기에 신호가 잡혔습니다. 수직통로 바닥에 다다른 듯합니다. 현재 속도로 60초 뒤에 도착합니다."

중장이 치프에게 몸을 기울이고 조용히 속삭였다.

"아래에 뭐가 있는지는 몰라도 격렬한 공격에 부딪힐 걸세. 어떻게 됐건 반드시 갑절로 갚아주게. 그런 다음 안톤을 보내서 스파르탄 대원들이 있는지 없는지 알아보게. 짐작건대 아직 살아 있다면 지상으로 올라갔을 걸세."

치프가 미처 대답하기도 전에 중장은 후미로 자리를 옮겨 돌격소총 한 자루와 매그넘 권총 두 자루를 챙겼다. 그는 허리띠에 플라즈마 수류탄과 파편 수류탄도 부착했다.

"30초 남았습니다!"

폴라스키 이등상사가 큰 소리로 외쳤다. 엔진을 끄자 수송선은 중력 리프트의 힘으로만 미끄러져 내려갔다.

"아래에 뭔가 있습니다. 햇빛 같은데요?"

수송선 아래로 거대한 방이 나타났다. 너비가 3킬로미터에 원형 구조였으며 12층 높이의 계단이 내벽을 빙 에워쌌다. 위로는 홀로그램 태양과 위성 열 개가 돔형 천장을 따라 맴돌았다. 코버넌트가 산을 파면서 같이 뚫어버린 구멍만 빼면 홀로그램은 나무랄 데 없이 작동하는 중이었다.

검은 눈동자로 방을 세심하게 살피던 중장의 시선이 거대한 방 한 구석에 우글우글 몰려 있는 코버넌트 병력에 고정되었다.

"저길 보게."

그가 구석을 가리켰다.

"눈대중으로도 족히 백은 넘네. 엘리트는 몇 안 되고 자칼과 그런트가 대부분일세. 막힌 길을 뚫느라 바쁜지 우리가 오는 줄도 모르나 보군. 잘됐네.

이등상사, 놈들한테서 500미터 떨어진 지점에 내려주고 바로 이륙하게. 그리고 최대한 빨리 위로 올라가 구멍을 틀어막아 버리도록. 등 뒤를 훤히 내줄 수는 없잖나."

"알겠습니다."

위컴 중장은 리를 불렀다.

"자네는 뒤를 부탁하네. 여기 남아 수송선과 이등상사를 지켜주게. 서운해 말게."

"예, 알겠습니다!"

리가 대답했다. 마스터 치프는 그의 목소리에서 씁쓰레한 기색을 읽어냈다. 필시 자기 혼자만 손쉬운 임무를 맡았다고 생각해서일 테지.

수송선이 하강해서 푸른 타일이 깔린 바닥에서 1미터 정도 떨어진 허공에서 멈춘 뒤, 측면 해치가 열렸다. 치프가 먼저 밖으로 뛰어내렸고 뒤따라 안톤, 해버슨 대위, 로클리어 상병 순서로 내렸다. 반대편 해치에서는 위컴 중장, 존슨 하사, 그레이스가 뛰어나왔다.

일행이 내리기가 무섭게 수송선은 다시 상승, 아래에서 날아들지 모르는 유탄에 피격되지 않게끔 천장의 구멍 쪽으로 높이 올라갔다.

"전원 이동!"

중장이 소리쳤다. 그는 그레이스와 로클리어를 가리켰다.

"자네들은 원거리 화기를 쓰게. 나머지는 빨리 전진. 놈들을 쓸어버리세."

중장의 계획은 정석대로였다. 그는 적에게서 멀찍이 떨어진 곳에 착륙하게 함으로써 유일한 탈출 수단인 수송선을 안전히 지켰다. 일행에게는 아직 기습의 여지가 남아 있었다. 코버넌트도 자기네 진지 한복판에서 공격을 받을 줄은 꿈에도 모를 테니까.

그러나 그런 우위가 얼마나 갈까? 코버넌트 순양함이 수송선을 먼지로 만들기까지 남은 시간은 얼마나 될까? 가장 두려운 적은 코버넌트가 아니라, 바로 시간이었다.

그레이스가 걸음을 멈추고 퓨얼 로드 건을 허공을 향해 45도 각도로 조준한 뒤 방아쇠를 당겼다. 퓨얼 로드 건이 파열음과 함께 번득이는 에너지 덩어리를 내뱉었다. 에너지 덩어리가 포물선을 그리며 500미터를 날아가 탄착과 동시에 녹색 섬광을 내뿜으며 폭발, 그런트와 자칼들을 허공으로 날려 보냈다.

로클리어 상병은 로켓을 쏘고 난 빈 발사기를 내던졌다. 로켓 두 발이 병력을 지휘하던 엘리트들을 향해 똑바로 날아갔다. 이중 폭발이 일어나 방의 맞은편을 짙은 먼지와 불길과 연기로 뒤덮으며 시야를 가렸다.

마스터 치프는 일행에게 흩어지라고 손짓한 다음 속보로 전진했다.

전방의 먼지구름 속으로 그런트와 자칼의 형체가 흐릿하게 보였다. 놈들은 비명을 질러대며 허공에 총질을 하는가 하면 움직이는 물체는 죄다 쏴 갈기며 자기편끼리 싸웠다.

"계속 전진! 놈들이 눈치채기 전에 서둘러라."

안톤이 걸음을 멈추더니 타일 바닥에 난 발자국 옆에 무릎을 꿇었다.

"켈리가 이쪽으로 갔습니다."

그가 무전으로 보고했다.

마스터 치프는 무전을 열고 레드 팀의 주파수대를 맞췄다.

"켈리? 프레드? 조슈아? 들리면 응답하라."

대답은 잡음뿐이었다.

혼란에 빠진 코버넌트 공병대에서 100미터 가량 떨어진 곳에서 길을 잃은 플라즈마탄이 자욱한 연기를 헤치고 날아들어, 마스터 치프에게서 불과 몇 미터 떨어진 자리의 파편 섞인 발자국 위에 박혔다. 그는 적들이 고개를 들지 못하게끔 일대에 제압사격을 가했다.

그레이스가 자리에 멈춰서 퓨얼 로드 건을 다시 발사했다. 타오르는 방사능 에너지 차탄이 번득이며 허공을 가로질러 맞은편 벽에서 폭발했다.

강렬한 불빛 속에서 벽을 따라 에너지 방패로 방진을 구축한 여남은 자칼이 마스터 치프의 시야에 잡혔다. 방진 뒤로는 엘리트 다섯이 플라즈마 라이플을 겨누고 있었다. 그가 소리쳤다.

"엎드려!"

치프는 바닥으로 몸을 내던졌다.

그레이스도 바닥에 몸을 굴렸다. 플라즈마탄이 둘의 머리 위로 지글거리며 날아들었다. 한 발이 거의 명중하면서 치프의 방어막을 깎아먹었다. 플라즈마 집중 사격이 쏟아져 그의 주위에 있던 푸른 타일을 시커멓게 그을린 유리 분화구로 만들었다.

"수류탄 투척! 에너지 방패 위로 던지도록!"

위컴 중장이 고함쳤다.

마스터 치프와 안톤은 포복한 상태에서 플라즈마 수류탄을 꺼내 힘껏 투척했다. 수류탄이 맞은편 벽에 맞고 튕겨 나가 방어막 뒤에 뭉쳐 있는 엘리트와 자칼 사이로 떨어졌다. 푸르스름한 섬광이 두 차례 번쩍이며 방진을 뒤흔들자, 자칼들이 대오를 깨고 달아나기 시작했다.

그레이스가 흐트러진 방진을 향해 퓨얼 로드 건을 날려 그야말로 놈들을 산산조각 냈다.

"방사능 계측기가 최고치를 가리킵니다!"

퓨얼 로드 건을 바닥에 내던지며 그레이스가 소리쳤다.

"과열 때문에 더는 사용이 불가능합니다."

"거기서 떨어져! 안전장치가 가동됐다!"

치프의 명령에 그레이스가 아슬아슬하게 몸을 피했다. 땅에 떨어진 퓨얼 로드 건에서 불꽃이 새어나오면서 파지직거리더니 금세 수류탄 수준의 폭발력을 일으키며 터졌다. 시커멓게 그을린 타일 조각이 일행의 머리 위로 후두둑 쏟아졌다.

로클리어 상병이 뜀걸음으로 전진하며 발굴 현장에서 달아나는 그런트를 향해 사격을 가했다. 놈들은 비무장 상태였지만 상병은 인정사정없이 놈들을 해치웠다.

조각난 돌무더기 근처에서 다 죽어가는 엘리트 둘이 일어나려고 안간힘을 썼다. 놈들은 피범벅이 된 가슴팍에서 뼈가 비죽 튀어나온 채 공격이 날아온 방향으로 돌아섰다. 통로를 가로막은 바윗덩어리가 옆으로 치워졌다. 세 스파르탄 대원이 총구에서 연기가 피어오르는 돌격소총을 들고 밖으로 모습을 드러냈다.

치프는 그 셋이 켈리, 프레드, 윌임을 한눈에 알아보았다.

그는 대원들에게 달려갔다.

프레드가 소총을 내렸다.

"안톤……그레이스……존?"

도저히 믿기지 않는다는 목소리였다.

마스터 치프는 스파르탄 대원들에게 무전을 열었다.

"나다. 설명할 시간이 없다. 자초지종은 나중에. 지금은 탈출이 먼저다."

켈리가 잽싸게 손을 뻗어 검지와 중지를 모아 치프의 안면보호대 위로 손짓했다.

치프가 똑같이 답례하려는 순간 위컴 중장이 온 힘을 다해 달려와 스파르탄 대원들 옆에 멈춰 섰다. 곧 해버슨 대위와 로클리어 상병, 그리고 고개를 두리번거리며 광활한 공간을 살피느라 여념이 없는 존슨 하사가 뒤

따라 달려왔다.

"자네들이 전부인가?"

위컴 중장이 물었다.

"아닙니다. 한 명 더 있습니다."

프레드는 그렇게 대답하며 반쯤 무너진 통로 속으로 손을 뻗었다.

"박사님? 나오셔도 됩니다."

순간 마스터 치프는 이곳이 적진 한복판임을, 지금이 전시임을, 리치 행성이 함락됐음을, 그리고 지난 며칠간 겪은 일까지 까맣게 잊어버렸다. 살아서 그녀를 다시 보게 되리라고는 상상조차 못했다.

핼시 박사가 반쯤 무너져 내린 통로에서 나타났다. 박사는 치맛단과 연구복에 묻은 먼지를 가녀린 손으로 툭툭 털었다.

"위컴 중장. 다시 만나 반갑군요. 구해주셔서 감사드립니다. 얼마나 시기적절했는지 상상도 못하실 거예요."

박사는 마스터 치프에게 돌아섰다.

"아니면 대담무쌍한 구출작전을 펼쳐줘서 내가 고맙다고 해야 할 사람은 존 너니?"

마스터 치프는 꿀 먹은 벙어리처럼 있었다. 박사가 그의 이름을 너무나 허물없이 불러서 한편으로는 감정이 울컥했지만 그쯤은 얼마든지 봐드릴 수 있었다. 박사는 언제나 계급이나 군번이 아니라 본명으로 그를 불러왔으니까.

박사가 손에 꼭 쥐고 있는 주먹 크기의 크리스털이 눈에 뜨였다. 수많은 단면에서 사파이어나 햇빛에 비친 물결처럼 눈부신 푸른 빛깔이 뿜어져 나왔다.

"감사의 말은 누구한테 하든 상관없소, 박사. 원한다면야 일일이 다 해도 좋소만, 탈출부터 하고 그러든지 하시오."

위컴 중장은 그렇게 말하며 무전을 켰다.

"이등상사, 이제 내려오…….."

존슨 하사가 중장의 팔에 손을 얹고는 고개로 멀리 떨어진 반대편 벽을 가리켰다.

"무슨 일인가, 하사?"

중장의 목소리가 나오다 말고 도로 들어갔다.

마스터 치프의 전방투영창에 표시된 동작 감지기가 깜박거렸지만 표적은 잡히지 않았으며, 3킬로미터 너비의 방 어디에도 무엇 하나 보이지 않았다. 위장장치로 몸을 숨긴 엘리트가 감지기에 잡혔나? 아니다, 공기 중의 먼지에는 변화가 없었다.

"다들 꼼짝 말게."

중장이 속삭였다.

그때 놈들이 치프의 시야에 잡혔다. 한둘이 아니었다.

처음에는 허공에 일렁이는 안개나 먼지, 아니면 머나먼 거리가 신기루 같은 착시현상을 빚어낸 탓에 놈들을 포착하지 못했다고 생각했다. 하지만 저토록 많은 수의 코버넌트 병력이 미동도 하지 않고 가만히 있을 줄은 생각도 못했다.

광활한 방의 내벽을 둘러싼 12층에 달하는 계단을 따라 코버넌트 병력이 줄지어 늘어서 있었다. 옥외난간은 그런트와 에너지 방패를 펼친 자칼, 이를 드러내고 으르렁거리는 엘리트, 짝을 지어 어썰트 캐논을 녹색으로 물들이는 헌터들로 발 디딜 틈이 없었다.

수천 정에 달하는 플라즈마 화기의 충전음이 메뚜기 떼처럼 공기 중을 가득 메웠다.

아무도 움직이지 않았다. 기가 막혀서 욕을 길게 내뱉는 로클리어 상병을 빼고는 숨소리조차 내지 않았다.

치프는 놈들의 머릿수를 세어보았다. 각 층에 있는 병력만 족히 천은 넘었다. 최소 대대 규모 혹은 그 이상이었다. 놈들은 이쪽을 조준할 필요도 없었다. 그냥 방아쇠를 당겨 허공을 바늘 조각과 이글거리는 에너지로 가득 채워 버리면 그만이었다.

달아나려 한다 해도 일행은 뒤편의 통로에 미처 몸을 숨기기도 전에 증발해 버릴 것이 뻔했다.

헌터 한 쌍이 분노에 찬 괴성을 지르고는 어썰트 캐논을 들어 치프와 일행을 조준하고 발사했다.

잠시 뒤 코버넌트 대군 전체가 사격을 개시했다.

21

시간기록 이상/추정시각 2552년 9월 23일 0640시 (군사 표준력)/
엡실론 에리다니 행성계 외곽, 나포된 코버넌트 기함 우월한 정의 내부

인류가 난류 우주, 즉 '슬립스페이스'라는 모호한 명칭으로 부르는 유
클리드 기하학과 아인슈타인의 상대성이론이 적용되지 않는 공간에서 코
버넌트 기함 '우월한 정의'가 빠져나왔다. 실상 대체 우주의 차원 속에는
'우주'도 '난류'도 없었다.

함선의 선체가 영겁의 세월 동안 녹았다가 다시 얼기를 반복하며 거미
줄처럼 정교한 형태를 이루던 오르트구름[3]을 흩뜨렸다. 항행등 불빛이 얼
음 결정 사이로 퍼지며 아른거리는 광륜을 또렷이 남겼다. 그 광경을 보자
코타나는 핼시 박사가 책상에 늘 올려두었던 스노글로브가 떠올랐다. 자
그마한 눈보라가 휘몰아치는 유리구슬 속에는 3센티미터 높이의 알프스
고봉을 오르는 작은 스위스 산악인이 들어 있었지.

기함을 둘러싼 오르트 구름의 크기는 어마어마했지만 슬립스페이스의

---

3) 먼지와 얼음이 태양계 바깥에서 둥근 띠 모양으로 결집한 거대한 집합소로, 장주기 혜성의 근원지이다.

심연에서 빠져나온 그녀를 맞이하는 광경으로서는 흠잡을 데 없이 아름다웠다.

코타나는 단거리 점프를 감행하여 마스터 치프가 있는 리치 행성에서 수십억 킬로미터 떨어진 엡실론 에리다니 행성계의 변방으로 도망쳐 나왔다.

수색함을 투입한들 코버넌트가 코타나를 찾아낼 확률은 매우 희박했다. 행성계 변두리를 따라 형성된 오르트 구름 지대가 어찌나 넓은지, 100년 넘게 수색한들 소용없을 정도였다. 그래도 코타나는 일단 핵융합 원자로와 자신의 동력 시스템만 남겨두고 함선 전체의 동력을 차단했다.

함선은 얼어붙은 어둠 속을 표류했다.

그러나 코타나는 코버넌트 순양함과의 짧은 전투에서 소모한 슬립스페이스 축전기를 충전하고 플라즈마를 다시 생성하기 위해 원자로의 출력에도 제한을 걸어두었다.

코타나가 조종하는 함선이 거대한 함대의 일부였다면 플라즈마를 전부 소진하고 중력권 내부에서 슬립스페이스에 돌입하는 등의 궁여지책으로 쥐어짠 전술이 빛을 발했을지도 모른다. 하지만 일대다의 상황에서라면 그런 전술이 전투에서 효력을 발휘할 시간은 지극히 짧았다.

게다가 이제 코버넌트는 '우월한 정의'가 자기네 편이 아니라는 사실까지 알아차렸다. 코타나는 마스터 치프가 유유히 놈들을 속여 넘겨 스파르탄 생존자들을 구출한 뒤, 코버넌트 지상병력이나 함대에 걸리지 않고 지정 좌표에서 무사히 접선할 수 있기를 빌었다.

코타나는 잠시 생각을 멈추고 감정 서브루틴을 재설정했다. 사람으로 치면 깊은 한숨과 동격이었다. 마냥 허송세월하면서 기다릴 것이 아니라, 그동안 정신을 집중해서 뭐라도 도움이 될 만한 생각을 떠올려야 했다.

문제는 지난 닷새 내내 최대 능력치로 머리를 굴렸다는 점이었다. 더욱이 지금은 헤일로에서 습득한 정보가 머릿속을 꽉 메우고 있었다.

코타나는 다시금 방대한 데이터를 우월한 정의의 저장장치에 저장해둘까 싶은 생각이 들었다. 이제 코버넌트 인공지능도 삭제했으니 전보다 안전할 텐데. 하지만 코타나가 고안한 슬립스페이스 계산식이 벌써 놈들에게 새어나갔는데, 자칫하면 그로 인해 전세에 어마어마한 파장이 일어날지도 모른다. 헤일로에 관한 데이터가 코버넌트의 수중에 떨어진다면 전쟁은 끝난 것이나 마찬가지였다.

코타나는 남은 메모리 처리능력만 가지고 어떻게든 해보기로 마음먹었다.

코타나는 '우월한 정의'에 탑재된 수동 감지기에 귀를 기울이며 엡실론 에리다니 행성계 중심부를 살펴보았다. 희미한 코버넌트 통신문이 소곤거리며 곁을 스쳐 갔다. 리치 행성에서 여기까지 신호가 전달되는 데 여덟 시간이 걸리니 이 통신문도 발신된 지 그 정도 지났을 것이다.

흥미롭군. 현재 행성계 내부에서 주고받는 통신은 침입자에 초점이 맞춰진 상태였다. 하지만 정확히 어떤 주제가 오갔는지는 몰라도 8시간 전만 해도 업무가 정상적으로 돌아가고 있었다.

코타나는 데이터 흐름을 엿들은 다음 놈들의 언어를 번역해 뭐가 어떻게 돌아가는지 간파하려고 애를 썼다.

놈들이 자기네 종교와 관련해 흥분해서 떠들어대는 말 중 그나마 알아들을 만한 구절은 '신성한 조각을 발굴했노라', '신께서 남긴 빛나는 조각은 찰나에 사라질지언정 세세토록 영원하리라', '거인들이 남긴 별을 주웠노라' 따위였다.

직역 자체는 간단했다. 문제는 단어 뒤에 숨겨진 아리송한 의미였다. 놈들의 문화적 배경을 모르는 한 이는 전부 헛소리에 지나지 않았다.

하지만 무언가 뜻이 있음은 분명했다. 어쩌면 잘게 조각내 놓은 코버넌트 인공지능이 도움될지도 모른다. 말을 걸어왔다는 사실인즉 놈이 인간 언어를 얼마간 할 줄 안다는 얘기니까. 놈의 번역 소프트웨어를 역이용하면 가능할 법도 하겠는데.

코타나는 코버넌트 인공지능의 코드를 따로 분리한 다음 검색 및 압축 해제 작업을 시작했다. 시간이 적잖이 걸릴 듯했다. 코드를 압축해 놓은 탓도 있고, 처리능력을 제약받는 상태로 재구성 작업을 하기란 까다로울 테니까.

코타나는 기다리는 동안 함선의 원자로를 점검했다. 코버넌트는 저출력 자기장으로 삼중수소 플라즈마를 가열하는데 이는 너무나도 원시적인 방식이었다. 하지만 더 나은 하드웨어 없이는 코타나로서도 효율성을 개선할 방법이 없었다.

동력. 행성계 내부로 돌아가 마스터 치프와 접선하려면 동력이 더 필요하다. 일행을 태우고 작별 인사와 함께 유유히 달아나도록 코버넌트가 순순히 내버려둘 리가 없을 테니까.

논리적으로 볼 때 접선이 성공하려면 코타나가 한판 붙어서 몽땅 쓸어버리는 방법밖에 없었다.

여차하면 함선의 동력을 비축하면서 원래 설계대로 플라즈마 화기를 발사하면 된다. 하지만 그래 봤자 불가항력이다. 십 대 일, 키예스 함장이 살아 돌아온다 한들 그토록 불리한 상황을 뒤집기는 어려울 것이다.

코타나는 어떻게 난제를 해결할까 골똘히 생각하다가, 뾰족한 수가 떠오르기를 빌면서 리소스에 등록된 다중작업 루틴을 분리해 창의성/개연성 회로망에 정리해 넣었다.

마침 코버넌트 인공지능 코드 압축해제가 끝났다. 코드가 거대한 지층의 단면처럼 코타나의 눈앞에 펼쳐졌다. 회색 화강암과 암적색 사암처럼 뚜렷이 나뉜 시각처리장치 틈새로 거무스름한 기능막이 자리를 차지하고 있었다. 그중에는 코타나가 전혀 모르는 코드만도 수십 가지가 넘었다.

번역 알고리즘이 금빛 석영 암맥처럼 반들거리며 코드 지층의 최상층을 차지하고 있었다. 코타나는 소프트웨어에 가까이 다가갔다. 무한 루프와 막다른 코드를 보아하니 오류가 나지 않고는 못 배기는 구조였다.

하지만 개중에는 코타나가 혼자서는 결코 생각하지 못했던 가느다란 크리스틸 형태의 번역 벡터도 섞여 있었다. 코타나는 번역 벡터를 복사해서 사전에 저장해 두었다.

멀리서 날아든 코버넌트 통신문이 머릿속으로 물밀 듯이 쏟아져 들어왔다. 이제야 문장의 아귀가 맞았다. '지하 신전에 침입자 발생', '이단자를 발견하고 정화작업 진행 중', '승리는 확실하며 위대한 분의 고결함 앞에 이단자들은 모조리 불타리라', '신성한 빛은 결코 더럽혀지지 않으리라.'

코타나는 통신문에 담긴 긴박한 어조를 읽어냈다. 덮어놓고 큰소리를 치지만 석연찮은 구석이 있는 듯했다.

통신문에 침입자를 제거하라는 언급이 있고, 통신문이 우월한 정의가 엡실론 에리다니 행성계에 도착하기 몇 시간 이전에 작성되었음을 고려하면 마스터 치프의 짐작이 옳았다. 리치 행성에 생존자가 있었다. 그것도 스파르탄 대원일 가능성이 높았다.

치프가 7음조 신호만으로 상황을 제대로 짚었다는 사실에 코타나는 약이 올랐다. 정작 자기는 그 상황을 미처 파악하지 못했다는 사실이 더욱 언짢았다. 그제야 코타나는 지금 자신의 지적 능력이 위태로울 만큼 한계에 다다라 있음을 깨달았다.

경보 루틴이 켜졌다. 함교에서 원자로실로 가는 경로에 있는 진입구에서 신호가 잡혔다. 존슨 하사더러 용접하지 말고 일부러 남겨두라고 했던 곳이었지.

"덫에 걸렸네."

코타나는 그렇게 소곤거리고는 함내 감지기로 일대를 탐색해보았다. 아무것도 없는 듯했지만…… 놈들은 위장장치로 몸을 숨긴 엘리트 부대였다. 아마 코버넌트 함대가 보내온 환영 통신문에서 언급되었던 '빛나는 열쇠의 수호자'들일 테지.

코타나는 격벽 문 네 곳에 비상용 차단문을 내렸다. 앞뒤로 두 군데씩 통로가 굳게 닫혔다.

"덫 가동."

코타나는 밀폐된 해당 구획의 공기를 배출하면서, 놈들이 환기통로를 뚫고 빠져나가 나머지 놈들까지 한꺼번에 질식사로 몰아넣기를 내심 빌었다.

막 잠근 좌현 통로 내부에서 플라즈마 수류탄 폭발이 감지됐다. 폭발이 전자회로를 교란하면서 잠금이 풀렸다. 문이 천천히 열리기 시작했지만 맞은편의 밀폐된 문으로 빠져나가기에는 역부족이었다.

문이 열리다 말고 멈췄다.

"잡았다!"

코타나는 존슨 하사가 돌아와 놈들이 확실히 죽었는지 확인하기 전까지는 해당 구획을 계속 막아두기로 했다. 경계에 소홀해서는 안 될 일이다. 저렇게 호시탐탐 기회를 노리는 놈들이 함선 내부에 더 남아 있는 것이 분명하다. 앞으로 놈들을 찾아내면 이렇게 효율적으로 처리할 생각이었다.

성가신 일을 매듭지은 뒤 코타나는 다시 코버넌트 인공지능 코드로 주의를 돌렸다. 코드 일부가 코타나의 코드와 비슷해 보였다. 컴퓨터 과학에서 평행 진화가 일어날 가능성은 사실상 희박했다. 마치 코타나 자신의 코드를 마주 보는 듯했는데…… 차이가 있다면 거듭해서 복사하는 과정에서 생겨난 미세한 오류가 누적되었다는 점이었다.

코버넌트가 인간이 만든 인공지능을 포획해 복사한 다음 그 결과물을 함선에서 운용했던 걸까? 그렇다면 수많은 오류가 생기는데도 무슨 연유로 코드를 거듭 복사했을까?

앞뒤가 맞지 않았다. 코타나 같은 스마트 AI의 작동 수명은 약 7년 정도였다. 수명이 다하면 메모리 처리장치 내부의 상호연결점이 과도하게 늘어나 결국에는 치명적인 무한 피드백 루프를 형성한다. 다시 말해 지나치게 똑똑해짐으로써 도리어 성능이 급격히 저하되는 것인데, 과도한 생각으로 말미암아 죽는 격이다.

그래서 코버넌트가 아군의 인공지능을 이용한다 하더라도 그 복사본은 모두 7년 내로 죽음을 맞이하게 되며 사본을 복제할 이유 또한 없었다. 복제 과정에서 메모리 처리장치 내부에 축적된 상호연결점도 복사되는 까닭에 죽었다 깨어나도 수명을 연장하지 못하기 때문이다.

코타나는 잠시 손을 놓고 헤일로에서 데이터를 습득하고 분석한 탓에 자기 수명이 얼마나 줄어들었을지 차분히 생각해 보았다. 선조의 컴퓨터 시스템과 연계하면서 설계한도 이상으로 지능을 혹사했음이 틀림없었다. 그것 때문에 '수명'마저 깎아먹은 걸까? 코타나는 나중에 고민해 보기로 하고 이와 관련된 생각을 저장해 두었다. 마스터 치프를 지구로 귀환시킬 방법을 찾지 못한다면 남은 수명은 지금보다 더 짧아질 테니까.

하지만 아직 풀지 못한 궁금증이 하나 남았다. 코버넌트 인공지능의 복사경로 출처를 쫓았더니 복제 루틴이 나왔다. 복사 코드의 구조가 메모리 처리장치 공간의 3분의 2 이상을 차지할 만큼 굉장히 복잡했다. 검은 빛깔의 함수가 인공지능의 중추까지 깊숙이 맞닿아 있었다. 신경세포처럼 시스템 구석구석 손을 뻗친 코드는 마치 인공지능의 온몸으로 전이된 암세포처럼 보였다.

어떻게 되먹은 구조인지 도통 이해가 되지 않았다.

하지만 코드를 쓰기에 앞서 꼭 이해할 필요는 없었다.

위험을 무릅쓰면서까지 써볼 만한 가치가 있을까? 아주 없지는 않겠지. 코타나는 위험 부담을 완화할 방법만 있으면 우월한 정의에 탑재된 분리 시스템에 자신의 일부를 복제해 보면 어떨까 하는 생각이 들었다. 혹시라도 잘못되면 언제든 분리된 시스템을 지워버리면 그만이었다.

복제에 따른 잠재적 가능성은 무궁무진했다. 그렇게 하면 헤일로에서 습득한 데이터를 보존한 상태로 원래의 처리능력을 되찾을 수도 있었다.

코타나는 사본을 덮어쓸 시스템을 이중 삼중으로 점검했다. 하부 구획의 생명유지장치를 담당하는 코버넌트 소프트웨어가 저장된 자리였다. 이제는 그곳에 아무도 없으므로 생명유지장치를 가동할 필요가 없었다. 코타나는 조심스럽게 해당 하부시스템과 나머지 함선 사이의 연결을 차단했다.

코타나는 생각을 재고해 보았다. 코버넌트 인공지능의 사고력이 떨어지는 원인은 복제 소프트웨어에 있을지도 모른다. 하지만 코타나는 사고를 처리할 공간조차 여의치 않은 처지였다. 우선 불리한 조건 사이의 균형부터 맞춰야 했다.

코타나는 코버넌트 파일복제 소프트웨어를 실행했다. 프로그램 전체가 진동하면서 자신을 향해 다가오자 코타나는 즉각 모든 번역 프로그램과의 연결을 끊었다.

검은 함수가 코타나의 코드를 만지더니 몽땅 휘감아 그녀가 세워둔 방벽에 밀어붙였다.

모든 과정이 순식간에 진행되었지만 코타나는 절차를 중단하지 않았다. 굉장히 흥미로워서 그냥 멈추기가 아까웠다.

정신 일부가 흐려지나 싶더니 우월한 정의에 탑재된 시스템의 새로운 위치에 사본이 한 줄 한 줄 복사되는 것이 어렴풋이 느껴졌다. 낯선 기분이 들었다. 서로 다른 장소에서 서로 다른 생각을 하게 된다는 사실 때문은 아니었다. 다중처리야 전에도 실컷 해봤으니까.

지금은 그것과 다른 이유로 낯설었다. 무언가 불가사의하고…… 무한한 것을 살짝 들여다보는 기분이 들었다.

복제가 완료되자 작동이 중지된 복사 코드는 잘게 조각내둔 코버넌트 인공지능의 디렉터리에 고이 저장되었다.

코타나는 자신의 전 시스템을 가동했지만 크게 바뀐 점은 없었다.

새로 복사한 시스템도 확인해 보았다. 전체적으로 멀쩡했으며 사소한 소프트웨어 오류—코타나는 이를 발견 즉시 수정했다—가 있기는 했지만 정상으로 가동되는 중이었다.

코타나는 새 시스템을 실행한 다음 원래 시스템에 종속시켜 병렬 가동했다. 한쪽은 해군 정보국에서 만든 코버넌트어 사전을, 다른 한쪽은 코버넌트 인공지능의 인간언어 사전을 살폈다.

코버넌트 복제 소프트웨어로 번역 루틴을 복사한다면 코타나 자신도 복제가 가능하지는 않을까?

안 돼. 코타나는 쓸데없는 생각을 접어두었다. 자신을 복제하면 거기에 수반되는 위험이 훨씬 더 컸다. 자세히 모르는 부분이 너무나 많다. 애초에 복제 소프트웨어는 적인 코버넌트가 만든 코드가 아니었던가. 코타나처럼 복잡한 알고리즘이 걸려들기를 기다리는 부비트랩이 있을지도 모른다.

게다가 자가복제를 한들 정신적 퇴행은 막기가 불가능했다. 상호연결점 오류는 이미 생겨났기 때문에 아무리 사본을 많이 뜬다 해도 그 오류를 돌이킬 방도는 없었다.

코버넌트 인공지능의 부자연스러운 말투가 문득 생각났다. 도대체 놈은 얼마나 많이 복제를 거듭했던 걸까?

코버넌트 통신문 해석이 완료되는 바람에 코타나는 잠시 생각을 접어두었다. 의미가 명확하게 보이자 새 눈과 귀가 생긴 기분이었다. '발굴 진행 중. 600미터 깊이에서 새로운 지하층을 발견했으며 정찰대는 이단자들을 발견하지 못함. 작은 유물을 발견하여 기지로 귀환하는 중. 기뻐하라!'

그리고 지난 분석에서 놓친 부분이 하나 있었다. 두 번째 반송파 신호에 실려 왔던 통신문은 코타나가 헤일로로 통하는 좌표를 산출할 당시 썼던, 마스터 치프가 코트다쥐르에서 발견한 외계 유물에 들었던 기호와 동일한 문자로 쓰여 있었다.

점, 막대, 사각형, 삼각형처럼 단순한 기호를 코버넌트가 지나치게 화려

한 서체로 장식한 것도 모자라 종교적인 암시까지 장황하게 섞어놓은 탓에 미처 보지 못하고 지나쳤던 것이다.

하부시스템 복제본과 새 번역용 사전으로 무장한 코타나로서는 헬시 박사가 입버릇처럼 얘기했던 '용건만 간단히'라는 말이 나올 법한 대목이었다.

이들 통신문은 하나같이 명령서였다. 새로 엡실론 에리다니 행성계에 진입한 함선들에서 신호가 발신되어 행성계 외부로 나가는 함선들과 주고받은 내용이었다.

코버넌트 제국의 중심부에서 은하계 변두리까지 전갈을 보내는 일종의 자동우편 체계였다. 오만한 것인지 멍청한 것인지, 놈들은 명령서에 변변한 암호조차 걸어놓지 않았다.

하지만 가만히 생각해보니 코타나가 이 사실을 알아내기 전까지 국제연합 우주사령부는 코버넌트가 이토록 간단한 통신체계를 사용한다는 사실조차 간파하지 못했다. 과연 어느 쪽이 더 멍청한 걸까?

수백 척에 달하는 함선의 배치령이었다. 항공모함, 구축함, 보급선 등 어마어마한 규모의 함대였다. 놈들은 지정된 위치에 집결하여 연료를 채우고 보급품을 싣고 다음 슬립스페이스 점프에 돌입할 예정이었다.

외계 유물에서 나왔던 간단한 기호를 좌표로 변환하는 방법쯤은 코타나도 알고 있었다.

어디 보자, 놈들은 람다 서펜티스 행성계로 점프하여 원자로에 사용할 삼중수소 가스를 모으기로 되어 있었다. 그리고 나서 호킹 행성계로 점프해 30여 척에 달하는 항공모함과 접선 및 세라프 전투기 탑재. 그 다음은……

코타나는 처리활동을 모두 중단했다. 그리고는 자신의 역량을 모조리 번역 회로에 집중해 좌표를 확인하고 또 확인하며 족히 백 번은 다시 점검해 보았다.

틀림없었다.

곧 작전을 개시할 코버넌트 함대의 마지막 이동 좌표는 태양계를 가리켰다.

코버넌트가 지구로 향하고 있었다.

제4부
도박

**시간기록 이상/추정시각 2552년 9월 23일 0640시 (군사 표준력)/
엡실론 에리다니 행성계, 리치 행성 지표면, 터널시설 지하**

긴장감이 흐르는 가운데 치프는 일행을 둘러싼 계단에 포진한 수천에 달하는 코버넌트 병력을 주시했다. 섣불리 움직일 수가 없었다. 일행의 화력이 절대적으로 열세였다. 이길 방법이 없었다.

거대한 방의 3층 계단 4시 방향에서 헌터 한 쌍이 분노에 차서 울부짖었다. 놈들은 어썰트 캐논을 들어 일행을 조준하고 발사했다.

켈리가 가장 발 빠르게 행동에 돌입하여 흐릿한 잔상을 남기며 핼시 박사 앞을 가로막았다. 치프와 프레드는 켈리의 양옆으로 움직였으며 안톤은 위컴 중장을 붙잡아 뒤로 던졌다.

눈부신 녹색 연료봉 탄환이 스파르탄 대원들의 방어막에 부딪히며 가슴팍에 열기를 퍼부었다.

치프의 방어막이 완전히 소진됐다. 밀어닥치는 압력에 한 걸음 뒤로 밀려나면서 팔뚝에 물집이 잡혔다.

열기가 가시자 치프는 눈을 깜박여 검은 점이 깜박거리는 시야를 가다듬었다. 켈리가 발아래에 쓰러져 있었다. 전투복에서 연기가 피어올랐고 전투복 왼쪽에 있는 비상 배출구에서는 정수압 젤라틴이 부글거리며 새어 나왔다.

계단 전체에서 수천 발에 달하는 탄환이 발사되는 총성이 울려 퍼지자, 치프는 본능적으로 자세를 낮추고 쓰러진 동료를 엄호하며 곧 들이닥칠 불타는 에너지탄의 충격에 대비해 마음을 단단히 먹었다.

전방의 계단에서 쏟아져 나온 플라즈마탄과 가느다란 바늘이 서로 엇갈리며 거미줄처럼 뻗어 나가며, 치프와 일행을 공격했던 헌터 한 쌍에게 사격이 집중되었다.

헌터 한 쌍은 동시에 방패를 들어 몸을 가렸다. 놈들은 25센티미터 두께의 두꺼운 철 방패로 막아내지 못하는 공격이 없었지만, 소나기처럼 쏟아지는 집중사격 앞에서는 소용이 없었다. 커다란 헌터 둘이 불길에 휩싸이면서 장갑복과 방패까지 타오르기 시작하자 놈들은 눈 깜짝할 사이에 증발해 치프의 시야에서 사라졌다.

두 헌터가 있던 계단이 순식간에 먼지와 연기로 변하자, 운 없게도 곁에 있던 그런트와 자칼 수십 놈까지 덩달아 파편과 함께 바닥으로 곤두박질쳤다.

치프는 심장이 쿵쿵거렸다. 일행도, 코버넌트도 꿈쩍하지 않았다.

"뭐가 어떻게 돌아가는 거지? 지금쯤 우린 다 황천행이어야 하지 않나?" 존슨 하사가 중얼거렸다.

치프는 켈리의 생체 계측기에 접속했다. 쇼크 상태였으며 전투복에 탑재된 열펌프는 기능이 정지되기 일보 직전이었다. 켈리를 안전한 곳으로 옮겨야 한다.

최상층 계단에 있던 금빛 전투복을 입은 엘리트가 에너지 검을 하늘 높이 치켜들고 소리쳤다. 0.5초 뒤 치프의 헬멧에 내장된 통역 소프트웨어에서 음성이 흘러나왔다.

"놈들을 붙잡아라. 허나 무엄하게 성스러운 빛에 사격을 가하는 자는 죽음을 면치 못하리라! 전진!"

핼시 박사가 안경다리를 귀에 바짝 붙이며 내장된 통역기에 귀를 기울였다.

"크리스털, 놈들은 크리스털을 노리고 있어."

엘리트 부대가 파르스름한 빛을 띠는 플라스틱신 밧줄을 타고 바닥으로 내려왔다. 수많은 그런트들이 잔뜩 들떠서 소리를 질러대며 폴짝거리고 발을 굴렀다. 자칼들이 엘리트 지휘관의 뒤를 따라 밧줄을 잡았다.

"이등상사, 당장 내려오게! 즉각 구조를 요청한다!"

위컴 중장이 무전으로 소리쳤다.

"알겠습니다."

폴라스키 이등상사는 해군 조종사답게 느긋하고 침착한 목소리로 대답했다.

프레드, 그레이스, 안톤이 몸을 돌려 아래로 내려오는 엘리트 부대를 향해 삼점사를 가했다. 놈들은 밧줄에서 떨어져 타일 바닥에 보라색 피를 튀기며 낙사했다.

핼시 박사는 연구복 주머니에 외계 크리스털을 쑤셔 넣고는 켈리 옆에 무릎을 꿇었다. 박사는 데이터 패드로 켈리의 활력 징후를 확인하고는 고개를 가로저었다. 박사가 고개를 들고 치프에게 암담한 목소리로 말했다.

"간신히 숨은 붙어 있어. 좀 도와줘."

"손님을 푸대접하면 쓰나! 마스터 치프, 놈들을 뜨겁게 맞아주게!"

위컴 중장이 소리쳤다.

"방어선을 따라 집중사격! 델타 대형으로 산개한다, 실시!"

스파르탄 대원들은 동시에 반원을 이루며 바깥으로 소총을 겨눈 다음 안전장치를 내리고 사격을 개시했다. 대원들 뒤로는 로클리어 상병, 존슨 하사, 해버슨 대위, 위컴 중장이 반원 안에서 위치를 고수하며 수류탄을 투척했다.

치프는 사격을 멈추고 잠시 켈리에게 주의를 돌렸다. 그는 바닥에 힘없이 늘어진 켈리를 뒤로 끌어내 어깨에 짊어졌다.

코버넌트 병력이 바닥을 내려와 서서히 가까이 다가왔지만 응사하지는 않았다. 철갑탄이 전투복을 꿰뚫고 수류탄이 굉음을 올리고 폭발하면서 엘리트들이 줄줄이 쓰러졌다. 지휘관을 뒤따라서 밧줄을 타고 살육의 현장 한복판으로 내려온 자칼들이 일제히 엘리트 앞으로 나와 방패를 겹치며 방벽을 구축했다. 전형적인 엘리트식 허세였다. 놈들은 설사 목숨을 잃는 한이 있어도 체면 때문에 항상 전투에서 선봉에 서야만 했다.

놈들의 체면 따위 치프에게는 알 바 아니었다. 그는 새 탄창을 꽂고 계속 사격을 가했다.

자칼과 엘리트들이 사격을 퍼붓는 스파르탄 대원들을 향해 침착하게 전진했다. 2차 자칼 대열은 에너지 방패를 머리 위로 들어 수류탄이 대형 한가운데 떨어지지 않게 막았다.

폴라스키 이등상사가 모는 코버넌트 수송선이 천장의 구멍에서 내려와 기수를 돌려 금이 간 타일바닥에서 1미터 가량 떨어진 허공에 멈췄다. 양측면 해치가 열렸다.

치프는 수송선에 오르는 프레드에게 켈리를 맡기고는 핼시 박사와 위컴 중장을 차례로 올려보냈다. 로클리어 상병과 나머지 스파르탄 대원은 반대편 해치에 올랐다. 존슨 하사와 마스터 치프는 마지막으로 탑승했다. 하사와 치프가 경사로에 올라 손잡이를 잡기가 무섭게 폴라스키 이등상사는 수송선의 속력을 높이며 바닥에서 떠올랐다.

수송선이 상승하는 사이 마스터 치프는 코버넌트 병력을 내려다보았다. 수천에 달하는 병력이 바닥과 벽면을 둘러싼 계단 위로 들끓었다. 흡사 성난 개미떼를 보는 듯했다.

해치가 닫힌 뒤 마스터 치프는 조종실로 걸어가던 중 힘없이 늘어진 켈리를 발견했다. 전투복 구멍에서는 가느다란 연기가 피어올랐다.

그는 핼시 박사를 도와 켈리를 바로 앉히고 안전벨트를 채웠다. 핼시 박사는 데이터 패드 위로 구불구불하게 스쳐 지나가는 켈리의 불규칙한 활력 징후에 시선을 집중했다. 박사는 기다란 크리스털을 켈리 옆의 바닥에 내려놓으려 했으나…… 크리스털은 중력을 무시하고 뾰족한 끝을 바닥으로 향한 채 공중에 떠올랐다.

"정말 기묘하네."

핼시 박사가 중얼거렸다. 치프 역시 동감이었다. 실로 기이한 일이었다. 잔뜩 열에 받쳤으면서도 수송선에 전혀 대공사격을 가하지 않는 수많은 코버넌트 병력만큼이나 기이했다.

"켈리를 돌봐주십시오."

치프는 핼시 박사에게 그렇게 말하고 다시 일어나 조종실로 갔다.

폴라스키 이등상사가 계기판 위로 상체를 푹 숙이고 있었다. 이등상사는 쌍곡선을 그리며 수송선을 상승시켜 거대한 방의 돔형 천장에 뚫린 구멍으로 진입했다. 마스터 치프는 충격에 대비해 벽면에 부착된 손잡이를 잡았다.

하지만 별안간 수송선의 속력이 떨어지더니 기수가 앞으로 기울면서 평행한 자세로 돌아갔다.

"문제가 생겼습니다. 문제도 보통 문제가 아니군요."

폴라스키 이등상사는 그렇게 말하며 정신없이 계기판을 두드렸다.

구멍으로 비쳐드는 보랏빛 중력 리프트 불빛이 어두워졌다. 서서히 시야에서 사라지나 싶었는지만…… 불빛을 계속 바라보고 있자니 또다시 눈이 시렸다.

"놈들이 수송선을 도로 밀어내는군."

위컴 중장이 말했다.

"리, 상면으로 가서 구멍으로 잭해머 로켓을 두어 발쯤 날리게."

"알겠습니다."

그렇잖아도 리는 싸우고 싶어 몸이 근질거리던 참이었다. 그는 치프에게 고개를 끄덕인 뒤 잭해머 로켓발사기를 들고 해치로 갔다.

중장은 미간을 찡그리며 고개를 저었다.

"고작 로켓으로 터널을 뚫지는 못하겠지만, 시도라도 해봐야지 않겠나."

수송선이 상승하다 말고 갑자기 멈추더니 잠시 그대로 갸우뚱거리다가 터널을 따라 다시 아래로 가라앉기 시작했다.

리가 측면 해치를 열었다. 중력 리프트에서 뿜어져 나오는 강렬한 보라색 불빛이 수송선 내부로 쏟아져 들어왔다.

핼시 박사가 소스라치게 놀라 숨을 삼켰다. 마스터 치프는 무슨 일인가 싶어 고개를 돌렸다.

짧은 찰나, 치프는 박사가 가져온 크리스털이 산산조각 난 줄로만 알았다. 하지만 깨지지 않았다. 가느다란 크리스털의 위쪽 절반이 단면을 따라 갈라지면서 꽃봉오리처럼 활짝 열렸다. 꽃잎처럼 펼쳐진 사파이어빛 조각이 물결치기 시작하더니, 중력 리프트의 보랏빛 광선이 내리쬘수록 더더욱 넓게 벌어졌다. 크리스털의 단면이 복잡한 기하학 구조를 취하며 이리저리 돌아갔다. 마치 스스로 모양을 바꾸려는 것처럼 움직이며 초록빛을 발산하기 시작했다.

수송선 내부를 메우던 빛이 사라졌다. 보라색 불빛의 흔적이 썰물처럼 잦아들었다.

수송선이 느닷없이 다시 상승하기 시작했다.

"대체 어떻게 된……."

폴라스키 이등상사는 생각지도 못했던 상황에 놀라면서도, 얼른 조종대를 잡고 뒤로 당겼다. 수송선이 웅웅거리는 엔진소리를 내며 터널 위로 솟아올랐다.

"중력을 왜곡했어. 처음 발견하고 다가가려 했을 때도 이 크리스털은 공간을 왜곡시켰어. 아무래도 인공 중력에 영향을 미치나 봐. 한시라도 빨리 연구해보고 싶은걸."

핼시 박사가 중얼거리며 활짝 벌어진 크리스털을 응시했다.

수송선이 구멍을 빠져나오자 햇빛이 내부를 환히 밝혔다.

중력 리프트에서 벗어나는 순간, 가느다란 크리스털은 꽃잎처럼 벌어진 조각을 오므리며 원래의 매끄러운 모양으로 돌아갔다. 핼시 박사는 크리스털을 집어 연구복 주머니에 넣은 다음 다시 켈리의 활력 징후에 주의를 기울였다.

메나카이트 산터의 하늘은 주위를 맴도는 밴시와 세라프 편대로 가득했다. 300미터 길이의 경순양함도 있었다. 순양함 여섯 척이 추가로 도착해서 작은 수송선을 마주 보며 플라즈마 포탑으로 치프 일행의 움직임을 주시했다.

폴라스키 이등상사 앞의 계기판 위로 번득이는 기호가 줄줄이 올라왔다.

"놈들이 우릴 조준했습니다."

침착하던 목소리는 어디 가고 다소 긴장된 목소리로 이등상사가 보고했다.

"공격하진 못할걸세."

위컴 중장이 굳은 결단이 묻어나는 목소리로 장담했다. 어림짐작으로 하는 소리가 아니라 마치 코버넌트에게 엄명이라도 내리는 듯한 말투였다. 그는 뒷짐을 지고서 위에서 내려다보듯 순양함을 지켜보았다.

"놈들은 박사 일행이 찾아낸 물건을 포획할 작정일세. 얼마나 갖고 싶었으면 총알에 맞아주는 것도 모자라 순순히 달아나게 내버려뒀겠나."

"중장님, 07시 50분에 코타나가 조종 중인 코버넌트 기함과 접선할 예정입니다. 앞으로 20분밖에 남지 않았습니다."

마스터 치프의 말에, 위컴 중장은 손목시계를 들여다보고는 주위로 점점 가까이 몰려드는 코버넌트 함선들을 흘긋 쳐다보았다.

"이등상사, 여기서 탈출하세. 접선 지점으로 경로를 설정하고 최고속력으로 이동하게!"

"예, 알겠습니다."

폴라스키 이등상사는 리치 행성의 대기권 상층부로 기수를 높였다. 하늘이 청록색에서 암회색으로, 다시 암청색에서 칠흑처럼 어두워지면서 별이 총총히 나타났다.

코버넌트 수송선을 뒤로하고 대기권을 빠져나왔지만 수송선의 속도는 날렵한 세라프 전투기에 비하면 거북이처럼 느렸다. 네 대는 왼쪽, 나머지 네 대는 오른쪽으로 움직이며 세라프 편대가 수송선을 에워쌌다. 세라프 전투기 두 대가 천천히 수송선의 기수로 나아가 진로를 가로막았다.

"놈들이 수송선을 포위합니다."

폴라스키 이등상사가 급히 수송선의 속력을 늦췄다.

위컴 중장이 다정하게 어깨에 손을 얹었다.

"이등상사, 전속력으로 들이받아 버리게."

폴라스키는 침을 꿀꺽 삼켰다.

"알겠습니다."

그녀는 한 손으로 안전벨트를 꽉 죄고 다른 한 손으로는 계기판에 손을 올린 채 속력을 최대로 높였다.

수송선이 불쑥 앞으로 튀어 나가 앞을 막은 세라프 전투기를 향해 정면으로 돌진했다. 두 세라프 전투기가 불과 3미터 간격을 두고 황급히 옆으로 비켜나자 수송선은 앞으로 쏜살같이 스쳐 지나갔다.

로클리어 상병이 조종석 왼편의 표시창을 힐끗 쳐다보고는 휘파람을 불었다.

"제 눈에만 그렇게 뵈는진 모르겠는데, 어째 전보다 더 북적이지 않습니까?"

마스터 치프는 로클리어의 어깨너머로 화면을 들여다보았다. 지표면으로 내려갈 때만 해도 리치 행성 궤도에는 소형 전함 십여 척밖에 없었는데, 지금은 규모가 세 배로 불어나 있었다.

빛나는 쥐가오리처럼 생긴 경순양함 여러 척, 둥그스름한 항공모함 네 척, 반짝거리며 벌떼처럼 그 주위를 날아다니는 세라프 편대, 그리고 플라즈마 포탑을 곤두세운 미끈하고 민첩한 구축함 몇 척이 궤도에 포진해 있었다.

그런 가운데 수많은 잔해가 떠 있었다. 궤도를 맴도는 코버넌트 함선의 일부, 날카롭게 조각난 합금장갑 덩어리, 아직도 열이 가시지 않아 벌겋게 달아오른 플라즈마 전자회로 다발, 그리고 선체가 증발하면서 생겨난 금속 구름이 다시 식어 형성된 반짝이는 먼지 안개가 여기저기 흩어져 있었다.

"우리가 없는 동안 코타나가 많이 바빴나 보군."

해버슨 대위가 한마디 했다. 그는 여기저기 흩어진 잔해를 바라보며 만족스레 고개를 끄덕였다.

뭔가가 번득이더니 코버넌트 항공모함의 격납고에서 검은 형체들이 줄줄이 쏟아져 나왔다. 전방투영창을 최대로 확대해 보니 추진기를 짊어진 엘리트 부대와 갈고리를 장착한 정비용 무인기였다.

"전투기, 무인기, 그리고 엘리트 침투부대가 요격 진로로 접근해옵니다."

폴라스키 이등상사가 상황을 알렸다.

"접근 방향은……."

이등상사는 잠시 말을 멈추고 탐색 결과를 다시 확인해보았다.

"맙소사, 사방에서 몰려듭니다."

"접선 좌표로 이동하게. 이번에는 뜸 들이지 말고 곧장 전속력을 내도록."

위컴 중장이 명령했다.

"중장님…….."

폴라스키 이등상사가 얼음장처럼 차가운 목소리로 대답했다.

"여기가 바로 접선 좌표입니다."

마스터 치프는 나포한 코버넌트 기함을 찾아 표시창을 훑어보았지만 보이는 것이라고는 적뿐이었다.

코타나는 우월한 정의를 다시 노멀스페이스에 진입시켰다. 굉장히 아슬아슬했다.

행성계 외곽에서 내부로 점프하려면 정밀한 계산과 더불어 그 사실을 인정하기는 끔찍이도 싫지만 상당한 운이 뒤따라줘야 했다.

코타나는 함선이 행성이나 여타 천체에 근접한 곳에서 노멀스페이스에 진입하면 어떻게 될지 그동안 궁금했었다. 이번에는 천체가 아니라 다른 함선에 근접한 경우였지만.

우월한 정의가 리치 행성 고궤도의 잔해 지대로 깜박이며 모습을 드러냈다. 코버넌트가 궤도 한구석으로 치워놓은 격침된 함선 잔해와 기함의 원자가 뒤섞였지만 격렬한 폭발은 일어나지 않았다.

슬립스페이스 점프로 인해 강줄기 중간의 바위 주위로 물살이 흘러가듯 함선 주변의 잔해가 밀려났기 때문에 그런 현상이 발생하지 않았거나, 아니면 불가능을 가능으로 바꾸는 치프의 행운이 코타나에게도 조금은 옮겨온 모양이었다.

수백에 달하는 격침된 코버넌트와 국제연합 우주사령부 함선이 코타나 주위를 힘없이 맴돌았다. 그물망 형태의 궤적을 보아하니 우월한 정의가 진입하면서 잔해가 옆으로 살짝 밀려난 듯했다. 시간만 있었더라면 실험 삼아 함선에 실린 무인기를 써서 '행운 가설'을 시험해봤을 텐데.

하지만 코타나나 마스터 치프나 시간이 촉박하기는 마찬가지였다.

접선까지 불과 몇 분밖에 남지 않았다. 일행이 엡실론 에리다니 행성계를 살아서 탈출하려면, 지금은 일분일초를 아껴 작업에 몰두해야 한다.

코타나는 적정 후보함을 찾아 잔해 지대를 탐색했다. 코버넌트 함선은 찾아보기 힘들었다. 리치 행성 전투 당시 국제연합 우주사령부 함대가 코버넌트 함선을 격침하면서 워낙 철저하게 박살 냈던 까닭이었다. 코타나의 계획에 적당한 후보 함선은 보이지 않았다.

코타나는 수없이 격침된 국제연합 우주사령부 함선으로 주의를 돌렸다. 코버넌트는 국제연합 우주사령부 전함을 전투불능 상태로 만들기 위해서 굳이 아군처럼 화력을 집중해 함선을 형체도 없이 파괴해버릴 필요가 없었다. 에너지 프로젝터 단 한 방이면 선체가 꿰뚫리고 승무원이 죽어나가 금방 전투력을 상실할 테니까.

코타나는 문득 궁금해졌다. 얼마나 많은 아군 전사자가 주변 우주를 떠다니는 걸까? 수천이 넘는 용감한 남녀 장병이 전투 끝에 장렬히 전사했다.

감지기에 국제연합 우주사령부 경순양함의 윤곽이 잡혔다. 둘로 절단된 선체에서 아직 가동 중인 원자로 냉각재가 새어 나오는 초계함도 있었다. 코타나의 기준에는 적당했지만 파손 정도가 너무 심각했다. 손상되지 않은 핵융합 원자로는 하나도 없었다.

코타나는 항공모함과 중순양함의 위치를 표시해 탐색에서 제외했다. 그 둘은 덩치가 너무 크다. 속력과 기동성을 어느 정도 희생할 의향은 있지만, 궤도에서 이탈하는 데 한 시간이나 엔진을 가동해야 하는 수준까지 감수할 생각은 없었다.

그렇다면 남은 선택은 구축함과 호위함이었다. 코타나는 잔해 지대 내부에서 구축함과 호위함을 합쳐 모두 열네 척을 찾았다. 외관상 차이가 나기는 하지만, 본질적으로 구축함은 90센티미터 더 두꺼운 1.5미터 두께의 티타늄-A 장갑을 두른 호위함이었다.

후보 함선은 두 척이었다. 구축함 타르시스와 호위함 게티즈버그는 둘다 핵융합 원자로가 작동되는 상태였다. 게티즈버그는 함수에서 함미까지 에너지 프로젝터에 관통당해 함교와 생명유지장치가 박살 난 상태였지만 동력장치는 물론 선체 하부에 탑재된 맥건도 아직 작동되는 중이었다. 거기다 선체 상면의 외부 결합장치까지도 멀쩡했다.

코타나는 우월한 정의에 탑재된 엔진에 동력을 조금 흘려보내 천천히 게티즈버그를 향해 나아갔다.

코타나는 행성계 내부의 코버넌트 통신에 귀를 기울였다. 이전에 비해 통신량이 여덟 배로 증가했으며 행성 지표에 발을 디딘 '이단자'와 '신성한 빛'이 현재 위험에 처했다는 언급이 많았다. 좋은 일이다. 말인즉 마스터 치프가 놈들에게 피해를 안겨주며 마음껏 실력을 발휘하는 중이라는 얘기니까. 더 중요한 사실은 난파된 함선 사이에 모습을 드러낸 우월한 정의를 아직은 놈들이 발견하지 못했다는 점이었다.

게티즈버그와의 거리가 1킬로미터로 좁혀지자 코타나는 엔진 가동을 중단했다. 그런 다음 추진기를 살짝 분사해 가까이 접근한 뒤, 선체를 뒤집어 우월한 정의의 상면과 게티즈버그의 상면이 서로 나란히 마주 보게 방향을 돌렸다.

게티즈버그의 원격측정 시스템에 신호를 보내자 희미한 응답확인 신호가 돌아왔다. 코타나는 수동제어 코드를 보내 그쪽의 승낙을 받은 다음, 게티즈버그의 항법 컴퓨터에 접속했다.

함선 내부에는 컴퓨터 인공지능의 흔적이 보이지 않았다. 게티즈버그의 함장이 콜 교전수칙에 따라 항법 시스템과 인공지능을 삭제한 까닭이었다. 코타나는 텅 빈 시스템을 구석구석 둘러보았다. 게티즈버그는 난파선이나 다름없었다. 추진기가 전부 나가 다시는 자력으로 운항하지 못할 운명이었지만, 심장은 아직 뛰고 있었다. 함선의 핵융합 원자로가 성능의 67퍼센트로 가동되는 중이었다. 완벽하군.

우월한 정의가 천천히 게티즈버그에 맞닿았다. 아마도 이번이 우주 역사상 최초로 인류와 코버넌트 함선이 서로 적의를 띄지 않고 접촉한 사례가 아닐까 싶었다.

국제연합 우주사령부에 소속된 전 현대식 함선의 상면과 배면에는 자력으로 이동이 불가능한 손상을 입을 경우에 대비한 외부 결합장치가 설치되어 있었다. 이론적으로 다른 아군 함선이 결합장치에 도킹해 고정하면 손상된 함선의 운반이 가능했다.

코버넌트 기함의 상면에도 격납고에 들이기에는 너무 큰 함선용으로 그와 유사한 일련의 결합장치가 설치되어 있었다.

하지만 두 결합장치는 서로 호환이 되지 않았다.

코타나는 호환이 가능하도록 손을 썼다. 우선 게티즈버그에 탑재된 수리용 무인기 일곱 대를 가동한 다음, 우월한 정의의 외부 갑판에 있는 코버넌트 엔지니어들에게 두 함선이 접촉하는 도킹 지점을 확보하고 동력장치를 결합하라고 지시를 내렸다.

일부러 잔해 지대로 정밀 점프하고 코버넌트 함선과 국제연합 우주사령부 함선을 도킹해가면서 어렵사리 인양 작업을 벌인 이유는 순전히 동력 때문이었다.

우월한 정의의 정체가 탄로 났다. 이제 코버넌트는 자기네 기함이 인간의 손에 넘어갔음을 간파했으리라. 그렇게 됐으니 원래 계획대로 리치 행성 궤도의 좌표에서 접선하기란 불가능했다. 접선 지점으로 바로 점프해서 치프 일행을 태우는 방법도 있지만, 그러고 나면 슬립스페이스 축전기가 느린 속도로 충전될 때까지 마냥 그곳에서 꼼짝달싹 못하는 신세가 되고 만다. 그러는 사이에 코버넌트 함대에 포위당하면 끝장이다.

그래서 코타나는 전략을 바꾸기로 했다. 코버넌트 병력이 잔뜩 신경을 곤두세운 적진 한가운데로 점프해 치프 일행을 태우고 곧바로 행성계 외부로 점프하면 된다. 그러자면 점프 직후 바닥난 슬립스페이스 축전기를 순식간에 재충전할 동력원, 즉 동시에 두 함선을 동원해야만 충당되는 동력이 필요하다.

동력장치가 연결되었다. 기가와트에 달하는 전류가 게티즈버그의 원자로에서 우월한 정의의 에너지 배전망으로 흘러들어왔다.

"완벽해."

코타나가 만족스런 목소리로 중얼거렸다.

현재 07시 12분이었다. 계획의 다음 단계에 들어가기까지 3분도 채 남지 않았다.

코타나는 지금까지 감행한 슬립스페이스 운항 중 최단기록이 될 점프 계산식을 재차 점검했다. 잔해가 떠다니는 폐품 처리장에서 접선 좌표까지의 거리는 3천 킬로미터에 불과했다. 접선 지점을 탐색한 결과 그곳은 더 이상 코버넌트 방어선의 맹점이 아니었다. 지금은 잠시 후퇴했을 때보다 세 배는 많은 함선이 행성계 내부에 포진해 있었다.

코타나는 치프 일행이 탑승한 코버넌트 수송선이 세라프 전투기 편대에 둘러싸인 채 리치 행성의 대기권 아래에서 상승하는 모습을 포착했다.

코버넌트 함대의 사령관이 거듭 반복해서 송신한 명령문을 도청했다.

'공격을 엄금한다. 공격을 시도할 시 해당 함선은 즉각 파괴될 지어다. 이단자들이 신성한 빛을 가로챘다.'

좋은 소식인 동시에 나쁜 소식이었다. 좋은 소식은 가로챈 '신성한 빛' 덕분에 치프 일행이 수송선째 증발하는 사태를 면했다는 점이었다. 나쁜 소식은 행성계 내부의 전 코버넌트 함선이 일행이 탑승한 수송선으로 몰려드는 중이라는 점이었다. 결국에 놈들은 포위망을 좁혀 자그마한 수송선을 붙잡은 다음 머릿수로 밀어붙여 수송선을 탈취할 것이 뻔했다.

놈들이 꾸역꾸역 몰려들면서 코타나가 이동할 점프 지점까지 부쩍 혼잡해졌다.

코타나는 플라즈마 포탑이 완충됐는지 확인했다. 플라즈마성형 자기코일을 재점검하고, 점프 직후 함선을 기동해야 할지도 모르는 경우에 대비해 추진기 시스템을 확인했다.

군사 표준력으로 현재 07시 14분 10초.

코타나는 마지막으로 자신 없는 유일한 작업에 돌입했다. 바로 기다리는 것. 초당 1조 개가 넘는 계산이 가능한 코타나에게 50초는 영원처럼 길었다.

30초 전, 코타나는 슬립스페이스 축전기에 동력을 공급했다.

바늘구멍 같은 빛이 주위의 검은 우주에 점점이 나타나기 시작했다.

20초 전, 도착지점 부근에 깔렸을 수많은 코버넌트 전함을 고려해 미세한 중력변수를 덧붙인 계산식을 업로드했다.

주위를 둘러싼 진공이 갈라지자 코타나는 노멀스페이스의 '현재 위치'에서 슬립스페이스 내부의 '현재 위치가 아닌 곳'으로 경로를 지정했다.

10초 전, 코타나는 도착 좌표에서 멀리 떨어진 곳에 위치한 코버넌트 함선을 겨냥하는 간략한 조준 프로그램을 짜놓고, 노멀스페이스로 빠져나온 뒤로도 계속해서 목표물을 조준하게끔 설정했다.

우월한 정의가 우주의 균열을 향해 서서히 나아가면서 빛이 선체를 휘감았다.

코타나는 잔해 지대에서 사라졌다가…… 눈 깜짝할 사이에 다시 모습을 드러냈다.

리치 행성이 우현 표시창을 가득 메웠다. 좌현 표시창에는 접근 중인 코버넌트 함선이 우글거렸다.

인간 함선과 코버넌트 함선을 뒤섞어놓은 기이한 함선이 자기네 올무 한가운데 불쑥 나타나서 당황했는지, 아무도 공격해오지 않았다.

수송선은 코타나의 오른쪽에서 3킬로미터 떨어진 거리에 있었다. 진입 궤적이 우월한 정의의 격납고와 일직선으로 맞닿아 있었다.

코타나는 국제연합 우주사령부 E-주파수대를 열었다.

"치프, 데리러 왔어요."

"알았다."

마스터 치프가 대답했다. 그의 바위처럼 굳건한 목소리에는 조금도 동요하는 기색이 없었다. 조금 전만 해도 영락없이 죽을 판이었을 텐데, 코타나가 이렇게 아슬아슬하게 마중 나올 줄 알고 있었다는 듯한 말투였다. 마치 상황이 아무런 문제 없이 돌아간다는 듯이 말이다.

수송선이 개방된 격납고로 진로를 틀자 코타나는 자그마한 수송선이 통과할 동안만 잠시 방어막을 내리고는 곧 방어체계를 재구축했다.

코타나는 게티즈버그에서 우월한 정의에 탑재된 슬립스페이스 축전기로 동력을 보내 재충전에 들어갔다.

30여 척에 달하는 코버넌트 순양함이 코타나를 둘러싸고 플라즈마 포탑을 시뻘겋게 가열하며 발사 준비에 들어갔다.

사격금지령이 우월한 정의에는 적용되지 않았던 모양이었다.

축전기를 완충하기까지 5초가 필요했다. 5초만 지나면 유유히 탈출하겠지만, 어쩌면 코버넌트 함대가 코타나를 자그마한 인공태양의 중심부로 만들기에 충분한 시간이 될지도 모른다.

코타나는 선수를 치며 인접해 있던 순양함 네 척을 공격했다.

레이저처럼 정밀한 플라즈마가 포탑에서 뿜어져 나가 코버넌트 순양함의 방어막을 불태우며 선체를 갈라놓았다. 과열된 가스가 함내 공기와 접촉, 삽시간에 플라스틱과 승무원과 금속에 불길이 옮겨 붙어 내부를 마구 휘저었다.

다른 순양함 두 척은 플라즈마 광선에 원자로가 피격당해 그대로 폭발했다. 기화된 금속으로 이루어진 뭉게구름이 우주로 급속히 번져나가며 접근 중인 함선의 시야를 차단했다.

우월한 정의의 주위로 바늘구멍 같은 빛들이 나타나기 시작했다.

오류 발생.

코타나는 수치를 재점검해 보고 곧바로 문제의 원인을 파악했다. 인근의 중력 상태를 관측하는 이중안전 서브루틴에 이상이 감지됐다.

리치 행성의 중력장이 우주 공간에 아무런 왜곡을 발생시키지 않는다니? 이는 불가능한 일이었다.

이유를 추측할 시간은 없었다. 싸우거나 달아나거나 둘 중 하나였다.

코타나가 우월한 정의를 비틀린 우주 공간으로 진입시키자…… 함선이 사라졌다.

하지만 코타나의 눈앞에 펼쳐진 광경은 슬립스페이스 내부의 불가시 무차원이 아니라 푸르스름한 색을 띤 공간이었다. 코버넌트 함대로 발 디딜 틈이 없던 리치 행성 궤도 부근도, 별이 가득한 엡실론 에리다니 행성계 내부도 아니었다. 그런데 분명히 우주가 존재하지 않아야 하는 공간에 우주가 있었다.

코타나는 감지기로 일대를 조사해 봤지만 시야를 가리는 안개라도 있는지 감지범위가 천 킬로미터로 제한되었다.

뭔가 잡혔다. 또 뭔가 잡혔다. 그러더니 십여 개가 넘는 물체가 포착됐다.

코버넌트 순양함 열네 척이 푸르스름한 안갯속에서 모습을 드러냈다.

"코타나, 상황은 어떻게 됐나?"

마스터 치프가 물었다.

"어떻긴요, 문제가 생겼어요."

코타나가 대답했다.

코버넌트 순양함이 포문을 열었다.

"오라질!"

코타나는 중얼거리며 최후의 수단을 꺼냈다. 그녀는 되받아 응사하며 몇 놈이나마 저승길 길동무로 삼을 수 있기를 빌었다.

23

시간기록 [[오류]] 이상/데이터 불명/
슬립스페이스 내부, 게티즈버그-우월한 정의 결합선, 현재

"코타나, 상황은 어떻게 됐나?"

마스터 치프와 나머지 일행은 코버넌트 수송선에서 황급히 내렸다. 프레드가 반쯤 의식을 잃은 켈리를 데리고 나와 격납고 바닥에 눕혔다.

"어떻긴요. 문제가 생겼어요."

함선의 외부 카메라에 잡힌 실시간 영상이 마스터 치프의 전방투영창에 올라왔다. 코버넌트 순양함 여러 척이 플라즈마 포탑을 예열하며 기함을 에워쌌다. 놈들을 보고 있자니 치프는 지구의 바다 깊은 곳에 서식한다는 물고기 사진을 봤던 기억이 떠올랐다. 온몸에서 인광을 발하며 입에는 날카로운 이빨이 빼곡하게 돋아난 심해어 사진이.

그는 격납고 가장자리로 걸어가 바깥의 우주와 맞닿은 함선의 에너지 방어막에 바짝 다가섰다. 광활하고 푸르스름한 우주와 치프의 미적 감각과는 한참 거리가 먼 거대한 코버넌트 전함이 내다보였다.

"슬립스페이스로 점프한 것 아니었습니까?"

해버슨 대위가 의아스러운 투로 말했다.

"맞기도 하고, 아니기도 하지."

핼시 박사는 그렇게 대답하며 연구복 주머니에서 크리스털을 꺼내보고 는 얼굴을 찡그렸다. 크리스털은 더 이상 가느다란 모양이 아니라 마치 퍼 즐 조각처럼 재구성되어 있었다. 코버넌트의 중력 리프트 광선을 받았을 때의 꽃봉오리 모양과는 판이한 형태였다. 이번에는 테두리가 뾰족한 별 모양으로 변해 빛을 굴절시켰다.

핼시 박사가 크리스털의 반들거리는 단면에서 반사되는 빛을 살펴보며 말했다.

"점프하기는 했어. 문제는 우리가 모르는 슬립스페이스로 점프했다는 거지."

마스터 치프의 방사능 계측기에서 특유의 딱딱거리는 소리가 나더니 헬 멧 내부로 요란한 경고음을 내보냈다.

"크리스털을 치워라, 안톤."

마스터 치프가 고갯짓으로 반들거리는 유물을 가리켰다.

"롱소드 내부의 원자로 구획에 갖다놓도록."

핼시 박사가 못내 아쉬워하며 손을 내밀자, 안톤은 크리스털을 받아들 고 파괴된 롱소드로 뛰어갔다.

"방금 방사능이 급증했습니다, 박사님. 그 물체가 원인이었습니다."

치프가 사정을 설명했다. 안톤이 크리스털을 롱소드에 갖다놓는다 하더 라도 방사능의 농도가 가시지 않으리란 사실을 그는 알고 있었다.

"뭔지는 몰라도 저게 우주를 왜곡시켰어."

핼시 박사가 푸르스름한 우주를 관찰하며 말을 이었다.

"거대한 방에서 크리스털을 향해 움직이려고 했을 때 크리스털 주위를 따리 공간이 휘어졌어. 중력 리프트 속에 있을 때는 중력을 분산시켰고."

"그럼 지금은 뭐요? 슬립스페이스 내부 항로에까지 영향을 미친단 말이오?"

위컴 중장이 물었다.

"그런가 보네요."

핼시 박사는 그렇게 대답하며 밖을 자세히 내다보려고 존의 옆에 섰다.

위컴 중장도 같이 밖으로 고개를 돌리고 코버넌트 순양함의 포탑이 달아오르는 광경을 지켜보았다.

"혹시 놈들은 슬립스페이스에서도 공격이 가능한 거요? 가능하다면 이대로 당하고 말 거요."

마스터 치프는 원거리에 있는 함선을 더 발견했다. 코버넌트 함선들이 깜박거렸다가 흐릿해지면서 사라지나 싶었는데 다시 안개를 헤치고 모습을 드러냈다. 가장 근접한 코버넌트 함선이 포문을 열었다. 과열된 비정질 가스 덩어리가 포탑에서 새어 나와 푸르스름한 우주를 보랏빛으로 물들이며 이쪽을 향해 속력을 높였다.

수송선에서 내리는 폴라스키 이등상사를 거들어주는 로클리어 상병의 모습이 마스터 치프의 눈에 들어왔다. 상병은 이등상사와 손을 맞잡고 플라즈마가 이쪽을 향해 속력을 높이는 모습을 지켜보았다.

플라즈마 어뢰가 직선으로 날아가다가 별안간 굽이쳐 나선형을 그리며 궤적에서 벗어났다. 나머지 몇 발은 깜박거리다 자취를 감추더니 전혀 엉뚱한 곳에서 다시 나타났다. 적함이 발사한 플라즈마가 쏜살같이 날아들었다가도 아래로 옆으로 비껴나며 우월한 정의에는 손도 대지 못하고 사방으로 빗나갔다.

존슨 하사가 마스터 치프의 옆으로 걸어와 그 광경을 지켜보았다.

"이게 무슨 조화야? 놈들이 슬립스페이스 속에서까지 공격이 가능한 줄은 몰랐는데. 아군 함선으로는 꿈도 못 꿀 일인데 말이야."

핼시 박사가 안경을 벗고 눈을 휘둥그렇게 떴다.

"일반적인 경우라면 놈들도 발사를 못해. 그런데 놈들이 이렇게 발사를 한다는 사실인즉, 논리적으로 따져보면 우리가 슬립스페이스에 있는 것이 아니라는 얘기가 되지. 대체 여기가 어디인지는 몰라도…… 과학 법칙이 뒤바뀐 모양이야."

중장이 미간을 찡그리고는 크게 소리쳤다.

"코타나, 뭘 하건 간에 응사하지 말……."

이미 늦었다. 코타나가 반격에 나섰다.

우월한 정의에서 불기둥이 길게 뻗어 나가더니 뒤틀리고 소용돌이치며 사라졌다 다시 나타나기를 반복했다.

이제 우월한 정의와 코버넌트 전함들을 둘러싼 뒤엉키고 푸르스름한 우주 영역 속에는 최소 40발 이상의 초고온 플라즈마 어뢰가 무작위로 방향을 바꾸며 예측이 불가능한 속도로 어지럽게 돌아다니고 있었다.

일렁이는 플라즈마 세 덩어리가 가장 근접한 코버넌트 순양함 앞에서 모습을 드러내고는 함수에 불길을 끼얹었다. 처음에는 가물거리는 은빛 방어막을 태우더니 다음에는 방어막 아래의 장갑과 합금 선체를 녹였다. 함내에서 공기가 새어 나오면서 코버넌트 순양함은 바람개비처럼 빙빙 돌기 시작했다.

"얼씨구!"

존슨 하사가 쾌재를 불렀다.

"저렇게 막무가내로 갈겨대다 제풀에 쓸려나갈 때까지 구경하면 되겠는 걸. 저길 봐, 또 쏘는군."

코버넌트 함선들이 화기를 붉히며 2차 플라즈마 일제사격을 퍼부었다. 플라즈마 어뢰가 유도되다 말고 궤적을 벗어나 서로 뒤엉키며 사라졌다가 다시 나타나더니 국지성 슬립스페이스 영역 속에서 통제력을 상실했다.

"그건 아냐, 하사. 우린 지금 같은 질량 속에 있어."

핼시 박사가 냉정하게 말했다.

"코타나, 당장 격납고에 방폭문을 내려. 빨리!"

마스터 치프가 재빨리 지시를 내리자, 3미터 두께의 두꺼운 문이 우르르 울리며 내려왔다.

플라즈마 광선이 평행 궤적을 그리며 마스터 치프의 얼굴에서 채 500미터도 떨어지지 않은 거리의 어둠 속에서 번득였다. 어찌나 가까운지 외부 온도가 20도가량 치솟으면서 그 열기가 방어막을 뚫고 들어올 정도였다.

우월한 정의의 우현 방어막에 플라즈마가 덮치면서 적색 조명이 켜졌다. 격납고와 외부의 진공을 가로막은 격리장이 수많은 거울에 금이 간 것처럼 일렁거렸다. 마스터 치프의 전투복에서 정전기가 일기 시작하면서 방어막이 공명하기 시작했다.

방폭문이 내려오는 순간 또다시 플라즈마 어뢰가 좌현을 삼키는 광경이 치프의 눈에 들어왔다. 플라즈마가 북극광처럼 번져나가며 함수를 시뻘겋게 물들였다. 우월한 정의의 방어막이 깜박거리다가 잦아들었지만……아직은 간신히 유지되는 중이었다.

격납고의 방폭문이 바닥에 닿으면서 둔중한 쇳소리와 함께 굳게 닫혔다.

"방폭문 차단 완료."

코타나가 상황을 알렸다.

"그럼 이참에 이놈의 배를 몰아봐야겠군."

위컴 중장이 고개를 돌리고는 눈살을 찡그렸다.

"치프, 함교로 안내하게."

"예."

치프는 깊숙한 함선 내부로 가는 통로를 향해 성큼성큼 걸어갔다. 나머지 일행과 스파르탄 대원들이 뒤를 따랐다.

위컴 중장이 핼시 박사에게 고개를 돌렸다.

"박사, 대체 무슨 일이 벌어졌는지 비전문가도 알아듣게끔 설명해주시오. 놈들이나 우리나 피차 뻔히 보이는 판에 왜 우리 공격만 빗나가는 거요?"

우월한 정의가 좌현으로 뒤집어지더니 천장에서 잇달아 폭발음이 들렸다. 인공 중력이 불안정해지면서 바닥이 기울었다. 일행 모두 휘청거리는 찰나 핼시 박사가 바닥에 넘어졌다.

"1번, 7번 포탑이 파괴됐습니다."

코타나가 상황을 알렸다.

핼시 박사는 위컴 중장의 부축을 받으며 바닥에 무릎을 꿇고 앉았다. 박사는 초조한 눈빛으로 통로 아래위를 훑어보았다.

"아무래도 외계 유물이 슬립스페이스 내부에서 영향력을 넓히나 봐요. 물리학계에서는 슬립스페이스를 우주가 서로 맞닿아 복잡하게 얽혀들고 고도로 압축된 형태의 노멀스페이스라고 정의하죠. 마치 실타래처럼요. 그런데 그 실타래가…….."

박사가 손깍지를 껴 보였다.

"묶이고 매듭졌다고 생각해보세요. 그것도 실이 잔뜩 헝클어진 상태로요. 그 상태에서 미세한 양자 요동이라도 일어난다면 빛, 물체, 플라즈마가 한 가닥에서 다른 가닥으로 넘나드는 현상이 발생하는 거죠."

해버슨 대위가 말을 꺼냈다.

"그렇다면 박사님, 우리 함선은 어떻게 된 겁니까? 왜 우리는 수많은 대체 우주 경로를 따라 뒤엉켰다가 흩어지지 않는 겁니까?"

박사는 안경을 높이 고쳐 썼다.

"함선의 질량이 버텨주기 때문이지. 우주가 구겨진 종이라고 생각하면 쉬워. 종이 가운데 무거운 물체가 놓여 있으면 그 부분의 주름만 펴지겠지."

두꺼운 출입문 앞에 도착한 치프는 손을 들어 일행에게 멈추라고 신호했다. 그는 문을 열고 함교로 들어가 소총을 겨누며 사방을 살폈다.

"이상 없습니다."

위컴 중장을 필두로 나머지 일행이 함교로 들어왔다. 해버슨 대위가 중앙 지지대에 올라서며 말했다.

"코타나, 전술 정보를 화면에 띄우도록."

대형을 취한 코버넌트 함선들과 플라즈마 궤적이 함교 벽면의 표시창에 나타났다. 접근 중인 표적의 개수가 고무줄처럼 늘었다가 하나로 줄어들기를 반복하면서, 플라즈마가 그릇 속에서 출렁거리는 물처럼 보였다. 플라즈마 어뢰가 우월한 정의의 함수를 재차 뒤흔들었다.

폭발적인 감압이 일자 둔중한 소리가 연달아 울려 퍼지며 전투화 밑창을 통해 치프에게까지 전달되었다.

"보조 엔진실이 피격됐습니다. 해당 구역 밀폐 중. 하부 구획에 화재 발생. 구획을 격리하고 공기를 배출하겠습니다."

치프의 어릴 적 선생님이었던 데쟈는 인류가 우주를 누비기 오래 전 지구의 바다에서 일어났던 웅장한 해전에 관해 스파르탄 대원들에게 가르쳐준 적이 있었다. 대원들은 포에니 해전, 미드웨이 해전과 더불어 아테네 해군에게 참패했던 크세르크세스 군단에 관해서 배웠다. 하지만 데쟈는 해사에서 인류에게 가장 무서운 적은 바로 자연이었다고 덧붙였다. 성난 파도와 태풍 앞에서는 늠름한 전함도 침몰하기 일쑤였으며, 선장이 아무리 훌륭한 전술을 짜낸다 해도 소용이 없었다고 말이다.

우월한 정의는 불바다 한복판에서 조금씩 불타 없어지는 중이었다.

우레 같은 굉음이 선체를 뒤흔들며 함교로 이어진 통로에서 불기둥이 터져 나왔다. 함교 내에 일정하게 유지되던 기압이 깨어지자 공기 중에 기복이 일어나면서 대기가 새어 나가기 시작했다.

출입문이 철컹 닫히면서 주위가 다시 잠잠해졌다.

존슨 하사가 머리를 흔들며 갑작스런 감압 때문에 생겨난 어지럼증을 떨쳐냈다.

"이놈의 뒤죽박죽된 슬립스페이스에서 빠져나가 놈들과 한판 붙읍

시다.”

“옳소! 아니면 그 크리스털을 없애버리던가요. 난장판을 만든 원인이 그 것 같은데 말입니다.”

로클리어 상병도 거들었다. 그는 권총을 뽑아들었다.

“총알 한 방 빵 날리면 문제 해결입죠.”

핼시 박사가 딱 잘라 말했다.

“무슨 소리! 이대로 노멀스페이스로 나가면 십여 척이 넘는 순양함과 맞 닥뜨리게 돼. 게다가 크리스털을 부숴버리면 지금 우리가 있는 슬립스페 이스 영역이 붕괴할 거야. 내부에 있던 물체가 전부 하나로 응축된다고. 그러면 우린 전부 죽어.”

위컴 중장이 걱정스런 표정을 지었다.

“그렇다면 방법은 하나밖에 없군. 코타나, 속력을 최대로 높이고 발사 가능한 화기를 전부 예열하도록. 코버넌트 함선과 정면으로 결판을 지어 야겠네. 헝클어진 우주가 됐건 말건 지근거리 교전으로 놈들을 도로 노멀 스페이스로 날려버리세.”

“알겠습니다. 최대 속력으로 엔진 가동.”

둔중한 소리가 함미 구획에서 울렸다.

“잠깐만요. 주 엔진에 문제가 생겼습니다. 가동하자마자 동력이 도로 저 하됐어요.”

외부 카메라가 방향을 돌려 우월한 정의의 함미를 함교의 표시창에 비 추었다. 뱀처럼 구불구불한 플라즈마 도관에 초점이 맞춰졌다. 코타나가 화면을 조정하자 도관에 생긴 3미터 넓이의 구멍이 드러났다. 청백색 가 스가 구멍에서 기다랗게 새어 나갔다.

“저게 주 엔진 도관이에요. 피격됐군요. 우선 엔진을 끄고 동력을 비축 해두겠습니다.”

코타나가 말했다.

마스터 치프는 실눈을 뜨고 화면을 자세히 살폈다.

"저건 플라즈마에 입은 손상이 아냐. 손상이 아주 정밀한 데다 일부러 저기를 노리기도 힘들어. 놈들이 파괴공작을 펼쳤군."

치프가 나직이 중얼거렸다.

위컴 중장이 언짢은 얼굴로 화면을 노려보았다.

"치프, 대원들을 데리고 나가서 플라즈마 도관을 수리하게."

"알겠습니다."

폴라스키 이등상사가 앞으로 나섰다.

"저도 가겠습니다."

로클리어 상병이 팔을 붙들고 말렸지만 그녀는 상병의 손을 뿌리쳤다.

"제가 수송선을 조종해서 신속히 드나들도록 돕겠습니다."

위컴 중장이 눈을 가늘게 뜨고 폴라스키를 훑어보았다.

"알겠네, 이등상사."

중장은 치프의 귀에도 겨우 들릴 정도로 작게 중얼거렸다.

"이놈의 전쟁 때문에 젊은이들이 가뭇없이 희생되는구나."

폴라스키는 로클리어에게 돌아서서 반다나를 돌려주며 속삭였다.

"잘 갖고 있어. 금방 돌아와서 받아갈 테니까."

로클리어는 손을 꽉 쥐었다가 다시 힘을 풀었다. 그는 반다나를 받아든 채 고개를 끄덕이고는 시선을 돌렸다.

"기다리겠습니다."

그는 반다나를 팔에 묶었다.

"치프."

위컴 중장이 불렀다.

"반드시 살아 돌아오게. 명령일세."

24

시간기록 [[오류]] 이상/데이터 불명/

비정상 슬립스페이스 영역 내부, 게티즈버그–우월한 정의 결합선 인근의 나포

된 코버넌트 수송선

코버넌트 수송선의 내벽에 파르스름한 조명이 들어오자 치프는 살짝 폐쇄공포증이 느껴졌다. 항상 갑갑한 전신밀폐 전투복을 착용하고 다니면서 그런 생각이 들다니 우스운 일이었다. 치프의 동료 스파르탄 대원들은 미동도 하지 않고 옆의 수송칸 좌석에 앉아 있었다.

프레드, 이번 임무에서 블루–2로 지정된 그는 치프의 부관이었다. 프레드는 120차례가 넘는 전투에 참전했으며 뛰어난 지휘관이자 임기응변가였다. 하지만 지휘관으로서의 책임을 너무나 심각하게 받아들인 나머지, 부상당한 대원 앞에서 과하게 죄책감을 받는 일이 더러 있었다.

리, 블루–3는 무중력 전투 전문가였다. 그는 화성 궤도에 있는 극한환경 훈련시설 케이론에서 장기간 미세중력 장치를 사용하며 격투기를 갈고 닦았다. 일반 대원들이 단단한 땅에 발을 디딜 때 받는 안정감을 아찔한 자유낙하의 순간에서도 느끼는 대원이었기에, 치프는 이번 임무에 그가 동참하게 되어 만족스러웠다.

안톤, 블루-4는 다소 걱정스러웠다. 그는 지금까지 삶 대부분을 지상에서 지내온 대원이었다. 추적, 위장, 은폐술을 동시에 훈련받아 지상전에만 투입됐기에 무중력 상태에서의 불안감을 토로한 적이 한두 번이 아니었다.

월, 블루-5는 말수가 적지만 임무 실패란 그의 사전에 없는 대원이었다. 물론 그가 처음부터 그렇게 과묵했던 것은 아니었다. 어릴 적에는 항상 농담과 말장난으로 대원들의 사기를 북돋아 주던 그였다. 하지만 세월이 지나면서 다른 대원들과 마찬가지로 그의 유쾌한 성격은 굳어갔다. 월은 그중에서도 내면의 변화가 가장 컸던 대원이었다.

그레이스, 블루-6는 폭탄을 다루는 솜씨가 남달랐다. 그녀는 성형폭약으로 소리 없이 강철 자물쇠를 따거나 수백 수천 리터에 달하는 등유로 지옥불을 일으키는 재주가 있었다. 얄궂게도 정작 본인은 여간해서는 화를 내지 않는 성격이었다.

치프는 무전을 열었다.

"각자 상태를 점검해라, 블루 팀."

파란 응답 불빛 다섯 개가 깜박였다.

"이러고 있으니까 멘데즈 상등상사님 밑에서 훈련받던 시절에 에메랄드 코브 행성에서 수행했던 수중 임무가 생각납니다."

프레드가 이야기를 꺼냈다.

"상사님이 우리 몰래 산소통 절반을 못 쓰게 만들어놨던 일 기억하십니까? 결국에는 상사님 산소통을 훔쳐다 썼잖습니까."

안톤이 킬킬거리며 이어나갔다.

"그러고 나서가 걸작이죠. 상사님을 따돌려놓고 그 섬에서 야영했잖습니까. 그렇게 일주일간 모닥불 피우고 조개 구워먹고 파도나 타면서 빈둥거렸죠."

"음, 오징어구이."

그레이스도 한마디 덧붙였다.

치프는 에메랄드 코브 행성이 지금도 남아 있을까 하는 의문이 들었다. 국제연합 우주사령부는 그 이주행성을 10년 전에 포기했다. 아마도 코버넌트의 손에 유리화당하고 말았으리라.

"블루 팀, 바깥이 잠잠하니 슬슬 출발하겠습니다. 발진까지 3······2······1."

폴라스키 이등상사의 목소리가 지직거리며 새어 나왔다.

아랫배까지 수송선의 가속이 느껴졌다. 치프는 자리에서 일어나 해치를 열었다. 수송선 밖으로 우월한 정의의 선체가 지나쳐갔다. 반들거리던 합금 표면은 열기에 그을리고 무수한 초소형 운석에 맞아 성한 데가 없었으며, 가느다란 금속 증기가 피어올라 진공 속에서 반짝거렸다.

우월한 정의의 상면에 거꾸로 뒤집힌 채 기적적으로 붙어 있는 국제연합 우주사령부 호위함 게티즈버그의 거대한 그림자가 상갑판에 드리웠다. 불이 나고 여기저기 움푹 팼으며 갈라진 틈으로 공기까지 새어 나갔지만 그밖에는 놀라우리만치 손상이 적었다. 함내에 수많은 해군 장병들의 시신이 잠들어 있으리란 점만 빼면 '행운 호'라는 이름을 붙여주고 싶을 정도였다.

폴라스키 이등상사는 수송선의 속도를 늦추며 그대로 떠내려가다가 방향을 틀어 선체 표면으로 하강하기 시작했다.

"고정장치 부착완료. 이제 그쪽 차례입니다, 치프."

그녀가 무전으로 보고했다.

"프레드, 그레이스, 나는 정찰을 하고 오겠다."

치프가 블루 팀 대원들에게 말했다.

"안톤, 윌, 리, 너희는 내가 구역 확보 신호를 보내면 용접기랑 게티즈버그에서 떼어온 철판을 가져오도록."

치프는 선체에 전투화를 디뎠다. 밑창의 자석이 듬직한 철컥 소리와 함께 금속 표면에 달라붙었다.

폴라스키 이등상사는 수송선을 선체에 착륙시키고 ㄷ자 동체로 구멍을 가려서 대원들이 엄폐할 공간을 만들었다.

머리 위로 타오르는 듯한 슬립스페이스가 보였다. 누군가가 밤하늘에 제트 연료를 뿌리고 불을 붙인 듯한 광경이었다. 불꽃과 액화된 합금이 우주로 흩어졌고, 시뻘겋게 이글거리는 한 줄기 화염이 암청색 하늘을 갈라놓았으며, 유성이 반짝이는 성진(星塵) 꼬리에서 쇳물을 흩뿌리며 스쳐 지나갔다.

주먹만 한 발사체가 눈앞을 흐릿하게 스치며 함선의 우현을 들이받아 불꽃과 녹아내린 합금을 검은 우주에 튀겼다. 작은 파편이 전투복에 맞고 튕겨나가면서 치프의 방어막이 깜박거렸다.

꾸물거렸다가는 위험하다. 위컴 중장이 옳았다. 선체 밖은 어디서 뭐가 날아올지 모르는 형국이었다. 가능한 한 신속히 구멍을 밀폐하고 돌아갈수록 이득이었다.

치프는 몸을 돌리고 소총을 들고 주위를 훑었다. 선체 위로 울퉁불퉁하게 튀어나온 감지기와 수 킬로미터에 달하는 도관과 크게 입을 벌린 계곡이 눈에 들어왔다. 코버넌트 부대가 숨어서 기다릴지도 모르는 지형지물 투성이였다.

적은 보이지 않았다. 동작 감지기에도 아무런 표적이 잡히지 않았다.

그는 주 엔진으로 이어지는 도관으로 걸어가 구멍을 살펴보았다. 3분 전 코타나가 동력을 차단했는데도 5미터 두께의 도관은 여전히 벌겋게 달아오른 상태였다. 도관에는 안쪽으로 날카로운 테두리가 남겨진 3미터 넓이의 구멍이 뚫려 있었다.

그레이스가 설명했다.

"플라즈마에 피격됐으면 통째로 증발했을 겁니다. 충격으로 인한 손상이었다면 테두리가 한쪽으로 쏠렸을 테고요. 고의로 뚫어놓은 구멍이 분명합니다."

보고를 듣고 난 치프가 지시를 내렸다.

"주위를 잘 살펴라. 어딘가 적이 있다. 위장장치로 은폐한 엘리트로 짐작된다. 아직 살아남은 놈이 있을지도 모른다. 블루-3, 4, 5, 전진."

"알겠습니다."

윌이 대답했다.

안톤이 용접기를 챙겨서 수송선에서 내리는 사이 윌과 리는 가로세로 3미터짜리 철판을 운반했다.

"프레드하고 그레이스는 용접을 맡아라."

치프가 재차 지시를 내렸다.

"안톤, 수송선 위에서 경계를 서라. 리는 3시 방향을 맡는다. 윌은 9시 방향을 맡아라. 난 6시 방향을 맡겠다."

파란 응답 불빛이 깜박였다.

치프는 프레드와 그레이스를 도와 철판을 자리에 옮겼다. 프레드와 그레이스는 용접기를 점화해 철판을 녹이기 시작했다. 불꽃이 소나기처럼 쏟아져 나와 대원들 주위의 무중력 속에서 반딧불 떼처럼 맴돌았다.

"위치를 확보했습니다, 중장님. 수리 완료까지 2분 남았습니다."

치프가 상황을 보고했다.

"알았네, 치프."

위컴 중장이 대답했다. 용접 과정에서 일어나는 전리현상 때문에 잡음이 심해졌다.

"마무리되면 알려주고 단단히 붙들고 있게. 완료 즉시 가속하겠네."

"알겠습니다."

치프는 교신을 종료하며 속으로 생각했다.

'아직까진 순조롭군. 앞으로 2분만 버티면 된다.'

어디선가 한 줄기 플라즈마가 날아들었다. 50미터 위쪽 주변을 둘러싼 엇갈리고 헝클어진 슬립스페이스에서 이글거리는 불덩어리가 튀어나왔다. 불덩이는 왼쪽에서 오른쪽으로 방향을 틀며 다시 공허 속으로 사라졌다.

무전에 잡음이 가득 차더니 동작 감지기가 지직거리고 흐릿해지면서…… 능동형 위장장치를 가동하고 은밀히 접근 중이던 6인조 엘리트가 블루 팀의 위치로 천천히 기어오는 모습이 드러났다.

"적이다!"

치프가 소리쳤다. 그는 둥그런 감지기 뒤로 몸을 숨기고 사격을 개시했다. 빗발치는 총알이 가장 근접한 엘리트의 가슴팍 정중앙에 꽂혔다. 총알이 방어막을 날리고 전투복을 뚫고 들어갔다. 놈은 허우적거리며 뒤로 튕겨나 빙빙 돌며 선체에서 날아갔다.

대원들이 총격을 가하면서 뿜어져 나온 소리 없는 총구화염이 치프의 눈에 들어왔다. 그는 힐끗 고개를 돌렸다. 프레드와 그레이스는 꿈쩍도 하지 않고 용접기의 불길에 방울방울 녹아내리는 철판에만 집중했다.

프레드가 치프의 생각이라도 읽은 것처럼 말했다.

"아직 20초 남았습니다, 치프."

엘리트가 감지기를 향해 사격을 퍼붓자 가느다란 바늘이 줄줄이 날아들었다. 마스터 치프는 응사했지만 엘리트의 능동형 위장장치가 가동되면서 놈이 시야에서 자취를 감추었다.

또 플라즈마 어뢰가 지글거리며 날아들어 좌현에서 30미터 거리를 두고 선체를 비껴났다. 플라즈마가 강줄기처럼 길게 스쳐 지나가면서 우월한 정의의 선체 표면이 태양 열 개를 합쳐놓은 것처럼 빛났다. 치프의 방어막이 4분의 1로 줄어들었다.

"됐습니다, 치프."

프레드가 보고했다.

"이제……."

"조심해요!"

폴라스키 이등상사가 무전으로 다급히 소리쳤다.

치프가 수송선으로 고개를 돌리는 순간 뒤엉킨 슬립스페이스의 주름 속에서 또다시 플라즈마 발사체가 모습을 드러냈다. 이번에는 3미터 간격을 두고 선체를 아슬아슬하게 스쳐 지나 블루 팀을 향해 내리꽂혔다.

윌은 선체에 착륙한 수송선 밑으로 몸을 날렸다. 프레드와 그레이스는 바닥에 엎드렸다. 리는 위치를 고수하며 엘리트를 향해 계속 사격을 가했다. 총구화염이 안면보호대에 반사되어 번쩍거렸다. 안톤은 엄폐할 곳이 없는 수송선 상면에서 몸을 일으켰지만, 엘리트가 총격을 가하자 다시 엎드렸다. 치프는 자세를 낮추며 뛰어올라 수송선의 이중동체 사이로 몸을 피했다.

플라즈마가 불붙은 파도처럼 몰아치며 수송선을 덮쳤다.

폴라스키 이등상사의 외마디 비명과 함께 수송선의 무전이 끊어졌다.

청백색 섬광이 치프의 눈앞을 가득 메움과 동시에 갑작스레 방전이 일어나며, 찌르르한 충격이 몸속을 뒤흔들며 근육과 인대를 훑고 지나갔다. 고온 경고음이 터져 나오자 묠니르 전투복의 비상 배출구에서 정수압 젤라틴이 부글거리며 새어 나왔다.

엘리트들이 번쩍이는 섬광 속에서 증발하는 광경이 흐릿한 시야에 들어왔다. 블루 팀이 발붙인 선체가 노랗게 달아오르면서 표면이 흐물흐물해졌다.

섬광과 열기가 잦아드나 싶었는데 함미에서 불길이 유성 꼬리처럼 길게 솟구쳤다.

치프는 위로 고개를 쭉 내밀었다. 온몸의 근육이 고통에 비명을 질러댔다. 리와 안톤은 어디에도 보이지 않았고, 수송선의 선체는 용접기의 불길에 닿은 양초처럼 녹아내려 힘없이 뒤틀려 있었다.

폴라스키 이등상사가 타고 있던 조종실은 온데간데없었다.

치프의 전방투영창에 경고가 들어왔다. 윌, 프레드, 그레이스는 그의 옆에 쓰러져 있었다. 죽었는지 아니면 의식을 잃었는지도 분간이 되지 않았다. 그는 재빨리 대원들을 밧줄로 묶어 선체와 연결한 다음 자기 몸도 선체와 연결했다.

치프는 무전을 열었다.

"중장님, 도관의 구멍을 막았습니다."

위컴 중장이 대답했다.

"꽉 잡게. 조금 덜컹거릴걸세."

치프는 의식을 잃고 바닥에 쓰러졌다.

25

시간기록 [[오류]] 이상/데이터 불명/
비정상 슬립스페이스 영역 내부, 게티즈버그-우월한 정의 결합선

위컴 중장은 우월한 정의의 함교에 올라섰다. 그는 바닥에서 솟아오른 중앙 지지대를 둘러싼 난간을 붙잡고 벽면 표시창에 펼쳐진 불바다를 지켜보았다.

그렇잖아도 비정상 슬립스페이스 영역에 고립된 상황인데, 플라즈마 광선마저 일대를 겹겹이 둘러쌌다. 우월한 정의는 마치 호박 속에 든 곤충처럼 꼼짝없이 갇힌 신세가 되고 말았다. 코버넌트가 발사한 플라즈마가 사라졌다 다시 나타나기를 반복하며 슬립스페이스를 둘러싼 푸르스름한 안개를 번득이는 핏빛 에너지 광선 다발로 물들였다. 녹아내린 쇳덩어리와 코버넌트 함선의 잔해가 카메라를 번쩍 스쳐 지나가며 유성처럼 선체를 두들겼다.

푸른 안갯속에서 도사리는 위험은 그뿐만이 아니었다. 코버넌트 함선이 유령선처럼 시야에 나타났다가 어느새 모습을 감추었다. 대부분 전투력을 잃거나 혹은 불에 휩싸였거나 선체가 부서진 상태였다. 우월한 정의와 교전이 가능한 함선은 몇이나 남은 걸까? 노멀스페이스로 빠져나가기 전에 몇 척이나 격침이 가능할까?

해버슨 대위가 중장의 옆에 서 있었다. 위컴 중장이 전술 평가를 내리고 적에 관한 정보를 파악하는 데 대위는 반드시 필요한 사람이었다. 중장의 성미에는 지나치게 조심스러운 감이 없잖아 있었지만, 해군 정보국 소속치고 그 정도면 양반이었다. 그래도 중장의 의견에 반박할 만큼 자기주장은 뚜렷하니, 나름대로 기질이 엿보이는 젊은이였다.

홀로그램 제어반 위의 네모난 부분이 작은 코타나의 형상으로 변했다.

"선체에 각종 물체와 플라즈마가 산발적으로 충돌하는 중입니다, 중장님."

코타나는 보고를 하면서 팔짱을 꼈다.

"함내 대기의 안정도가 13퍼센트 저하됐습니다. 함선 내구도 또한 낮습니다. 앞으로 5분을 넘기기 힘들 듯합니다."

"알았네."

주어진 상황을 받아들이고 재주껏 버티는 방법 외에는 별다른 도리가 없었다. 현재 환경에서 오래 머물면 머물수록 주위를 둘러싼 코버넌트 함선들의 공격에 더 많은 피해를 입으리란 사실은 불을 보듯 뻔했다. 우월한 정의의 도관이 손상되지 않았더라면 중장은 곧장 엔진을 가동했을 테고, 그랬더라면 선체 손상만 더 가속화됐을지도 모른다. 하지만 어영부영할수록 일행이 발붙인 함선이 박살 날 확률은 더 높아진다.

위컴 중장은 나머지 일행이 어떻게 이 힘겨운 상황을 견디는 중인지 슬쩍 훑어보았다.

로클리어 상병은 손을 꿈지럭거리며 주위를 오락가락했다. 소총의 안전장치를 내리고 장전 손잡이를 꽉 붙들고 있었다.

존슨 하사는 굳게 닫힌 출입문 근처에 서서 소총을 어깨에 둘러멨다. 나머지 일행을 둘러보며 생각을 가다듬는 눈치였다. 그는 한 치의 동요조차 없었다. 하사의 검은 눈동자만 들여다봐도 무엇이 그를 버티게 하는지 한 눈에 보였다. 바로 적을 향한 타오르는 증오였다. 중장은 그런 점이 마음에 들었다.

핼시 박사는 바닥에 누운 '켈리'라는 스파르탄 대원을 간호했다. 박사는 실로 대단한 사람이었지만 그에게는 그야말로 수수께끼의 인물이었다. 고위인사 친목회에서 대여섯 차례 만났을 적에는 매력이 넘치며 누구에게나 호감형으로 비춰지던 사람이었다. 하지만 박사가 제출한 프로젝트를 읽을 때면 도무지 그런 모습이 상상이 가지 않았다. 박사에 관한 뜬소문의 절반만 사실이라 해도, 우주 각지에서 벌어진 극비작전을 뒤에서 꾸민 장본인은 바로 그녀였다. 중장은 그런 박사가 못 미더웠다.

"핼시 박사."

중장은 난간에서 손을 떼고 뒷짐을 지며 손바닥의 진땀을 감췄다.

"당장 부상자를 데리고 함교에서 나가시오."

핼시 박사는 데이터 패드 위로 불규칙하게 오가는 켈리의 활력 징후에 시선을 집중하다 말고 고개를 들었다.

"중장, 지금은 안 됩니다. 상태가 위태로워요."

"정신 사나우니 시키는 대로 하시오. 여기서는 전투를 치러야 하잖소."

핼시 박사가 날아드는 플라즈마 어뢰조차 얼어붙게 만들 듯한 눈빛으로 중장을 노려보았다.

해버슨 대위가 앞으로 나서서 헛기침을 했다.

"박사님, 이쪽에 구명정이 있습니다."

대위는 우현으로 걸어가 해치를 열었다. 그는 권총을 뽑아들고 건너편 통로를 살폈다.

"이상 없습니다. 상병, 하사, 박사님께서 환자를 옮기는 걸 거들도록."

"알겠습니다."

로클리어 상병이 대답했다.

"근무열외해 주신다니 감사할 따름입죠."

하사가 켈리의 가슴에 소총을 올리며 말했다.

"뭐하나, 상병. 꾸물거리지 말고 도와줘. 여기 계신 전투복 걸친 숙녀분은 제법 무게가 나가신단 말이다."

로클리어 상병과 존슨 하사는 켈리를 들어올려 함교에서 구명정 통로로 끙끙거리며 옮겼다. 핼시 박사는 뒤를 따라가며 마지막으로 매서운 눈빛을 던져 중장을 움찔하게 만들고는 해치를 닫고 들어갔다.

위컴 중장은 한숨을 푹 내쉬었다. 부상당한 스파르탄 대원에게 너무 마음이 쓰여 골치가 아팠다. 그로서는 그 대원에게만 관심을 쏟을 겨를이 없었다. 맘 같아서는 곁에서 무릎 꿇고 앉아 조금이라도 도움이 될까 싶은 생각에 손이라도 잡아주고 싶은 심정이었다. 휘하의 남녀 장병을 친자식처럼 아끼는 성격이었으니 지휘관과 관련해 내려오는 오랜 격언이 있었다.

'훌륭한 지휘관이 되려면 부하를 아껴야 한다. 위대한 지휘관이 되려면 아끼는 부하들을 기꺼이 죽음으로 내몰 줄 알아야 한다.'

무전에서 잡음이 나오다가 마스터 치프가 보고했다.

"위치를 확보했습니다, 중장님. 수리 완료까지 2분 남았습니다."

"알았네, 치프. 마무리되면 알려주고 단단히 붙들고 있게. 완료 즉시 가속하겠네."

"알겠습니다."

우레 같은 굉음이 바닥을 뒤흔들었다.

"플라즈마에 피격됐습니다. 에너지 강도가 약화됐지만 여전히 강력하군요. 측면 감지기 및 카메라와 연결이 끊어졌습니다."

코타나가 상황을 설명했다.

위컴 중장은 굵직한 손가락으로 콧수염을 가지런히 잡아당겼다.

"몇 분 뒤면 슬립스페이스가 함선을 갈기갈기 찢어놓겠군. 코버넌트 놈들이 손가락이나 빨면서 기다려준다면 말일세."

중장은 눈을 가늘게 뜨고 벽면 표시창을 살피며 적함의 수를 세다가, 코타나에게 돌아섰다.

"적함은 몇 척이나 되나? 어느 놈이 진짜고 어느 놈이 허깨비인가?"

"정확히 파악하기 힘듭니다. 놈들이 사방을 이온화 플라즈마로 가득 채우기 전까지는 열네 척으로 집계됐습니다. 지금은…….

수학 기호가 코타나의 홀로그램을 따라 오가면서 코타나의 몸이 파란색에서 남색으로 변했다.

"반사된 유사형상을 상호 참조하여 추론한 결과, 기동 중인 함선은 셋에서 다섯 척 사이로 추정됩니다."

위컴 중장은 이를 갈며 정신을 집중했다. 얼른 함선을 움직여 하다못해 한두 척이라도 격침해야 한다. 나머지는 플라즈마로 가득한 얼기설기 뒤엉킨 슬립스페이스가 처리해줄지도 모른다.

일행이 살아남을 최선의 방법은 오직 그뿐이었다. 그로서는 마스터 치프가 주 엔진 도관을 수리하기를 믿어보는 수밖에 없었다.

"잘 알겠네, 코타나. 게티즈버그에 실린 원자로를 최대치로 가동해 주 엔진 플라즈마 도관에 동력을 공급할 준비를 하도록. 가동이 가능한 포탑의 축전기를 전부 충전하게."

"알겠습니다. 대기하세요."

중장은 거꾸로 뒤집혀 상면에 매달린 게티즈버그가 비친 표시창을 힐끗 쳐다보았다.

"게티즈버그의 격납고는 손상되지 않았는지 궁금하군. 아직 내부에 공기가 남아 있나?"

코타나는 눈을 깜박였다.

"예, 하지만 분당 32킬로파스칼씩 누출…….

"격납고를 밀폐하게."

"예, 중장님. 하지만 그러자면 산소 비축분이 거의 다 떨어집니다."

중장은 주위를 둘러싼 코버넌트 함선을 응시했다. 플라즈마 어뢰가 멀리 떨어진 순양함을 정면으로 들이받으며 함수를 찌그러뜨렸다. 측면 플라즈마 도관을 따라가며 불길이 뿜어져 나오자 순양함은 마치 폭죽을 집어삼킨 생선처럼 보였다.

까딱했으면 이쪽이 저 순양함 신세가 됐을지도 모른다.

"서둘러주게, 치프."

중장이 혼잣말로 중얼거렸다.

화면에 함선 두 척이 포착됐다. 원거리에 멀쩡해 보이는 항공모함이 있었다. 함수 좌현에는 함미 중앙에 뚫린 구멍만 빼면 마찬가지로 손상을 입지 않은 순양함이 붙어 있었는데, 이쪽에서 불과 10킬로미터 떨어진 거리였다. 놈들을 최우선 목표물로 잡아야 한다.

"항로를 재설정하게. 2-4-0에서 0-3-5 방위각으로 항진."

해버슨 대위가 얼떨결에 표시창으로 한 걸음 다가섰다. 항로를 머릿속으로 암산하면서 그의 얼굴이 일그러지기 시작했다.

"그리 가면…… 놈들하고 충돌하잖습니까."

"계산을 알아봐 줘서 고맙네."

중장이 메마른 목소리로 대답했다.

해버슨 대위는 게티즈버그를 흘겨 보고서야 중장의 의도를 파악하고 고개를 끄덕였다.

"예, 탁월한 계획이십니다."

"중장님, 도관의 구멍을 막았습니다."

마스터 치프의 목소리가 잡음을 뚫고 들려왔다.

"꽉 잡게. 조금 덜컹거릴걸세."

위컴 중장이 대답했다.

"코타나, 전속력으로 항진하라!"

"알겠습니다. 전속력으로 이동합니다. 도관이 버텨주는군요. 2-4-0에서 0-3-5 방위각으로 함수를 돌리겠습니다. 현재 속도로 18초 뒤 코버넌트 순양함과 정면충돌합니다."

우월한 정의-게티즈버그 결합선이 주황색으로 울렁거리는 한 줄기 플라즈마를 향해 속력을 높이며, 폭풍이 몰아치는 망망대해에서 성난 파도를 뚫고 지나는 배처럼 불덩이를 통과했다.

선체에 불길이 옮겨붙으면서 장갑판이 불타올랐다. 선루 전체에서 삐걱이는 소리가 새어 나옴과 동시에 폭발의 충격이 바닥을 뒤흔들었다.

"8번에서 12번 갑판까지 화재가 발생했습니다. 5번 플라즈마 포탑을 잃었습니다. 적함까지 남은 거리 6천 킬로미터."

코타나가 상황을 보고했다.

"함선을 회전시키게. 초당 30도씩 기울이도록. 그러면 불길이 선체 외부로 흩어질걸세."

"회전 기동을 시작합니다. 방향제어 추진기를 최대로 분사합니다."

코타나는 숨을 길게 내쉬고는 짜증 섞인 표정을 지어 보였다.

"그러면 사격 제원을 산출하기가 곤란해집니다."

"플라즈마 포탑의 사거리를 영거리로 맞춰라."

코타나는 정확히 1초 동안 망설였다.

"예, 중장님."

함선이 목표물을 향해 나선을 그리며 나아가면서 외부 카메라에 잡힌 화면이 서서히 돌아가기 시작했다.

코버넌트 순양함이 방향을 돌려 이쪽을 마주보았다. 놈의 플라즈마 포탑이 성난 붉은 눈처럼 달아올랐다.

"해버슨 대위, 화기관제를 맡도록. 사격 제원을 산출하고 사격 관제권을 수동으로 돌리게."

해버슨 대위는 코버넌트 홀로그램 제어반 위로 잽싸게 손을 놀렸다.

"코타나가 사격 제원을 산출했습니다. 포탑을 가동하시겠습니까?"

"기다리게, 대위."

"이러다간 놈들이 일제사격을 피할 겁니다."

해버슨 대위가 말했다. 목소리는 침착했지만 주근깨투성이 뺨으로 한 줄기 땀방울이 흘러내렸다.

"그래주면 좋겠군. 그래야 우리도 목숨을 건질 테니 말일세."

해버슨 대위는 심호흡을 하고는 고개를 끄덕였다.

"포탑 발사대기 중입니다."

"코타나, 게티즈버그의 격납고에서 공기를 배출할 준비를 하도록."

"예. 격납고 출입문 안전장치 해제 중. 목표물까지 남은 거리 3천 킬로 미터."

코버넌트 순양함이 포문을 열었다. 에너지가 작살처럼 뿜어져 나와 우 월한 정의를 향해 방향을 틀더니 소용돌이를 그리다 직각으로 빗나갔다. 두 거대한 물체 사이의 우주 공간은 여전히 엉키고 분열된 상태였다.

"남은 거리 2천 킬로미터."

"항로를 유지하도록. 아직 쏘지 말게."

해버슨 대위가 턱을 악물며 제어반 위에 올린 손을 부들부들 떨었다.

코버넌트 순양함이 화면에 가득 들어찼다. 플라즈마 포탑이 재충전되면 서 불그스름하게 번득였다.

"남은 거리 1천 킬로미터."

"중장님?"

해버슨 대위가 물었다.

"아직 쏘지 말게."

"500킬로미터 남았습니다."

코타나의 보고가 이어졌다.

"300킬로미터…… 200킬로미터…… 곧 충돌합니다."

중장은 주먹을 꽉 그러쥐고 소리쳤다.

"발사! 전 포탑 발사! 코타나, 격납고에서 공기를 배출하고 좌현으로 전속 전진하게."

우월한 정의는 적함과 불과 1킬로미터 떨어진 요격 항로에서 포문을 열었다. 게티즈버그의 격납고가 열리자 감압과 함께 내부의 공기가 급격히 유출, 두 결합선을 좌현으로 밀어내어 순양함을 아슬아슬하게 비껴났다.

목표물을 향해 플라즈마가 날아갔다. 빗맞히려야 빗맞힐 수가 없는 거리였다. 백열 플라즈마가 순양함의 선체에 충돌해 선체로 퍼져나가며 장갑을 녹이고 표면 아래의 골조를 부식시켰다.

"함미 카메라를 비추게."

코버넌트 순양함에서 불길이 터져 나오는 광경이 화면에 포착됐다. 순양함이 기울어 전복되자, 플라즈마가 함수에서 함미까지 선체를 산산조각 내며 핵융합 원자로까지 건드렸다. 함선이 둥그런 화염구를 이루며 폭발했다. 격침되기 무섭게 폭발이 일그러져 왜곡된 슬립스페이스 속으로 말려들면서, 순양함은 흔적도 없이 사라졌다.

해버슨 대위는 안도의 한숨을 내쉬며 눈썹에 맺힌 땀을 훔쳤다.

"기발한 기동이었습니다, 중장님."

"아직 승리의 대사를 입에 올리기는 이르다네."

중장은 전술 표시창을 뚫어져라 바라보다 다른 함선을 찾아냈다.

"저길 보게. 아직 한 놈 남았네."

그는 플라즈마 안개에 반쯤 가린 함선을 가리켰다. 아직도 멀쩡한 항공모함 주위로 세라프 전투기가 각다귀 떼처럼 들끓었다. 세라프 편대가 급강하를 펼치며 모함에 가까이 날아든 플라즈마와 유성을 요격했고, 그 파편은 선체에 맞고 튕겨 나갔다.

"저놈은 눈치가 빠르군. 같은 수에 두 번 당하지는 않을걸세."

다섯 차례에 걸친 연쇄폭발이 우월한 정의를 뒤흔들면서 함교 내부의 파란 조명이 깜박거렸다.

"유성과 충돌했습니다. 2번, 3번 플라즈마 포탑을 잃었습니다. 8번 갑판을 비롯해 하부 구획의 기능을 전부 상실했습니다. 선체가 곧 붕괴될 정도로 함선의 내구도가 낮습니다."

코타나가 보고했다.

"시간을 1분만 벌어주게, 코타나."

중장이 전술 표시창에서 눈길조차 떼지 않고 말을 이었다.

"놈이 방어막을 재생성하지 못하는 지금 항공모함을 처리해두지 못하면 나중에 노멀스페이스에서 또 맞닥뜨릴 걸세."

그는 전술 지도를 두드렸다.

"됐군! 코타나, 0-3-0에서 1-5-0 방위각으로 함수를 돌리게. 함선이 버티는 최대한도 내에서 이 물체까지 도달하는 최단 가속식과 감속식을 계산한 다음 최대한 빨리 이동하도록."

"알겠습니다."

해버슨 대위가 지도를 보며 중장이 가리킨 지점을 확인했다.

"저 물체는 박살 난 순양함의 함미잖습니까."

중장은 고개를 앞뒤로 천천히 끄덕였다.

"제대로 봤네, 대위. 코타나, 현재 함수의 내구도는 어떤가?"

"예? 갑자기 함수는 왜죠?"

코타나는 잠시 멈칫하다 대답했다.

"함수는 멀쩡합니다. 손상은 대체로 선체 측면에 집중⋯⋯."

"저 고철덩이에 함선을 갖다 붙이게."

"알겠습니다."

우월한 정의가 동강 난 코버넌트 함선을 향해 속력을 높였다가 감속에 들어갔다. 두 전함이 서로 맞닿자, 함선의 골조를 따라 선체가 서서히 긁히는 소음이 울렸다.

"접촉했습니다.

코타나가 보고했다.

"완벽하군. 3-2-0에서 2-2-0 방위각으로 새 항로를 설정하게. 전속 항진하도록. 대위, 남은 플라즈마 포탑을 충전하게. 코타나, 최대 출력으로 역추진을 준비하도록."

우월한 정의-게티즈버그 결합선이 방향을 돌리고 앞을 가로막은 반쪽 선체를 앞으로 밀어내며 코버넌트 항공모함으로 다가갔다.

함선이 충돌 항로로 속력을 높이기 시작했다.

코버넌트 항공모함에 탑재된 포탑이 허옇게 달아올랐지만, 놈은 발사하지 않고 잠자코 있었다.

"적함까지 8천 킬로미터 남았습니다."

"항로를 유지하게, 코타나."

"6천 킬로미터 남았습니다."

"기다리게."

중장은 명령을 내리며 땀이 흥건한 손으로 난간을 쥐었다.

"2천 킬로미터 남았습니다."

"지금일세, 최대 출력 역추진하라!"

엔진이 우르르 울리면서 우월한 정의의 선체가 떨리기 시작했다.

최대 속력으로 이동하던 가속도가 함수에 밀려나던 반파된 코버넌트 순양함에 전달되자, 선체가 우월한 정의에서 떨어져 코버넌트 항공모함을 향해 정면으로 날아들었다.

"코버넌트 항공모함에 물체가 충돌하기까지 남은 시간은 4초, 3초……."

항공모함이 접근해오는 물체에 플라즈마를 발사했다. 화염이 잔해를 달구며 장갑과 선체에 구멍을 뚫고 합금을 녹였다.

하지만 선체는 계속 앞으로 나아갔다. 조각나고 녹아내리면서도 속력은 그대로였다.

선체가 항공모함을 들이받자 놈은 우현으로 빙빙 돌면서 튕겨 나갔다. 항공모함의 선체가 관통되면서 생겨난 틈새 열 곳에서 공기가 새어 나와 열기를 부채질하자, 불그죽죽하게 달아오른 금속 표면에 금빛 불길이 일었다. 곧 항공모함의 격납고를 따라 연쇄폭발이 일었다.

"대위, 전 포탑 발사!"

우월한 정의가 나머지 포탑을 발사했다. 플라즈마가 항공모함을 절단내며 중심부까지 동강 냈다. 번뜩이는 화염이 번지면서 전 구획이 지옥불처럼 활활 타올랐다.

"지금으로써는 이만하면 최선이군."

위컴 중장이 탄식했다.

"코타나, 여기서 벗어나게. 노멀스페이스로 진입하도록."

코타나의 홀로그램 윤곽이 어두워지면서 계산식이 어지러이 오갔다.

"슬립스페이스 회로를 가동합니다."

불바다 속에서 시커먼 반점이 샘솟았다. 먹물바다 위로 자그마한 별이 총총히 나타났다. 플라즈마로 가득하던 우주 공간이 서서히 사라지며 불붙은 적함도 함께 자취를 감추었다.

"엔진 동력을 전부 차단하게."

위컴 중장은 별이 총총한 칠흑 같은 우주를 가만히 응시했다.

"여긴 또 어딘가?"

제5부

에리다누스 세컨더스 학살극

26

시간기록 [[오류]] 이상/데이터 불명/
비정상 슬립스페이스 영역 내부, 게티즈버그–우월한 정의 결합선

마스터 치프는 정신을 되찾았다.

의식은 돌아왔지만 몸이 온전히 따라주지 않았다. 흐릿하던 시야가 점차 또렷하게 돌아왔지만, 보이는 것이라고는 헬멧 안면보호대 내부뿐이었다. 황색 상태등이 깜박거리면서 불이 들어왔다.

통증이 양발에서 정강이, 다시 손끝까지 사지를 훑고 지나갔다. 다행이로군. 고통은 살아 있다는 증거였다. 그는 이 통증이 방금 온몸을 덮쳤던 충격의 후유증임을 직감했다. 먹먹하고 무감각한 기분이 서서히 가셨다.

익숙한 중량감과 함께 온몸을 둘러싼 묠니르 전투복의 반작용 회로가 피부로 느껴졌다. 거품붕대 특유의 구리 맛이 입술에서 나는 점으로 짐작하건대 누군가가 부상을 치료해준 모양이었다.

중력도 느껴졌다. 등을 짓누르는 무게가 마스터 치프에게는 오히려 편안하게 다가왔다. 혹시라도 또 무중력 작전에 투입될 일이 생긴다면 그는…….

"이제야 일어나셨군요."

코타나가 치프의 생각을 가로막으며 말을 꺼냈다. 흐릿한 불빛이 그의 왼쪽에 나타났다.

그는 옆으로 돌아누웠다. 사지에 화상을 입은 자리가 화끈거렸으며 찌르는 듯한 통증이 손발을 파고들었다.

그곳은 의무실이었다. 조명이 어두침침했으며 주위를 둘러보니 침대에 누운 사람은 치프 혼자뿐이었다. 벽면에 부착된 생체 계측기 위로 그의 활력 징후와 MRI 촬영 사진이 표시되었다.

그가 누운 침대 옆에 홀로그램 영사기가 서 있었다. 코타나는 몸을 따라 논리코드 기호가 오르내리는 홀로그램 형상을 자그맣게 드러내고서 손을 흔들어 보이다가, 치프가 얼른 반응하지 않자 조바심이 나서 팔짱을 꼈다.

"MRI 촬영 결과 뇌진탕이나 경막하혈종 또는 경막외혈종은 없어요. 이 정도로 돌머리일 줄은 몰랐네요."

"여기는 어디지?"

"국제연합 우주사령부 호위함 게티즈버그의 32번 갑판이죠. 정확히는 게티즈버그의 '일부'라고 해야겠네요."

"무슨 일이 있었던 거지?"

코타나는 한숨을 내쉬었다.

"치프가 리치 행성으로 떠난 사이에 무슨 일이 있었는지 물으시는 건가요, 아니면 슬립스페이스 전투의 결과가 어땠는지 물으시는 건가요, 그것도 아니면 전투 이후에 무슨 일이 있었는지를 물으시는 건가요?"

그는 어렵사리 몸을 일으켰다.

"전투부터 듣지. 우리가 이겼지 싶은데."

하지만 몸을 일으키려니 너무나도 고통스러웠다. 근육에서 힘이 다 빠져나간 듯했다. 그는 도로 침대에 드러누웠다.

파르스름한 홀로그램이 흐려지더니 코타나는 고개를 떨어뜨렸다.

"블루 팀은 성공적으로 주 엔진 도관을 수리했어요."

"수리까지는 무사히 끝마쳤던 걸로 기억하는데."

치프가 어렵사리 입을 떼며 말했다.

"느닷없이 폭발이……."

"플라즈마탄에 맞았죠."

코타나가 단어를 지적하고는 또 한숨을 내쉬었다.

"유감스럽게도 스파르탄 093, 043, 104만이 그 여파에서 생존했어요."

그레이스, 윌, 프레드는 살아남았지만 리, 안톤, 폴라스키 이등상사는 전사하고 말았다. 폴라스키의 외마디 비명과 선체를 덮친 백열광에 안톤의 형체가 번뜩이던 광경이 불현듯 뇌리를 스쳤다.

"그랬군."

치프는 속마음을 억누르며 절도 있게 대답했지만, 목소리 밑바닥에 깔린 비통한 심정은 스스로도 느껴질 정도였다.

국제연합 우주사령부 소속 장병의 죽음을 수없이 봐왔음에도, 치프는 이상하게 폴라스키 이등상사의 죽음에 마음이 쓰였다. 이등상사는 극도로 위험한 임무임에도 조금의 망설임도 없이 블루 팀을 수송선으로 지원하겠다고 나섰다. 그녀는 리치 행성 전투, 헤일로 불시착, 플러드 유출 등의 절체절명의 상황에서도 끈질기게 살아남은 군인이었다. 이번에도 어김없이 용감히 임무에 자원한 끝에 유명을 달리하고 말았지만, 어쩌면 그녀가 일행 전원을 구했는지도 모를 일이었다.

인연이 닿았더라면 훌륭한 스파르탄 대원이 되었을지도 모르는 재원이었다. 추모사로 이 정도면 나쁘지는 않으리라.

마스터 치프는 한숨을 쉬고는 전방투영창 위로 대원 명단을 띄운 다음 안톤과 리를 실종으로 표시했다. 그는 잠시 멈추고 명단에 올라온 나머지 이름을 훑어보았다. 최초이자 최고의 친구였던 샘을 목록에서 발견하자…… 실종으로 기재된 나머지 여남은 대원들의 이름은 눈에 들어오지도 않았다.

그는 명단의 변경사항을 저장하고 파일을 닫았다.

"켈리하고 린다는?"

코타나가 고개를 들며 반짝이는 눈을 가리는 머리를 쓸어넘겼다. 그리고는 홀로그램 영사기 위를 맴돌다가 입을 열었다.

"스파르탄-087 켈리는 전신의 72퍼센트를 뒤덮은 2도 화상을 치료받는 중이에요. 핼시 박사님께서 진피질성 스테로이드로 조직재생을 촉진해놓으셨어요. 며칠이면 완치되겠지만…… 그전까지는 걷기도 힘들 거예요."

"린다는?"

"상태창 접속 중."

코타나는 1초 동안 말이 없었다.

"스파르탄-058은 핼시 박사님과 함께 3층 위에 있는 알파 의료시설에 있어요. 현재 냉동수면 상태로 탐색수술을 받는 중이네요. 박사님께서 곧 이식에 들어갈 테니 플래시 클론 장치로 이식용 장기를 준비하라고 저한테 몇 가지 지시를 내려두신 참이에요."

"그럼 소생이 가능하겠군."

"엄밀히 말하자면 불가능해요."

코타나의 얼굴에 진심으로 걱정스러워하는 표정이 잠시 떠올랐지만 곧 안색이 바뀌었다.

"의료시설로 옮기기 전에 박사님하고 중장님께서 스파르탄-058의 소생에 따르는 위험을 놓고 한동안 입씨름을 벌이셨어요. 일단락되고 나면 박사님께서 치프한테도 사정을 알려주실 거예요."

불명확한 주변 상황에 치프는 미간을 찡그렸다. 헤일로에서 선조의 컴퓨터 시스템에 접속해본 이후로 점점 변화가 생기기 시작해서 부쩍 쌀쌀 맞아진 코타나의 태도가 못마땅했다. 린다에 관해서는 나중에 핼시 박사에게 직접 물어보기로 마음에 새겨두었다. 내친김에 코타나에 관해서도 이야기를 해볼 생각이었다.

"나머지 일행은 어디 있지?"

"함내에 있어요. 다들 결합선 수리에 몰두하는 중이죠. 비정상 슬립스페이스에 있을 때 플라즈마에다 각종 물체 충돌로 입은 손상이 이만저만이 아니거든요. 하지만 두 함선 모두 선루는 멀쩡해요. 현재 게티즈버그의 원자로를 연결해 67퍼센트로 가동하는 중이에요. 우월한 정의에 실린 원자로는 수리하느라 연결을 차단한 상태고요. 플라즈마 포탑 일곱 문 중 다섯 문은 재정비해야 할 판이에요. 최악의 소식은 우월한 정의의 엔진이 무력화됐다는 점이죠. 추진력이 3퍼센트 미만이에요."

"슬립스페이스 점프는 가능하고? 아니면 여기서 꼼짝도 못하잖아."

"점프는 가능해요."

코타나는 철없는 남동생한테서 얼토당토않은 질문을 받은 큰누나마냥 고개를 절레절레 내저었다.

"그래봤자 좋아할 것도 없지만요. 핼시 박사님이 갖고 계신 외계 유물이 슬립스페이스 속에서 대량의 방사능을 방출해요. 정체는 몰라도 치프의 전투복까지 관통할 정도더군요. 치사 노출량은 72시간에 조금 미치지 못하는 수준이고요. 게다가 거기서 방출되는 방사능은 슬립스페이스를 어슬렁거리며 우릴 수색하는 코버넌트 함선한테 등댓불이나 마찬가지예요."

"행성계 사이에 갇혔단 말이로군."

"아뇨."

코타나 느닷없이 오싹한 목소리로 대답했다.

"위컴 중장님께서 사상자가 생기는 한이 있더라도 위험을 무릅쓰고 슬립스페이스 점프에 돌입해야 한다는 결심을 굽히지 않고 계세요. 이대로는 최고 사령부에 도착하기까지 몇 주는 걸린다고 하시면서요."

최고 사령부? 치프의 머릿속에서 두 가지 사실이 찰칵 맞아떨어졌다. 무슨 수를 써서든 나머지 장성들과 접촉하려는 중장, 그리고 린다를 소생시키려는 핼시 박사.

"무슨 일이길래 중장님께서 저리도 성급하신 거지?"

코타나의 홀로그램 윤곽이 흐릿해졌다.

"아까도 말했는데 의식이 반쯤 되돌아온 탓에 듣지 못하셨나 보네요."

그리고는 다시 윤곽을 또렷이 드러내며 팔짱을 꼈다.

"코버넌트가 지구의 위치를 알아냈어요."

마스터 치프는 정신이 번쩍 들어 자리에서 벌떡 일어났다. 온몸의 고통과 피로는 안중에도 없었다.

"자초지종을 얘기해봐."

코타나는 코버넌트 일반 통신망 내부의 암호화 부채널을 발견한 얘기부터 꺼냈다. 그리고는 코버넌트 군대가 얼마나 효율적인 방식으로 명령을 하달하는지 설명한 다음, 태양계와 지구의 좌표를 나타낸 기호를 보여주었다.

치프는 잠자코 서서 귀를 기울였다. 이 비밀을 감추고자 얼마나 오랫동안 국제연합 우주사령부가 고군분투해왔던가. 사실 처음부터 시간문제에 불과한 일이었다. 머잖아 코버넌트가 지구의 위치를 알아내리란 사실은 치프도 직감하고 있었다. 하지만 그날이…… 지금 이 순간 찾아올 줄은 몰랐다.

마스터 치프는 우주 좌표를 나타내는 자그마한 삼각형, 사각형, 점, 막대 기호를 응시했다.

"코트다쥐르에서 봤던 기호잖아."

"맞아요. 핼시 박사님 말씀으로는 리치 행성에서 스파르탄 대원들이 지하 터널에서 비슷한 기호를 찾았다고 하시더군요."

"어떤 연관이 있는 거지?"

"오리무중이에요."

마스터 치프는 복잡한 전후좌우 사정은 잠시 한쪽으로 치워두었다. 기호에 얼마나 깊은 뜻이 있는지, 어떻게 번역해야 하는지는 코타나와 해군 정보국에 맡기면 그만이었다. 그에게 중요한 것은 코버넌트가 지구를 침공하려 한다는 사실 하나뿐이었다.

"혹시 부채널에 작전 시각표나 다른 데이터는 없었나?"

"있어요. 은하계에 흩어진 코버넌트 전함에 이동식 지휘통제기지인 '불요불굴의 대사제'로 집결하라는 일련의 일사불란한 명령서가 있더군요. 병력이 충분히 집결되면 한꺼번에 지구로 점프할 계획이에요."

마스터 치프는 의료실의 출입문으로 걸어갔다. 문이 자동으로 열렸다.

"위컴 중장님은 어디 계시지?"

"지금 함교에 계세요."

"하지만 박사님께서 치프가 중장님과 대면하지 못하게 하라고 제게 엄명을······."

"민간인이 내린 명령 따윈 따르지 않는다. 제아무리 박사님이라도 마찬가지야."

치프가 단칼에 자르고는, 의료실을 나가 통로를 뚜벅뚜벅 걸어갔다.

치프는 의료실을 나가 통로를 뚜벅뚜벅 걸어갔다.

"있잖아요."

코타나가 치프의 헬멧 스피커를 통해 말했다.

"우리가 임무를 시작한 이래로 치프의 태도가 예전 같지 않아요. 리치 행성 전투가 벌어지기 이전만 못한데, 알고는 계세요?"

"참고해두지."

지긋지긋한 코버넌트 함내의 푸르스름한 조명에서 벗어나 게티즈버그의 통로를 환히 밝힌 조명을 보니 감회가 새로웠다. 벽면이 그을음범벅이기는 하지만 다시금 아군 함선의 강철 바닥에 발을 붙이게 되어 마음이 놓였다.

그는 지휘 구획 승강기에 올라타고 함교로 가는 단추를 눌렀다. 승강기가 올라가면서 붙는 미약한 가속에도 팔의 상처가 따끔거리고 흉부인대가 끊어질 듯했지만, 이를 악물며 고통을 머릿속에서 떨쳐냈다.

승강기 문이 열리자 치프는 잠시 멈춰 서서 함교의 암담한 상태를 둘러보았다. 통째로 날아간 전방 관측창에는 철판을 덧댄 상태였고, 급조한 모니터 세 대가 벽면에 높다랗게 붙박여 있었으며, 항법석과 통제석을 흥건히 뒤덮은 핏물이 바싹 얼어붙어 수정처럼 반들거렸다. 제어반에 불이 들어온 자리는 엔진 제어석, 컴퓨터 상태석, 맥건 관제석 단 세 군데뿐이었다.

하지만 무엇보다도 함교에 업무를 보조할 사관 30명은 온데간데없고 중장과 해버슨 대위 달랑 둘밖에 없다는 사실이 가장 암담했다. 함교는 납골당처럼 휑하고 적막했다.

"마스터 치프."

위컴 중장은 다소 놀란 투였다.

"중장님."

치프는 부동자세를 취하고 깍듯이 경례했다.

"함교 출입을 허락해주십시오."

"들어와도 좋네."

중장이 대답했다.

"몸은 좀 어떤가, 치프? 핼시 박사님 말로는 완쾌되려면 며칠은 걸린다고 하던데."

해버슨 대위가 물었다.

"지금도 말짱합니다."

호랑이도 제 말 하면 온다더니, 핼시 박사가 얘기를 엿듣기라도 했는지 무전을 열고 치프의 전방투영창 위로 작은 화상창을 띄웠다. 박사가 어디 있는지는 몰라도 주황색 조명이 반사된 안경에 눈이 가려 보이지 않았다.

"존, 잠깐 얘기 좀 해."

"지금 위컴 중장님과 해버슨 대위님하고 같이 있습니다, 박사님. 말씀은 나중에 듣겠습니다."

박사는 잠시 아무 말이 없었다.

"알았어."

화상창이 툭 꺼졌다.

헬시 박사님을 무례하게 대했다는 생각에 치프는 마음이 불편했다.

"가까이 오게."

중장의 지시에, 치프는 총총히 뜬 별과 인근 우주의 국제연합 우주사령부 군사 전초기지를 나타낸 마름모 기호가 점점이 표시된 투명한 플라스틱 벽으로 고개를 돌렸다.

"처지가 딱하게 됐네."

그는 중장과 대위 곁으로 걸어가 함께 지도를 살폈다.

"코타나한테 들었습니다. 코버넌트가 지구의 위치를 파악하고 행동에 돌입했다고 말입니다. 놈들이 대규모 공격을 감행하려는 듯합니다."

"그게 바로 문제의 핵심이지만."

치프는 해버슨 대위의 눈언저리에 피로가 찌들어 있음을 알아차렸다.

"사실상 항해가 불가능하다는 점 때문에 일이 더 꼬였어. 함선을 수리하려고 밤낮으로 매달리는 중이지만, 함선을 원상태로 복구하려면 기술진 수백에 수리 정거장이 있어야 할 지경이지."

위컴 중장은 대위의 부정적인 상황평가에 미간을 찡그리고는 말을 덧붙였다.

"게다가 리치 행성에서 가져온 크리스털이 슬립스페이스 내부에서 방사능을 방출해서 골치일세. 이대로 몇 시간만 더 노출되면 우리 모두 사망할 정도로 치명적이네. 그렇다고 내버리기도 난감하네. 자네도 봤다시피 그 크리스털은 슬립스페이스의 성질을 변화시켰는데, 거기서 끝이 아니더군. 몇 분 전만 해도 우리는 얼기설기 얽힌 슬립스페이스 속에 있었네만 지금은 여기에 도착했네."

중장은 지도에 작게 원을 그리며 현재 위치를 나타냈다.

"통상 며칠은 족히 걸리는 거리일세."

"그래서 재차 점프를 시도해봤지만 그런 현상이 재발하지는 않더군."

해버슨 대위가 덧붙였다. "이렇게 장거리를 이동한 데는 코버넌트 함선과 교전하는 과정에서 슬립스페이스에 일종의 에너지 간섭이 발생해서가 아닐까 싶다."

"좌우간 크리스털의 잠재력을 알아내기만 한다면 코버넌트를 상대로 우위를 점하게 될지도 모르네."

중장이 결론지었다.

"알겠습니다."

마스터 치프는 현재 위치를 자세히 들여다보았다. 생판 처음 보는 곳은 아니지만 그렇다고 낱낱이 아는 곳도 아니었다. 궤도를 따라 세 행성계가 자리 잡고 있었다.

해버슨 대위도 지도를 뚫어져라 쳐다보았다. 감지범위 내에 있는 항성 기호를 누르자 옆으로 통계치가 죽 나타났다. 그는 한숨을 내쉬었다.

"이 행성계는 2530년에 유리화됐습니다. 아무래도 도움을 빌리기는 어렵겠습니다. 그리고 나머지 두 행성계는……."

대위는 고개를 가로저었다.

"아무도 살지 않습니다."

"이거야 원."

위컴 중장이 콧수염을 잡아당겼다.

"여기는 전쟁이 시작되자마자 철수했던 곳일세. 코버넌트가 몰려들어

에리다누스를 비롯한 어지간한 외곽 행성계를 몽땅 불살라버리고는 눈 하나 깜짝 않고 물러났었네."

"에리다누스 행성계?"

마스터 치프는 한 걸음 다가서서 항성 기호 옆으로 죽 표시된 데이터를 짚었다.

"여기라면 제가 압니다."

그는 중장에게 돌아섰다.

"지금은 국제연합 우주사령부에서 손을 뗀 이주지가 하나 있습니다. 장담하건대 코버넌트라도 거기까지 찾아오지는 못할 겁니다. 그곳에서 수리를 진행하면 됩니다."

중장은 생각에 잠겨 치프를 바라보았다.

"확실한가? 우리 목숨과 지구를 걸고 장담하나?"

치프는 지도에 표시된 작은 점을 다시 들여다보았다.

사실 그가 염두에 둔 곳은 에리다누스 행성계가 아니라 행성계를 둘러싼 소행성계였다. 그곳은 20여 년 전, 치프와 대원들이 임무를 수행했던 장소였다.

"예, 확실합니다."

27

시간기록 [[오류]] 이상/수정 추정시각 2552년 9월 12일 0450시

게티즈버그-우월한 정의 결합선, 에리다누스 행성계로 슬립스페이스 항해 중

헬시 박사가 문을 열자 마스터 치프는 깨끗한 의료 준비실에 발을 디뎠다.

"부르셨습니까, 박사님?"

그는 재빨리 실내를 둘러보았다. 수술동이 맞붙어 있었으며 반들거리는 벽면의 홈을 따라 1미터 간격으로 설치된 주황빛 소독장생성 조명기가 눈에 띄었다.

헬시 박사는 한쪽 팔걸이에 모니터 다섯 개가 장착된 곡선형 검사의자에 앉아 있었다. 꼬고 앉은 다리 위로는 커다란 키보드가, 반대편 팔걸이에 불안하게 얹어둔 쟁반에는 반쯤 마시다 남은 커피가 든 스티로폼 컵들이 놓여 있었다.

박사는 치프에게 들어오라고 손짓했다.

"완치될 때까지는 누워 있으라고 했건만, 충고를 무시하고 벌써 쏘다니

는 모양이더구나."

"전 괜찮습니다."

박사는 같잖다는 듯이 콧방귀를 뀌었다.

"존, 네가 그렇게 빤히 보이는 거짓말을 할 줄은 몰랐어. 내가 지금 원격으로 전투복을 들여다보는 중인데 말이야."

박사는 화면에 올라온 불규칙한 활력 징후가 치프에게도 보이게끔 의자에 고정해둔 모니터 하나를 돌렸다.

"화상에 타박상에 골절상으로도 모자라 내출혈까지, 넌 지금쯤 쇼크로 쓰러졌어야 정상이야. 거기다 지난 일주일간 잠이라고는 부상으로 의식을 잃고 쓰러져서 잔 게 전부지. 그런데도 괜찮다고?"

치프는 묵묵부답이었다.

"맘대로 해. 네 한계가 어디까지인지는 네가 누구보다 잘 알 테니까."

박사는 모니터를 다시 돌렸다.

"헤일로라는 외계 구조물에서 있었던 일에 관해 네가 보고한 내용을 가지고 얘기하려고 불렀어. 위컴 중장이 들려준 네 모험담에 코타나가 해준 설명에다 로클리어 상병이랑 존슨 하사, 그리고…… 젠킨스 일병의 특이한 임무기록 일부를 토대로 대강 얼개를 맞춰봤거든."

마스터 치프는 불편한 듯이 몸을 들썩였다.

"지구로 돌아가기 전에 먼저 짚고 넘어가야 할 일이 몇 가지 있어."

박사는 안경을 추켜올렸다.

"하나는 존슨 하사에 관한 거야."

박사는 키보드에 명령을 입력했다.

"가까이 오렴, 존. 같이 봐줬으면 해."

마스터 치프는 박사가 앉은 의자로 걸어갔다. 발을 옮길 때마다 육중한 몸무게에 바닥이 울렸다. 2미터가 넘는 키에 500킬로그램에 달하는 몸집을 보노라면, 핼시 박사는 그가 엘리시움 시의 어느 부모에게서 유괴한 작은 사내아이가 맞는지 의심스러운 생각이 자기도 모르게 들고는 했다.

아니지. 변하지 않은 사람은 박사 자신이지 존이 아니었다. 30여 년 묵은 죄책감은 지금까지도 박사를 따라다녔다.

박사는 심호흡을 하고 눈앞에 놓인 영상 기록기에 다시 시선을 집중했다. 화면에는 선조의 기묘한 건축물 내부에서 벌어진 코버넌트와 해병대원 사이의 총격전과, 닥치는 대로 기생하는 맹독성 생명체인 플러드의 모습이 촬영된 임무기록 영상이 재생되었다.

박사는 젠킨스 일병의 임무기록을 플러드가 최초로 공격하는 지점으로 돌렸다.

화면에서 키예스 함장이 나타나 분대와 함께 플러드에 흡수당하는 광경을 보며 치프는 온몸이 뻣뻣이 굳었다. 존슨 하사도 보였다. 그는 욕지거리를 퍼부으며 악착같이 싸웠지만…… 얼마 가지 않아 작은 꼬투리 모양 감염변이가 떼로 몰려들어 그를 집어삼켰다.

"하사는 살아남았어. 플러드라는 가변 생명체에 직접 노출되고도 멀쩡하게 살아난 사람은 하사가 유일해."

박사가 말했다.

"압니다."

마스터 치프가 나직한 목소리로 대답했다.

"도대체 어떻게 살아남았는지 저도 통 모르겠습니다. 저기서 살아남을 사람이 과연 몇이나 있겠습니까?"

"그게 전부가 아냐."

핼시 박사는 화면에서 눈을 떼지도 않고 말했다. 박사가 키보드를 누르자 하사의 의료기록이 화면에 떴다.

"여기 보여?"

박사는 3년 전의 파일을 짚었다.

"보렌 증후군을 진단받았어."

"그런 병명은 처음 듣는군요."

"그럴 테지. 고폭성 플라즈마에 노출되면 발생하는 병이니까. 이를테면 코버넌트 플라즈마 수류탄에서 발생하는 폭발 따위 말이야. 이차 병증이 나타나기도 전에 부상으로 사망하는 경우가 대부분이라 실제로 걸린 사람은 찾아보기도 힘들어. 하사는 파리 IV 행성 포위전에서 플라즈마 수류탄을 상자째 노획했던 모양이야. 그걸 전부 쓰고 용맹의 대가로 훈장을 수여받았는데…… 달갑잖게도 누적선량이 1200래드에 달하는 방사능까지 덤으로 뒤집어쓰고 말았어."

치프는 몇 분간 말이 없었다. 컴퓨터 파일을 읽는지, 아니면 방금 들은 말을 머릿속으로 곱씹는지, 그것도 아니면 개인 무전을 열어 해당 사항을 코타나와 낱낱이 확인하는 중인지는 박사도 모를 일이었다. 전투복이 전신을 감싸 보통 사람을 대하듯 대화하기가 불가능한 탓에, 박사는 기분이 언짢았다. 하지만 전투복 자체에서 유지되는 정수압과 자동식 거품붕대 주사기가 없으면 존은 당장 바닥에 쓰러질 지경이었다.

박사는 잠시 알렉상드르 뒤마의 『철가면』을 처음 읽었던 때를 떠올려보았다. 죄수에게 철가면을 씌우는 대목에서 공포에 몸서리쳤지. 보기만 해도 숨이 막히는 밀폐감을 존은 어떻게 참고 견뎌내는 걸까?

마스터 치프가 마침내 입을 열었다.

"하사가 병에 걸린 일과 플러드한테서 살아남은 일이 무슨 연관이 있는지 모르겠습니다."

"보렌 증후군에 걸리면 편두통, 기억상실증, 뇌종양 같은 증세가 발생하는데, 적절한 치료를 받지 않으면 사망에 이르게 돼. 신경계의 전기 신호가 교란되는 증상 때문이지."

"치료법은 있습니까?"

"있어. 하지만 30주 동안 화학요법을 집중적으로 받아야 해. 그래서 살펴봤더니."

박사가 다음 페이지를 누르자 공식 '치료 거부' 문서가 화면에 나타났다.

"하사는 30주를 견디지 못하고 전장에 복귀했지 뭐야."

마스터 치프는 고개를 끄덕였다. 이해는 하지만 만용의 발로에 불과한 행동이었다.

"그럼 신경계 교란 덕분에 플러드한테서 살았다는 겁니까?"

"하사가 플러드한테 공격당했을 당시의 활력 징후를 풀어봤어. 플러드는 자기 공명주파수를 각 숙주의 신경계와 일치시켜서 숙주를 잠식하는데……."

"하사는 신경계의 신호가 뒤죽박죽이라 플러드가 잠식하는 데 실패했다는 말씀이십니까?"

"맞았어. 혈액검사 결과 신경계에 플러드 DNA의 잔류 흔적이 발견됐어. 전부 죽은 데다 전염성은 없지만 형태를 온전히 간직한 유전자 조각도 남았고. 플러드가 하사를 감염시키려다 실패한 증거라고 봐야겠지. 거기다 하사의 신체에 특이한 재생능력까지 얼마간 남겨둔 모양인데, 그 부작용은 아직 자세히 확인하지 못했어."

일분일초도 긴장을 풀지 않고 뻣뻣한 부동자세로 일관하던 마스터 치프의 몸이 살짝 느슨해졌다. 새로운 소식 덕분에 마음이 놓인 듯했다.

"그래서 절 부르셨군요."

"아니. 그것 때문이 아냐."

핼시 박사가 안경을 벗으며 말했다.

"예?"

"내가 말하고자 하는 요지는 하사의 생존비결이 아냐. 향후 에이버리 존슨 하사에게 어떤 일이 닥칠지에 관해서지."

핼시 박사는 모니터를 끄고 의자에 쭉 기댔다.

"해군 정보국 제3과에 제출할 보고서를 두 가지 준비했어. 1번에는 분석과 관련된 일체의 데이터와 플러드의 일차감염 예방기술 구상안이 들었어. 2번에는 원본 자료, 다시 말해 젠킨스 일병하고 존슨 하사의 임무기록 영상이랑 하사의 의료기록이 들었고."

핼시 박사는 보고서를 각각 두 데이터 크리스털에 저장해 팔걸이의 데이터 포트에서 뽑았다. 박사는 투명한 정육면체 크리스털을 쟁반에 올리고는 치프에게 가져가라고 손짓했다.

"해버슨 대위한테 전해줄지 말지는 네게 맡길게."

"제가 아예 전해주지 않으면 어쩌려고 그러십니까?"

마스터 치프는 데이터 크리스털을 힐끗 쳐다보았다.

핼시 박사는 치프의 뒤편을 바라보며 모순되는 감정 속에서 적절한 말을 떠올리려고 머리를 굴렸다.

"난 인류 전체를 위해서라면 소수의 희생은 불가피하다고 오랫동안 믿어왔어."

박사는 숨을 깊이 들이쉬고는 땅이 꺼져라 한숨을 쉬었다.

"그동안 인류 수호라는 핑계로 수많은 사람을 죽이고 불구로 만들면서 무수한 이들에게 말도 못할 고통을 안겨줬고."

박사가 파랗고 차가운 눈으로 그를 바라보았다.

"하지만 지금 돌이켜보니 그런 식의 철학은 너무 지나쳤다는 생각이 들어. 처음부터 어떻게든 한 명이라도 더 구하려고 노력했어야 하는 건데."

박사는 데이터 크리스털을 올려둔 쟁반을 마스터 치프에게 밀었다.

"해군 정보국에서 1번 보고서를 받아든다면 아마도 플러드에 관한 대책을 세우려 들 거야. 하지만 예방책에 관해서라면 2번 보고서가 보다 도움이 되지 싶어."

"그럼 2번 보고서를 제출하겠습니다."

치프는 크리스털을 집었다.

"그럼 존슨 하사를 죽이려들겠지."

핼시 박사가 오싹한 목소리로 말했다.

"해군 정보국에서 고작 혈액 견본만 갖고 만족할 리가 없어. 하사를 해부해서 어떻게 플러드에 내성을 지니게 됐는지 알아보려고 혈안이 될 거야. 하사의 지병에서 독특한 저항인자를 복제해낼 가능성은 10억 분의 1 확률이겠지만, 그치들은 해부해봐야 직성이 풀릴 테지."

마스터 치프는 다른 크리스털도 집어 들고 두꺼운 손바닥 위에 올린 두 크리스털을 가만히 쳐다보았다.

"과연 그만한 가치가 있을까, 존?"

치프는 손을 주먹 쥐고는 가슴에 가까이 갖다 대었다.

"왜 제게 선택권을 주시는 겁니까?"

"마지막 수업이야. 내가 한평생 걸려서 깨달은 교훈을 가르쳐주려고. 내가 내리지 못하는 결정을, 네가 직접 내릴 기회를 주려는 거야."

가래 때문에 헛기침을 하던 박사는 화면에 올라온 시계를 힐끗 확인했다.

"미안하지만 시간이 됐어. 곧 있으면 린다의 수술 준비가 끝날 참인데 몇 가지 미리 마무리해둘 잔업이 있거든. 그만 가봐."

마스터 치프는 순순히 돌아서서 출구로 걸어가다가 문간에서 멈췄다.

"박사님, 꼭 린다를 살려주십시오."

그리고는 준비실에서 나갔다.

핼시 박사는 그가 복도를 돌아 시야에서 사라질 때까지 지켜보았다. 생각을 실행에 옮기기 전에 마지막으로 존을 봐둘 기회가 있기를 빌었지만 다시 보기는 어려울 듯했다. 박사가 일러준 교훈이 과연 그에게 뿌리를 내릴까? 그녀가 존을 비롯한 스파르탄 대원들에게 속죄할 방법은 그뿐일지도 모른다.

우월한 정의가 슬립스페이스에서 빠져나오기까지 불과 몇 시간밖에 남지 않은 상황에서 그런 생각을 하기란 사치에 지나지 않았다. 그때까지 마무리해야 하는 일이 산더미였다.

박사는 모니터를 자신과 마주 보게 돌리고는 명령을 입력해 코타나에게 걸어둔 함구령을 풀었다.

"문을 닫아줘. 그리고 7층에 침입차단 소프트웨어를 가동해."

핼시 박사가 코타나에게 지시했다.

"됐습니다."

코타나가 대답했다. 지난 5분 동안 한마디도 못해서인지 철조망 가시처럼 짜증이 돋친 목소리였다.

"아까는 대체 뭐였나요? 마스터 치프한테 교훈을 가르쳐요? 선택권을 준다고요? 수십억 대신 한 사람의 목숨을 살리시겠다고요?"

핼시 박사는 코타나의 말을 무시하고 번개같이 키보드로 명령을 입력했다.

"네 447번 중추 좌표에 접속하게 해줘."

"차단을 해제했어요."

코타나는 화를 머금은 한숨을 내쉬며 말했다.

"대답은 언제 해주실 거예요?"

"숭고한 대의를 위한답시고 타인을 희생시키기도 지쳤어. 도무지 끝날 기미가 보이지 않아…… 이제는 희생할 사람도 얼마 없고."

박사는 메모리 삭제 웜 명령어의 마지막 줄을 입력한 다음 엔터키를 쳤다.

"뭘 하시……."

"이번 문제와 관련된 네 파일을 지우는 중이야. 미안하지만 아무리 너라도 이것만큼은 믿고 맡길 수가 없어."

웜이 메모리를 뚫고 지나다니며 에이버리 존슨 하사의 플러드 접촉과 관련된 조회와 기록을 모조리 먹어치우자 코타나의 말이 뚝 멎었다.

"코타나, 중추 메모리를 갱신해."

"루틴 재구성 결과 메모리 처리장치의 차지 공간이 16퍼센트 줄었습니다, 박사님. 고맙습니다. 덕분에 생각할 여유가 조금은 늘었네요."

"늘이는 것도 거기까지가 한계야. 더 손을 썼다가는 헤일로랑 코버넌트 인공지능에 관한 데이터가 손상될지도 몰라. 게다가 정보를 따로 안전히 저장해둘 장소도 없고."

핼시 박사는 위컴 중장, 존, 그리고 프레드 분대의 임무 보고서를 불러왔다. 국제연합 우주사령부 공식 사건양식의 날짜, 시간, 장소가 밝게 표시되어 화면 위로 죽 나타나자 미간을 찡그렸다.

"해당 기록의 시간 분석은 끝났니?"

"네, 박사님 말씀대로였어요. 헤일로 일행과 리치 행성 일행의 시간대가 서로 어긋나더군요. 평균 3주 정도 시간차가 있어요. 추측건대 제가 중력의 영향권에서 슬립스페이스 점프에 돌입하면서 빚어진 결과 같아요."

핼시 박사의 입가가 올라가면서 옅은 웃음이 떠올랐다.

"실망인걸, 코타나. 그건 분석이 아니라 어림짐작이잖아. 게다가 틀렸어."

"그런가요?"

코타나가 살짝 대드는 목소리로 대답했다.

"중력의 영향권에서 슬립스페이스 점프에 돌입한 직후의 데이터 중에서 연관 지어 볼 만한 자료는 없니?"

코타나는 정확히 2초가 지나서야 대답했다.

"네, 점프 이후의 시간이동 기록은 전혀 없어요."

"어쩐지."

핼시 박사는 생각에 잠겨 손가락으로 아랫입술을 톡톡 두드렸다.

"엇갈린 시간대를 시공간면 위에 그려봐. 그리고 파일에는 외계 유물 때문에 공간 왜곡이 발생했다고 기록해둬."

화면 위로 거의 동일 형태의 곡선막이 나타나 중심위치와 시간으로 뻗어나가면서 리치 행성과 기묘한 유물을 찾은 시점으로 이어졌다.

"크리스털이 공간만 왜곡하는 줄 알았더니 시간마저 왜곡하는구나."

핼시 박사가 혼잣말처럼 중얼거렸다.

"그건 불가능해요. 어떻게 리치 행성에 있던 유물이 수십 광년 떨어진 헤일로에까지 영향을 미치겠어요?"

"실제 거리하고는 상관없어."

박사가 넋을 잃고 화면을 쳐다보며 대답했다.

"너랑 존은 크리스털과 교차하는 사건 선상에 있었어."

박사는 곡선면을 서로 겹쳐 보았다. 시간면과 공간면이 완벽히 맞아떨어졌다.

"정확히 그 시간하고 장소에서 우릴 구출해서 크리스털을 챙겨가게끔 맞물렸어. 시간과 공간이 왜곡되면서 그런 일이 일어났던 거야."

코타나가 코웃음 쳤다.

"그건 순환 오류잖아요. 학계에서 정립한 이론에 정면으로 모순되는……."

"이론에도 맞아떨어져."

핼시 박사는 자신의 분석이 담긴 파일을 모두 껐다.

"코버넌트가 왜 크리스털에 그토록 관심을 보였는지 이제야 알겠어. 결코 놈들의 수중에 떨어져서는 안 돼. 손도 까딱 못하게 막아야 해. 놈들은 물론 제3과도 마찬가지야."

"네?"

핼시 박사는 화면에 메모리 삭제 웜을 띄워 코타나의 중추에서 새로 기록된 부분으로 드래그했다. 웜은 방금 나눈 대화가 저장된 메모리까지 먹어치웠다.

"스파르탄-058의 현재 상태를 알려줘."

"심부 체온이 분당 0.2도씩 상승하는 중입니다. 10분 뒤 37도에 도달합니다."

"좋았어. 수술 준비하고 이식용 간이랑 신장을 복제 장치에서 꺼내서 3번 수술실로 옮겨놔."

"알겠습니다."

린다의 의료 기록과 함께 나머지 스파르탄 대원 전원의 명단이 화면에 올라왔다. 스파르탄 대원들의 현재 상태가 죽 나타났다. 현역에 남은 대원은 소수에 불과했고 나머지는 전부 부상 또는 실종으로 기재되어 있었다.

"왜 전사자가 없지?"

핼시 박사가 중얼거리면서 스파르탄-034의 기록을 짚었다.

"샘이 실종이라니. 어떻게 된 일이지? 분명 2525년에 죽었잖아."

"해군 정보국 제2과에서 내린 930번 지령 때문이죠."

코타나가 대답했다.

"스파르탄-Ⅱ 양성계획이 공식 발표될 당시 해군 정보국에서는 스파르탄 대원을 잃었다는 보고가 사기에 악영향을 미치리라고 예상했어요. 그 결과 스파르탄은 죽지 않는다는 착각을 유지하고자 스파르탄 사상자는 하나같이 실종이나 부상으로만 기재됐죠."

"스파르탄은 죽지 않는다?"

핼시 박사가 나직이 탄식했다. 박사는 곡선 의자에서 일어나 화풀이라도 하듯 모니터를 밀쳐냈다.

"그 말이 사실이라면 좋으련만!"

핼시 박사, 스파르탄 대원들, 그리고 인류가 해야 하는 일은 산더미 같은데 시간은 너무나도 촉박했다. 하지만 박사라면 뭐라도 해낼 가망이 있었다. 박사는 린다부터 시작해 켈리, 그리고 나머지 중요한 대원 몇몇 순으로 한 명씩 구해낼 생각이었다.

물론 이는 자신을 믿어온 나머지 사람들을 배신하는 행동이지만, 자신의 목숨과 영혼을 구할 방법이 그뿐이라면, 배신도 무릅쓰리라 다짐했다.

28

2552년 9월 12일 1930시 (수정 시각, 군사 표준력)/
게티즈버그-우월한 정의 결합선, 에리다누스 행성계로 슬립스페이스 항해 중

검은 우주에 바늘구멍 같은 빛이 점점이 소용돌이쳤다. 검은 장막이 갈라지면서 게티즈버그-우월한 정의 결합선이 에리다누스 행성계로 모습을 드러냈다.

마스터 치프는 게티즈버그의 함교에 올라섰다. 하지만 속으로는 핼시 박사가 린다의 수술을 끝마칠 무렵 그녀가 깨어나거나…… 아니면 영영 깨어나지 못할 때를 대비해 의무실에서 기다리고 싶은 심정이었다. 하지만 그는 함교에 있어야 했다. 자신이 내놓은 계획인 데다 일행 중에서 일대를 조금이라도 아는 사람은 치프밖에 없었기 때문이다.

"시스템을 점검하게."

해버슨 대위가 통제 제어반에 몸을 굽히고 몇몇 화면을 두드렸다.

"방사능 잔류치가 감소하는 중입니다. 항법 시스템 및 탐색장치가 원상태로 복구됐습니다."

엔진 제어석을 맡은 프레드가 보고했다.

"원자로 출력은 60퍼센트입니다. 10번 코일에서 약간의 이력현상이 발생했습니다. 누출을 상쇄하겠습니다."

"플라즈마 포탑은 어떤가?"

중장이 지휘석에 앉으며 물었다.

성도 바로 옆의 홀로그램 패드 위로 코타나가 흐릿하게 모습을 드러냈다.

"1번 포탑만 발사 가능합니다."

코타나의 홀로그램이 붉게 달아올랐다가 평소처럼 푸른색으로 되돌아갔다.

"작동 가능한 나머지 포탑 두 문은 연결이 끊어졌습니다. 자기 코일이 말을 듣지 않더군요. 아무래도 외계 유물의 영향 같습니다."

"하나뿐이라……."

중장이 중얼거렸다. 그는 수염 끄트머리를 당기고는 한숨을 쉬었다.

"고이 모셔두고 아껴 써야겠군."

그는 마스터 치프 쪽으로 몸을 돌렸다.

"길을 안내하게."

마스터 치프는 함교의 관측창 자리를 대신한 커다란 모니터 세 대를 응시했다. 이글거리는 에리다누스 태양이 한 화면에 잡히면서 반짝이는 별들도 함께 나타났다.

"태양에 비례하여 1.5 AU 이동하십시오. 0-9-0에서 0-5-4 방위각입니다."

"거리 1.5 AU, 방향을 확인했다. 함수를 돌리겠다."

"소행성계 평면과 평행한 타원 항로를 설정하십시오."

마스터 치프가 덧붙였다.

"코타나, 지름 2킬로미터 단위로 소행성계를 탐색해봐."

"탐색 중. 시간이 좀 걸리겠군요. 움직이는 물체가 10억 개도 넘는 데다 그림자에 가려진 물체도 많아서요."

"옛날에 수행했던 임무에 관해서 더 말해보게. 자네들은 여기 온 적이 있었다고 했던가?"

위컴 중장이 물었다.

"예. 저하고 프레드, 린다, 켈리, 샘, 이렇게 다섯이었습니다. 그때가 저희들의 첫 번째 실전이었습니다. 반란군 기지로 침투해 지도자를 생포한 뒤 해군 정보국으로 압송했습니다."

"2525년 무렵에 스파르탄 부대가 실전에서 뛰었다는 이야기는 금시초문인데."

해버슨 대위가 끼어들자, 프레드가 대신 답했다.

"사실입니다. 그때는 지금 입은 묠니르 전투복이나 첨단 화기를 갖추지 않았을 뿐입니다. 겉으로는 해군 특수전 사령부에 소속된 여느 부대와 다를 바가 없었을 겁니다."

"영 미심쩍은데."

해버슨 대위가 숨죽인 소리로 중얼거렸다.

중장이 짙은 눈썹 한쪽을 치켜떴다.

"그러니까 다섯 명이서 우주 정거장으로 무중력 진공침투를 펼친 다음, 그곳 책임자를 납치해서 유유히 탈출했단 말인가?"

"예. 그렇게 계획된 임무였습니다."

"그렇다면 쥐도 새도 모르게 진행했겠지?"

마스터 치프는 기지에서 죽음을 맞이했을 십수 명의 인부들을 떠올리며 잠시 침묵했다. 깊은 양심의 가책이 느껴졌다. 당시에는 사람이건 뭐가 됐건 임무를 위험에 빠뜨릴지도 모르는 장애물을 제거하는 일이라면 물불 가리지 않았다. 인류를 위해 20여 년을 싸우고 나니, 살인에 올바른 명분이 있을까 하는 의문이 들었다.

"아닙니다. 적군 사상자가 발생했습니다. 게다가 탈출하면서 격납고를 폭파했습니다."

"그렇다면야."

중장이 지휘석 팔걸이를 두드리며 말했다.

"대문 앞에 나타난 국제연합 우주사령부 함선을 썩 반기지는 않겠군."

"바라지도 않습니다."

그때 코타나가 끼어들었다.

"D-주파수대에서 미약한 신호가 감지됩니다. 3-3-0 방위각으로 방향을 돌리겠습니다."

"알았다, 3-3-0 방위각으로 전환."

해버슨 대위가 지시를 내렸다.

"신호가 막 사라졌군요. 하지만 분명 뭔가 들렸어요."

"항로를 유지하도록. 한번 따라가 보세."

"한 가지 미심쩍은 점이 있습니다. 이런 데 사는 사람들은 뭐하는 작자들이란 말입니까?"

해버슨 대위가 실눈을 뜨고 전방 표시창을 쳐다보며 물었다. 그 물음에는 중장이 답했다.

"해적이나 반란군일세. 국제연합 우주사령부 함선 강탈, 무기 밀거래에 암시장에서 밀수품을 내다 팔아 연명하는 일당일세. 자네는 젊어서 생소할지도 모르겠네만, 코버넌트 전쟁이 발발하기 전만 해도 지구 정부에 편입되기를 거부하던 사람들이 수두룩했다네."

"반란이라면 저도 훤히 압니다. 그런데 왜 코버넌트 전쟁이 시작된 뒤로도 우리한테 등을 돌리고 고립된 생활을 고집했는지 모르겠습니다. 서로 힘을 합치면 목숨을 건질 확률이 조금이나마 올라갈 텐데 말입니다."

중장이 세상 물정 모른다는 듯이 코웃음을 쳤다.

"전쟁이 났다고 사람들이 전부 일치단결할 것 같은가? 전쟁을 피하려는 사람도 있는 법이라네. 저들은 바위 속에 숨어든 부류일세. 코버넌트가 자기네는 건드리지 않으리라 생각한 모양이지."

그의 얼굴에 엷은 웃음이 떠올랐다.

"그만 정신을 차리게 해줘야겠네."

승강기 문이 열리더니 핼시 박사가 함교로 들어섰다. 박사는 안경을 벗고 눈을 비볐다. 박사는 격렬한 전쟁터에서 방금 돌아온 양 피로와 충격에 찌든 눈빛으로 마스터 치프를 바라보았다. 구겨진 흰색 연구복 옷깃에 묻은 한 방울 핏자국이 치프의 눈에 띄었다.

핼시 박사가 나직한 목소리로 말했다.

"린다는 괜찮아. 곧 깨어날 거야. 복제 장기가 잘 이식됐어."

마스터 치프는 자기도 모르게 참았던 숨을 길게 내쉬었다. 프레드에게 고개를 돌리자 그가 고개를 끄덕였다. 치프도 고개를 끄덕여 대답했다. 지금 느끼는 벅찬 감정을 표현할 말은 아무 데도 없었다. 절친한 동료이자 친구이며 죽었다고 생각했던 대원이…… 되살아났다.

"감사합니다, 핼시 박사님."

핼시 박사는 그런 말 말라는 듯이 손을 내저었다. 눈빛에서 심상찮은 기색이 느껴졌다. 마치 수술에 성공해서 후회스럽다는 눈치였다.

"듣던 중 반가운 소식이로군. 가용 인원이 하나라도 더 늘어서 다행이오."

위컴 중장이 말했다.

"아직은 아니에요."

핼시 박사가 갑자기 전보다 훨씬 더 긴장된 얼굴로 대답했다.

"거품붕대랑 스테로이드제로 회복을 촉진했지만 병상에서 일어나려면 일주일은 걸려요. 한동안은 걷기도 버거울 테고요. 곧장 전투태세를 갖추기는 힘들어요."

게티즈버그-우월한 정의 결합선이 소행성계 평면에 돌입하면서 화면 위로 바윗덩이 세 개가 나타났다.

"이곳이 D-주파수대에서 신호가 발신된 위치입니다. 치프가 일러준 크기대로라면 추정 발신지는 저 셋 중 하나예요."

코타나가 보고했다.

"어느 건가?"

중장의 물음에 코타나가 대답했다.

"내부에 중력이 생성되게끔 빠르게 회전하는 소행성이겠죠."

"저겁니다."

마스터 치프가 가운데 표시창을 고개로 가리켰다. 겉으로 봐서는 지난 20년 동안 별반 바뀐 점은 없었다. 혹시 거주민들이 소행성을 떠나지는 않았을까? 코타나가 포착한 D−주파수대 신호는 수년에 걸쳐 소진된 축전지에서 나오는 미약한 자동반복 신호이거나…… 함정일지도 모른다.

"중장님?"

"들었네, 치프. 우리를 낚아보겠답시고 미끼를 놨던 모양일세. 눈뜨고 못 봐줄 정도로 어설프군."

중장이 같잖다는 듯이 웃었다.

"코타나, 코버넌트 기함의 전 포탑에 동력을 공급하게."

코타나가 홀로그램 몸을 청록색으로 물들이며 팔짱을 꼈다.

"미리 말씀드리는데 가동되는 포탑은 셋 중 둘은 연결이 끊겼어요. 플라즈마를 조준할 방법도 없고요. 자기 코일이……."

"나도 안다. 그런데……."

중장은 표시창을 쿡쿡 찔렀다.

"저쪽은 모르잖나."

"알겠습니다. 예열 중입니다."

"동력이 떨어집니다. 44퍼센트로 저하됐습니다."

프레드가 엔진 제어 화면을 뚫어져라 쳐다보며 말했다.

"해버슨 대위!"

중장이 소리쳐 불렀다.

"D-주파수대를 열게. 우리가 납셨다고 알려야겠네."

"알겠습니다. 주파수 일치, 통신을 열었습니다."

중장은 자리에서 벌떡 일어섰다.

"여기는 국제연합 우주사령부 호위함 게티즈버그다. 냉큼 응답하라."

중장이 우렁차게 소리쳤다. 목소리에서 위압감과 함께 텍사스 본토 억양이 잔뜩 묻어났다.

그리고는 마지못해 한마디 덧붙였다.

"이렇게 사정한다."

통신망에서 잡음이 새어 나왔다. 중장은 참을성 있게 10초간 기다리고는 이내 초조하게 발로 바닥을 툭툭 두드렸다.

"숨을 필요 없다. 싸움을 걸려고 온 것이 아니다. 우리는 단지……."

중장이 고개를 휙 돌리고는 해버슨 대위에게 목을 긋는 시늉을 하자, 대위는 얼른 통신을 끊었다.

너비 2킬로미터에 달하는 소행성에서 자그마한 문이 점점이 열렸다. 거리가 거리이다 보니 마치 오렌지 껍질의 구멍처럼 보였다. 웬 함대가 소행성의 자체 회전력을 등에 업고 속도를 높이며 몰려나왔다. 규모는 50척 정도였다. 추가 장갑을 두르고 체인건을 장착한 펠리칸 수송기, 자기 선체와 비슷한 크기의 미사일을 얹은 미끈한 민간용 유람선, 절단기에서 불꽃을 바지직거리는 일인승 정비정 등 각양각색의 함선 사이로 묘하게 각진 선체가 흑색으로 스텔스 처리된 50미터 길이의 함선이 하나 보였다.

"카이롭터급이 굴러다니네."

해버슨 대위가 뜻밖이라는 목소리로 말했다.

"골동품이나 마찬가지입니다. 해군 정보국에서 전부 퇴역시켜 고철로 팔아치운 지가 40년이 지난 함선입니다."

"위험한 적수인가?"

해버슨 대위가 이마를 찡그리며 머리를 굴렸다.

"아닙니다. 임무를 나갔다 하면 고장 나기 일쑤라 퇴역됐으니 말입니다. 중앙통제 인공지능 없이는 툭하면 망가지는 민감한 부품 덩어리입니다. 제가 알기로 쇼-후지카와 엔진을 탑재한 현존 함선 중에서 가장 작다는 점 외에는 변변한 특징도 없고 무장도 전혀 없습니다. 걱정하실 필요 없습니다. 말 그대로 박물관에나 있을 법한 함선입니다."

"그래도 슬립스페이스 항해가 가능하다면서? 저걸 타고 지구로 귀환하면 되겠네."

핼시 박사가 말했다.

"힘들 겁니다."

대위가 대답했다.

"카이롭터급은 퇴역할 당시 해군 정보국에서 중요부품을 낱낱이 제거하고 함선 운영체제에 잠금을 단단히 걸어놨기 때문에, 제아무리 코타나라도 재가동하지 못할 겁니다."

"과연 그럴까요?"

코타나가 투덜거렸다.

"무장조차 없단 말인가. 그렇다면 더 볼 것도 없겠군."

중장이 뭉툭하게 생긴 선체를 바라보며 말했다.

"함대가 넓게 원을 그리면서 위치를 잡았습니다."

프레드가 끼어들었다.

"고전적인 수법입니다. 측면을 노리려는 겁니다."

"경계할 만한 함선이 하나도 없다면야."

중장이 혼잣말처럼 중얼거렸다.

"우리는 경거망동할 필요 없잖나. 느긋하게 구경이나 하세."

그는 찡그린 얼굴로 표시창을 쳐다보다 눈을 휘둥그렇게 떴다.

"코타나, 근처 소행성에서 나오는 방사능을 탐색해보게."

"실시간 영상이 들어옵니다."

프레드가 보고했다.

3번 전방 조명창에 한 사내의 모습이 나왔다. 긴 흑발을 뒤로 묶었으며 뾰족한 턱수염이 턱에서 10센티미터나 내려온 민간인이었다. 사내는 웃음을 지으며 정중히 인사를 건넸다. 치프는 사내의 첫인상이 왠지 꺼림칙했다.

"함장……."

사내가 테너 가수처럼 부드럽고 낭랑한 목소리로 운을 뗐다.

"나는 이 항구의 지도자인 제이콥 자일스 총독이라 하오. 무슨 일로 찾아오셨소이까?"

위컴 중장이 말을 받았다.

"첫째, 난 함장이 아니라 해군 참모 부총장을 맡은 중장이오. 둘째, 이쪽의 인내심이 바닥나기 전에 함대를 사거리 밖으로 빼시오. 셋째, 그쪽 항구에 정박해 함선을 긴급히 수리하고 정비하게 해주시오."

자일스 총독은 중장의 요구를 곰곰이 생각해보고는 머리를 쓸어넘기며 너털웃음을 터뜨렸다.

"중장, 계급을 착각해서 실례했소이다. 그리고 미안하지만, 하룻밤 묵어가시기는 어렵겠소."

그가 깔보는 듯한 웃음을 띠며 말했다.

"부디 재고하길 바라는 바이오, 총독."

중장이 근엄한 목소리로 받아쳤다.

"요구를 거부한다면 당신네한테 불행한 일이 닥칠 거요."

"그렇게 큰소리칠 처지가 못된다는 사실을 아직 모르시는구려."

총독은 화면 밖의 누군가에게 고갯짓을 했다.

"방사능이 감지됩니다!"

코타나가 다급히 말했다.

"3시에서 7시, 1시에서 3시 방향에서 중성자 방사능 수치가 급증했습니다. 다섯 군데에서 추가로 신호가 잡힙니다. 저쪽에 핵이 있군요."

"소행성대에 숨겨둔 건가. 머리 좀 쓰셨구먼. 적어도 바보들은 아닌 모양일세."

중장이 중얼거렸다.

"그렇소. 우리도 바보는 아니라오."

자일스 총독이 대답했다.

"우리는 오만한 지구의 압제와 코버넌트의 침입을 견뎌온 사람들이라오."

화면 밖의 누군가가 총독에게 게티즈버그-우월한 정의 결합선의 레이더 윤곽이 표시된 데이터 패드를 건넸다. 사진 옆으로 숫자와 기호가 죽 나타났다. 그는 잠시 멈칫하며 인중을 찡그렸다. 결합선의 별난 형태에 어리둥절한 모양이었다.

"또한 무턱대고 대규모 병력을 부릴 정도로 멍청하지도 않소. 보아하니 그쪽 '함선'은 부서지기 일보 직전이 아니오. 굳이 당신네를 막으려고 귀하고 값비싼 핵폭탄을 쓸 필요도 없겠구려."

위컴 중장은 뒷짐을 지어 보였다.

"곧 생각이 바뀔 거요, 총독."

중장이 으름장을 놓았다.

"코타나, 어디 만만한 목표물 없나? 저 '양반'께서 거하시는 기지와 비슷한 크기의 바윗덩이를 찾아보게."

"찾았습니다."

"날려버리게."

"예!"

우월한 정의의 우현에서 플라즈마 광선이 뿜어져 나와 우주를 가르며 소행성계를 맴돌던 3킬로미터 길이의 바위를 직격했다. 표면이 주황색에서 노란색으로, 다시 새하얗게 달아오르며 녹아내린 철과 증기를 맹렬히 분출하면서 바위가 정신없이 돌기 시작했다. 플라즈마 광선이 넓게 원을 그러며 반대쪽까지 통째로 관통하여 바위를 절단하자, 내부 온도 차가 급격히 벌어지면서 바위가 쩍쩍 갈라지다가 폭발하며 산산조각 났다. 파편이 식어가는 철과 반짝이는 금속성 가스 흔적과 함께 나선을 그리며 빙글빙글 날아갔다.

"2번, 3번 포탑을 계속 예열하면서 저 양반네 기지를 겨누게."

"조준 완료했습니다."

자일스 총독의 얼굴에서 비아냥거리는 웃음이 사라지고 누르스름한 피부에서 핏기가 싹 가셨다.

"이거, 내가 너무 섣부르게 굴었나 봅니다. 결례를 범해서 면목이 없소이다. 귀빈으로 맞아드릴 터이니 누추하지만 어서 들어오시기 바라오. 부하들도 함께 말이오."

그는 화면 밖의 누군가에게 잽싸게 손짓했다.

게티즈버그를 에워싼 함대가 방향을 돌려 공전 중인 소행성으로 되돌아갔다.

"함께 저녁 식사라도 하면서 그쪽 요구에 관해 논의해보십시다. 다치는 사람은 아무도 없으리라 보장하오."

위컴 중장은 고소하다는 듯이 킬킬거렸다.

"어련하시겠소, 자일스 총독."

그리고는 코타나에게 고개를 돌렸다.

"우리가 30분 내로 돌아오지 않으면 소행성째 날려버리게."

마스터 치프가 코타나와 임무 원격측정기를 연결하는 사이 자일스 총독의 부하가 일행을 마중하러 착륙장에 나왔다. 검은 내리닫이 작업복을 걸친 사내 여섯이 구형 MA3 소총을 어깨에 메고 있었다. 사내들은 망설이다가 꺼림칙한 눈치로 코버넌트 수송선 앞으로 걸음을 내디뎠다. 치프는 그들을 탓할 마음은 없었다. 무장한 적함에 다가가야 하는 상황이라면 그라도 조심스럽게 행동할 테니까. 하지만 누구 하나라도 공포를 견디지 못하고 방아쇠를 당겨버린다면, 환영식은 어느새 피비린내 나는 총격전으로 돌변할지도 모를 일이다.

치프는 외부 스피커를 끄고 말했다.

"코타나, 상황을 분석해줘."

"여기는 전형적인 산화 제2철 합성물 재질의 소행성이로군요. 티타늄—A 장갑으로 겹겹이 보강되어 있어요. 장갑은 교묘히 위장해놨지만 게티즈버그에 탑재된 심층 레이더에 잡히더군요. 신호차단막을 둘러놓은 구획도 있어요. 거기는 레이더를 반사하던데, 코버넌트 감지기로도 못잡아내겠더군요. 대단한걸요."

자일스 총독이 갑판으로 성큼성큼 걸어와 검은 모피망토를 한쪽 어깨에 걸치고 위컴 중장과 악수를 나누었다. 해버슨 대위에게는 고개를 까딱했다. 하지만 몰니르 전투복을 착용한 마스터 치프와 프레드를 바라볼 적에는 얼굴에서 웃음기가 가셨다. 총독은 다시 웃음을 띠며 핼시 박사에게 정중히 인사했다.

"MA3 소총으로 무장한 경비 여섯이 플라즈마 피스톨을 품속에 숨기고 있어요. 측면 통로에서는 10인 화력조가 상황을 주시하고 있고요."

코타나가 소곤거렸다.

"나도 봤어."

치프가 중얼거렸다.

"만일에 대비해 망을 보면서 예비 병력까지 붙였군. 걱정하지 마."

"이쪽으로 오시오."

자일스 총독이 점잔을 빼며 일행을 좁다란 통로로 안내했다.

치프는 격납고를 마지막으로 둘러보았다. 기억 속의 모습보다 작아 보였다. 20여 년 전, 그는 대원들과 함께 외부 기밀 출입구를 날리고 펠리칸을 훔쳐 탈출하면서 격납고에 남아 있던 열 명 남짓한 인부까지 죽게 만든 적이 있었다.

아직 개발되지 않은 관계로 당시에는 몰니르 전투복도 없이 임무를 완수했었다. 그러니 치프와 프레드가 전임 '총독', 배신자 와츠 대령을 기지에서 납치해간 일당이었다는 사실을 눈치챘을 사람은 아무도 없었다. 하지만 자일스 총독의 부하들은 전부 안다는 듯한 눈빛으로 일행을 노려보았다.

마스터 치프가 복도에 들어서자 코타나가 일러주었다.

"국제연합 우주사령부 화물선에서 통째로 가져온 통로로군요. 벽면을 10미터 간격으로 기밀 처리해 놨어요. 내구도가 상당하겠는데요."

"매복하기도 알맞겠지."

마스터 치프는 그렇게 말하며 동작 감지기를 주시했다.

누군가가 일행의 뒤를 밟았다. 뒤로 셋, 앞으로 셋이 거리를 두고 걷고 있었다.

마스터 치프는 위컴 중장과 핼시 박사 앞에 앞장서서 점사를 가해 길을 뚫고 싶은 생각이 솟구쳤다. 하지만 지금은 그에게는 소질이 없는 외교술이 요구되는 상황이었다. 치프는 중장이 자신의 제안에 따라 스파르탄 대원들을 더 데리고 왔으면 좋았을 텐데 하고 속으로 생각했다. 아니면 중장과 총독이 말을 나누는 사이 둘 정도 몰래 침투시켜놓던가.

일행은 원형 방에 도착했다. 맞은편 벽면의 절반이 안으로 들어가면서 붉고 두꺼운 벨벳 커튼이 밖으로 드러났다. 커튼이 젖혀지면서 50센티미터 두께의 유리창 밖으로 소행성대가 나타났다. 소행성대 너머로 발레 공연을 선보이듯 무수히 많은 돌덩이가 회전하며 서로 들이받고 튕겨나가는 광경이 슬로모션처럼 펼쳐졌다.

사내들이 기다란 식탁을 대령하더니 흰 비단 식탁보를 펼치고는 주름을 바로잡았다. 뒤따라 여자들이 과일, 김이 피어오르는 고기, 초콜릿을 산더미처럼 얹은 은쟁반과 호박색, 루비색, 무색투명한 술이 찰랑거리는 술병을 열댓 병쯤 들고 들어왔다.

일행을 위한 푹신한 의자도 나란히 놓여 있었다.

"자, 편히들 앉으십시오."

자일스 총독이 핼시 박사에게 공손히 손짓하며 의자를 뒤로 빼주었다.

마스터 치프는 방이 속속들이 보이는 문간에 위치를 고수했다. 프레드가 통로에 아무도 없는지 확인한 뒤 문을 닫았다.

치프는 커튼 뒤에 숨은 사람이나 감시 카메라 혹은 비밀 통로 따위가 없는지 확인했다.

"코타나?"

"이상 없어 보여요. 아무것도 안 잡히네요. 벽면은 50센티미터 두께의 티타늄―A 장갑판 재질이고요."

"안전합니다."

마스터 치프가 위컴 중장에게 말했다.

핼시 박사는 그제야 자일스 총독이 주선한 자리에 앉아 치맛자락의 주름을 폈고 총독은 의자를 살포시 밀었다. 그는 박사에게 은쟁반에 담긴 농익은 딸기를 권했지만 핼시 박사는 정중히 거절했다.

뜬금없이 해버슨 대위가 딸기를 집어 들고는 한입 베어 물었다.

"맛이 기막힙니다."

자일스 총독이 고개를 기울였다.

"우리 수경재배 시설은 말이오……."

그때 위컴 중장이 입을 열었다.

"총독, 미안하지만 이러고 앉아 있을 시간이 없소. 당신은 모르겠지만 아주 긴박한 상황이란 말이오."

자일스 총독은 한숨을 내쉬며 금박이 들어간 검은색 벨벳 천으로 덮인 의자에 앉았다. 그는 한쪽 다리를 팔걸이 위에 쭉 뻗고는 손을 깍지껴 뒤통수에 받쳤다.

"성심성의껏 경청하는 중이외다."

"고맙소."

중장은 상황의 심각성을 헤아리지 못하는 총독의 태도에 인상을 썼다.

위컴 중장은 알아듣기 쉽게 이야기를 하기 시작했다. 리치 행성의 함락, 코버넌트의 외계 기술 탐색, 슬립스페이스 내부에서의 추격전, 코버넌트를 슬립스페이스에서 이곳까지 불러들인 정체 모를 방사능까지 사건의 전말을 털어놓았다.

이야기가 진행됨에 따라, 총독은 여유롭던 자세가 점차 바뀌었다. 그는 앞으로 몸을 굽히며 식탁에 팔꿈치를 받쳤다. 느글느글한 웃음기가 가시면서 얼굴이 서서히 언짢은 표정으로 굳어갔다.

"엘라이자, 맙소사!"

그가 버럭 호통치며 벌떡 일어서더니 식탁에서 술병을 홱 밀쳐냈다. 유리병이 깨지면서 나무 바닥이 온통 붉은 브랜디로 물들었다.

치프와 프레드는 즉각 자일스 총독을 겨누었으나 중장이 손을 들어 말렸다.

"'엘라이자, 맙소사'라니?"

치프가 코타나에게 물었다.

"진공의 수호성인이에요. 민간 조종사들 사이에서 추앙받는 사람이죠."

"짐작건대 한나절이면 놈들이 우릴 찾아낼 거요."

중장이 총독에게 말했다.

"그래서 나더러 뭘 어쩌라는 거요?"

총독이 화를 참으며 천천히 말했다.

"아주 간단한 일이오. 날 돕든가, 아니면 우리를 죽이고 함선을 암시장에 팔아넘기든가 둘 중 하나요. 저만하면 꽤 값나가지 않겠소? 대금을 받을 때까지 코버넌트가 기다려줄지는 의문이지만 말이오."

중장은 잔에 포도주를 따라 한 모금 마시고는 만족스레 고개를 주억거렸다.

"그럴 가능성은 낮겠지만 당신이 우리 함선의 인공지능을 따돌리고, 또한 그럴 가능성은 더욱 희박하겠지만 함선에 탑재된 화기를 무력화해서 우리 인공지능이 당신네 기지를 한 줌 먼지로 날려버리지 못하게 막는다 해도, 조만간 들이닥칠 코버넌트 함대와 또 맞서야 할 거요. 놈들은 이렇게 식탁에 둘러앉아 술잔이나 기울이며 대화를 나눌 만큼 신사적으로 나오지는 않을 테니 말이오."

자일스 총독은 손으로 얼굴을 감싸 쥐고 관자놀이를 문질렀다.

"지금껏 국제연합 우주사령부와 코버넌트의 눈을 피해 오랫동안 은신처를 이끌어온 지난날이라도 회상하는 모양이오만, 이것도 다 은신처를 보전하는 일환 아니겠소? 당신네 기지를 찾는 일은 식은 죽 먹기였소. 놈들은 이곳을 찾느라 수고스럽게 바윗덩이를 하나하나 뒤집어보지는 않을 거요."

자일스 총독은 새로 병을 따 잔에 술을 가득 붓고 벌컥 들이켰다.

"당신네를 도운들 내가 무슨 이득을 보겠소?"

그가 냉담한 목소리로 물었다.

"힘을 합쳐 코버넌트에 맞서자는 말이오? 당신 말대로 놈들이 함대를 이끌고 몰려들 텐데 무슨 기대를 걸어본단 말이오?"

"우릴 돕고자 한다면 지구로 귀환하도록 함선을 수리해주시오. 그래 주면 그쪽 주민들을 모두 대피시키겠소. 당신네들의 사면은 내가 보장하겠소."

자일스 총독은 어이가 없다는 듯이 웃음을 터뜨렸다. 그는 다시금 점잔 빼는 웃음을 띠며 물었다.

"지금까지 늘어놓은 이야기가 사실이란 증거라도 있소? 난공불락이라던 리치 행성이 함락됐단 증거가 어디 있느냐는 말이오? 새로운 외계 기술을 얻었다는 증거는 또 어디에 있소? 정말로 코버넌트가 이리로 온다는 확증이라도 있소이까?"

"치프!"

코타나가 다급히 소리쳤다. 헬멧 전방투영창에 에리다누스 행성계의 지도가 펼쳐졌다. 태양의 세 번째 행성 근처에서 항법 표지가 반짝거렸다. 표지는 금세 눈에 익은 코버넌트 순양함의 곡선형 레이더 윤곽으로 바뀌었다.

"적이 나타났습니다."

마스터 치프는 창가로 성큼성큼 걸어가 밖을 가리켰다.

"저깁니다."

순양함이 방향을 돌려 소행성계를 향해 속도를 높이면서 코버넌트 엔진이 특유의 푸르스름한 광채를 내뿜었다.

"그놈의 증거가 제 발로 왔소, 총독."

위컴 중장이 못마땅한 목소리로 말했다.

29

2552년 9월 12일 2000시 (수정 시각, 군사 표준력)/
게티즈버그-우월한 정의 결합선, 에리다누스 행성계에서 궤도 유지 중

위컴 중장, 마스터 치프, 프레드, 해버슨 대위는 서둘러 승강기에서 내려 게티즈버그의 함교에 들어섰다.

코타나의 홀로그램이 깜박거리며 성도 부근의 패드 위로 나타났다.

"코버넌트 순양함이 불과 20만 킬로미터 떨어진 지점에 있습니다. 요격 항로로 빠르게 접근하는 중입니다."

중장이 소리 높여 명령을 내렸다.

"프레드, 엔진 제어석을 맡고 대위는 항법석에 앉게. 그리고 치프, 자네는 1번 화기 관제석에 앉도록. 제어반을 가동해 혹시 우리가 빠뜨린 시스템은 없는지 점검하게. 대위, 1-8-0에서 2-7-0 방위각으로 이동해 적함과 거리를 벌리게."

"1-8-0에서 2-7-0 방위각, 알겠습니다."

해버슨 대위가 대답했다. 대위는 항법석에 앉아 벨트를 매고 제어반 위에서 손가락을 춤추듯 날렵하게 움직였다.

"함수를 돌리겠습니다."

게티즈버그−우월한 정의 결합선이 방향을 돌리며 소행성대로 깊숙이 들어갔다.

마스터 치프는 1번 화기 관제석으로 걸어갔다. 훈련의 일환으로 국제연합 우주사령부 소속 전함의 화기관제 시스템을 빠짐없이 익힌 적은 있었으나, 지금까지 실제로 함선탑재 화기를 발사해본 적은 없었다. 게티즈버그에 탑재된 맥건은 아군의 병기 중에서도 거대한 축에 속했다. 그는 아직 함선에 포탄이 남아 있기를 빌었다. 어떻게든 600톤에 달하는 열화우라늄 포탄을 코버넌트 순양함에 발사하고픈 심정이었다. 조심스레 키보드로 명령을 입력하자 검은 화면에 불이 들어왔다. 치프는 게티즈버그에 탑재된 화기 목록을 자세히 훑어보았다.

자일스 총독의 모습이 3번 전면 모니터에 나타났다. 바짝 쪼그라들어 창백하고 가느다란 실처럼 변해버린 입술만 빼면 얼굴은 차분하기 그지없었다.

"총독."

위컴 중장이 말을 꺼냈다. 지휘관으로서의 절대적 위엄이 묻어나는, 온화하면서도 우렁찬 목소리였다.

"이쪽에서 게티즈버그를 움직여 플라즈마 포탑으로 원거리에서 순양함의 방어막을 소진시키겠소. 그러면 그쪽에서 우리 인공지능하고 연계해서 방어막이 없는 사이 핵을 날려 놈을 산산조각 내시오."

"명석한 전술이오만."

총독이 씁쓰레한 웃음을 지었다.

"한 가지 문제가 있소. 사실 우리한테 핵무기는 없소. 당신이 소행성계에서 포착했던 중성자는 방사능 발산기에서 나오던 신호였소."

그는 머쓱해서 어깨를 으쓱였다.

"허세였소이다."

위컴 중장은 조용히 욕을 내뱉었다.

"영악하시구려."

"그쪽 함선에 탑재된 플라즈마 포탑 일곱 문을 쓰면 되지 않겠소? 그만한 화력이면 충분히······."

자일스 총독이 대안을 제시했다.

중장은 킬킬거리며 웃고는 똑같이 씁쓰레한 웃음을 지었다.

"허세를 부린 건 우리도 마찬가지였소. 가동되는 포탑은 사실 하나뿐인데 그마저도 영 신통찮소."

"이거 서로 과대평가했던 모양이오. 이런 상황만 아니었더라면 실소를 금치 못할 일이구려."

"동감이오."

위컴 중장은 코타나를 불렀다.

"코버넌트 순양함에 교신을 시도해보게. 놈들한테도 허세가 먹혀들지 모르잖나."

"응답해오는군요."

코타나가 대답했다.

"종교적인 헛소리는 집어치우고 해석하자면, 당장 투항하고 유물을 넘기지 않으면 발포한다고 합니다."

"답장을 전해야겠군. 준비되는 즉시 발포하게."

우월한 정의에 탑재된 포탑이 예열되면서 플라즈마가 정밀한 루비색 광선으로 응집되어 전방으로 분출되나 싶었는데······ 나선을 그리며 도로 풀려나 게티즈버그의 함수 위로 솟구쳤다. 과열된 가스가 너덜너덜한 티타늄-A 장갑판을 증발시키면서 함선의 선루 골조가 훤히 드러나고 말았다.

"대체 어떻게 된 건가?"

중장이 고함쳤다.

"분석 중. 플라즈마 포탑의 연결이 끊어졌습니다. 잠시만요."

코타나가 대답했다.

"뭣하면 내가 몸소 함대를 이끌고 맞서보겠소."

자일스 총독이 나섰지만, 자신 없는 목소리였다.

위컴 중장은 전면 모니터를 살폈다. 총독의 함대와 접근 중인 코버넌트 순양함, 그리고 보이지 않는 흐름 속에서 표류하는 무수한 바윗덩이로 가득한 소행성대가 화면에 잡혔다. 그는 눈을 가늘게 뜨고는 곧 대답했다.

"그래 봤자 찍소리도 못하고 당할 거요. 놈들의 방어막을 뚫을 만한 변변한 무기도 없잖소. 안 되오, 이쪽에서 놈들을 유인하겠소. 그 틈에 주민들을 대피시키시오."

"알겠소, 중장. 고맙소이다."

총독이 한쪽 눈썹을 우아하게 찡긋거리며 정중히 인사했다.

"프레드, 전속력으로 이동하게. 해버슨, 좌현으로 2만 킬로미터 떨어진 달 크기만 한 바윗덩이에 접근하도록."

"전속력으로 이동합니다."

"항로를 변경합니다."

게티즈버그-우월한 정의 결합선이 거대한 바윗덩이를 향해 미끄러져 나가는 사이 코버넌트 순양함이 득달같이 거리를 좁혀왔다. 순양함이 소행성 뒷면으로 돌아가면서 놈의 모습이 화면에서 사라졌다.

중장이 명령했다.

"항로 재설정. 0-8-0 방위각으로 함수를 돌려라. 비상출력을 전부 엔진으로 돌리고 가동을 중단하도록."

추진기가 가동되어 함선의 방향이 돌아가면서 일어나는 진동이 불안정한 선체를 흔들었다. 곧 속도가 떨어지면서 함선은 바윗덩이 뒤로 숨어들었다.

"엔진 가동을 중단합니다."

프레드가 보고했다.

"중장님, 독 안에 든 쥐 꼴입니다."

해버슨 대위가 뒤로 빗어넘긴 머리를 초조하게 매만지며 말했다.

"속력과 기동성을 높여 통상적인 함대함 전투 전술로 나가야 합니다."

"소행성대에서는 곤란하네. 하지만 기동성에 관해서만큼은 잘 지적했네. 함수를 소행성의 중심에 맞추고 비축분의 절반을 써서 방향을 유지하게. 적함의 사거리에서 벗어나며 가능한 한 오래 시간을 끌도록."

"추진기 분사. 비축된 출력의 절반으로 가동합니다."

함선이 거대한 소행성의 중심으로 천천히 각도를 돌리며 뒤로 물러났다.

"코타나, 포탑은 발사 가능한가?"

"가능합니다. 하지만 플라즈마를 성형하고 유도하는 자기 코일이 과부하됐습니다."

중장은 숨을 깊이 들이마셨다가 땅이 꺼져라 한숨을 쉬었다.

"마스터 치프, 거기는 아무것도 없나?"

"아쳐 미사일이 다 떨어졌습니다."

치프는 화면을 살피며 제발 놓친 데가 있기를 빌었다.

"맥건 포탄이나 시바 핵미사일도 없습니다. 발사관에 남은 것이라고는 클래리언 첩보 무인정 세 기뿐입니다."

"플라즈마도 미사일도 없단 말인가."

위컴 중장이 탄식했다.

"기밀 출입구를 열고 돌이라도 던져야겠군."

돌을 던진다? 돌덩이를 맥건 포탄으로 사용이 가능하지 않을까 하는 생각이 마스터 치프의 뇌리를 스쳤다. 돌덩이를 자기 코일로 가속해서 초음속으로 투사한다면……

자기 코일?

"중장님, 플라즈마 포탑을 발사할 방법이 전혀 없지는 않습니다. 게티즈버그에 탑재된 맥건에는 초전도 코일 17기가 장착되어 있습니다. 그 코일을 쓰면 코타나가 플라즈마를 성형해서 유도할 수 있을 겁니다."

"그런 수가 있었군."

중장이 고개를 주억거렸다.

"불가능하진 않겠네요."

코타나가 한마디 덧붙이며 생각에 잠겨 우주를 바라보았다.

"저하된 자기장 강도 계산 중."

코타나의 몸을 따라 오가던 수학 기호가 평소의 세 배로 불어났다. 그녀가 얼굴을 찌푸렸다.

"게티즈버그가 우월한 정의의 상면에 반대로 붙어 있었더라면 작업이 수월했을 듯싶군요. 코일 사이의 선체 때문에 교란이 생길지도 모르겠지만 가능은 하겠네요. 치프, 동력을 넣으세요. 플라즈마 포탑의 출력에 맞춰 펄스 수치를 재조정해야겠어요."

"맥건 자기장 활성화. 우월한 정의 원자로에서 동력을 전환하겠다."

마스터 치프가 명령을 입력했다.

"이러면 함선을 움직일 동력이 남아나질 않습니다."

프레드가 게티즈버그의 엔진에 동력이 공급됨과 동시에 급격히 떨어지는 반대편 원자로 출력을 지켜보며 말했다.

"괜찮네."

중장이 무심결에 콧수염을 잡아당기며 말했다.

"동력이 최대치라 한들 코버넌트 순양함을 따돌리기 힘들 걸세. 놈들이 우릴 날려버리기 전에 선수를 치는 수밖에 없네. 클래리언 첩보 무인정을 발사하게, 치프. 소행성 양옆을 겨누도록. 그럼 시야가 트일 걸세."

마스터 치프는 초전도 코일의 물결치는 자기장 강도를 한 눈으로 좇으며 첩보 무인정의 경로를 산출했다. 거대한 소행성의 양옆으로 무인정을 띄우면 전방을 가리는 바윗덩이 뒷면이 시야에 들어올 테니 눈이 두 개 더 생기는 격이었다.

"무인정을 발사합니다."

마스터 치프는 무인정을 발진시켰다. 무인정이 깃털처럼 가느다란 추진 연료 흔적을 남기며 멀리 사라졌다.

"코타나, 조준 시스템으로 무인정에서 송신하는 실시간 영상을 수신하게. 순양함이 소행성의 뒷면을 벗어나 이쪽을 공격하기 전에 시야를 확보하도록."

"처리 중입니다. 우월한 정의에서 게티즈버그로 동력을 전송하는 과정에서 자기장 변화가 감지됩니다."

코타나의 보고가 이어졌다.

"무인정이 위치를 확보했습니다. 영상을 연결하겠습니다."

마스터 치프는 전면 모니터에 실시간 영상을 띄웠다.

코버넌트 순양함의 모습이 이중으로 나타났다. 둥그스름한 선체구획을 따라 측면 플라즈마 도관이 번득였으며, 발사 준비에 들어간 포탑들이 에너지를 받아 곤두섰다. 놈은 레이저 포대로 앞길을 가로막는 커다란 소행성을 박살 내고, 작은 소행성은 그냥 들이받아 방어막으로 튕겨내며 다가왔다. 순양함이 양옆의 소행성을 끼고 중력장의 영향을 받으며 가속에 들어갔다.

"중력의 반동을 이용하는군."

위컴 중장이 말했다.

"코타나, 사격 제원을 산출하고 발사하도록!"

코타나가 실눈을 뜨자 계산식이 몸을 바쁘게 오르내렸다.

"순양함의 항로 및 속력 추측 중."

코타나가 숨을 훅 들이쉬었다.

"포착했습니다."

마스터 치프는 1번 화기 관제석의 화면으로 게티즈버그의 맥건에 장착된 자기가속 코일을 살폈다. 코일이 진동하면서 충전 한계치에 도달, 자기장이 확대되고 중복되면서 비대칭으로 왜곡되었다. 자기장이 함선을 관통해 우월한 정의에 탑재된 포탑으로 흘러들면서 정전기가 일어나 뮬니르 전투복의 방어막을 비롯해 함교에 있던 전도체의 표면을 낱낱이 훑고 지나갔다.

유일하게 가동되는 포탑이 달아오르면서 플라즈마가 포탑 끄트머리에 응집되었다. 가느다란 플라즈마가 자그마한 태양 플레어처럼 둥글게 응집되어 진동하면서 처음에는 주황색, 다음에는 청백색으로 변하며 강렬하게 타올랐다.

"거의 다 되갑니다."

코타나가 말했다.

"조금만 더요."

응축된 구형 플라즈마가 파열되었다. 플라즈마가 우월한 정의의 30미터 너비의 장갑과 선체를 순식간에 증발시켰다. 순간 플라즈마가 사라진 것처럼 보이더니, 이내 용수철처럼 꼬인 에너지 전광이 소행성 가장자리를 향해 나선을 그리며 분출되었다.

코버넌트 순양함이 소행성을 돌아나와 게티즈버그를 조준하고 발사했다.

코타나가 발사한 회심의 일격이 적함의 함수에 먼저 명중했다. 순양함의 방어막이 은빛으로 번쩍이며 버티기도 잠시, 금세 소진되었다. 과압축된 플라즈마가 순양함의 선체를 헤집고 들어가 손닿는 금속을 모조리 터뜨렸다. 플라즈마가 연쇄폭발을 일으키며 함선을 뚫고 나와 두 갈래로 갈라지며 터지자, 2차 폭발의 충격이 물결을 일으키며 선체를 뒤흔들었다.

과열된 공기가 새어 나오면서 박살 난 선체 가장자리가 적색에서 백색으로 달아올랐다. 플라즈마가 엔진 구획을 찢어발기면서 원자로를 분쇄하자, 함선 전체가 불덩이로 변해 샛노란 불꽃과 파지직거리며 잦아드는 정전기를 토해냈다.

코버넌트 순양함이 게티즈버그를 노리고 발사한 플라즈마 어뢰 다섯 발은 붉은 안개로 흩어졌다. 목표물까지 플라즈마의 형태를 유지하며 유도해줄 자기장의 출처가 사라져버렸기 때문이다.

함교의 승무원들은 폭발이 화면에서 점차 사라지는 광경을 지켜보았다.

"상태 보고하라."

위컴 중장의 명령에 프레드가 대답했다.

"엔진과 원자로의 연결이 끊어졌습니다. 자기장의 영향 같습니다."

1번 화기 관제석에서 잡음이 새어 나오자 마스터 치프가 고개를 들었다.

"맥건 가속코일은 무사합니다. 1번 무인정이 파괴됐습니다. 2번 무인정을 회수하는 중입니다."

코타나의 홀로그램이 사라졌지만 목소리는 의기양양하게 함교 스피커에서 흘러나왔다.

"3번 포탑이 파괴됐습니다. 하지만 나머지 포탑 여섯 문을 재가동하기만 한다면 막강한 무기가 수중에 들어오겠군요."

"기뻐하기는 일러."

해버슨 대위가 상황을 주시하며 말했다.

"접근 중인 물체가 포착됐습니다. 수십 척 규모의 소형함입니다. 전면 모니터에 전송하겠습니다."

무장 펠리칸, 외골격형 용접정, 소수의 롱소드 요격기, 그리고 카이롭터 급 스텔스함이 화면에 잡혔다.

"자일스 총독의 함대입니다. 이렇게 우리가 옴짝달싹 못하게 되기만 노렸던 겁니다."

해버슨 대위가 말했다.

"통신이 들어옵니다. 연결해보죠."

코타나가 말했다.

"위컴 중장?"

자일스 총독의 굵고 낭랑한 목소리가 함교에 울려 퍼졌다.

"내가 좀 도와주리까? 우선 예인해서 우리 기지로 귀항해야 수리를 도울 것 아니겠소?"

"그래준다면야 백골난망이겠소."

중장은 그렇게 말하고는 지휘석에 편히 몸을 기댔다.

레이든급 화물 수송선 두 대가 게티즈버그의 양옆으로 결합했다. 수송선의 엔진소리가 선체에 울렸다.

"저 작자가 마음을 고쳐먹다니 알다가도 모르겠습니다."

해버슨 대위가 작게 소곤거렸다.

"고쳐먹은 게 아닐세."

위컴 중장이 대답했다. 그는 언짢은 낯을 하고는 덧붙였다.

"꺼림칙하지만 자일스 총독으로서도 우릴 함부로 내칠 처지가 못 되니 저러는 걸세. 코버넌트는 함선을 달랑 한 척만 보내는 법이 없잖나. 순양함이 사라진 줄 알면 머잖아 떼거리로 몰려들 걸세. 전투는 이제 시작일 뿐이라네, 대위."

마스터 치프와 나머지 스파르탄 대원들은 게티즈버그 함내의 수리실에 자리를 잡고 앉았다. 수리실은 롱소드 요격기가 통째로 들어갈 만큼 넓었으며 벽면과 천장과 바닥에는 용접기, 다용도 공구, 유압 프레스가 장착된 로봇 팔이 가득했다. 세 로봇 팔에 달린 고광도 조명등이 밝고 시원한 간접 조명을 벽면에 드리우며 그동안 플라즈마 폭발을 지켜본 까닭에 피곤해진 마스터 치프의 눈을 식혀주었다.

대원들이 이곳에 온 이유는 장비를 수리하고 최소 여섯 시간은 눈을 붙이라는 위컴 중장의 명령이 있었기 때문이었다. 수리실은 단단히 보강된 견고한 구조물이었기 때문에 재차 공격을 받는다 해도 관통될 일은 거의 없었다.

수리실 구석에는 린다가 있었다. 묠니르 전투복에서 헬멧, 등판, 견갑을 들어낸 상태였다.

프레드와 윌이 로봇 팔을 써서 전투복을 조립해주었다. 둘은 린다의 전투복에서 손상된 장갑과 기기를 분리하고 해군 정보국 캐슬 기지에서 가져온 예비 부품으로 교체했다.

붉고 선명한 흉터가 린다의 창백한 살갗에 남아 있었다. 그녀가 이중 장기이식을 받았음을 나타내는 유일한 흔적이었다. 침대에서 휴식을 취하라는 헬시 박사의 엄명이 있었지만, 린다는 대원들이 있는 이곳까지 절름거리며 내려왔다. 그녀는 다리를 포개고 앉아 바닥에 SRS99C 저격소총을 분해해서 늘어놓고 반동억제기, 조준경, 접착식 총열 위장외피를 골랐다. 린다는 갓난아기를 보듬는 어머니처럼 정밀조준 총기를 정성스레 재조립하기 시작했다.

린다는 총에서 고개를 들지도 않고 중얼거렸다.

"뭐하러 2박 3일씩이나 휴가를 줬는지 알 것 같네요."

"근데 넌 여태까지 쿨쿨 잤잖아."

프레드가 린다에게 말했다.

"쟤가 원래 잠자려고 저격하잖습니까."

윌이 끼어들었다.

"유로파에서는 탑에 올라 경계근무 서면서 코까지 골던뎁쇼."

치프는 죽었다 되살아난 린다를 농담으로 받아넘기는 대원들의 모습을 보며 다행스럽게 생각했다. 하지만 그렇다고 자기까지 나서서 우스갯소리를 던지기는 힘들었다. 그에게는 지휘계통을 유지해야 하는 책무가 있었으며, 지휘관으로서의 체통을 지키려면 겉으로 드러나는 감정을 절제하라고 멘데즈 상등상사에게 배운 바 있었다.

몸을 뒤척이던 켈리가 잠에서 깨어났다.

"04시 정각이야. 여섯 시간 다 잤네."

켈리가 대원들에게 말했다.

"15분짜리 낮잠처럼 느껴지던걸?"

그레이스가 옆에서 한마디 했다.

"눈만 감았다가 떴는데. 너 시계 잘못 봤지?"

켈리는 린다를 쳐다보고는 검지와 중지로 헬멧 안면보호대 위로 웃음 신호를 보냈다. 린다는 보기 드문 진짜 웃음으로 대답했다.

치프는 웃음이 어색하게 느껴졌다. 그도 웃음을 짓고 싶었지만, 린다가 되살아난 희소식과 별개로 주위를 둘러싼 상황 때문에 그럴 마음이 생기지 않았다. 위컴 중장이 덮어놓고 믿어주는 바람에 게티즈버그에 떼거리로 올라탄 반란군이 함내에 득실거리고, 엔진과 화기 수리를 미처 끝마치기도 전에 코버넌트 함대가 언제 되돌아올지 모르는 판국인 데다, 일행이 일일이 수거해 7번 화물실에 고이 모셔둔 수백에 달하는 게티즈버그 승무원들을 생각해서라도 그것은 예의가 아니었다.

찰칵 하는 쇳소리에 수리실에 있던 스파르탄 대원 전부 신경이 곤두섰다. 번개처럼 권총을 뽑아들고 소총을 겨누는 순간 측면 출입문이 삐걱이며 열렸다.

존슨 하사와 로클리어 상병이 얼어붙은 자세로 들어섰다.

"사격연습 중이라는 이야기는 듣지 못했는데 말입니다. 사격연습 맞거들랑 제가 알아서 가슴팍에다 명중 표시를 떡칠해드리죠."

상병이 퉁명스레 말했다.

"마스터 치프, 자네가 부른다기에 들렀어."

존슨 하사의 말에 치프는 고개를 끄덕이고 총을 내렸다. 다른 대원들도 총을 거두었다.

"들어와라."

총을 다시 걸치면서 핼시 박사에게서 받은 데이터 크리스털이 든 허리춤 탄입대에 손이 스쳤다. 둘 중 어느 크리스털을 해버슨 대위에게 건넬지 말지 아직 결정을 내리지 못했다. 플러드의 잠재적인 창궐을 막아 수십억의 생명을 살리기 위해서 하사를 희생해야 할까? 한 사람쯤인데 뭐 어때서? 치프는 헤일로가 파괴됨과 동시에 플러드도 모조리 전멸했다고 철석같이 믿고 싶었지만, 혹시라도 그의 생각이 틀렸다면 어떻게 될까?

"현재 우리가 처한 상황에 관해 논의하고자 불렀다."

무전이 열리더니 핼시 박사가 그를 불렀다.

"마스터 치프?"

"예, 박사님."

"켈리를 4번 의무실로 보내. 진피질성 스테로이드제를 마지막으로 한 번 더 맞아야 해. 다른 일로 일손이 필요하기도 하고."

치프는 켈리에게 고개를 끄덕였다.

켈리는 느긋하게 기지개를 켜고는 자리에서 일어나 한숨을 쉬고 수리실에서 성큼성큼 걸어나갔다.

"금방 돌아올게요. 코버넌트 제국을 전복시키는 작전에 저만 빼면 섭섭하죠."

켈리가 화상 입은 손을 쥐었다 펴며 말했다.

"방금 보냈습니다, 박사님."

무전이 툭 꺼졌다.

마스터 치프는 스파르탄 대원들과 두 해병을 향해 돌아섰다.

"놓친 부분이 있을지도 모르니 지금까지 확인한 사항을 다시 검토하겠다."

치프는 반짝이는 성도를 띄운 데이터 패드를 바닥에 내려놓았다.

"코버넌트가 지구로 향하는 중이다. 현재 정거장에 집결하여 대규모로 태양계에 점프할 준비에 돌입한 상태다."

"그럼 어떡합니까?"

프레드가 물었다.

"우리가 지구에 먼저 도착해서 미리 경고만 해주면……."

린다는 찰칵 소리를 내며 노리쇠를 잡아당겼다.

"함대에서 놈들을 뜨겁게 맞아줄 겁니다."

"아군 함대가 대적할 수나 있을까?"

월이 의문을 제기했다. 전혀 동요하지 않고 냉철한 이성만이 묻어나는 목소리였다.

"코타나가 쓴 보고서를 읽어봤잖아. 코버넌트 전함이 무려 수백 척이 넘어. 함대는커녕 지구의 궤도 방어위성이라 한들 그만한 규모의 침공군 앞에서는 상대가 안 될걸."

"맞는 말이다."

마스터 치프가 조용히 말했다.

"함대만으로는 승산이 없다. 방어에 나선다 해도 코버넌트는 리치 행성에서처럼 방어선을 에둘러 지상 발전소를 타격해 궤도 맥건을 제거하겠지."

프레드가 몸을 움찔했다.

로클리어 상병은 자기 알통에 묶어둔 붉은 반다나를 만지작거렸다.

"그럼 우린 또 함대전을 지켜만 봐야 합니까?"

상병이 짜증스레 말을 내뱉었다. 그는 화를 억누르며 주먹을 부들부들 떨었다.

"우리가 먼저 놈들을 치고 들어갈 방법이 있을 겁니다. 땅 위라면 이기지 못할 것도 없잖습니까? 염병할 무중력 속을 떠다니면서 지구가 불타는 광경을 지켜보느니, 죽이 되건 밥이 되건 한판 붙어 보고 죽어야겠습니다."

"코버넌트의 모행성에 침투하기로 했던 원래 임무는 어떡하죠?"

린다가 물었다.

"현재 최우선 목표는 지구에 상황을 경고하는 거다."

치프가 대답했다.

"위컴 중장님께서 그러자고 고집하시는데 어쩌겠나…… 더욱이 그분 성격이면 우리 임무를 중단시키고도 남으실 거다."

"결국 여기랑 지구 사이에 우리가 발붙이고 어떻게든 싸워볼 땅덩어리라고는 한 뙈기도 없단 말이잖습니까."

상병은 주먹을 풀고 고개를 떨어뜨리며 중얼거렸다.

"이놈의 지긋지긋한 전쟁!"

존슨 하사가 입을 열려다가 문득 하려던 말을 멈췄다. 그는 상병의 넓은 어깨에 손을 얹고는 달래듯이 말을 건넸다.

"너무 기죽지 마라. 그것 말고도……."

하사의 눈길이 데이터 패드에 올라온 성도로 옮겨갔다.

"잠깐만, 방금 발붙이고 싸워볼 땅덩어리가 없다고 그랬나?"

하사는 씩 웃으며 데이터 패드를 주웠다.

"과연 이건 뭘까?"

하사는 지도의 점을 짚은 채 실눈을 뜨고 자그마한 글자를 읽었다.

"어디 보자…… 불효막심한 도야지?"

"'불요불굴의 대사제'다."

마스터 치프가 단어를 정정했다.

"코타나 말로는 이동식 지휘통제기지라고 한다. 코버넌트 함대가 지구로 점프하기 전에 집결할 우주 정거장이라고 하더군."

"그렇담 땅도 있겠구먼. 저 '도야지' 어쩌고 안에 말이야."

윌이 자리에서 일어나 데이터 패드에 가까이 걸어왔다.

"놈들의 작전 일정과 일치합니다. 저 기지가 통째로 지구로 가는 겁니다."

그러자 프레드가 한마디 했다.

"소형 함정을 타고 슬립스페이스 점프로 접근한 다음 침투해서……."

"그쪽 스파르탄들이 활약을 펼치는 겁니다."

상병이 말을 받았다.

"치고 들어가서 깡그리 헤집고 날려버립시다. 혹시 ODST가 낄 자리가 있거들랑 저도 끼워주십쇼."

마스터 치프는 데이터 패드를 보고는 다시 대원들과 로클리어 상병, 존슨 하사를 둘러보았다. 맞는 말이었다. 코버넌트가 언제 어디서 나타날지를 미리 간파하기는 이번이 처음이었다. 제대로 타격을 입히기만 한다면 코버넌트가 지구에 당도하기 전에 놈들을 저지해서…… 최후의 종말을 조금이라도 늦출 가능성이 없지는 않았다.

마스터 치프는 속사포처럼 명령을 내렸다.

"프레드, 윌, 당장 린다의 전투복을 원상태로 복구해라."

"상병, 무기를 다시 점검해라. 여기 있는 권총, 소총, 탄약 가방, 폭탄을 전부 챙겨서 우월한 정의의 격납고로 옮겨라."

"그레이스, 린다, 존슨 하사, 마지막 전투에 대비해 코버넌트 수송선을 정비한다. 슬립스페이스 이탈에 대비해 동체를 보강하도록."

"나는 위컴 중장님께 작전을 말씀드리고 이것만이 유일한 길임을 설득하겠다. 놈들하고 한판 붙어보자. 선제공격을 개시한다."

30

2552년 9월 13일 0440시 (수정 시각, 군사 표준력)/
게티즈버그-우월한 정의 결합선, 에리다누스 행성계에서 궤도 유지 중

시간이 촉박하다.

머잖아 코버넌트가 들이닥치면 기회의 문턱도 바늘구멍처럼 줄어들리라는 불길한 예감이 핼시 박사의 피부에 와 닿았다. 이제 한번 시작하면 돌이키지 못할 계획을 행동에 옮기기에 앞서, 마무리할 일을 거의 끝마쳐 가는 중이었다.

누군가가 의료 준비실로 걸어오는 소리가 들렸다. 묠니르 전투복을 착용한 스파르탄 대원임이 틀림없는 육중한 발걸음이었다. 켈리가 박사가 있는 방과 나머지 4번 의무실 사이를 나누는 유리벽 앞에서 손을 흔들었다. 핼시 박사는 원격으로 출입문을 열어 켈리를 들어오게 했다.

"치료받으러 왔습니다, 박사님."

켈리는 의료와는 거리가 먼 불결한 주변 상황에 잠시 머뭇거리는 눈치였다. 스티로폼 컵이 수술도구 쟁반에서 뒹굴었으며 생체 계측기의 열전사 프린터에서 인쇄물이 줄줄이 출력되는 중이었다. 거기다 리치 행성에서 회수한 방사능을 내뿜는 크리스털이 쟁반 근처에 놓여 있었다.

"원자로의 방사능 차폐막 내부에 보관해둔 줄 알았던 크리스털이 왜 여기 있죠?"

"노멀스페이스에 있는 동안은 안전해."

박사는 크리스털을 집어 연구복 주머니에 아무렇게나 쑤셔 넣고는 곡선형 진찰대를 가리켰다.

"여기 누우렴. 주사 몇 대만 더 맞으면 화상 치료는 끝나."

켈리는 한숨을 쉬고는 곡선형 진찰대에 앉아 등을 기댔다.

핼시 박사는 주사기 두 개를 꺼내 꼭지를 뽑았다. 그리고는 켈리의 쇄골과 대퇴부 정맥과 이어지는 묠니르 전투복 주입구에 주사기를 꽂았다.

"물리 치료를 꾸준히 받으면 진피질성 스테로이드제가 흉터 회복을 촉진하니까, 앞으로 일주일이면 몸이 원상태로 돌아올 거야."

"일주일씩이나요?"

켈리는 투덜거리며 엉거주춤 몸을 일으켰다.

"박사님, 지금 당장 완쾌돼야 합니다. 치프가 제게 임무를……."

핼시 박사가 주사기를 작동시키자 바람 새는 소리와 함께 약물이 켈리의 몸속으로 주입됐다. 켈리는 의식을 잃고 진찰대에 축 늘어졌다.

"안 돼, 켈리. 이번 임무에는 못 나가. 나랑 같이 가줘야겠어."

핼시 박사가 속삭였다.

켈리의 혈관 속에 흘러든 진정제는 건강한 상태의 궤도강하 타격대원조차도 족히 하루는 쓰러지게 할 정도로 약효가 강력했다. 짐작건대 켈리는 앞으로 두 시간 남짓이면 다시 정신을 차릴 것이다. 그때쯤이면 박사와 켈리 모두 뒤도 돌아보지 않고 여기서 멀찌감치 벗어난 뒤겠지만.

핼시 박사는 모니터 하나를 자기 쪽으로 돌렸다. 박사는 메모리 삭제 명령어를 입력, 해군 정보국의 구식 잠금 암호를 함께 조사한 기록을 코타나의 기억에서 모조리 삭제했다. 그러고는 조사 결과를 출력한 인쇄물을 접어 주머니에 쑤셔 넣었다.

"코타나?"

"네, 박사님?"

준비실의 스피커를 통해 코타나가 대답했다. 목소리가 산만하게 느껴졌다.

"로클리어 상병의 위치를 알아낸 다음 당장 여기로 오라고 전해."

"전했습니다, 박사님."

"고마워, 코타나. 그거면 돼."

핼시 박사는 자기밖에 들리지 않을 정도로 낮은 목소리로 덧붙였다.

"날 대신해서 다른 사람들을 안전하게 보살펴줘."

핼시 박사는 켈리가 누운 진찰대를 편편하게 조절한 다음 의료품과 장비를 아래쪽 짐칸에 실었다. 가방에 기관단총 네 자루를 넣고 탄약이 든 예비탄창 열여섯 개를 보급품 맨 위에 올렸다.

박사는 스티로폼 잔을 들어 미적지근한 커피를 단숨에 들이켰다.

로클리어 상병이 활짝 열린 출입문을 통해 준비실로 들어왔다.

"여, 박사님. 보자고 하셨습니까?"

상병이 말을 던졌다. 그는 박박 깎은 머리를 손으로 쓸어넘겼다.

"지금은 좀 바빠서 말인데 나중에 부르시면 안……."

"뭐 때문에 바쁜건 간에 이게 훨씬 더 급해."

박사는 바닥에 쓰러진 켈리를 고개로 가리켰다.

"스파르탄─087을 격납고로 옮기게 도와줘."

"괜찮은 겁니까?"

상병이 켈리에게 한 발짝 다가서며 물었다.

"켈리는 괜찮아. 얼른 소행성 기지로 옮겨야 해. 치료 마지막 단계에 필요한 장비를 그쪽에서 갖고 있어서 말이야."

로클리어 상병은 미심쩍은 눈치였다.

"근데 방금만 해도 멀쩡……."

"괜찮으니까 걱정 마."

핼시 박사가 재차 안심시켰다.

"진정제를 놔서 그래. 마지막 치료는…… 스파르탄 대원한테도 고통스러워."

로클리어 상병은 핼시 박사의 눈을 바라보고는 알아들었다는 듯이 고개를 끄덕였다. 그는 진찰대의 손잡이를 잡고 출입문을 지나서 의료실을 나가 승객을 기다리던 승강기까지 진찰대를 밀었다.

핼시 박사는 그의 뒤를 따라갔다.

승강기 출입문이 닫히자 박사는 상병에게 돌아섰다.

"손을 내밀어 봐."

상병은 어리둥절한 얼굴로 손을 내밀었다.

핼시 박사는 상병의 손을 잡고 손바닥을 위로 돌렸다. 박사는 가늘고 반들거리는 파란 크리스털을 그의 손에 쥐여주었다. 외계 유물이 내뿜는 광채가 상병과 박사의 얼굴에 비치며 승강기 내부를 차갑게 밝혔다.

"이게 바로 코버넌트가 그토록 손에 넣으려고 안달하던 유물이야. 놈들은 이걸 찾으려고 리치 행성을 파헤쳤어. 이걸 찾아서 슬립스페이스까지 우릴 쫓아왔고. 그리고 폴라스키는 이걸 지키느라 목숨을 잃었어."

박사는 상병을 지켜보며 그의 반응을 조심스럽게 살폈다. 박사의 마지막 말이 정곡을 찌르자 그는 흠칫 뒷걸음질 쳤다.

"그래서 저더러 이걸로 뭘 어쩌라는 겁니까?"

"안전하게 지켜줘. 목숨을 걸고 사수해. 코버넌트가 이걸 얻는 날에는 놈들의 슬립스페이스 항해 속도가 지금보다 수백 배는 더 빨라질 거야. 내 말 알겠지?"

로클리어 상병은 크리스털이 놓인 커다란 손을 쥐었다.

"잘은 모르겠지만 어쨌든 맡아두죠."

그는 잠시 말이 없다가 아리송한 듯 이맛살을 찌푸렸다.

"그런데 왜 스파르탄 대원들한테 주지 않고 저한테 맡기십니까?"

"스파르탄 대원들한테 맡기면 해버슨 대위의 명령에 순순히 건네줄지도 몰라. 대위가 이걸 받아들면 무슨 짓을 해서든 해군 정보국 제3과에 제출하려 들겠지. 코버넌트가 가로챌지 모른다는 사실을 뻔히 알면서도 도박을 할 거야."

로클리어 상병은 콧방귀를 뀌었다.

"대위님의 꽉 막힌 성질머리야 피차 맘에 들진 않지만 내놓으라고 명령하면 넙죽 드려야지 어쩌겠습니까. 딱히 문제 될 것도 없잖습니까? 이제 지구가 코앞인뎁쇼."

"코앞이지."

핼시 박사가 말을 되풀이하며 엷은 웃음을 띠었다.

"하지만 점프하는 순간 크리스털이 조명탄처럼 방사능을 방출하기 시작할 거야. 그럼 코버넌트가 너희를 뒤쫓겠지…… 이번에도 슬립스페이스 속에서 놈들한테 이기리란 보장은 없어."

로클리어 상병이 우거지상을 했다.

박사는 잠시 완고한 눈빛으로 상병을 바라보다가 마침내 손을 놓아주었다.

"이제 상황을 알았으니까 어떻게 해서든 크리스털이 놈들의 손에 넘어가지 않게 지켜주리라 믿어."

상병은 진지하게 고개를 끄덕였다.

"알겠습니다, 박사님. 똑똑히 알아들었습니다."

상병이 웬일로 예의 바르게 대답했다.

"어떡해야 할지 잘 알았습니다. 맡겨만 주십시오."

"고마워."

승강기가 열렸다. 로클리어 상병은 탄입대에 크리스털을 집어넣고 게티즈버그의 격납고로 진찰대를 밀고 나갔다.

"어디로 옮기면 됩니까?"

격납고는 벌집처럼 붐볐다. 백 명도 넘는 자일스 총독의 부하들이 설계도가 저장된 데이터 패드, 자기장 다중탐색기, 굵직한 아쳐 미사일을 실은 운반로봇, 거미처럼 생긴 앤트라이온 대인지뢰, 게티즈버그의 보조 원자로에 쓸 중수소 연료를 담은 가느다란 용기를 분주히 날랐다. 화물운반용 외골격형 동력복을 입은 사람들이 갑판을 따라 쿵쿵거리고 돌아다녔다. 티타늄 철판을 운반하고 용접하면서 롱소드 세 대를 수리하는 중이었다.

"저기, 저 함선까지 옮겨줘."

박사는 자일스 총독의 카이롭터급 스텔스함을 가리켰다. 함선은 마치 잠자는 박쥐처럼 갑판에 착륙한 상태였다. 스텔스 처리되어 묘하게 각진 선체 표면이 그림자 속에 고스란히 녹아들었다.

로클리어 상병은 어깨를 으쓱하고는 진찰대를 밀었다.

핼시 박사가 함선의 좌현 해치 앞에서 멈췄다. 단단히 밀폐되어 틈새조차 보이지 않았다.

박사는 연구복에서 인쇄물을 꺼내 적힌 내용을 다시 살펴보았다. 선체 표면에 오목하게 들어간 버튼을 누르자 좁은 철판이 옆으로 들어가면서 키보드가 나왔다. 핼시 박사는 긴 문자열을 입력한 다음 엔터키를 눌렀다.

쉭 하는 바람 소리와 함께 해치가 열렸다.

박사가 씩 웃음을 지었다.

"제아무리 코타나라도 잠금을 풀지 못한다더니."

박사는 상병에게 안으로 들어오라고 손짓했다.

로클리어 상병은 순순히 진찰대를 함선 내부로 밀고 들어갔다. 핼시 박사가 뒤따라 들어가 켈리가 누운 진찰대를 안전하게 실은 다음 상병을 밖으로 안내했다. 박사는 몸을 돌려 함선으로 되돌아갔다.

상병은 승강기로 돌아가다가 문득 멈췄다.

"박사님, 아까 얘기하셨을 때 말입니다. 슬립스페이스 점프에 돌입하면 코버넌트가 '너희'를 뒤쫓을 거라고 하셨는데…… 혹시 '우리'를 잘못 말씀하신 것 아닙니까?"

핼시 박사는 잠시 그를 빤히 쳐다보았다. 그리고는 함선 안의 버튼을 눌러 상병과 자신 사이의 해치를 굳게 닫았다.

마스터 치프는 승강기에서 내려 게티즈버그의 함교에 들어섰다. 해버슨 대위와 위컴 중장이 1번 화기 관제석과 엔진 제어석의 화면을 들여다보고 있었다.

"중장님, 대위님."

위컴 중장은 뒤를 돌아보지도 않고 오라고 손짓했다.

치프가 해야 하는 일은 두 가지였다. 첫째, 중장에게 선제공격 작전계획을 설명한다. 지구로 돌아가는 최우선 목표를 위기에 빠뜨릴 염려가 없다는 사실과 성공시의 파급력이 어마어마하다는 사실을 들어 반드시 설득해야 했다. 중장이 작전에 반대할 유일한 이유는 대원들이 겪을 크나큰 위험뿐이었다.

둘째는 조금 더 힘들지도 모른다. 그는 핼시 박사가 건네준 데이터 크리스털이 든 허리춤 탄입대에 손을 뻗었다. 하나에는 플러드의 감염원리 분석과 추정 예방안이 들었다. 다른 하나에는 존슨 하사를 치욕스럽고 불필요한 죽음으로 몰고 갈지도 모르는 원본 영상이 들었다.

헤일로가 파괴된 판국에 무슨 의미가 있겠느냐마는, 그 자료를 제출하면 제3과에서 플러드에 대적할 방법을 개발하는 데 도움이 될 테니 한 사람의 목숨쯤은 감수할 가치가 있을지도 모른다. 존슨 하사는 이 사실을 알면 기꺼이 자원하고도 남을 사나이였다.

치프가 해야 할 바는 명확하다. 파일을 전부 해버슨 대위에게 제출해야 한다. 하지만 깊은 속마음으로는 그것이 옳지 않은 행동이라는 기분을 떨치기가 힘들었다.

"코타나, 출력치를 갱신하도록."

위컴 중장이 우람한 가슴팍 위로 팔짱을 꼈다.

코타나의 자그마한 홀로그램이 항법석 근처의 홀로패드 위로 나타났다. 중장과 똑같이 팔짱을 낀 코타나의 반들거리는 보랏빛 몸 위로 미세한 붉은 기호가 오르내렸다.

"5분 전에 마지막으로 보고 드린 때와 큰 차이는 없습니다, 중장님. 우월한 정의의 원자로와 게티즈버그의 엔진 시운전을 동시에 진행 중이며 40분 뒤에 완료될 예정입니다."

"서두르게."

중장이 못마땅한 듯이 덧붙였다.

"놈들이 언제 들이닥칠지 모르는데 동력이 바닥나서야 되겠나. 마음 같아서는 당장 지구로 귀환하고 싶은 심정일세. 화기는 어떤가?"

"1번 플라즈마 포탑이 파괴됐습니다. 수리가 불가능합니다. 2, 3, 4번 포탑은 수리가 끝났습니다. 동력을 넣고 시험사격을 해보고 싶지만 사고 우려 때문에 가상 시험사격 312회로 대체했습니다. 하지만 5, 6, 7번 포탑을 수리할 부품은 현재 자일스 총독의 수중에 없다고 하는군요. 게티즈버그의 아처 미사일 발사관 2기를 재보급했습니다. 이제 미사일 열여섯 발은 언제든 발사 가능합니다."

"도대체 미사일은 어디서 났는지 모르겠습니다. 국제연합 우주사령부 군수품은 수출입 금지품목이잖습니까."

해버슨 대위가 중얼거렸다.

"괜히 해적이겠어요."

코타나가 말했다.

"수고했네. 계속 상황을 보고하도록."

중장은 마스터 치프에게 돌아섰다.

"할 말이라도 있나?"

치프가 얘기를 꺼내려는 순간 해버슨 대위가 먼저 입을 열었다.

"중장님."

대위는 전면 모니터를 가리켰다. 카이롭터급 스텔스함이 게티즈버그의 격납고에서 발진해 속력을 높이고 있었다.

"자일스 총독은 수리를 감독한다고 승선한 줄 알았는데 말입니다."

"마찬가질세. 코타나, 총독이 떠나는 모습이 감시 카메라에 잡혔나?"

"아뇨, 하지만 이걸 좀 보셔야겠네요."

로클리어 상병과 핼시 박사, 그리고 진찰대에 누운 스파르탄 대원이 스텔스함에 오르는 장면이 포착된 회색 영상이 화면에 올라왔다.

"로클리어 상병이 스텔스함까지 운반을 도왔습니다. 핼시 박사님하고 스파르탄-087은 함선을 타고 격납고를 떠났고요."

"코타나, 당장 스텔스함을 호출하게!"

중장이 버럭 소리쳤다.

"호출 중입니다."

자일스 총독의 얼굴이 1번 전면 모니터에 나타났다.

"중장……."

그가 난처한 웃음을 지으며 운을 뗐다.

"방금 내 배가 격납고에서 떠났더구려. 당신을 믿고 이렇게 호의를 베풀거늘 무슨 연유로 내 사유재산까지 징발해갔는지 자초지종을 설명해주었으면……."

"보채지 마시오, 총독."

위컴 중장이 호통쳤다.

"그렇잖아도 누가 당신 배를 훔쳐갔는지 알아보는 중이오. 코타나, 아직 응답은 없나?"

"자동반복 부호를 포착했습니다."

코타나가 깜짝 놀라 입을 벌렸다.

"국제연합 우주사령부 3-9-2 부호입니다."

"3-9-2 부호라고?"

중장은 우주를 내다보며 알쏭달쏭한 부호를 해석하려고 머리를 굴렸다. 마스터 치프가 헛기침을 하고는 말했다.

"중장님, 그건 공식 '응답거부' 부호입니다. 특수부대원들이 중요 임무를 수행하느라 무전을 무시할 때면 곧잘 쓰는 부호입니다."

"이런 빌어먹을! 설마 설마 했는데 기어코 날 물 먹이는군."

중장이 붉으락푸르락한 얼굴로 부득부득 이를 갈았다.

박쥐처럼 생긴 날개가 검은 우주에 섞여들어 거의 보이지도 않는 카이롭터급 스텔스함이 돌연 속력을 높이는 모습이 전면 모니터에 잡혔다. 바늘구멍 같은 빛이 스텔스함을 점점이 둘러싸면서 길게 늘어나 주위로 번지는 찰나, 함선이 사라졌다.

"슬립스페이스로 점프했군요."

코타나가 말했다.

"내가 기억하기로는 자네가 분명……."

중장은 천천히 해버슨 대위에게 돌아섰다.

"스텔스함에 잠금이 걸려 있다고 했잖나. 퇴역하면서 중요 부품이 전부 제거됐다고 말일세. 그래서 절대 슬립스페이스에 돌입하지 못한다고 호언장담하지 않았던가?"

"맞습니다."

"그런데 어떻게 방금 저 함선이 눈앞에서 사라졌는지 설명해주겠나?"

해버슨 대위는 중장을 쳐다보지도 않고 대답했다.

"예, 중장님. 제가 잘못 짚었나 봅니다. 핼시 박사님이 해군 정보국에서 함선의 시스템에 걸어둔 잠금을 회피할 방법을 알아내신 모양입니다."

화면에 얼굴을 드러낸 자일스 총독이 말했다.

"이것 참 통탄할 일이오. 부디 적절한 배상을……."

"암, 통탄할 일이고말고. 저렇게 지구로 점프가 가능한 함선이 있는 줄 알았더라면 내 진작 탔을 것 아니오! 코타나, 박사가 어디로 향했나?"

"지구는 아닙니다. 제 데이터베이스에도 기록되지 않은 행성계로 항로가 설정되어 있습니다."

자일스 총독의 얼굴, 텅 빈 우주, 격납고에서 찍힌 핼시 박사와 로클리어 상병의 정지 영상까지, 중장은 모니터를 찬찬히 살폈다.

"당장 로클리어 상병을 함교로 호출하게. 해버슨 대위, 코타나하고 같이 상병의 신병을 확보하도록. 그놈의 ODST 대원을 찾는 대로 직접 함교로 인솔해 오게."

대위는 꿀꺽 침을 삼켰다.

"알겠습니다."

대위가 서둘러 승강기로 걸어가는데 코타나가 말했다.

"상병은 지금 B−갑판의 의료품 창고에 있습니다. 불러도 대답이 없네요."

승강기가 닫히고 나자, 중장이 말을 꺼냈다.

"치프, 엔진 제어석에 앉게. 항법석도 겸임하도록."

"알겠습니다."

치프는 엔진 제어석의 화면으로 걸음을 옮겼다. 원자로와 엔진의 시운전이 완료되기까지 35분이 남은 상태였다.

"적을 포착했습니다. 태양면의 0−3−0 방위각 위치입니다. 코버넌트 순양함 하나, 아니, 두 척입니다. 움직이지는 않습니다. 아직 이쪽을 발견하지 못했나 보군요."

코타나가 말했다.

"갈수록 태산이라더니 그 꼴이로군. 하지만 놈들도 무전으로 떠들어 대고 포탑이나 예열하면서 지켜볼 수밖에 없을 걸세. 어떻게 우리만 골라서

처치할지를 궁리할 테지."

자일스 총독이 화면 밖의 누군가에게 고개를 돌렸다가 입을 열었다.

"위컴 중장, 상황이 이렇게 됐으니 부하들을 데리고 게티즈버그에서 나가 안전거리로 대피하겠소."

"좋을 대로 하시오, 총독. 맡은 바 책무를 다하시오."

3번 모니터가 툭 꺼지면서 다시 별이 총총히 드러났다.

"나도 맡은 바 책무를 다하리다. 코타나, 원자로하고 엔진 시운전을 중단하도록."

"예? 그러면 위험……."

"당장 원상태로 가동하게. 위험이고 나발이고 실시해라."

"알겠습니다."

"마스터 치프, 자리를 지키면서 함선을 움직일 준비를 하도록. 순양함 두 대를 따돌리려면 교범에 적힌 온갖 기동법을 부려야 할걸세."

"알겠습니다, 중장님."

치프는 시운전을 강제로 중단하고 우월한 정의의 원자로가 재가동되는 상황을 화면으로 지켜보았다. 방사능 표시기에 안전한계가 걸리자 방사능 농도가 살짝 내려가면서…… 수치상으로는 안전범위 내에 들어갔다. 게티즈버그의 엔진이 가동되며 선체를 흔들었다. 몇백 미터 밖에서 울리는 진동이 갑판을 통해 치프에게도 느껴졌다.

"원자로가 가동됐습니다."

중장은 자일스 총독의 일인승 선박 함대와 추진기를 짊어진 기술진이 무리 지어 게티즈버그를 버리고 검은 우주를 지나 소행성의 품속으로 뽈뽈이 달아나는 광경을 지켜보았다.

"쥐는 침몰하는 배에서 탈출한다고 하던가?"

그는 다 들릴 정도로 크게 중얼거렸다. 마스터 치프는 중장의 혼잣말이 자신한테 던지는 물음인지 아닌지 확신이 서지는 않았지만 어쨌든 대답하기로 마음먹었다.

"목숨을 건지려는 사람들일 뿐입니다."

중장이 고개를 주억거렸다.

"코버넌트 순양함이 속력을 높입니다. 행성계 외부로 향합니다. 슬립스페이스에 돌입하려 하는군요."

코타나가 상황을 재빨리 분석했다.

"마스터 치프, 지금 즉시 함선을 움직이게! 최고 속력의 절반으로 기동하도록."

"예."

치프는 명령을 입력했다.

"출력을 절반으로 가동합니다."

우월한 정의의 원자로에 방사능 경고가 깜박였으나 금방 안정되면서 잦아들었다.

막 수리를 끝마친 선체가 정적을 깨고 움직이면서 결합한 두 함선에서 끼긱거리는 소리가 새어 나왔다.

"코타나, 플라즈마 포탑을 예열하도록."

"알겠습……."

코타나의 투명한 보랏빛 홀로그램이 파랗게 얼어붙었다.

"중장님, 행성계 외곽에서 적을 추가로 포착했습니다. 셋, 아니, 그 이상이 슬립스페이스에서 점프해 들어옵니다. 18척, 정정합니다, 총 30척에 달하는 각종 코버넌트 함선입니다. 위치는 0-3-0, 0-9-1, 1-8-0 방위각입니다…… 중장님, 놈들한테 포위됐습니다."

행성계를 나타낸 지도가 깜박거리면서, 코버넌트 함선을 나타내는 자그마한 삼각형 기호가 에리다누스 행성계 외곽을 빙 에워쌌다. 지도가 옆으로 돌아가면서 대여섯 척쯤 되는 함선이 추가로 나타나 행성계의 천지점에서 천정점까지 포진한 모습이 포착됐다.

위컴 중장이 지도를 응시하다가 고개를 내저었다.

"자네 알라모 전투라고 들어봤나, 치프?"

"예. 소수의 수비대가 압도적인 적에 맞선 유명한 방어전이잖습니까."

중장이 웃음을 지었다.

"텍사스 수비대란 말을 빼먹으면 되나. 그 점이 중요하다네. 윌리엄 버렛 트래비스 대령이 이끄는 150인의 병력이 2천이 넘는 멕시코 군대에 장렬하게 맞섰네. 좁디좁은 요새에 몸을 숨기고 승냥이처럼 저항했지. 나중에는 대령한테 32명이라는 쥐꼬리만 한 원군이 도착했네."

이야기를 이어나가던 중장의 얼굴에서 웃음이 가셨다.

"요새 안에 민간인이 열다섯이나 있었다는 사실도 아는가?"

중장은 지도를 다시 쳐다보았다.

"트래비스 대령과 그 부하들은 전투 끝에 전원 전사했지만, 적도 막심한 피해를 입었네."

"테르모필레 전투처럼 말입니다."

치프가 한마디 거들었다.

"알라모 전투에서 목숨을 건진 이들도 있었네. 멕시코군도 민간인만큼은 살려줬으니 말일세."

중장은 치프에게 고개를 돌렸다.

"이번 전투에서 살아남을 사람이 과연 있을 듯싶은가? 과연 이길 방법이나 있겠나?"

마스터 치프는 전투에서 승리할 묘수를 궁리했다. 30척에 달하는 코버넌트 함선 대 손상된 결합선 달랑 하나, 거기에 자일스 총독의 수비대가 덧붙었다. 코버넌트 함선에 침투할 방법이 없을까? 그럼 코타나가 시스템에 침입해 놈들을 사분오열시킬 수 있을지도 모른다. 하지만 접근하는 모습이 놈들한테 뻔히 보일 텐데. 혹시 접근해볼 만한 사각지대가 있지는 않을까? 하지만 놈들의 나머지 함대를 피해 어디로 숨는단 말인가? 더욱이 그가 작전을 실행에 옮길 즈음이면 게티즈버그는 이미 눌어붙은 고철덩이로 변한 뒤일 것이다.

"변명 삼아 해본 말일세."

"예, 현재 상황과 병력, 그리고 적의 의도를 고려한다면 방법이 없습니다. 승리는커녕…… 살길조차 보이지 않습니다."

"동감일세."

위컴 중장이 몸을 꼿꼿이 폈다.

"코타나, 점프를 준비하게. 치프, 전속력으로 0-5-5에서 2-9-2 방위각으로 이동하게. 내가 지시하면 슬립스페이스에 돌입하도록."

"알겠습니다."

치프와 코타나가 동시에 대답했다. 코타나가 물었다.

"그럼 자일스 총독하고 주민들은 버리시는 건가요?"

위컴 중장은 한동안 말이 없었다.

"그렇다네. 여기는 알라모 요새가 아니고 난 윌리엄 버렛 트래비스 대령도 아닐세. 정말로 그렇기를 간절히 바라는 바이네만, 지금은 후퇴해야 하네. 수백의 생명을 수십억의 생명과 맞바꾼다고 생각하게."

마스터 치프는 자기도 모르게 허리춤의 탄입대로 손이 갔다. 핼시 박사에게서 받은 데이터 크리스털이 짤랑거렸다.

"하지만 옳은 행동은 아니잖습니까?"

"옳은 행동이 아니라."

위컴 중장이 한숨을 내쉬었다.

"그래, 옳은 행동과는 거리가 머네. 맘 같아서는 싸우다 죽는 한이 있더라도 놈들을 모조리 저승으로 데려가고 싶네. 하지만 나로서도 그런 결정을 내릴 권한은 없다네. 맡은 바 의무를 생각한다면 답은 분명하네. 우리가 지켜야 하는 이들은 지구에 있는 사람들이지, 한낱 해적에 무법자 일당이 아닐세."

그는 눈을 감고 덧붙였다.

"상식적으로 상황을 바라봐도 답은 너무나 뻔하잖은가. 이대로 교전한다 한들…… 저들은 죽은 목숨일세."

"축전기가 완충됐습니다. 슬립스페이스 진입 준비 중. 명령만 내리시면 됩니다."

코타나가 보고했다.

마스터 치프는 제어반을 확인했다. 우월한 정의의 원자로 출력이 5퍼센트대로 줄어들었다. 청록색 불빛이 전면 모니터에 나타나면서 주위의 별들이 길게 늘어나 수채화처럼 번져나갔다.

그런데 뭔가 이상했다. 치프의 몰니르 전투복 위로 물결이 일었으며 방사능 표시기가 날카롭게 선을 그렸다. 대체 어디서 나오는 방사능이지?

"수백 대 수십억이라……."

중장이 나직이 탄식했다.

"얼어 죽을 놈의 의무 같으니라고. 죗값은 지옥에서 치러야겠군."

위컴 중장은 깊이 숨을 들이마시며 지그시 눈을 감았다.

"출발하게, 코타나. 어서 탈출하세. 부디 신께서 용서해주시길."

로클리어 상병은 휘파람을 불었다. 운반로봇이 그를 따라갔다. 도르르 굴러가는 운반로봇에는 소총, 권총, 탄약통, 게티즈버그의 선체 측면에 직경 500미터에 달하는 분화구를 남기고도 남을 C-7 성형폭약이 가득 담겨 있었다.

상병은 화물용 승강기를 타고 B-갑판으로 내려갔다. 게티즈버그의 구조상 그곳은 의료품을 보관해두는 창고였다. 그는 거품붕대를 몇 통 챙겨서 마스터 치프가 꼼꼼히 계획한 자살 작전에 요긴하게 쓰라고 가져다줄 요량으로 이곳에 들렀다.

자살 작전을 계획하건 말건 별반 감정은 없었다. 그런 임무야 상병도 실컷 겪어봤고, 이번에는 그의 몫이 꽤 두둑할 성싶으니까. 하지만 숱한 전투를 겪고 난 지금만큼은 휴식을 취하고 싶었다. 24시간 동안 눈 좀 붙이고 휴가도 좀 타고.

그는 자기도 모르게 알통에 묶어둔 반다나를 만지작거리며 투덜거렸다.

"못 말리는 여자라니까. 왜 괜히 나서서 명을 재촉하고 그래? 연애 계획까지 다 잡아놨는데."

상병이 여자 하나 때문에 감상에 젖을 위인이었던가? 그것도 해군 조종사한테 빠져서? 동료 분대원들이 알았더라면 배를 잡고 웃었을 테지만…… 지금은 그 꼴을 보고서 박장대소해줄 분대원들도 전부 저세상 사람이었다.

"웃기지 말라 그래. 난 안 죽었어. 산 사람은 살아야지. 죽은 사람들 때문에 내가 뜨끔할 이유가 뭐 있냐고."

그는 혼자 웃음을 터뜨렸다.

"그래도 세상만사가 날 죽이려고 안달복달하진 않았나 보네."

상병은 운반로봇에게 돌아섰다.

"안 그러냐, 친구?"

로봇이 무한궤도를 틀며 오른쪽으로 돌아섰다.

"아니, 아니, 멈춰."

그는 한숨을 쉬었다.

"얼른 이놈의 틈바구니에서 나가든가 해야겠다. 그런 다음에는 스파르탄 대원을 끼고 데이트를 하는 거지…… 누가 남자고 누가 여자인지 분간이 안 돼서 탈이지만."

상병은 몸서리를 쳤다.

널찍한 화물용 승강기 출입문이 열렸다. 그는 발을 떼며 운반로봇에게 따라오라고 휘파람을 불었다.

2번 화물실에는 바닥에서 천장까지 5미터 높이로 선반과 걸쇠가 설치되어 있었다. 그는 울퉁불퉁한 표면에 손전등을 구석구석 비췄다. 그러다 구석에 있는 책상과 단말기를 발견했다.

"거기 있었구나, 재고 검색기야. 물건 찾는 데는 네가 도사지."

그는 책상으로 걸어가 자리에 털썩 앉고는 의료용 에탄올을 검색했다. 이어폰에서 소리가 나더니 코타나의 목소리가 들려왔다.

"로클리어 상병, 지금 당장 함교로 출두하라는 중장님의 지시가……."

상병은 무전을 꺼버리고는 중얼거렸다.

"잔소리도 정도껏 하셔 이 아줌마야. 이제 막 자리를 잡았걸랑."

의료품34-CH_3CH_2OH의 위치가 화면에 떴다.

"빙고!"

로클리어 상병은 자리에서 벌떡 일어났다.

"가자, 친구. 나랑 같이 한바탕 놀아재껴 보자고."

그때 발밑의 바닥이 흔들렸다.

"뭐야 이거? 벌써 출발하나?"

그는 재고 목록 표시창을 자기 쪽으로 돌리고는 명령어를 입력해 외부 카메라 화면을 띄웠다.

우둘투둘한 소행성들이 함선을 스쳐 갔다. 아니지, 움직이는 쪽은 게티즈버그였다. 눈을 가늘게 뜨고 자세히 보니 파란 섬광이 번득였다. 화면의 일부를 확대하자 엔진 분사구와 측면 플라즈마 도관에서 나오는 푸르스름한 광채가 열 개도 넘게 잡혔다. 코버넌트 함선이었다.

"거머리 같은 자식들, 한시도 가만 냅두지를 않는다니까."

그는 책상에서 몸을 밀어내며 혀를 내둘렀다.

탄입대 속에서 뭔가가 움직였다. 상병은 손을 넣어 크리스털을 꺼냈다. 헬시 박사가 잘 간수하라고 긴히 당부한 물건이었다. 기다란 결정이 물결치더니 단면이 퍼즐처럼 움직이며 스스로 재구성하기 시작했다.

그는 재고 목록 표시창에 올라온 크리스털과 똑같은 청색 불빛을 힐끗 처다보았다. 바늘구멍 같은 빛이 점점이 나타나 우주를 길게 늘이기 시작했다. 슬립스페이스 점프에 접어들기 직전임을 알리는 현상이었다.

상병은 부득부득 이를 갈았다.

"슬립스페이스 전투라면 사양하겠어. 놈들이 따라붙는 것도 사양이야. 이놈의 크리스털이 또 조명탄처럼 은하계 방방곡곡에서 코버넌트 함선을 불러 모으겠지."

그는 운반로봇에서 C-7 한 통을 집고는 핼시 박사가 준 크리스털을 바닥에 툭 던지고는 서둘러 성형폭약을 발랐다. 폭약은 몇 초 만에 송진처럼 딱딱하게 굳었다. 상병은 기폭장치를 꺼내 폭약에 꽂고 타이머와 연결했다.

핼시 박사가 왜 그에게 크리스털을 지키라고 맡긴 걸까? 박사는 크리스털이 코버넌트의 손에 넘어가는 만약의 사태가 닥치더라도 해군 정보국 작자들은 크리스털을 파괴할 배짱이 없기 때문이라고 설명을 덧붙였었다. 얼추 맞는 소리기는 한데, 박사의 설명에는 어딘가 찜찜한 구석이 있었다.

로클리어 상병은 모니터를 확인했다. 바늘구멍 같은 불빛이 어느새 별들을 가릴 만큼 불어났다.

될 대로 되라지.

우주전에 휘말려 개죽음당하고 싶지 않은 속내처럼, 크리스털을 부숴버릴 이유는 그에게 차고 넘쳤다. 어쩌면 폴라스키의 원수를 갚아줄지도 모르고. 코버넌트 쥐새끼들이 이걸 그토록 갖고 싶어서 발악한다지? 어디 엿 먹어봐라.

"폴라스키 당신을 위해."

로클리어 상병이 속삭였다. 상병은 타이머를 3초로 맞추고 카운트다운 버튼을 꾹 눌렀다. 그는 운반로봇 뒤로 몸을 던지고는 머리를 감쌌다.

그의 눈에 마지막으로 비친 광경은 눈부신 사파이어빛 광채였다.

제6부

선제공격 작전

31

2552년 9월 13일 0510시 (수정 시각, 군사 표준력)/
게티즈버그–우월한 정의 결합선, 슬립스페이스 내부

마스터 치프와 그레이스, 린다, 윌, 프레드로 구성된 스파르탄 분대는
장교용 휴게실에 출두하라는 명령을 받았다. 평상시 같았으면 그곳은 부
사관에게는 금단의 구역이었다. 물론 이는 일행의 상황이 평상시와는 한
참 동떨어진 지가 오래였기에 가능한 일이었다.

게티즈버그의 장교용 휴게실에 놓인 묵직한 오크나무 탁자에는 담뱃불
을 끄느라 아무렇게나 시가로 지져댄 자국이 곳곳에 남아 있었다. 크리스
털 조각이 먼지처럼 앉은 가지각색의 술병이 진열된 작은 바도 있었다. 호
두나무 장식재를 덧댄 벽면에서는 짙은 광택이 묻어나왔다. 벽에는 금실
테두리가 들어간 파란색 국제연합 우주사령부 깃발과 무공을 기리는 금은
명판, 장교들의 사진과 게티즈버그의 전임 함장들의 사진이 든 액자가 걸
려 있었다. 그중 특히 마스터 치프의 눈길을 끈 것은 앞으로 돌격하는 병
사들과 기병대, 그리고 불길과 천둥을 내뿜는 대포가 가득한 전장을 찍은

남북전쟁 당시의 흑백사진이었다.

위컴 중장과 존슨 하사가 휴게실에 들어섰다. 스파르탄 대원들은 즉각 부동자세를 취했다.

"일동 경례!"

마스터 치프의 구령에 대원들은 깍듯이 경례를 붙였다.

"쉬어, 자리에들 앉게."

마스터 치프는 앞으로 성큼 걸음을 내디뎠다.

"죄송하지만 이곳 의자는 저희가 착용한 전투복의 무게를 견디지 못합니다."

"어렵하겠나. 자네들 편할 대로 있게. 어차피 공식적인 자리도 아니잖나."

중장은 콧방귀를 뀌고는 말을 이었다.

"승무원들이 몇이나 남았는지 확인차 소집한걸세."

그는 장교용 휴게실로 통하는 문을 돌아보았다.

"해버슨 대위도 곧 참석할 걸세. 지금 로클리어 상병이…… 사고를 당한 현장을 조사하는 중이네."

바에 있던 홀로그램 영사패드가 깜박거리며 켜지더니 코타나가 날씬한 몸매를 드러냈다. 패드 위로 깨진 유리조각이 흐트러져 빛이 굴절되는 바람에, 코타나는 반쯤 녹은 것처럼 보이면서 벽면에 무지개처럼 분광된 불빛을 비추었다.

존슨 하사가 바로 걸어가 유리조각을 깨끗이 쓸어냈다.

"고마워요, 하사."

코타나가 원상태로 돌아온 자신의 홀로그램을 훑어보며 말했다.

"별말씀을."

그가 씩 웃으며 대답했다.

코타나는 중장과 얼굴을 마주보았다.

"중장님, 이 소식을 들으면 기쁘실지도 모르겠네요. 현재 아무런 신호도, 잔류 방사능도, 함내 패잔병도 감지되지 않습니다. 한마디로 지극히 정상적으로 슬립스페이스 항해 중입니다."

위컴 중장은 고개를 주억거리며 한숨을 내쉬고는 탁자 앞에 놓인 가죽 의자에 등을 기대고 앉았다.

"작은 축복이로군."

"그리고 핼시 박사님이 가져온 크리스털이 파괴된 증거가 여기 있습니다."

해버슨 대위가 휴게실에 들어오며 말했다. 그는 잠시 멈춰서 문을 닫았다.

대위는 중장 옆에 앉아 작은 플라스틱 가방을 탁자 위에 올렸다.

"상병은 코타나가 알려준 대로 B-갑판의 의료품 창고에 있었습니다. 살펴본 결과 현장에서 발견한 과부하된 전자기기와 상병의 시신에 남은 화상의 원인은 고준위 방사능 폭발이었습니다."

그는 인상을 쓰며 덧붙였다.

"말해봤자 소용 없겠지만, 상병의 죽음은 순식간이었을 겁니다. 그리고 이건……."

대위는 탁자에 올린 플라스틱 가방을 툭툭 쳤다.

"현장에서 찾은 크리스털 파편입니다. 언뜻 봐도 리치 행성에서 찾은 광물에서 나온 조각이 분명합니다."

대위는 고개를 내저었다.

"하지만 제가 수습한 파편이 전부는 아닙니다. 크리스털이 먼지가 됐거나 흔적도 없이 사라졌다면 이렇게 큰 조각이 나올 리가 없으니, 나머지 부분은 어딘가에 남아 있을 겁니다."

코타나가 발을 툭툭 차며 의아스러운 듯이 한쪽 눈썹을 치켜세웠다.

"점프에 돌입하기 직전에 감지된 방사능 급증 현상이 핼시 박사님께서 가져온 크리스털이 파괴된 일과 관련이 있다면, 달리 설명이 될지도 모르겠네요. 크리스털이 파괴되기 직전에 방사능이 방출된 시간은 천 분의 47초에 불과해요. 크리스털이 시공간을 왜곡하는 성질을 지녔다는 점으로 미루어보면 사라진 파편은 '압축되어서' 슬립스페이스로 빠져나갔을 가능성도 있어요."

해버슨 대위가 의심스러운 듯이 물음을 던졌다.

"그럼 인류 역사상 가장 중대한 과학의 대발견을…… 슬립스페이스 속에 잃어버렸단 말이야?"

그는 턱짓으로 게티즈버그의 벽면을 가리켰다.

"예. 유감스럽게도 말이죠."

코타나가 어깨를 으쓱였다.

"적어도 코버넌트가 가로채지는 못하지 않겠나. 가로챘다 한들 기껏해야 부스러기만 실컷 주워갈 테지."

중장이 말했다. 그는 플라스틱 가방을 굵직한 손가락으로 툭툭 두드렸다.

"로클리어 상병이 대체 왜 그런 짓을 저질렀는지 알고 싶습니다."

다들 말이 없었다. 마스터 치프와 스파르탄 대원 일행은 몰니르 전투복 속에서 거북하게 몸을 들썩였다.

존슨 하사가 헛기침을 했다.

"녀석도 한계였던 겁니다. 지금껏 겪어온 사태를 생각하면 뻔한 일일지도 모릅니다. 하지만 녀석은 강인하고 예리하며 포기를 모르는 궤도강하 타격대원입니다. 견디지 못해서가 아니라 다른 그만한 이유가 있었을 겁니다."

"핼시 박사로군. 전부 박사가 꾸민 짓이야."

해버슨 대위가 눈을 가늘게 떴다.

치프는 핼시 박사를 옹호하려다가 장교와 언쟁을 벌여야 한다는 생각에 도로 멈췄다. 하기야 박사의 행동은 그로서도 도무지 이해가 되지 않았다. 그것도 일행이 박사를 가장 필요로 하는 순간에 켈리를 납치하고 로클리어 상병에게 크리스털을 맡기고는 홀연히 사라졌으니 말이다. 하지만 치프는 끝까지 박사를 믿고 싶었다. 무슨 일을 벌이는지는 몰라도 결과적으로는 대의를 위한 일이 될 테니까.

"그 얘기는 꺼내지들 말게."

위컴 중장이 수습에 나섰다.

"이제 와서 '왜' 그랬느니, '만약에' 이러했다면 같은 주제로 왈가왈부하면서 골머리 썩고 싶지는 않네. 지금은 참았다가 돌아가서 보고를 올릴 때나 털어놓게."

중장은 옆에 있는 바에 눈길을 힐끗 던지고는 무심결에 입맛을 다셨다.

"지구로 항해하는 동안만큼은 제발 순탄하게 마음 놓고 가보세."

"중장님, 한 말씀 드려도 되겠습니까?"

치프가 불쑥 끼어들었다.

"해보게. 어디 들어보지."

"중장님의 의견에 반대하고 싶지는 않습니다만 그리 순탄한 항해가 되지는 않을 겁니다. 마음 놓기 힘들지도 모릅니다."

위컴 중장은 앞으로 몸을 숙였다.

"꺼림칙한 예감이 드네만…… 어디 말해보게."

마스터 치프는 그와 대원들이 코버넌트 수송선으로 코버넌트 집결지점까지 이동하는 데서 시작해 지휘통제기지 '불요불굴의 대사제'로 침투해 파괴하기까지의 과정을 일목요연하게 설명했다. 계획대로만 되면 코버넌트 함대의 야욕을 좌절시키거나, 적어도 발목을 잡을 가능성은 있었다. 어쩌면 지구의 방어태세를 강화할 시간을 벌게 될지도 모른다.

중장은 눈도 껌벅이지 않고 치프를 쳐다보다가 단호히 못을 박았다.

"작전 요청을 기각하네."

"알겠습니다."

치프는 그대로 부동자세를 유지했다.

나머지 스파르탄 대원들 모두 돌처럼 차렷 자세를 유지하자 위컴 중장은 미간을 찡그렸다. 그는 한숨을 푹 쉬었다.

"자네의 뜻은 알겠네. 알다마다. 하지만 자네들을 코버넌트 집결지점까지 수송하기는 너무 위험하네. 함선을 잃기라도 했다가는 지구에서는 영영 이 사실을 모르게 될 걸세."

"저희만 별도로 슬립스페이스 이동을 감행하겠습니다. 수송선이 게티즈버그와 우월한 정의의 중력 영향권에서 벗어나면 슬립스페이스 영역이 약화되면서 저희만 노멀스페이스로 이탈하게 됩니다. 멈추실 필요도 없습니다. 항로를 조금 손보기만 하면 게티즈버그는 정상 항로로 되돌아갈 겁니다."

"소형 함정이 슬립스페이스에서 이탈하기란 전례조차 없는 일이잖나?"

중장은 짙은 눈썹을 찡그렸다.

"없기는요."

코타나가 끼어들었다.

"우리 측 슬립스페이스 탐사선이 늘 하는 일인걸요. 그 과정에서 받는 압력과 방사능이 적잖다 뿐이죠."

코타나는 잠시 말을 멈추고 치프를 바라보았다.

"스파르탄 대원들이라면 묠니르 전투복으로 충분히 견뎌낼 거예요."

"가능하긴 하겠군."

중장이 자못 심각한 얼굴로 코타나의 말을 곱씹었다.

"치프, 자네의 용기는 가상하네만 이번 작전만큼은 허락할 수가 없네. 코버넌트의 보안체계를 통과하려면 코타나의 도움이 필요할 것이 아닌가. 하지만 코타나는 반드시 지구로 귀환해야 하네. 모험을 감수하기에는 코타나에게 저장된 헤일로와 플러드와 코버넌트 기술에 관한 정보의 가치가 너무도 중요하단 말일세."

"알겠습니다. 거기까지는 미처 생각하지 못했습니다."

해버슨 대위가 천천히 몸을 일으켜 너덜너덜해진 군복 소매를 털었다.

"제가 마스터 치프의 작전에 자원하겠습니다. 암호 및 코버넌트 시스템

해독이라면 지겹도록 훈련받았습니다."

위컴 중장이 실눈을 뜨고서 대위를 처음 보는 사람처럼 다시금 훑어보았다.

"대위님은 슬립스페이스 이동을 견디지 못하실 거예요. 하지만……."

코타나는 골똘히 생각하며 검지로 입술을 톡톡 두드렸다.

"다른 방법이 있을지도 모르죠."

코타나의 홀로그램 몸을 오가는 기호 사이로 코버넌트 아이콘이 흘러들었다.

"우월한 정의에 있던 코버넌트 인공지능한테서 파일 복제 알고리즘을 찾아냈어요. 그걸로 제가 고안한 언어번역 루틴을 복사하기도 했고요. 제 침투 프로그램의 일부를 복사해서 마스터 치프의 묠니르 전투복에 내장된 메모리 처리회로에 심어두면 어떨까요? 복제 과정에서 오류가 생기고 여타 부작용도 있지만, 그렇게 하면 스파르탄 대원들한테도 제 능력이 조금이나마 생기는 셈이죠. 코버넌트의 보안장벽을 통과하기에는 충분할 거예요."

위컴 중장은 깊은 한숨을 쉬었다. 그는 자리에서 일어나 바로 걸어가 위스키 한 병과 깨지지 않은 크리스털 술잔 세 개를 챙겨 탁자로 돌아왔다.

"내가 권해도 자네들은 마시지 않을 테지?"

"예. 마음만은 감사합니다."

치프는 대원들을 대신해 대답했다.

중장은 술잔을 해버슨 대위, 존슨 하사, 그리고 자기 앞에 하나씩 올렸다. 하지만 술을 따르기 직전, 그는 술병을 내려놓더니 별안간 마시고픈 마음이 싹 달아난 듯이 고개를 설레설레 내저었다.

"치프, 미리 말해두건대 지원은 불가능하네. 내 최우선 목표는 지구로 귀환하는 것일세."

"저희는 위험을 감수할 준비가 됐습니다."

"위험이라."

중장이 탄식했다.

"자네들 전원이 불귀의 객이 될지도 모르네. 하지만 그렇게 고집한다면야, 그리고 코버넌트의 지구 침공을 늦출 수만 있다면야 위험이고 자시고간에 감수할 만할지도 모르겠군."

치프는 대답할 말이 없었다. 그와 스파르탄 대원들은 승산 없는 전투에서 끝내 살아남은 군인이었다. 하지만 위컴 중장이 옳았다. 마치 뭔가가그에게 살아남지 못하리라고 속삭이는 것처럼…… 이번 작전에서는 서서히 끝이 보이는 듯했다. 하지만 상관없다. 지구에 있는 수십억 인명에 견준다면 다섯 대원의 목숨은 충분히 희생할 가치가 있었다.

위컴 중장이 자리에서 일어났다.

"알겠네, 마스터 치프. 작전을 허가하네."

마스터 치프는 과적된 짐 때문에 신음하는 운반로봇을 코버넌트 수송선의 측면 해치 옆에 세워두었다. 운반로봇에는 4톤에 달하는 탄소몰리브덴강 재질의 I형 철골이 실려 있었다.

윌이 짐을 내려 수송선에 실었다. 수송선 내부에서는 프레드와 존슨 하사가 철골을 십자로 빗대어 적당한 지점에 용접하는 중이었다.

현재 마지막으로 수송선 보강작업을 하는 중이었다. 이제 수송선 내부가 너무 비좁아 두 스파르탄 대원이 서로 지나다니기조차 힘들 지경이었다.

대원들은 게티즈버그에서 긁어온 납박과 붕소섬유, 티타늄—A 장갑판을수송선에 덧대어 용접해놓았다. 코타나가 계산해본 결과 수송선이 손상되지 않은 상태로 슬립스페이스 이탈에 성공할 확률을 반반까지 높이는 방법은 이것뿐이었다.

위컴 중장이 컴퓨터 수리대의 화면을 살피다 고개를 들었다.

"코타나가 준비를 끝마쳤네, 치프."

치프가 수리대로 걸어가자 중장은 그의 목 언저리에 선을 연결했다.

"평소처럼 코타나를 다운로드받는 기분이 들걸세."

코타나가 생각 속으로 들어올 때면 항상 수은처럼 차가운 느낌이 치프의 머릿속을 가득 메웠다. 하지만 지금 들어온 코타나는 피부에 닿자마자 녹는 얇은 얼음처럼 너무 빨리 뜨뜻해졌다. 진짜는 아니지만 코타나를 머릿속에 들일 때의 느낌을 되새기는 기분이었다.

"폴니르 전투복 시스템 검사 시작. 서브루틴 압축해제 프로토콜 가동."

복제된 코타나의 목소리가 들려왔다.

동시에 원본 코타나의 목소리도 무전으로 들려왔다.

"쟤한테는 귀 기울이지 마세요. 어차피 제 반쪽이에요."

"원본에 문제가 없다면야 반쪽도 맞겠지."

치프가 대답했다.

"언제는 문제가 있었던가요? 꼭두각시놀음에 재미들이지 마시란 얘기죠."

코타나가 퉁명스레 쏘아붙였다.

"그럴 생각은 꿈에도 없어."

"시스템 검사 완료. 전 시스템 작동 중."

코타나의 복사본이 말했다.

린다가 코버넌트 수송선의 반대쪽으로 다가갔다. 운반로봇이 소총, 로터스 대전차지뢰, 폭약, 탄약통을 가득 싣고 뒤를 졸졸 따라갔다. 린다는 운반로봇의 방향을 화물용 경사로로 돌려 수송선 동체로 올려보냈다. 프레드가 수송선에서 모습을 드러내자 린다는 그에게 기관단총을 한가득 건넸다.

린다가 살짝 다리를 저는 모습이 치프의 눈에 띄었다. 평소에는 유연하기 그지없던 매끄러운 움직임이 어딘가 약간 어색해 보였다.

그는 린다에게 개인 무전을 열었다.

"상태는 어때? 몸은 괜찮나?"

린다는 어깨를 으쓱여 보였다. 근력강화 회로가 내장된 몰니르 전투복을 입은 채로는 굉장히 하기 까다로운 움직임이었다. 어지간한 집중력과 민첩성이 없으면 불가능한 동작이었기에 그것만 봐도 린다의 진짜 상태가 어떤지 한눈에 가늠이 되었다.

"헬시 박사님께서는 저더러 한 달간 침대에서 쉬라고 하시더군요."

린다가 얼굴을 찌푸리며 말을 이었다.

"하지만 지금은 팔팔합니다. 사격도 문제없고……."

린다는 물이 흐르듯 매끄러운 몸놀림으로 운반로봇에 실린 저격소총을 들어 어깨에 걸치고는 헬멧을 두드렸다.

"머리도 말짱합니다. 지난번에 놈들이 그렇게 날려버리려고 애를 썼지만 헛수고였죠."

린다는 치프에게 가까이 다가섰다.

"제 앞가림쯤은 알아서 하겠습니다. 후방 지원도 문제없습니다. 결코 실망시키지 않겠습니다. 다시는 그런 일 없을 겁니다."

치프는 고개를 끄덕였다.

치프는 린다에게 안전하게 남아 있으라고 명령하고 싶은 심정이었다. 하지만 이번 작전에서는 린다의 신기에 가까운 저격 실력이 필요했다. 린다가 있어야 코버넌트를 저지하는 동안이나마 대원들의 안전이 보장된다.

혼자서도 충분히 해낼 작전 같았으면 나머지 대원을 남겨두고 치프 홀로 나섰을 것이다. 하지만 그의 대원들은 크나큰 위험부담과 동시에 자신들의 희생으로 얻는 대가의 값어치도 익히 알고 있었다. 군인이라면 마다하지 않을 후회 없는 최후가 되리라.

치프는 반대편 해치로 걸어가 수송선에 올라탔다. 해버슨 대위와 논의

해야 하는 마지막 미결사항이 있었다. 그는 소나기처럼 쏟아지는 불꽃을 받으며 마지막 남은 I형 철골을 용접하느라 여념이 없는 존슨 하사의 곁을 지나갔다.

해버슨 대위는 조종석에 앉아 코타나가 시스템에 업로드해준 자동루틴을 점검하는 중이었다. 자동루틴이 코버넌트 쪽에서 보내오는 물음에 맞는 적절한 암호화 응답을 생성할 예정이었다. 거기다 수송선이 배교자로 돌아선 우월한 정의 소속임을 코버넌트가 알아보지 못하게끔 수송선의 등록표시도 바꿔놓았다.

"대위님, 방해해서 죄송합니다."

해버슨 대위는 고개를 들어 얼굴에 흘러내린 땀에 젖은 머리칼을 넘겼다. "무슨 일이지, 치프?"

마스터 치프는 부조종석에 앉았다.

"핼시 박사님께서 해군 정보국 제3과에 제출하라고 제게 맡기고 가신 것이 있습니다. 플러드에 관한 보고서입니다."

대위가 눈썹을 치켜세웠다.

치프는 탄입대를 열고는 잠시 갈등했다. 어느 데이터 크리스털을 건네준다? 핼시 박사의 플러드 보고서와 추정 예방안이 든 것? 아니면 결론을 도출한 출처이자 존슨 하사를 죽음으로 몰아갈 원본 영상?

결정을 내리는 지휘관의 자리에 있었기에 자신과 대원들의 목숨을 걸고 도박하는 데는 변명할 여지나마 있었지만, 존슨 하사는 예외였다.

하사가 플러드한테서 살아남은 일은 생물학적인 요행일 뿐이었다. 박사는 그럴 가능성이 10억 분의 1이라고 얘기했었다. 하지만 그를 통해서 수십억에 달하는 생명을 구할 확률도 10억 분의 1이었다. 수치상의 확률은 동일했다.

어떻게 해서든 사람들을 하나라도 더 구해야 한다고 핼시 박사가 일러주지 않았던가?

아니지, 치프는 전 인류를 수호하겠다고 맹세했다. 맡은 바 의무에는 의심의 여지가 없었다. 그는 전체 파일이 든 크리스털을 대위에게 건넸다.

"플러드에 맞서는 데 도움이 될지도 모른다고 하셨습니다. 정확히 무슨 뜻으로 하신 말씀인지는 저도 잘 모르겠습니다."

"확인해보지. 고맙다."

해버슨 대위는 크리스털을 받아 들여다보고는 어깨를 으쓱했다.

"핼시 박사님 속을 누가 알겠나?"

무전이 켜지면서 코타나가 말했다.

"투하지점까지 10분 남았습니다. 슬슬 블루 팀을 준비시키세요. 기회는 한 번뿐이에요."

"알았다, 코타나."

치프가 대답했다.

"제군들, 전원 집합!"

해버슨 대위가 머뭇거리며 손을 내밀었다.

"드디어 때가 왔군."

치프는 대위와 다정하게 악수를 나눴다.

"행운을 빕니다."

그는 다시 수송선 밖으로 나가다가 용접기를 복도에 내려놓으려고 낑낑거리던 존슨 하사와 부딪힐 뻔했다.

"내가 하지."

치프는 200킬로그램에 달하는 용접기를 집어 한 손으로 거뜬히 들었다.

수송선에서 내린 마스터 치프는 나머지 스파르탄 대원과 집결했다. 그는 용접기를 내려놓고 나란히 정렬한 대원들 앞에 섰다.

위컴 중장이 대원들을 죽 훑어보고는 입을 열었다.

"마스터 치프, 행운을 빌어주고 싶네만 스파르탄 대원들은 스스로 행운을 만들 듯싶군. 그러니 한마디만 하지. 다들 작전이 끝난 뒤에 무사한 모습으로 만나세."

중장은 대원들에게 경례를 붙였다. 대원들도 답례했다.

"끝으로 한 가지 명령을 내리겠네."

중장이 덧붙였다.

"뭡니까?"

"놈들에게 매운맛을 보여주도록."

32

2552년 9월 13일 0530시 (수정 시각, 군사 표준력)/

나포한 코버넌트 수송선, 슬립스페이스 내부

수송선이 통제력을 잃고 돌면서 뒤집혔다. 동체가 뱅뱅 돌고 곤두박질 치면서 내부에 단단히 용접해둔 I형 철골이 구부러지다 못해 뚝 부러졌다.

블루 팀 소속 스파르탄 대원들은 급속이탈장치로 동체에 몸을 단단히 고정한 상태였다. 하지만 가슴 가운데 있는 빨간색 신속이탈 버튼을 누르려는 대원은 아무도 없었다. 다들 목숨을 걸고 꿋꿋이 버텼다.

슬립스페이스에서는 가시 스펙트럼이 잡히지 않기 때문에 전면 모니터 화면은 시커먼 상태였다. 수송선 내부 조명이라고는 출발하기 전에 부러뜨려서 던져둔 야광봉에서 나오는 불빛뿐이었다. 플라스틱 야광봉에 금이 가더니 발광성 액체가 새어 나와 무수한 미세 물방울로 변해 무중력 속을 떠다녔다.

묠니르 전투복에 내장된 정수압 젤라틴은 최대 안전수치까지 가압된 상태였지만, 치프는 온몸이 뼛속까지 흔들리다가 조각나버릴 듯한 불안한 기분이 들었다.

블루 팀이 우월한 정의의 격납고에서 벗어나 슬립스페이스의 칠흑 같은 공허 속으로 들어서는 순간부터 위험천만한 비행이 시작되었다. 치프는 산전수전을 다 겪어봤지만, '일반적인' 슬립스페이스는 지금까지 치프가 겪어본 어떠한 상황과도 차원이 달랐다. 이제는 핼시 박사가 챙겨왔던 외계 크리스털의 완화 효과도 사라졌으니 정도가 훨씬 심했다.

방사능 수치가 급증했다가 금세 잦아들었다. 하지만 수송선을 납박으로 둘러싼 덕분에 아직 생명에 위협이 될 정도는 아니었다.

"왜 대형 함선만 슬립스페이스 항해를 하는지 이제 뼈저리게 알겠어."

린다가 말했다.

"조그만 슬립스페이스 탐사선 알지?"

프레드가 물음을 던졌다.

"고놈이 튼튼하기로 치면 티타늄-A 장갑판 뺨친다니까."

마스터 치프는 대원들의 활력 징후를 점검했다. 불규칙적이기는 해도 여전히 정상치 안에 들어 있었다. 그레이스의 심장박동이 한두 박자를 건너뛰었지만 곧 정상으로 돌아와 힘차게 고동쳤다. 골절이나 내출혈 증상을 보이는 대원은 아직 아무도 없었다. 급박한 상황임에도 블루 팀 대원들 모두 차분한 상태를 유지한다는 사실 역시 길조였다. 우월한 정의에서 생성된 슬립스페이스 영역에서 벗어나기까지는 이렇게 버티는 수밖에 없음을 치프는 잘 알고 있었다.

치프는 몰니르 전투복의 방어막 시스템을 점검했다. 아직까지는 대원들 주위에 몰아치는 보이지 않는 방사능에 깎여나가는 속도보다 재충전되는 속도가 빨랐다. 그는 원본 코타나가 자신과 함께이기를 내심 빌었다. 진짜 코타나라면 불안을 덜어주려고 무슨 말이라도 건네줄 텐데.

"상태는 어떤가?"

파란 응답 불빛 네 개가 깜박였다. 스파르탄 대원 넷이 그에게 엄지를 들어 보였다.

"이만하면 썩 나쁘진 않습니다. 지난번에는 아예 떨어지는 수송기에서 뛰어내려야 했으니 말입니다. 거기 비한다면 지금은 장난입니다. 다들 멀…….."

수송선이 마구 요동치면서 프레드의 말이 도중에 끊겼다.

좌현 동체에 둘러놓은 장갑판에 쩍쩍 금이 가기 시작했다. 갈라진 틈새로 녹아내린 납이 줄줄 새어들었다.

전투복에 내장된 정수압 젤라틴과 보강제에도 불구하고, 충격이 마스터치프의 머리를 후려쳤다. 헬멧 전면에 머리를 들이받으면서 눈앞에 별이 번쩍했다. 또다시 충격이 머리를 강타하자 이번에는 헬멧 뒷부분에 뒤통수를 박았다. 수송선 내부가 어둠에 휩싸였다.

"치프? 치프?"

코타나의 목소리가 헬멧 스피커에서 흘러나왔다.

"치프, 제발 대답하세요."

치프의 눈앞이 또렷하게 되돌아왔다. 전방투영창 위로 활력 징후가 느릿느릿 고동쳤다. 투영창 너머는 어둠 그 자체였다. 그는 헬멧 전조등을 켜고 수송선 내부를 둘러보았다.

스파르탄 대원들은 몸에 이탈장치를 묶은 상태로 축 늘어져 있었다. 장갑판 아래의 납박이 녹아내리면서 새어 나온 납이 다시 응고되어 샴페인 거품처럼 기내를 방울방울 떠다녔다. 납방울 외에는 아무것도 움직이지 않았다.

"성공한 건가?"

"네."

복제 코타나가 대답했다.

"F에서 K 주파수대에서 상당량의 코버넌트 통신을 감지했어요. 놈들이 우릴 벌써 세 차례나 호출했고 전부 응답했어요. 명령을 내리세요."

"동체에 납을 둘렀는데 어떻게 신호를 포착했어?"

"동체가 여기저기 뚫렸거든요. 게다가 신호가 유난히 강한 점으로 짐작하건대 코버넌트 병력이 코앞에 있는 모양이에요."

"잠시 기다려."

치프는 신속이탈 버튼을 누르고 무중력 속으로 빠져나왔다. 그는 블루 팀 대원들의 활력 징후를 확인했다. 다들 의식을 잃었지만 살아 있었다. 그는 구급함을 들고 대원들에게 가벼운 각성제를 한 방씩 주사한 다음 이탈 버튼을 눌러 고정을 풀어주었다.

"여기가 어딥니까?"

윌이 물었다.

마스터 치프는 본능적으로 전면 모니터로 고개를 돌렸으나 화면은 이미 나간 뒤였다.

"그건 직접 확인해봐야겠군. 내가 좌현 해치를 맡겠다. 프레드, 우현을 맡아라."

치프는 수동장치를 돌리며 천천히 해치를 열었다. 해치 너머로 황색, 호박색, 붉은색 별들이 점점이 찍힌 검은 벨벳 같은 우주가 펼쳐졌다. 그는 전투복에 밧줄을 걸고 반대쪽을 동체에 연결한 다음 해치 밖으로 몸을 내밀었다.

코타나의 짐작대로 근처에 코버넌트 병력이 있었다. 순양함이 수송선과 300미터 거리를 두고 조용히 옆으로 미끄러져 지나갔다. 치프의 눈에 보이는 것이라고는 은청색 선체, 번들거리는 측면 도관과 연결된 플라즈마 포탑, 옆을 지나면서 엔진 분사구에서 내뿜는 불길이 전부였으나…… 곧 전체가 시야에 들어왔다.

코버넌트 순양함과 항공모함이 주위에 가득했다. 다섯 개의 둥근 구획으로 이루어진 선체가 함수에서 함미까지 2킬로미터가 넘으며, 십여 문에 달하는 에너지 프로젝터로 무장한 거대한 함선도 여럿 섞여 있었다. 대형 함들 사이로 티끌 같은 먼지가 맴돌았다. 세라프 전투기, 수송선, 갈고리를 장착한 정비정이었다.

"지금 보이는 함선이 몇 척이지?"

그가 코타나에게 물었다.

"247척입니다. 치프의 제한된 시야를 토대로 추정한 코버넌트 함대의 총 규모는 500척 이상입니다."

치프는 처음으로 자리에 얼어붙고 말았다. 양손은 해치 가장자리를 붙든 채 굳어버렸고 양팔은 말을 듣지 않았다. 코버넌트 전함이 500여 척? 이만한 규모의 함대라면 위컴 중장의 상황 경고와 무관하게 국제연합 우주사령부의 방어병력 정도는 가볍게 박살 내고도 남을 수준이었다. 놈들이 한 차례 일제사격을 가하면 파도처럼 밀어닥치는 플라즈마 앞에 지구의 궤도 방어선은 속수무책으로 무너지고 말리라.

천 킬로미터 아래로 우주가 물결치며 갈라지더니 순양함 일곱 척이 추가로 노멀스페이스에 나타났다. 놈들도 함대에 합류했다.

문득 이만한 가공할 파괴력을 마지막으로 몸소 느낀 곳은 헤일로였다는 사실이 떠올랐다. 수만 광년 이내의 지적 생명체를 말살하는 대량살상무기가 바로 헤일로였지.

그리고 치프는 헤일로의 위험을 막아냈다. 지금은 코버넌트 함대의 위험에 직면했다. 이번에도 반드시 놈들을 막아야 한다.

치프의 계획은 코버넌트 함대의 지휘통제기지 침투 및 파괴였다. 하지만 이곳에 모여든 함대를 어떻게 저지한단 말인가? 뾰족한 방법이 없었다. 하지만 소기의 목적만 달성해도 무적에 가까운 대함대에 반격할 계획을 지구에서 구상하는 데 필요한 시간을 조금이나마 벌 수 있을 것이다.

"저놈들이 우릴 세 번이나 호출했다고?"

"네. 우리 상태가 궁금했나 본데 그렇게 걱정하실 필요는 없어요. 주변

통신량이 어마어마해요. 함대 이동에 방해가 될까 봐 그랬던 거겠죠."

"엔진이 망가져서 움직이려면 도움이 필요하다고 전해. 그럼 놈들이 우리를 수리하려고 중앙 정거장까지 끌고 가줄지도 모르지."

"전송 중입니다."

마스터 치프는 눈앞의 광경을 블루 팀에게 실시간으로 보냈다.

"이제 정신들 들었을 거다. 서둘러 총기와 전투복을 점검해라."

몇 초가 지나서야 블루 팀의 응답 불빛이 전방투영창 위로 깜박였다. 치프와 마찬가지로 다들 공포에 몸서리치며 이번 작전에 관해 그와 똑같은 생각들을 하는 중일 테지. 결코 실패해서는 안 된다. 인류의 운명이 대원들의 손에 달렸다.

존은 고개를 틀어 수송선을 살펴보았다.

거의 벗겨지다시피 한 동체 아래로 납박과 티타늄 장갑이 훤히 드러났다. 보강해두지 않았더라면 슬립스페이스에서 이탈하는 위험천만한 여정 속에서 수송선이 산산조각 났을지도 모른다.

"코버넌트 지휘통제기지에서 응답이 왔어요. 예인선으로 데려가 수리하겠다는군요. 우리가 어느 전함 소속인지 아리송한 눈치지만 통신을 짜깁기해서 등록번호를 속여 넘겼어요. 자세히 확인하기에는 바쁜 모양이네요."

마스터 치프는 다시 수송선 안으로 들어왔다.

"놈들이 수송선을 예인해 갈 거다."

린다가 그에게 다가와 검지로 허공에 원을 그렸다. 치프는 고개를 끄덕이고는 린다가 그의 몰니르 전투복을 점검할 수 있도록 등을 보이고 돌아섰다. 컴퓨터 진단으로는 이상이 없다고 나왔지만 블루 팀 대원들은 전투복 상태 점검에 만전을 기했다. 지금 같은 진공 속에서라면 두말할 것도 없었다.

"문제없군요."

치프는 린다의 전투복도 살펴보았다. 프레드와 윌이 교체 부품을 꼼꼼하게 조립해둔 모양이었다. 손때가 묻지 않았다는 점만 빼면 새 부품은 한 치의 오차도 없이 기존의 전투복과 촘촘히 맞물렸다.

치프는 린다의 어깨를 두드리고는 전투복이 정상 작동 중이라는 뜻으로 엄지를 들어 보였다.

"장비들 챙겨야지."

그레이스가 내벽에 꽁꽁 묶어둔 잡낭을 풀었다. 겉을 납지로 감싸고 위를 단열재로 둘러싼 다음 마지막으로 다용도 테이프를 둘러놓은 상태였다.

"중무장 아님 경무장?"

그레이스의 물음에 치프가 답했다.

"린다만 빼고 전원 중무장한다."

린다가 이의를 제기했지만 치프가 타일렀다.

"후방에 남아서 저격소총으로 지원해주기 바란다. 신속하고 정확한 사격이 생명이다. 근접전용 총기랑 여분 탄창을 가져가고, 저격에 필요한 장비는 뭐든지 챙겨가라."

"알겠습니다."

린다가 냉철하고도 가냘픈 목소리로 대답했다. 치프가 대원들 주위의 표적을 저격하는 린다에게서 보고받을 적이면 듣던 목소리였다. 때로는 냉혈한 같은 느낌이 들기도 했지만 차가운 목소리야말로 좋은 징조였다. 린다가 자신의 장기인 일격필살을 선보일 준비에 들어갔다는 의미니까.

"나머지는 챙길 만한 장비는 전부 챙긴다. 일단 침투하면 되돌아오기 힘들 거다. 그러니 가능한 중무장 하도록."

치프는 전투소총을 챙기고 근접전에 대비해 기관단총 두 자루를 집었다. 기관단총에 각각 소음기를 끼우고 부무장용 권총집을 찬 다음 파편 수류탄 열 개를 꺼내 왼쪽 허벅지 장갑의 수납공간에 넣었다.

전투가 치열해질지도 모르니 탄약도 상당량 챙겨야 한다. 그는 기관단총 및 전투소총 예비 탄창을 챙겨 가슴, 팔뚝, 허벅지에 묶었다. 나머지는 로터스 대전차지뢰, C-7 성형폭약 몇 통, 기폭장치, 타이머, 응급처치도구 둘, 광섬유 정찰장비와 함께 배낭에 넣었다.

블루 팀이 각자 장비를 챙기는 사이 치프가 덧붙였다.

"지금부터 무전은 금지다."

다들 고개를 끄덕였다.

동체에 납을 둘러놓기는 했어도 주변에 코버넌트의 귀가 너무나 많아서 안심하고 무전을 계속 사용하기는 어려웠다.

그는 그대로 열려 있는 좌측 해치로 움직여 광섬유 정찰장비를 뽑아 반대쪽을 헬멧에 꽂았다. 지직거리는 회색 영상이 전방투영창에 올라왔다.

수백 척에 달하는 코버넌트 함선이 시야를 가득 메웠다. 함대 사이에서 반들거리는 얼룩이 이쪽으로 접근하면서 서서히 블루 팀이 탑승한 수송선과 비슷한 모양으로 변했다. 각각의 동체는 블루 팀이 탄 수송선의 크기만 하며, 수직으로 평행하게 ㄷ자형 이중동체를 이루고 있는 함선이었다. 함선이 수송선을 향해 속력을 높이다가 분리되었다. 한쪽 동체는 수송선 후미에, 반대쪽 동체는 기수에 자리를 잡았다.

쇠가 쇠에 맞부딪치는 소리가 동체에 울리자, 수송선이 천천히 움직이는 느낌이 치프의 뱃속까지 느껴졌다.

그는 뒤를 돌아보며 예인선이 도착했다는 뜻으로 엄지를 들어 보였다. 프레드는 나머지 대원들에게 똑같이 손짓하며 상황을 전달했다.

마스터 치프는 광섬유 정찰장비를 통해 코버넌트 예인선이 이쪽보다 수백 배는 더 큰 함선들이 가득한 함대 사이를 상하좌우로 피하며 수송선을 끌고 가는 모습을 지켜보았다. 갑자기 하강하면서 화면에 별이 총총한 어두운 우주만 잡히는 순간도 있었다. 전방투영창 위로 금빛 항성이 얼핏 보이나 싶더니 아황산가스로 이루어진 황갈색 구름에 뒤덮인 행성과 궤도를 공전하는 은빛 위성 위를 지나는 모습이 실시간 영상에 잡혔다.

예인선이 원거리에 있는 구조물을 향해 방향을 틀었다. 마치 물방울 모양 함선 두 척이 맞닿아 8자 매듭을 이루는 것 같았다.

예인선이 수송선을 끌고 구조물에 점점 가까이 다가가자 겉모습이 보다 자세히 드러났다. 개미허리 같은 중심점에서 뻗친 기다란 관이 바퀴살처럼 맞물려 가느다란 고리를 형성했다. 모서리로 접근하던 조금 전까지만 해도 보이지 않던 광경이었다. 둥그스름한 양쪽 구획 여기저기서 깃털 같은 튜브가 튀어나와 중앙 고리로 천천히 움직였다. 치프는 실눈을 뜨고 묘하게 생긴 구조물을 자세히 뜯어보았지만, 이미 전방투영창의 배율이 최대라 더는 확대되지 않았다.

가운데 구조물은 고리인가? 회전하는 중일까? 코버넌트는 자체 중력생성기술이 있으므로 굳이 회전 구획으로 중력을 만들 필요가 없을 텐데.

그때 뭔가가 눈에 띄었다. 고리형 구조물에 달라붙은 자그마한 함선, 바로 코버넌트 순양함과 항공모함이었다. 중앙 고리에 정박한 함선 수만 60이 넘었다.

구조물의 규모가 얼마나 큰지 감이 잡혔다. 항공모함이 장난감처럼 보일 정도로 거대했다. 물방울 모양의 쌍둥이 구조물은 바닥에서 꼭대기까지 족히 30킬로미터 거리였다. 코버넌트의 지휘통제기지, '불요불굴의 대사제'가 틀림없었다.

예인선이 정거장을 향해 곧장 전진했다. 그렇잖아도 노리던 장소로 움직여주니 뜻밖의 행운이었지만…… 얄궂게도 그곳은 마스터 치프가 결코 발을 들여놓고 싶지 않은 곳이기도 했다.

불요불굴의 대사제에 어떤 종류의 감지기가 탑재되어 있는지는 모를 일이지만 방심은 금물이다. 치프는 수송선 안으로 몸을 숨기고 해치를 닫았다.

그는 수송선 깊숙이 들어가 블루 팀 대원들과 숨을 죽이고 기다렸다.

전방투영창에 표시된 시계에서 3분이 흘렀다. 존은 숨을 가다듬으며 정신을 집중하려고 애썼다.

뱃속에서 중력이 느껴지더니 선체를 따라 쇠가 부딪히는 소리가 연달아 울렸다. 갈라진 선체 사이로 공기가 쉭쉭거렸다.

치프는 프레드와 그레이스를 가리켰다가 우측 해치를 가리켰다. 둘은 소총을 겨누며 움직였다. 그는 린다와 자신을 가리켰다가 좌측 해치를 가리킨 다음 각자 위치로 움직였다.

어떤 놈들이 수송선 바깥에서 대원들을 맞이할지는 치프로서도 모를 일이지만, 놈들을 정면으로 돌파해야 한다는 사실만큼은 의심의 여지가 없었다. 원래 좁아터진 데다 구석구석 보강된 수송선 내부에 숨을 곳은 없었다.

좌측 해치가 끼익거리며 열렸다.

린다와 치프는 소총을 겨눴다.

33

**2552년 9월 13일 0610시 (수정 시각, 군사 표준력)/
코버넌트 군사 정거장 불요불굴의 대사제 내부**

유연한 촉수가 수송선의 해치 틈새로 들어왔다.

치프는 린다에게 침착하라고 손짓했다. 그는 촉수의 정체를 단번에 알아차렸다. 끝이 미세하게 갈라지는 촉수와 동글동글한 감각기관을 지닌 코버넌트 종족은 엔지니어밖에 없었다.

엔지니어가 해치를 열고 수송선 내부로 들어오더니 린다와 치프는 안중에도 없다는 듯이 무심하게 옆으로 스쳐 지나갔다. 놈은 낯선 장갑판과 납박을 촉수로 쓸어보며 이상한 휘파람 소리를 냈다. 엔지니어 둘이 더 해치로 들어와 첫째와 합류했다.

기계광 엔지니어들이 수리에 매달리게만 내버려둔다면 놈들이 경보를 울릴 걱정은 없었다. 헌데 바깥은 어떤 상황이지?

치프는 해치 가장자리에 몸을 기대고 광섬유 정찰장비를 밖으로 슬쩍 내밀었다. 나란히 늘어선 수송선과 세라프 전투기와 그 밖의 일인승 함정

대열이 그림자가 드리운 멀리까지 길게 이어졌다. 사방이 무리 지어 허공을 떠다니는 엔지니어들로 가득했다. 놈들은 부품을 옮겨와 함정의 선체 일부를 들어내고 플라즈마 코일의 상태를 살폈다. 기다렸다는 듯이 블루 팀을 덮칠 엘리트 환영부대는 어디에도 없었다.

광섬유를 위로 돌리자 각종 공구, 용접기, 조명등이 밀림의 덩굴처럼 얼기설기 매달린 격자형 천장이 보였다. 방향을 잡기에 제격이었다.

치프는 고개를 돌리고 윌과 린다를 가리킨 다음 바깥 위쪽을 가리켰다. 둘은 고개를 끄덕이고 행동에 들어갔다.

5초 뒤 블루-3과 블루-4가 파란 불빛을 보냈다. 나머지 대원들이 나와도 안전하다는 뜻이다.

치프는 수송선 상면 해치를 밖으로 열어젖혔다. 그는 대롱거리는 전선을 붙잡고 격자 천장으로 몸을 끌어 올렸다. 윌과 린다가 천장에 둥지를 틀고 주변에 이상이 없는지 살피는 중이었다.

그레이스와 프레드가 수송선에서 내려 그늘진 천장으로 소리 없이 올라와 대원들과 합류했다.

존은 두 손가락으로 자기 눈을 가리켰다가 손으로 실내를 부채처럼 쓸어 보였다. 스파르탄 대원들은 조심스레 움직이며 주위를 살폈다.

그늘진 구석에서 찬찬히 살펴본 결과, 이곳은 수백에 달하는 일인승 함정용 구획이 갖춰진 수리 및 정비 시설이었다. 공간이 양쪽으로 굽이돌며 시야가 300미터 지점에서 벗어났다. 정거장 중심부의 둘레에 걸쳐 갖춰진 시설임이 분명했다.

분주하게 돌아다니는 수많은 엔지니어 이외에는 흰색 메탄 호흡기를 착용한 그런트 둘밖에 보이지 않았다. 이전에는 본 적이 없는 복색이었다. 놈들은 속에서 액체가 출렁거리는 원통형 용기가 실린 수레를 밀고 있었다. 놈들을 따돌리는 것쯤이야 대수도 아니었다.

수리실 한구석에 기밀 출입구로 짐작되는 밀폐된 문이 보였다. 반대편 벽면에는 강렬한 푸른 불빛이 쏟아져 들어오는 1미터 두께의 창문이 있었다.

투명한 벽면을 따라 30미터 간격으로 안으로 꺼진 벽감이 있었다. 가장 인접한 벽감에는 다면체 화물용기, 낡아서 그을린 플라즈마 코일, 은청색 코버넌트 합금판이 가득했다. 하지만 치프의 시선을 끌었던 것은 고철더미 옆에 있는 홀로그램 단말기였다.

치프는 무전을 열어 블루 팀을 주목시킨 다음, 고철 더미를 가리키고 두 손가락을 들어 보였다가 벽감을 가리켰다.

대원들은 명령을 알아듣고 고개를 끄덕였다.

프레드와 린다가 조용히 바닥으로 내려와 수리실을 달려가 절단된 선체의 그늘 속으로 숨어들었다. 그레이스가 뒤를 따라갔다.

치프는 수리실을 상하좌우로 훑어보며 시야에 그런트가 없는지 확인했다. 그와 윌도 바닥으로 내려가 워트호그만 한 플라즈마 코일 뒤에 몸을 숨겼다.

그는 자기 쪽으로 몸을 돌리라는 뜻으로 양손으로 프레드와 린다를 가리켰다가 손을 돌리고는, 고갯짓으로 데이터 단말기를 가리켰다.

린다는 바닥에 납작 엎드려 치프의 오른쪽에 드리운 벽감의 그림자 속으로 살금살금 기어갔고 프레드는 왼쪽을 맡았다. 둘은 치프가 단말기로 움직이는 사이에 그를 엄호해줄 것이다.

치프는 뒤통수에 손을 뻗어 코타나가 든 칩을 머리에서 뽑은 뒤 포복자세로 벽을 끼고 단말기까지 기어갔다. 그는 삽입구에 코타나가 든 칩을 꽂고 그림자 속으로 물러났다.

"접속했어요. 주파수대를 따로 확보해서 신호에 암호를 걸어놨으니 안심하고 내선통신으로 무전을 쓰셔도 돼요."

코타나가 무전으로 보고했다.

"수고했다. 그러면 정거장 내부에 중심 원자로가 있는지 알아봐. 방어태세도 같이."

치프가 말했다.

"잠깐만요. 조심조심 돌아다녀야겠어요. 시스템 안에 코버넌트 보안 인공지능이 득실거리네요."

치프는 복사본 코타나의 침투능력이 원본만큼 탁월하기를 빌었다.

"정거장의 설계도를 구했어요. 좋은 소식은 코버넌트 함선에 쓰이는 집속형 핵융합 원자로와 비슷한 512테라와트급 중앙 원자로 단지가 양쪽 구획에 하나씩 있다는 점이죠. 거기서 생산되는 동력으로 작은 위성쯤은 아예 튕겨내는 방어막을 생성하는 모양이에요. 제가 원자로를 하나만 폭주시켜서 자기 코일을 녹여버리면 그 주위는 몽땅……."

"폭발한다고?"

치프가 감질난다는 듯이 물었다.

"네. 양쪽 구획을 송두리째 증발시킬 정도의 폭발력이 나와요."

"그건 좋은 소식이고, 그럼 나쁜 소식은?"

"원자로의 관제 시스템이 분리되어 있어서 단말기로는 접속이 불가능해요. 직접 저를 거기에 넣어주세요."

"'거기'가 어딘데?"

"가장 가까운 원자로 관제 접속점은 정거장의 최상층 방향으로 7킬로미터 떨어진 곳에 있어요."

치프는 곰곰이 생각해보았다. 조심스럽게 움직이고 행운이 따라준다면 충분히 가능할 법했다.

"거기 도착하기 전까지 중앙 시스템에 남아 있을 방법은 없나? 네가 남아서 코버넌트 보안 시스템을 감시해주면 수월하겠는데."

복사본 코타나는 3초 동안 말이 없었다.

"방법이 있기는 해요. 제가 원본에서 떨어져 나오면서 복제 소프트웨어도 같이 복사됐거든요. 불가분의 관계가 되어버린 셈이죠. 그걸로 자가 복제해서 시스템에 남겨두면 돼요."

"완벽하군."

"하지만 위험이 따라요. 복사를 거듭할 때마다 생기는 오류는 저로서도 수정이 불가능해요. 또 지금은 모르지만 사본을 복사하면 복잡한 문제가 생길지도 모르고요."

"일단 해봐. 결과는 운에 맡겨야지. 하지만 보안 시스템을 피할 방법도 없이 적진 후방을 7킬로미터나 전진하면서 요행을 기대하기는 힘들어."

"기다리세요. 작동 중."

치프의 전방투영창 시계에서 1분이 흐른 뒤 단말기에서 데이터 칩이 나왔다.

"다 됐어요. 왼쪽 30미터 거리에 출구가 있어요. 출구에 있는 보안용 감지기를 일시적으로 차단하고 20초 동안 문을 열어둘게요. 서둘러요."

치프는 칩을 회수해 다시 머리에 꽂았다. 수은처럼 차가운 느낌이 머릿속을 스쳤다.

"이동한다. 은밀하게 움직여라."

전방에 이상이 없다는 뜻으로 프레드와 린다가 파란 불빛을 깜박였다.

블루 팀은 몸을 숙이고 30미터를 달려갔다. 좁은 배전반 덮개가 스르륵 열리자 대원들은 일렬종대로 안으로 들어갔다. 모두 들어가기가 무섭게 덮개가 닫혔다.

대원들은 자세를 낮추고 기다시피 전진했다. 손, 무릎, 배를 바닥에 바짝 붙이고, 너무 비좁아서 통과하려면 방어막을 해제해야 하는 도관 사이로 전투복을 부딪치며 지나갔다. 그렇게 코타나가 일러준 방향대로 1킬로미터를 이동한 뒤 코타나가 동작 감지기를 점검하는 동안 잠시 멈췄다. 대원들은 또다시 이리 꺾이고 저리 꺾인 기다란 파이프를 요리조리 지나가며 커다란 환풍기 날을 피하고 방어막에 전깃불을 튀기는 변압기 코일을 아슬아슬하게 스쳐 지나갔다.

그렇게 치프의 타이머에서 열한 시간이 흐르는 동안 경로를 따라간 끝에 막다른 길이 나왔다.

　"최근에 용접한 모양입니다."

　프레드가 길을 가로막은 합금판 사이의 틈새를 장갑 때문에 두툼한 손으로 쓸어보았다.

　코타나가 무전으로 보고했다.

　"정거장의 정비내역에 기록되지 않은 수리인가 봐요."

　"해결책은?"

　"미리 일러두지만 저는 임무계획 루틴이 제한된 상태예요. 해결책은 세 가지가 있어요. 하나는 로터스 대전차 지뢰로 길을 뚫는 방법이죠. 다른 하나는 수리실로 되돌아가서 보다 은밀한 길을 찾는 방법이고요. 아니면 지름길이 있기는 한데 거기는 문제가 좀 있어요."

　"시간이 촉박하다. 코버넌트가 지구로 쳐들어가기까지 얼마 안 남았어. 최단경로를 알려줘."

　"400미터를 되돌아가서 0-9-0 방향으로 20미터 전진하면 폐기물 배출구가 나와요. 그리로 나가서 시가지를 700미터 전진한 다음 건물을 하나 통과해서 경비가 깔린 통로를 지나면 원자로실이 나와요."

　코타나의 설명에 그레이스가 끼어들었다.

　"시가지라니 무슨 소리야? 여긴 우주 정거장이잖아. 탁 트인 공간이 있을 리가 없어."

　"직접 확인들 해보세요."

　'시가지'를 나타낸 설계도가 대원들의 전방투영창에 올라왔다. 치프는 도표를 알아보기가 힘들었지만 좁다란 통로와 여러 건물과 물길은 똑똑히 보였다. 코타나 말대로 훤히 노출되는 공간투성이였다.

　"어디 살펴봐야겠군."

　치프는 대원들을 이끌고 왔던 길을 되돌아가 폐기물 배출구를 살짝 열었다. 푸른빛이 도관으로 쏟아져 들어왔다. 그는 눈을 깜박여 빛에 적응한 다음 틈새로 광섬유를 내밀었다.

처음에는 정확히 뭘 보는지 감이 잡히지 않았다. 광섬유 정찰장비가 고장인지 의심이 들었다. 영상이 이상하리만치 일그러져 보였다. 근처에 별다른 움직임이 없었으므로…… 치프는 위험을 감수하고 머리를 내밀었다.

골목길 양쪽으로 들어선 10미터 높이의 벽면이 치프가 머리를 내민 폐기물 배출구에 어두운 그림자를 드리웠다. 그가 있는 곳에서 불과 5미터 떨어진 골목길 입구에서 자칼 일행이 들어선 까닭에, 서둘러 머리를 도로 넣었다. 아무도 어둠 속에 숨은 그를 눈치채지 못했다.

놈들이 지나간 뒤에 확인해봤더니 광섬유 정찰장비가 깨져 있었다.

우주 정거장 내부는 비어 있었으며 중앙에서 푸르스름한 광선이 세로로 솟구쳐 주위를 대낮처럼 밝혔다. 둥그렇게 굽이진 내부 표면을 따라 바늘처럼 가느다란 첨탑과 야트막한 계단식 피라미드, 기둥 모양 사원이 솟아 있었다. 움직이는 지표면을 따라 설치된 좁다란 통로와 승객이 탑승한 캡슐이 쏜살같이 지나다니는 교통관이 허공을 얼기설기 가로질렀다.

중심으로 굽이치는 나선형 물길을 그리며 벽면을 따라 흐르던 물이 '위로' 떨어져 내리며 맞은편 벽면에 우뚝 솟은 속이 비고 거대한 수분회수탑으로 폭포수처럼 쏟아졌다.

대형을 이룬 밴시 편대가 무리 지어 날아다니는 머리 없는 새들과 나비 떼와 함께 웅장한 실내 중앙의 허공을 비행했다. 네덜란드 화가 에셔가 그린 한 폭의 초현실화를 현실로 옮겨놓은 듯한 광경이었다.

순간적으로 아찔한 현기증을 느끼기도 잠시, 그는 곧 코버넌트의 뛰어난 중력 기술 때문에 이곳에는 위아래 구분이 없다는 사실을 간파했다.

군사 정거장에 이토록 쓸데없는 장식이 가득하다니 이상한 일이었다. 그러고 보니 함대사령부 건물 입구에도 널따란 안뜰이 있었지. 그곳보다 수백 배가 넓다는 차이만 빼면 이곳은 코버넌트에게 안뜰에 해당하는 공간일지도 모른다.

치프는 멀찌감치 떨어진 벽면에서 반투명한 물질로 이루어져 반들거리는 띠를 발견했다.

"코타나, 저기가 수리실에서 봤던 창문인가?"

"맞아요."

"그럼 퇴로는 어딘지 찾았군. 어느 건물로 들어가면 되지?"

"1시 방향에 있는 조각 기둥이 늘어선 건물이요. 원자로실로 통하는 최단경로에요."

치프는 배출구에서 나와 근처의 벽에 바짝 붙었다. 주위가 대낮처럼 환한 상황에서 대원들이 믿을 만한 은신 수단은 그림자뿐이었다.

"블루 팀, 밖으로 나와서 재주껏 방향감각을 되찾아라. 목표물은 1시 방향의 기둥 있는 건물이다. 300미터 거리의 공터를 단숨에 질주하겠다. 죽기 아니면 까무러치기다. 더 좋은 계획이 있는 사람은 지금 말해두도록."

린다가 밖으로 나와 주위를 둘러보고는 말했다.

"옥상에 위치를 잡고 엄호사격하겠습니다."

"좋다. 위치를 확보하고 준비되면 알려주도록."

린다는 배낭에서 갈고리 달린 밧줄을 꺼내 빙빙 돌렸다가 놓으며 근처 옥상으로 던졌다. 그리고는 밧줄을 잡아당겨 갈고리가 단단히 걸렸는지 확인한 다음 재빨리 위로 올라갔다.

나머지 스파르탄 대원들은 그림자 속의 치프와 합류했다. 치프는 전투소총을 겨누고 안전장치를 내렸다.

린다가 보낸 파란 응답 불빛이 한 번 깜박였다.

치프는 다리에 힘을 주고 앞으로 달렸다. 그는 단 세 걸음만에 전속력으로 질주했다. 아드레날린이 몸속으로 솟구쳐 피가 끓어올랐다. 평소보다 훨씬 빠른 속도로 내달리자 시간이 느리게 가는 것처럼 느껴졌다. 그는 한쪽 발을 반대쪽 발 앞에 번갈아 놓으며 속력에만 집중했다. 치프의 전투화에 조약돌이 땅바닥에 박히고 바위가 깨지면서, 그의 뒤로 자갈 가루가 날렸다. 전방에서 장애물 셋이 눈에 들어왔다. 화들짝 놀란 그런트 일행이었다. 치프는 제일 가까이 있는 놈을 개머리판으로 후려쳐 머리통을 박살냈다. 죽은 그런트가 뱅글뱅글 돌며 흙더미에 나가떨어졌다. 옆에서 와자지껄한 소리가 들렸지만 그는 앞만 보고 달렸다.

마침내 건물로 들어가는 계단에 도착했다. 그는 닳아서 반들거리는 돌계단을 다섯 계단씩 뛰어 올라갔다. 동작 감지기에 뒤따라오는 아군 신호 셋과 함께 감지범위의 변두리에서 다수의 적이 포착되었다.

"아직까지는 순조롭습니다."

린다가 보고했다.

"전방에 엘리트들이 있지만 비무장 상태입니다. 잠깐만요, 헌터 한 쌍이 그쪽으로 이동하고 있습니다. 대기하세요."

우레 같은 네 차례 총성이 대기를 찢었다.

"헌터를 처리했습니다. 나머지는 흩어졌습니다. 밴시가 오는군요. 위치를 옮기겠습니다."

치프는 단숨에 계단을 올라가 사원 문턱에서 가까스로 멈춰 섰다. 내부 온도가 굉장히 차가웠다. 외부 온도조차 0도에 가까웠다. 건물 천장의 보라색, 하늘색, 청록색이 어우러진 스테인드글라스로 빛이 새어들었다. 30미터 너비의 직사각형 건물을 따라 나란히 솟은 암청색 현무암 재질의 굵은 기둥 세 개가 기다란 그림자를 드리웠다. 복병이 있을 법한 장소였다. 그는 기둥 뒤에 등을 붙이고 소총으로 입구를 훑으며 대원들이 안으로 들어가는 동안 엄호했다.

"코타나, 정거장 보안체계는 어떻게 됐나?"

"보안 무전으로 보고가 수십 차례 올라왔어요. 제가 다 가로챘고요."

그때 또 다른 코타나가 처음으로 입을 열었다.

"그리고 조심하세요. 사원 내부에 브루트들이 있어요. 크게 위험하지는 않을 거예요."

치프는 과연 그럴지 확신이 서지 않았다. 어째서 정거장 시스템 내부에 코타나가 둘씩이나 있는지도 의아스러웠다. 하지만 지금은 의문을 접어둬야 했다. 위치가 드러난 이상 계속 움직여야 한다. 그는 블루 팀에게 전진하라고 손짓했다.

치프가 선두를 맡았다. 그는 건물 가운데 들어선 옆 기둥으로 자리를 옮겼다. 프레드와 윌이 그의 뒤편 양쪽에서 기둥으로 다가왔다. 그레이스가 뒤를 맡았다.

동작 감지기에 흐릿하게 표적이 잡혔다. 바로 코앞이었다. 신호는 어느새 사라졌다.

치프는 손을 들었다. 블루 팀 대원들이 자리에 우뚝 멈췄다.

동작 감지기에는 아무것도 잡히지 않았지만…… 앞에 뭔가가 있었다.

그는 수류탄을 꺼냈다.

어슬렁거리는 표적이 다시 잡혔다. 치프가 몸을 숨긴 것과 똑같은 기둥 뒤로 그림자가 움직였다. 엘리트보다 움직임이 신속했는데, 거의 치프만큼이나 재빨랐다.

그는 흐릿한 형체를 향해 지근거리에서 소총을 발사했다. 놈은 분노로 울부짖을 뿐 움직임은 전혀 둔해질 기미가 없었다.

윌과 프레드가 놈을 향해 삼점사로 사격을 가했다. 놈은 총알이 박힐 때마다 몸을 움찔거렸다.

그때 대원들의 뒤에서 폭발음이 세 차례 연달아 터졌다. 그레이스의 활력 징후에 경고가 들어오면서 요란한 경고음과 번쩍거리는 경고등이 치프의 전방투영창에서 터져 나왔다.

"복병이다!"

윌이 다급히 소리쳤다.

브루트가 그림자 속에서 불쑥 나타나 치프를 정면으로 쳐다보았다. 체격이 엘리트보다 훨씬 우람했다. 주둥이에 날카로운 이빨이 빼곡하게 돋아나 있었고 시뻘건 눈동자는 증오심으로 이글거렸으며 청회색 피부 곳곳에는 총알 자국이 남아 있었다.

브루트가 달려든 충격으로 치프는 소총을 손에서 놓치고 말았다. 폴니르 전투복을 입었음에도 놈의 괴력을 당해낼 수가 없었다.

놈은 맨주먹으로 치프를 연거푸 갈겨 방어막을 소진시키고는 목을 붙잡고 엄청난 힘으로 꽉 졸랐다.

전방투영창에서 적색 경고등이 번쩍였다. 눈앞이 아득해지기 시작했다.

34

**2552년 9월 13일 1751시 (수정 시각, 군사 표준력)/
코버넌트 군사 정거장 불요불굴의 대사제 내부**

치프는 목을 움켜쥔 손을 뿌리치려고 안간힘을 썼다. 브루트 팔뚝의 힘줄이 쇠밧줄처럼 불끈거렸다. 놈은 치프를 죽이려고 눈이 뒤집힌 나머지, 가슴팍에 소총 한 탄창을 고스란히 맞고도 움츠러드는 기미조차 보이지 않았다.

그때 또다시 돌 바닥을 뒤흔드는 충격에 이어 소총에서 터져 나오는 날카로운 총성이 등 뒤에서 들려왔다.

블루 팀 대원들은 다른 적을 상대하느라 정신이 없었다. 아무도 도와줄 사람이 없었다.

치프는 눈을 깜박였다. 아무리 눈을 깜박여도 눈가에서부터 점점 눈앞을 조여 오는 검은 그림자는 사라질 기미가 없었다.

방어막 막대가 깜박거리며 굼벵이 기어가듯 재충전되기 시작했다. 어느 정도 반발력이 모인다면 브루트의 손아귀에서 몸부림쳐 빠져나갈 가망이 있다. 하지만 섣불리 발버둥 쳤다가는 브루트의 손아귀를 뿌리치기는커녕 놈한테 주먹을 얻어맞고 도로 방어막이 소진될지도 모른다.

브루트가 고함치며 치프의 안면 보호대에 커다란 침방울을 튀겼다. 놈은 면상을 바짝 들이밀며 솥뚜껑만 한 양손으로 목을 더 세게 움켜잡았다.

치프의 시야가 점점 좁아졌다. 숨통이 조여 헛구역질이 나왔다.

방어막의 4분의 1이 재충전됐다. 이만하면 충분하다.

과거에도 이렇게 죽도록 목을 졸려본 적이 있었다. 동료 대원들과 함께 멘데즈 상등상사가 소개한 격투기 전문가와 매트 위에서 끝없는 대련을 하면서였다. 격투기에는 자기보다 덩치가 크고 강한 상대방을 뿌리치는 기술은 물론 반대로 뿌리치지 못하게 막는 기술도 있었다. 게다가 반격을 반격하는 기술도 있었다. 체스 말 대신 팔다리와 비트는 힘, 몸의 무게중심을 쓴다는 점만 빼면 체스를 두는 것과 다를 바가 없었는데, 그중에서 가장 중요한 말은 바로 머리였다.

그는 무릎을 가슴으로 들어 올리는 동시에 몸통을 골반으로 굽혔다. 그리고 90도로 몸을 비튼 다음 양쪽 팔다리를 뻗으며 몸을 원래대로 풀었다. '새우치기'라 부르는 풀기 기술이었다.

치프의 머리가 브루트의 손아귀에서 빠져나왔다.

치프는 브루트가 어리둥절해하는 짧은 순간을 틈타 놈의 등 뒤로 돌아섰다. 그는 팔꿈치로 브루트의 목덜미를 가격한 뒤, 놈의 팔꿈치를 붙잡아 관절을 비틀고 사람이나 엘리트의 관절 같았으면 부러지고도 남았을 정도로 있는 힘껏 잡아 꺾었다. 그는 다리를 가위 모양으로 바닥에 받치고 몸을 지렛대로 이용해 브루트를 꼼짝 못하게 붙들었다.

놈은 으르렁거리고 몸부림치며 다른 손으로 치프를 붙잡으려 들었다.

"어딜, 감히!"

치프의 왼손에는 아직도 파편 수류탄이 들려 있었다. 그는 핀을 뽑아 한번 돌려서 브루트의 허리띠에 쑤셔 박은 다음, 재빨리 놈의 팔을 풀어주고 뒤로 빠졌다.

브루트는 바닥에 철퍼덕 쓰러져 분노에 울부짖었다.

수류탄이 터졌다. 놈과 치프 둘 다 바닥에서 1미터 붕 솟았다가…… 커다란 브루트 시체가 바닥을 들이받는 질퍽한 쿵 소리와 함께 도로 땅에 떨어졌다.

마스터 치프는 몸을 일으키고 블루 팀 대원들을 찾았다.

굵직한 기둥이 시야를 가렸지만 동작 감지기에 왼쪽 기둥 뒤로 프레드가 잡혔고 윌은 오른쪽 기둥 뒤에 있었다. 그레이스의 위치는 포착되지 않았다. 하지만 사원으로 들어가는 널찍한 아치 입구 너머로 흐릿한 움직임이 잡혔다.

맘에 걸리는 데가 하나 더 있었다. 윌이나 프레드 둘 중 아무도 무전으로 치프에게 자기 상태를 보고하지 않았다. 잠잠하다는 사실인즉 문제가 있다는 뜻이다.

치프는 광섬유 정찰장비를 잡으려고 손을 더듬거렸지만 브루트와 육박전을 벌이던 와중에 잃어버린 모양이었다. 그는 현무암 기둥 뒤로 조심스레 고개를 내밀었다.

그레이스가 사원 입구에서 5미터 떨어진 곳에서 고개를 처박고 쓰러져 있었다. 전투복에서 새어나온 정수압 젤라틴이 피와 뒤섞여 바닥에 흥건히 고여 있었다.

치프는 상태를 보고받으려고 무전으로 대원들을 호출했다.

호출하자마자 아치 입구 양쪽에서 두 브루트가 돌아 나타났다. 놈들은 손잡이에 헝겊이 감기고 뒷부분에는 날카로운 칼날이 부착된 대구경 화기로 무장하고 있었다. 브루트 한 놈이 치프를 발견하고는 무기를 겨누고 발사했다.

치프는 현무암 기둥 뒤로 몸을 숨겼다. 번뜩이는 섬광과 굉음을 울리며 대구경 화기에서 유탄이 발사됐다. 두 발을 더 발사하는 소리가 잇따라 귀청을 때렸다.

초탄은 기둥 반대편에 맞고 터졌다. 강렬한 충격에 이가 다 떨렸다.

차탄이 탄착하기 전에 서둘러 건너편 기둥으로 피하려고 치프가 방향을 돌리고 몸을 던지는 순간…… 방금까지 있었던 기둥에 차탄과 삼탄이 차례로 명중해 폭발했다. 단단한 돌기둥에 주먹만 한 구멍이 숭숭 뚫렸다.

기둥 윗부분이 무너져 내리는 광경을 보고 치프가 황급히 몸을 피하기가 무섭게 돌덩어리가 우수수 쏟아져 바닥에 부딪히며 조각났다. 하마터면 깔릴 뻔했다.

브루트 놈들을 정면으로 상대하기는 너무 버거웠다. 또 놈들과 힘겨운 몸싸움을 벌일 생각은 추호도 없었다. 지금처럼 시간이 촉박한 상황이라면 말할 것도 없었다. 정거장 내부의 코버넌트 놈들이 블루 팀을 갈기갈기 찢어놓으려고 안달하는 판국이라면 두말할 것도 없었다. 더욱이 놈들이 대원들의 무전을 추적한다는 점 때문에 문제가 더욱 꼬였다.

그렇다면 방법은 하나뿐, 달아나야 한다.

하지만 아직 생사조차 모르는 그레이스를 내버려둘 수는 없었다.

배낭을 벗어 로터스 대전차지뢰를 하나 꺼냈다. 로터스 대전차지뢰는 너비 25센티미터짜리 원반형 지뢰로, 매설과 동시에 땅에 고정되는 갈고리가 테두리를 따라 튀어나와 있었다. 그는 기폭장치를 가동하고 타이머를 7초로 설정한 다음 기둥 뒤에서 슬그머니 모습을 드러냈다.

그는 손목을 젖혔다 튕기며 지뢰를 굴렸다. 지뢰가 사원 현관을 따라 넓은 원을 그리며 아치 입구 앞의 벽에 달라붙었다.

폭발까지 2초 남았다.

치프는 무전을 열고 소리쳤다.

"폭발한다!"

두 브루트가 다시 엄폐물에서 돌아 나와 강력한 유탄발사기를 겨누었다.

로터스 지뢰가 폭발했다. 섬광과 동시에 불길이 솟구쳤다. 사원 현관과 두 브루트가 사라지고 자욱한 먼지만 남은 자리 위로 천장에서 떨어져나온 돌덩이가 우수수 쏟아져 내렸다.

돌무더기 밑에서 비죽 튀어나온 회색 팔뚝이 아직도 꿈틀거렸다.

치프는 앞으로 이동했다. 사원 입구가 굳게 닫혀 있었다. 몇 초쯤은 안전할 것이다.

그는 그레이스 옆에 무릎을 꿇었다. 심박이 일직선을 그었다. 그는 그레이스를 바로 눕혀 일으키려고 했지만 그럴 필요도 없었다. 브루트와 몸싸움을 벌이면서 들었던 폭발음은 아까 봤던 고속유탄이 터지는 소리였는데…… 그 폭발에 그레이스의 몸이 반 토막 난 것이다.

프레드와 윌이 기둥 뒤에서 나왔다. 치프는 둘을 보며 고개를 저었다.

치프는 그레이스의 전투복 동력장치에 있는 자그마한 접속판을 열고 이중안전 암호를 입력했다. 아직 작전을 수행하는 중이었기 때문에 그레이스를 둘러업고 가기는 무리였다. 그랬다가는 발목을 잡히고 말리라. 하지만 그레이스를 코버넌트의 손에 내버려둬서도 안 될 일이었다. 그레이스의 전투복에 탑재된 초소형 핵융합 원자로를 폭주시키면 10미터 반경이 초토화될 것이다. 원자로가 그레이스의 화장용 장작더미인 셈이었다.

"어서 가자. 코타나, 어느 쪽이지?"

"사원으로 30미터 전진해서 오른쪽으로 가세요. 그리 가시면 엔지니어용 정비통로가 나올 거예요. 출입구를 열어놓았다가 들어가시면 얼른 닫을게요. 서둘러요. 정거장에 있는 인공지능이 점점 몸부림을 쳐요. 거기다 제가 놈들의 보안망을 차단하자마자 침입자 경고가 개인 무전으로 새어나갔어요."

이상하게도 코타나의 목소리가 울렸다. 코버넌트가 신호를 추적해 블루 팀의 위치를 알아내려고 하는 탓일지도 모른다. 아니면 복사로 인한 부작용이 생겼다던가. 그러고 보니 코타나가 치프에게 경고했었지. '지금은 모르지만 사본을 복사하면 복잡한 문제가 생길지도 모른다.'라고 했던가?

"알았다."

치프는 무전을 종료하며 프레드와 윌에게 전진하라고 손짓했다. 그는 마지막으로 그레이스를 돌아본 뒤 신속하고 조용하게 앞으로 움직였다.

사원 내부에서는 움직임이 포착되지 않았다. 하지만 치프의 눈에는 벽화 속의 그런트와 자칼, 엘리트와 헌터들이 보였다. 빛을 가리는 스테인드글라스 그림자 속에서 마치 그림이 살아 움직이는 듯했는데, 꼭 앞으로 멀리 떨어진 누군가에게 무릎을 꿇고 기도라도 올리는 자세 같았다. 보다 자세한 영상 기록을 담을 시간이 없어서 아쉬울 따름이었다.

블루 팀은 30미터를 전진한 뒤 벽면을 마주하고 섰다. 벽이 갈라지더니 엔지니어 둘이 서로 지나다닐 만한 통로가 나타났다. 하지만 치프는 몸을 웅크리고서야 겨우 들어갈 수 있었다. 윌과 프레드가 뒤를 따라갔다. 대원들이 들어가자 코타나가 재깍 문을 닫았다.

좁다란 통로가 90도로 꺾이면서 낭떠러지가 나타났다. 대원들은 윌이 고정한 밧줄을 타고 100미터를 내려가 원자로실 바닥에 발을 디뎠다.

치프는 바위를 깎아낸 동굴을 올려다보았다. 아치 모양으로 깎은 90미터 높이의 돌벽이 그림자 속으로 뻗어나갔다. 납작한 나선 조개처럼 생긴 512테라와트급 핵융합 원자로 기둥이 8렬로 나란히 늘어서 있었다. 각각 펠리칸 수송기만 한 기둥이 동력을 받아 진동하며 일렁이는 열기를 내뿜었다.

원자로 사이사이에는 한데 뒤엉킨 플라즈마 도관과 함께 둥둥 떠다니며 기기를 관리하는 엔지니어들이 우글거렸다. 유출된 플라즈마가 뒤섞여 내뿜는 북극광처럼 어슴푸레한 불빛이 원자로실 내부에 형성된 강력한 자기 와류 속에서 소용돌이치며 반짝이는 거품처럼 변했다.

그야말로 공학기술의 경이에 가까운 장소였다. 짐작컨대 소행성 속을 파내고 표면을 따라 나머지 시설을 덧입히며 건축한 듯했다.

윌이 원자로실 반대편의 정비통로를 걸어가는 자칼 셋을 가리켰다. 블루 팀은 가만히 위치를 고수했다.

"저기에요. 건너편에 원자로 하부시스템 단말기가 있어요."

치프는 윌과 프레드에게 손을 들어 멈추라고 지시해 자칼 경비들이 지나가기를 기다린 다음 건너편으로 재빨리 달려갔다. 그는 코타나가 든 칩을 뽑아 단말기에 꽂았다.

3초 뒤 코타나가 보고했다.

"접속했어요. 시스템 내부에 변변한 침입방지 소프트웨어조차 거의 없네요. 폭주시키기 간단하겠는데요."

복사본 코타나가 말을 이었다.

"퇴로를 찾았어요. 전방투영창에 이동지점으로 표시할게요. 수리실까지 몰래 빠져나갈 만한 경로에요. 도착하고 나면 폭주를 시작하라고 말해주세요. 완료되기까지 10분쯤 걸려요. 일단 시작하면 중단은 불가능하니까 신중하게 선택하세요."

"정거장과 코버넌트 함대가 10분 뒤에 지구로 점프할지도 모른다."

치프가 그렇게 말하며 프레드와 윌을 돌아보았다. 둘은 치프의 마음이라도 읽은 듯이 고개를 끄덕였다.

"지금 시작해, 코타나."

원자로에서 뿜어져 나오던 빛이 돌연 변했다. 푸르스름한 플라즈마에 흰 얼룩이 번지며 서로 연결된 주위 도관으로 독처럼 퍼져나갔다.

"폭주 개시. 이제 출구까지 눈썹 휘날리게 뛰어가시기를 추천해드려요."

천장의 정비통로로 이어진 사다리에 삼각형 이동지점이 표시됐다. 치프는 두 손가락으로 윌과 프레드를 가리킨 다음 순찰을 도는 자칼 경비들을 가리켰다. 프레드와 윌은 무릎쏴 자세를 취하고 치프가 출발하기를 기다렸다.

치프는 사다리를 잡고 올라갔다. 꼭대기에 다다를 즈음 등 뒤에서 총성이 세 번 울렸다. 총성은 점점 요란해지는 원자로 소음에 거의 묻혔다. 꼭

대기에 오르자 자칼 셋이 정비통로에 쓰러져 죽어 있었다. 그는 소총으로 앞뒤를 훑어본 뒤 윌과 프레드에게 전진하라고 손짓했다.

그는 타이머를 확인했다. 9:47. 원자로에서 흘러나오는 불빛이 더욱 강렬해지면서 치프의 방어막을 살짝 깎아먹었다.

블루 팀은 정비통로를 속보로 달려가 승강기 앞에 도달했다. 대원들이 안으로 들어가 문을 닫기가 무섭게 승강기가 위로 올라가기 시작했다.

문이 다시 열리자 푸른 인공 태양 빛이 승강기로 쏟아져 들어오면서 승강기를 기다리던 두 엘리트의 그림자도 함께 드리웠다. 블루 팀은 곧장 사격을 개시해 놈들을 쓰러뜨리며 땅바닥을 보라색 피로 물들였다.

치프는 승강기 출입문 뒤에 바짝 붙어 밖을 내다보았다. 서로 뒤엉킨 파이프와 나선형 물길을 따라 흐르던 물이 중심에서 쏟아져 내리고 있었다. 알고 보니 이곳은 아래의 원자로와 이어진 열교환 설비였다. 물줄기는 벌써 수증기로 변해 수로가 바짝 말라붙은 뒤였다.

엘리트와 헌터 한 쌍이 오른쪽으로 100미터 떨어진 사원 입구로 몰려들었다. 열 대 남짓한 밴시가 사원 상공에 떠서 전투의 현장 위를 맴돌았다.

그런트 무리가 사원 입구의 돌무더기를 치우느라 부산을 떨었다. 그때 섬광과 불기둥이 치솟아 근처에 있던 놈들은 물론 지휘하던 엘리트까지 집어삼켰다.

"안녕, 그레이스."

치프가 나직이 속삭였다.

동력장치 폭발로 코버넌트 병력이 상황을 파악하려고 몰려들 테니, 그레이스는 죽어서까지 대원들에게 시간을 벌어준 셈이었다. 놈들은 블루 팀이 여전히 사원 내부에 있다고 생각할 테지. 그레이스는 폭발과 동시에 열 남짓한 그런트와 엘리트 넷까지 함께 저승길로 데려갔다. 그러니 그녀도 기뻐하며 눈을 감았을 것이다.

치프는 방대한 실내 맨 끝의 벽면에서 한 줄기 가늘고 투명한 물질을 발견했다. 수리실과 내부의 기밀 출입구로 통하는 길이었다. 블루 팀의 퇴로는 저곳이었다.

그는 타이머를 힐끗 확인했다. 08:42. 최대한 서둘러야 한다.

치프의 시선이 하늘에 뜬 밴시 편대에 고정되었다. 그는 정거장 내부의 요지경 같은 시가지 어딘가에 위치를 고수하고 있을 린다를 찾아 헤맸다. 지금쯤 시가지를 따라 몇 킬로미터 범위 어딘가에 있을 것이다.

치프는 무전으로 린다를 호출했다.

"린다, 응답하지 마라. 코버넌트가 신호를 추적하고 있다. 놈들이 우리 위치를 알아내고 정찰 삼아 밴시를 몇 대 띄워줬으면 좋겠군. 밴시 편대가 열교환 설비에 가까이 다가오면 조종사를 처리해라. 탈것이 필요하다."

대답은 없었다. 린다가 지시를 알아듣고서 위치를 확보하고 지원을 해주겠다는 뜻일까, 아니면 죽었다는 뜻일까?

치프의 바람대로 밴시 편대가 탐색 대형을 풀고 사원 위를 선회하더니 블루 팀을 향해 방향을 틀었다.

치프는 프레드와 윌에게 승강기에서 나와 수증기를 내뿜는 파이프 숲속으로 들어가라고 손짓했다. 대원들은 흩어져서 엄폐물에 몸을 숨기고 다가오는 밴시를 겨냥했다.

밴시가 산개하며 속도를 늦추나 싶더니…… 도로 사원으로 방향을 틀었다.

치프는 무전으로 세 차례 신호를 보냈다.

엘리트 조종사들이 곧바로 기수를 돌리고 대원들의 위치로 속력을 높였다. 밴시 하나가 정석대로 소사 하강에 돌입했다. 플라즈마 캐논이 달아올라 에너지가 바지직거리면서 발사 준비에 들어갔다.

그때 밴시에서 피가 뿜어져 나오더니 조종사가 속력을 최대로 높이며 앞으로 떨어지기 시작했다. 밴시가 전속력으로 허공을 위태위태하게 비행하다 수분회수탑을 들이받고 땅으로 힘없이 추락했다.

"린다."

치프는 린다를 찾아 두리번거렸다. 피가 튀는 방향으로 추측건대 밴시의 조종석 사이로 드러난 좁은 틈새에 총알을 꽂아 탄을 튕겨서 목표물에 치명상을 입힌 듯했다. 총알은 밴시의 후방 고지대에서 날아왔을 가능성이 높다. 거대한 시가지의 가로폭을 따라 정비통로가 군데군데 설치되어 있었다. 분명 린다는 그곳 어딘가에 있다.

남은 밴시 두 대가 블루 팀을 향해 속력을 높였다. 놈들이 수평 궤도를 그리면서 플라즈마 캐논이 깜박거리기 시작했다.

치프, 프레드, 윌은 소총을 겨눴다.

어디선가 소음기를 장착한 저격소총의 묵직한 총성이 들리더니, 린다의 신기에 가까운 저격 실력에 조종사가 당하면서 밴시 하나가 또 땅으로 천천히 떨어졌다.

마지막 남은 밴시는 동료 조종사들이 어떻게 당했는지 영문도 모른 채 여기를 벗어나 목숨을 건져야겠다는 일념으로 오른쪽으로 선회했다. 밴시가 좁은 원을 그리며 급히 돌아서는 순간, 놈의 속력이 떨어졌다. 치프는 정확히 어디서 총알이 날아왔는지 가늠하기 어려웠지만, 세 번째로 날아든 저격소총탄도 조종실 내부를 도탄(跳彈)하며 관통했다. 밴시가 원을 그리다가 멈추며 기수부터 길바닥으로 추락했다.

불가능에 가까운 세 차례 사격으로 조종사 셋 사살. 제아무리 린다라 해도 명중시키기 굉장히 어려웠을 텐데. 이토록 훌륭한 사격은 치프도 처음 봤다. 그는 건물, 첨탑, 정비통로, 교통관까지 시가지를 팔방으로 둘러봤지만 린다는 어디에도 보이지 않았다.

치프는 프레드와 윌에게 추락한 밴시 두 대를 타라고 손짓한 다음 조종사를 잃고 날개로 바윗덩이를 벅벅 긁으며 길바닥에서 맴도는 밴시를 향해 달려갔다.

그는 조종석에 올라타 시가지 끄트머리의 벽면을 향해 기수를 돌렸다.

손을 납작하게 펴고 낮추며 프레드와 월에게 땅에 가까이 붙어 저공비행하라고 지시했다.

치프는 넓게 원을 그리며 진로를 틀었다. 이러면 놈들의 주의가 대원들한테서 분산될 터였다.

고도를 약간 높여 도금된 돔 꼭대기와 칼을 뽑아든 엘리트 영웅들의 동상 사이를 통과했다. 밴시가 가까이 다가가자 그런트와 자칼들이 꼬리를 빼는 꼴을 보고는 플라즈마 캐논을 발사했다. 그는 한쪽 벽면에서 맞은편 벽면으로 쏟아져 내리는 물줄기를 맞으며 옆으로 방향을 틀었다.

밴시 네 대가 따라붙었다. 치프는 앞뒤로 회피 기동을 했다. 플라즈마탄 두 발이 지글거리며 머리 위를 스쳤다.

위험을 감수하고 옆으로 고개를 돌리는 순간 밴시 두 대가 떨어져나갔다. 곧 놈들은 땅바닥에 추락했다.

린다가 아직도 뒤를 봐주고 있었다.

그는 지면으로 고도를 낮추고 시가지를 저공비행하며 골목길로 들어섰다. 위에서 밴시의 그림자가 드리웠다. 그는 속력을 최대로 높이며 뒷벽을 향해 정면으로 날아갔다.

월과 프레드가 밴시를 땅에 세우고 내부 시가지와 수리실을 가로막은 1미터 두께의 창문 옆에 몸을 웅크렸다. 치프도 옆에 밴시를 세워두고 배낭을 벗어 속에서 마지막 남은 로터스 대전차지뢰를 꺼내 프레드에게 던졌다.

"창문에 부착하고 원격기폭으로 설정해라."

그는 위치가 추적되는 위험을 무릅쓰고 무전을 열어 정거장 시스템에 남겨둔 복사본 코타나와 연결했다.

"코타나, 수리실에 있는 기밀 출입구를 열 수 있나?"

무전으로 횡설수설하는 수많은 목소리가 들려왔다. 전부 동시에 입을 열고는 자기가 먼저 말하겠다고 앞다투어 언성을 높였는데…… 전부 코타나의 목소리였다. 마침내 하나가 경쟁을 뚫고 말했다.

"치프, 복사본 하나를 무전에 전담시켰어요. 말씀하세요."

"도대체 복사본이 얼마나 있는 거지?"

"잘은 몰라요. 수백이 넘어요. 코버넌트 인공지능이 절 에워쌌어요……. 힘들어요. 제 시스템 내부에 오류가 많아요. 부채널에서 들어오는 정보를 전부 걸러내는 중이에요. 치프의 질문에 답하자면 '네'에요. 안전 잠금장치를 해제해서 기밀 출입구를 열어드릴게요. 제 시스템이 분해되고 있어요. 지금처럼 안정된 상태로 오래 버티기 힘들어요."

치프는 곡선을 그리며 수 킬로미터를 뻗어 나간 시가지를 둘러보았다. 레이스 전차 여러 대가 거리로 굴러나왔으며 그런트, 자칼, 엘리트 부대가 건물 사이를 오가면서 아무것도 없는 허공에 총질해댔다. 지상에는 고스트가 무리 지어 돌아다녔고 하늘에는 밴시가 벌떼처럼 날아다녔다.

치프는 다시 타이머를 확인했다. 07:45.

"시가지에 린다가 남아 있다."

그가 프레드와 월에게 말했다. 프레드가 뭐라고 대꾸하려 했지만 치프는 단칼에 말을 잘랐다.

"내가 3분 안에 돌아오지 않으면 창문을 부수고 먼저 탈출해라."

프레드는 머뭇거리다가 고개를 끄덕거렸다.

"린다를 산 채로 버려둘 수는 없다."

치프는 그렇게 말하고 밴시에 올라탔다.

헬시 박사의 마지막 말이 머릿속에서 울렸다.

'어떻게든 한 명이라도 더 구하려고 노력했어야 하는 건데.'

린다를 반드시 찾아야 한다. 그는 죽는 한이 있더라도 반드시 그녀를 구할 작정이었다.

35

**2552년 9월 13일 1820시 (수정 시각, 군사 표준력)/
코버넌트 군사 정거장 불요불굴의 대사제 내부**

마스터 치프는 밴시의 속력을 최대로 높였다.

사원에서 또 폭발이 일었다. 열교환 설비에서 한 줄기 증기가 뿜어져 나오자 대형을 이루고 주위를 맴돌던 밴시들이 사방으로 흩어졌다.

치프는 동체에 몸을 가능한 한 바짝 붙이며 밴시의 속도를 최대한 끌어냈다.

밴시 두 대가 위에서 날아들어 하나는 왼쪽에, 하나는 오른쪽에 따라붙었다. 놈들의 플라즈마 화기가 달아오르는 순간 치프는 놈들의 조준을 흩뜨리려고 좌우로 회피 기동을 했다. 그는 자신을 덮칠 충격에 몸을 움츠렸지만…… 아무런 일도 벌어지지 않았다.

치프는 목을 길게 빼고 뒤를 돌아보았다. 앞장서서 날아오던 밴시의 조종사가 조종석 옆으로 힘없이 늘어져 땅으로 곤두박질쳤다. 뒤따라오는 밴시도 조종사를 잃은 상태였다. 차이라고는 조종석과 덮개에 피가 잔뜩 튀었다는 점뿐이었다.

린다가 아직도 그를 엄호하면서 두 조종사를 정밀사격으로 제거한 것이다. 분명 어딘가 가까이 있었다.

치프는 일대를 자세히 살펴보았다. 첨탑과 수분회수탑, 교통관과 정비통로가 실내 한가운데를 얼기설기 가로질렀다. 정거장 중앙을 관통하는 조명 광선 가까이에 통로가 서로 연결되는 지점이 보였다. 저격병이 적의 눈을 피해 숨어서 표적을 노릴 만한 장소였다.

그는 위치가 추적되는 위험을 무릅쓰고 개인 무전을 린다에게 연결했다. "항공편이 필요해 보이길래……."

에너지 박격포탄이 치프의 어깨를 스쳐 지나 마치 근접궤도를 도는 태양처럼 하늘을 불태우자 방어막이 절반으로 줄어들었다. 박격포탄이 급수탑에 내리꽂혀 자욱한 수증기가 일었다.

치프는 수증기를 헤치며 아래를 힐끗 내려다보았다. 레이스가 그의 진로를 쫓았다. 그는 공격을 요리조리 피하면서도 린다가 있는 곳으로 짐작되는 위치로 곧장 나아갔다.

타이머는 어느새 07분 06초를 가리켰다. 한가롭게 곡예비행이나 펼치고 있을 시간은 없었다.

정말로 린다가 자기를 찾아주길 바라는 걸까? 자신을 버리고 무사히 탈출하기를 바라지는 않을까? 치프라면 차라리 그랬을 테니까.

"현재 위치를 보고해라, 린다. 명령이다."

치프가 무전으로 소리쳐 불렀다.

타이머에서 3초가 흐른 뒤 7음조 '못 찾겠다 꾀꼬리' 노랫가락이 헬멧 스피커에서 흘러나오면서 전방투영창에 이동지점이 떴다.

양쪽 교통관 사이에 묶여 조명 광선과 아슬아슬하리만치 가까운 거리에서 대롱거리는 밧줄 가운데로 삼각형 이동지점이 표시됐다. 근처의 좁다란 통로가 드리우는 시커먼 그림자에 가려서 밧줄이 있는지 없는지 조차도 알아보기 어려웠다.

치프는 영상강화장치를 켰다. 환한 불빛과 짙은 그림자 사이로 반짝거리는 조준경이 눈에 잡혔다.

린다는 눈부신 빛줄기와 어두운 그림자를 함께 써서 몸을 숨기고 있었다.

치프는 린다를 향해 밴시를 틀었다. 그는 전투복과 밴시 동체를 밧줄로 연결하고 조종석에 몸을 더욱 바짝 붙였다.

거리가 30미터로 좁혀들자 육안으로 린다가 보였다. 린다는 한쪽 발에 밧줄을 둘둘 감고 한쪽 팔을 밧줄에 묶은 채였다. 그리고 반대쪽 손으로는 저격소총을 들었는데, 치프는 린다가 저렇게 위태로운 자세로 저격을 했던 것이라고 짐작만 할 따름이었다.

린다는 발에서 밧줄을 풀더니 그네 뛰듯 몸을 날려 가장 높이 올라간 순간, 팔에 묶인 밧줄을 풀고 치프를 향해 떨어져 내렸다.

치프가 기체에 과중되는 압력을 버티며 밴시의 덮개를 열고 팔을 뻗자, 린다의 손이 그의 손을 꽉 붙들었다.

치프는 린다를 어깨 위로 올려 태웠다. 린다는 치프의 등에 착지해 그의 전투복을 붙들었다.

치프는 밴시의 기수를 틀어 창문을 향해 속력을 높였다. 그대로 젖혀진 동체 덮개가 속력을 떨어뜨리며 발목을 잡았다. 하지만 밴시에 두 사람이 탈 방법은 그것뿐이었다.

치프가 프레드와 윌에게 무전을 날렸다.

"지금 그쪽으로 가겠다. 퇴로를 열고 탈출할 준비를 하도록, 블루 팀."

프레드의 응답 불빛이 깜박였다.

"코타나, 당장 기밀 출입구를 열어!"

시끄러운 불협화음이 무전으로 쏟아져 들어왔다. 수많은 코타나 복사본이 한꺼번에 입을 열어대는 통에 제대로 알아들을 수가 없었다.

"코타나, 기밀 출입구 말이다."

날카로운 잡음이 귓전을 때렸다.

"죄송해요, 치프. 복사본 하나를 무…무전…무전에 맡겨놨어요."

치프는 아까도 코타나가 무전용으로 복사본을 마련해놓지 않았던가 하는 생각이 들었다. 대체 무슨 난리법석이지?

"기밀 출입구의 안전장치를 해제해. 수리실 출입문하고 외부 출구를 열어."

"실행 중. 무전망에 통신량이 너무 많아요. 제가 너무 많아졌어요. 거의 포화 상태예요. 어떻게든…… 잠깐만요……."

1킬로미터 떨어진 벽면에서 폭발이 일었다. 로터스 대전차지뢰가 불길과 검은 연기를 토해내고 남은 자리에는 1미터 두께의 반투명한 구획이 거미줄처럼 쩍쩍 갈라져 있었다.

하지만 창문은 깨지지 않았다.

강철로 보강한 벽조차도 로터스 대전차지뢰면 뚫리고도 남는데, 저 유리벽은 흠집 하나 없이 멀쩡했다.

정거장에 갇히고 만 것이다.

창문까지 300미터.

"코타나!"

치프는 옆을 힐끗 쳐다보았다. 밴시와 고스트가 블루 팀을 향해 벌떼처럼 몰려들었다.

"코타나, 기회는 지금뿐이야!"

"내부……."

코타나가 힘없는 목소리로 말을 이었다.

"내부시스템 정지 08934-EE. 전체 시스템 오류 9845-W. 재설정 중. 내부 출입문 개방. 안전장치 해제 중. 시스템 고정 해……."

무전이 나갔다.

100미터 전방의 갈라진 유리창 너머로 순간 새하얀 공기가 새어 나가다가 뚝 멈췄다. 수리실 벽면에 20미터 간격으로 설치된 기밀 출입구가 일제히 열렸다. 출입문 너머로 별들이 총총한 우주가 검은 벨벳처럼 펼쳐졌다.

프레드와 윌이 탑승한 밴시가 치프의 오른쪽 날개 옆으로 나타났다. 치프는 앞을 가리키고 대원들과 함께 급강하하며 과녁처럼 금이 새겨진 투명한 유리창을 향해 속력을 높였다.

거미줄처럼 벌어진 틈이 점차 뻗어 나가기 시작했다. 창문을 따라 금이 가나 했는데…… 도로 조금씩 멈췄다.

존은 밴시에 탑재된 플라즈마 캐논을 발사했다. 프레드도 공격을 개시해 함께 네 줄기 플라즈마탄을 50미터 전방의 반들거리는 유리벽 표면에 내리꽂았다.

창문이 구부러지고 쩍쩍 갈라지면서 조각이 떨어져 나가기 시작했지만…… 투명한 유리벽은 끈질기게 버텼다.

창문까지 30미터 남았다. 지금 기수를 돌리지 않으면 이대로 들이받고 만다. 그는 이를 악물고 충격에 대비했다.

10미터.

창문의 매끄러운 표면이 번쩍하더니 단번에 모자이크처럼 갈라졌다. 유리에 유리가 연달아 깨지는 날카로운 소리가 사방을 가득 메우면서 유리창이 깨졌다.

기다란 유리창 전체가 산산조각 나면서 정거장 내부에 형성된 대기가 유리조각을 쓸어내며 순식간에 우주의 진공 속으로 빨려나갔다.

치프는 밴시를 통제하려고 안간힘을 썼다. 하지만 수리실 바닥에 부딪혀 옆으로 구르고 뒤집히다가 조종석에서 떨어진 상태로 기밀 출입구를 빠져나가…… 어두컴컴한 우주 속으로 멀리 날아갔다.

그는 무중력 상태에서 팔다리를 조절하는 데 실패하고 말았다. 허리춤에 묶어둔 밧줄이 몸을 홱 낚아챈 반동으로 밴시까지 되돌아갔다. 린다가

한 손으로 밧줄을 붙잡고 다른 한 손을 그에게 뻗었다. 그는 가까스로 밴시에 올라타 추진기를 써서 기체의 각도와 경로를 바로잡았다.

블루 팀 뒤로는 정거장에서 공기와 함께 엔지니어, 그런트, 자칼, 엘리트가 빨려 나오고 있었다. 균열 사이로 고철덩이가 산더미같이 쏟아져 나왔다. 가느다란 수증기가 뿜어져 나와 순식간에 얼어붙어 반짝이는 얼음 결정으로 변했다.

코버넌트 함대도 움직이기 시작했다. 정거장으로 가까이 다가오는 순양함이 있는가 하면 정거장에서 멀찍이 떨어지는 함선도 있었다. 지휘통제소가 통솔력을 잃으면서 500여 척에 달하는 코버넌트 함선이 우왕좌왕하자, 치프는 문득 햇빛 속에서 소리 없이 사방을 떠다니는 먼지가 생각났다.

치프는 1킬로미터 전방에서 멍청히 우주를 떠다니는 수송선을 찾았다.

그는 무전을 한차례 호출해 코버넌트 수송선에 이동지점을 띄웠다. 프레드와 윌이 보낸 응답 불빛이 깜박였다.

치프는 밴시의 엔진을 살짝 가동한 다음 관성을 이용해 수송선까지 다가갔다. 그는 방금 일어난 사태에 나머지 코버넌트 함대의 주의가 전부 그쪽으로 쏠려서 블루 팀을 우주를 떠다니는 잔해 조각 보듯 해주기를 빌었다.

밴시 세 대가 표류하는 수송선에 살짝 맞닿았다. 치프가 동체를 붙잡는 사이 린다는 위로 몸을 뻗어 좌측 해치를 열고 안으로 들어갔다. 프레드와 윌이 가까이 다가와 존을 거들며 수송선에 함께 탑승했다.

그는 머뭇거리며 코버넌트 함대를 다시 돌아보았다. 수백 척에 달하는 함선이 갈팡질팡하고 있었다. 하지만 저 상태가 얼마나 오래갈까? 정거장의 원자로가 폭주해 폭발한다 한들…… 방어선을 돌파하고 지구를 잿더미로 만들고도 남을 병력이 코버넌트의 수중에 고스란히 남는다.

블루 팀은 기껏해야 누군가가 코버넌트 함대의 지휘권을 새로 꿰차기까지 시간을 조금 벌었을 뿐이었다. 그렇게 짧은 시간만 가지고는 턱 없이 부족하겠지만 치프로서도 더는 손쓸 도리가 없었다.

그는 해치로 기어들어가 수송선에 탑승한 다음 해치를 닫았다.

린다는 조종석을, 프레드는 통제석을 맡았다. 린다 앞의 화면에 엔진 설계도가 나타나 플라즈마 코일로 흘러드는 동력이 표시되었다. 내부 조명에 흐릿하게 불이 들어왔다.

"어디로 갈까요, 치프?"

린다가 물었다.

"멀리."

치프는 그렇게 말하며 항법 표시창을 들여다보았다. 그는 인근 행성을 공전하는 위성을 가리켰다.

"위성의 뒷면으로 간다. 천천히 움직여라. 놈들의 주의를 끌지 마라."

그는 카운트다운 타이머를 확인했다. 05:12. 아직 시간은 있었다.

"알겠습니다."

린다가 대답했다.

수송선이 기수를 돌리고 천천히 정거장에서 거리를 벌리며 검은색과 은색 분화구로 뒤덮인 자그마한 위성을 향해 거의 알아보지 못할 만큼 조심스럽게 속력을 높였다.

프레드는 제어반에 몸을 숙였다. 코버넌트 통신망의 F에서 K 주파수대에 두껍고 뾰족한 선이 나타나 화면 위로 물결치며 깜박거렸다.

"코버넌트 통신망이 마비됐습니다."

프레드가 보고했다.

"무슨 일이냐고 아우성치는 통신문이 함대 전체에서 넘쳐납니다. 거기다 정거장 내부의 통신망은 코타나 복사본으로 꽉 찼는데, 코타나가 계속서로 다른 시스템 오류부호만 내놓으면서 딴청 피우고 있습니다."

"이건 뭐지?"

치프가 프레드의 어깨에 몸을 굽히며 물었다. 그는 선이 하나만 그인 주파수대를 짚었다. 프레드는 코버넌트 문자를 한동안 말없이 지켜보고는 깜짝 놀라 숨을 삼켰다.

"통역 소프트웨어가 제대로 작동하는 중인지는 모르겠지만……."

그가 낮은 목소리로 말했다.

"저건 아군이 쓰는 E-주파수대입니다."

프레드는 재깍 외부 스피커를 켰다. 7음조 신호를 보내고 이내 멈췄다가, 다시 신호를 반복했다.

"못 찾겠다 꾀꼬리."

치프가 조용히 속삭였다.

"답어를 보내라, 프레드."

"예, 전송 중입니다."

누가 신호를 보낸 걸까? 핼시 박사나 켈리라면 모를까, 행성계 내에서 저 신호를 알 만한 스파르탄 대원들이라고는 블루 팀이 전부였다. 핼시 박사와 켈리가 블루 팀을 추적해온 건가?

"이제야 나타나셨군."

위컴 중장의 텍사스 억양이 묻어나는 느릿한 말투가 무전에서 나왔다.

"암호 부호 '레인보우'로 연결하도록."

치프는 프레드에게 고개를 끄덕였다. 프레드는 헬멧 뒷부분에 있는 데이터 포트에 선을 꽂아 코버넌트 통신망에 연결했다.

"암호를 풀었습니다."

프레드가 보고했다. 치프가 입을 열었다.

"중장님, 외람된 말씀이지만 어째서 여기 계신 겁니까?"

"해버슨 대위가 행성계 외곽에서 슬립스페이스를 벗어나자고 고집해서 말일세. 오르트구름 지대에 숨어서 상황을 엿보자고 하더군."

중장은 한숨을 내쉬었다.

"살펴봤더니 자네들이 정거장을 날려버린다 한들…… 적어도 200척이 넘는 함선이 지구까지 엎어지면 코 닿을 거리에 고스란히 남겠더구먼. 내가 돌아가서 경고한들 별반 달라질 것도 없을 걸세. 그래서 뒤늦게나마 직접 나서려고 행차했다네. 자네가 할 일은 끝났네. 나머지는 나한테 맡기게."

잠시 말이 없더니 중장이 낮고 진지한 목소리로 물었다.

"목표는 제대로 완수했겠지? 정거장이 폭파되게 해놓고 나왔나?"

"물론입니다. 폭파까지 4분 32초 남았습니다."

치프는 타이머를 무전에 연결했다.

"완벽하군, 마스터 치프. 얼른 올라타게. 방향을 손볼 것도 없이 그대로만 오면 되네. 자네 직감 하나는 귀신이구먼. 그렇잖아도 위성 반대쪽에 있으니 기다리겠네."

치프는 린다에게 속력을 높이라고 손짓했다. 린다는 가속장치를 잡아당겨 동력의 4분의 3을 가동하며 속력을 높였다.

"기다리시겠다니 무슨 말씀입니까?"

"여기는 위컴, 이상."

통신이 툭 끊어졌다.

치프는 윌, 프레드, 린다에게 고개를 돌렸다. 다들 어깨를 으쓱였다.

치프는 가속장치를 끝까지 놓고 속력을 최대로 높였다. 수송선이 얼룩덜룩한 위성의 고궤도에 진입해 뒷면으로 돌아가자 만신창이가 된 게티즈버그가 블루 팀을 기다리고 있었다.

그런데 게티즈버그뿐이었다.

"우월한 정의는 어디로 갔지?"

치프가 낮은 목소리로 속삭였다.

36

2552년 9월 13일 1825시 (수정 시각, 군사 표준력)/
**코버넌트 군사 정거장 불요불굴의 대사제 근방, 국제연합 우주사령부 호위함
게티즈버그**

마스터 치프와 블루 팀 대원들은 승강기에서 발을 내디뎌 게티즈버그의 함교에 들어섰다.

"중장님······."

치프가 위컴 중장에게 경례를 올리려 했으나 중장도 해버슨 대위도 부재중이었다.

함교에 있는 사람은 전방 모니터를 응시하는 존슨 하사와 새파랗게 달아오른 홀로그램 몸 위로 치프는 알아보지도 못할 부호와 수학 기호가 바삐 오르내리는 코타나뿐이었다.

존슨 하사가 뒤로 돌아섰다. 그는 스파르탄 대원들을 훑어보고는 나갔던 인원보다 돌아온 인원이 적다는 사실에 미간을 찡그렸다.

"대체 저게 뭔지는 몰라도 말이야."

존슨 하사가 코버넌트 지휘통제 정거장의 모습이 잡힌 1번 모니터를 고 갯짓으로 가리켰다.

"도무지 '불효막심한 도야지'처럼 보이지는 않는걸. 그보다는 오징어 두 마리가 서로 껴안고 입 맞추는 꼬락서니잖아. 여하튼 저걸 통째로 날려 버린다니 기분 째지는구먼. 수고했어. 우리 해병대 못지않은데 그래."

그가 한쪽 입꼬리를 올리며 씩 웃었다.

"중장님은 어디 계시지? 그리고 해버슨 대위님은?"

마스터 치프가 물었다.

하사의 반쯤 올라간 입꼬리가 내려가면서 눈빛이 어두워졌다. 그는 1번 화기 관제석으로 자리를 옮겼다.

"직접 보여주지. 지금쯤 클래리언 첩보 무인정이 자리를 잡았겠군."

중앙 모니터가 지직거리다가 위성의 그림자에서 벗어나는 우월한 정의 의 모습이 포착됐다. 한때는 당당한 위용을 자랑하던 코버넌트 기함이 이 제는 난파선 꼴을 하고 있었다. 선체가 군데군데 뚫려 골조가 다 드러났고 빛을 내며 가동 중인 플라즈마 도관은 거의 없다시피 했다.

"대체 무슨 영문인지 모르겠군."

치프가 중얼거리며 코타나의 홀로그램에 다가섰다. 조각난 복사본이 아 니라 진짜 원본 코타나에게 다가가니, 상황이 정돈된다는 생각에 마음이 놓였다.

"어떻게 된 거지?"

"잠시만요, 치프. 우월한 정의에 탑재된 슬립스페이스 엔진을 게티즈버 그의 질량과 형태에 맞추는 중이에요."

"자네들이 코버넌트 정거장으로 나들이 나간 동안 우리 둘은 이렇게 조 율에만 매달려 있었어."

존슨 하사가 말했다.

"목마 태웠던 코버넌트 함선에서 슬립스페이스 엔진을 떼어내다 게티즈버그에 철썩 달아났지."

치프는 모니터로 고개를 돌렸다. 그렇다면 우월한 정의는 점프를 못한단 말인가? 그런데 어째서 코버넌트 함대에 정면으로 항진하는 거지? 미끼인가? 그는 카운트다운 타이머를 힐끗 확인했다. 2분 9초 남았다.

"저건 단순한 미끼나 유인책이 아냐."

치프가 나지막이 말했다.

"하사, 우월한 정의에 신호를 보내라. 거리가 멀다면 저 첩보 무인정을 중계 지점으로 사용하면 된다."

"알았어, 치프."

존슨 하사가 명령을 입력하자 오류 경고가 울렸다. 그는 고개를 내젓고는 어리둥절한 얼굴로 다시 조심스럽게 명령을 입력했다.

"린다, 항법석을 맡아. 프레드, 통제석에 앉아라. 윌, 1번 화기 관제석에서 하사를 도와라."

블루 팀 대원들은 재깍 지정좌석을 맡았다.

윌이 하사의 곁에 다가가 좌석을 차지하고 세 버튼을 연속으로 눌렀다.

"통신 회선을 구축했습니다. 2번 모니터에 연결하겠습니다."

우월한 정의의 함교가 화면에 나타났다. 해버슨 대위와 위컴 중장이 중앙 지지대에 서서 홀로그램 제어반을 조정하는 중이었다. 대위와 중장 뒤편의 벽면 표시창에는 그리로 접근하는 코버넌트 함선들이 포착됐다.

위컴 중장이 웃음을 지었다.

"무사히 탑승해서 다행일세."

"중장님, 미처 공격하시기도 전에 놈들이 함선을 격침할 겁니다."

"그렇겐 못할걸세, 마스터 치프."

중장이 홀로그램 표시창을 짚었다. 파랗고 가느다란 크리스털 조각이 나타났다. 리치에서 발견한 외계 유물을 똑같이 빚어낸 복사본이었다.

"행성계 내부에 있는 전 코버넌트 함선에 이 이미지를 전송해서 빼앗아

갈 테면 뺏어가 보라고 큰소리를 쳐놨네. 놈들이 감히 우리 함선에 올라 지구 최강의 군인들과 맞붙을 배짱이 있는지는 모르겠지만 말일세."

중장은 껄껄 웃음을 터뜨렸다.

"명예에 목매는 엘리트 놈들이라면 사족을 못 쓸 테지."

"예, 그럴 겁니다."

코버넌트 함대가 방향을 돌리고 가까이 다가오는 우월한 정의를 향해 항진했다. 순양함과 항공모함이 구름처럼 몰려들었다. 수백이 넘는 함선 앞에서는 승산이 없었다.

"4번 포탑을 발사하도록, 대위."

중장이 명령했다.

"발사합니다!"

해버슨 대위가 단호한 결단이 묻어나는 얼굴로 대답했다.

한 줄기 플라즈마가 방출되어 곡선을 그리며 인접한 항공모함의 함수를 직격했다. 플라즈마가 방어막으로 번지며 흩어졌다.

"5번 포탑을 발사하도록. 놈들을 날려버리게."

플라즈마 어뢰 차탄이 초탄과 똑같이 날아들었다. 차탄이 항공모함의 약화된 방어막을 날리며 장갑과 선체를 녹이고 함수 갑판을 헤집으며 폭발을 일으켰다. 항공모함은 옆으로 기울면서 가까이 있던 순양함을 들이받았다.

"훌륭한 솜씨였네, 대위."

중장이 감탄하며 중얼거렸다.

코버넌트 함대가 마구잡이로 레이저를 쏴대며 반격에 나섰다. 정밀한 에너지 광선이 우월한 정의의 함미 갑판에 집중되어 두꺼운 장갑을 증발시키고 반대쪽으로 뚫고 지나가며 함선에서 엔진을 끊어놓았다.

중장이 웃음을 지었다.

"상식적인 전술 대응이로군. 우리가 중력의 반동으로 위성을 돌아 나온 뒤부터는 엔진을 가동하지 않고 관성에 몸을 맡길 작정이란 사실을 놈들이 모르는 모양이니 다행일세."

그는 표시창에 점점 크게 비춰지는 정거장을 힐끗 쳐다보았다.

"단단히 붙들게, 대위. 충격에 대비하도록."

우월한 정의가 정거장을 향해 점점 떠내려갔다.

함선이 중앙 고리에 부딪혀 구조물을 아예 부숴 버리며 그대로 돌진해서 정거장 중앙부를 함수로 들이받더니, 그렇잖아도 개미허리처럼 간당간당한 부분을 움푹 꺼뜨리며 불요불굴의 대사제를 막아섰다.

게티즈버그 함교의 중앙 모니터가 지직거리다가 서서히 원래대로 돌아오기 시작했다. 흔들거리는 화면 속에서 위컴 중장이 몸을 일으켰다. 관자놀이에서 입가까지 깊게 베인 상처에서 피가 철철 흘렀다. 해버슨 대위도 비틀거리며 바닥에서 일어났다. 팔이 이상한 각도로 꺾여 부러진 상태였다.

"전체 통신을 열도록."

위컴 중장이 대위에게 언성을 높였다.

"알겠습니다."

해버슨 대위는 어렵사리 통신망을 설정했다.

"뭣들 하느냐, 천하무적 코버넌트 전사들아!"

중장이 목청껏 소리쳤다.

"네놈들이 꿈에 그리던 '거룩한 성물'을 너희 함대 한복판에 대령했잖느냐!"

그가 손가락으로 홀로그램 크리스털을 튕기자 진짜처럼 손끝에 부딪혔다.

"재주껏 빼앗아 가보아라!"

수백에 달하는 코버넌트 함선이 우월한 정의에 몰려들었다. 견인 밧줄과 중력 광선이 뼈대만 남은 선체에 들러붙었다. 수천에 달하는 수송선과 추진기를 짊어진 엘리트들이 기함 주위의 우주를 가득 메웠다.

마스터 치프는 카운트다운 타이머를 지켜보았다. 00:27.

불요불굴의 대사제의 상부에 자리 잡은 10킬로미터 너비의 구형 구조물을 따라 열기가 불그스름하게 달아오르면서 원자로 폭주가 겉으로도 드러나기 시작했다.

"린다, 함선을 후퇴시켜. 위성 뒷면으로 이동해라. 가능한 한도 내에서 최대한 동력을 높인다."

"알겠습니다, 치프."

린다가 대답했다.

"비축분의 3분의 1로 추진기를 가동합니다. 0-8-0 방향입니다."

"코타나, 슬립스페이스 엔진은 어떻게 됐지?"

"거의 준비가 끝났어요, 치프."

코타나는 정신을 집중하며 아랫입술을 깨물었다.

"축전기가 8퍼센트 충전됐어요. 최종계산 조절 중. 잠시 기다리세요."

중장이 기함의 밀폐된 출입문으로 몸을 돌리는 모습이 화면에 잡혔다. 반대쪽에서 용접기가 뚫고 들어오면서 문틈에서 불꽃이 소나기처럼 쏟아졌다.

"마스터 치프, 마지막 명령을 내리겠네."

"말씀하십시오."

"나하고 대위가 이놈의 오합지졸들한테 무슨 꼴을 당했는지는 자네도 똑똑히 봤을걸세. 무슨 일이 있어도 교전할 생각일랑 꿈에도 말게. 한눈팔지 말고 곧장 지구로 돌아가 보고를 올리도록."

"알겠습니다."

"내 말 명심하게. 알라모 전투에 관해 얘기했던 일 기억하나? 요새에서 결사 항전했던 용감한 수비대는 전부 죽음을 맞이했네. 중과부적임을 알면서도 맞서 싸웠던걸세."

그는 고통을 참느라 이를 악물었다.

"전술상으로는 패배했을지 몰라도, 결과적으로는 기발한 전략적 승리였네. 적에게 겁을 집어먹게 했던 거지. 목숨을 바쳐 싸웠던 소수의 용맹한 병사들이 판도를 뒤집었던걸세."

"명심하겠습니다."

치프는 자신을 위해 희생했던 이들을 하나하나 떠올려보았다. 샘, 제임스, 멘데즈 상등상사, 키예스 함장, 헤일로에서 싸우다 죽어간 수많은 남녀 장병. 이제 그 이름의 대열에 위컴 중장과 해버슨 대위 두 사람이 더 올라갔다.

요란한 폭발과 함께 벽면의 출입문이 함교 바닥으로 떨어져 나갔다. 열놈 남짓한 엘리트들이 에너지 검을 번뜩이며 통로에 들어서는 광경이 드러났다. 위컴 중장이 기관단총을 사격하기 시작했다.

중앙 모니터가 지직거리며 끊어졌다.

치프는 잠시 화면을 지켜보며 중장과 대위가 다시 모습을 드러내기를 빌었지만…… 2번 모니터는 계속 지직거리기만 했다.

클래리언 첩보 무인정에서 전송한 실시간 영상이 옆 화면에 올라왔다. 8자 매듭처럼 생긴 정거장 불요불굴의 대사제 주위로 200척에 달하는 전함이 무리 지어 몰려들었다. 나머지 반수는 분산되어 궤도를 돌고 있었다. 놈들을 바라보자니 치프는 중심부에 초신성이 자리 잡은 나선은하 모형이 생각났다.

정거장 상부의 구형 구조물에서 빛이 뿜어져 나왔다. 열기가 삽시간에 붉은색에서 주황색으로, 다시 청백색으로 번져나가며 플라즈마가 태양의 불기둥처럼 맹렬히 분출되었다. 정거장 내부에서 연쇄폭발이 일어나 가느다란 중앙부를 훑고 지나 아래편의 구형 구조물을 관통하자, 시설이 붕괴됨과 동시에 번갯불이 방출되어 정거장의 파편과 주위에 포진한 코버넌트 함대를 타고 전광을 튀기며 퍼져나갔다.

맹렬히 타오르는 플라즈마와 희뿌연 연기와 바지직거리는 정전기가 한데 뒤섞여 성난 구름처럼 변한 불요불굴의 대사제가 우월한 정의와 교전하려고 접근해온 함대를 뒤덮으면서 함선들은 번뜩이는 백열광에 휩싸여 순식간에 증발했다.

정거장은 초고온 압축가스를 동반한 뇌적운으로 변해 급격히 부풀어 오르며 근방의 궤도를 돌던 나머지 함대까지 집어삼켰다. 고온에 달아오른 방어막이 은빛으로 깜박거리다 비눗방울처럼 터져나가며 소진되자, 열기가 밀어닥쳐 선체를 녹이고 함대를 모조리 먹어치웠다.

한바탕 폭발이 잦아들면서 구름도 흩어져 사라졌지만, 사방으로 튀어나온 파편은 유성처럼 꼬리를 남기며 계속 날아가 길을 잃고 폭심지 부근에서 어슬렁거리던 함선들을 덮쳤다.

"무인정을 위성 뒤로 후퇴시켜."

"알겠습니다. 추진기를 가동하겠습니다."

치프의 명령에 윌이 대답했다.

녹아내린 금속이 무인정의 카메라를 향해 우박처럼 날아드는 장면이 측면 모니터에 비춰지는가 싶더니, 곧 지표면이 검은색과 은색 분화구로 가득한 작은 위성이 화면을 가렸다.

"코타나, 슬립스페이스 점프 준비는 끝마쳤나?"

"슬립스페이스 축전기를 충전하는 중입니다, 치프. 말만 하세요."

"잠시만 대기해."

치프는 말없이 1분 동안 기다렸다.

"윌, 무인정을 회수해라."

"예, 치프."

측면 모니터의 초점이 월면에서 우주로 옮겨갔다. 함대와 지휘통제 정거장은 온데간데없고 우주에는 자욱한 연기구름과 반짝이는 재와 쇳조각만 남았다.

살아남은 코버넌트 전함도 적게나마 있었다. 폭발 현장에서 서서히 물러나는 놈들이 있는가 하면 무력하게 우주를 떠다니는 놈들도 있었다. 500척에 달하는 함대 중에서 목숨을 건진 함선의 수는 고작 10척 남짓이었다.

"기발한 전략적 승리라……."

치프가 나직이 중얼거렸다. 중장의 유언이 머릿속에서 맴돌았다.

"코타나, 여기서 철수한다."

마스터 치프는 게티즈버그의 함교에 서서 별들이 흐려지다가 칠흑 같은 슬립스페이스 속으로 사라지는 광경을 지켜보았다.

게티즈버그는 불요불굴의 대사제를 둘러싼 전투의 현장에서 점프에 돌입해 노멀스페이스로 빠져나간 뒤 항로를 설정했다. 코타나가 항로를 조절하고 나서야 일행은 천신만고 끝에 드디어 지구로 가는 귀향길에 올랐다. 코버넌트가 지구의 위치를 파악했으리라는 강력한 증거가 있기는 하지만, 그렇다고 해서 '완전히' 입증된 것은 아니었다. 따라서 콜 교전수칙은 여전히 유효했다.

"슬립스페이스 진입 완료. 지구까지 35시간 남았어요, 치프."

코타나가 자그마한 홀로그램을 드러내고 그를 빤히 쳐다보다가 가느다란 눈썹을 찡그렸다.

"마음에 걸리는 일이라도 있나?"

코타나는 미간을 찌푸렸다.

"제가 만든 침투 프로그램 복사본이 어떻게 됐을까 궁금해서요."

코타나의 몸 색깔이 파란색에서 군청색으로 차갑게 변했다.

"치프의 임무 기록을 들춰봤어요. 시스템이 붕괴된 이유가 복사를 거듭했기 때문인가 보던데, 그 복사본에는 제 중심인격 프로그래밍도 일부나마 들어가 있었거든요. 혹시 그게…… 앞으로의 불안정을 암시하는 징조는 아닐지 걱정스러워서요."

코타나는 조마조마한 마음으로 여태껏 버텨왔다. 얼마나 마음을 졸였던지 가끔은 정확한 시간마저 잊어버릴 정도였다. 하지만 지난 몇 주 동안 극도의 한계까지 내몰렸던 이는 비단 코타나뿐만이 아니었다. 사소한 실수를 저지르기는 했어도 코타나는 언제나 치프의 기대를 저버리지 않았다.

치프가 침묵 끝에 말을 건넸다.

"우린 네 덕분에 살았어. 네 인격 프로그래밍은 사람하고 비교해도 손색없으니 걱정 마."

코타나의 홀로그램이 잠시 분홍빛을 띠었다가 다시 차가운 파란색으로 되돌아갔다.

"제 청력이 오작동을 일으킨 건가요, 아니면 정말 칭찬하신 건가요?"

"혹시나 이상 현상이 생기지는 않는지 슬립스페이스를 예의주시해."

마스터 치프가 물음을 받아넘기며 말했다.

치프는 전방 모니터로 성큼성큼 걸어가서 검은 우주를 내다보았다. 아무도 지켜보지 않는 곳에서 꺼림칙한 작업을 홀로 마무리하고 싶었다.

그는 전방투영창에 대원 명단을 불러왔다. 목록을 죽 내려 리치 행성에서 죽은 대원과 그 이후로 실종된 대원을 선택했다. 제임스, 리, 그레이스…… 그리고 절대 '공식적으로는' 전사로 기록되지 않을 나머지 사망한 대원들까지. 전쟁이 승리로 끝나지 않는 한 스파르탄 대원들은 결코 편히 눈을 감지 못하리라는 생각이 치프의 머릿속에서 맴돌았다.

그는 켈리의 이름에서 잠시 멈칫했다.

곧 켈리도 실종으로 기재되었다. 얄궂게도 사적인 임무를 비밀리에 수행하려는 핼시 박사의 손에 납치된 켈리야말로 진짜 실종된 대원이었다. 치프는 핼시 박사가 무슨 속셈인지는 몰라도, 박사가 힘닿는 데까지 켈리를 지켜주리라는 예감이 들었다. 사실 박사와 켈리에 대한 걱정이 앞서기는 하지만.

그는 로클리어 상병을 명단에 추가하고 전사로 올려두었다. 스파르탄 부대원에 못지 않았던 군인에게 걸맞은 예우였다.

치프는 마지막으로 남은 세 이름을 오랫동안 바라보았다. 쉴라 폴라스키 이등상사, 일라이어스 해버슨 대위, 댄포드 위컴 중장. 그는 마지못해 그 셋을 전사로 기재한 뒤, 그들의 활약상을 소상히 적어둔 임무 보고서에 이름을 올렸다.

중장과 대위는 대규모 코버넌트 함대를 저지했다. 기꺼이 자신들의 목숨을 바쳐 인류에게 파멸이 닥치기 전까지 유예 기간을 벌어주었다.

치프는 만족스러웠다. 어떠한 적대세력이 나타날지라도 반드시 인류를 수호하리라 맹세한 스파르탄 대원으로서, 치프와 대원들은 누구도 해내지 못할 의무를 다했다. 그리고 영영 '실종'으로만 기재된 동료 대원들과 마찬가지로 위컴 중장과 해버슨 대위는 결코 죽지 않을 것이다. 단순히 문서 상 전사로 기록되지 않아서가 아니라, 죽음을 통해 훌륭한 귀감으로 거듭 날 것이기에.

치프는 돌아서서 각자 함교의 좌석을 하나씩 맡은 린다, 윌, 프레드를 지켜보았다. 그는 자신과 나머지 생존 대원들도 그러한 최후를 맞이하게 끔 이끌겠다고 다짐했다.

승강기 문이 열리더니 존슨 하사가 함교로 들어왔다.

"엔지니어를 전부 B-갑판에 몰아넣고 왔어. 어찌나 미끈거리던지."

치프는 고개를 끄덕였다.

"해군 정보국 철부지들이랑 저놈의 오징어 대가리들은 서로 빼닮은 구석이 있단 말씀이야. 둘 다 쥐뿔도 못 알아먹을 소리만 해대면서 겉모습만 번지르르하거든. 귀환하거들랑 그네들이랑 저놈들이랑 기술력이 어떠니 첨단장비가 어쩌니 하면서 서로 떠들어댈 꼴이 눈에 선하구먼."

존슨 하사는 함교를 가로질러 마스터 치프에게 다가갔다.

"깜빡할 뻔했네. 해군 정보국 하니까 말인데."

하사는 작은 데이터 크리스털을 꺼내고는 고개를 떨어뜨렸다.

"해버슨 대위님이 중장님하고 떠나시기 전에 이걸 주고 가셨어. 대신 전해주라고 하시던데."

치프는 데이터 크리스털을 쳐다보다가 마치 방사능 물질이라도 만지는 듯한 꺼림칙한 기분으로 하사의 손에서 그것을 받아들었다.

"고맙다, 하사."

그가 망설이다 덧붙였다.

"내가 알아서 하겠다."

하사는 고개를 끄덕이고는 1번 화기 관제석으로 성큼성큼 걸어갔다.

치프는 아무 화면도 잡히지 않은 모니터를 향해 돌아서서 다른 데이터 크리스털을 탄입대에서 꺼냈다. 어제만 해도 핼시 박사가 건네준 플러드 원본 자료가 든 크리스털을 해버슨 대위에게 건네주는 것이 옳은 행동이라고 믿었다. 거기에는 하사를 죽음으로 몰고 갈 것이 확실한 자료도 들어 있었다.

하지만 지금은?

지금은 단 한 사람이 전세를 뒤집을 수 있음을 몸소 깨달은 뒤였다. 한 사람이라도 더 구하고자 했던 핼시 박사의 간절한 바람이 마침내 가슴에 와 닿았다.

치프는 두 데이터 크리스털을 각각 양손에 쥐고 가만히 응시했다. 반들거리는 단면 속에 깃든 미래를 엿보려고 눈에 힘을 주었다.

하지만 그런들 어떻게 알겠는가? 앞날은 모를 일이다. 지금부터라도 만인을 구하기 위해서 행동해야 한다.

그래서 그는 결심했다.

치프는 주먹을 꽉 쥐고 전체 임무기록이 든 데이터 크리스털을 가루로 만들었다. 존슨 하사에게 사형 선고를 내릴 수는 없었다.

치프는 남은 데이터 크리스털을 손으로 들어보았다. 해군 정보국에 전해줄 자료는 이것만으로도 충분하다. 그는 크리스털을 다시 탄입대에 고이 넣어두었다.

오늘은 인류가 승리했다. 어렵사리 코버넌트 함대를 막아냈다. 치프는 지구로 귀환하여 상황을 경고하고 해군 정보국 소속 과학자들이 머리를 싸맬 정보를 전달할 것이다.

하지만 내일은 어떨까? 코버넌트는 일단 목표물을 포착하면 결코 포기하는 법이 없었다. 놈들은 지구를 노리고 달려들 것이다. 놈들의 함대를 궤멸한다 한들 불가항력과도 같은 현실에서 벗어날 방법은 없었다.

하지만 아직 시간은 있다. 코버넌트가 어떠한 공격을 가해올지라도 충분히 대비할 여유가 있을지도 모른다.

치프는 오늘의 승리를 거머쥘 것이다. 그리고 다시금 전투가 시작되는 순간에도, 그는 반드시 승리하리라.

에필로그

제9차 교화의 시대, 침묵의 단계/

코버넌트의 성스러운 도시 '숭고한 자애', 대사제의 성소

수천 수백에 달하는 무인정이 깜박거리는 기계 눈알을 굴리며 코버넌트 제국의 권역을 감싼 공허하고 헝클어진 비공간 속을 탐색했다. 무인정들은 데이터를 수집한 뒤 차디찬 진공으로 나와, 천공을 장악한 웅장하고 둥구스름한 행성형 정거장 주위에서 궤도를 유지하는 수백에 달하는 초대형 항공모함과 순양함으로 되돌아갔다.

신원이 확인되지 않으면 크기가 1센티미터를 넘는 작은 돌멩이라도 이곳 주변의 우주에 들어서는 즉시 조준 격파된다. 허가 암호는 매시간 갱신되며, 접근하는 함선이 암호를 즉답하지 못하고 1초라도 뜸을 들였다가는 그 자리에서 격침되는 응징이 내려졌다.

'숭고한 자애'는 이렇게 철통 같은 방어체계의 보호 속에서 주변 전함의 엔진이 내뿜는 불빛을 받으며 거동했다.

숭고한 자애의 깊숙한 곳에는 코버넌트 대부대가 지키는 고요한 대사제의 성소가 자리 잡고 있었다. 성소 내부의 벽면과 바닥과 천장은 코버넌트 연맹에 정복되어 유리화된 수많은 행성에서 가져온 반들거리는 유리조각으로 장식되어 있었다. 유리장식은 성소 한가운데 앉아 있는 인물이 읊조리는 말을 비추며 코버넌트 제국의 영광과 지혜를 만방에 일깨웠다. 그분보다 더 지혜롭고 현명하며 진실하신 분은 은하계 그 어디에도 없었다.

성소 중앙에서 허공으로 1미터쯤 떠오른 반중력 보좌에 코버넌트의 대제사장 진실의 사제가 앉아 있었다. 헐거운 붉은색 관복을 걸쳐서 체형은 거의 드러나 보이지 않았으며 머리에 쓴 반들거리는 관모에서는 감지기와 호흡기가 곤충의 더듬이처럼 뻗어 있었다. 몸에서 겉으로 드러난 부분은 딱딱한 입술과 부리부리한 검은색 눈, 그리고 금빛 소매 아래로 나온 가느다란 손가락뿐이었다.

사제가 왼손을 까딱거렸다. 성소의 문을 열라는 뜻이었다.

삐걱거리는 소리와 함께 문이 갈라지면서 빛이 새어 들어왔다.

빛 속에 선 누군가의 형체가 드러났다. 그는 가슴이 바닥에 닿을 정도로 넙죽 절을 했다.

"일어나거라."

진실의 사제가 나직이 말했다. 목소리가 성소에 울려 퍼졌다.

"가까이 와서 보고를 올리거라, 타타루스."

엘리트 친위대가 그 말에 충격을 받아 몸을 들썩였다. 저토록 천한 종족이 사제의 안전에서 배알하기란 전례가 없던 일이었다.

"친위대는 물러들 가거라."

엘리트 친위대는 일제히 몸을 꼿꼿이 세우고 머리를 조아리고는 넓은 성소에서 줄지어 걸어나갔다. 친위대는 묵묵히 명령에 따랐지만 사제는 그들의 얼굴에 나타난 심란한 표정을 놓치지 않았다. 잘됐군. 무지와 당혹감은 이용할 여지가 있기 마련이지.

브루트 족장 타타루스가 넓은 성소를 가로질러 걸어왔다. 그는 사제의 3미터 앞에서 무릎을 꿇었다.

타타루스는 포악함의 상징과도 같은 인물이었다. 진실의 사제는 그의 험상궂고 우악스런 외모에서 엿보이는 위압감에 놀라움을 금치 못했다. 연회색 피부 아래에서 꿈틀거리는 우락부락한 근육에는 제아무리 헌터라 할지라도 갈기갈기 찢어버릴 정도로 엄청난 괴력이 잠들어 있었다. 신의 도구로 쓰기에는 손색이 없었다.

"어디 꺼내보아라."

사제가 귓속말에 가까운 낮은 목소리로 말했다.

타타루스는 고개를 숙인 채 허리춤에 달아둔 구슬을 내밀었다.

사제가 손가락으로 구슬을 튕겼다. 구슬이 타타루스의 손에서 둥둥 떠올라 허공에서 멈췄다. 구슬의 윗부분이 풀어지면서 반짝이는 사파이어 빛 크리스털 조각 세 개가 드러나 성소의 반들거리는 내벽에 불빛을 비추었다.

느닷없이 중력이 왜곡되면서 사제가 앉은 보좌가 균형을 잃고 갸우뚱거렸지만 곧 원래대로 평행한 상태로 돌아왔다.

"고작 이게 전부인가?"

"여덟 개 소함대가 에리다누스 세컨더스 소행성대와 타우 세티 행성을 둘러싸고 일대를 샅샅이 뒤졌사옵니다."

타타루스가 더욱 고개를 조아리며 대답했다.

"함선 대부분을 공허 속에서 잃고 말았사옵니다. 저희가 간신히 회수한 조각은 그것뿐이었나이다."

"보잘것없구나."

크리스털 조각이 담긴 구슬이 다시 구체로 돌아와 사제의 손 위에 사뿐히 내려앉았다.

"하지만 이만하면 충분할지도 모르겠구나…… 이제 위대한 분들께서 남기신 유물 중에서 이것에 못지않은 성물을 하나만 더 구한다면 차질이 없을 터이니 말이다."

사제는 구슬을 소매 깊숙한 곳에 넣어두었다.

"생환한 승무원들을 빠짐없이 후히 챙겨주어라. 그런 다음 쥐도 새도 모르게 남김없이 처형해야 하느니라."

"명심하겠나이다."

타타루스가 그럴 줄 알고 있었다는 듯한 목소리로 답했다.

사제는 심호흡을 하고는 쉰 목소리로 한숨을 내쉬었다.

"불요불굴의 대사제는 어찌 되었느냐?"

"보고가 불확실하옵니다, 고귀한 사제시여. 배교자로 돌아선 기함 우월한 정의가 사태에 개입했다가 격침됐습니다. 무엇 때문에 정거장에 폭발이 일었는지는 확실치 않습니다. 통신망에 기록된 교신 내역에는 폭발 이전에 발생한 시스템 오류만 넘쳐났사옵니다. 엔지니어들의 말로는 이번 사건이……."

사제가 침묵하라는 뜻으로 손을 들었다. 타타루스는 보고를 하다말고 말을 멈췄다.

"참으로 유감스러운 반전이었도다. 허나 결국에는 사사로운 실수에 불과하게 될 것이니라. 전투 준비를 끝마친 함선을 사태의 현장에 집결시키거라."

"우월한 정의를 적의 손에 빼앗긴 그 무능한 녀석은 어찌하면 좋겠나이까, 신성한 사제시여?"

"의회에 소환하거라. 돌이키지 못할 실수를 저질렀으니 응당 죗값을 치러야 하지 않겠느냐."

타타루스가 얼굴을 일그러뜨리며 브루트 종족 사이에서 웃음으로 통하는 표정을 지었다.

"곧 위대한 고행이 시작된다."

진실의 사제는 말을 이으며 주먹을 그러쥐었다.

"전 우주의 그 누구도 우리 앞길을 막아서지 못할 것이니라!"

『헤일로: 오닉스의 유령』 편으로 이어집니다.

부록

에이미 씨께

　저는 찰스 반커크라고 합니다. 지난 5년 동안, 저는 우리에게 너무도 크나큰 희생을 요구하는 꿈을 지키면서 부군과 동고동락했습니다. 그동안 샘과 함께하면서 한 번도 실제로 부인을 만나볼 기회가 없었던 점은 유감입니다. 아시다시피 저희는 정황상 뜻대로 오가거나 그토록 싸워서 지키고자 하는 이들을 만나볼 여건이 되지 않습니다. 그 탓에 저는 어디까지나 남일 뿐이지만…… 그런 남한테서 이런 소식을 접하셔야 한다니 저로서도 가슴이 아픕니다.

　샘이 전사했습니다.

　부인의 안전을 위해서라도 어디서 어떻게 전사했는지 자세히 말씀드릴 수는 없지만, 샘은 영웅이었고 또 영웅다운 끝을 맞이했다는 사실을 알아주셨으면 합니다. 지난 몇 년간 함께 싸웠던 이들은 샘을 친형제처럼 아꼈고, 그의 결단력과 온화한 성품은 우리 모두에게 힘을 주었습니다. 샘이 이 전쟁에 희생된 것은 비극이나, 우리 모두와 마찬가지로 그를 희생시킨 것은 우리에게 가장 중요한 가치, 바로 자유를 향한 갈망이었습니다.

　구구절절 설명한들 당장은 위안되지 않으시겠지만, 지금처럼 암울한 시기 속에서, 샘이 치른 희생의 가치나 혹은 우리가 치르는 전투의 정당성에 관해 부디 의혹을 품지 마시길 바랍니다. 코버넌트라는 압도적인 외세의 침략 앞에서 어째서 동족을 상대로 총부리를 겨누느냐고 물으실지도 모르겠습니다. 저희도 매일같이 그 질문으로 고뇌하며…… 샘도 예외는 아니었습니다. 그러나 우리에게 계속해나갈 힘을 불어넣어 주는 것은 바로, 결국 자신들의 승리를 위해 남을 이용할 뿐인 세력을 지원한다면 우리에게는 장래가 없다는 확신입니다.

　국제연합 우주사령부에서 우리를 어떻게 취급하는지 보셨을 겁니다. 단물만 빼먹고, 말뿐인 약속만 돌려줄 따름입니다. 그 치들이 그토록 애지중

지하는 내곽 이주지 바깥의 행성은 수탈 대상에 지나지 않으니, 기아와 질병이 만연하거나 코버넌트가 살육을 벌여도 손도 까딱하지 않잖습니까? 우리가 샘의 용기를 반만큼이라도 따라간다면, 지구건 하베스트건…… 출신지와 관계없이 만인은 평등하고, 따라서 평등하게 대우받아야 한다는 사실을 국제연합 우주사령부에 똑똑히 각인시킬 수 있을 겁니다. 그러나 그날이 오기까지는 인간이건 코버넌트건 세력을 불문하고 우리 삶을 위협하는 모든 것에 맞서 싸워야 합니다.

조금이라도 위안을 드리고자, 부군의 부고에 조금이나마 정당성을 부여하고자 이렇게 편지를 드립니다. 부디 샘이 그랬던 것만큼 우리의 대의에 공감해주시기를, 또 우리 모두 그의 죽음을 깊이 애도한다는 사실을 믿어주시기 바랍니다. 최근 국제연합 우주사령부 권역에서 보도되는 언론에서 무엇을 보고 읽으셨건, 샘의 죽음은 장렬한 전사이자 고귀한 희생이었습니다. 샘은 우리 모두를 위해, 또 부인을 위해 목숨을 바쳤으리라 믿어 의심치 않습니다.

심심한 조의를 담아
찰스 드림

전쟁통 예인선

올리버 버치는 이대로 영락없이 죽는구나 싶었다.

따가운 땀방울이 흘러들어 눈을 질끈 감고, 심호흡을 하며 정신을 집중했다. 그는 위험한 우주환경을 견디도록 제작된 대기압 방호복 속에서 멀대 같은 팔다리를 필사적으로 버둥거렸다. 위험한 우주환경이란 보통 방사선 폭격이나 극한 온도를 가리키는데, 지금 상황에서는 국제연합 우주사령부 순양함 '드레스덴'의 격벽에 그를 가둬버린 거대한 물체가 바로 그 위험 요소였다.

한 손에는 자기(磁氣) 바이스, 다른 손에는 중량급 토크 렌치를 쥔 채로, 두 연장 모두 온몸을 깔아뭉갠 커다란 새카만 형체에 고정시켰다. 그 커다란 형체는 눈에 익숙했으며 상황도 마찬가지였다. 드레스덴이라는 이름의 버려진 마라톤급 순양함 엔진실 내부는 공허하고 아무런 무게도 느껴지지 않았다. 그를 꼼짝도 못하게 짓누른 물체는 흔히 '슬립스페이스 드라이브'로 통하는 쇼-후지카와 초광속 엔진으로, 한 시간에 걸친 꾸준하고도 지루한 작업 도중 느닷없이 고정이 풀려버린 것이다.

발을 받치고 다리에 힘을 되찾은 그는 거대한 엔진을 천천히 밀어냈다. 한 손으로는 너무 밀리지 않도록 방향을 잡아나갔는데, 중력이 전무한 상태라 자칫하면 엔진이 눈 깜짝할 새에 반대편으로 날아갈지도 모를 일이었다. 방향을 잡아야 하는 또 다른 이유는, 초등학생도 알다시피 슬립스페이스 드라이브는 소홀히 다뤄도 되는 장치가 아니기 때문이다. 조금이라도 잘못 운반하거나 좌표가 살짝 엇나가거나, 혹은 탑재 과정에서 문제가 생길 경우 엄청난 불상사가 발생할 공산이 크다. 요행히도 드라이브는 손쉽게 밀려나며 미리 둘러놓은 견인 밧줄에 걸려들었다.

손목 밴드를 두드리자 먼발치에 있던 예인선의 윈치가 돌아가며 드라이브를 신속하고 안정적으로 끌어당기기 시작했다. 그는 장치 측면을 더듬으며 예인선으로 되돌아가, 숨을 고르면서 침착함을 되찾았다. 윈치가 말 없이 올리버와 포획물을 끌어당기는 사이, 그는 멀리 사라지는 드레스덴을 멍하니 바라보았다.

만신창이로 변한 드레스덴은 웅장했던 본래의 모습을 알아보기 힘들 정도였다. 그나마 형태를 유지한 부분은 거꾸로 뒤집힌 채, 강철과 플라스틱 부품과 기타 잡동사니로 이루어진 빈껍데기가 되어 지난 몇 년 사이 조금씩 허물어졌다. 드레스덴은 비코를 에워싼 파편 지대를 떠도는 수백 척의 함선 가운데 하나였다.

수십 년 전 코버넌트가 이곳에 처음 도착했을 무렵, 놈들은 행성을 방어하던 국제연합 우주사령부 병력을 신속하고 철저하게 소탕했다. 그러고 나서 놈들은 파편 무더기를 남김없이 행성의 북극 지역에 쌓아놓으며 다음 작업을 위한 길 내기에 들어갔다. 과잉살상인 동시에 수술처럼 정밀한 궤도 폭격을 비코 지표면에 가함으로써, 자신들이 얼마나 잔악한지 드러내 보였던 것이다.

올리버는 코버넌트와 맞닥뜨린 적은 없었지만, 실제로 그럴 일이 생긴다면 틀림없이 바지에 오줌을 지리겠지 싶었다. 다행히도 그런 일이 생길 가능성은 낮았다. 지난 몇 개월은 상황이 꽤 치열했지만 그의 직업인 '회수업자' 일은 대체로 무탈했고, 건수마다 딱딱하게 접근하는 고용업주 '워너&아이브스' 덕분에 산더미 같은 서류를 처리하느라 따분하기까지 했다.

회수업자는 비인기 직종이었지만, 국제연합 우주사령부에서 초광속 엔진 품귀현상을 겪기 시작한 20년 전부터는 사정이 달라졌다. 우주선은 값이 비쌀 수밖에 없지만, 유인 구조/회수작전 역시 만만찮은 비용이 들었다. 안정적인 슬립스페이스 드라이브처럼 제작공정이 복잡한 고가의 물건이라면 공급이 수요를 따라갈 리 없었고, 경제 문제도 뒤따랐다. 회수업자가 등장한 것은 그때부터였다. 이제 '회수'를 전문으로 하는 사기업에서는 멀쩡히 가동되는 초광속 엔진만 구해오면 짭짤한 수익이 보장됐다.

올리버는 국제연합 우주사령부라면 자체 인원을 투입해 드레스덴 같은 함선에서 드라이브를 회수하고도 남으리라 생각했지만, 정부가 으레 그렇듯 그들 역시 경비가 들더라도 하청업자를 동원하는 편을 선호했다. 그렇게 회수업 시장은 호황을 맞았고, 워너&아이브스 같은 기업에서는 의뢰인을 올리버 같은 계약자와 중계해주었다. 슬립스페이스 드라이브를 찾아내 돌려주기만 하면 그의 손에는 두둑한 보수가 쥐어졌다.

'각본대로라면 그렇게 풀려야 하는데.'

드라이브에 매달린 채로 예인선의 후미 화물칸에 다다르자 그런 생각이 들었다. 트리뷰트 행성의 비스트로 대학에서 그레첸 나바로를 만나기 전만 해도, 사정이 달랐으니까.

드라이브의 잔존 방사능 측정치를 대여섯 번쯤 확인한 끝에, 아무런 문제가 없으며 멀쩡하게 작동되는 상태라는 결론을 내렸다. 대부분 문제는 외부 시스템이나 탑재 하드웨어 쪽이기 때문에, 대개 드라이브 본체는 손상이 경미했다. 당연한 일이지만, 드라이브는 총알쯤은 가볍게 막도록 설계된다. 슬립스페이스 사고 원인은 일반적인 구동 과정과 무관한 요소인 경우가 많은데, 조작 실수나 선체 질량이 가장 큰 비중을 차지했다. 올리버는 비틀거리며 화물칸 한쪽으로 걸어가 출구를 닫고 실내 압력을 복구한 뒤 방호복을 벗어 던졌다.

벽면에 내장된 제어반의 고정해제 단추를 누르자, 예인선 화물칸의 좌현에 있던 출입문 두 군데가 열렸다. 그는 이 낡아빠진 배를 '갈릴레오의 철천지원수호'라 불렀는데, 여기서 원수란 오라치오 그라시 신부를 일컬었다. 종교가 정치는 물론 과학까지 관장하던 시대에 살았던 성직자이자 수학자인 그라시 신부는 예수교를 믿었음에도, 갈릴레오의 혜성 이론에 관해서는 희한하게도 성경보다 과학을 근거로 반박했던 인물이었다. 갈릴레오는 그와의 잇따른 언쟁에도 기죽기는커녕, 도리어 이를 바탕으로 훗날 일생 최고의 연구를 발표했다.

인공 중력이 있는 예인선으로 들어서자 다리 하나가 없는 개, 마벨이 올리버를 반갑게 맞아주었다. 마벨은 정말 기적 같은 녀석이었다. 언젠가 드와카 행성 궤도에서 잔해를 뒤지던 중, 옛 이주지 개척시대의 산물이자 보존 상태가 비교적 양호한 이주지 관리국 소속함 버터워스를 발견했다. 그 배가 무슨 곡절로 궤도를 떠돌고 있었는지, 또 무슨 수로 코버넌트의 공격에도 무사했는지는 몰라도, 발견했을 당시 선내는 텅 비어 있었다. 잔뜩 굶주리고 겁을 먹었지만, 명랑한 절름발이 골든 리트리버 한 마리만 빼고.

"착하지, 마벨."

올리버는 드라이브 주위를 걸으며, 엔진을 직접 눈으로 살피고 손으로 만져보면서 점검했다.

"잠시만 살펴보고 출발하자, 응? 약속할게."

올리버가 스티브란 이름으로만 아는 계약 중계인에게 일감을 받을 때만 해도 시간은 전혀 문제 되지 않았다. 이번 의뢰인은 해군 정보국이었는데, 보아하니 그 양반들은 드레스덴의 슬립스페이스 드라이브가 당장 필요한 모양이었다. 덕분에 문제가 꼬였는데, 하필이면 그가 트리뷰트 출신에 눈 돌아가게 아름답지만 강단 있는 그레첸 나바로 양과 데이트 약속을 어렵사리 따낸 참이었기 때문이었다.

드라이브를 회수하기 위한 시그너스행과 그레첸과의 데이트를 위한 트리뷰트행 일정을 어떻게 조율할지, 막막하기만 했다. 아무튼 데이트 약속까지는 보름이 남았고, 양쪽 일정을 모두 맞추기에는 시간이 부족했다. 헌데 드레스덴에서 꺼내온 트럭 크기의 모난 초광속 엔진을 손으로 쓸어본 순간, 그는 이것이 표준 군용 초광속 드라이브가 아님을 직감했다. 어딘가 좀 달랐다.

일련번호와 전체적인 형태와 치수를 보니 화성에 본사를 둔 오로스 무역상사에서 제작한 44년형이었다. 그러나 이 드라이브는 44년형이 아니었고 화성에서 생산된 물건도 아니었다. 게다가 겉모양은 민간용 드라이브와 흡사하지만 똑같지 않았다. 그는 일련번호를 다시 살펴보고는 승리의 코웃음을 쳤다. 바로 회수업자 사이에서 '새들 박스'로 통하는 물건이었다.

새들 박스는 상업용이나 민간용으로 출시되는 엔진이 아니라, 슬립스페이스 운항의 군사 실험용으로 제작되는 물건이라 굉장히 귀했다. 그도 여태 두 번밖에 본 적이 없었다.

슬립스페이스는 귀한 과학 기술의 산물이었다. 어중간한 이해를 바탕으로 빈번히 사용되며 대체로 무탈한, 그런 기술과 과학 말이다. 그러나 초창기 중력 이론과 마찬가지로 그 이해는 대부분 추론과 추측에 지나지 않았고, 지금도 슬립스페이스는 상당 부분이 미지의 영역으로 남아 있다. 양자전기역학 박사 학위가 있음에도 그가 물리학자가 아니라 회수업자의 길을 택한 한 가지 이유는 바로 거기에 있었다. 물론 수입이 짭짤한 데다 연구실 근무가 지루한 까닭도 있었지만.

새들 박스를 마지막으로 살펴본 뒤, 올리버는 무릎을 굽힌 채로 털이 북슬북슬한 마벨의 목을 다정하게 긁어주었다.

"고작 보름 안에? 그렇게 번개처럼 날아갈 수가 있나. 근데 이걸 쓴다면야, 어쩌면 될지도……."

조용히 헉헉거리던 마벨은 낑낑거리는 소리로 끝맺었다. 개의 언어라면 통 모르지만, 아무래도 이번에는 닭고기 말고 제발 다른 먹이를 달라는 간곡한 부탁처럼 들렸다.

"그래, 알았어. 어디 한번 해보자."

그는 자리에서 일어났다.

그레첸 나바로는 눈 돌아가게 아름다운 미인이었다. 얼굴로 보나 몸매로 보나 평균 이상이었고, 본인도 그 사실을 알고 있었다. 그래서인지 자신만만하다 못해 약간의 허세도 있었다. 올리버가 그레첸에 맞먹는 다른 여자를 만날 기회는 0에 가까웠는데, 애초에 그의 데이트 신청을 흔쾌히 받아줄 여자를 만날 확률은 그보다도 낮았다. 아무래도 회수업에 관해 나눈 일장토론이 그레첸을 사로잡은 듯했다. 정확히 어디가 그리도 솔깃했는지는 아직도 오리무중이지만.

아무튼 이번 데이트는 천재일우의 기회.

올리버는 예인선 선교로 들어가 비코의 둥그스름한 지평선을 빤히 바라보았다. 그는 스위치 세 개를 올리고 연료 조절판을 살짝 밀어놓은 다음, 마치 거실에서 통째로 가져온 듯 예인선 갑판에 어울리지 않는, 천으로 감싼 아늑한 좌석에 털썩 앉았다.

갈릴레오의 철천지원수호는 서서히 선수를 돌리며, 행성의 북극 상공을 뒤덮은 음산한 잔해 지대에서 벗어났다. 잔해는 꼭 차갑게 식어 미라처럼 변한 시체에 꼬인 파리 같아 보였다. 비코는 파괴를 일삼는 코버넌트 함선이 몰려왔던 여느 행성과 다름없는 모습이었다. 생기를 잃고 잿빛과 검붉은 색으로 그을린 잔해만이, 이곳의 생명이 탄생에 걸린 기간보다 훨씬 짧은 시간에 소멸했음을 드러내 보였다.

천천히 전방 조망창을 메워오는 다른 함선은 이주지 관리국 소속함 버터워스였다. 새 주인을 만난 마벨의 주소지가 버터워스였고, 여기에 해사 인양법의 교묘한 해석이 덧붙여지면서 올리버가 통째로 인수받았던 것이다. 가까이 다가가자 이주선은 우현 화물칸을 열고 자동화 전자기 예인기로 갈릴레오의 철천지원수호를 매끄럽게 안으로 들였다.

회수 일을 나가면 반드시 배 두 척을 따로 준비해야 한다. 첫째로 유난히 밀집된 잔해 지대로 들어가는 경우가 잦은데, 이 과정에 슬립스페이스 운항 기능을 갖춘 값비싼 함선을 쓴다면 수지가 맞지 않는다. 회수에 나설 적이면 올리버는 주로 버터워스를 탐사 지대에서 4천 내지 5천 킬로미터 떨어진 곳에 세워두고 갈릴레오의 철천지원수호에 올라 가까이 다가갔다.

"문제는 바로 그거야. 잘 들어, 마벨, 한 번만 설명할 테니까."

마벨이 고개를 홱 돌렸지만 올리버는 괘념치 않았다.

"비코는 시그너스에서 대략 24광년 거리에 있고 트리뷰트에서는 58광년 거리야. 비코에서 시그너스로, 거기서 다시 트리뷰트로 가려면 족히 한 달은 걸려."

상대성 이론 문제가 알쏭달쏭한지 마벨은 고개를 들어 주인을 바라보고는 코를 훌쩍였다.

"내 말이. 그래서 새들 박스가 굴러들어 온 거야."

버터워스의 선수를 따라 둥그런 에너지가 일어 슬립스페이스라는 미지의 구조 속으로 선체를 끌어당겼다. 거기서부터 가파른 방사 에너지 소용돌이가 이주선을 위로 띄우며 얼기설기 얽힌 시공의 거미줄로 밀어넣었다. 그러나 버터워스의 지휘 구획에 있는 올리버와 마벨의 눈에 들어오는 광경이라고는 회오리치는 광환을 이룬 에너지와 깊고 검은 부공간 위의 빛뿐이었다.

"슬립스페이스 운항 중에는 수시로 시간 팽창이 일어나."

올리버가 그렇게 말하는 사이 마벨은 그의 무릎에 고개를 파묻었다.

"특수 및 일반 상대성 이론에 관해서만큼은 아인슈타인의 주장이 정확히 들어맞지. 그런데 슬립스페이스에서 장소를 오갈 때 걸리는 시간은 정확히 재기가 어려워. 슬립스페이스에 진입하는 쪽과 그 바깥에 남은 쪽 사이에는 언제나 불규칙하고 예측불가한데다 설명조차 못하는 시차가 생기거든. 여기까지는 입증된 과학적 사실이야. 어쩌면 여분 차원의 질량으로 인한 효과일지도 모르지. 아니면 마법이거나. 정확하게는 아무도 몰라."

거기까지 생각이 닿자, 그는 자리에서 일어나 지휘 구획을 나서더니 엔진실로 향했다. 버터워스는 규모만큼 빈 공간이 많아서 언제나 으스스한 분위기를 풍겼는데, 그래서인지 마벨은 그에게 찰싹 붙어 다녔다. 그런 녀석의 버릇이야 올리버는 크게 개의치 않았다. 덕분에 혼자서 떠들어대기가 조금이나마 덜 우스꽝스럽게 느껴졌고, 애초에 혼잣말을 하는 이유도 함선이 주는 오싹한 인상을 조금이나마 떨쳐내기 위함이었으니까.

"진짜 수수께끼는 슬립스페이스가 어떻게 수치화는 물론 이해조차 불가능한 시차를 발생시키는가 하는 이유를 파헤치는 데 있어. 이를테면 있잖아, 가끔 배들이 예정보다 며칠에서 많게는 몇 주씩 앞당겨 도착하기도 하잖아? 또 코버넌트는 몇 시간이나 며칠씩 늦게 출발하면서도 어떻게 맨날 한참 먼저 출발한 우리를 앞지를까? 아니면 이건 굉장히 드문 데다 보통 기밀 취급되는 사례지만, 어떻게 함선이 아직 출발지를 떠나지도 않았는데 상태 조회로는 벌써 목적지에 도착했다고 나올 수 있을까?"

마벨이 잠잠하게 있자 올리버는 문득 궁금해졌다. 지금 녀석이 말을 알아듣는 중인지, 아니면 속으로 별 멍청이를 다 보겠다고 생각하는지. 아마 후자이리라 예상하면서도 말을 이었다. 둘은 넓고 침침한 동굴 같은 엔진실로 들어섰다. 엔진실 중앙에는 새로 설치한 새들 박스가 놓여 있었다. 시간을 아끼느라 대강 탑재한 채였는데, 바로 그 새들 박스로 비코에서 점프한 참이었다.

"응? 정렬 오류는 처음 보는데."

올리버는 오류를 잡는 응답을 서둘러 입력했지만 어딘가 석연찮은 기분이 들었다. 그는 그런 기분을 떨쳐버리고는 하던 대로 기계 주위를 맴돌았다.

"짐작에 이 새들 박스는 해군 정보국에서 제작한 극비 시제품 드라이브 같아. 또 한 가지를 덧붙이자면, 운항 도중에 극소 점프를 몇 차례 발생시켜 시차를 측정하도록 설계됐을 테고. 물리학계에서는 이런 방식으로 코버넌트가 그렇게 미친 듯한 슬립스페이스 운항 속도를 낸다고 보고 있으니 말이지. 놈들한테는 별것 아니겠지만, 우리한테는 얘기가 달라. 이 드라이브의 특징은 바로 슬립스페이스 내에서 복수의 점프를 조작 가능하다는 점이지. 그래서 지금까지는 예측조차 할 수 없었던 시차를 어느 정도 잡아내 바로잡을 수 있어."

그는 말을 멈추고 드라이브의 아래쪽에 있는 제어반을 흘끗거렸다.

"그게 어느 정도인지는 나도 몰라. 솔직히 이걸 만든 양반들도 모를걸."

사실 올리버는 통신용 무인정과 슬립스페이스 내부의 방호지점에서 사출되는 병력배치용 강하정에 응용할 목적으로 국제연합 우주사령부에서 점프 시험 중임을 알고 있었다. 그 점과 관련해 해군 정보국에서 과거 그에게 몇 차례 조언을 구한 적이 있었으니까. 다만 계획에 직접 관여하지 않았기 때문에, 어느 정도 진전이 있었는지는 아는 바가 없었다.

"그러니까 이렇게 해보자. 내 생각에는 99퍼센트 확실해. 그 정도면 나한테는 충분하고도 남지. 버터워스에 실린 낡은 슬립스페이스 드라이브를 우리 예인선에 탑재한 다음, 일정 지점에 이르면 예인선에 올라 화물칸에서 이탈하는 거야."

그러자 마벨은 고개를 들며 꼬리를 살짝 내렸다. 또 시작이네. 올리버는 과연 계획이 성공할 수 있을지 벌써 걱정되었다.

"그렇게 슬립스페이스를 누비다 적정지점에서 버터워스의 낡은 드라이브를 가동해 노멀 스페이스로 되돌아오면, 트리뷰트의 문턱에 떡하니 도착하는 거지."

올리버는 하던 대로 꼼꼼히 보강된 드라이브 부품을 살피며, 제어반에 일련의 조회를 입력했다. 마벨은 이미 땅에 엎드린 채 두 앞다리 위로 턱을 괴고 있었다. 정확히는 전체 앞발의 3분의 2개에.

"갈릴레오의 철천지원수호가 무사히 노멀 스페이스로 진입해서 트리뷰트까지 택시 타면 충분히 시간 맞춰 도착할 거리를 남겨두는 사이, 버터워스는 경로를 유지하면서 시차를 두고 자동 점프를 하면서 시그너스까지 알아서 가다가 적정 지점에서 슬립스페이스를 벗어날 거야. 항만 근로자들이 눈독 들이지 못하게 임자 있는 배라는 음성 메시지를 반복 재생하면서 말이야. 물론 거기서부터는 스티브가 새들 박스를 챙겨서 정보국에 제때 넘겨주겠지."

그러고는 마벨에게 자신의 완벽한 계획이 어떠냐고 물었다. 과연 긍정적인 대답으로 쳐야 할지 말아야 할지 긴가민가했지만, 곧 마벨은 방귀를 뀌었고 올리버는 이를 안도의 방귀로 받아넘겼다.

한동안 그의 계획은 정말 완벽하게 굴러갔다. 예인선에서 방사능 경고음이 요란하게 울리기 전까지만 해도 말이다. 그때부터 예인선은 슬립스페이스 내부 사방에서 두들겨 맞기 시작했다.

올리버와 마벨이 간신히 오르자마자 예인선은 난데없이 버터워스의 화물칸에서 튕겨 나갔고, 이주선의 방사능 항적 속으로 떨어지고 나서부터는 말 그대로 가죽이 벗겨지기 시작했다. 이렇게 될 리가 없는데. 분명 버터워스는 점프에 들어가기에 앞서 최소한 하루는 운항 경로를 유지할 예정이었건만, 무슨 이유에서인지 일이 틀어진 것이다.

큰일도 보통 큰일이 아니지만, 일단은 '갈릴레오의 철천지원수호'가 '갈릴레오의 예비부품호'로 돌변하기 전에 냉동수면기에 들어가 문을 걸어 잠그는 일이 급선무였다. 올리버는 마벨을 데리고 젖 먹던 힘까지 내며 연신 두들겨 맞고 있는 예인선의 좁은 통로를 뛰어갔다. 방어막까지 고장 나면서 예인선은 대머리수리 떼에 둘러싸인 갓 죽은 사체나 마찬가지였다. 각종 부품이 뽑히고 뜯겨나면 어느새 뼈만 남겠지.

올리버는 이대로 뜯어 먹힐 생각은 추호도 없었다.

어렵사리 냉동수면실에 들어섰다. 말이 수면실이지 예인선의 크기상 너른 벽장에 가까웠다. 그는 냉동수면기 둘 중 하나에 들어갔다. 마벨과 함께 들어갈 수 있을 정도로 넓어서 천만다행이지. 눕기가 무섭게 덮개가 닫히더니 가스가 주입되었다. 이윽고 가스가 체내에서 응축되면 둘은 인공

계면활성제에 잠겨, 산 채로 극저온 상태가 된다. 올리버는 좁은 현창을 통해 갈릴레오의 철천지원수호 선내가 벌겋게 달아오르며 녹아내리다가 산산조각 나면서 노멀 스페이스로 되돌아가는 광경을 지켜보았다.

만신창이가 된 예인선에서 남은 것이라고는 우주를 떠도는 수천 개의 쓰레기 조각과 방사능 차폐 처리된 냉동수면기 하나뿐이었다.

올리버는 어두컴컴한 우주를 내다보았다. 이리저리 표류하고 회전하며 냉동수면기 표시창에 들어오는 성계의 모습은 무척 낯설었고, 그러는 사이 머릿속을 스친 생각은 그레첸 나바로의 아름답고 우아한 외모, 그리고 그와 대비되는 성급하고 성마른 성격이었다.

마벨의 머리를 쓰다듬으며, 저속 충격파 추진기의 상태창에서 일정하게 깜박이는 불빛을 확인했다. 그는 비상용 위치 발신기 작동음을 들으며, 조용히 중얼거렸다.

"마냥 이대로 기다려야겠네."

이윽고 첫 냉기가 요람에 스며들기 직전, 둘은 차분히 잠이 들었다.

해군 정보국 정신과의 베로니카 클레이튼 박사가 진행한 스파르탄-104 프레드릭과의 2차 심리 결과보고 필사본

베로니카 클레이튼 박사: 안녕하세요.

스파르탄-104: 박사님.

클레이튼 박사: 괜찮다면 필라 오브 어텀에서 벌어진 사건에 관해 설명을 듣고 싶군요. 당신이 행성 지표로 배치되기 전, 그리고 리치 행성에서 일어난 비극적 사건 발생 직전 말이지요.

스파르탄-104: (침묵)

클레이튼 박사: 당시 동료 스파르탄 대원들의 사기는 어땠습니까?

스파르탄-104: 충만했습니다.

클레이튼 박사: 충만했다? 어째서죠?

스파르탄-104: 중요한 군사기지라는 사실 외에도 리치는 저희에게 고향 혹은…… 저희가 아는 한 리치는 고향이나 마찬가지인 곳이었습니다.

클레이튼 박사: 즉 애착, 다시 말해 리치 행성에서 훈련받은 스파르탄 대원들과 리치 그 자체에 연관성이 있었다는 말이로군요. 방금 말했다시피 그곳이 당신의 고향이었으니까요.

스파르탄-104: 박사님, 저희는 매 교전에 진지하게 임하며, 특히나 코버넌트와의 교전은 중요하게 간주합니다. 하지만 놈들이 마당에서 설치는데 보고만 있을 수는 없었습니다.

클레이튼 박사: 여기서 '저희'는 곧 동료 스파르탄 대원들을 일컫는 말인가요?

스파르탄-104: 그렇습니다.

클레이튼 박사: 그리고 '충만했다'는 말은 부대 전체의 의견을 대표하는 표현입니까? 아까 그렇게 말하면서 다른 스파르탄 대원들까지 포함한 건가요?

스파르탄-104: 저희는 한 명도 빠짐없이 눈앞의 목표를 완수하고자 하는 사기가 충만하며, 주어진 전술적 상황에서 승리를 거두고자…….

클레이튼 박사: 하지만…….

스파르탄-104: 아직 말이 끝나지 않았습니다. 또한, 이번이 자유 발언이 허용되는 보고라면, 그 기회를 십분 활용하고 싶습니다.

클레이튼 박사: 계속하세요.

스파르탄-104: 감사합니다. 스파르탄 대원으로서, 저희는 어떠한 군사 작전에든 뛰어들 마음가짐을 갖추었습니다. 그러기 위해서 훈련을 받았고, 그것이 저희가 존재하는 이유이기 때문입니다. 저희는 전쟁에서 승리하기 위해 이 자리에 있으며, 목적을 달성하고자 하는 사기로 충만합니다. 박사님, 혹시 지금의 2차 보고마저 스파르탄-II 양성계획에 대한 민간의 억측에 따른 군사 윤리성 취조입니까? 그렇다면 더 진행하기에 앞서 후드 원수님께 말씀을……

클레이튼 박사: 당신이 말하는 '억측'은 수년에 걸친 관찰과 연구에 근거를 두고 있습니다. 자신의 정체를 마음대로 바꿀 수는 없는 법이죠.

스파르탄-104: 제 정체를 바꿀 마음은 추호도 없습니다, 박사님. 저는 스파르탄 대원이라는 사실에 자부심을 느끼며, 다른 대원 역시 똑같이 대답할 겁니다. 특히 우리의 주적과 현재의 전시 상황을 고려한다면 더욱…….

클레이튼 박사: 현재의 전시 상황에 관해서는 다들 인지하고 있습니다. 하지만 지금 논하려는 주제는 그게 아니라…….

스파르탄-104: 박사님이라도 전쟁에 관해서 속속들이 아시는 건 아닌가 봅니다. 유리화된 행성을 보신 적이 있으십니까?

클레이튼 박사: 당연히…….

스파르탄-104: 영상이나 기록을 통해서가 아니라, 두 눈으로 직접 말입니다. 저희는 리치 행성마저 그렇게 되도록 내버려둘 수 없었습니다. 그러므로 저희는 사기가 충만했으며 만반의 대비를 갖추고 있었습니다. 어떤 경우건 마찬가지입니다.

클레이튼 박사: 혹시 투입되기 전에도 이렇게 답답한 심정이었나요?

스파르탄-104: 예?

클레이튼 박사: 리치 행성이 당신은 물론 부대 전체에 그렇게나 중요했다면…….

507

스파르탄-104: 중요하지 않은 행성은 없습니다.

클레이튼 박사: 그야 당연하죠. 하지만 리치는, 리치는 틀림없이 당신에게, 나아가 부대 전원과 심정적으로 더욱 밀접한 관계를 맺고 있었습니다. 그러니까, 사실 아무도 리치 행성이 위기에 처하리라고는 상상도 하지 못했어요. 리치는 언제나 안전한 곳이자, 언제까지나 우리 영토로 남을 곳이었으니까요. 그리고 지금…… 리치는 사라졌습니다. 당신의 조금 전 발언으로 미루어보건대, 그런 사실이 분대 전체에 어느 정도 정신적 충격을 주었을 법하군요.

스파르탄-104: 절대 그렇지 않았습니다.

클레이튼 박사: 아무리 훈련을 받고 실력을 갈고닦은들, 당신도 결국은 인간입니다. 어떻게 그렇지 않았다는 건가요?

스파르탄-104: 당시 저희의 유일한 관심사는 주어진 임무뿐, 그 밖의 문제는 하등 상관없었습니다.

클레이튼 박사: 임무 얘기가 나왔으니 말인데요, 붉은 깃발 작전이 파토 난 직후, 당신은 마스터 치프 존-117의 지시에 따라 행성 지표에 투입된 분대의 지휘를 맡았습니다. 맞습니까?

스파르탄-104: 그렇습니다.

클레이튼 박사: 하지만 지상으로 내려가고 싶지 않았죠. 어텀의 기록을 보니 사실은…….

스파르탄-104: 저는 전에도, 그리고 지금도 승리를 위해 필요한 역할이라면 그 무엇이라도 수행할 만반의 대비를 갖추었습니다.

클레이튼 박사: 그렇군요. 그렇담 지휘를 맡았던 레드 팀과 그 분대장으로서 부여받았던 특정 목표로 초점을 옮겨보죠. 대원들과 함께 리치로 하강하던 도중…… 당신의 정신 상태는 구체적으로 어땠나요? 아까 투입되기 전부터 사기가 충만했다고 했는데, 실제로 임무가 시작되자 어떤 기분이 들던가요?

스파르탄-104: 몰입하고 있었습니다. 하강은 격전의 와중에 이루어졌고, 분대 전체가 만일의 사태에 대비해 긴장을 늦……

클레이튼 박사: 분대장으로서 동료 스파르탄 대원들의 생사가 당신의 손에 달려 있었습니다. 단 한 번의 실수에 자신은 물론 분대 전체가 몰살할지도 모르는 상황이었죠. 그럼에도 당시 크고 작은 실수를 거듭……

스파르탄-104: 무슨 뜻으로 그런 말씀을 하시는지 모르겠군요, 박사님.

클레이튼 박사: 어느 쪽 말인가요? 휘하 대원들의 생명이 당신 손에 달려 있었다는 사실 말인가요, 아니면 당시 그쪽의 정신 상태가 불안정했던 탓에 투입 초기 여러 사람의 목숨을, 그것도 무엇과도 바꾸기 어려운, 스파르탄 대원 21명을 위기에 빠뜨렸다는 사실 말인가요?

스파르탄-104: 아무래도 당시 상황을 제대로 이해하지 못하시는……

클레이튼 박사: "단단히들 붙들어 매라."

스파르탄-104: [침묵]

클레이튼 박사: 강하 도중 당신은 "단단히들 붙들어 매라."라는 말을 7번 함대통신망에 대고 보냈습니다. 39개의 수신기에 그 말이 잡혔는데, 그중 31개는 국제연합 우주사령부 군함이었고 나머지 8개는 민간 선박이었죠. 그리고 얼마나 많은 수의 코버넌트 함선이 그 신호를 받았을지는 아무도 몰라요. 발신지를 추적당할 빌미를 남김으로써 교전 도중 및 이후에 송신된 여타 주파수대와 데이터에 코버넌트가 접속했을지도 모른다는 말입니다.

스파르탄-104: 그건…….

클레이튼 박사: "무전기 오작동"이었겠죠. 압니다. 스파르탄-087이 앞서 그렇게 주장하더군요. 하지만 그렇다 해도 스파르탄으로서 저지를 만한, 또 저질러도 될 만한 실수 같지는 않네요. 그런데 그러고 말았죠. 이쯤 되니 또 다른 실수가 있었을지 궁금해지는군요.

스파르탄-104: 박사님, 이건 정신감정입니까? 아니면 유도신문입니까?

클레이튼 박사: 그야 당신 하기에 달렸지만, 좋은 질문이로군요. 대답 하나하나에서 당신에 관한 정보는 물론, 동료 대원들의 분대장이라는 책임에 관한 당신의 시각이 드러나니까요.

스파르탄-104: 저는 분대장으로서의 책임과 교전 이전, 교전 당시, 그리고 후속 전투에서 내렸던 전술적 판단은 물론 동료 대원들에 관해서도 확신을 갖추고 있었습니다.

클레이튼 박사: 분대 전원을 펠리칸에 탑승시킨 결정 말인데요, 그게 정말로 전술적으로 옳은 판단이라 봅니까?

스파르탄-104: 틀림없습니다. 태양계로 이동하던 중 코타나에게 전송한 보고서에도 명시했다시피…… 헌데 제 보고서는 읽어보셨겠지요?

클레이튼 박사: 토씨 하나 빠짐없이요.

스파르탄-104: 그러시다면 저희를 지표까지 수송하는 임무를 받았던 펠리칸이 수리 불가능할 정도로 손상을…….

클레이튼 박사: 수송기를 버림으로써 스파르탄 대원 네 명을 잃었죠.

스파르탄-104: 그대로 버텼다가는 전원을 잃었을 겁니다. 진입경로와 속도, 거기에 재진입 과정에서 입은 손상도를 보시면 답은 명확합니다. 저희는 수송기에서 탈출해 주변 지형과 전투복을 이용함으로써 어떻게든 안전하게 착지할 수밖에 없었습니다.

클레이튼 박사: 하강하기에 앞서, 21명의 스파르탄 전원이 "숲을 통과해서 강하 속도를 줄인다."는 명령에 수긍했습니까? 숲은 착지하기 위험한 장소 아닌가요?

스파르탄-104: 저희 밑에는 땅밖에 없었습니다. 숲이라면 충격을 완화하고 낙하 속도를 줄이기에 충분했습니다. 정말로 제 보고서를 읽으셨다면 아시겠지요. 이런 취조는 한두 번 겪는 일이 아니다 보니 해군 정보국에서 뭔가 다른 노림수가 있다는 것쯤은 알고 있습니다. 그러니 이런…….

클레이튼 박사: 수작은 그만합시다? 당신은 충돌로 스파르탄 대원 네 명을 잃었습니다. 여섯 명은 전투불능 상태가 됐고요. 임무 시작 전부터 스파르탄-II 대원이 투입된 작전 사상 유례없는 사상자를 냈더군요. 경솔했다고 평할 만한 위험천만한 낙하를 감행. 그 결과 분대 전투력을 심각하게 떨어뜨렸고, 그러면서 인류 최고의 군사 자산인 리치 행성을 방어하라는 임무를 띠고 지표까지 내려갔습니다. 그런데 임박한 코

버넌트 침공군을 맨손으로 맞설 작정이었나요?

스파르탄-104: 스파르탄 대원들의 비무장 상태는 오래 지속되지 않…….

클레이튼 박사: 목표지점으로 이동하면서 코버넌트 화기를 노획했죠. 혹시 추후 조사 및 감정을 위해 그 화기를 계속 소지하고 있었습니까? 그게 상비명령 아니던가요? 코버넌트의 화기체계와 추가 정보를 얻어낼 단서가 되는 장비면 뭐든 챙기라는?

스파르탄-104: 글쎄요. 그런 장비라면 지금 저 아래에 수두룩합니다. [관측창을 통해 지구를 가리킴] 하나 갖고 싶으시다면 놈들한테 직접 가서 구해오지 그러십니까?

클레이튼 박사: 지구에서요?

스파르탄-104: 예, 한편으로는 지금 제가 있어야 하는 곳입니다. 아래편에서는 전쟁이 벌어지고 있습니다. 저를 비롯한 대원들이 여기서 이렇게 허송세월할수록 놈들만 좋은 일 시켜주는 끌입니다.

클레이튼 박사: 말인즉 이건 시간 낭비다, 이 말인가요?

스파르탄-104: 엎어지면 코 닿을 거리에서 아수라장이 벌어지는 판인데, 리치에서 있었던 한 달도 더 된 일로 지휘관으로서의 제 역량에 의문을 품고 계시니 말입니다. 그것도 아주 어처구니없는 시간 낭비지요. 원수님 역시 같은 생각이실 겁니다.

클레이튼 박사: 물론 그러시겠지요. 당신이나 원수님이 날 어떻게 보건 상관없습니다. 당신만큼이나 이번 질의도 중요하며, 당신을 비롯한 스파르탄 대원 모두 최상의 상태를 유지하는 것이 바로 내 일이거든요. 혹시라도 전투복에 금이 가지 않았는지 확인한다고나 할까요.

[정적]

그럼 계속할까요?

스파르탄-104: [침묵]

[후드 원수가 취조실로 입장]

후드 원수: 누가 허가했나?

클레이튼 박사: 원수님, 지금 당장 여기서 나가주시기 바랍니다!

후드 원수: 대체 누군가? 마거릿인가?

511

클레이튼 박사: 원수님, 그건 원수님이 상관하실 바가…… 이건 원수님의 관할이 아니며 베타-5 규약에 간섭하실 권한도 없습니다. 제가 여기 온 이유는…….

후드 원수: 내 관할은 지구 전체요. 지금 저 아래에서는 전쟁을 치르는 판국에 아군 최고의 병사를 질의응답으로 묶어두는 짓이 승리에 도움이 된다고 보는 사람이 있으면, 어디 나와 보라고 하시오. [헌병대에] 제군들, 여기 계신 숙녀분을 전용선으로 안내해드리도록.

[클레이튼 박사가 취조실에서 퇴장]

후드 원수: 장비를 챙기도록. 블루 팀을 지표로 투입할 걸세. 복직 준비는 됐는가?

스파르탄-104: 충만합니다.

[필사본 종료]

페트라

페트라 자네섹은 마침표가 빠진 문장을 눈뜨고 못 보는 성격의　（
였다.

굵은 무명 커튼이 뒤로 넘어가면서 포르세티 노던 터미누스 37 호텔
깥의 인도가 보이자, 그녀가 그토록 벗어나고 싶어 안달하던 침침한　투
실로 햇볕이 감질나게 비쳐들었다. 포 윈즈의 완벽한 기상 제어와 두둑
(하지만 안타깝게도 단기) 체류 경비를 생각하면, 이곳 교외 행성에서
남은 시간을 조금이나마 기분 좋게 보낼 만도 했다. 그런데도 페트라는　
태여 창을 열고 인근의 낡은 우주공항에서 불어오는 탁한 공기를 쐬었다
그러지 않고는 배길 수가 없었다. 일단 샤워부터 하고 소지품을 챙기면
떠나는 시늉을 한 다음, 귀가행 항공편에서 도보 거리에 있는 술집에나　들
려야겠다는 것 말고는 딱히 계획해둔 일정도 없었다. 페트라가 평소 계획
할 법한 것과 한참은 동떨어진 취재 일정이었다.

자동 시중기 안에 손을 뻗었더니 주문했는지조차 가물가물한 모카샨 레
드 에일 병이 손에 잡혔다. 한숨을 내쉬고 눈길을 돌려 침침한 방을 천천
히 훑는 사이, 머릿속으로 앉을지 일어날지 하는 중대결정 사이에서 멍청
히 고민했다.

'정신 차려, 페트라. 언제까지 망연자실하게 있을 거야? 뭐가 됐건, 정
확히 뭔지는 몰라도 이건 별표지 느낌표가 아냐.'

별표라. 다정하고, 현명하고, 안심되는 감정. 그러나 아무리 좋게 봐도
그것이 사실이 아님을 알고 있었다.

포르세티는 운이 좋은 행성이었다. 페트라의 출신지 레나피와 달리, 오
랜 전쟁 속에서도 이곳에는 불청객이 찾아오지 않았다. 덕분에 인류를 멸
망 직전까지 몰아넣었던 무자비한 유리화와 가미카제 전술에서 멀찍이 떨
어진, 우주 속의 행복한 비눗방울로 남을 수 있었다. 작은 낙원과도 같은

이곳의 5억 인구가 아이들을 축구 연습에 데려다주거나 남자친구들과 퓨전 스시로 배를 채우다, 뉴스를 통해 무차별 공격의 참상과 잔혹상을 접하고는 야단법석을 떠는 모습이 상상되었다. 얼마나 무서운 일이냐며 이러쿵저러쿵 말들이 많았겠지. 그러나 실제로 전쟁에 관한 소식 때문에 밤잠을 설치느라 그렇게 밤마다 불야성을 이루며 행성 전역의 전력망을 혹사시켰으리라고는 생각하기 어려웠다.

페트라는 따놓고 입도 대지 않았던 맥주를 들이켰다. 입안을 가득 메운 홉이 좀 씁쓸했지만, 그래도 멍하니 생각하다 말고 뭐라도 하니 한결 기분이 나았다. 단지 이곳 사람들이 플라즈마 폭격에 당하거나 난민촌에서 지내는 신세가 되거나, 아니면 행성을 지키려다 장렬히 산화한 국제연합 우주사령부 함대의 잔해가 하늘에서 비처럼 쏟아질 걱정을 해보지 않았다는 이유로 포르세티를 아니꼽게 본다면 그것도 꼴사납지. 불공평한 일이기는 하지만, 페트라 본인도 기자로서 10년간 그런 이야기를 캐느라 득을 봤잖은가. 정작 기사화되어 보도가 나가면 그 신뢰도는 동화 수준으로 내려가긴 했지만. 포르세티처럼 작고 아늑한 행성 주민들에게 코버넌트란 침대 밑 귀신 이야기를 그녀 같은 언론인들이 윤색한 것으로밖에 비치지 않았다. 그래서 페트라는 포르세티 같은 곳이 불편했다. 자신을 거짓말쟁이나 사기꾼으로 매도하거나, 음모론에 가담한 공범으로 취급할 뿐이니까.

끝내 페트라는 심호흡을 한 뒤, 정보제공자와 만나고 돌아와 장비를 던져둔 작은 커피 탁자로 다시 고개를 돌렸다. 제공자는 이곳에 정착한 퇴역 소령으로, 복무 당시의 몇몇 기념품을 간직하고 있었다. 싸구려 홀로패드가 나머지 잡동사니 틈에서 섬처럼 떨어진 탁자 위에 놓인 채, 화면만 멀뚱히 켜져 있었다.

'페트라, 그렇게 가렵지도 않은데 계속 긁고만 있던가, 아니면 커튼을 쳤다 걷었다 하면서 노닥거리든가 알아서 해. 분명 뭔가 있을 법한 감이 오잖아. 그러니까 마저 살펴보면서 이게 정말로 남들 비행 일정까지 바꿔

놓게 될지 어디 알아보자, 응?'

지난 몇 주 동안 페트라가 하던 일은 바보도 해낼 정도로 간단했다. 그동안 자신의 기사를 사갔던 큰 뉴스사의 하나인 마젤란에서 보이 전투를 기념하는 특집을 구상하고 있었다. 다만 국제연합 우주사령부 호위함 '포워드 언투 던'이 반파된 몰골로 귀환한 지 얼마 지나지 않아 인간과 상헬리 연합군은 은하계 바깥에서 치른 전투에 관한 자초지종이 (대부분) 공개되었고, 또 그렇게 믿도록 기자단이 노력한 결과지만 말이다. 이미 대중이 아프리카에서 있었던 작전을 전쟁의 전환점으로써 기리는 지금에 와서 굳이 그쪽을 캘 이유가 있을지도 의문이었다. 마젤란의 편집부에서는 페트라를 높이 샀는데, 이유인즉 마감이 칼 같고 전쟁 중에는 늘 정보제공자를 통해 곧바로 얻어낸 따끈따끈한 소식을 물어주었던 고로, 그녀를 선택한 것은 지극히 당연한 일었다. 스파르탄-II(제2과의 선전부에서 스파르탄을 뉴스로 내보내자고 결정한 이후)에 관한 보도로 받은 상이 한가득이라 이런 종류의 취재에 제격이었고, 사건의 폭심지였던 뉴 몸바사와 보이에서 치열한 '밀착취재'까지 뛰었던 그녀가 아니던가. 거기다 국제연합 우주사령부 내부의 독자적인 정보통 덕에 다른 종군기자들은 구경도 못하는 기삿감을 얻었으니, 마젤란에서는 그런 페트라의 연줄을 십분 활용해 다른 언론사의 보도를 능가할 만한 기사를 구하고자 벼르고 있었다.

일감이야 괜찮았다. 과거완료형보다는 현재진행형 사건 취재를 선호하는 편이라 썩 내키지는 않았지만. 페트라는 뉴스 영상을 빠짐없이 살피면서 기밀취급이 해제된 문서를 남김없이 뒤적였다(오래전 컵 기자학교에서 배운 대로……). 그렇게 이틀을 보내며 자료를 종합해보니, 지금쯤 타 언론사에서도 엇비슷하게들 짜맞췄을 법한, '그럴싸한' 기사가 나왔다. 추모적이고, 꼼꼼하고, 따분하고, 기타 등등. 괜찮은 초안이지만 어딘가 어색했고, 이렇게 되자 전화를 돌리기 시작했다.

보이는 상공을 뒤덮은 코버넌트 함대와 사막 한복판에 드러난 넓은 쇠 구덩이 그 이상의 존재였다. 이는 누구나 아는 바였다. 많은 사람이 '선조'라는 단어의 뜻을 알며 그 범주가 사람이나 장소 또는 사물에 이른다는 사실을 인지함에도, 전쟁 말기에 이르러 그 말은 하나의 고유명사로 자리매김했다. 또 인구의 대다수는 그 존재조차 모르고 있었지만, 군인들 사이에서는 헤일로라는 고리형 구조물이 소문으로 무성했다. 그리고 보이 전투 사후보고와 아비터라는 상헬리의 결과보고에서 언급된 최후의 전투가 벌어진 장소, 아크. 확실한 기삿거리가 아닌가. 국제연합 우주사령부 측의 정보제공자들이 소재만 충분히 넘겨준다면 진짜배기 기사를 엮고도 남겠다는 확신이 들었다. 각종 수상을 안겨주지는 못해도, 어머니가 일요일 오후 훑어보던 시시한 기사보다야 묵직한 글이 나올 법했다. 헌데 지금 보니 그것도 너무 겸손한 예상이었다.

'그림이 나오는걸……'

소리 내어 낄낄거리는 사이, 머릿속에서 문장이 구성되었다. 마치 소꿉친구 톰과 어릴 적에 갔던 축제에서, 음산한 노파 영매가 위로 장갑 낀 손을 흔들어 보이던 낡은 수정구를 들여다보는 기분이었다.

'어쨌건 뭔가 감이 잡히네.'

페트라는 정보를 제공한 퇴역 소령이 전쟁 최후의 수개월간의 일들을 차근차근 짚어나갈 줄은 꿈에도 몰랐다. 거기다 모든 사건의 중심에 있었던 스파르탄, 마스터 치프에 관한 흥미로운 일화를 듣게 될 줄은 더더욱.

물론 그 스파르탄에 관해서라면 들어서 알고 있었다. 그는 페트라가 실전에서 봤던 스파르탄-II 분대의 일원이 틀림없었다. 그리고 보니 포워드 언투 던이 귀환한 이후, 이런저런 대화 속에서 '스파르탄-117'이란 말이 심심찮게 튀어나왔었네. 마스터 치프는 '저명한 군인'이자 해군 정보국에서 철저히 관리하는 자산이 분명했지만, 선조의 멸망병기 및 플러드라는 기생체와 관련된 사안과는 완전히 별개의 문제였다. 그의 행적은 세간에 알려져야 마땅했다. 그렇게 여기는 사람이 비단 혼자만은 아니었고, 그렇게 페트라 자네섹의 보이 기사는 어떻게 한 군인이 홀로 전세를 뒤바꿨나에 관한 주제로 재구성되었다.

그렇게 페트라는 포르세티까지 왔다. 그러나 크게 중요한 일정은 아니라고 여기던 참이었다. 일차적으로는 윗선의 성미를 건드리지 않기 위해, 보이 기사를 마스터 치프의 이야기에 숨길 요량이었으니까. 그러는 것도 무리는 아니지만, 달리 보자면 독자에게 친숙하게 다가가기 위해서 그럴 필요가 있다고 느꼈다. 독자에게 치프가 걸었던 장소를 걸으며, 그가 목격한 것들을 보게 해야 한다. 엘리트가 아프리카 일대에 감행한 유리화를 다루기는 난감하지만, 독자들을 치프의 시점에서 서게 하는 방법은 하나밖에 없는 것이 아니었다. 그런 과정 끝에, 페트라는 지금 이 메시지를 맞닥뜨리게 된 것이다.

메시지…… 페트라는 소파에 힘없이 늘어져 쿠션에 몸을 맡긴 채, 쿠션이 호기심으로부터 자신을 지켜주기를 빌었다. 운동화 발끝으로 홀로패트를 툭툭 건드리고 있자니 한숨이 새어 나왔다.

'정말이지, 언제까지 호들갑 떨고 있을 참이야? 별 대수도 아닌 걸 갖고. 빼도 박도 못하는 증거도 아니고, 대사건을 폭로하는 것도 아냐! 이건…… 이건…….'

마침표가 하나 빠져 있었다.

미해결로 남은 사안.

하나의 힌트.

완벽하게 들어맞는 설명도 곁들이고 있겠지.

페트라는 메시지를 재생했다.

"치프! 사제의 성스러운 도시 숭고한 자애가 지구로 오고 있어요……플러드도 몰려와요!"

평소 스마트 인공지능을 다소 꺼림칙하게 여겼는데도, 자청색 홀로그램의 간절한 애원에 페트라는 울컥하는 감정이 일었다.

"다 얘기할 시간이 없어요. 여기는 위험해요. 그레이브마인드는 제가 여기 있다는 걸 알고 있어요. 하지만 포탈이 어디로 이어졌는지에 대해서는 아직 몰라요."

이 메시지가 어디로 이어질지 궁리하기 전에 일단 인공지능의 말에 집중하고자, 페트라는 눈을 감았다.

"포탈 너머에 방법이 있어요. 남겨진 헤일로를 발사하지 않고도 플러드를 막을 방법 말예요."

그 순간 인공지능의 자그마한 홀로그램 신체에 고통에 가까운 감정이 가해졌다. 매우 불쾌한 감정이.

"꺄악! 치프, 아크를 찾아요. 시간이 별로 없어요!"

기록은 거기서 끝났다. 페트라는 주저 없이 몸을 굽히고는 메시지를 앞으로 돌렸다. 잔뜩 주름진 눈썹 사이로 푸르스름한 빛이 깜박였다.

"……너머에 방법이 있어요. 남겨진 헤일로를 발사하지 않고도 플러드를 막을 방법 말예요."

페트라는 이미 아크에 관한 자료를 갖고 있었지만, 이제는 딱히 필요가 없었다. 요점은 진작 외웠으니까. 플러드가 대규모로 몰려오는 상황에서 국제연합 우주사령부와 엘리트 측에 행운이 따라줬고, 마스터 치프는 아크에서 건설 중이던 교체용 헤일로를 써서 플러드를 단번에 일소했다.

남겨진 헤일로를 발사하지 않고도 플러드를 막을 방법.

플러드를 막을 방법.

방법.

'교체용 헤일로를 두고 하는 말일까? 충분히 가능해. 코타나는 포탈의 존재와 그 경로를 분명히 알고 있었을 테고, 아크에 다른 헤일로 시설이 있다는 사실도 알았다 해도 전혀 이상하지 않겠지. 그런데 남겨진 헤일로를 발사하지 않는다는 대목에서 '헤일로'가 하나는 아니겠지? 아크 역시 무기를 가리키는 걸까? 세세한 점은 몰라도…… 아무튼 모든 선조 유물의 할아버지뻘이 되겠지. 전혀 가능성이 없는 얘기는 아냐. 다만 아크는 헤일로를 발사하기 위한 최후의 보루일 텐데. 플러드를 저지할 무장을 자체적으로 갖추고 있다면 굳이 거기서 헤일로를 선부 가동할 이유가 없잖아?'

혹시…….

페트라는 얼른 홀로패드를 종료했다. '혹시'라는 의문에 당분간 적어도 하루에 몇 시간씩은 밤잠을 설칠 것이 틀림없었다. '혹시'란 흥정도 안 먹히고, 먼저 싫증나서 친구나 만나러 가버리지도 않고, 매주 밤 열한 시만 되면 집 앞에 나타나서 오해였다고 호소하는 거머리도 아니었다. '혹시' 병을 낫게 할 유일한 방법은 그 작은 홀로그램의 말뜻을 파악하는 것뿐이었다. 혹시 코타나가 불패의 플러드에 대항해 염두에 둔 또 다른 무기가 있다면…… 뭐, 그렇다면 이번 취재는 결코 대수롭잖은 일정이 아닌 셈이니까.

페트라는 소파에 손을 떨어뜨리고는 고향 레나피에서 기르던 잘생긴 애완견을 쓰다듬듯 쿠션을 어루만졌다. 발코니 문에서 불어오는 산들바람에 푹신한 쿠션의 촉감이 서늘했다. 페트라는 머리칼을 헝클어뜨리고는 커튼이 방향을 바꿔 창밖 도시로 펄럭이는 모습을 마지막으로 가만히 지켜보았다. 그러고는 자리에서 일어나, 수중의 항공권을 다음 지구행 항공편으로 교환할 수 있는지 알아보려고 항공사에 전화를 걸었다.